옛날
옛적에

Bila Jednom Jedna Zemlja

한 나라가
있었지

대산세계문학총서 099

옛날 옛적에

Bila Jednom Jedna Zemlja

두샨 코바체비치 지음 | 김상헌 옮김

한 나라가 있었지

문학과지성사
2010

대산세계문학총서 099_소설

옛날 옛적에 한 나라가 있었지

지은이 두샨 코바체비치
옮긴이 김상헌
펴낸이 홍정선 김수영
펴낸곳 **(주)문학과지성사**
등록 1993년 12월 16일 등록 제10-918호
주소 121-840 서울 마포구 서교동 395-2
전화 02)338-7224
팩스 02)323-4180(편집) 02)338-7221(영업)
전자우편 moonji@moonji.com
홈페이지 www.moonji.com

제1판 제1쇄 2010년 12월 8일

ISBN 978-89-320-2175-1
ISBN 978-89-320-1246-9 (세트)

이 책은 대산문화재단의 외국문학 번역지원사업을 통해 발간되었습니다.
대산문화재단은 大山 愼鏞虎 선생의 뜻에 따라 교보생명의 출연으로 창립되어
우리 문학의 창달과 세계화를 위해 다양한 공익문화사업을 펼치고 있습니다.

차례

독자여, 주저하지 마십시오.

당신이 타고 있는 배는, 정말로, 방향타도 용골(龍骨)도 가지고 있지 않습니다. 돛도 없습니다.

오래전에 닻을 감아올리는 장치는 녹슬었고, 소금이 뿌려진 대구(大口)처럼 갑판은 썩어버렸고, 선원들은 방황하고 있습니다.

그리고 배에는 물이 새고 있건만, 매우 놀랍게도 잠수함의 엔진처럼 바다가 만들어내는 기발한 전기로 인해 계속해서 항해하고 있습니다. 때론 동쪽으로, 때론 서쪽으로, 북쪽으로 남쪽으로.

배에는 나침반도 없으며, 지도는 오래전에 불타버렸고 망망대해를 바라보느라 시력은 약해졌습니다. 그리고 모든 것들은 소멸되어버렸습니다.

하지만 배에는, 선장과 망원경을 들어 올릴 사람과 본 것을 일기장에 적을 사람이 있습니다.

그리고 그 어느 날, 2141년 4월 6일 새벽녘에, 선장은 놋쇠로 만들어진 망원경을 통해 무언가가 배를 향해 항해해 오고 있는 것을 발견했습니다. **무언가······** 그것은 그를 매우 두렵게 했습니다. 그것을 발견하고, 그의 손은 떨리기 시작했습니다. ─하지만, 그것에 관해서는 나중에 이야기하기로 합시다.

독자여, 만약 당신이 그 망원경을 통해서, 200년 전에 살았던 사람들을 목격하고 보게 된다면.

하지만, 그에 대해서는 나중에 이야기하기로 합시다.

제1부 공개적인 영혼의 파괴

1. 다른 나날들처럼 우울한 일요일

　서늘한 새벽녘, 칼레메그단 요새의 아랫길을 따라 마르코와 츠르니가 여느 때와 마찬가지로 술에 취해 마차를 탄 채 달려가고 있었다. 지친 듯 숨을 헐떡이는 10여 명의 집시들이 마차 뒤를 따라 달려가며 구리 나팔을 연주하려고 애를 썼다. 그들은 나팔을 불며, 덮개가 없는 마차 속에서 흥에 겨운 두 친구가 좋아하는 노래였던 '태양도 없고, 달도 없다네……'라는 노래를 따라 부르며 숨이 다할 것처럼 헐떡였다. 마차로부터 욕지거리와 위협하는 듯한 말들 그리고 돈이 쏟아졌다. 만약 돈이 아니었다면, 길 위에서 웃음을 짓고 노래하며 여기저기 흩어져 질주하는 오케스트라는 이미 오래전에 강가의 덤불 속으로 사라졌을 터였다. 저들이 돈을 뿌리는 한 우리는 달릴 것이라고, 조약돌로 포장된 길을 발로 구르며 그들은 생각했다.

　이 유별난 행렬이 동물원 옆을 따라 지나갔다. 누가 이토록 이른 시간에 노래를 부르고 있는 것인지 의아해하며, 동물들은 잠에서 덜 깬 채 시끄러운 소리에 귀를 기울였다. 그리고 관리실 건물 책상 뒤에서 몸을 숙인 채로 '1941년 4월 6일, 일요일'이라고 일지에 새로운 근무 날짜를 기입하고 있던, 우리에 갇힌 새와 동물들의 관리인이었던 이반도 그 시끄러운 소리를 듣고 있었다.

그의 어깨 위에 앉은 커다란 앵무새가 거리에서 들려오는 시끄러운 소리를 듣고서 "이반! 이반!" 하고 외마디 소리를 질러댔다. 병약해 보이는 젊은이는 미소를 지어 보이고는 계속해서 써내려갔는데, 앵무새는 그에게 화가 난 듯 "누가 소리치잖아! 누가 소리치고 있잖아!"라고 말했다.

"바보 같은 형 마르코와 그의 친구인 츠르니란다." 이반은 4시 55분을 가리키고 있는 알람시계의 시간을 일지에 기입하며 대꾸했다. 앵무새는 책상 위로 뛰어올라 그를 바라보면서, 또다시 외치는 소리, 노랫소리와 트럼펫 소리가 들려오자, "부란당! 부란당! 불한당!" 하며 외마디 소리를 질러댔다.

"불한당이라…… 불한당이라…… 보다 현명한 형과 형의 좋은 친구가 없는데 내가 무엇을 할 수 있겠니? 내가 뭘 어쩔 수 있겠어?" 그는 화가 나 있는 새에게 미소를 지어 보이고는 여느 날처럼 일주일간의 업무계획을 적어 넣으며 물었다. 그는 2년 전부터 동물원 성벽 사이에서 생활하고 있어 이곳이 그가 사는 세상 전부였다. 그는 저 '바깥세상'을 어느 월요일에 작정하듯 떠나보냈고, 가능하다면 이젠 돌아가지 않을 생각이었다. 따라서 도르촐*에 있는 집으로 가는 일은 점점 줄어들었다. 일주일에 한 번, 이후에는 한 달에 한 번으로. 그리고 요사이 목을 매달아서 죽고 싶은 생각이 들 정도로—그것도 여러 번!—지긋지긋한 일이 일어나지 않았더라면 분명 아주 이사를 하고 말았을 터였다. 그러나, 인생이 그러

---

* 베오그라드 구시가지의 한 구역명.

한 것처럼, 그에게는 목을 매다는 일에서도 행운이 따르지 않았다.

거무스름한 피부색에 고분고분한 성격의 마부는 이 바보 같은 놀이의 끝이 찾아온 것이기를 바라면서 마차를 츠르니의 집 앞에 멈춰 세웠다. 이 두 친구가 언젠가는 갈라서기를 신께 기원하며, 연주를 하면서 달려온 나팔수들이 도착했다. 축제는 금요일 자정 무렵 시작되어 지금 이 시간까지 계속된 것이다. 앞으로는 더는 만나지 않을 것처럼 작별 인사를 나누는 두 친구를 비웃으며, 오케스트라의 우두머리이자 '두나브스키 갈렙'* 이라는 선술집의 이 빠진 주인은, 물론 집시어로, "저놈들은 인간이 아니라 말[馬]이야!"라고 내뱉었다. 그는 만약 그들이 우연하게라도 자신의 말을 알아들었다면, 이것이 인생의 마지막 연주가 될 것이라는 사실을 알고 있었다. 몇 안 되는 사람들이 지르는 것이었지만, 그 소리는 온 도시에 울려 퍼지고 있었다.

건물 2층으로부터 들통 안의 물이 술에 취해 얼싸안고 있는 두 친구에게로 쏟아졌다. 잠이 덜 깨어 잔뜩 화가 난 츠르니의 부인 베라만이 그렇게 할 수 있었다. 그녀는 이반의 앵무새처럼 "불한당! 불한당!"이라고 소리를 내지르며 창문을 통해 그들을 바라보고 있었다. 츠르니는 자포자기한 듯 웃음을 지어 보였고, 마르코는 중절모를 벗어들고 인사를 하며 녹슬어 쉰 듯한 목소리로 조금은 소란스럽고 늦은 귀가에 대한 변명을 늘어놓으려고 했다.

"좋은 아침입니다, 제수씨! 좋은 아침이에요……! 제발 화내지 마세요. 당연히 축하할 만한 이유가 있었거든요. 당신의 츠르니가 임명되었단 말입니다."

---

* 세르비아어로 '다뉴브 강의 갈매기'를 의미한다.

"갈보집에나 임명되었겠지!" 출산을 막 앞두고 있던 임산부가 내지르는 소리에 집 건너편 동물원의 타조가 흠칫 놀랐다. "집으로 들어와, 불한당 같은 인간아! 집으로 들어오라고." 그녀는 커다란 화분을 들어 올리려고 애써가며 소리를 질러댔다.

"자네, 알겠지, 내가 누구와 함께 살고 있는지를 말이야." 츠르니는 중절모의 물을 털어내며 친구에게 말했다.

물 다음으로 무언가 훨씬 단단한 것이 날아올 것을 예상하며 마차 뒤에 쭈그리고 앉아 있던 집시들은 계속 음악을 연주했다. 이 도시의 그 어느 누구도 함부로 할 수 없는 바로 그 사람과의 싸움을 보고 듣는 것이 그들에게 처음 있는 일은 아니었다. 이가 빠진 우두머리가 불안에 떨고 있는 말 뒤에 숨어서 아주 위험스러운 여자라고 나직이 말했다.

마르코는 양팔을 벌리고 마차에서 뛰어내리며 눈물로 얼룩지고 졸린 듯한 표정의 친구 부인을 바라보고는, 침착하고 진지하게 그리고 현명하고 냉정하게 말하려고 애쓰며 헛기침으로 목청을 가다듬고는 말했다.

"당신은 죄를 짓고 있는 겁니다, 제수씨. 난 당신이 죄를 짓고 있다고 말해야만 합니다. 수천 번 당신이 옳았지만, 하지만, 지금은 아니에요. 당신의 남편, 당신의 츠르니는, 어젯밤 비서관이 되었단 말입니다……"

"갈보집의 비서관이겠지!" 베라는 외마디 소리를 지르고 남편을 향해 화분을 던졌지만, 남편은 몸을 피했고 마차 뒤에서 이를 엿보고 있던 재수 없는 이 빠진 나팔수가 그만 맞고 말았다. "불한당 같으니라고, 마르코의 부인이 떠난 것처럼, 나도 당신을 떠나고 말 거야! 이 집은 당신을 위한 곳이 아니야! 당신을 위한 곳은 갈보집이지, 불한당들 같으니라고!"

유리 조각들이 물에 젖은 두 친구와 길바닥 위로 쏟아져 흩어졌고, 쿵하는 소리와 함께 창문이 닫혔다. 만약 다른 누군가 자기에게 이런 일

을 저지른다면, 츠르니는 그를 작살내고 말 것이었다. 하지만, 베라에게
만은 어쩔 수가 없었다. 난감한 표정을 짓고는 양팔을 벌리고 흥분한 친
구를 바라보며 그는 변명하듯 말했다.

"까다로운 여자야, 친구. 매일 아침 나에게 이러는걸 뭐. 매일 아침!"

"가보게, 진정시키도록 해. 소피야 이모 댁에서 점심때 만나세. 자,
가게, 친구," 마르코는 그를 안아 등을 두드려주고는 마차의 발판에 뛰어
올라 마부에게 소리쳤다. "출발하세! 가자고! 거기서 자고 있는 겐가?
음악! 음악은 대체 어디 있는 거야?!"

계속해서 울러대고 있는 부인과 깨어진 창문을 바라다보고 있던 화가
난 츠르니를 집 앞에 내려놓은 채 떠들썩한 행렬이 거리를 따라 달려갔
다. 그는 정신을 차리고 나서 깨진 화분을 발로 걷어차고는 문을 향해 뛰
어들어, 나무로 만들어진 계단을 뛰어올라 2층으로 올라갔다. 그는 발로
문을 열면서 집 안으로 들어갔다. 그는 울고 있는 부인의 손에 들려 있던
엽총의 총신을 보고는 한 걸음을 내딛다가 멈춰 섰다. 이전에도 그녀는
번번이 대들곤 했었지만, 단 한 번도 무기를 꺼내든 적은 없었다. 그는
얼굴에 웃음기를 띠고 천천히 탁자에 앉으며 그녀에게 물었다.

"베라, 당신 제정신이야?"

"아니," 부인은 쌍발식 엽총의 검은 구멍으로 위협하며 대답했다.
"당신을 만나기 전에는 정상이었어…… 불한당 같으니…… 또 그 갈보
의 집에 갔었던 게지…… 또 거기 갔었어…… 또 말이야……"

그들 두 사람이 어디에 있었으며 앞으로 어떻게 살아갈 것인지에 대
해 다투고 있던 바로 그때, 마르코는 '소피야 이모'라는 이름의 갈보집을
향해 두산 거리로 말을 몰고 있었다. 집시들은 마치 패잔병들처럼 달려가
며 연주를 하고 있었다. 그들은 그 젊은 신사가 어디로 가려는지 알고 있

었다. 길고 힘겨운 밤이 지나고, 순진한 사람들은 낮에도 길을 둘러 건너편 거리로 지나가는 것으로 잘 알려져 있던 그 집에도 아침이 찾아왔다.

이른 시간의 어슴푸레한 태양빛 아래에서 공작은 천천히 꼬리를 펼쳤다. 하나하나의 깃털을, 마치 도박꾼이 카드를 펼쳐드는 것처럼. 공작은 동쪽을 향해 머리를 돌리며 날개를 펼쳤다. 선명한 색깔의 부채모양은 이반을 미소 짓게 했다. 조그마한 체구의 연약하고 핼쑥한 동물원의 병약한 파수꾼은, 어떤 식이었는지 모르겠지만, 공작의 모습을 보고 놀라워하며 검고 미동도 없는 눈으로 '새들의 황제'를 주시하고 있었다. 그는 수줍어하며 손으로 웃음 띤 얼굴을 가렸다. 그 순간 그는 숨을 골랐다. 그는 동물들에게 줄 사료를 담은 운반대의 손잡이를 잡고 미동도 하지 않은 채 이른 아침에 공작이 추고 있는 춤을 바라보고 있었던 것이다. "와, 정말 아름답구나!" 그는 이미 2년 전부터 남모르게 공작을 지켜보고 있었다. 정확하게는, 1939년 4월의 첫번째 화요일부터. 그는 그날을 자신의 또 다른 생일이며 또 다른 인생에 대한 선고일로 기억하고 있었다. 갑작스럽게 형 마르코가 너무나 우연하게 집 안으로 들이닥쳤을 때, 이반은 오래전에 그를 뜻하지 않게 떠나버린 어머니, 아버지와 벌써 이야기를 나누고 있는 중이었다. 마르코는 부엌에서 그를 밧줄로부터 끌어내렸다. 형은 목 주위의 고리를 벗겨내고 이반의 뺨을 갈기면서, 책망하듯 화를 내며 물었다.

"대체 무슨 일이야, 이반? 왜 어리석은 짓을 하고 있는 거야? 빌어먹을, 대체 무슨 일이야?"

"더 이상 사람들을 볼 수가 없어……"

"더 이상 사람들을 볼 수가 없다고?"

"그래……," 이반은 대답하며 형이 이 세상의 고통을 연장해준 것에 대해 한탄하며 울기 시작했다.

마르코는 그를 양팔로 안고 거실에 있는 침대로 데려갔다. 아주 어렸을 적 혼자 내버려졌던 바로 그때처럼 그를 안고 갔다. 마르코는 그를 쇠로 만든 침대에 눕히고 라일락 향기가 나는 손수건으로 그의 볼을 닦아주었으며, 벽시계를 바라보고는 (그는 끊임없이 무언가를 서둘렀다) 자신은 무엇이든 도울 준비가 되어 있다고 말하며 물었다.

"이반, 사람들을 더는 볼 수 없다고? 그런 거야?"

"볼 수가 없어……"

"그래서, 목을 매기로 작정을 한 거야? 고통을 줄이려고?"

"응……"

"에이, 이반…… 나의 이반, 애물덩어리 같으니라고……," 마르코는 침대 주위를 맴돌았다. "목을 매달기로 했단 말이지, 이 세상에 나를 혼자 내버려두고…… 나의 이반, 내 동생, 불쌍한 것……"

그러고 나서 그는 담배에 불을 붙이고 라디오가 있는 쪽으로 다가가 라디오를 켜고 주파수를 찾아 돌렸다. 인생에서 그의 흥미를 끄는 것은 두 가지였다. 어린 여자와 나이 든 여자. 물론 그 가운데 정치도 약간 흥미를 끌긴 했다. 그는 대학에서 법학을 전공하고 아버지의 변호사 사무실을 이어받길 원했지만, 대학 강의에는 단지 몸이 아플 때에만 참석하곤 했다. 그는 타일로 만든 벽난로 옆에 앉아 흠뻑 땀을 흘리며 두세 시간 동안 졸다가 시내에 나가 여자 꽁무니 쫓아다니기를 반복했다…… 그는 1938년 1월 말경의 어느 날 밤, 분별없는 유희를 즐기다가 선상의 선술집 '두나브스키 갈렙'에서 흥겨워하고 있던 몇몇 사람들을 만났다. 그들은 노래를 부르고 농담을 주고받으며 새벽까지 술을 마셨다. 먼저 그들은 성공하고 잘나가는 도둑들에 관한 이야기를 생각해냈다. 그들은 오직 돈과 여자들에 대해서만 이야기를 나누었다. 그들이 강도와 살해를 당해도 싸다는 상인들에 대해 말을 꺼냈기 때문에, 그는 혹시나 그들이 범죄자들이 아닐까 하는 의심을 품기도 했었다. 자정이 지나고 여덟 병의 포도주를 다 마신 후에야, 그들이 공산주의자들이라는 사실을 알아챘다. 헤어지기 전에 그들은 코냑 한 병을 다 마시고는 마치 형제라도 되는 것처럼 입맞춤을 나눈 뒤, 생음악 연주를 하는 오케스트라의 연주에 맞춰 선 채로 노동자의 노래를 불렀다. 집시들은 창녀촌까지 그들을 따라갔다. 이반은 아침 식사를 준비하고 술에 취해 엉망이 된 그를 기다렸다. 식사를 하는 동안 마르코는 몇 년 동안 지속될지 모를 어떤 일 때문에 오늘부터 다른 집, 시내 어딘가에 있는 여자 친구의 집으로 옮길 것이라고 말했다. "전쟁은 피할 수 없어, 이반, 준비를 해야 해. 만약 '우리'가 준비를 하지 않는다면, 이 나라는 망하고 말 거야."

"마르코, 그 '우리'라는 게 누구지?"

"너무 많은 것을 묻는구나…… 오늘부터 우리는 밤에만 만나게 될 거야……"

그리고 그는 자리에서 일어나 라디오 모스크바 방송이 나올 때까지 라디오 채널을 돌렸다. 그리고 방 안 여기저기를 오가면서 커튼을 통해 창문을 바라보고 담배를 피웠다. 예전과 마찬가지로 욕지거리를 내뱉었지만, 욕과 함께 권총으로 위협을 한 것은 처음 있는 일이었다. 마치 만년필과도 같이, 그 한 조각의 쇳덩이는 그의 인생 내내 쓰이게 될 것이다. 구두(口頭)계약, 구두에 의한 각서, 구두에 의한 융자, 구두에 의한 결혼…… 등에 '서명'을 하게 될 것이다. 단지 그는 그것으로 수프를 먹지 않을 뿐이었다.

"사람들을 더는 볼 수 없다고?"

"응……"

"다리 때문에 누군가가 놀리기라도 하는 거야? 누가 비웃기라도 하는 거냐고?"

"아니……"

"정말?"

"정말……"

"누군가 네게 모욕을 준다면, 누군가 널 우연찮게라도 곁눈질한다면, 그놈을 개처럼 죽여버리겠어. 엉덩이를 뚫고 그놈의 위를 총알들로 가득 채워버리고 말 거야!"

그는 권총을 치켜들고 커튼을 걷어 올리고 나서는, 반대편 거리의 보행자들을 유심히 살폈다. 가죽 외투를 입은 두 사람이 사람들 속에 몸을 숨긴 채 멈춰 서 있었다. 그들은 재빨리 사라졌으며 불은 꺼져버렸다.

"왜 계속해서 창문 밖을 보는 거야, 마르코?"

"경찰이 나를 쫓고 있어."

"무슨 일을 저지른 건데?"

"아무것도 아니야…… 어젯밤, 나와 츠르니가 도둑놈 몇 놈을 패주었어…… 가자, 이반, 가자."

"어디로 갈 건데?"

"동물원으로. 네가 사람들을 볼 수 없다면, 동물들을 보면 되잖아."

그렇게 이반은, 하늘나라 대신에 동물원에 도착했다. 마르코는 2분 만에 그에게 일자리를 구해주었다. 일자리에 대한 구두계약은, 평소와 마찬가지로 권총으로 '서명'을 했다. 그는 몸을 돌려 요새의 성벽을 따라 그림자가 드리워진 조그만 길로 향했다. 그는 후에 약혼자들을 데리고 동물들과 이반을 보기 위해 여러 번 찾아오곤 했었다.

베오그라드의 동물원은 단 한 번도 그처럼 헌신적인 관리인을 둔 적이 없었다. 이반은 아침부터 그다음 날까지 일을 했다. 그는 수의사, 정원사, 전기공, 가게 점원, 관리인, 벽돌공, 칠장이였으며, 동물원의 일지를 쓰는 그럴싸한 작가이기도 했다. 그는 하루 종일 일어난 모든 일들을 기록했다. 동물원 식구들 가운데 병이 들고 목숨을 잃은 갓 태어난 새끼들, 이름이 잘 알려져 있었던 시민들의 방문, 기부자들의 이름, 건물 보수, 좋은 날씨와 나쁜 날씨, 수입과 지출…… 오늘 아침에는 두꺼운 공책의 새로운 장을 넘겼다.

1941년 4월 6일, 일요일.

자정 무렵에 하루 동안 어떤 일이 있었는지 기록할 것이다. 모두. 정확하게 모두를.

아름다움을 뽐내고 있는 공작을 유심히 살피고 있는 동안, 베오그라드 동물원 식구들의 생활에 관해 책을 쓴다면 아름답고 유익하고 현명한 일이 아닐까 하는 생각을 하기도 했다. 수많은 일화들이 뒤섞여 있는 짧은 이야기들. "책의 표지에는 공작의 꼬리털을 장식할 수도 있을 텐데…… 마르코가 시를 쓸 수 있다면, 나도 이야기를 쓸 수 있어"라고 그는 생각했다.

사자의 포효가 동물원에 울려 퍼졌다. 공작은 겁을 먹은 듯 꼬리를 모으고 잔디밭을 넘어 도망쳤다. 도심의 비둘기 무리는 하늘로 날아올라 다뉴브 강 쪽으로 날아가버렸다. 토끼들은 바위 구멍 속으로 사라졌다…… 이반은 운반대를 끌고 있었다. 그는 눈에 띄게 다리를 절뚝거리며 사자 우리 쪽으로 발걸음을 옮겼다. 그는 몸을 돌리며 당황해하고 있는 동물들을 바라보았다. 무슨 일이 일어난 것인지 그는 이해할 수 없었다. 사자가 크게 울부짖고 난 후 하이에나의 울부짖는 소리가 들려왔다.

앵무새들은 조그마한 새장에서 날카로운 소리를 내며 날아올랐다. 악어는 미끄러져 흙탕물 속으로 사라져버렸다. 타조는 어디론가 몸을 숨기려고 이리저리 날뛰고 있었다. 들소들은 방어할 태세를 하며 잔뜩 머리를 숙이고 있었다…… 이반은 운반대를 놓고 비틀거리는 걸음으로 서둘러 길거리로 나아갔다. 그는 숨을 헐떡거리며 원숭이 우리 옆에 멈춰 섰다. 동물들은 나뭇가지 위로 뛰어올라 날카로운 소리를 지르고, 울부짖고, 꽥꽥 비명을 질러댔다. 비비들은 철조망에 기어오르기도 하고 콘크리트 바닥에 거꾸로 뒤집혀지기도 했으며, 바위로 된 진흙 웅덩이 속에 몸을 숨겼다가 이내 밖으로 도망쳐버렸다. 그는 마치 동물들에 관해 아무것도 알지 못했던 첫날과도 같이 그저 바라보고만 있을 뿐이었다. 그는 작업복 주머니에서 열쇠 뭉치를 꺼내 문을 열고 우리 안으로 들어갔다. 원숭이들이 그에게 무언가를 이야기하고 설명했지만, 그는 그들의 말을 이해할 수 없었다. 당황한 그는 바위 구멍 안을 들여다보기 시작했다. 한 우리에서 어미 침팬지가 새끼를 품에 안고 있었다. 침팬지는 겁에 질려 몸을 떨고 있었다. 침팬지는 외마디 소리를 지르며, 그에게 무언가를 말하려고 했다. 그러고는 우리에서 뛰쳐나와 철조망으로 다가가서는 손을 들어 하늘을 향해 손가락을 가리켰다. 이반은 이해하지 못해서 미안하다고 말하며 어깨를 으쓱해 보였다. 새끼 원숭이는 어미의 품 안에서 울음을 터뜨렸다.

악천후를 예고라도 하듯, 어딘가 멀리서, 우레와 같은 소리가 들리기 시작했다. 희미하게 윙윙거리던 소리는 점점 커지고 있었다. 동물들의 공포도 점점 커져만 갔다. 어미 침팬지는 철조망 끝에 웅크린 채 새끼를 감싸 안고 손으로 눈을 가렸다. 마치 여름날의 천둥처럼 시끄럽던 소음은 강력한 비행기 엔진의 소리로 변했다. 다뉴브 강의 수평선 위쪽으로 기러기 무리의 형태로 보이는 검은 점들이 나타났다. 동물원에서의 공황 상태는 도심으로 전해졌다. 사자들이 동물세계의 위험을 예견했던 것처럼, 사이렌이 엄청나게 큰 소리로 하지만 너무 늦게 공포와 공황의 신호를 알렸다. 많은 시민들이 육로를 통해 올 것이라고 어렴풋이나마 예견하고 있던 바로 그것이, 하늘을 통해 날아든 것이다.

                    *

'갈고리 모양*을 단 폭격기'의 최초의 비행사들은 푸른 언덕의 경사면 여기저기에 흩어진 채 두 개의 강과 어설픈 모양의 산으로 둘러싸여 있는, 조그맣고 아름다운 도시 베오그라드를 내려다보았다. 그들은 칼레메그단 요새, 요새로부터 슬라비아에 이르는 중앙대로, 왕궁, 국립도서관, 시립병원, 기차역, 타슈마이단 공원…… 등을 얼핏 보았다. 그리고 그날 아침, 정부 수반의 딸의 결혼식이 예정되어 있었던 대성당의 금빛 십자가도 보았다.

첫번째 폭격기의 비행사들은 그 모든 것들을 내려다보았으며 영원히 기억했다. 왜냐하면, 한 도시를 완전히 파괴한다는 것이 결코 작은 영광은 아니었기 때문이었다. 다음 차례로 공격을 감행했던 그들의 동료들은 아무것도 보지 못했다. 그들은 단지 검은 연기로 이루어진 구름과 이전 비행기들이 투하한 폭탄들로 인해 발생한 폭발의 섬광만을 기억했을 뿐이었다.

                    *

---

* 나치의 십자 휘장 하켄크로이츠(卐)를 말함..

첫번째 폭탄들은 동물원을 명중시켰고 완전히 파괴해버렸다. 비록 그 폭탄들이 폭발하지 않았다 하더라도, 그 무게만으로도 끔찍한 피해를 일으켰을 터였다. 파괴된 벽과 담장을 넘어, 부상당하고 살아남은 동물들이 도시 곳곳으로 도망쳤다. 동물원에는 갈가리 찢긴 동물들의 주검과 절름발이가 된 새들만이 남아 있었다. 아프리카 사자들 가운데 하나인, 이반의 애완동물 레오는 물개 우리 옆의 무너진 담장을 뛰어넘었다. 레오는 요새의 은신처를 향해 정신없이 도망치고 있는 사람들 사이에서 엄청난 공포를 불러일으키며 두산 거리를 따라 사라져버렸다. 타조는 날카로운 소리를 지르고 지지러진 날개를 흔들면서 요반 거리를 따라 도망쳐버렸다. 그 새는 파괴된 잔해와 불이 난 곳에서 날려고 애쓰고 있었다.

*

계속해서 살아갈 운명이었던 이반은, 파괴된 우리 속에서 죽음을 맞이하고 만 원숭이들 사이에서 울고 있었다. 어쩌면 삶에 대해 가장 관심이 적었다고 할 수 있는 그에게는, 아무런 일도 일어나지 않았다. 십자가에 못 박힌 예수처럼, 그는 양손을 넓게 펼친 채 서 있었다. 그는 불타버린 동물원, 무너져버린 건물들, 죽고 다친 동물들……을 바라보았다. 무언가를 말하려고 소리치려고 애써보았지만, 한마디의 말도 입 밖에 낼 수 없었다. 보다 정확히는 목과 영혼 사이에서 그 무언가가 그를 짓누르고 숨 막히게 했다. 이전에 말했던 것처럼 그는 더 이상 말을 할 수 없을 것이다. 가장 간단한 문장들을 말하기 위해 그는 남은 인생 동안 고통받을 것이 분명했다. 다시 그를 만나게 될 바로 그날까지…… 하지만 그것에 관해서는 나중에 이야기하기로 하자.

등 뒤에서 들려오는 울음소리를 듣자마자, 그는 몸을 움직여 뒤를 돌아보았다. 그는 담장 가까이에 있는 늙은 침팬지와 그 근처에서 어미를 깨우려고 애쓰며 깡충깡충 뛰고 있는 새끼를 발견했다. 그는 아무런 움직임이 없는 몇몇 동물들의 시체를 가로질러 걸음을 옮기고는 어미 원숭이 곁에 앉아 무릎을 포개고는 두 손으로 껴안고 겨우 들릴 만한 나지막한 소리로 흐느껴 울기 시작했다. 그가 가지고 있던 유일한 생각은 확실하게 울고 힘을 조금 추슬러서는 제대로, 인간답게 목을 매려는 것이었다. 인간은 너무 이르게, 혹은 제때에 그리고 너무 늦게 죽을 수도 있다. 너무 이른 시간과 너무 늦은 시간에 대해선, 운명이 결정하는 것이다. 하지만, 제때라는 것은 각자가 자신에게 내리는 결정인 것이다. 그렇게 그는 한때 왜 자살이 '의미가 있는지'를 형 마르코에게 설명하곤 했었다. 울고 있는 새끼 원숭이를 달래고 그 대화를 떠올리면서, 자신이 목을 매달, 약간 불에 그을린 참나무 가지를 바라다보았다. 그가 무엇을 할 작정인지 예감이라도 한 것처럼 침팬지 새끼는 그를 껴안았다. 바로 미래의 그 어느 날까지 그의 목숨과 수많은 고통을 지속시키게 될 무언가를 흐느껴 이야기하면서 그를 꼭 끌어안았다…… 하지만, 그것에 관해서도 나중에 이야기하기로 하자.

*

칼레메그단 건너편 아파트 안에서, 폭격의 와중에서도 츠르니는 아침 식사를 멈추지 않고 있었다. 그는 단 한 번도 자신이 상처를 입는다는 생각을 해본 적이 없었다. 누군가의 목을 벤다는 것, 그것은 가능했지만.

24

그는 석회, 모르타르와 유리 조각이 들어간 열두 개의 계란으로 만든 베이컨 스크램블을 먹고 있었다. 빵 조각의 끄트머리를 이용해 접시에서 폭격의 잔해들을 치웠다. 그는 동물원에서 일어나고 있는 폭발과 연기를 쳐다보면서 음식을 씹었다. 그는 불만이 가득한 채로 탁자 뒤에서 죽음을 맞을 준비가 되어 있었다. 하지만 마치 아무 일도 일어나지 않고 있는 것처럼, 끝까지 모두 먹어치웠다. 그는 맥주잔을 비우며 '지금 만약 나에게 겁을 주고 있는 것이라면, 난 평생 동안 그들을 두렵게 만들고 말겠어'라고 생각했다. 그러고는 무기를 챙겨 악행을 저지르고 있는 자들을 맞이하기 위해 밖으로 나가려고 했다. 베라는 옷장 바닥에 엉거주춤하게 쭈그린 채, 몸을 떨고 십자성호를 그으며 그를 바라보았다. 츠르니가 떨어진 샹들리에를 탁자로부터 던져버리려고 했을 때, 전기가 그의 머리카락을 삐쭉 서게 만들었으며 그에게 심한 충격을 안겨주었다. 그녀는 그에게 다가가 안으려고 했다. 화가 잔뜩 난 그는 손바닥으로 젖은 눈을 닦아내고 빵 조각 끝을 삼키고는 동물원 위로 피어오르는 연기 구름과 먼지를 바라보았다. 그는 '이반에게 무슨 일이 생긴 것은 아닐까'라고 속으로 생각했다. 꽉 다문 이 사이로 저주의 말과 같이 욕지거리가 튀어나왔다.

"빌어먹을 파시스트 놈들!"

탁자에서 빵 부스러기를 모아 잘근잘근 씹으며 석회와 먼지가 하얗게 뒤덮인 검은 양복을 입고 있는 남편을 바라보며, 베라는 다시 한 번 성호를 그었다.

"어떻게 음식을 먹을 수가 있어요, 츠르니?"

"먹을 수 있어!"

"어떻게 폭격을 하고 있는데 음식을 먹을 수 있느냐 말이에요," 그녀는 배를 움켜잡고 울면서 물었다.

"먹을 수 있단 말이야! 일부러라도 말이야!"

"일부러?"

"일부러! 당신은 내가 굶어 죽기를 바라고 있군!"

그는 부서진 찬장 쪽으로 다가가서는 서랍을 잡아당겨 여러 겹 포갠 식탁보 사이에서 권총과 수류탄 두 개를 찾아냈다. 권총은 허리춤에 차고 수류탄은 삼각 옷걸이에 걸린 코트 주머니에 우겨 넣었다. 집을 나서며 코트를 입는 동안, 베라는 그가 자신을 폐허 속에 혼자 남겨두려는 사실을 믿지 못하겠다는 듯 그의 뒤를 따랐다. 그녀는 그가 기분 나쁜 장난을 하고 있다고 생각하고 그를 쳐다보았다. 그가 계단으로 발걸음을 떼어놓기 시작했을 때, 그녀는 문기둥에 기댄 채로 날카롭게 비명을 질렀다.

"어딜 가려는 거야?! 어디를 가겠다고?!"

"범죄자를 맞이하러 가는 거야."

"대체 어디를 가겠다는 거야?! 츠르니!"

"내 도시를 파괴하겠다는 속셈인가 본데, 빌어먹을 파시스트 놈들! 내 도시를 말이야!"

"당신이 어딜 가려는지 알아! 그 갈보집에 가려는 거잖아! 밤새 그년 집에 있었으면서도 말이야!"

츠르니는 발걸음을 멈추고 뒤로 돌아 중절모의 챙을 들어 올리고는 눈물을 글썽이고 있는 부인을 바라보았다. 오래전부터 그녀는 다양한 '갈보'를 입에 올리며 그를 힐난해댔지만, 오늘은 그가 어딜 가는지 어디에 들르는지에 대해 입씨름이나 할 만한 그런 일상적인 날이 아니었다. 폐허 속에서 적들이 방어가 허약한 이 도시를 매 순간 압제자처럼 다룰 수 있기 때문이었다. 국방부에서 단 한 사람이라도 공격을 예상했더라면 정부 수반의 딸의 결혼식을 예정하지 않았을 터였다.

베라는 느슨해진 난간을 붙들고 한 계단 한 계단 내려갔다. 그녀에게 있어 전쟁은 2년 전 시집을 온 바로 그날부터 시작되었다. 자신이 원하는 때에 들어왔다 나가곤 하는 그 남자와 그녀는 힘겨운 참호전을 치르고 있었다.

"지금 그 갈보의 집에 가려고 하는 거지, 썩어빠진 짐승 같으니라고! 돌아와!"

"베라, 어느 갈보 말이야?"

"그 여배우 집에 말이야……"

"어느 여배우? 당신 제정신이야? 난 조국을 지키러 가는 거라고!"

"거짓말하지 마! 갈보를 지키러 가는 거겠지! 이 아이와 날 남겨두고 그년과 자러 가는 거잖아." 그녀는 부어오른 손에서 결혼반지를 빼내려고 하면서 날카롭게 소리를 질렀다.

"무슨 말을 하고 있는 거야? 도대체 왜 그러는 거야, 정말?"

"온 도시에 떠돌고 있는 말을 하고 있는 거야! 당신은 극장에서 나오지 않잖아! 매일 밤 극장 안에 있잖아! 매일 밤!"

"난 극장을 좋아해."

"극장을 좋아한다고? 극장을 좋아한단 말이지! 쓰레기 같은 거짓말쟁이 같으니라고!"

"누가 쓰레기 같은 거짓말쟁이란 말이야? 내가 쓰레기 같은 거짓말쟁이라고? 고맙군, 베라. 고마워!"

그는 계단 아래로 뛰어내려가 대문 쪽을 향했다. 베라는 반지를 벗겨내려고 괴로워하며 소리를 질러댔다.

"멈춰! 츠르니! 돌아와!"

"내게 용서를 빈다면 돌아가지! 내게 충분히 용서를 구한다면 말이야!"

"내가 당신에게 용서를 빈다고? 당신이 내 인생을 망쳐놓았는데 내가 당신에게 용서를 빌어야 한다고?!"

"누가 당신의 인생의 망쳐놓았다는 거야? 내가 당신의 인생을 망쳐놓았다고?"

"그래, 당신이! 썩어빠진 짐승 같으니라고! 당신이란 말이야! 당신이 내 인생을 망쳐놓았잖아! 나와 이 아이와 이 민족의 삶을! 당신과 마르코가 3월 27일 벌어진 시위를 조직했다는 것을 내가 모르는 줄 알지! 당신 두 사람 때문에 우리를 폭격하고 있는 거라고!"

그는 병적으로 흥분하고 있는 부인을 생전 처음 보기라도 한다는 듯 쳐다보면서, 먼지와 연기 속에 서 있었다. 폭격의 책임이 자신과 마르코에게 있다는 비난은 그를 돌처럼 굳어지게 만들었다. 그는 미소를 지어 보이려고 애썼지만, 그럴 수가 없었다.

"우리 둘 때문에 폭격을 했다고? 베라, 당신 제정신이야?" 조금이라도 그녀를 안정시키기 위해 노력을 기울이며 그는 나직한 소리로 물었다.

"난 지금 정상이 아니야! 당신을 만나기 전까지는 정상이었지! 갈보들과 공산주의자들이 당신에게 죽음을 가져다주고 말 거야! 내가 하는 말을 잘 들어! 가버려! 가버리란 말이야, 이 한심한 인간아!"

그녀는 결혼반지를 빼내어 있는 힘껏 남편의 얼굴에 던져버렸다. 츠르니는 반지를 잡으려고 했지만 반지는 그의 이마를 맞히고 길 위로 굴러가버렸다. 베라는 울면서 배를 움켜잡고 계단을 올라갔다. 그는 입을 굳게 다물고 그녀를 배웅했다. '평생을 위한……' 반지가 이마에 만들어낸 상처에서 그의 뺨 아래로 가느다란 핏줄기가 흘러내렸다. 그는 길가로 나와 먼지 속에서 반지를 집어 들고는 산더미처럼 쌓여 있는 벽돌을 뛰어넘었고 종종걸음을 치며 시내로 향했다. 연기구름 속으로 그의 코트 빛이 사라져버렸다.

불타고 있는 도시가 어느 방향을 향해 숨을 다해가고 있는지 그 누가 알겠는가. 폭탄이 미처 날려버리지 못한 것들은 불길이 지속적으로 서서히 파괴해가고 있었다. 지붕들이 마치 사람의 머리통처럼 그의 배 위로 떨어져 내렸다.

*

사람들은 아무 말없이 거리를 오가고 있었다. 어느 누구에게도 묻거나 말을 건넬 힘이 없었다. 말은 더 이상 존재하지 않았다…… 츠르니는 자신이 이미 언젠가 이것을 경험했을지도 모른다는 생각을 하고 있었다. "아마도 내가 기억하기로는 돌아가신 아버지 아니면 돌아가신 할아버지께서…… 시체들을 보지 않으려고 애쓰며 폐허를 밟고 지나가셨지. 하지만 그 모두를 보고야 말았어. 폐허가 된 거리와 집들에서 말이야."

그는 긴 다리를 가진 타조가 정신없이 칼레메그단 공원을 따라 요새의 북쪽 탑을 향해 도망치고 있는 모습을 바라보면서 발걸음을 멈췄다. 더욱 서글픈 자유를 얻기 위해 슬픔에 젖어 있는 동물들의 모습에 그가 놀라워하고 있는 동안, 이반이 침팬지 새끼를 품 안에 안고서 연기와 먼지 속으로부터 모습을 드러냈다. 가엾은 그는 절뚝이며 비틀거리고 있었다. 새끼 원숭이는 그의 작업복 재킷의 옷깃 사이에 머리를 감춘 채, 그의 목을 꽉 끌어안고 있었다. 전직 동물원 관리인의 물기를 머금은 눈에서는 끊임없이 눈물이 흘러내리며 그는 마치 바닷속 어느 고대문명의 석조 잔해를 지켜보고 있는 것처럼 파괴된 도시를 바라보고 있었다. 낯익은 쉰 목소리가 그를 멈춰 세웠다.

"이반!"

츠르니는 산더미처럼 쌓여 있는 벽돌들을 뚫고 허우적대며 그에게로 다가갔다. 그의 모습을 발견하고 이반은 큰 소리로 울기 시작했다. 울음을 터뜨릴 누군가를 절실하게 기다리고 있었던 것처럼. 그는 무언가를 말하려고 했지만, 단 한마디의 말도 입 밖에 꺼낼 수가 없었다…… 폐허 사이에서 불길에 겁을 집어먹은 사자가 나타났다. 츠르니는 외투 아래로 손을 집어넣어 권총을 꺼냈다. 이반은 그의 어깨를 붙들어 돌려세웠다. 그는 겨우겨우 더듬어가며 말했다.

"아…… 아…… 아니…… 그…… 그건…… 레오야……"

"동물들이 도망쳤단 말이야?"

"그래……"

"죽지 않은 사람은 동물들이 잡아먹을 거야…… 자, 울지 마. 내가 새로운 동물원을 지어줄 테니까."

그는 코트 주머니에서 구겨진 지폐 다발을 꺼냈다. 그리고 그것들을 되는대로 이반의 상의 주머니에 우겨 넣었다.

"새끼 원숭이에게 우유를 사주고 마르코에게 곧바로 선술집 '작은 모스크바'로 오라고 말해. 당장……! 그리고 더는 울지 마. 독일 놈들이 너를 봐야 하는데, 널 보고 재미있어하게 말이야!"

"어디로…… 가…… 가는 거야," 이반은 진정하려고 애쓰면서 더듬거리며 말했다.

"범죄자들을 맞이하러. 아무도 그놈들을 맞이하지 않는 것은 예의가 아니지. 그러면 우리가 어떤 못 배워먹은 민족이 되고 마는 거야."

"조…… 조심…… 해……"

"빌어먹을 파시스트 놈들!" 츠르니는 자리를 뜨며 욕지거리를 내뱉었다.

이반은 화를 내며 멀어져가는 그를 바라보고 있었다. 그와 형 마르코가 어떤 기적을 만들어내거나, 아니면 적어도 어떤 대단히 어리석은 일을 꾸밀 것이라고 그는 확신했다. 가만히 있지는 않을 터였다. 그는 여러 해 동안 마치 이 나라의 모든 세대들이 반드시 '치르고 있는' 어떤 질병처럼 전쟁을 언급하곤 했었다. 평화는 사람들이 '언제까지 계속될까?'라고 스스로에게 물으며 의아해하는 일상적이지 않은 현상에 불과했다.

사자는 핏자국을 남기며 몸을 움직였다. "할 수만 있다면, 새끼 원숭이를 치료하는 것처럼, 그 녀석도 품 안에 안아 집으로 데려가 치료할 텐데."

"도망…… 도망 가…… 레오…… 도망, 도망치란 말이야……." 그는 흐느껴 울며 더듬더듬 말하고는 몸을 돌려 가능한 한 재빠르게 자리를 떴다. 그는 멀찍이서 츠르니를 바라보았다. 그는 얼룩덜룩한 고양이 한 마리를 잡아 먼지투성이가 된 구두에 문지르고는 시내 중심가 쪽으로 서둘러 갔다. 그는 항상 반짝반짝 광이 난 신발을 좋아했다.

*

요새의 성벽 끝, 중앙 문 가까이에서 낡고 촌스러운 버스가 불타고 있었다. 버스가 멈춘 바로 그 순간에 폭탄이 명중시켰던 것이다. 불길은 '크르스티치와 그 아들'이라는 버스에 새겨진 회사 이름을 서서히 사라지게 하고 있었다. 수도를 구경하고 커다란 도시에서 성공한 친척들을 방문하고 혹은 크고 넓은 유명한 요새를 둘러보고자 했던 수많은 승객들 가운데에서, 단지 두 명의 악사 집시 아이들만이 살아남았다. 이반은 버스 주인이었던, 나이 들고 살이 찐 크르스티치, 몇 시간이고 앉아서 원숭이의 장난을 지켜볼 줄 아는 젊은이였던 그의 아들 미슈코와 친구 사이였다. 그는 우리 근처를 뛰어다니며 종종 원숭이들을 흉내 내곤 했었다. 엄밀히 말하자면 그는 제대로 된 인물이 아니었지만, 그의 아버지 파야만은 전국에서 가장 훌륭한 운전기사라고 생각했다. 필요에 따라 그는 눈을 가리고 버스를 운전할 수도 있었다. 후진도 마찬가지지만.

이반은 도르촐에 있는 집을 향해 발길을 옮기며 더는 그들을 보지 못할 것이라고 생각했다. 더는, 적어도 이 세상에서는. 아마도 어느 날…… 미래의 어느 날, 우리는 다시 만날 것이다. 그리고 과연 그랬었다. 하지만 그것에 관해서는 나중에 이야기하기로 하자.

그날 밤, 불타버린 집 안에서 새끼 원숭이는 생명을 연장하고 있었다. 줄을 잡고는 미친 듯이 방 안 이곳저곳을 어슬렁거리기도 하고 그의 무릎을 껴안고 낑낑거리며 그에게 무언가를 말하기도 했다. 사람들은 그가 한 달 만에 동물들의 말을 모두 배웠다고 했다. 언젠가 마르코는 그가 우리들을 돌며 동물들과 몇 마디씩의 말을 주고받는 것을 보고 들은 적이 있었다. 불행히도 지금은 중단되었지만, 그는 대부분의 동물원 식구들의 말을 할 줄 알았고, 단지 추측하고 어림잡을 수밖에 없는 많은 비밀들을 알아내는 범상한 재주를 가지고 있었다.

"그래, 너를 혼자 남겨두지 않을 거야," 이반은 원숭이의 언어로 말했다. "그렇게 하지 않을 거야. 자, 너를 위해서 난 살아남아 있을 거야…… 오직 너를 위해서, 소니. 네가 홀로 남겨지지 않도록 말이야."

그날 밤 그렇게 새끼 침팬지는 생명이 다할 때까지 결코 떨어질 수 없는 친구를 얻었다. 그리고 소니라는 이름도.

2. 또다시 독일 놈들이 몰려온다!

    츠르니는 태어난 집에서보다 선술집 '작은 모스크바'에서 더 많은 시간을 보냈다. 오늘도 그는 친구 마르코와 함께 베오그라드의 사업가 두 사람에게 '세금'을 지불하도록 강요하며 당구장에 있었다. 두 친구는 그 사람들에게 매달 어떤 다른 나라들에서는 '공갈'이라고 불리기도 하는, 정기적인 빚을 지우고 있었다. 마르코는 당구대 주위를 어슬렁거리며 담배를 피워 물고 공을 굴리기도 하며 겁먹은 그 사람들을 친구가 어떻게 심문하고 있는지 웃음 띤 얼굴로 바라보고 있었다. 크랄랴 페트라 거리의 땅딸막한 키의 보석상은 거의 우는 목소리로 애원하듯 반복했다.

    "이보시오, 난 단 한 푼도 가진 게 없소. 내가 가진 모든 것을 당신들에게 주지 않았소…… 전쟁이잖소…… 제발 부탁입니다…… 전쟁이라고요…… 마르코 선생님, 츠르니 선생님께 말씀 좀 해주시오, 날 좀 믿어달라고…… 아이들을 걸고 맹세합니다……"

    새끼 염소와 같은 턱수염을 한 작은 체구의 또 다른 상인은 아무런 말없이 돈다발을 탁자 위에 내려놓았다. 츠르니가 그에게 왜 눈으로 돈을 세웠는지를 물었을 때, 그의 손은 떨리기 시작했다.

"그게 전부요, 프로다노비치 씨? 사람들이 금을 살 돈이 없기 때문에 그의 금은방이 예상처럼 영업이 되지 않는 거라면, 당신의 제분소는 많은 돈을 탈곡하고 있겠군. 인간은 꼭 반지를 사야 하는 것은 아니지만, 먹기는 먹어야 하잖아…… 프로다노비치 씨, 이 돈은 우리를 위해 받는 것이 아니요. 무기를 구입하고 조국을 지키기 위해 모으고 있는 거란 말이오!"

"츠르니 선생님," 그 가엾은 사람은 흔들리는 의자에 앉아 몸을 건들거리면서 불평을 늘어놓기 시작했다. "츠르니 선생님, 내 여덟 명의 아이들을 걸고 맹세합니다……"

"아이들을 걸고 내게 맹세하지 마시오! 아이들을 걸고 맹세를 하다니, 참으로 부끄러운 일이오! 창피한 일이란 말이오!, 듣고 있는가, 친구?" 제분업자의 돈을 헤아리며 츠르니는 친구에게 관심을 돌렸다.

"듣고 있네, 친구. 듣고 있어. 더 이상 사람들은 수치심도 창피함도 느끼지 않는 거야," 마르코는 목이 가느다란 큰 병을 들고 거리를 가로질러 달려가는 기운 넘치는 소년을 바라보면서 그의 말을 곡해했다.

"당신 두 사람은 들으시오. 만약 '세금' 납부를 거부한다면, 요 며칠 동안 이것이 당신들을 따라다닐 것이오. 자, 내가 지니고 돌아다니지 않도록, 집으로 가져가시오," 츠르니는 주머니에서 두 개의 수류탄을 꺼내 상인들에게 내밀며 위협했다. 그들은 각자 수류탄을 하나씩 들고 일어섰다. 그들은 왜 그가 그것을 자신들에게 주는지 모르겠다는 듯 그를 쳐다보았다. 보석상은 선술집을 나서면서 대담하게 물었다.

"그런데, 선생님, 이것들로 무얼 하나요?"

"만약 내가 시간이 없으면, 당신들 스스로 뒈지라는 거지!"

커다란 병을 든 소년이 넋이 나간 것처럼 홀 안으로 뛰어 들어왔다.

그 소년은 불안한지 얼굴이 창백해져 있었다. 죽을 듯이 겁에 질려서는 손으로 바깥에 있는 무언가를 가리키면서, 헐떡이며 말했다.

"독일 놈들이 몰려오고 있어요! 도시로 들어오고 있단 말이에요!"

"당신 두 사람은 가보시오," 그들이 밖으로 나갈 때 츠르니는 "독일 놈들과 거래를 하면 어디 두고 보자고! 두고 보잔 말이야!"라고 소리치며 상인들을 보내주었다.

마르코는 버드나무 줄기로 짜인 망사 아래로 흘러나오는 기름방울을 바라보면서 소년으로부터 커다란 병을 받아들었다. 그는 기름 묻은 손을 벽에 닦았다.

"친구, 이게 뭐야? 이게 어떤 기름이야?"

"올리브기름이야," 친구는 주머니에 돈을 우겨 넣으며 대답했다. 그들이 과연 제정신인지 놀라워하며, 소년은 계속해서 사람들을 쳐다보았다. 소년은 누군가가 입 밖으로 낼 수 있는 가장 끔찍한 소식을 전해주었지만, 그들은 단지 올리브기름에 대해 이야기를 하고 있던 것이다. 어쩌면 그들이 자신의 말을 잘 이해하지 못했을 수도 있다는 생각이 들자, 그는 좀더 큰 소리로 반복했다.

"독일 놈들이 몰려온단 말이에요! 도시 안으로 들어오고 있어요……"

츠르니는 "알아, 알고 있어"라고 말하고 기름이 묻은 마르코로부터 커다란 병을 받아들었다. 또 어떤 어리석은 짓을 할 작정이냐고 물으며 친구는 그를 쳐다보았다. 그는 컵, 재떨이 그리고 화병…… 등이 놓여 있는 식탁보를 끌어당겨 손을 닦으며 훈계를 늘어놓았다.

"기름으로 무얼 하려고 그래? 제발, 또 바보 같은 짓 좀 하지 마! 티토는 내게 자넬 잘 돌보라고 개인적으로 명령했단 말이야……"

"그 티토라는 게 뭔데, 먹을 거라도 되는 거야? 나에게 명령을 내린 그 작자가 누군데?," 손가락 사이의 기름 앙금을 확인하며 츠르니가 그에게 물었다. 마르코는 전혀 미동도 하지 않은 채, 아무 말없이 그를 쳐다보았다. 그들은 친구이면서 결혼대부Venčani kum*의 관계이긴 했지만, 자신을 이 단순하고 거만하며 터무니없는 전기공, 전봇대공과 한통속으로 묶고 있는 것이 도대체 무엇인가라는 생각이 자주 들곤 했으며, 그를 그럴듯한 사람으로 그리고 당에서 요구하는 수준의 사람으로 만들려고 하는 자신의 노력이 쓸데없는 것처럼 느껴지기도 했다.

"티토 동지가 누군지 모른다는 거야," 그가 물었다.

"그래. 들어본 적 없어," 츠르니는 선술집 앞의 자갈로 만들어진 도로를 바라보면서 말했다. "'들어본 적 없다'라는 말은 '들어봤지만, 나와는 상관없다'라는 것을 의미하지. 이게 나의 도시야."

마르코는 떨고 있는 소년에게 다가가 그의 어깨를 붙잡고 츠르니에게로 데려갔다.

"넌 티토에 대해 들어봤지?"

"예…… 아저씨…… 들어봤어요……," 겁먹은 소년이 더듬거렸다.

"그에게 누구인지 말해줘," 마르코는 츠르니를 향해 그를 돌려세웠다. "말해!"

"티토는…… 경마 기수예요……," 소년은 작년 차례바 추프리야에서 벌어진 속보 경주에서 우승한 티토 바레니카를 떠올리며 말했다.

"티토가 경마 기수라는 거야, 바보 같은 놈!? 티토는 우리 도시를 침범하는 이 기생충들로부터 우리를 구원할 수 있는 유일한 분이야. 그분과 스탈린 동지, 두 사람뿐이지, 멍청한 놈들," 마르코는 선술집을 나가 도

---

* 결혼식을 할 때 신랑 신부가 가장 믿을 만하고 친한 사람을 각각 한 명씩 선정하여 '결혼대부'로 삼는데, 평생 그러한 관계를 유지하게 된다.

로 위 낡은 자갈길에 기름을 붓고 있는 츠르니를 바라보며 화를 냈다. 그는 조심스럽게 뒤를 돌아다보며 기름을 흩뿌리고 있었다. 마지막 한 방울까지 붓고 났을 때, 소년은 그에게 다가가 병을 받아 들었다. 바의 뒤편에서 프랑스식 베레모를 쓴 사람이 바이페르트 흑맥주 한 잔을 마시면서 서 있었기 때문에, 츠르니는 선술집으로 돌아와서 마르코에게 화를 내고는 있었지만 나직한 소리로 물었다.

"지금 자네가 티토를 가지고 나를 괴롭히고 있지만, 무기로 가득한 기차가 정차해서 독일 놈들이 그걸 챙기기를 기다리고 있단 말이야. 벌써 수백 번은 할 수 있었지만, 며칠 동안 우리는 합의를 이루지 못하고 있잖아. 이미 무스타파는 네 개의 객차를 챙겼는데……"

"기회가 아직 오지 않았어, 츠르니. 아직 아니란 말이야," 마르코는 몸을 돌려 프랑스식 모자를 쓴 사람을 쳐다보며 그를 진정시켰다. 그는 그들의 말을 듣지 않고 그들을 보지 못한 척하고 있는 것이거나, 아니면 실제로 그들에게 흥미를 갖고 있지 않음에 틀림없었다. 마르코는 허리에 찬 권총을 만지작거리며 그가 분명히 어떤 썩은 냄새를 풍기는 경찰일 거라고 생각했다. "경찰 냄새가 난단 말이야," 그는 속삭였다.

"그럼 언제가 '그 기회'란 말이지, 친구?" 츠르니는 그를 창문 쪽으로 데려가면서 그것이 언제가 될 것인지를 물었다. 때때로, 항상 적절하지 못한 시점에 '작은 모스크바'에 들르곤 하는 베레모를 쓴 그 사람이 그에게도 의심쩍었다. 그것도 정확하게 말이다.

"그가 나타날 때…… 그가 겉으로 드러날 때 말이야……," 마르코는 흥분하며 이를 악물었다.

"에이, 빌어먹을, 마르코. 그가 나타날 때라니. 그놈이 대체 내게 뭐란 말이야," 츠르니는 등을 돌리며 속삭였다.

"그가 자네에게 뭔지 아나, 친구. 그는 자네에게 또 다른 축일과 같아. 지금까지 자네는 단지 성(聖) 니콜라의 축일*만을 모셔왔지만 말이야……"

"자네 정상이 아니로군, 친구. 정상이 아니야, 그놈이 나의 십자가라도 된단 말이지. 그러면, 그놈이 성인(聖人)이란 이야기군," 츠르니는 놀라서 제정신이 아닌 듯했다. 그리고 화를 냈다. 아주 많이 화를 냈다.

"아니, 하지만 그렇게 될 거야," 친구는 불이 붙어 있는 담배에 또 담뱃불을 붙이면서 속삭였다.

"왜 그렇게 담배를 피워대는 거야? 대체 왜 그래, 마르코?"

"아무것도 아니야…… 자네가 그런 어리석은 얘기를 해서 나를 화나게 만들고 있잖아……," 프랑스식 베레모를 머리에 쓴 사람의 시선을 등 뒤로 느끼며, 친구가 중얼거렸다.

*

독일 군대는 열을 지어 보행을 하며 베오그라드로 행진했다. 우연히 길을 가던 사람들과 어둑한 문간에 숨어 있던 호기심 많은 아이들이 그들을 맞고 있었다. 실제로 선술집의 창문을 통해서 열광적으로 바라다보던 몇몇 '기쁨에 들뜬 시민들'이 있었으며, 마르코와 츠르니는 그 모습을 잘 기억하고 있었다. 힘차게 쿵쿵거리는 군화 소리 때문에 탁자 위의 잔들이 튀어 오르기도 하고 바의 선반 위에서 병들이 쩽그렁하고 소리를 내며 떨어져 뒤집어지기도 했다. 프랑스식 모자를 쓴 사람은 '살아 있는 기계들'

---

* 12월 6일로 가톨릭과 정교회에서 성인(聖人) 니콜라(Sv. Nikola)를 기리는 날.

의 입성을 우울한 표정으로 바라보며, 다른 창문 쪽으로 다가갔다.

후에 전쟁이 벌어지던 내내 소문으로 회자되던 어떤 일이 마침내 벌어지고야 말았다. 그것이 정말로 일어난 것인지 독자들 혹은 다른 사람들이 생각해낸 것인지 결코 알 수 없는 일이지만, 그 이야기에 따르면 그 일이 벌어진 것이었다.

첫번째 열의 군인들이 기름이 부어진 길 위의 네모난 돌들을 밟고 미끄러지면서 서로를 잡느라 마치 한 꾸러미와도 같이 자빠졌다. 흠잡을 데 없었던 전열은 순간적으로 '무너져버렸다.' 높은 계급의 장교 한 사람이 모두를 사살할 준비라도 되어 있다는 듯 권총집에서 총을 빼들며 혼란스러워하고 있는 군인들에게 소리쳤다. 그는 몸을 일으켰다가 또다시 넘어지곤 하는 한 병사를 발로 걸어차며 소리쳤다.

선술집 안에서는 커튼 뒤에 몸을 숨긴 채, 츠르니와 마르코가 눈물이 빠지도록 웃음을 터뜨리고 있었다. 그들은 서로의 어깨를 두드려가며 눈물로 젖은 눈을 소맷자락으로 닦았다. 발작과 같은 그들의 웃음은 거리의 총성으로 중단되고 말았다. 그들이 다시 창문을 통해 엿보았을 때, 목이 가는 커다란 병을 든 소년이 보도 위에 있었다. 그는 잿빛 하늘을 바라보며 누워 있었는데, 마치 아무 일도 없었다는 듯 발걸음을 내디디며 지나가고 있는 독일 보병부대를 따라 도로를 타고 가느다란 핏줄기가 흐르고 있었다. 츠르니의 장난('올리브기름으로 잘 알려져 있는')에 대해 자기와는 거의 무관한 누군가가 목숨으로 대가를 지불한 것이었다. 이미 죽어버린 목격자 몇 사람의 이야기들이 옳다면, 그렇게 그 일은 하나의 비극적인 '장난'으로 시작되었는데 4년이 지난 후 어차피 그렇게 끝나고 말 일이었다. 하지만 전혀 장난스럽지 않게 말이다.

선술집 주인의 기억에 따르면, 휘둥그레진 눈을 하고 목이 가는 커다란 병을 들고 있던 소년을 바라보던 츠르니가 "빌어먹을 파시스트 놈들······"이라고 욕지거리를 내뱉었다는 것이다. 선술집 주인이 다음 날 밤 사살되었기 때문에 그의 말을 누가 기억했고 또 다른 누구에게 옮겼는지 정확하게 알려진 것은 없었다. 어쩌면 그것은 프랑스식 모자를 머리에 쓴 그 사람이었는지도 모르겠다. 어쩌면. 하지만 그가 아닐 수도 있으리라.

독자들이여, 입으로 전해지는 이야기들의 노정은 상상할 수 없는 법이다.

*

도르촐의 유대인 거리에 있는 가정집의 커다란 방 안에서 이반은 새끼 원숭이에게 조그만 병으로 우유를 먹이고 있었다. 그는 아버지의 가죽 안락의자에 앉아서 집 안 여기저기를 돌아다니는 10여 마리의 동물들을 지켜보고 있었다. 그들 대부분은 붕대를 감고 있었다. 그는 식탁보를 잘라서 붕대를 만들고 무너져버린 동물원의 부상자들에게 붕대를 감아주었다. 폭격이 있고 난 다음 여러 날 동안 그들을 거두었다. 그는 약초, 가루약, 바르는 물약과 할아버지의 우물에서 길러 온 물로 그들을 치료했다. 우물물이 약효가 있다는 사실은 의심했지만, 만약 도움이 되지 않는다고 해도 해가 되는 것은 아닐 거라고 생각했다······ 방은 마치 동물들을 위한 병원의 일부처럼 보였다. 토끼는 다리를, 커다란 앵무새는 날개를, 수놈 거위는 목을, 염소는 머리를, 비단뱀은 꼬리를 감싸고 있었으며, 새끼 원숭이는 흰 장갑을 낀 것처럼 조그마한 병을 들고 있었다. 때마침, 라디오 수상기에서는 「슬픈 일요일」이라는 히트곡이 흘러나왔다. 그 헝가리의 '자살자의 찬가' 때문에, 베오그라드의 유명한 집안의 많은 젊은이들이 자살을 시도하기도 했었다. 이반은 다른 수많은 날들과 마찬가지로, 슬픈 일요일이라고 생각했다.

일요일 자정 무렵이었다. 거리에서 이상한 소음이 들려왔다. 마치 누군가가 달리고 있는 것과 같은, 누군가가 소리를 지르고 있는 것과 같은, 누군가가 큰 소리로 부르고 있는 것 같은. 도르출에서의 강도 사건은 매일 밤 다반사로 일어나는 일이었다. 이반이 일어나 창문 쪽으로 다가갔을 때, 어두운 커튼의 틈 사이로 보이는 경찰차를 발견했다. 건너편의 출입구에서 네 명의 가죽 코트를 입은 사람들이 제빵 가게의 노동자 두 사람을 연행하고 있었다. 그중 흰 앞치마를 두르고 손에는 밀가루 반죽을 묻히고 있던 젊은 사람이 팔꿈치로 경찰들을 찌르고 몸을 밀치고는 달리기 시작했다. 그는 총을 맞고 어둑어둑한 가로등 아래에 쓰러졌다. 전구 가장자리가 세찬 바람에 흔들거렸다. 나이 든 노동자는 어떠한 말도 할 수 없었다. 왜냐하면 경찰들이 그를 차 안에 밀어 넣고 달리는 차 안에서 몇 발의 총알을 더 발사하고는 두산 거리 쪽으로 내달렸기 때문이었다. 얼마간의 시간이 지난 후 잠옷을 입은 어린아이가 나타났다. 일고여덟 살쯤 되어 보였다. 그 아이는 맨발이었다. 그 아이는 죽어가고 있는 그 사람에게 다가가 곁에 앉은 채로 손으로 무릎을 껴안고 머리를 감쌌다. 이반은 1차 세계대전 당시 이런 밤 시간에 사람들이 아버지를 살해했을 때의 자신의 모습을 떠올리며 그를 바라보았다. 그리고 커다란 슬픔이 밀려옴을 느꼈다. 더는 산다는 것이 의미가 없다고 생각한 그는 침대로 다가가 새끼 원숭이를 내려놓고 의자를 들고는 방 한가운데로 끌고 갔다. ─체코제 상들리에 아래에서 의자에 올라가 바지에서 허리띠를 빼내 올가미를 만들어 머리에 감고는, 조그마한 구멍이 난 끝부분을 자기로 만들어진 튤립이 활짝 핀 꽃다발 가지에 연결시켰다. 동물들은 마치 그가 무얼 하려는지 알고 있다는 듯 그를 쳐다보고 있었다. 그들은 결코 놀라지 않았으며, 그가 곧 그들 곁을 떠날 것이라는 사실을 예감하고 있었다. 새끼 원숭이는 침대 위에서 펄쩍펄쩍 뛰며 낑낑댔다. 이반은 올가미를 잡아당기면서 더듬거리는 말투로 그를 진정시켰다.

"미…… 미안해…… 소니…… 더…… 더 이상……"

부상당한 동물들은 애원하듯 그를 바라보며 의자 주위로 모여들었다. 그는 그들을 향해 손을 내젓고 의자를 밀어제치고는 매달린 채로 있었다. 새끼 원숭이는 침대의 칸막이를 뛰어넘으려고 애쓰며 소리를 질러댔다. 허리띠가 없는 이반의 바지는 발목까지 내려왔다. 허리띠가 죄기 시작했고 늘여지는 바람에 바닥이 손가락 끝에 닿았다. 마치 늙은 목수가 걸음을 가르치는 인형처럼 보였다. 그리고 쓰러진 의자를 잡기 위해 괴로워하는 와중에 자물쇠를 여는 소리가 들려왔다. 평소처럼 커다란 여행 가방을 끌면서 형 마르코가 집 안으로 들이닥쳤다. 그의 뒤를 따라 츠르니의 부인인 베라와 나이 들고 핼쑥한 모습의 사제가 들어왔다. 사제는 젊은이를 바라보며 성호를 긋고 기침을 했다. 마르코는 주머니칼을 꺼내 동생에게 다가가 허리띠를 잘라 끌어내리고는 화를 내며 소리쳤다.

"도대체 뭐 하는 거야?! 내가 집에 들어왔을 때 단 한 번이라도 목을 매달지 않을 수는 없는 거야?!"

"나…… 난…… 충…… 충분히…… 살았어……"

"너만 힘든 거야? 창피한 줄 알란 말이야, 이반! 창피한 줄 알아! 사내 녀석이 되어가지고 나를 도와주기는커녕, 마치 무슨 할망구라도 되는 것처럼 매일 목을 매달고 있으니. 허구한 날 샹들리에서 널 끄집어내려야 하다니."

"그…… 그들이…… 이…… 이웃 사람을…… 주…… 죽…… 죽였어…… 페…… 페라를…… 빠…… 빵 굽는 사람을……"

"봤어…… 베라, 앉으세요. 사제님, 앉으십시오…… 창피한 줄 알아, 이반."

베라는 겁에 질린 채 집 안 여기저기를 오가고 있는 동물들을 바라보았다. 그녀는 발걸음을 옮기며 배를 움켜잡았다. 사제는 손수건으로 얼굴을 가리며 기침을 했다. 마르코는 이반을 나무라면서 집 안의 물건들을 모아 여행 가방 안에 우겨 넣었다. 마치 개의 목줄처럼, 동생은 목에 허리띠를 두른 채 그를 쳐다보고 있었다.

"짐 싸, 짐을 싸란 말이야, 출발하자!" 마르코는 벽에서 가족사진을 떼어내며 지시했다.

"어…… 어디를…… 가…… 가는데?"

"도착하면, 어디인지 알게 될 거야…… 제수씨, 두려워하지 마세요. 모두 온순한 동물들입니다. 라데 사제님, 노아와 같은 제 동생입니다. 그 대홍수 이후에 세상을 구원했던 신의 자제 말이에요……"

"신의 자제는 자살을 시도하지 않습니다." 기침을 하면서 사제가 말했다. "얘야, 다른 사람의…… 그리고 자신의 생명을 빼앗는 것은 죄악이란다."

"제 말이 그 말이에요, 사제님, 하지만 아무런 소용이 없다니까요! ……한 말씀 여쭤도 될까요? 이웃인 빵 굽는 사람을 살해한 그놈들을 제가 죽인다면, 죄가 되는 건가요? 만약 그놈들을, 내일이라도, 모두 죽여버린다면 말이에요? 개 같은 그놈들을 말이죠?!"

사제는 기침을 했다. 그는 아무런 말도 할 수 없었다. 마르코는 여행 가방 안에 은시계, 라디오 수상기, 축음기……를 우겨 넣었다. 그는 대답을 기대하면서 사제를 바라보았다. 베라는 조용히 울고 있었다.

"제수씨, 울지 마세요. 전쟁이 끝난 다음에 웁시다." 그는 사제에게 물 잔을 내놓으며, 그녀를 진정시키려고 노력했다…… 그는 다시 동생에게 소리쳤다.

"가자, 이반! 짐을 싸란 말이야! 뭘 기다리고 있는 거야?! 우리를 쥐새끼들처럼 죽게 놔둘 생각이야?!"

그는 소리를 지르며 부엌으로 가버렸다. 이반은 바지를 입으며 그를 따라갔다. 그는 자신들이 어디로 가려고 하는지를 알고 싶었지만, 형은 그의 말에 귀를 기울여주지 않았다. 그는 석탄 난로 아래에서 자루를 꺼내 탁자 위에 감자 더미를 쏟아놓았다. 감자들 가운데에 색깔과 크기가 매우 비슷한 수류탄이 섞여 있었다. 수류탄을 찾아 코트 주머니 속에 집어넣으면서 그리고 또 감자를 고르고 있는 동안, 그의 말은 자기 자신이 하고 있는 말과 경쟁이라도 하듯이 지껄여댔다. 그는 항상 자기 스스로보다 빨랐다.

"넌 더 이상 정상적으로 말할 수 없어. 동물원과 동물들 때문에 말할 수 있는 능력을 잃어버린 거야. 쥐, 뱀과 원숭이 말고 이 세상에서 좋아하는 누군가가 더 있기라도 해?"

"조…… 좋아해……"

"누굴?"

"혀…… 형을……"

"나를?"

"그래, 혀…… 형을……"

"나를 조금이라도 좋아한다면, 매일 목을 매달지는 않았겠지!"

감자 몇 개가 바닥으로 떨어져 이반 쪽으로 굴러갔다. 젊은이는 움찔했는데, 왜냐하면 수류탄과 구별하기가 매우 어려웠기 때문이다. 마르코는 소리를 지르며 감자 한 개를 발로 걸어찼다.

"누군가가 우리를 팔아먹었어! 도시 전체에 매국노들이 가득해, 빌어먹을 배신자 놈들! 우리들의 가장 친한 동지들을 감옥에 넣어버렸단 말이야! 그놈들 모두를 죽여버리고 말겠어!"

"그…… 그들이…… 츠…… 츠르니를…… 잡아갔어?"

"그래…… 개자식들! 나를 잡으려고 하는 것처럼 말이야! ……출발하자!"

"그…… 그런데…… 나…… 나도…… 가야 해?"

"내 동생이니까! 나 때문이라도 너를 죽이고 말 거야." 부엌 한구석의 쥐를 향해 커다란 감자를 흔들어대며 마르코가 소리를 질렀다. 이반은 매우 고통스럽다는 듯 손으로 귀를 가렸다.

"안 돼……!"

마르코는 도대체 그가 왜 그러는지 놀라 쳐다보았고, 자신이 수류탄으로 쥐를 맞혔다는 사실을 깨닫자마자 순식간에 동생을 붙들고 부엌 밖으로 끌어냈다…… 폭발음이 집 안을 뒤흔들었다. 이후 곧 유대인 거리의 집 앞에 검은 리무진이 멈춰 섰다. 차에서 네 명의 가죽 코트를 입은 사람들이 뛰쳐나왔다.

*

칼레메그단 요새 아래에서 어둠과 폐허를 뚫고 마르코, 이반, 베라 그리고 병약한 사제가 걸어가고 있었다. 마르코는 여행 가방을 끌고, 베라는 배를 움켜쥐고, 사제는 기침을 하고, 이반은 고통스러워하며 바퀴가 달린 조그마한 침대를 끌고 있었다. 그가 부상당한 동물들을 이동시키기 위해 조그마한 침대로 탈 것을 만든 것이었다. 그는 팔에 새끼 원숭이를 안고 있었다…… 달은 요새 위 낮은 구름들 사이에서 나타났다가 사라지기를 반복했다. 마치 장난이라도 치고 있는 것처럼…… 마르코는 허리까지 올라오는 갈대와 풀들을 발로 밟아가며 욕지거리를 퍼부었다. 그는 북쪽 탑에 있는 탐조등을 바라보았다. 강렬한 불빛이 방치된 경사면과 과거의 방어자와 정복자들이 파놓은 참호와 구덩이를 넘나들었다. 베오그라드 요새의 문들은 아라비아와 아시아의 군대, 유럽 종족 무리들, 십자원정군, 강력한 제국의 융성과 붕괴, 모든 형태와 색깔의 제복들과 깃발들을 기억하고 있었다. 정복자들은 다시 방어자들이 되었다. 그들은 자신들이 파괴하고 불 질렀던 요새를, 기존의 정복자들로부터 요새를 해방시키고자 하는 또 다른 정복자들을 맞이하고 참호에 묻기 위해 다시금 건설하고 방어했던 것이다. 켈트인들은 로마인들로부터 요새를 방어했으며, 로마인들은 훈족으로부터, 훈족은 아바르족으로부터, 아바르족은 그리스인들로부터, 그리스인들은 헝가리인으로부터, 헝가리인들은 독일인들로부터…… 세르비아인들은 가능한 위치에 있었을 때 요새를 방어했으며 꼭 그래야만 하는 경우에는 그것을 공격하기도 했다. 힘 있는 부족들의 수세기에 걸친 유희, 무리와 군대들은 성벽 근처와 바로 그 요새 안에 수없이 많은 기록 없는 무덤들에 흔적을 남겼다. 누군가 나무를 심기라도 할라치면 '죽음의 보초'를 서고 있는 어떤 군인을 발견하기 마련이었다. 특별한 것은 세계의 다양한 지역들을 향하고 있다고 믿어지는 지하 통로, 터널과 관련된 것이었다. 성격이 급했던 마르코·이반의 할아버지는 인간이 그 지하터널을 통해서 어디든지 도달할 수 있다는 사실을 고집스럽게 이야기했다. 그는 지하도로가 표시되어 있는 지도를 보여주곤 했었는데, '1658년 10월'의 어느 날 요새의 중앙에 손에 창을 들고 머리카락 사이에 뼈를 끼우고 코에는 마치 우리 시골 사람들이 '순종 황소'에 다는 것과 같은 쇠고리를 낀 다수의 아프리카 부족, 약 500여 명의 흑인들이 나타났다고 주장하기도 했다. 그들에게 어디서 왔는지를 물었을 때, "그곳 아프리카의 어느 동굴 속에 들어갔는데, 길을 잃어 약 2년 동안 베오그라드 요새까지 터널 안을 터벅터벅 걸어왔다"고 말했다고 했다. 할아버지는 "우리쪽 사람들은 당연히 처음에는 조금 의심스러운 눈길로 그들을 바라봤지만이내 그들에게 다른 사람들처럼 농사를 지으며 살 수 있도록—500헥타르에 달하는—토지를 선물했단다. 그래서 오늘날 우리가 슬라브 민족으로서, 예를 들어 나처럼 모두가 금발과 큰 키와 잘생긴 얼굴을 가져야 함에도 불구하고, 우리 세르비아인들 사이에 그렇게 많은 꼬불꼬불한 머리칼과 평평한 코를 가진 거무스름한 사람들이 섞여 있는 거야"라고 말씀하시곤 했다.

마르코는 아무렇게나 방치된 터널 가운데 하나를 통해 사람들을 데려가며 할아버지의 이야기를 회고하다가, 겁에 질려 멈춰 섰다. 어둠 속에서 사자의 눈이 그를 쳐다보고 있었던 것이다. 그가 권총을 꺼내자 이반이 애원하듯 반복해 말하며 그의 손을 붙잡았다.

"아…… 안 돼…… 안 돼……"

"어떻게 사자가 요새 안에 있는 거지?"

"그…… 그건…… 레오야…… 나…… 나의…… 레오…… 가……레오…… 어서 가!"

사자는 그의 말을 들었다. 몸을 돌려 어둠 속으로 사라져버렸다. 베라와 사제는 굳어진 채로 서 있었다. 마르코는 동생을 바라보고 십자성호를 긋고는 숨이 막힐 듯한 통로를 따라 계속해서 길을 갔다…… 어슴푸레한 달빛이 요새의 반대편 터널 출구에서 그들을 맞이했는데, 그곳 근방에는 낡고 방치된 집들이 있었다. 첫눈에 보기에도 집 안에 아무도 살고 있지 않을 것 같았다. 벽들은 낡았으며 창문들에는 판자가 가로질러져 있었고, 마치 암소가 위에서 뒹굴기라도 한 것처럼 지붕은 가라앉아 있었고, 타일들은 산산조각이 난 채로 떨어져 있었다…… 유일하게 가공하지 않은 참나무로 만들어진 문짝만이 온전했다. 이반은 그제야 할아버지의 집에 왔다는 사실을 알아챘다. 적어도 10여 년 동안 그를 보지 못했었다. 할아버지는 엄하고 무뚝뚝했으며 심술궂었다. —참을 수 없을 정도로 신랄한 노인이었다. 그는 모든 사람들이 믿을 만한 이야기를 지어내는 것을 좋아했다. 우연하게라도 누군가가 조금이라도 의심하고 있다는 사실을 알아채기라도 할라치면, 눈물을 쏙 빼놓을 정도로 모욕을 주곤 했다…… 마르코는 조용히 문을 두드렸다.

"하…… 할아버지…… 사 살아 계세요?" 이반은 그러기를 바라면서 물었다.

"그분의 '마법우물'에서 네게 물을 가져다주었던 이레 전까지만 해도 살아 계셨지," 마르코는 몸을 돌려 좀더 세게 두드리며 웅얼거렸다. 조심스럽게 문을 두드리고 난 후에는 두 개의 커다란 반지가 빛나는 주먹으로 세게 내리쳤다.

마치 우물에서 들리는 것처럼 집에서 날카로운 노인의 목소리가 들려왔다.

"누구야?!"

"저예요, 할아버지," 마르코는 요새의 검은 성벽을 바라보면서 속삭였다. 그 집은 마치 휴식이라도 취하고 있는 것처럼 요새에 등을 기대고 있었다.

"누구라고?" —집으로부터 새어나오는 목소리가 다시금 물었다.

"저라고요, 할아버지!"

"대체, 누구라는 거야?!"

"마르코요!"

"누구?!"

"마르코라고요! 마르코!" 집 안에 있는 노인은 소리를 들을 수 있지만 밖에서는 들리지 않을 정도로, 불가능에 가깝기는 하지만 애써가며 소리쳤다. 한마디로, 조용하게 소리쳤다.

"마르코, 너니?!"

"저예요!"

"너야?!"

"저라니까요! 문 여세요!"

"왜 곧바로 말하지 않은 거야! 마치 내가 귀머거리라도 되는 것처럼 왜 그렇게 소리를 질러대!"

흥분한 손님들의 얼굴을 밝히며 문이 열렸다. 집 안의 목소리는 그들을 들어오라고 청하고 있었다. 마치 명령을 내리듯이.

"들어와!"

먼저 마르코가 들어갔고, 베라, 병든 사제가 뒤를 따랐으며, 마지막으로 침대―운반대를 힘겹게 끌며 이반이 그 뒤를 따랐다. 마치 그들이 평생 동안 강제노역을 제공하러 들어가기라도 하는 것처럼 문은 쿵 소리를 내며 잠겼다.

3. 지하실로 내려가기 혹은 지하세계는 땅속이 아니다

낡고 황폐한 집은 잡다한 많은 물건들로 혼잡스럽게 채워져 있었다. 엉망이 된 고서점이나 어느 박물관의 창고를 떠오르게 했다. 그림들이 벽에 기대져 있었으며 사방에 고가구들, 거울들, 램프들, 크리스털 잔들과 손잡이가 달린 항아리들, 장식용 동상들, 둘둘 말린 카펫들, 가죽과 실로 짜 만들어진 여행 가방들⋯⋯이 널려 있었다. 둥근 탁자 뒤에는 한 노인이 색이 바랜 외투를 입고 앉아 있었다. 그는 떨리는 손으로 막 도착한 사람들이 가져온 물건들에 무언가를 적어 넣고 있었다. 마르코는 신경질적으로 탁자 주위를 맴돌았고, 담배를 피워 물고 화를 내며 커다란 공책에 둥근 글자를 적고 있는 노인을 바라보았다.

"할아버지, 뭘 그렇게 갈겨쓰고 계세요?" —그는 입을 다물고 있는 것이 가장 현명한 일이라는 것을 잘 알고 있었지만, 그렇게 물었다. 노인은 경멸하듯 쳐다보았다.

"바르게 쓰고 있는 거야! 누가 뭘 가져왔는지 기입하고 있는 게지. 전쟁이 끝나면 각자가 자기 것을 가져갈 수 있도록 말이야. 계산이 깨끗하면 사랑이 오래가는 법이잖아!"

"아하……," 마르코는 연이어 담배에 불을 붙이며 웅얼거렸다. 그는 츠르니와의 만남에 늦기는 했지만, 이반, 베라, 사제가 지하실로 내려오고 나서 출발하고자 했던 것이다. "지하실에 사람들이 얼마나 있는 거죠, 할아버지?"

"열한 명……" 츠르니가 그들을 수용소에서 구해냈다. 그들은 사형수 명단에 올라 있던 이들이었다. "베라 부인, 당신의 츠르니는 정말 대단한 사람이요! 베오그라드에 그런 사람이 있었던 것은 참 오래전의 일입니다! ……자, 여기에 서명을 하세요. 여기에……"

베라가 서명을 하는 동안, 노인은 기침을 해대는 사제를 심술궂은 표정으로 바라보았다. 어느 날 죽음을 맞는 것이 마치 그들의 잘못이라도 되는 것처럼, 그는 지난 몇 년 동안 사제를 두려워했었다.

"그렇게 고통스럽게, 아주 고통스럽게 기침을 하던 한 사람이…… 어제 죽었지요."

"병 때문에 기침을 하는 게 아니에요, 할아버지. 독일 놈들이 매질을 했다니까요. 교회에 사람들을 숨겨주었거든요," 마르코는 소리치지 않으려고 애쓰며 설명했다. 할아버지는 베라의 손에서 만년필을 받아들고는 계속 그녀의 남편에 대한 칭찬을 늘어놓았다. 그는 그곳에 있는 사람들을 나무라면서 그를 추어올렸다.

"츠르니는 경이로운 사람이야! 용감하고 현명하며 정직하단 말이야! 게다가 착하기도 하지!"

"그래요, 좋은 사람이지요. 다른 사람들에게만 말이에요…… 단지 타인들에게만," 베라는 고통스러운 듯 눈을 지그시 감고 의자에 앉으며 말했다.

"왜 그래요, 베라," 마르코는 걱정스러운 듯 물었다.

"아무것도 아니에요, 마르코…… 아무것도…… 츠르니는 어디 있죠?"

이반은 팔에 새끼 원숭이를 안은 채 그들을 바라보고 있었다. 침대-운반대에 있는 동물들은 고통을 참아가며 얌전하게 있었다. 마르코는 마치 질문을 듣지 못하기라도 한 것처럼 어슬렁거리고 있었지만, 친구 부인은 그의 손을 잡아 멈춰 세웠다.

"츠르니가 어디에 있냐고요, 마르코?"

"임무를 수행하고 있습니다. 사람들을 조직하고 있지요."

"만약 그가 하지 못한다면, 아무도 할 수 없겠지. 우리는 터키의 치하에 있었던 것보다 더 오랫동안 독일 놈들 밑에서 살아야 해!" 허공에 만년필로 글씨를 써가며 할아버지는 소리쳤다. 베라는 마르코를 바라보았다. 그는 외투의 허리띠를 매고 나설 준비를 하며 그녀를 외면하고 있었다.

"그 여배우를 '조직하고' 있는 거예요? 그녀를 '조직하고' 있느냐고요?"

"어느 여배우요?"

"순진한 척하지 마요. 나탈리야 조브코브 말이에요!"

"나탈리야 조브코브? 대체 그가 나탈리야 조브코브와 무슨 관계라는 거죠?"

"마르코! 거짓말 마요! 진실을 말하고 싶지 않더라도, 내게 거짓말은 하지 마요!"

"거짓말 하는 게 아니에요, 제수씨……"

"거짓말 하고 있잖아요!" 베라는 당장이라도 아이를 낳을 것처럼 배를 움켜잡고 소리쳤다. "그 여자는 그를 죽게 만들 거예요! 그도, 나도,

이 아이도! 왜 당신들의 계략에 그를 끌어들인 거죠? 당신에게 내가 무엇을 묻고 있는지 듣고 있어요, 마르코?"

"어떤 계략 말이에요, 베라?"

"그, 당신들의, 공산주의 계략 말이에요. 그건 그에게 어울리지 않아요. 희생당하고 말 거예요."

할아버지는 '공산주의 계략'이라는 말을 들을 때까지 뭔가를 적는 시늉을 하고 있었다. 여자들과의 유희는 정상적인 것이지만, 하지만, 이 다른 유희는…… 그는 일어나 손자에게 다가가서는 외투 깃을 잡고 협박하듯 조용히 물었다.

"부인이 말한 '계략'이라는 것이 어떤 거지?"

"몰라요, 할아버지. 처음 듣는 소리예요."

"나도 '처음 듣는 소리구나.' 하지만 한 번 더 듣게 된다면, 네 머리통이 날아갈 줄 알아라! 그 비기독교인들이 러시아에서 무슨 짓을 했는지 알고 있니?"

"악행이오…… 커다란 악행……," 사제는 기침을 하고 있었다.

"무슨 얘기인지 모르겠군요. 할아버지…… 가야 해요."

"아이가 울고 있다고 그에게 말하세요…… 그리고 죽은 아버지와 어머니도 울고 있다고…… 우리 모두가 울고 있다고……," 마르코가 이반과 작별인사를 나누고 있는 동안, 베라는 손바닥으로 눈물을 닦으며 흐느껴 울었다. 새끼 원숭이는 자신도 작별인사를 하는 것처럼 움켜쥔 손을 흔들었다. 동생은 말을 더듬어가며 그에게 애원했다.

"조…… 조심해…… 부탁……이야…… 형…… 형은…… 시인이야…… 저…… 전쟁은…… 시…… 시인을 위한 것이…… 아…… 아니야…… 시…… 시를…… 써……"

마르코는 시라는 말에 미소를 띠며 겁을 집어먹은 동생의 볼에 입을 맞췄다. 그는 몇 년 동안 시를 쓰지 않았다. 간단히 말하자면, 시간이 없었다. 하지만 실은 그의 정치적 신념과 가까움에도 불구하고 공공연히 얕잡아보았던 몇몇 초현실주의자들이 나타났기 때문이었다.

"지하실로 내려가세요. 내일 봅시다." 그는 문 쪽으로 다가서며 말했다. 베라의 피곤에 지친 목소리는 문지방에서 그를 멈춰 세웠다.

"츠르니에게 전하세요, 모든 것을 '조직하고 나면' 가끔 들르라고."

"그러지요…… 또 봅시다…… 안녕히 계세요……"

그는 피하듯 나가버렸다. 될 수 있는 한 빨리 그 집과 여인의 한탄을 벗어나기 위해 무슨 일이든 하려는 듯이. 할아버지는 문을 잠그고 묵직한 빗장을 걸고는 탁자 쪽으로 다가가 탁자의 위치를 옮기고 카펫을 잡아당겼다. 바닥에 지하실 입구를 숨기는 쇠로 만든 뚜껑이 놓여 있었다. 노인은 손으로 계단 쪽을 가리키며 그걸 들어 올렸다.

"내려가세요…… 독일 놈들이 들이닥칠 수도 있어요…… 자, 베라 부인…… 당신이 체포된다면, 츠르니는 항복해야만 하잖습니까."

사제는 베라가 천천히 쇠로 된 계단을 뛰어넘고, 자신을 붙들고는 지하실의 어둠 속으로 내려올 수 있도록 도와주었다. 이반이 운반 침대를 끌고서 입구까지 왔다. 새끼 원숭이는 어디로 가려는 것인지 예견했다는 듯 몸부림쳤다. 동물원의 전 관리인은 할아버지를 쳐다보며 가능한 한 상냥하게 애원했다.

"우…… 우유…… 가…… 가진 것…… 조…… 조금…… 있으세요?"

"우유?"

"소…… 소니…… 주…… 주려고요……"

"원숭이를 준다고? 원숭이에게 우유를 준다고?"

"예……"

"아래로 내려가." 노인은 명령했다. "좋게 말할 때, 내려가!"

"도…… 동물들을…… 놔…… 놔두고는…… 시…… 싫어요." 그는 손으로 운반 침대 속의 동물들을 가리켰다.

"내려가, 누군가 나타날지도 몰라…… 동물들 때문에 모두가 희생되길 원하는 거야? 내려가! 내가 나중에 가지고 갈 테니까."

이반은 운반대의 손잡이를 내려놓았다. 그는 할아버지와 언쟁을 할 수 없다는 사실을 알고 있었다. 그를 설득하는 것은 물론이고 말이다. 그는 계단으로 발걸음을 옮겼다. 지하실 깊숙한 곳에서 비어져 나오는 어렴풋한 빛에 적응해가며 내려갔다. 쇠사슬과 위에 검게 그을린 주전자가 걸려 있는 불 주위에 박해와 수용소 유형을 피해 숨어든 사람들이 앉아 있었다. 그들 각자에게는 무서운 공포가 지나갈 때까지 숨죽이고 참아야만 하는 이유가 있었다. 천장에 요란한 소리를 내며 무거운 쇠뚜껑이 내려졌다. 이반은 뚜껑이 머리 꼭대기를 내려치기라도 하는 것처럼 머리를 감싸쥐었다. 새끼 원숭이는 불 주위의 사람들을 바라보며 애처로운 소리를 내며 울고 있었다. 이 어둠에 비하면 동물원은 천국의 정원과도 같았다. "여기 이 사람들은 뭘 하고 있는 것인가?" 이반은 몸을 떨며 스스로에게 물었다. "신이시여, 이건 또 뭐란 말입니까?" 지하실 사람들은 원숭이와 함께 있는 젊은이, 임산부와 기침을 하고 있는 사제를 보고 놀라워하며 새로 온 그들을 바라보았다. 그 사람들은 그 누구도 정상이 아니라고 생각했다.

쇠뚜껑이 내는 날카로운 소리가 마지막 계단에서 베라를 멈추게 만들었다. 그녀의 얼굴은 마치 얼굴을 물로 씻은 것처럼 젖어 있었다. 그녀는 헐떡이며 힘겹게 숨을 내쉬었다. 두 명의 여인이 계단이 있는 곳까지 뛰어와서 손 아래쪽을 잡고 그녀를 돌로 된 탁자까지 부축했다. 베라는 탁자에 몸을 기대고 머리를 감싸 쥐고는 눈을 감고 고통스러운 소리를 내질렀다.

"츠르니……! 츠르니……!"

*

"나탈리야! 나탈리야!"

츠르니는 대성당 가까이에 있는 나탈리야 집의 3층 창문과 레이스가 달린 커튼 뒤로 흘러나오는 램프 불빛을 바라보고 있었다. 그는, 그를 집 안으로 들이길 원하지 않는 그녀를 꼭 만나보기로 결심한 듯 미친 듯이 화를 내며 소리쳤다. 그는 자신을 들여보내주지 않으면 그녀를 죽여버릴 것이라고 생각했다.

"나탈리야아! 나탈리야아!"

그가 소리를 지르고 있는 동안, 마르코는 미소를 띠고 담배를 피우며 자동차 안에서 그를 바라보았다. 그는 연달아 담배에 불을 붙였다. "담배를 피우기 위해서 죽을 수도 있는 그런 순간이잖아," 그는 속으로 말했다. 그는 죽더라도 담배를 피워댈 태세였다. 입이 하나 더 없다는 사실이 안타까울 뿐이었다.

"나탈리야아! 나탈리야아!" 친구는 모든 것들과의 계속된 싸움과, 여담이기는 하지만, 독한 술로 인해 쉬어버린 목소리로 울부짖고 있었다. 그러고는 돌을 집어 들고 뒤로 물러섰다가 창문을 향해 내던졌다. 유리가 떨어지며 파열음과 함께 거리에 흩어졌다. 창문까지 기어오르기 위해 츠르니가 피뢰침을 움켜잡자 마르코가 자동차에서 뛰쳐나왔다. 마치 그가 힘으로 열고자 애썼던 잠긴 문 다음으로 그녀가 주는 또 하나의 대답인 것처럼 나탈리야 집 안의 불빛은 꺼지고 말았다. 그가 위협을 가하며 납으로 만든 관을 기어오르고 있을 때, 마르코가 그의 구두를 붙들었다.

"죽여버릴 거야! 오늘 밤 저년을 죽여버리고 말겠어!"

두 명의 가죽 외투를 입은 사람이 사람들을 데리고 프랑스 대사관으로부터 교회 쪽으로 뛰어갔다. 외투를 입은 사람들은 멈춰 섰고 사람들은 그들을 향해 권총을 꺼내 들었다. 마르코는 어리석은 친구를 끌며 자동차 쪽으로 달렸다. 외투를 입은 사람들이 총을 발사했을 때, 두 친구는 자신들도 탄창을 비울 수 있게 되기를 기다렸다는 듯이 응사했다. 가죽 외투를 입은 한 사람이 몸을 뒤틀더니 마치 옷걸이에서 몸이 빠지듯이 쓰러졌다. 가죽 외투를 입은 또 다른 사람은 닥치는 대로 총을 쏘아가며 첫번째 문의 엄폐물을 붙들었다. 마르코는 자동차를 돌려 사바 강의 선창 쪽으로 내달렸다. 유명한 여배우이며 미인이었던 나탈리야 조브코브는 깨진 창문을 통해서 총싸움과 자동차가 떠나는 모습을 지켜보고 있었다. 금발과 푸른 눈을 가진 그녀는 휠체어를 타고 있는 남동생 바타를 진정시켰다. 그는 두꺼운 안경 너머로 그녀를 쳐다보며 울고 있었다.

"츠르니를 들어오라고 해! 누나, 들어오도록 해줘! 그는 세상에서 가장 센 사람이란 말이야!"

"그 사람 때문에 우리는 수용소에서 끝장이 나고 말 거야," 레이스가 달린 커튼 뒤에서 유리 조각을 꺼내며 화가 난 여배우가 꾸짖었다. "신이시여, 내 인생에서 그 미친 사람이 대체 무엇이란 말입니까?" 그녀는 한숨을 내쉬었다.

*

　지하실 안쪽 계단 위에서, 이반은 막 도착한 임산부가 아이를 낳는 것을 도와주는 돌로 된 탁자 주위의 여자들을 수줍게 바라보고 있었다. 오래전부터 해오던 유일한 일이었던 것처럼, 그녀들은 빠르고 차분하고 능숙하게 조화를 이루었다. 새끼 원숭이도 움츠린 손으로 눈을 가렸다. 베라가 츠르니를 부르며 울음을 터뜨리기 시작했을 때, 이반은 쇠로 만든 뚜껑이 있는 곳까지 기어올라가 주먹으로 두드리기 시작했다. 마치 자신이 애를 낳고 있는 것처럼, 그는 소리를 지르며 온 힘을 다해 두드렸다.

　"하…… 할아버지……! 하…… 할아버지……!"

　아기의 울음이 그의 외침과 도움을 청하는 소리를 멈추게 만들었다. 늙은 여자들 가운데 한 사람이 미소를 띠며 아이를 안아 들었다. 자전거 램프가 그들을 환히 비추고 있었다. 자전거의 뒤쪽 바퀴는 들어 올려져 있었으며, 자전거를 타고 있는 사람은 미친 듯이 페달을 구르고 바퀴를 돌려가며 '허공에 뜬 채로 운전하고 있었다.' '전기를 만들어내는 것'은, 적응해야만 했고 가능한 모든 방법을 통해서 생활을 꾸려나가야만 했던 지하실 사람들의 수많은 허구적 환상 가운데 하나일 뿐이었다. 어둠을 벗어나기란 특히 힘이 들었다.

　아기를 받아 든 베라는 고마워하며 할머니들을 바라보았고 더 이상 그녀에게 아무 일도 일어날 수 없다는 듯 나직이 입을 열었다.

　"부탁입니다, 만약 제게 무슨 일이 일어난다면…… 이 아이의 이름을 요반이라고 해주세요."

　"요반?" 가장 나이 든 여인이 물었다.

　"요반이요," 베라는 마치 오랫동안 길을 걷다가 휴식을 취하고 있는 것처럼 말했다.

겁을 집어먹은 채 계단에서 곁눈질하고 있던 이반은 그저 바라다보고만 있었다. 그는 팔에 소란스러운 새끼 원숭이를 안고, 귀엣말로 새끼 원숭이를 진정시켰다.

"쉿…… 쉿…… 요…… 요반이…… 태…… 태어났단…… 말이야……"

4. 산세가 험한 발칸에서의 사소한 무기 탈취

목격자들은 모든 사건이 이렇게 일어났다고 이야기했다. 저마다 한마디씩.

교외에 있는 작은 기차역들과 마찬가지로, 리포브의 기차역 역시 흰 도료가 칠해진 전봇대 위의 누르스름한 전구들로 불이 밝혀져 있었다. 역으로 들어가는 입구 앞에서는 두 명의 독일 병사가 걷고 있었다. 테러로 인해 곧바로 질서가 잡혔으며, 발칸의 임시 기차역 가운데 하나에서 경계를 선다는 것은 어떤 특별한 용감성을 필요로 하는 일이 아니었다. 한 독일 병사에 대한 살인사건이 일어난 후, '공산주의 범죄자'로 포고된 리포브 시민 1백여 명이 지난주에 교수형에 처해졌다. 특별한 동기와 이유도 없이 벌어지는—교수형, 사형, 체포, 습격, '노동수용소'로의 유형, 배신, 고발, 모반, 밀고자, 어둑한 출입구 혹은 도심 한가운데서의 살인은, 단지 귀엣말로 '피비린내 나는 보복을 가할 것이다'라고 위협할 뿐인 사람들을 두렵게 만들었고, 흥분을 가라앉게 하기도 하고 용기를 잃게 만들기도 했다. 머지않아 아름다운 눈으로 옷을 갈아입게 될 기분 나쁜 가을비가 내리고 있었다.

늦가을 꽃으로 장식된 넉 대의 마차가 기차역 쪽으로 다가서고 있었다. 말의 굴레를 장식하는 띠에도 조그만 화관이 장식돼 있었다. 매끄러운 돌을 밟는 말발굽의 쿵쿵거리는 소리가 나팔 소리, 술에 취한 결혼식 노래와 뒤섞였다. 첫번째 마차의 차양 아래에는 츠르니가 붉은 머리칼을 하고 호화로운 결혼 예복을 입고 있는 아름다운 여자와 함께 앉아 있었다. 그는 단지 어머니가 원했음 직한 옷을 입고 있었다. 그는 신부를 안고 무언가 거들먹거리듯이 그녀에게 속삭이고 말의 울음소리보다 더 큰 소리로 웃고 있었다. 신부는 부끄러워하며 흰 구두의 끝 부분을 바라보고 있었다. 그녀는 얌전하게 절제하고 있었지만 행복해하고 있었다고도 할 수 있는데, 젊은 여자들이 고향, 부모님의 집, 여자 친구들과 어제까지만 해도 미래의 남편과 함께 손에 손을 잡고 먼 앞날을 계획하면서—우연하게라도 벌어질지 모르는 일 때문에 항상 남자 형제 혹은 어머니의 경계하는 눈빛 아래에서—거닐던 공원을 떠날 때 우는 것처럼 울지는 않았다. 지금 그녀를 기다리고 있는 것은 점령자의 기차, 등급 표시조차 없는 객차를 타고 베오그라드로 떠나는 일이었다. 열차는 대합실 출구를 향해 증기를 내뿜었다. 도회적인 옷을 차려입은 몇 명의 여행객들과 두 명의 시골 사람이 열차를 따라 빈자리를 찾으며 어슬렁거리고 있었다.

마차들은 기차역의 입구 앞에 멈춰 섰다. 츠르니가 신부를 받기 위해 뛰어내렸다. 그녀가 손을 뻗었을 때, 그는 그녀를 끌어당겨 붙들고서는 들어 옮겼다. 그는 미친 듯이 웃고 있었다. 두번째 마차에서는 집시들이 불빛 아래에 반사되어 빛나는 금으로 만들어진 것처럼 누르스름한 나팔을 불며 쏟아져 나왔다. 그들은 온 힘을 다해서 금속 나팔 마우스에 입김을 불어댔다. 세번째 그리고 네번째 마차에서는 신랑과 신부의 친구들이 뛰어내렸다. 그들은 노래를 부르고 술을 병째로 마셔댔으며, 기차역 입구에서 춤을 추기 시작했다. 대합실을 가로질러 콜로* 행렬이 이어졌다. 츠르니는 신부를 팔에 안은 채 춤을 추었다…… 한 젊은이가 독일 병사들에게 라키야**를 권했다. 첫번째 병사는 거절했다. 두번째 병사는 병을 받아들고 돌아서서 마시기 시작했다. 그는 크게 소리를 지르며 동료에게도 권했다. 그 병사는 첫번째 제의를 잘 견뎌냈지만, 두번째 제의는 그럴 수 없었다. 대체 누가 그렇게 할 수 있단 말인가?

하객들은 크지 않은 열차의 마지막 객차까지 신부와 신랑을 배웅했다. 그들은 헤어지기 전에 서로 포옹하고 '포플러는 떨고 있네……'로 시작하는 예로부터의 혼인가를 부르기 시작했다. 집시들은 누가 더 세게 트럼펫을 불어대는가를 경쟁하면서 그들의 뒤를 따랐다. 신부는 여자 친구들과 작별인사를 나누면서 참을 수 없었던지 울음을 터뜨렸다……

여행객들은 농담을 주고받으며 객차 창문을 통해서 배웅하는 광경을 지켜보고 있었다. 그들 가운데에는 츠르니가 대합실로부터 신부를 안아 옮기는 동안 쭉 주시하고 있었던 한 사람이 있었다. 그는 프랑스식 베레모를 머리에 쓰고 있었다. 그를 본다는 게 기분 좋은 일은 아니었지만, 어쩔 수 없지 않은가—여행을 한다는 것이 좋은 것일 뿐. 베레모를 쓴 그 사람은 추위를 느낀 때문인지, 아니면 전쟁이라는 부적절한 시기에 그런 축하의식을 충분히 보았다는 것인지 창문에서 사라져버렸다. 그토록 유난스러운 축하의식이 그에게 달갑지 않았던 것 같았다. 그도 아니라면 완전히 다른 어떤 제3의 이유가 있었던지…… 그는 기침과 함께 파이프 담배를 피우며 자리에서 물러났다.

---

　* 유고슬라비아의 민속춤.
　** 유고슬라비아의 전통술.

열정적인 입맞춤을 하고 나서 신랑과 신부는 객차 안으로 들어갔다. 마치 게으른 사람이 한 발 한 발을 내딛는 것처럼, 기차는 천천히 움직이기 시작했다. 울음소리, 하객들의 손짓과 발칸반도의 조그만 기차역 플랫폼으로부터 울려 퍼지는 오케스트라의 나팔 소리와 함께 열차가 멀어지고 있었다.

검댕투성이의 열차가 연기를 내뿜으며 출발하고 나자, 츠르니와 신부는 열차에서 뛰어내렸다. 그들은 선로를 넘어 보조 플랫폼에 있던 기관차들과 장갑열차 쪽을 향해 달려갔다. 기관사가 웃으면서 그들을 기다리고 있었다. 먼저 신부가 기관차 안으로 뛰어 올랐다. 그다음에는 츠르니가. 열차는 곧바로 출발했으며 가을 저녁의 차가운 어둠 속으로 사라져갔다.

츠르니가 신부에게 강제로 입을 맞추려는 동안, 기관사는 깔깔거리며 웃음을 터뜨렸다. 신부가 주먹으로 그를 때리기 전까지 그는 웃고 있었다. 먼저 그를, 그러고 나서 신랑을. 그녀는 아버지와 어머니를 들먹거리며 그들을 때렸다.

탈취한 기차는 베오그라드를 향해 내달렸다. 마르코는 드레스와 가발을 벗어던졌다…… 츠르니는 장난에 지나치게 민감해하는 친구에게 화가 나, 피가 흐르는 입을 닦고 있었다. 기관사는 손바닥으로 눈을 가린 채 침묵했다.

"자넨 정말 장난도 이해하지 못하는군," 츠르니는 윗니가 성한지를 확인하며 중얼거렸다.

"날 가지고 장난하고 있는 거잖아! 뭐야, 무스타파? 뭐가 우습다는 거야?"

기관사는 아무 말없이 그를 바라보았다. 마르코는 드레스와 가발을 구겨 화덕을 열고 불 속에 던져 넣었다. 그는 위협하듯 웃옷 주머니에서 권총을 꺼내 허리에 찼다.

"우리가 선술집에 있다면, 농담을 할 수 있겠지! 선술집에서만 말이야! 그곳에서도 물론 정도껏 해야 하지만!"

"대체 왜 그래! 장난 좀 친 거야." 츠르니는 변명을 했다.

"우리가 임무를 수행하고 있을 때엔, 그런 짓거리는 안 돼! 우린 선술집에서는 친구지만, 임무를 수행할 때는 동지란 말이야! 그 이상 아무것도 아니야! 내게 입을 맞출 거지?! 또 날 비웃을 거냐고!"

"미안해. 내가 생각하기로는……," 무스타파는 이유를 대려고 애썼지만, 마르코는 화덕의 불꽃을 향해 머리를 구부리면서 기름때 묻은 검은 셔츠의 옷깃을 움켜쥐었다.

"무슨 생각을 했다고?! 나랑 농담 짓거리를 할 생각이었어?"

"마르코!" 가엾은 기관사가 불 속에서 생을 마감하지 않도록 그를 보호하면서 츠르니가 소리쳤다. 기관차의 속력을 증가시키는 데 무언가 조금 부족했다.

열차는 베오그라드를 향해 속력을 냈다. 연기와 불꽃이 구유고슬라비아 군의 무기를 싣고 있는 훔친 객차를 뒤따르고 있었으며 오랜 친구들 사이에 새로운 질서도 정해졌다.

나중에 무스타파는 마르코가 그날 밤부터 2인자가 되었다고 이야기했다. 하객들의 모습은 더 이상 눈에 띄지 않았다. 특히 신부의 모습은.

*

무기와 지뢰상자 운반은 아발라* 산 아래의 눈에 잘 띄지 않는 플랫폼에서 이루어졌다. 마르코와 츠르니의 감시하에 10여 명의 농부들이 객차로부터 트럭으로 상자들을 운반하고 있었다. '신부'와의 장난은 단지 친구들 간의 유희였을 뿐이라는 사실을 증명이라도 하듯, 무스타파는 마치 노예 감독관처럼 그들을 다루고 있었다. 그는 상자를 떨어뜨린 사람에게 고함을 질렀다.

"뭐 하는 거야! 바보 같은 라도반! 자, 어서 서둘러!"

마르코는 연달아 담배에 불을 붙였고, 츠르니는 시가 연기를 휘저었다. 무스타파가 자신들의 말을 듣지 않도록 주의를 기울이며, 그들은 조용하고 은밀하게 대화를 나누고 있었다. 마르코는 립스틱을 발라 붉어진 입술로 속삭였다.

"트럭 두 대분을 지하실의 할아버지 계신 곳에 집어넣자. 원시인들처럼 숲이나 산에서만 전쟁을 하지는 않을 테니까."

기관사가 숨을 헐떡이며 땀에 젖은 채 다가왔다. 와중에 그는 소리를 지르고 총으로 위협을 가하며 지시를 내리고 있었다.

"어서, 에이! 내가 권총으로 강요하게 만들지 말란 말이야……! 마르코 동지, 조그만 문제가 있습니다. 상자에 탱크 한 대가 있어요. 놔둬야 할까요, 아니면 가져가야 할까요? 탱크를 어떻게 하죠?"

"앞쪽 트럭에 싣게. 우리 두 사람은 베오그라드로 갈 테니까, 자넨 나머지를 동지들에게 가지고 가게."

"알겠습니다, 마르코 동지…… 탱크가 담긴 상자를 앞쪽 두 트럭에 싣도록! 자, 자! 빨리해! 저런 바보 같은 놈들을 대체 누가 보낸 거야?!"

길가의 웅덩이와 진흙을 밟으며 두 친구는 앞쪽 트럭 쪽으로 다가갔다. 츠르니는 선적 작업을 주시하고 있는 것처럼 고개를 돌렸다. 그는 다

---

* 베오그라드 인근 산의 지명.

시 웃음을 터뜨리지 않기 위해 온 힘을 기울였다. 간단히 말하자면, 그는 화장을 한 친구의 모습을 바라보고 무기 선적에 관해 심각하게 대화를 나눌 수 없었던 것이다. 그럼에도 불구하고 또다시 머리에 주먹세례를 받지 않기 위해 뒤로 물러서며 웃음을 터뜨렸을 때, 마르코는 그가 제정신인지 의아해하며 그를 쳐다보았다. 마르코는 깜짝 놀라 걱정스러운 듯 그를 바라보았다.

"뭐가 우스운 거야, 츠르니? 뭐가 우습다는 거야?"

"아무것도 아니야…… 자네 모습을 봐봐…… 무엇을 닮아 있는지 말이야……"

등이 팬 수영복을 입은 여자가 그려져 있는 군용 거울을 통해서, 마르코는 뱀파이어가 저녁 식사를 할 때처럼 눈과 입 주위에 붉은 화장이 뭉개져 있는 것을 보았다. 그는 거울을 던져 발로 짓이기고는 첫번째 트럭에 뛰어올랐다. 츠르니는 두번째 트럭의 운전석에 앉았다. 그는 재킷의 안쪽 주머니에서 여배우 나탈리야 조브코브의 사진을 꺼냈다. 그녀는 미소를 띠며 그를 바라보고 있었지만, 어떻게 보면 빈정거리고 있는 듯 보이기도 했고 심술궂어 보이기도 했다. 마치 그가 창문을 부순 일을 아직 용서하지 않았다는 듯이.

"가만두지 않겠어, 나탈리야," 그는 속삭이며 사진을 주머니 속 '심장이 있는 곳'에 다시 집어넣고, 트럭의 시동을 걸고 떨고 있는 기어를 집어넣고는 액셀러레이터를 밟았으며, 마르코를 추월해 우레와 같은 소리를 내며 먼 교외와 베오그라드의 요새를 연결하고 있는 터널 속으로 달려 들어갔다. 터널은 20킬로미터 이상의 길이라고 전해지고 있었다.

나중에 목격자들은 무스타파가 오랫동안 욕을 퍼부으며 그들에게 복수를 하고 말 것이라는 위협을 가했다고 증언했다. 그의 오른쪽 눈은 멀어서 파랗게 변해 있었기 때문에, 왼쪽 눈으로 숲 속의 동지들을 위해 트럭에 상자를 옮겨 싣는 일을 감시했다. 왜 두 대의 트럭이 베오그라드로 간 것인지 그는 분명히 알 수 없었다.

그는 그날 밤 그들을 죽이지 못한 것을 애통해하며, 수년이 흐른 후에나 그 이유를 알게 될 일이었다. '뒤를 돌아보며' 후회한들 달라질 것이 있겠는가.

*

마르코는 요새 아래에 와서야 비로소 츠르니를 따라잡았다. 해체되어 버린 유고슬라비아 군대에서 무기와 기술을 숨기는 장소로 활용되었던, 오래전 버려진 낡은 군용 터널은, 트럭들이 울퉁불퉁하고 침식된 벽들에 부딪히며 우렁찬 소리를 낼 만큼 넓었다. 할아버지는 '그런 터널은 도시 전체의 지하에 널려 있는데, 터키인들이 마지막으로 후퇴하기 전에 파놓은 한 터널은 다뉴브 강 아래로 페스트와 비엔나로 연결되어 있지'라고 말하곤 했다. 츠르니가 노인의 집 가까이에 멈췄을 때, 마르코는 트럭으로 달려가서 발판에 뛰어올라 권총으로 위협을 가하며 소리를 질렀다.

"바보같이, 뭐 하고 있는 거야? 뭐 하고 있냐고? 죽여버리겠어!"

츠르니는 핸들을 꽉 쥐었다. 무언가를 말하려고 했지만, 주저하고 있었다. 마르코는 겨우 "자네 제정신이야? 친구, 대체 왜 그러는 거야?"라고 다시 한 번 물었다.

"그녀가 날 속이고 있는 것 같아," 츠르니는 힘없이 진심으로 슬퍼하며 나직이 말했다. 거의 울 것처럼.

마르코는 누가 그를 '속이는 것 같은지' 알고 있었다. 친동생 이반을 좋아하듯 그를 좋아했었지만, 더 이상 동시에 일어나는 사랑과 격정, 기쁨과 혐오의 발병에 대적할 힘이 없었다. 그는 소란을 피우지 않고 소음을 내지 않으면서 대화하려고 애쓰고 있었다.

"누가 자넬 속인다는 거야, 츠르니? 무슨 얘기야?"

"나탈리야……"

"나탈리야라고?" 마르코는 놀란 척하려고 애쓰고 있었다.

"그래…… 누구와 놀아나는지도 알고 있어." 손등으로 코를 닦으며 츠르니는 한숨을 내쉬었다. 눈물이 잘못된 방향으로 흘렀던 것이다.

"누구랑?" 독일 병사들과 경찰들로 가득한 도시의 지하에 있는 터널을 통해 훔친 무기를 옮기고 있는 동안, 마치 이제 나탈리야에 대해 이야기하는 것이 당연하다는 듯 그에게 물었다. "누구와 함께 자넬 속이고 있다는 거야, 츠르니? 누구와 함께 속이고 있는 거지, 친구?"

"프란츠와 함께……"

"프란츠와?" 마르코는 대체 무엇에 관해 대화를 나누고 있는지 몰라 놀라고 있었다. 츠르니는 머리를 끄덕였고, 입으로는 숨을 들이마시고 코로는 숨을 내쉬었다.

"더 이상 날 집 안으로 받아들이지 않을 거야. 그 경찰들 있잖아, 그놈들은 프란츠의 사람들이었어. 베오그라드 한가운데서, 내 도시 한가운데에서, 그놈들이 나로부터 그녀를 지키고 있는 거야. 나로부터 말이야! 하지만, 우린 그렇게 되지 않을 거야, 나탈리야! 그렇게 되지 않을 거라고, 나의 사랑." 그는 소리를 지르고 눈을 닦았다.

그는 트럭에서 뛰어내려 터널 안으로 뛰기 시작했다. 마르코가 그의 뒤를 따라 달렸다. 그를 따라잡고는 어깨를 움켜잡아 안고서 매일 목을 매달지 말라고 동생에게 부탁하듯 그에게 애원했다.

"부탁이야, 어리석은 짓 하지 마…… 필요하다면 프란츠를 죽이면 되잖아." 마르코는 더욱 세게 그를 끌어안고는 트럭들이 있는 쪽으로 데리고 나왔다. 마르코는 그가 미쳤다고 생각했다. 지하실로 상자들을 옮기는 일은 중요한 일이었다. 왜 구태여 지하실인가 하고 츠르니는 스스로에게 물었지만, 그것에 관해 이야기할 기분이 아니었다. "나탈리야는 무엇을 하고 있을까? 어떤 도둑들이 그에게 말했던 것처럼, 그녀가 '큰 키에 금발 머리를 하고 잘생긴 아주 위험스러운 독일 장교와 만남을 갖곤 한다'는 게 사실일까?" 하는 물음이 그를 고통스럽게 만들었다. "어쩌면 도둑들이 제정신이 아니거나, 그것 또한 가능한 일이지만 그들이 점령지의 밀고자들이 아닐까?"를 의심했으며, "어떻게 독일 장교가 잘생길 수 있단 말이지?"라고 그는 스스로에게 자문했다.

*

새로운 대홍수의 날들을 예견하며 비가 내렸다. 한 방울이 1리터가 될 정도로.

그들은 무기와 지뢰, 탱크의 부속품 상자를 새벽녘까지 집 안으로 옮겼다. 할아버지는 할 수 있는 만큼 돕고 있었다. 지하실 사람들이 만든 리프트로 상자들은 지하로 내려졌다.

그들은 노인을 집 문지방에 남겨두고서 가버렸다. 그들은 터널로 들어가기 전 그에게 손을 흔들었다. 그들은 아주 오래전 무너져 내려 잊혀져버린 지하의 고대 로마 우물 근처에서 트럭을 돌렸다. 그리고 같은 길로 돌아서 트럭들을 몰아갔다. 그들 역시 손을 흔들고 있을 거라고 생각하면서, 할아버지는 여전히 오랫동안 그들에게 손을 흔들고 있었다. 그는 자신의 그림자 끝을 오랫동안 보지 못했었다.

*

이반은 지하실에서 공포에 떨며 무기 창고를 바라보았다. 새끼 원숭이는 상자 위에서 팔짝팔짝 뛰고 있었다. 겁에 질린 보초는 올라가 새끼 원숭이를 잡을 엄두를 내지 못하고 있었다. 사람들은 스스로 무언가를 겁내고 있지만 보통 그것을 인정하고 싶지 않을 때 짓는 그런 웃음을 보이고 있었다. 젊은이는 꼬리 달린 친구를 부르며 손을 쭉 뻗은 채로 상자 주위를 맴돌았다.

"소…… 소니……! 그…… 그건…… 위…… 위험해! 이…… 이리 와……! 소…… 소니!"

지하실의 어둠 속 어디에선가 츠르니의 아들 요반이 울고 있었다. 진정시키려고 애쓰고 있는 나이 든 여인의 품 안에서 요반이 울고 있었다. 그녀는 이야기도 해주고 노래도 불러주고 귓속말도 해주었지만…… 요반은 울고만 있었다. 전날 어머니 베라가 지하의 조그마한 무덤 속에 묻혔던 것이다.

하지만 독자들이여, 우린 계속해서 이야기를 해나가야만 한다.

5. 프란츠가 나탈리야를 '차지한 것'은 사실이었다

남동유럽의 독일 병참부는 무너진 건물의 재건을 승인하면서 국립극장의 관리자로 요반 포포비치 씨를 임명했다. 포포비치 씨의 소집에 무언예술계(無言藝術界)*의 잘 알려진 사람들이 응했다. 배우들, 오페라 가수들, 음악인들, 연출가들, 무대의 노동자들…… 그들은 여러 날 동안 맨손으로 극장 주변의 공간들을 치웠다. 영원히 음식물을 찾아 헤매고 있는 것처럼 보이는 행인들도 빈 가방을 잠시 내려놓고 그들을 도왔다.

가장 부지런한 사람들 가운데에는 나탈리야와 휠체어에 앉아 유별난 웃음을 띠고 있는 젊은이인 그녀의 남동생 바타가 있었다. '유일하고 소중한 집'의 복구로 행복해하고 있던 유명한 여배우는, 농담을 건네기도 하고 좀더 빨리 일을 하라고 동료들을 재촉하며, 길고 구불구불한 줄에 서서 계속해서 벽돌을 옮기고 있었다. 회반죽 부스러기를 떼어내며, 바타는 커다란 망치로 멀쩡한 벽돌을 쪼고 있었다. 순간순간 땅바닥을 바라보

---

* 마임과 팬터마임 등으로 몸짓과 동작, 그리고 얼굴 표정만으로 뜻을 전달하는 예술양식.

앉다가 하늘을 바라보았다가 하며, 그는 무언가 혼잣말을 하고 있었다. 무얼 하고 있는 것인지 정확히 알지 못하면서도, 그는 맡겨진 일에 유난히 만족해했다.

극장 건너편 입구의 어둑어둑한 곳으로부터 검고 보기 드물게 품위 있는 양복을 차려입은 츠르니가 나타났다. 습관대로 그는 두리번거리며 거리를 가로질러서는 나탈리야의 손을 잡고 건물 모퉁이로 데리고 갔다. 다음 날 경찰서에서 다시 반복해 말하게 되겠지만, 그곳에 있던 그 어느 누구도 그때 '무슨 일이 일어난 것인지 보지 못했다.' 사람들은 독일과 국내의 첩보원들보다 츠르니를 더 두려워했다. 독일 사람들은 때가 되면 물러갈 테지만, 그는 남아 있게 될 것이기 때문이었다. 그리고 그가 죽음을 당하더라도 '그의 사람들이' 남게 될 것이기 때문이었다. 어쨌든 그러한 상황이었기 때문에, 두려움은 완전히 정당한 것이었다.

그녀의 어깨를 붙잡으면서, 그는 겁에 질려 울음을 터뜨릴 것만 같은 그녀의 눈을 오래도록 바라보았다. 그녀는 몇 달 동안 주소를 바꿔가며 몸을 숨기고 있었다. 그녀가 길 건너편에서 자신들을 보지 못한 것처럼 소리를 지르며 지나가는 회색 외투를 입은 사람들을 쳐다보고 있었기 때문에, 그는 몸을 돌려 물었다.

"무슨 뜻이야, 나탈리야? 응? 자기, 무슨 뜻이야? 주소를 바꾸고, 아파트와 집을 바꾸고, 몸을 숨기는 게 말이야? 자기야, 누구로부터 몸을 숨기는 거야? 나로부터? 나로부터 몸을 숨기는 거야?"

마치 죽을 것처럼 겁을 집어먹고 있었지만, 나탈리야는 벗어나려고 애썼고 그는 오랫동안 계획했던 심문을 계속하면서 그녀의 손을 잡아채 위로 들어 올렸다.

"프란츠는 정기적으로 만나면서 나에게선 몸을 숨기고 있는 거지. 그렇지?"

"프란츠를? 어떤 프란츠를 말이야? 무슨 소리 하는 거야, 츠르니?"

"온 도시에 떠돌고 있는 말을 하는 거야." 화가 난 그는 그녀와 만난다고 자신을 닦달하며 부인이 했었던 것과 똑같은 말을 반복하고 있었다. 그리고 그녀는 깜짝 놀란 그가 베라에게 했던 것처럼, 그에게 대답했다.

"당신, 제정신이에요? 츠르니, 무슨 말을 하고 있는 거예요?"

"프란츠가 누군지 모른단 말이야?"

"알아요, 하지만 내가 그를 만난다는 건 사실이 아니에요. 사실이 아니란 말이에요……"

"거짓말 마, 나탈리야. 제발, 거짓말하지 말라고. 당신을 죽여버릴 테야……"

"그럼, 절 죽이세요. 자, 죽이세요. 독일 놈들이 당신 때문에 내 동생을 죽이는 것보다, 당신이 지금 저를 죽이는 편이 나아요." 그녀는 벽에 고정되어 있는 손을 풀려고 애쓰며 말했다. 그러고는 그에게 모든 것을 말하기로, 영원히 그를 받아들이기로 작심한 듯 울음을 터뜨렸다. 영원히.

"독일 놈들이 나 때문에 당신의 동생을 죽인다구? 왜 나 때문에 그를 죽이겠어, 안 그래? 왜?"

"왜 그런지 당신은 알고 있잖아요. 당신은 수상쩍은 일을 하고 있고, 상인들을 약탈하고, 사람들에게서 돈과 금을 빼앗잖아요……"

"난 도둑놈들, 암거래하는 자들과 점령군에게 협력하는 자들을 약탈하지만, 가난한 사람들에게 돈을 나눠주고 악당들과 싸울 무기를 구입하는 거라고."

"무기를 구입한다고요?"

"그래, 구입하지……"

"충분히 있는데, 왜 구입하죠? 객차 넉 대분 이상으로 무얼 하려고 요?"

츠르니는 몸을 돌려서 그녀를 건물 안의 보조 입구가 있는 곳으로 끌어당기고 계단 위에 들어 올리고는 겨우 입을 열며 나직이 물었다.

"누가 당신에게 객차에 관해 얘기한 거요, 나탈리야? 누가 당신에게 얘기했느냐 말이야?"

"온 도시에 그 얘기가 돌고 있어요……"

"당신은 누구로부터 들었소? 프란츠로부터? 나탈리야, 세상의 모든 것을 걸고 맹세하오, 맹세한단 말이오……"

누군가가 총신과도 같은 무언가를 등에 댔기 때문에, 그는 무엇을 모두 걸고 맹세하는 것인지 헤아리지 못했다. 전쟁 이전부터 체포되는 일에 익숙했던 그는 천천히 두 손을 들어 올렸다. 그리고 곧 그의 허리에 망치 손잡이를 대고 있던 바타에게 화를 내며 손을 내렸다. 그는 무얼 어떻게 할지 몰라 아주 괴로워하며 바타의 흐트러진 머리를 잡아 껴안고는 이마에 입을 맞췄다. 바타는 처음 만났을 때부터 그를 좋아하게 되었는데, 그가 힘닿는 대로 이탈리아로부터 그에게 약을 구해다 주곤 했으며, 나탈리야가 극장에 있는 동안 그리고 자정 무렵 그녀가 집으로 돌아오기를 기다리고 있는 동안 자신에게 다양한 영웅들, 깡패들, 유령들과 괴물들을 꾸며내 연기를 하며 이야기를 들려주곤 했었기 때문이다. 그녀는 그 모든 것들을 전쟁이 시작되면서 잊어버렸다. 모든 것을.

나탈리야는 계단에서 뛰어내려 도로를 가로질러 뛰어가더니 이내 중앙 입구 옆쪽에서 일하고 있던 사람들 사이로 사라져버렸다. 츠르니는 몸을 돌려 그녀 뒤를 뒤따라 뛰어가려고 했지만, 칼레메그단으로부터 무장한 독일 군인들이 타고 있는 사이드카가 달린 오토바이의 호위를 받으며 두 대의 검은 리무진이 나타났다. 극장 입구 쪽에서 멈춰 선 첫번째 리무진에서 키가 크고 엄숙한 표정의 금발 머리 장교가 뛰어내렸다. 그는 일을 하고 있는 사람들에게 손으로 인사를 건네며 나탈리야에게 다가가 무언가를 말하고는, 그녀의 손을 붙잡고 자동차 쪽으로 데리고 갔다. 누군가에게는 그녀를 체포하는 것으로 보일 수도 있었지만, 또 다른 누군가에게는 완전히 다르게 보일 수도 있었다. 허리춤에서 권총을 빼들며, 츠르니는 자동차와 입을 벌리고 있는 오토바이 운전자를 따라갔다. 바타는 웃으며 그를 바라보고 있었다. 무슨 일이 일어났는지 그리고 왜 '전 세계에서 가장 힘이 센' 자신의 절친한 친구이자 영웅이 겁을 집어먹고 아무런 움직임도 없이 바보처럼 서 있는 것인지 그에게는 분명치가 않았다. 바타는 습관대로 소리를 지르며 그에게 물었다.

"츠르니 아저씨, 왜 더 이상 내게 오지 않는 거예요?! 그 누구도 더 이상 내게 이야기를 해주지 않아요. 내게 화가 난 거예요?"

"아니야, 바타…… 아니야…… 왜, 프란츠 아저씨가 네게 이야기를 안 해주는 거니?"

"얘기해줘요, 하지만 이해할 수가 없어요……," 바타는 그와 무엇을 해야 할지 난감해하고 있는 친구의 손에서 총을 빼앗아 붙잡으려고 애쓰며 웃고 있었다. 차라리 자신이 죽는 것이 현명할지도 모른다고 생각하며 츠르니는 총을 허리춤에 돌려놓았다. "나 스스로 죽고 말 거야, 하지만 먼저 그녀를 죽이고서. 그리고 그놈을. 먼저 그 두 사람을."

"가만두지 않겠어. 이 파시스트 놈들," 그는 자신의 궁극적인 계획을 강조라도 하듯 검지로 콧수염을 아래로 잡아당기며, 가시가 돋친 듯한 욕설을 노골적으로 퍼부었다.

"어떤 파시스트 놈들을 가만두지 않겠다는 거예요?" 미소를 띤 채 두꺼운 안경알 너머로 그를 바라보며 바타가 순진하게 물었다. "프란츠 아저씨? 프란츠 아저씨 말이에요?"

"그래, 프란츠 아저씨," 츠르니는 되풀이해 말하고 주머니에서 커다란 초콜릿을 꺼내 바타의 품에 안겨주고는 이마에 입을 맞추고 몸을 돌려 도시의 아래쪽을 향해 가파른 언덕길로 서둘러 갔다. 그는 마르코와의 약속에 일주일을 늦고 말았다. 정확하게 일주일을 늦은 것은 나탈리야가 어디에 살고 있는지를 알아내고 그녀를 따라가 극장 앞에서 만나는 일이 그에게 그토록 절실했었기 때문이었다. 그리고 그 모든 일들을 성공했을 때, 그녀를 데려가 코스마이*에 있는 이모 댁에 숨겨두려고 작정했을 때, 그녀는 이 도시에서 가장 유명한 악당과 함께―어쩌면 끌려갔는지도 모를 일이지만―가버렸다. 어쨌든 그에게는 모든 것이 마찬가지였다. "그런데, 그렇게는 안 될 거야. 절대 안 되지. 이 십자가를 걸고서라도 그렇게는 안 되지. 내가 살아 있는 한, 그렇게는 안 될 거야. 여기는 내 도시야. 여기는 베를린이 아니란 말이야. 여긴 뮌헨이 아니야. 여기는 ……이 아니야." 그는 무엇이 자신의 도시가 아닌지를 발걸음의 리듬에 맞춰 반복해 말하고 있었다.

바타는 그가 달려가면서 멀어지는 모습을 휠체어에서 바라보고 있었다. 그는 초콜릿을 포장지째로 먹었다. 간단히 말하면, 그는 마치 어떤 공연에 등장하는 인물처럼 극장 옆에 남겨져 있었다.

*

---

* 베오그라드 시내의 한 구역 명칭.

러시아인들이 10월 말, 아니 11월 말까지, '공산주의식 신년'까지는 틀림없이 와야만 했었다. 그걸 믿지 않는 사람은 점령자들의 협력자로 간주되었다. 몇 달이 지나고, '그들의' 신년도 지나가버렸지만, 형제들로부터는 그 어떤 흔적도 목소리도 들리지 않았다. 그리고 동쪽 전선으로부터 들리는 소식은 점점 나빠져만 가고 있었다. "많이 늦었지만, 확실히 여름까지는 올 것이다. 7월 중순 아니면 늦어도 8월까지는. 그리고 그토록 많이 살아남았던 것처럼, 우리는 그때까지 살아남아 있을 것이다. 적어도 우리는 생존하는 것에 익숙해 있다"고 거의 모든 사람들이 귀엣말로 이야기했다.

극장 안의 선술집에서 츠르니는 무스타파 그리고 점령기에 새롭게 알게 된 암상인들, 밀수꾼들과 도둑들 사이에서 굉장히 정직한 사람들이라고 이름이 잘 알려져 있었던 두 남자와 함께 주사위 놀음을 하고 있었다. 토미슬라브는 몸집이 작고 약삭빠른 '짧은 분별력과 긴 손가락을 가진' 사람이었으며, 야네즈는 마리보르* 출신의 난민으로 알코올에 중독되고 거짓말과 별의별 도둑질을 일삼는 젊은이였다. 주사위가 탁자 위를 구르고 있었지만, 츠르니는 무엇을 따고 무엇을 잃는지에 관심을 가지기보다 오히려 극장 안으로 들어오는 사람들을 쳐다보고 있었다. 선술집 벽에는 널리 알려진 공연들의 등장인물로 출연했었던 수많은 이름난 배우들의 사진들이 그를 '바라보고' 있었다. 그들 가운데에는 바로 카운터 위에 마치 여왕 같은 모습의 나탈리야 조브코브가 있었다. 그녀는 츠르니를 바라보며 미소를 짓고 있었다. 그는 공연을 보기 위해 불이 밝혀진 건물 안으로 그녀와 함께 들어오고 있는 한 신사를 번갈아가며 쳐다보았다. 무스타파,

---

* 슬로베니아 공화국의 제2의 도시.

토미슬라브, 야네즈는 그와 하는 게임에 흥미를 잃었지만, 아무런 문제가 없다는 듯 말없이 주사위를 굴렸다. 츠르니는 재킷 주머니에 손을 찔러 넣어 커다란 눈에 통통하게 살이 찐 어린아이인 아들 요반의 사진을 꺼냈다. 그는 아들이 태어나는 것을 보지 못했었다. 번쩍번쩍 윤이 나는 라디오에서 흘러나오는 전쟁 소식을 참아가며 크게 소리쳤다.

"주인장! 술! 오늘이 우리 요반의 생일이란 말이야! 1년째 되는!"

"어린 아기군," 무스타파는 사진을 보면서 억지를 떨었다. 할 수만 있었다면 토미슬라브와 야네즈도 웃음을 터뜨렸을 터였다.

"어린이가 될 거야, 무스타파. 그리되겠지. 장래에 그 녀석을 모스크바에 있는 사관학교에 보낼 거야. 자네와 같은 도둑이 아니라 장교가 되겠지."

"우린 함께 일하고 있잖아, 츠르니."

"일하고 있지, 일하고 있고말고……," 그는 프랑스식 모자를 쓰고 있는 사람을 바라보며 중얼거렸다. 그 사람은 잠깐 동안 선술집의 창문을 통해 엿보다가 공연 관중들 사이로 사라져버렸다. 츠르니는 모자를 쓴 그 사람이 불이 켜진 건물 안으로 들어오는 모습을 바라보며 몸을 일으켜 세웠다. 주인은 파열음과 함께 샴페인 병을 땄다. 도박꾼들은 권총을 빼들었지만, 츠르니는 웃고만 있었다. 그는 있는 힘을 다해 야네즈의 등을 내리쳤다.

"어떻게 된 거야, 도선생?* 배짱은 어디다 버려둔 거야?"—그는 신랄하게 그를 비웃고 앉아서는 아내의 결혼반지를 걸고 게임을 하기 시작했다. 그는 새끼손가락에서 반지를 빼내 손바닥 위에 내려놓고 마치 녹여

---

* '도둑'이라는 의미로 비꼬아서 말하는 것.

버리기라도 할 것처럼 반지를 뚫어져라 쳐다보다가 이야기를 하면서 반지의 위치를 옮겼다. 반지는 웃음 띤 사람의 시선을 따라 '왔다 갔다' 하고 있었다. "살아 있는 것 같잖아, 신이시여 어떻게 된 일입니까?," 야네즈는 중얼거렸다.

"적어도 수백 명의 여자들이 이 반지를 가졌었지. 그녀들이 이것을 자신들의 것이라고 생각했다면—내게로 돌아오게 될 거야…… 자 어서, 어떻게 내게 돌아오는가를 이 도둑들에게 보여주거라…… 어서…… 그렇게…… 그렇게……"

반지는 손등을 타고 올라가다가 빙글 돌고는 가운뎃손가락 밑까지 되돌아갔다. 도박꾼들은 탁자 밑을 살피며 웃고 있었다. 무스타파가 의심하듯 머리를 숙이자, 츠르니는 그의 뒤통수를 후려쳤다.

"뭘 보는 거야, 무스타파? 뭘 봐? 내가 속이고 있다고 생각하는 거야?!"

"어떤 속임수 아니야?"

"속임수? 그러니까, 내가 거짓말을 하고 있다는 거로군!"

"그렇게 말하진 않았어." 전직 기관사는 헝클어진 머리를 매만지며 뒤로 물러섰다. 주인이 술이 놓인 쟁반을 들고 멈춰 섰다.

"무스타파, 우린 이미 '속임수'에 빠져 있는걸, 뭐. 자넨 어디서 그렇게 많은 옷을 가져와 입는 거야? 어제 한 벌, 그제 다른 옷 한 벌, 오늘 또 다른 옷 한 벌? 오전에 한 벌, 정오에 다른 한 벌, 저녁에 또 다른 한 벌? 각각의 옷마다 새로운 외투, 새로운 모자, 새로운 목도리, 새로운 장갑, 새로운 구두? 서민들은 먹을 빵도 없는데, 어떻게 그런 '속임수'를 쓰는 거야?"

"난 당신이 벗고 다니는 걸 알아채지 못했군." 탁자에서 물러서며 세련된 기관사는 뻔뻔스럽게 대답했다. 츠르니는 오른쪽 눈으로 과녁을 겨누는 것처럼 왼쪽 눈을 가늘게 뜨고 그를 쳐다보았다. 웨이터는 소동을 예견했다. 그래서 카운터로 돌아가 술을 따르고 주방으로 도망쳐버렸다.

"곧 나무판자로 된 훌륭한 옷 한 벌을 네게 마련해주지!"

츠르니는 갑자기 일어나 라디오 수상기가 있는 곳으로 뛰어가 주먹으로 그걸 '꺼버리려고' 했다. 수상기는 산산조각이 났지만, 독일 아나운서의 목소리는 계속해서 들려왔다. 전직 전기공은 코드를 잡아 들고 이로 물어뜯었다. 그에게 전기 충격이 가해졌지만, 그의 머리칼을 곧추 세울 만한 정도에 불과할 뿐이었다. 그는 부서진 기계를 발로 걷어차고, 탁자로 돌아와서 중단되었던 심문을 계속했다.

"우리가 널 기관차에서 끌어내줬어, 넌 까마귀처럼 새까맸지. 그런데 지금 봐! 이 모든 게 어디서 난 거지, 무스타파? 그렇게 많은 실크 넥타이를 살 돈이 어디서 생겼느냔 말이야," 그의 넥타이를 '고쳐 매주며' 그가 물었다.

"일하고 있잖아……"

"무슨 일을 한다는 거지, 이 빌어먹을 도둑놈 같으니? 날 이용하고 있는 거겠지! 이용해먹으려고 날 찾은 거겠지?! 무기를 실은 네번째 트럭은 어디에 있지? 어디 있어?! 말해봐?!"

"독일 사람들이…… 가져갔어…… 프란츠가 개인적으로 작전을 지휘했단 말이야……"

"거짓말 마! 널 죽여버리고 말겠어!" 그는 외마디 소리를 지르고 무스타파의 넥타이를 잡아당겼다…… 선술집 안 어느 곳에 그를 매달지를 살피며 등을 돌렸다. 무스타파는 질식할 듯 숨을 꿀꺽 들이마셨지만, 토미슬라브와 아네즈는 우는소리를 내고 애원하며 미친 듯이 흥분해 있는

'사업상의 친구'를 진정시키려고 노력했다.

"독일 사람들이 가져갔다니까, 츠르니. 정말이야," 토미슬라브가 맹세했다.

"누군가 우리를 밀고한 겁니다, 츠르니 동지!" 외침의 세기로 진실이 증명될 것이라고 믿고 있었던 야네즈가 소리쳤다. "누군가 우릴 밀고한 거라고요!"

"그럼 금은방 물건은 어디 있어, 무스타파? 금은방 물건은 어떻게 됐느냔 말이야?!"

"여기 있어," 무스타파는 마치 발레리나처럼 발끝을 들어 올리며 겨우 입을 열었다.

"'여기'가, 어디야?"

"여기…… 주머니 안에…… 자……"

"'여기'에 얼마나 있다는 거야?!" 그의 넥타이를 들어 올려 그렇게 목을 매달 작정으로 츠르니는 의자 위로 올라갔다. 간단히 말해, 더 좋은 해결책은 없었다.

"12만……," 목이 졸려 있던 그는 겨우 말을 내뱉고 주머니에서 돈 뭉치를 꺼냈다. 츠르니는 비웃듯이 바라보며 돈뭉치를 받아들었다.

"12만? 내가 겨우 12만짜리 금은방을 털었단 말이지?!"

"야네즈에게 물어봐……," '매달려 있던' 기관사가 애원했다.

츠르니는 그의 넥타이를 바짝 죄고 키가 크고 붉은 머리칼을 한 독일 장교가 극장에 들어가는 모습을 바라보면서, 의자에 선 채로 그를 심문했다. 장교는 완전히 몸을 가리는 가죽 외투를 입은 사람들의 호위를 받으며 검은 리무진에서 나왔다.

"왜 내가 겨우 그런 돈 때문에 금은방을 턴 거지? 12만을 위해서였다면 식료품점을 털 수도 있었는데…… 프란츠," 그는 넥타이와 매달린 채 흔들리고 있던 무스타파에게서 손을 떼며 나직이 말하고는 창문 쪽으로 다가가 극장 계단 위에 서 있던 붉은 머리칼을 가진 그 사람을 빤히 쳐다 보았다. 장교는 커다란 흰 장미 꽃다발을 들고 어느 나이 든 신사와 대화 를 나누고 있었다. 야네즈와 토미슬라브는 커튼을 통해 엿보며 도대체 어 떤 흥미로운 일이 벌어지는지 살피고 있었다. 그들은 프란츠를 알아보고 겁에 질려 창문으로부터 물러났다.

"프란츠……," 야릇한 존경심과 두려움을 느끼며 야네즈가 말했다.

"나탈리아에게 꽃을 가지고 왔어," 토미슬라브는 카운터 위에 걸린 여배우의 사진을 보며 속삭였다…… "우리의 목숨은 빼앗으면서, 그녀에 게는 수작을 부리고 있군."

"조용히 해, 그 반대가 될 수도 있었어." 절대 한마디도 해서는 안 되 는 가엾은 무스타파가 덧붙여 말했다. 츠르니는 몸을 돌려 그를 쳐다보고 그의 이마 중간 부분을 있는 힘을 다해 주먹으로 내리쳤다. 전직 기관사 는 마치 등 쪽으로 물속에 뛰어들 듯이 팔과 다리를 벌린 채 날아갔으며, 그렇게 탁자 두 개와 의자를 쓰러뜨리고 카운터를 부쉈다. 선반에서 병들 이 떨어져 사방으로 흩어지며 박살이 났다. 츠르니는 의자를 짚고 일어서 려고 애쓰고 있는 그에게 다가가 등을 내리쳤으며, 그렇게 의자도 산산조 각이 나버렸다…… 그는 계속해서 발로 그를 폭행했다…… 선술집 뒤편 에 있는 보조 문을 통해 빨간 카네이션 다발을 들고 마르코가 들어왔다. 그는 츠르니가 무스타파에게 발길질 하고 있는 모습을 바라보며 차분하게 멈춰 섰다. 마치 아무 일도 없다는 듯 그는 담배를 피우고 있었다. 야네 즈와 토미슬라브는 보조 문 쪽으로 달려갔지만, 그는 꽃다발도 내려놓지 않은 채 발로 그들을 쓰러뜨렸다. 츠르니는 의자의 부러진 다리를 단단히 붙잡고 노름꾼들에게 다가갔다. 단지 자신을 속이려고 했었기 때문이라는 듯 그는 그들의 어깨와 등을 내리쳤다. 그는 나탈리야의 이름을 입 밖에 꺼내지 않았다.

"돈이 얼마였어?! 얼마였냐고?! 말해! 죽여버리겠어!"

"20만……," 몽둥이 밑에서 야네즈가 몸을 뒤틀었다. 츠르니는 삼각 옷걸이를 들고 토미슬라브를 내리쳐 옷걸이를 부러뜨렸다. 마르코는 탁자로 다가가 조용히 재떨이에 재를 털었다. 야네즈가 일어서려고 하자 그는 돌면서 그를 차버렸다. 오래전부터 누군가를 때리지 않았지만, 그는 며칠 동안 신경이 예민해져 있었으며 화가 나 있었던 것이다.

"그러니까, 20만이었단 말이지?! 20만이었다고?! 이제 너희들 모두를 멋지게 죽여주지!" 츠르니는 권총을 꺼내며 마음먹었다. 마르코가 그에게 다가가, 그의 손을 잡고 불 켜진 극장을 쳐다보며 말했다. 마지막 관객이 서둘러 공연장 안으로 들어가고 있었다.

"지금은 안 돼. 늦을 거야."

"은행과 금은방은 내가 터는데, 그놈들이 그걸 도둑질하고 있잖아! 도둑질을 하고 거짓말을 하고 있잖아! 국민의 돈을 도둑질하고 있단 말이야!"

"늦겠어." 마르코가 어두운 정원으로 나가며 그를 재촉했다.

츠르니는 미심쩍은 그 친구들을 한 번 더 쳐다보고 무스타파를 향해 옷걸이의 잘린 부분을 흔들며 위협했다.

"내일 내게 50만을 가져오지 않으면, 너희 모두를 죽여버릴 거야! 너희들처럼 지저분한 것들을 베오그라드에서 쓸어버리겠어! 동지들은 숲 속에서 고군분투하며 나무뿌리를 먹고 있는데, 너희들은 국민의 돈을 훔치고 있단 말이지! 이 빌어먹을 도둑놈들 같으니!"

그는 유리가 깨질 정도로 문을 세게 닫으며 선술집에서 나갔다. 정원 안, 상자와 술통과 술을 담는 나무 상자 사이에서 마치 아이를 잠재우듯 팔에 꽃다발을 안고서 마르코가 그를 기다리고 있었다. 츠르니는 시들어 버린 카네이션을 바라보았다. 그는 맨홀 뚜껑을 들어 올리며 마르코에게 심술궂게 물었다.

"장미가 아니었나요, 비서 동지?"

"그랬지, 하지만 비싸더군."

"프란츠는 장미를 샀는데, 마치 묘지에나 가는 것처럼 자넨 카네이션이군."

츠르니가 맨홀 안으로 들어갔다. 마르코는 순서에 따라 한 번 더 물으며 그의 뒤를 따랐다.

"우리가 하고 있는 일이 현명한 것일까?"

"아니, 하지만 좋잖아. 좋은 것은 대개 현명하지 않게 마련이지."

흠씬 얻어맞은 노름꾼들은 마르코와 츠르니가 어디로 사라진 것인지 의아해하며, 선술집 문을 통해 훔쳐보고 있었다.

*

격식을 차린 '공연용' 의상을 입고서, 두 친구는 길거리 아래의 배수로를 통해 들어갔다. 그들은 코를 단단히 쥔 채 구역질을 하며 악취가 풍기는 웅덩이를 뛰어넘고 있었다. 츠르니가 마르코의 풀 죽은 얼굴과 카네이션 꽃다발을 램프로 비추며 멈춰 섰다. 그는 성을 내며 '코를 통해' 이야기했다.

"잘 들어, 마르코. 친구이자 대부 그리고 당의 비서로서 자네에게 이야기를 해야겠어. 이 전쟁에서 우리에게 죽음이 닥친다면, 그건 이 도둑놈들 때문이야. 범죄자이자 쓰레기 같은 놈들 말이야. 난 동지들의 약을 사기 위해 은행과 금은방을 터는데, 그놈들은 날 털었단 말이야! 이렇게는 더 이상 안 돼! 그놈들이 도둑질을 하는 한 난 강도질을 할 수 없어!"

"우, 지독한 냄새⋯⋯," 마르코는 머리를 끄덕이며 중얼거렸다.

"도적놈들 같으니!" 츠르니는 콧구멍을 움켜쥐고 소리쳤는데 그 때문에 무슨 말을 하는지 이해하기 어려웠다. 마르코는 숨이 막히는 듯, 분명치 않은 목소리로 인정했다.

"이 사건을 첫번째 당 회의에 회부하겠어! 만약 동지들이 그들을 죽이기도 결정한다면―우리가 그놈들을 죽이지 뭐! ⋯⋯우, 이 지독한 냄새⋯⋯"

"똥통 속에 있는데 냄새가 나는 게 당연하지! ⋯⋯만 명의 도둑놈들과 밀고자들이 독일 놈들을 위해 일하고 있잖아! 만 명이나 말이야! 그놈들이 우리를 죽음으로 내몰 거야! 독일 놈들은 필요도 없어! 음, 동지들이 나중에 그놈들을 죽이든지 어쩌든지 난 그놈들을 당장 죽여버리고 말겠어."

츠르니는 권총을 꺼냈고 몸을 돌려 웅덩이를 뛰어넘고는 선술집의 맨홀 쪽으로 걸음을 옮겼다. 마르코는 계속해서 바뀌는 계획에 대해 신경질을 내며 달려가 그의 어깨를 붙잡았다. 그는 소리를 질렀다.

"대체, 어딜 가려는 거야?! 어딜 가려는 거냔 말이야?!"

"당장 그놈들을 죽여버리려고! 그놈들이 살아 있는 한 내 마음이 편하질 않아!"

"늦을 거야!" 그의 코밑에 회중시계를 바짝 내밀었다.

"좋아⋯⋯ 막 사이에 그놈들을 죽여버리겠어."

"그 더러운 놈들은 내버려둬. 당이 모든 것을 해결할 테니까…… 하지만 냄새가 지독하긴 하군……"

늙고 털이 빠진 시궁쥐처럼 유연하고 능숙한 그들은 웅덩이와 파이프를 건너뛰며 어둡고 꼬불꼬불한 배수로를 통해 멀어져가고 있었다.

6. 스트린드베르그의 「아버지」 그리고 라우라 역을 맡은 나탈리야 조브코브의 공연이 왜 성공하지 못했는가? 왜? 츠르니 때문에!

　극장 건물 안의 많은 무대 장치들 사이에서, 지하의 배수로망으로 통하는 입구를 닫고 있었던 쇠로 된 맨홀 뚜껑이 열리고 있었다. 맨홀로부터 츠르니가 넥타이를 고쳐 매면서 나왔다. 그는 무대를 비추고 있던 조명 쪽으로 몸을 돌렸다…… 그리고 마르코가 콧구멍을 움켜쥔 채 모습을 드러냈다. 츠르니는 맨홀 뚜껑을 덮고 화가 나 있는 친구를 쳐다보면서 카네이션 꽃다발을 받아 들었다.

　"장미를 살 수도 있었는데. 프란츠 같은 대단한 신사가 나타날 텐데 말이야. 이건 누군가의 묘지에서 훔친 것 같잖아……"

　"자넨 지금 날 더러운 똥물을 헤치고 극장으로 데려온 거야. 더 이상은 안 돼." 마르코는 옷에서 악취를 털어내며 이를 악물고 말했다.

　츠르니는 무대장치들 사이에 있는 탈의실과 무대로 통하는 문 쪽으로 그를 데려갔다. 그는 마치 자신의 집 안에 있는 것처럼 행동하고 있었다. 정말로 베오그라드 전체는 그의 '개인적인 도시'나 마찬가지였다. 그렇게 말한다 해도 전혀 과장된 것이 아니었다. 전기공으로 일하는 동안 모든 집들과 안면을 익혔기 때문이다.

그들은 굽은 복도를 통해서 극장의 프리마돈나인 나탈리야 조브코브의 탈의실에 도착했다. 도중에 그들은 몇몇 극장 직원들 옆을 지나갔으며, 모자를 들어 그들에게 인사를 건네기도 했다. 한 직원이 겁에 질려 멈춰 섰다. 그는 뱀파이어라도 만난 것처럼 그들을 쳐다보았다…… 츠르니는 탈의실 문을 두드린 후 문을 열고는 웃으면서 안으로 들어갔다. 나탈리야가 파란색 머리 장식과 레이스로 만들어진 라우라의 블라우스 옷깃을 신경질적으로 매만지며 거울 앞에 앉아 있었다. 츠르니는 다가가 꽃을 내밀며 미소를 지었다.

"좋은 밤이요, 내 사랑…… 장미가 아니어서 미안하오……"

그는 그녀를 끌어안고 입을 맞췄다. 여배우는 몸을 피하면서 그를 붙잡고 주먹으로 그의 등을 때렸지만, 그는 그녀를 그대로 내버려두지 않았다…… 탈의실 구석에서는 바타가 즐거운 듯 미소를 띠고 담요로 다리를 덮은 채 장애인 휠체어에 앉아서, 두꺼운 안경알 너머로 너무나 행복에 겨운 눈길로 그들을 지켜보고 있었다. 마르코는 복도에 서 있었다. 그는 망을 보고 여배우에게 입맞춤을 하고 있는 친구를 풀 죽은 채 바라보며 몸을 돌렸다. 그는 화가 치민 듯 나직한 목소리로 경고하면서 재킷 아래에 권총을 숨겼다.

"뭐 하는 거야?…… 츠르니……"

나탈리야는 포옹에서 풀려나 '나직이 소리를 지르며' 꽃다발로 그의 머리를 때렸다. 그녀의 남동생은 자신이 유일하게 좋아하는 그 남자를 옹호하며 애원하듯 소리치고 있었다.

"그를 때리지 마, 누나! 그를 때리지 말란 말이야!"

츠르니는 몸을 돌려 바타를 흘끗 쳐다보고 팔을 벌려 그에게 다가가 안고는 이마에 입을 맞췄다.

"바타! 어디 있었던 거야, 이 녀석?"

"여기 있잖아요! 여기에 있었어요, 츠르니 아저씨! 누나와 함께 공연을 보러 왔어요!"

"에, 넌 날 기쁘게 한단 말이야," 츠르니는 진심으로 말하고서는 작은 조끼 주머니에서 줄이 달린 회중시계를 꺼냈다. 매일 밤 잠들기 전에 누이가 읽어주는 동화 속에 등장하는 영웅들 가운데 한 사람처럼 자신을 생각하고 있는 그 젊은이에게, 츠르니는 시계를 선물했다.

"용을 때려잡은 거예요? 츠르니 아저씨, 용을 때려잡았냐고요?!"

"수백 번. 만날 때마다…… 이렇게……"

그는 화장품 선반에서 화장분이 담긴 주머니를 집어 들고 왼손바닥 위에 내려놓고는 오른손으로 있는 힘을 다해 내리쳤다. 탈의실이 새하얗게 가루로 뒤덮여버렸다. 병약한 젊은이는 즐거운 듯 박수를 치고 소리를 내질렀다.

"주머니처럼! 브라보, 츠르니 아저씨! 브라보!"

츠르니는 새끼손가락에서 부인의 결혼반지를 빼낸 후 나탈리야에게 다가가 그녀의 어깨를 붙들고 돌려세웠다. 배우들은 복도를 오갔고, 마르코는 탈의실 안에서 벌어지고 있는 말다툼을 바라보며 그들에게 친절하게 인사를 건넸다. 그는 흠칫 놀라며 울고 있는 나탈리야의 목소리가 새어 나가지 않도록 문을 살짝 닫았다.

"가세요. 2분 후면 무대에 나가야 해요……"

"당신이 조금 늦더라도 프란츠는 화내지 않을 거요."

"어느 프란츠 말이죠? 무슨 소리를 하고 있는 거예요?"

"온 도시에 떠돌고 있는 이야기를 하는 거요. 오늘 밤 당신은 그놈에게 마지막 공연을 보여주는 거요. 받으시오. 그것을 손에 끼시오, 그 범죄자가 당신이 결혼했다는 걸 볼 수 있도록 말이오." 그는 반지를 선물하며 위협하듯 말했다. 여인은 아무 말없이 그를 쳐다보았다. 왜냐하면 이전에도 그가 터무니없는 일들을 저지르긴 했지만 단 한 번도 결혼을 언급한 적은 없었기 때문이었다. 그들은 2년 동안 만나왔는데, 그는 마음 내키는 시간에 오고 또 그렇게 떠났다. 왜냐하면 그는 '베오그라드에 속해 있는 모든 것은 나에게 속해 있는 것이다'라고 진지하게 말하곤 했었기 때문이다. 그리고 그건 과연 여러 가지 면에서 그랬었다.

"이게 뭐예요?" 그녀는 손바닥 안에 놓여 있는 반짝반짝 빛나는 값비싼 반지를 바라보며 물었다.

"결혼반지요. 당신은 오늘 밤 결혼하는 거요."

"누가 결혼을 한다는 거예요?"

"당신이," 그는 미소를 지어 보였다.

"내가?"

"그래요, 당신이."

"내가 누구와 결혼을 하는지, 알 수 있나요?"

"나와, 내 사랑."

"당신과," 그녀는 바타의 휠체어 손잡이에 기대며 나직이 속삭였다. 바타는 고개를 숙이고 행복한 듯 그녀를 바라보았다.

"결혼해, 누나! 결혼하란 말이야. 츠르니 아저씨는 세상에서 가장 힘이 센 사람이야! 결혼해, 누나와 날 보호해줄 거야! 결혼하란 말이야!"

"내 말을 듣기 싫다면, 동생 말이라도 들어요."

"됐어, 바타……! (츠르니에게) 내가 당신과 결혼을 한다고요?"

"그렇소. 난 당신이 나와 결혼해야 한다고 결정했소. 왜냐하면 만약 당신이 어떤 의사, 기술자, 은행원 혹은 장관과 결혼한다면, 난 그들 모두를 반드시 죽일 거고, 그렇게 되면 당신은 내가 징역을 살고 나오기를 기다려야 할게요……"

여배우는 마치 미치겠다는 표정으로 그를 쳐다보았다. 츠르니는 집게 손가락으로 자신의 콧수염을 잡아당기며 웃고 있었다. 츠르니는 그녀가 결혼에 동의하지 않는다면 탈의실에서 나가지 않으려고 마음먹은 듯 보였다. 나탈리야는 무대감독의 목소리를 들으며 반지를 쳐다봤다. 그는 '간곡하게 배우들이 무대 위로 나올 것'을 요청하고 있었다.

"당신에게 얼마나 잘 어울리는지 손가락에 끼워보시오."

"어디에 끼우라는 거죠?"

"손가락에, 자기야."

"손가락에," 그녀는 남동생을 밀어내려고 애쓰며 그에게 물었다.

"그래."

"당신의 거시기에나 끼우시지그래, 깡패 자식 같으니," 그녀는 밖으로 나가려고 마음먹었거나 혹은 누군가 듣고 도와주기를 바라기라도 한다는 듯 소리를 내질렀다. 반지는 곡선을 그리며 날아가더니 그의 이마―지난해 그가 '조국을 구하기 위해' 집을 나섰을 때 그의 아내가 맞혔던 바로 그곳―를 맞히고 말았다. 츠르니는 허리를 구부려 반지를 주워 들고는 웃으면서 그녀를 바라보고 조용하게 거의 속삭임과도 같이 말했다.

"멈출 수 없다는 것만 알아둬. 적어도 당신은 알아야 돼…… 오늘 밤 당신은 나와 결혼하게 될 거야, 아니면 난 당신을 죽이게 될 테고."

"결혼해, 누나!" 바타는 애원했다…… "결혼하란 말이야!"

"나가! 나가란 말이야!"

나탈리야는 소리를 내지르며 몸을 돌려 그의 손을 잡아 끌어당기고는 가랑이 사이를 차버렸다. 그녀가 탈의실을 떠나는 모습과 어쩔 수 없이 등을 돌리는 동생을 데리고 가는 모습을 바라보면서, 츠르니는 이를 악물고 흐느꼈으며 고통으로 몸을 비비 꼬고 뒤틀었다.

"나와 결혼하게 될 거야…… 하지만…… 아이는 갖지 않을 거고……"

문에서 조금 떨어진 복도에 마르코가 서 있었다. 그는 미안해하며 양팔을 벌려 보였다. 그녀는 화를 내며 휠체어를 밀었고, 겨우 입을 열었다.

"적어도 당신은 현명한 사람이라고 생각했어요. 이게 무슨 일이에요, 마르코?"

"미안해, 제발," 그는 변명을 하려 애쓰고 있었다…… 문기둥에 기대어 허리를 구부린 츠르니가 탈의실에서 불쑥 머리를 내밀었다. 그는 겨우 말을 할 정도였지만, 약혼을 포기하지는 않았던 것이다.

"나탈리야, 마르코가 우리의 결혼식 증인이 되어줄 거야." 그는 휠체어를 밀고 있는 여인과 달리다시피 그들을 따라가고 있는 친구에게 소리쳤다. 그녀가 무대를 향해 모퉁이를 돌자마자, 그곳에서 스트린드베르그의 연극이 상연되는 극장의 발코니가 보였다. —마르코는 주머니에서 장미를 꺼내 그녀의 손에 입을 맞추며 무릎을 구부렸다.

"그 꽃은 미안하오…… 그는 카네이션만 좋아한단 말이야…… 그가 그렇게 어리석은 짓을 할 줄은 몰랐소."

"항상 그러는데, 어떻게 모를 수가 있죠? 더는 그를 보지 않을 거예요. 더 이상. 더 이상은……"

"행운을 비오, 나탈리야." 그는 그녀가 자신의 남동생을 데리고 점점 멀어져가고 있는 동안 그녀를 바라보면서 기원했다. 바타는 다시 한 번 츠르니를 볼 수 있기를 마음속으로 바라며 계속해서 뒤를 돌아보았지만,

마르코는 한숨을 내쉬고, 어떤 식이었는지 그 누가 알겠는가마는, 겨우 들릴 만한 소리로 속삭였다.

"신이시여, 그녀가 얼마나 아름답습니까…… 그녀는 정말로 아름답습니다……"

그는 신을 자주 언급하지는 않았으며, 교회에도 단지 엄청나게 아프거나 궂은 날씨일 때에만 들르곤 했다. 말하자면, 그가 신을 언급했다는 것은, 그것이 정말로 예외적인 어떤 것이라는 것을 의미한다. 그는 나탈리야를 아주 오래전부터 좋아해왔었다. 츠르니가 친구 혹은 결혼식 증인만 아니었더라면 다르게 행동했을 것이라고, 도르촐 거리를 걸으며 도토리를 걸어차면서 자주 생각해오던 터였다. 마치 결핵이 그토록 많은 젊은 사람들의 목숨을 앗아갈지 그 누구도 몰랐던 것처럼.

*

베오그라드 공연의 관객들은 존경심을 갖고 집중하면서 오랫동안 예고되어왔던 스트린드베르그의 작품 「아버지」의 상연을 지켜보고 있었다. 적어도 극장 안에 있는 두 시간 동안 전쟁의 공포를 잊으려고 애썼던 사람들 가운데에는 독일 장교들과 어쩔 수 없이 함께 온 여인들도 있었다. 첫번째 줄에 경호원들에 둘러싸인 채 붉은 머리칼의 프란츠가 앉아 있었다. 그는 나탈리야만을 쳐다보고 있는 것 같았다…… 그녀는 마치 나는 듯 무대 여기저기를 걸어 다녔다. 탈의실에서 있었던 말다툼 때문이었는지, 아니면 그 역할이 그것을 요구했기 때문이었는지, 비평가들이 그녀의 '무대 역할'을 설명하면서 기록했던 것과 같이 그녀는 '극도로 흥분한 채' 공연을 하고 있었다.

점령기인 1942년 중반의 공연 「아버지」에서는 그녀에게 마음을 빼앗긴 두 남자가 2층 관람석에 선 채로 자리하고 있었다. 한 남자는 철학적으로 진지한 사람이었으며—그는 스스로 시를 지었다. 전직 전기공인—또 다른 한 남자는 혼란스러워했으며 신경질적이었고 화가 나 있었다. 마르코가 나탈리야의 움직임 하나하나에 경탄하며 그녀를 바라보는 동안, 츠르니는 프란츠를 주시하고 있었다. 정복을 차려입은 그 장교는 도시의 질서와 치안, 문화적 생활을 책임지고 있었다. 하지만 특별히, 나탈리야 조브코브를 책임지고 있는 듯 보였다…… 그는 열렬하게 박수갈채를 보냈다. 그의 경호원들은 바로 뒤에 자리해 있었다.

츠르니가 콧수염을 잘근잘근 씹었다…… 그는 마치 세수를 하고 면도를 하듯 얼굴을 문질러대고는 헛기침을 하고 입술을 씰룩대며 마르코에게 이야기했다.

"오늘 밤 프란츠를 죽이고 말겠어, 이 빌어먹을 파시스트 놈들……"

"좋아, 좋아……" 마르코는 단지 그의 말을 중단시키려고 대꾸했지만, 미치광이 같은 친구는 무언가 마음먹으면 그만두는 법이 없었다. 그는 점점 더 큰 목소리로 속삭였다.

"저놈이 그녀만 바라보고 있잖아…… 예술이 그놈에게 무슨 소용이야……"

"쉿…… 여긴 극장이에요." 나이 든 귀부인이 그들에게 상기시켰다.

"알려주셔서 고맙습니다, 부인…… 곧 돌아오겠네."

"어딜 가려는 거야," 마르코가 그를 붙들려고 했다. 츠르니는 그의 손을 뿌리치고 나가면서 다시 반복해 말했다.

"금방 돌아온다니까……"

마르코는 우울한 시선으로 그를 좇고 있었다. 그도 나가고 싶었지만,

그 유명한 희곡의 가장 중요한 한 장면 속의 나탈리야의 연기가 그를 붙들었다. 그는 '막연한 느낌'의 연기에 매혹되어 있었다. 그리고 그의 질투심은 매우 가까운 곳에 있었다.

일곱번째 장면: 라우라(나탈리야 조브코브)와, 자신의 딸이 진짜로 자신의 딸인지 아니면 어떤 다른 남자의 딸인가를 의심하고 있는 늙은 대위인 남편의 대화. 대위는 병에 걸리고 피곤에 지쳐 있으며 낙심한 채로 소파에 앉아 있었다. 그는 진실이 두려웠다. 그는 거짓말을 해줄 것을 애원하며 아내에게 묻고 있었다. 라우라는 그가 어떻게 몰락해가는지를 바라보며 탁자 주위를 어슬렁거리고 있었다. 그녀는 그를 도우려고 하지 않았다…… 그 남자는 한숨을 내쉬고 손으로 가슴에 십자성호를 그었으며(대위 역할을 했던 남자 배우는 오랫동안 한 유랑극단에 있었기 때문에 그의 동작은 약간 '과장되어' 있었다. —국내 도처의 지방무대에서는 대사와 몸짓을 될 수 있는 한 끝까지 늘어지게 해야만 했다), 그는 작별인사를 하는 것처럼 아내를 바라보고 죽어가는 목소리로 말했다.
대위: 자살하고 말겠어, 라우라.
라우라: 자살한다고요? 당신은 그러지 않을 거예요.
대위: 확신하는 거야? 누구를 위해서도 무엇을 위해서도 살 이유가 없는 사람이 살아갈 수 있다고 생각하는 거야?
라우라: 당신은 무엇엔가 빠져 있는 거예요, 그렇지 않나요?
대위: 아니, 우리가 화해를 하자고 제안하는 거야.
라우라: 조건은?
대위: 건강한 지성을 유지하는 것. 나를 의심으로부터 해방시켜줘,

제발, 내가 싸움을 벗어날 수 있도록 말이야.

라우라: 어떤 의심 말이에요? 말해봐요, 어떤 의심이죠?

대위: 베르타의 출생과 관련한.

라우라: 정말 어떤 의심을 하고 있는 거예요?

대위: 그래, 당신이 그렇게 만들었잖아. 당신이 그렇게 만들었단 말이야, 라우라.

라우라: 내가?

대위: 당신이.

라우라: 내가?!

대위: 그래. 당신이.

라우라: 내가 그렇게 만들었다고요?

대위: 그래 당신이, 라우라. 당신…… 당신…… 당신이……

라우라: 어떤 의심이죠? 말해봐요, 어떤 의심이냔 말이에요?!

대위: 그 의심…… 의심…… 의심은……

대위는 프롬프터 박스* 안에서 잠이 든 여자를 바라보며 계속해서 같은 말을 내뱉고 있었다. 한때 가장 훌륭한 프롬프터였던 그녀는 차츰 조금씩 술을 마시는 것을 좋아하게 되었다―혹은 그래야만 했었다. 그녀의 남편이 독일의 '노역'에 끌려갔기 때문이었다.

대위: 의심?! 의심?! 의심!

프롬프터가 잠에서 깨어나 대본을 보고 마치 아무 일도 없었다는 듯 계속해서 도움을 주었다.

프롬프터: 의심으로부터 나를 해방시켜줘, 내게 말해줘……

---

* 객석에서는 보이지 않는 곳으로, 무대에 등장한 배우가 대사나 동작을 잊었을 때 대사를 가르쳐주거나 동작을 지시해주는 역을 맡은 사람이 있는 곳.

대위: 의심으로부터 나를 해방시켜줘, 내게 짧고 명확하게 말해달란 말이야. 베르타가 나의 아이야? 말해줘, 미리 모든 것을 용서할 테니까. 말해달라고, 제발.

라우라: 내가 저지르지도 않은 잘못을 인정할 수는 없어요.

대위: 당신에 관한 일을 입 밖에 내지 않을 것을 당신이 확신하고 있는데 뭐가 손해라는 거요. 나 자신의 치욕을 떠벌릴 거라고 생각하는 게요? 베르타가 내 아이인 거요? 듣고 있소?

라우라: 당신의 의심에 대한 어떤 근거라도 있는 거예요? 정말 진정으로 의심하고 있냐고요?

대위: 그래…… 그래…… 그렇다고…… 의심하고 있어…… 그래…… 그렇단 말이야……

그는 의자의 등받이에 기댄 채 놀라며 말했다…… 무대에 '존재하지 않는 인물'이 등장했다. 그는 가슴 위에 중절모를 들고 있는, 보다 젊고 검은 머리칼에 검은 콧수염을 지닌, 어두운 색깔의 외투를 입은 사람이었다. 대본에 나와 있지 않은, 개인적으로 아는 사이였던 그 영웅은 라우라에게 다가가 그녀가 실신하지 않도록 붙들고서 진지하고 깊은 '연극 톤의 목소리'로 말했다.

"대위 선생, 내가 베르타의 아버지요. 내가 당신 아이의 아버지란 말이오. 나의 라우라를 데리러 왔소. 우리는 서로 사랑하고 있습니다, 대위. 함께 살 수 있도록 우리는 당신의 집을 떠날 것이오. 화내지 마시오!"

츠르니가 '라우라의 정부' 역할을 하는 것을 보고, 마르코는 관람석에서 급하게 달려 나갔다. 그는 권총을 치켜들고 보조복도를 따라 무대쪽으로 달려갔다. 할 수만 있었다면, 정신 나간 친구를 죽였을 터였다.

대위는 무언가를 말하고 싶었지만, 츠르니가 나탈리야의 손을 잡아끌고 중절모를 들어 인사를 건네면서 방해했다.

"내게 아무 말도 하지 마시오! 당신이 힘든 것은 알고 있지만, 믿어주시오, 이렇게 인간적으로 헤어지는 것이 가장 좋다는 것을. 안녕히 계시오, 선생! 내 아이를 돌봐주시오!"

"뭐 하는 겁니까?" 대위가 의자에 몸을 기대면서 물었다. '정부'는 무대에서 나탈리야를 데리고 가버렸다. 가엾은 여배우는 마치 교수대나 단두대를 향해 끌려가는 것처럼 죽을 듯이 겁에 질려 끌려가고 있었다……청중석의 일부가 라우라가 떠나는 모습에 박수를 보냈지만, 스트린드베르그의 이야기를 알고 있던 대부분의 사람들은 어리둥절해했다. 사람들은 큰 소리로 놀라워하며 등을 돌렸다. '이게 뭐야? 어디서 정부가 나타난 거지? 희곡에는 정부가 없잖아?'

프란츠는 대위가 '가슴을 움켜쥐고' 총감독이 있던 관람석을 향해 소리를 지를 때까지 혼란스러워하는 청중들을 바라보고만 있었다.

"이게 뭡니까? 총감독님?! 이게 뭐냐고요?! 원 창피해서! 이건 수치라고요!"

붉은 머리칼의 장교가 일어나 명령을 내리면서 가죽 권총집을 열고 무대 위로 뛰어올라갔다. 이해하지 못하는 말로 꾸며진 공연을 열 번씩이나 봐왔기 때문에, 그는 납치당한 여배우의 뒤를 따라 달려가며 소리를 질렀다.

"극장을 에워싸! 극장을 에워싸란 말이야!"

대위는 두려움에 팔을 벌린 채로 서 있었다. 그는 무언가를 더 말하고 싶었지만, 비틀거리다가 쓰러지고 말았다. 그의 심장은 '정부'의 출현으로 몇 년 동안 맡기를 원했던 역할과 공연이 엉망이 된 것을 견디지 못했다. 힘겨운 여정과 조그맣고 열악하고 차디찬 무대 위에서의 공연들로 지쳐버린 심장이 버티기엔 그 모든 일들이 너무나 큰 것이었다. 그리고 지금, 커다란 성공과 그에게 약속된 집에 한 걸음 더 다가섰을 뿐인데, 한 불한당 같은 놈이, 한 깡패 같은 놈이, 쓰레기 같고 범죄자 같은 놈이…… 그는 소란스러운 소리들과 무대를 밟는 군화 소리를 들으며 서서히 죽어가고 있었다.

*

츠르니는 기절한 나탈리야를 좁은 복도를 통해 무대 세트의 창고 쪽으로 안고 갔다. 마르코는 거꾸로 달려가며 그를 엄호했으며 군인들이 모습을 드러내면 총을 쏘았다…… 프란츠가 배우들을 위한 간이식당에 뛰어들었다. 그는 자신의 등 뒤에서 무언가가 터지자 등을 돌렸다. 바타가 종이봉투를 들고 웃고 있었다. 종종 츠르니가 하던 대로 손바닥 사이에서 종이봉투를 '터뜨린' 것이었다…… 그 장난의 대가로 목숨을 지불할 수도 있었다. 장교는 그가 웃는 모습을 바라보며 권총을 움켜쥐었다.

"봉투! 봉투!" 프란츠가 몇 달 동안 만약 그것이 없었다면 목숨을 부지하지 못했을 약들을 그에게 가져다주었다는 사실을 잊어버린 채 병을 앓고 있는 젊은이는 소리쳤다.

"바타!" 장교는 소리를 지르고 휠체어를 밀면서 간이식당에서 빠져나가 굽은 복도로부터 총소리가 울려 퍼지는 쪽으로 달려갔다. 그는 부상을 입은 군인을 뛰어넘어 계단을 따라 창고 쪽으로 달려갔다…… 그가 창고 문을 열었을 때, 그곳에는 나탈리야와 권총을 붙들고 있는 츠르니가 있었다. 그것이 그가 본 모든 것이었다. 그는 육중한 철로 된 문을 붙든 채로 여러 발의 총알을 맞고 쓰러졌다.

마르코는 열린 맨홀 옆에 서 있었다. 그는 츠르니가 나탈리야를 안으로 옮기기만을 기다리고 있었으며, 그들의 뒤를 따라 안으로 뛰어들고 나서는 뚜껑을 끌어당겼다. 그들은 공연장까지 연결된 배수로를 따라 시궁쥐들을 놀라게 만들며 사라져버렸다. 그들은 콧구멍을 붙잡고 도망쳤다……

극장의 보안요원들이 납치당한 여배우와 베오그라드의 유명한 뜨내기들을 찾아서 창고 안으로 들어왔다. 그들은 아무런 말없이 그들을 죽일 작정으로 총을 들고 배터리로 무대장치에 불을 밝혔다. 몇 년 동안 그들 두 남자가 모든 사람들의 삶을 고통스럽게 만들고 있었다. 집, 벽, 성곽과 같은 무대장치들 사이 벌어지고 있는 라우라에 대한 추격전은 마치 새로운 공연처럼 보였다. 모든 인생을 무대 뒤에서 보낸 사람들이 공연을 하고 있었다.

*

사이드카가 달린 오토바이가 다뉴브 강가의 자갈투성이 길을 돌아가고 있었다. 강물이 물러가며 남겨놓은 웅덩이와 나무 그루터기를 돌면서 츠르니는 미소를 지었다. 두꺼운 끈으로 묶여 있던 나탈리야는 그의 어깨에 턱만을 기대고 있었다. 마르코는 마치 길 위에 앉아 있는 것처럼 사이드카에서 그들을 바라보았다. 그는 무언가를 말하며 팔짝팔짝 뛰고 있었는데, 심한 욕을 퍼붓고 있었던 것이다…… 코샤바*는 달콤한 물의 향기

---

* 시베리아 평원을 가로질러 불어오는 바람.

를 전해주고 있었다. 다뉴브 강변의 선술집에서 데치고 튀긴 생선과 같은 맛이었다. 머리칼을 빗기는 얼음처럼 차가운 바람을 뚫고 츠르니에게는 나탈리야의 속삭임이 들리는 것 같았다. 그는 몸을 돌려 그녀를 한 번 쳐다보고는 계속해서 운전을 했다. 새로운 코샤바 바람이 '사랑해요……당신을 사랑해요'라는 그녀의 말을 되풀이하고 있었다. 혼란스러워진 그는 몸을 돌려 바람과 엔진 소리보다 더욱 소리 높여 외쳐 물었다.

"뭐라고 말한 거요?"

"아무 말도 안 했어요." 묶여 있던 여인이 소리쳤다.

"마르코, 자네 무슨 소리 들었어?!"

"아니! 운전이나 해! 독일 놈들에게 잡히고 말겠어! 바보 같으니!"

츠르니는 사이드카에서 떨어지지 않으려고 사투를 벌이고 있는 친구를 의심스러운 듯 쳐다보았다. 그는 자기가 듣기는 한 것인지, 아니면 단지 바람 때문에 그렇게 생각한 것인지 확신하지 못했다. '나를 사랑한다고 말했는데?'……그가 인생에서 읽은 것이라곤 신문밖에 없었다. 물론 아니지만, 우연하게라도 그가 책을 좋아했었더라면, 언젠가 분명히 오토바이에서가 아니라 썰매 안에서 일어난 막연한 느낌을 적은 한 의사의 이야기를 접하게 되었을 것이다. 그것은 눈과 러시아의 겨울이었다. 그는 몇 번인가 솔직하게 단 한 권의 책도 읽지 않은 것에 대해 유감스러워하곤 했었다. 그는 한숨을 내쉬며 '책을 읽는 사람들을 존경해. 내가 만약 책 읽는 것을 좋아했다면, 매일 읽었을 텐데'라고 말을 할 줄 아는 사람이었다.

7. 베오그라드는 예전에도 그리고 앞으로도 세상에서 가장 아름다울 것이다. 단지 지금은 조금 쉬고 있을 뿐

선상 레스토랑 두나브스키 갈렙에서는 결혼식 피로연이 시작되고 있었다. 츠르니는 장가를 갔지만, 나탈리야는 시집을 가지 않았다. 그것은 정상적인 세상에서는 흔한 일이 아니지만, 페타르 포파라 츠르니는 평범하지도 정상적이지도 않았다…… 배는 쇠밧줄로 강가에 매여 있었다. 레스토랑까지는 흔들거리는 판자로 연결되어 있었다. 선술집으로 개조된 예전의 유람선은 가스등과 세 개의 뿔 모양의 촛대 위에 촛불을 밝히고 있었다. 강변에서는 마치 배 안에서 달이 빛나고 있는 것처럼 보였다.

집시들은 나팔을 불어대고 있었다. 수년 동안 마르코와 츠르니를 따라다녔던 바로 그 오케스트라였다. 이가 빠진 오케스트라의 우두머리는 술에 취해 흥얼거리고 있는 신랑의 귀에 대고 연주를 했다. 츠르니는 울고 있는 신부에게 건배를 하며 노래를 불렀다…… 갑판 아래에 있는 주방에서 몸집이 작은 요리사가 20킬로그램 상당의 불에 구운 메기가 담긴 쟁반을 들고 나왔다. 그는 미소를 지으며 신랑 신부 앞에 쟁반을 내려놓았다. 나탈리야는 사과를 입에 물고 있는 그 괴물을 쳐다보다가 고개를 돌리고 더 큰 소리로 울기 시작했다. 마르코는 그녀에게 뭔가를 말하려고 입을 열었지만, 츠르니가 그의 손을 붙잡았다. 그는 손가락으로 그녀를 위협했으며 그에게 경고했다.

"울게 내버려둬! ……울어, 나의 태양, 울란 말이야! 난 당신에게 반지를 주었는데, 당신은 내게 그렇게 관심을 표현하는군! 당신이 곧바로 동의한다면—당신은 울지 않았을 텐데 말이야! ……자, 됐어," 그는 집시들에게 소리쳤다. "자 이제, 나의 그 노래를!"

그의 지시에 익숙해 있던 오케스트라는 이 노래 저 노래를 연주해댔다. 그들은 그를 위해 수백 번 연주를 했었다. 그가 그들을 쳐다보는 것만으로 충분했다. 신랑은 마르코에게 눈짓을 하고 태양과 달에 관한 노래를 부르기 시작했다. 그는 묶여 있는 신부가 울고 있는 모습을 바라보며 노래를 불렀다. 제1차 세계대전 중에 엄청나게 인기가 있었다는 그 노래를 이미 고인이 된 아버지로부터 들어 기억하고 있었다. 그의 아버지 요반은 그날 밤 자신의 아들처럼 포도주를 마시며, 전쟁은 지나가지만 노래는 남는 것이라고 말했었다.

> 태양도 없고 달도 없다네
> 전쟁의 어둠이 별들을 가리운다네
> 당신도 없고, 나도 없다네
> 사랑하는 이여, 우리에겐 무슨 일이 있었는가?

> 달빛이군, 한밤중이네
> 태양이 빛나는군, 한낮이네
> 달빛이군, 한밤중이네

태양이 빛나는군, 한낮이네

하늘을 뚫고 빛이 비춘다네
사랑하는 어머니 그것이 뭘 비추고 있나요?
무엇을 비추는 것인가, 무엇이 우릴 뜨겁게 하는가
사랑하는 이여, 우리의 사랑은 어디에 있는가?

태양도 없고 달도 없다네
우리의 열정적인 사랑은 사라져가네
하늘에는 별도 없다네
당신도 없고, 나도 없다네

달빛이군, 한밤중이네
태양이 빛나는군, 한낮이네
달빛이군, 한밤중이네
태양이 빛나는군, 한낮이네

하늘을 뚫고 빛이 비춘다네
그것이 뭘 비추고 있는지 그 누가 아는가?
무엇을 비추는 것인가, 무엇이 우릴 뜨겁게 하는가
사랑하는 이여, 우리의 사랑은 어디에 있는가?

*

　츠르니는 술잔을 바닥에 내던지고 울고 있는 나탈리야를 쳐다보고 화를 내며 선술집의 이 빠진 주인에게 물었다(그는 평소와 마찬가지로 순간순간 기분이 변하고 있었다).

　"사제는 어디 있는 거야, 주인장?! 사제가 어디 있냐니까?!"

　"지금 올 겁니다, 선생님! 아들을 보냈거든요," 변함없이 겁에 질려 있던 그가 슬쩍 창문을 통해 내다보며 변명을 늘어놓았다. 그는 사제가 도착하기를 기대하고 있었지만, '푸른색 옷을 입은 손님들이' 나타나는 것은 아닌지 두려워했다―죽을 것 같았다.

　"마르코, 날 좀 풀어달라고 그에게 말해줘요, 제발. 내 동생을 죽일 거예요. 내 동생을 죽일 거라고요," 예법에 따라 특별한 무언가를 먹기 위해 츠르니가 주문한 '축제의 생선'인 구워진 괴물을 쳐다보며 나탈리야가 울고 있었다. 신랑은 마치 보호하듯 그녀를 안았다.

　"그렇게 되지 않을 거요, 걱정 마시오! 내 사람들이 극장에서 그를 데려가 숨겼을 거라오! 여기는 내 도시니까! ……오늘 밤 죽을 수도 있을 것 같군…… 그 범죄자를 죽였으니까……"

　그는 요새와 강 위에 떠 있는 달을 바라보았다. 마치 달은 탁자 위에 던져진 음악가의 얼굴이 새겨진 금화처럼 파괴된 도시를 비추고 있었다.

　"베오그라드는 예전에도 그랬지만 앞으로도 세상에서 가장 아름다운 도시일 거요. 지금은 잠시 쉬고 있을 뿐이지만…… 건배하세, 친구!"

　"건배……," 그들이 속해 있던 당의 '심각한 악습'에 관해 일장 연설을 늘어놓으려고―몇 번인지 그 누가 알겠는가마는―준비를 하며 마르코가 술잔을 들어 올렸다. 그가 목청을 가다듬고 눈썹을 찡그리고는 막

말을 하려고 했을 때—나탈리야가 소리를 지르며 펄쩍펄쩍 뛰었다.

"당신이 내 인생을 망쳐놨어! 내 인생을 망쳐놨다고, 불한당 같으니!"

"내가 뭘 어쨌는데?" 잘 알아듣지 못한 것처럼 츠르니가 그녀에게 물었다.

"마르코, 제발…… 그에게 얘기 좀 해줘요……"

"내가 당신에게 무슨 짓을 했는지 못 들었소, 응? 자, 다시 말해봐, 어서."

당 비서이며 유일한 친구인 그가 술에 취해 일어서서 풀이 죽은 채 츠르니를 바라보고 집게손가락을 들어 올리며 말하기 시작했다.

"들어보게, 츠르니. 자네의 친구이자 당의 비서로서, 나는 자네에게 경고를 해야만 하네……"

"오늘 밤 자넨 결혼식 증인일 뿐이야! 앉게, 마르코……! 내가 프란츠를 죽인 것이 당신의 인생을 망쳐놓은 거야?!" 마치 그 자리에 있지 않은 것처럼 친구에게 등을 돌리고서 그는 묶여 울고 있는 여인과 계속해서 말다툼을 벌였다.

집시들은 아무것도 들리지 않는 체하며 계속해서 연주를 하고 있었다. 오케스트라의 이 빠진 우두머리이자 선술집의 주인만이 몸이 약간 경직되어 있었다. 그에게는 구운 메기가 꼬리를 움직이고 있는 것처럼 보였다. 그는 탁자로 다가가 좀더 자세히 살펴보고는 연주를 계속했다. 그럼에도 불구하고 그에게는 자꾸 그런 느낌이 들었다…… 병째 술을 마시기 시작한 사람과 말싸움을 벌이며, 나탈리야는 끈을 풀려고 애쓰고 있었는데, 그것은 곧 배가 가라앉을 수도 있을 것이라는 것을 의미하는 것이었다.

"누가 바타에게 약을 가져다주었죠? 당신이에요 아니면 프란츠예요,

불한당 같은 인간아?! 당신은 내게 도둑질한 금붙이만을 가져다줬잖아요!"

"도둑들과 전쟁 모리배들로부터 훔친 거지. 배신자들로부터! 당신의 몇몇 여자 친구들은 숲 속에서 부상자들에게 붕대를 감아주었어! 당신의 몇몇 여자 친구들은 당신이 프란츠와 그의 파렴치한들에게 농을 걸고 있을 때 우리의 전사들을 치료해주었단 말이야. 누군가를 당신처럼 좋아해본 적이 없지만, 하지만, 그건 알아두어야만 해! 파시스트들과의 협력은 있을 수 없는 거야! 그들과 함께하는 사람들은 내게 반대하는 사람들이고, 내게 반대하는 사람들은―그 사람들에겐 죽음뿐이야!"

그가 내린 판결은―처음이 아니었다―가엾은 여배우의 흥분을 가라앉혔고 또 좌절하게 만들었다. 그녀는 아무 말없이 그를 바라볼 뿐이었다…… 포도주를 병째 들이켜고 나서, 그는 마치 최종판결을 내리는 것처럼 그녀에게 물었다.

"더 할 말이 있소?"

"나…… 난 단지 배우일 뿐이에요. 사람들이 극장, 상점, 병원, 레스토랑, 빵집을 운영하는 것처럼……"

"당신은 빵을 굽는 사람이 아니잖아! 당신은 크루아상도, 비스킷과 부렉*도 팔지 않잖아! 당신은 영혼을 '파는' 거란 말이야! 적에게 '영혼을 파는' 사람은 내가 심판하고 말 거야! 내 첫번째 목표는 당신네들의 총감독인 요반 포포비치야! 남동유럽의 독일 병참부가 극장을 운영하도록 그를 그 자리에 앉혔지! 그를 죽이고 말겠어! 먼저 그놈을, 그리고 그다음엔 나머지 모두를 말이야!"

---

* 기름진 세르비아식 패스트리.

그는 권총으로 위협했다. 엄청난 크기의 구운 생선은 사과를 삼키고 쟁반 위에서 펄쩍펄쩍 뛰었다. 나탈리야는 소리를 질렀고, 마르코는 자리에서 일어났으며, 연주자들은 도망쳐버렸지만, 츠르니는 그 괴물을 목표물로 삼아 재빨리 식탁 위로 뛰어 올랐다. 그는 식탁에서 도망치려고 애쓰며 움직이고 있는 불운한 저녁 식사거리를 바라보았다. 그리고 선술집의 이 빠진 주인을 위협하며 소리를 질렀다.

"이게 뭐야?! 이게 뭐냔 말이야, 주인장?! 우리의 저녁 식사거리가 도망치잖아?!"

"모르겠습니다, 선생님! 세 시간 동안이나 구웠는데."

"살아 있잖아, 대체 어떻게 구운 거야?! 우리가 생선을 먹길 바란 거야, 아니면 생선이 우릴 먹길 바란 거야?! 저녁 식사거리가 손님을 먹어 치우기를 말이야?!"

'저녁 식사거리'는 한 번 더 움직였지만, 츠르니가 권총을 발사해 진정시켰…… 그는 손가락으로 위협하며 나탈리야를 바라보았고, 몸을 돌려 겁에 질린 연주자들에게 자신의 뒤를 따르라고 명령했다. 그는 '힘주어' 말하며 권총을 흔들어댔다.

"메기는 다시 굽도록 하고, 당신들은 나를 따르시오! 아무런 할 일 없는 당신들은 내가 오줌을 눌 때도 따라오도록!"

요리사는 결국 죽음을 맞고 만 생선이 담긴 쟁반을 움켜쥐었다. 그는 변명을 늘어놓으며, 더 굽기 위해 생선을 가져갔다.

"이만큼 큰 생선을 빠른 시간 안에 굽는 것은 불가능한 일이야……"

검은 피부의 나팔수들의 연주에 맞춰 갑판으로 올라가는 계단을 밟으며 츠르니는 그들을 나무라고 있었다.

"그런데 당신들, 왜 독일 놈들에게 연주를 하고 있는 거야, 모두 죽여버리고 말겠어! 한 놈 한 놈씩, 다뉴브 강 속으로 빠뜨려서! 이게 너희들의 마지막 연주야! 그러니까, 창꼬치, 잉어, 메기들한테나 연주하라고……"

"누가 독일 놈들에게 연주했다고 그러십니까? 그놈들의 노래를 모르는데 우리가 무슨 연주를 했다고 그러시냐고요. 그놈들도 우리 노래를 좋아하지 않아요!"

선술집의 이 빠진 주인이 독일 놈들에게 연주하는 것이 불가능하다고 변명을 늘어놓고 있는 동안, 마르코는 나탈리야에게 다가가 마치 미라처럼 무릎부터 어깨까지 감겨 있던 끈을 풀기 시작했다. 그리고 나직이 부드럽고 은근하게 말했다. 귓속말로.

"울지 마시오, 나탈리야…… 울지 말라니까……"

"그러지 마요, 마르코. 당신을 죽일 거예요……"

"죽이라고 하시오……," 전직 시인은 자신이 좋아하고 존경하는 여배우를 도와주기로 마음먹었다. 마치 모든 것을 할 각오가 되어 있는 것처럼 그는 두툼한 끈을 풀고 있었다. 모든 것을. 그녀를 위해서라면.

"날 죽이라지…… 날 죽이라고 하시오…… 내가 살아 있는 한, 나탈리야, 당신에게는 아무 일도 일어나지 않을 것이오. 당신에게도, 당신의 남동생에게도…… 울지 마요, 제발…… 당신이 울면, 차라리 내가 이 세상에서 없어져버렸으면 싶단 말이오……"

"더 이상 어쩔 수가 없어요, 마르코, 어쩔 수가…… 그를 사랑하지만, 그는 정상이 아니에요…… 정상이 아니란 말이에요……"

"에, 나의 나탈리야. 츠르니의 잘못이 아니오. 그의 잘못이 아니란 말이오. 나의 잘못이오. 모든 잘못은 내게 있소……"

"당신은," 진실한 참회와 자책의 의미가 담긴 마르코의 말에 여배우는 놀랐다. 계속해서 담배에 불을 붙이고, 콧구멍을 통해 연기를 내뿜으며 그는 불안한 듯 힘없이 고개를 끄덕였다.

"내…… 내가…… 잘못은 내게 있소…… 내가 잘못이란 말이오, 나탈리야……"

"왜 당신이 잘못이란 거죠, 마르코?"

"그러니까…… 내가 처음 그를 극장에 데리고 왔소. 당신에게 소개해주었지. 난 그를 전봇대에서 벗어나게 하여 인간으로 만들었다오. 그를 인간으로 만들었다고 생각했지만, 하지만, 불한당은 불한당일 뿐이었소."

나탈리야는 혼란스러웠다. 그녀는 포도주 잔의 마지막 한 방울까지 모두 마셔버린 마르코를 쳐다보았다. 츠르니의 인생에서 '전봇대'가 무슨 관계가 있는지 분명치 않았다. 그녀는 겁을 먹은 듯 계단 쪽을 쳐다보며 물었다.

"당신이 그를 전봇대에서 끌어냈다고요?"

"내가…… 내가…… 이 손으로……," 아직까지 손 안에 흔적이라도 남아 있다는 듯 그는 양손을 보여줬다.

"어떤 전봇대 말이죠, 마르코?"

"전봇대."

"전봇대?"

"그래요, 전봇대…… 전기가 그에게 충격을 주었고, 그을려놓았지…… 마치 이 담배처럼."

"그가 전봇대에서 뭘 했는데요?"

"뭘 했냐고? 자신의 일을 했소…… 그는 공장기술자가 아니오, 나탈리야. 그는 기술자가 아니란 말이오. 그는 아주 평범한 전기공일 뿐이라오."

"전기공?"

"전봇대를 타는 전기공 말이오. 발에 갈고리를 걸고 손에는 펜치를 들고 모든 삶을 전봇대에서 보냈단 말이오. 전기 때문에 그에게 불이 붙었을 때, 내가 그를 끌어냈다오…… 불을 끄자마자 그에게 물었지. '동지, 우리와 함께하겠소? 그러겠습니다. 규칙과 명령을 존중하겠소? 그러겠습니다, 그러지요……' 그를 모스크바로 보낼 때까지 그는 뭐든 '그렇게 하겠다'고 했소. 그는 거기서 어느 무기상 그리고 금 판매상들과 어울렸다오. 부를 얻게 되자, 그렇게 그는 우리 말을 들으려 하지 않았지…… 이 전쟁에서 우리를 죽음에 이르게 하는 게 있다면, 그건 전기공들일 거요."

"전기공이라." 여배우는 갑판 위의 그림자를 바라보고 지금은 노래를 부르고 있지만 이전에는 거짓말을 늘어놓았을 그 거친 목소리를 들으며 되뇌었다. 마르코는 그녀의 잔에 포도주를 따랐다.

"하지만, 이 마르코가 당신에게 무슨 말을 하는지 잘 새겨들어요, 나탈리야. 내가 그를 전봇대에서 끌어냈으니, 내가 그를 전봇대로 돌려보내겠소! 전봇대공이 나를 죽음으로 몰지 않도록 말이오……! 건배, 나탈리야."

"전 안 마셔요…… 단 한 번도 술을 마신 적이 없어요……"

"자…… 어서…… 좋아질 거요…… 딱 한 잔만……"

"빌어먹을 거짓말쟁이 같으니," 여배우는 그를 비난하며 한 모금을 마시고 기침을 해대고는 두 해를 함께 보낸 그 사람에 대해서 그가 자신에게 이야기하고 있는 것들이 사실인지를 확인하듯 마르코를 쳐다보았다. 힘겨웠던 두 해는 마치 200년 같았다.

"유감이오, 나탈리야. 당신에게 모든 것을 얘기해야만 했소……," 그는 한숨을 내쉬고 그녀의 손에 자신의 손을 얹었다. 그는 근심스럽고 깊은 생각에 빠진 듯했으며, 슬픔에 젖어 친구의 이성을 되찾아주려고 마음먹은 듯 보였다. "더 이상 이래선 안 되오. 내일 난 그의 도발과 만행에 대해 책임을 질 것이오. 우정은 우정이고, 당은 당이며, 나탈리야는 우리 연극계의 공주니까 말이오." 그는 그녀의 손을 잡고 은근하고 질척한 눈길로 쳐다보며 말했다. 그런데 그는 그 나이에 비해 훌륭하고 호감이 가는 목소리를 가졌다.

"당신은 우리들의 가장 훌륭한 여배우요…… 우리 연극계의 공주란 말이오……"

"그러지 마요, 마르코, 제발……," 나탈리야는 얼굴을 붉히며 수줍은 듯 어깨를 오므렸다.

"그래요, 그렇고말고. 마르코가 그렇다면 그런 거요…… 당신은 이 불행하고 고통받는 민족이 영혼을 지키기 위해 꼭 필요한 사람이오. 영혼은 현명하고 진실하며 아름다운 말로써만 지켜질 수 있단 말이오. 시, 시, 시, 그 밖에 다른 것은 아무것도 아니요. 그리고 시에 씌워진 왕관과 같은 사랑……"

갑판 위의 조그만 창문을 통해 민족과 시와 사랑에 대해 신부에게 이야기를 하고 있는 친구의 말을 츠르니가 엿듣는 동안 집시들은 나팔을 불어대고 있었다. 그는 가스등과 촛불로 밝혀진 갑판 밑을 엿보면서 어둠 속에서 무릎을 꿇었다…… 그는 마르코가 나탈리야의 손을 잡았을 때 마치 운명을 완전히 알아채기라도 한 것처럼 그들을 바라보며 아래턱을 악물었다. 오늘 밤 자신이 단지 결혼식 증인이라는 사실을 잊은 채 그는 자신이 지은 시를 읊고 있었다.

그토록 새하얀 당신의 두 손

그토록 부드럽고, 그토록 가녀린

어떤 새의 날개와도 같은

네가 날았으면 싶다

그렇게 나의 얼굴에 내려앉았으면 싶다……

성난 신랑이 미치광이처럼 소리를 내지르며 계단을 펄쩍 건너뛰어 갑판 아래로 뛰어내려간 그 순간, 고마워하는 표정 그리고 친구로서의 입맞춤과 함께 양손이 마르코의 얼굴에 날아들었다.

"그게 뭐야?! 마르코?! 뭐 하고 있는 거지, 친구?!"

"아무것도 아닐세, 친구. 시를 암송하고 있었다네……"

"시를 암송했다고?! 에이, 이제 나에게 노래를 좀 불러주게!"

그는 친구의 어깨를 붙들고 몸을 일으켜서는 계단 쪽으로 이끌었다. 나탈리야는 미친 듯 날뛰는 야만적인 그 남자가 시인을 갑판 위로 끌고 가는 모습을 쳐다보고 있었다. 그녀는 좀더 편안해질 것이라고 생각하면서 잔에 남은 포도주를 모두 마셔버렸다.

츠르니가 숨이 막히도록 마르코의 넥타이를 꽉 쥐고 기다란 뱃머리 쪽으로 잡아당기고 있는 동안, 집시들은 관병식의 오케스트라처럼 갑판 위에서 연주를 하고 있었다. 그는 핏기 어린 눈으로 마르코를 쳐다보며 씩씩거렸다.

"난 그녀 때문에 몇 사람을 죽였어! 그걸 알기나 해?!"

"알아." 마르코는 질식하는 걸 막기 위해 발꿈치를 들고 겨우 입을 열었다.

"자넨 나의 가장 친한 친구야?! 그렇지?!"

"그렇지……"

"에, 그럼 가장 좋은 몽둥이세례를 받는 거야! 더 이상 가장 친한 친구의 여자를 꾀어낼 생각이 들지 않도록 말이야!"

그는 몸을 돌려 주먹으로 마르코의 콧수염 주위를 후려쳤다. 그가 때리지 않았다 하더라도 마르코는 쓰러졌을 터였다. 그는 이미 술이 취해 있었고 넥타이로 목이 졸려 있었기 때문이다. 집시들은 마치 아무것도 못 본 양 나팔을 불어대고 있었다. 이 빠진 주인은 연주자들에게 자신들의 일만을 생각하라는 눈짓을 보냈고, 돈만 많이 준다면 우리가 할 일은 연주를 하는 것이고 그들의 일은 그들이 하고 싶은 대로 즐기는 것이라고 속으로 생각했다…… 마르코가 일어나려고 애쓰고 있을 때, 츠르니는 그의 등 위에 올라타고 넥타이를 잡아당기고 궁둥이를 때려가며 '전속력'으로 그를 몰아댔다.

"이랴! 이랴! 가자, 페가수스여! 가자!"

배와 강변을 잇는 흔들거리는 판자 쪽으로 그를 몰았다. 일어나려고 하는 친구의 노력을 '고삐'를 잡아당김으로써, 때리고 소리치고 모욕함으로써 무위로 만들었다.

"가만! 진정해! 그녀 위에 한번 올라타려고 했던 거야?! 그런데 지금은 날 태우고 있잖아?! 진정하라니까! 빌어먹을 놈! 가자……! 음악! 내 뒤를 따르라! 노래!"

집시들은 저속하게 즐기고 있는 신사들의 뒤를 따라 달렸다. 그들은 수없이 연주를 했지만, 아직까지 이런 어떠한 장면도 본 적이 없었다. 하지만 그들은 '결혼식'의 초반부터 이 축하의식이 제대로 끝을 맺지 못할 것이라는 사실을 예감했었다. 그들은 빨리 술에 취했으며, 더욱 빠르게 말다툼을 벌였고, 두 남자가 나탈리야를 사랑하고 있었다는 사실은 장님이라도 알아챌 수 있었다. 세상 끝을 피해가는 것이 연주자들에게는 가능한 일이지만, 선술집에서야 누가 누구의 연주를 어떻게 쳐다보는지를 피한다는 것은 전혀 불가능한 일이었다…… 츠르니는 마치 그들이 어떤 생각을 하고 있는지 어렴풋이 느끼고 있는 것처럼 몸을 돌렸다. 그는 권총을 들어 그를 겨눴으며 총을 쏠 준비가 되어 있었다. 그는 명령했다.

"그런데 너희들, 왜 독일 놈들에게 연주를 하고 있는 거야— 물속으로! 물속으로 뛰어들어!"

"이러지 마세요, 선생님, 제발……," 선술집의 이 빠진 주인이 손을 조아렸다. 다음 순간 '흥에 겨운 신랑'이 두 발의 총알을 발사했을 때, 그는 강으로 뛰어들었다. 오케스트라 우두머리의 뒤를 따라 나머지 연주자들도 뛰어들었다. 우연하게도 일주일 전에 강물의 수위가 낮아지지 않았더라면, 훌륭한 오케스트라의 최후가 될 뻔했다. 그렇게 낮아진 강물 덕에, 그들의 신발 끝이 자갈투성이의 땅바닥에 닿을 수 있었다…… 물 위에 떠 있는 부유물들처럼 잠깐 나타났다가 금세 또 사라지곤 하는 그들을 바라보며 츠르니는 미소를 짓고 있었다. 어떤 것이 그를 웃음 짓게 만든 것은 아주 오래전의 일이었다.

"연주해," 그는 물속으로 몇 발의 총알을 발사하면서 명령했다. "연주하라니까, 연주하라고, 이놈들아! 거기서 수영을 하고 있는 거야!"

마치 갈대와 같은 나팔을 들고 바닥에서 뛰어오르며 연주자들은 '익사 직전의' 악기들을 연주하고 있었다. 깔끔하고 맑은 소리 대신에, 소들이 우는 것과 같은 그런 소리가 들렸다. 자포자기에 빠진 마르코도 웃음을 지어 보였다. 가엾은 집시들이 그에게 우스웠던 건지 아니면 완전히 다른 어떤 것 때문에 웃음을 지어 보인 것인지, 아주 여러 해가 지난 후의 어느 날 츠르니는 알게 될 것이다. 그때 뱃전의 판자가 흔들리더니 한쪽으로 기울어졌으며, 그들 두 남자는 소리를 지르며 강물 속으로 빠져버렸다. 그들은 추위에 떨며 반쯤만 살아 있다고도 할 수 있는 연주자들 주위를 헤엄치며 웃고 있었다.

나탈리야는 물속에 들어가 있는 술에 취한 두 친구를 바라보며 레스토랑에서 빠져나왔다. 그들은 수영을 하고, 소리 내어 웃고, 노래를 불렀다…… 그녀는 도망칠 수 있을 것만 같았다. 흥겨워하고 있는 신랑을 다시 한 번 쳐다보고는 강변 쪽으로 뛰었다. 츠르니는 그녀가 널빤지를 뛰어넘어 도망치고 있다는 사실을 알아챘다. 그는 물을 헤치며 강변으로 달려갔다. 다뉴브 강 위의 보름달이 달아날 가망이 전혀 없는 약혼자를 쫓아서 달리고 있는 맨발에 물에 젖은 남자를 비추고 있었다. 그는 소리 내어 웃고 펄쩍펄쩍 뛰며 그녀를 따라잡았다. 그는 분명히 자신이 원할 때 그녀를 붙잡을 수 있었지만, 강물에서 나오고 있는 사람들로부터 가능한 한 멀어지길 바라는 듯 보였다…… 나탈리야는 숲 쪽으로 달려갔다. 츠르니는 몸을 돌려 배가 어디에 있는지를 확인하고 펄쩍 뛰어 몸을 날려서는 그녀의 다리를 붙잡았다. 나탈리야는 자신을 놔줄 것을 애원하며 쓰러졌다. 그가 그녀에게 입을 맞췄기 때문에 그녀는 오랫동안 애원하지 못했다. 그는 한 번 더 몸을 돌리고 그녀의 목덜미에 입을 맞추며 나직이 말했다.

"내가 사랑했던 사람은 그 누구도 나를 벗어나지 못했어…… 어느 누구도……"

두나브스키 갈렙의 갑판에서 물에 젖어 몸이 얼어붙은 마르코는 모래 강변의 여기저기를 뒹굴고 있는 츠르니와 나탈리야를 바라보았다. 그들은 한순간 멈춰 섰다. 그는 좀더 잘 볼 요량으로 고개를 조금 들어 올렸다. 멀리 떨어져 있었음에도 불구하고 그들이 사랑을 나누고 있는 것 같았다. 그는 한숨을 짓고 몸을 돌려 천천히 레스토랑으로 내려갔다…… 달빛이 칼레메그단 요새와 파괴된 도시를 비추고 있던 강으로 쏟아지고 있었다. 그 도시의 폐허들로부터 곧 두 대의 트럭과 한 대의 검은 리무진이 출발할 것이다. 배 위에서의 축하의식, 노래, 음악과 총을 쏘아대는 일은 전쟁을 앞둔 시절에는 과한 것임에 틀림없다. 이것은 1942년 봄날의 일이었다.

*

사제 페라는 선상의 선술집에서 술에 취한 한 무리의 사람들을 바라보며 계단 위에 멈춰 섰다. 얼음물 속에서 수영을 하고 나탈리야가 도망치는 데 성공하지 못한 후에도 축하의식은 마치 아무 일도 없었던 것처럼 계속되었다. 신랑과 신부, 친구는 탁자의 맨 앞에 앉아 있는 힘을 다해 노래를 부르고 있었다. 누가 더 크게 노래를 부르는지 다투고 있었던 것이다. 마르코는 모욕과 굴욕을 잊은 듯 보였다…… 자그마한 몸집의 요리사가 더 구운 괴물 같은 생선을 가져왔다. 그는 의심쩍은 듯 메기를 바라보며, 신혼부부 앞에 쟁반을 내려놓았다. 그는 몸을 돌려 조심스럽게 자리를 떴다…… 츠르니는 권총으로 위협을 가하고 저녁 요리를 포크로 찔러가며 소리쳤다.

"만약 또 살아나면—넌 죽는 거야!"

선술집의 이 빠진 주인은 계단 위의 사제를 알아보았다. 그는 빈객이 근심과 고통으로부터 자신을 구해줄 것을 바라며 기뻐 소리쳤다. 결혼식이 끝나면 곧바로 떠난다고 그들이 약속했기 때문이었다.

"사제 페라가 오셨습니다! 여러분, 사제가 오셨다고요!"

츠르니는 자리를 박차고 일어나 양팔을 벌리고는 연주자들을 밀치고 사제에게 다가갔다.

"대체, 어디 계셨던 겁니까, 사제님?! 하마터면 신부가 도망갈 뻔했다니까요!"

"무슨 소리를 하는 거예요," 나탈리야는 술에 취한 채 일어나려고 애쓰며 소리쳤다.

"이건 예법이 아닙니다, 선생. 선술집도 자정이라는 시간도 예의가 아닙니다. 자정에는 사탄, 뱀파이어, 흡혈귀와 비기독교인들만이 결혼하는 겁니다." 츠르니가 손에 입맞춤을 하는 동안 사제가 말했다. 집시들은 예법이 아니라고 되풀이해 말했다. 츠르니가 안색이 변한 채 어깨너머로 그들을 보고 있었기 때문에 이 빠진 우두머리가 한 연주가의 뺨을 갈겼다. 그는 목청을 가다듬고 사제를 끌어안고서는 결혼식 탁자 쪽으로 데려갔다.

"알고 있습니다, 사제님. 하지만 제가 내일 전쟁을 치르러 떠나니까, 오늘 밤 애를 만들어야 하지 않겠습니까. 만약 제가 내일 전사를 하고 사생아가 태어난다면 예의가 아니지요. 그 또한 예의가 아니지 않습니까?" 검은 머리의 남자가 늙은 사제의 비위를 맞추려고 애쓰며 변명을 늘어놓았다. 나탈리야는 또다시 몸이 굳어 경직된 친구의 어깨를 짚으며 일어서려고 했다.

"누가 아이를 만든다는 거죠?! 누가요, 대체?! 누구에게 아이를 만들게 할 거란 말이에요?!"

"사제님과 대화를 나눌 땐 조용히 해!" 츠르니는 남자들의 대화에 나탈리야가 끼어들었기 때문에 화를 내며 소리를 질렀다. 신부는 집게손가락을 높이 쳐들고 무언가를 더 말하려고 했으며, 이내 몸을 움직이다가 자리에 앉았…… 사제는 십자성호를 그었다. 그는 화가 나 있었다. 그들처럼 소리를 지르지 않으려고 노력하며 겨우겨우 말을 꺼냈다.

"츠르니 선생과 나탈리야 양, 이 오밤중에 나를 깨워 어울리지도 않고 상스러운 장소에서 결혼을 주재하도록 나를 데리고 온 것이 이번으로 다섯번째입니다. 다섯번째, 제발……"

"죄송합니다만, 왜 나의 고급스러운 레스토랑이 '어울리지 않으며 상스러운' 장소인지 알 수 있을까요?" 이 빠진 주인은 훌륭한 서비스와 음악으로 멀리에까지 이름이 알려져 있었던 자신의 레스토랑에 대해 경솔하게 내려진 그의 평가에 대해 화를 냈다.

"결혼식을 위해서 말이오, 선생! 교회는 교회고, 선술집은 선술집일 뿐이오! 내가 알고 있는 한, 그것들은 서로 다른 것들이란 말이오, 츠르니 선생 당신은, 이미 결혼한 사람이 아닌가요……? 당신이 말씀하신 걸 듣지 못했습니다." 츠르니가 발꿈치를 들고 소리를 지르고 있는 나탈리야를 바라보며 고개를 돌렸기 때문에 사제가 그에게 물었다.

"썩어빠진 쓰레기 같으니! 쓰레기……! 이미 결혼을 해놓고, 우리가 결혼을 하길 바란 거군! 마르코, 이게 뭐예요?! 이게 뭐냐고요," 그녀는 친구에게 묻고 나서 의식을 잃고 탁자 너머로 쓰러졌…… 츠르니는 기도문의 1장도 알지 못하는 학생처럼 입을 다물고 있었다. 그는 사제 페라가 일반적인 순서에 따라 그를 부를 때까지 바닥을 내려다보고 있었다.

"베라*를 바꾸지 않았는데, 어떻게 여러 부인을 가질 수가 있지요? 만약 당신이 종교를 바꾸었다면, 사제 또한 바꿔야만 합니다!"

"그는 베라를 바꿨어요," 술에 취한 채 마르코가 비웃었다. 사제는 깜짝 놀라, 거의 두려움에 떨며 그를 바라보았지만, 술에 취한 친구는

---

* 세르비아어로 '종교'를 의미한다.

"사제님, 그가 교회의 믿음을 바꾼 것이 아니라, 부인 베라를 바꾸었다니까요. 그의 부인의 이름이 베라예요⋯⋯"라고 설명해주었다.

"사제님, 그녀는 작년에 죽었습니다." 츠르니는 그를 물에 빠뜨려 죽이지 못한 걸 후회하며 친구를 바라보고 털어놓았다. 그는 나직이 애원하면서 자신을 정당화했다. "제겐 엄마가 없는 아이가 하나 있습니다. 아들, 요반이지요. 사제님, 그래서 결혼을 생각한 겁니다⋯⋯"

"내가 그 아이의 엄마가 된다고?" 나탈리야가 친구의 어깨를 붙들고 펄쩍 뛰었다. 무언가를 더 말하려고 했지만, 혀가 말을 듣지 않았다.

"소리치지 마, 제발. 그리고 더는 술도 먹지 말고," 탁자 쪽으로 다가가며 신랑이 그녀에게 경고했다. 마르코는 여배우가 자신이 따라놓은 포도주 잔을 다 비웠기 때문에 미소를 짓고 있었다.

그녀는 두려워하지 않으며 츠르니를 바라다보고 있었다. ─처음으로 그녀는 술에 취했지만, 아마 결국에는 제정신을 차리게 될 것이다. 그녀는 팔을 내저으며 그에게 물었다.

"내가 그 아이의 엄마가 된다고?! 병든 동생을 돌보고 건사하는 게⋯⋯ 부족하단 말이지!"

베개 밑에서 들려오는 선술집 이 빠진 주인의 고함 같은 탁한 목소리가 신경질적인 성격의 남자와 스트린드베르그의 「아버지」에 등장하는 의상을 입고 있는 술 취한 여배우가 벌이는 싸움을 중단시켰다.

"독일 놈들⋯⋯ 독일 놈들⋯⋯ 여러분, 우린 끝났습니다. 우리 모두를 죽일 거예요. 엄청난 참사가 일어날 거예요."

연주자들과 축하의식에 참석한 사람들이 창문 쪽으로 달려갔다. 아무 말없이 겁에 질린 그들은 레이스로 만들어진 커튼을 통해 초대받지 않은 '손님'들이 도착하고 있는 모습을 바라보고 있었다. 선술집의 주인은 자신의 머리를 주먹으로 때리기 시작했다…… 숲에서 두 대의 트럭과 검은 리무진이 나타났다. 그들은 강변에 있는 배 쪽으로 슬그머니 점점 다가오고 있었다. 그들의 불빛은 꺼져 있었지만, 달빛이 밝혀져 있었다. (보름달에 관한 이야기가 항상 그렇게 나쁜 것만은 아니다.) 츠르니는 권총을 집어 들고 마르코를 쳐다보고는 갑판 위로 달려 나갔다. 그 와중에 그는 최후의 심판의 날이 찾아왔다고 반복해 말하며 울고 있던 이 빠진 주인의 뺨을 후려갈겼다. 마르코는 사격 대형으로 흩어지며 달려가고 있는 병사들과 트럭을 쳐다보았다. 그는 권총을 빼들어 겨누고는—그는 순간적으로 술이 깼다—망연자실해 있는 '고급' 레스토랑 주인에게 명령했다.

"배의 끈을 풀어! 나와서 배를 풀어놓으란 말이야!"

"나가면……," 가엾은 주인은 강변을 따라 늘어선 제복 입은 사람들을 바라보며 떨고 있었다. 마르코는 그의 등에 권총을 디밀고 계단 위로 그를 몰아갔다.

과거 선장실로 쓰이던 곳의 뒤쪽에 몸을 숨기고 있던 마르코, 츠르니, 나탈리야는 그들에게 일어나고 있는 기적을 목도하는 중이었다. 한 사람의 출현이 푸른 군복의 병사 일개 소대보다 더욱 그들을 겁나게 만들었다. "이게 뭐란 말인가," 츠르니는 속으로 생각했다. "내가 술 때문에 바보가 된 건가?"

검은 리무진으로부터 몸을 곧추 세우고 배를 끌어당겨 제복으로 '몸을 감싼' 큰 키에 붉은 머리칼을 한 장교가 담배를 피우며 나왔다. 그는 마치 저녁 식사를 하고 멋진 여흥을 즐기기 위해 온 것처럼 배를 바라보았다. 당번병이 군용 오버코트를 그의 어깨에 걸쳐주었다.

"프란츠……," 나탈리야는 겨우 입을 열었다.

"프란츠," 츠르니는 넋이 나간 듯 되뇌었다.

"프란츠……," 여인은 허공에 손가락으로 지시사항을 그려가며 하사관과 의견을 나누고 있는 장교를 바라보며 말했다. 마침내 츠르니는 그가 자신이 죽인 바로 그 사람이라는 사실을 깨달았다. 그는 잘 보이는지를 확인하며 친구에게 넋이 나간 듯 물었다. "저놈 프란츠 맞아? 그런데…… 내가 그놈을 죽였잖아?"

"아니…… 방탄 셔츠를 입고 있었어요.," 나탈리야는 그가 자신을 얼마나 비난할지 알아채지 못한 채 천진난만하게 설명했다. 츠르니는 그녀의 목을 꽉 움켜쥐었다. 남동생을 떠올리고는 울기 시작한 그 여인을 마르코가 그로부터 떼어놓지 않았더라면, 아마도 목이 졸려 죽고 말았을 터였다.

"내 동생을 죽일 거야…… 내 동생을 죽일 거라고……"

"방탄 셔츠를 입고 있다는 걸 어떻게 알았지?" 질투심 많은 신랑이 씩씩거리며 말했다. 나탈리야는 그를 밀쳐내고 몸을 돌려 마치 암고양이처럼 갑판을 뛰어넘어 강변 쪽으로 달려갔다. 그녀는 "바타…… 바타……"를 반복하며 도망쳤다. 그녀는 쓰러지지 않을 정도로 겨우겨우 몸을 가누며, 다리 중간쯤에서 비틀거리기 시작했다. 츠르니는 그녀를 도우려고 날 듯이 달려갔다. 강변으로부터 권총과 소총이 불을 뿜기 시작했다. 검은 머리칼의 남자가 몸을 뒤틀더니 쓰러졌다…… 그는 신부가 어떻게 프란츠에게 다가가는지, 어떻게 그가 그녀를 리무진의 문을 열면서 보호자처럼 위로하고 있는지, 어떻게 그녀가 변명을 늘어놓으며 울고 있는지를 바라보고 있었다…… 마르코와 연주자들은 쇠밧줄로 묶인 배를 풀어놓았다. 마지막 선미의 밧줄을 물속에 던지고 나자, 츠르니가 무릎을 꿇고 있었던 판자를 발로 밀어버렸다. 옛 친구는 강 속으로 빠져버렸다.

"뒈져버려라, 빌어먹을 놈," 그는 앙갚음을 하며 가능한 한 가장 심한 욕을 퍼부었다.

강가로부터의 격렬한 총격을 뒤로하고 강물은 풀려진 배를 실어 갔다. 한 발의 총격이 가엾은 사제 페라를 움직이지 못하게 만들었다. 사제는 몸을 곧추세우고는 다뉴브 강 위의 달을 한 번 더 바라보고, 몸을 돌려 물속으로 빠지고 말았다. 그는 "사탄아…… 사탄아"를 반복하며 물속으로 가라앉았다. 그가 자정이라는 시간에 결혼식을 주재하도록 강요한 그 사람들을 생각한 것인지 아니면 자신을 살해한 그 사람들을 생각한 것인지는 분명하지 않았다. 그도 아니라면—이들 모두를 생각한 것인지.

선장실 뒤에 숨어 있던 마르코는 병사들이 강에서 츠르니를 끌어내 모래 자루처럼 트럭 안에 던져 넣는 모습을 쳐다보고 있었다. 그는 심각한 부상을 입은 친구가 소리치고 욕을 하고 몸부림을 치는 모습을 기억해 두었다. 나탈리야는 강의 중심을 향해 천천히 멀어지고 있는 배 두나브스키 갈렙을 바라보며 검은 리무진 속에 앉아 있었다. 촉촉하게 젖은 그녀의 속눈썹 사이로 조금 전까지만 해도 결혼식 파티가 벌어졌던 레스토랑의 가스등 불빛이 빛나고 있었다. 그녀는 신부였다. "신이시여, 바타는 어떻게 된 것입니까?" 그녀는 추운 날씨와 두려움으로 몸을 떨며 속으로 생각했다.

독자들이여, 전쟁이 벌어진 서늘했던 한 봄날의 밤은 그랬습니다. 20년 후, 비슷한 사람들과 '조금' 바뀐 이야기와 함께 같은 장면이 반복될 것입니다. 하지만, 그에 관해서는 나중에.

8. 우리 모두는 미쳤다. 다만 진단이 내려지지 않았을 뿐

　　오래되고 낡은 정신병원은 커다란 공원으로 둘러싸여 있었다. 지난 세기의 중반에 지어진 이 병원은 백여 년 동안 수리라곤 전혀 이뤄지지 않았다. 전쟁 기간 동안에 중환자들에게는 도시의 먼 외곽에 위치한 영원한 집과 같은 이 병원이, 마치 교도소와 수용소 같은 역할을 했다. '공산주의자들과 범죄자들'이 심문과 특별한 조사를 위해 끌려오기도 했다……
철문을 통과해 지프 한 대가 달려오더니 병원의 중앙 입구, 프란츠의 검은색 리무진 바로 옆에 멈춰 섰다. 차에서 네 명의 가죽 코트를 입은 사람들이 '정신병자들이 입는 셔츠'를 입은 채 묶여 있는 츠르니를 데리고 뛰어내렸다. 그는 비명을 지르고 몸을 뒤틀었으며 소리치고 욕지거리를 해댔다…… 음울한 그 병원의 고참 환자들이 창문의 창살을 통해서 신참을 방어하려고 애쓰고 있었다. 그들은 주먹으로 위협을 가하고, '파시스트! 파시스트!'라고 소리를 지르며 숟가락과 슬리퍼로 경찰들을 맞히기도 했다. 그들이 전쟁 중이라는 사실과 '가죽옷을 입은 사람들'이 악명 높은 경찰의 일원이라는 사실을 알았었는지, 아니면 매를 맞으며 무너져가는 계단을 통해 건물 안으로 끌려 들어가고 있는 사람을 단순히 옹호했던 것인지…… 츠르니는 머리와 등을 때리는 것을 막아내려고 애쓰며, 고마워하는 눈길로 그들을 바라보았다. 그는 병원 안으로 들어가면서 울부짖었다.

"빌어먹을 파시스트 놈들!"

쿵하는 소리와 함께 닫힌 육중한 철문 뒤로 그가 사라졌다. 흥분한 병자들, 고참 환자들은 계속해서 "파시스트! 파시스트"를 과격하게 외쳐댔다.

사람들은 나중에 그들이 그날 밤 무기를 실은 객차가 탈취된 후, 주로 이웃 마을로부터 잡혀온 '정신병자들'이었다고 이야기했다. '환자들'이 독일로 '치료를 위해' 이송되면서 희생되었기 때문에, 그 이야기가 사실인지는 그 누구도 결코 알 수 없을 것이다. 열차는 빈코바츠*에서 폭발해버렸다. 많은 이들에게 그것은 처음이자 마지막 기차여행이었다. '크르스티치와 아들'이라는 버스 회사의 여행객들과 유사한 어떤 그런 것이었다.

*

심문은 밤낮으로 몇 달 동안 계속되었다. 츠르니는 '특별 심문'을 위한 방 안에 처박혀 있었다. 그는 모든 질문들에 대해 욕설과 위협으로 대응하고, 이내 아무 말도 하지 않았다. 그들은 그가 알고 있다는 사실 자체를 알긴 했지만, 그가 알고 있는 것이 무엇인지를 알아내는 데는 성공하지 못했다. 두 명의 조사자는 모든 가능한 방법을 동원하여 그가 무슨 말이든지 하도록 '설득했다.' 밤에 창문이 없는 방 안으로 큰 키에 붉은 머

---

* 크로아티아 서북쪽의 도시.

리칼을 한 프란츠가 들어올 때까지, 그들은 몽둥이질을 하다가 설득하기도 하고, 설득하다가 더 가혹한 몽둥이질을 하기도 했다. 그가 반쯤 죽은 것이나 다름없는 완고한 그 남자가 묶여 있던 철제 의자 쪽으로 다가왔다. 그리고 웃으며 그를 쳐다보았다.

"이 도둑놈이, 불었나?"

"아닙니다, 선생님…… 단지 욕만 하는걸요," 큰 키의 조사자가 어쩔 수 없다는 듯 양팔을 벌리며 독일어로 대답했다.

"여기서는 모두들 욕만 하는군. 누군가 정상적으로 말할 줄 아는 사람이 있기나 한 건가?"

"쓰레기 같은 파시스트 놈," 뚱뚱한 경찰이 찢어진 입술을 손등으로 갈겼기 때문에 츠르니는 이 말을 내뱉고 조용해졌다. 장교가 담배 연기를 내뿜고 몸을 돌려 자리를 뜨며 명령했기 때문에 누구에게 위협을 가하는 것인지 알 수 없었다. 츠르니에게 그런 것인지 아니면 조사자들에게 그런 것인지.

"전기로 해봐. 입을 열 거야…… 입을 열면 좋을 텐데."

경찰들은 그를 맞을 때처럼 오른손을 들어 올린 채 그를 배웅했다. 방의 한쪽 구석으로부터 커다란 기계 장치를 꺼냈다. 기계 장치는 침묵하기를 좋아하는 사람들과의 '보충 대화'를 위해 오래전에 개조되어 있었다. 큰 키의 조사관은 케이블을 끌어당겼다. 그는 츠르니에게 다가서며 마지막으로 부탁하고 조언하는 것처럼 물었다.

"무기는 어디 있지, 츠르니? 네 개의 객차가 어디로 사라진 거야?"

"말해, 쓸데없이 널 고문하게 만들지 마," 다른 조사관은 거의 친구처럼 조언했다. 츠르니는 그들이 자신의 이마 주위에 쇠로 된 테를 조이는 동안 침묵하고 있었다. 그는 그 두 남자와 같은 사람들이 어떻게 자신의 도시에 살 수 있는지 놀라워하며 그들을 바라보았다. 그는 찢어진 입술과 부러진 이 사이로 목소리를 짜냈다.

"더러운 배신자 놈들!"

*

프란츠는 창문이 없는 방의 위층에 있는 잘 정리된 장교용 숙소 안으로 들어갔다. 그는 나탈리야가 아픈 남동생의 손을 잡은 채로 앉아 있는 침대 쪽으로 다가갔다. 그녀는 자신이 생각해낸 혹은 '덧붙인' 이야기를 그에게 들려주고 있었다. 기사 루탈리차의 영웅심과 용과의 싸움에 관한 그녀의 이야기는 바타와 츠르니의 영웅을 꼭 닮아 있었다. 장교는 제복이 가져다주는 품위보다 훨씬 더 자신이 좋아하는 그 여인의 목소리에 귀를 기울이며 문 옆에 멈춰 섰다. 그녀는 그가 겨우겨우 이해하는 언어로 이야기하고 있었다. 그것도 겨우 몇 마디만.

"기사 루탈리차는 말에 올라타고 머나먼 검은 산을 향해 황제의 길을 달렸단다. 용이 어디에 숨어 있는지 알았던 거지. 시골 사람들은 그에게 이야기해주었단다⋯⋯"

"츠르니 아저씨가 기사 루탈리차야?" 바타는 화를 내며 물었다.

"그래," 누이가 달래듯이 대답했다.

"그러면, 말해봐. 말해보란 말이야. 난 기사 루탈리차를 믿는 어린아이가 아니란 말이야⋯⋯"

나탈리야와 바타는 프란츠가 웃으면서 자신들에게 다가오자 입을 다물었다. 그는 2년 전 쾰른에 두고 온 자신의 가족들을 방문하러 온 것이라도 되는 것처럼 그들을 바라보았다. 병약한 젊은이는 키가 큰 그 남자의 손이 누이의 어깨에 올라가 있는 것을 주목하고 있었다. 그는 두꺼운 안경알 너머로 그녀를 바라보며 기운 없이 물었다.

"누나, 프란츠 아저씨와 결혼하려는 거야?"

"아니…… 네가 있는 한 난 그 누구와도 결혼하지 않을 거야."

"츠르니 아저씨와 결혼해! 아저씨는 세상에서 제일 좋은 사람이야!"

"그래, 그래," 나탈리야는 '세상에서 가장 좋은 사람'에 관한 그의 이야기를 그만두게 하려고 애써 미소를 지어 보였다. 프란츠는 주머니에서 초콜릿을 꺼냈다. 그는 바타의 교차된 팔 위에 초콜릿을 내려놓았다. '츠르니 아저씨'가 무엇을 의미하는지, 그는 아주 잘 이해하고 있었다.

"나탈리야 양, 당신의 동생이 무엇을 묻고 있는 겁니까?"

"언제 병원에서 나갈지를 당신에게 묻고 있어요, 선생님," 폴란드에서 8학년까지 구사했던 언어로 나탈리야가 대답했다. 큰 키의 그 남자는 젊은이를 바라보며 (열이 있는지를 확인하면서) 땀으로 젖은 얼굴을 만지고, 그녀를 안정시키며 말했다.

"아직 더 오랫동안 치료를 받아야만 합니다. 다음 주에 그를 요양소로 보내겠습니다. 오스트리아로."

"요양소로…… 오스트리아로……," 나탈리야는 울고 있는 모습을 동생이 보지 않도록 고개를 돌리며 되뇌었다. 붉은 머리칼의 장교는 그녀를 진정시키려고 애쓰며 어깨를 쓰다듬었다. 그는 그녀가 무엇을 두려워하고 있는지 알아채고는 설득력 있게 나직이 말했다.

"사랑하는 나탈리야 양. 제발, 울지 마세요. 그가 가는 것을 당신이 원하지 않는다면, 그는 가지 않을 겁니다. 하지만, 믿어주세요, 여기서는 그를 도울 수가 없어요. 당신의 남동생은 분만 후 뇌 손상으로 인해 병을 앓고 있어요."

"실례지만, 당신이 어떻게 알지요." 그녀는 거의 화를 내듯이 그에게 물었다.

"대학에서 의학을 공부했습니다, 아가씨. 전쟁이 아니었다면, 외과의사가 되었을 겁니다…… 이 병원은 심각한 정신병 환자들, 정신질환자들, 편집증 환자들, 범죄자들, 공산주의자들과 도둑들을 위한 가장 평범한 응급 치료소에 불과합니다. 츠르니와 같은. 당신의 남동생은 간호를 받아야만 합니다……"

'진짜' 의사가 방 안으로 들어왔기 때문에 프란츠는 입을 다물었다. 나탈리야는 회진 나온 의사를 주시했다. 그녀는 침대에 기댄 채 그를 바라보았다. 코안경, 콧수염, 턱수염과 외투 뒤에는 변장한 마르코가 숨어 있었다. 독일 장교가 그를 환자가 있는 곳까지 가도록 허용한 것이다. 의사는 맥박을 짚으며 바타의 손을 들어올렸다. 그는 금방이라도 정신을 잃을 것처럼 몸이 굳어버린 누이에게 물었다.

"아이가 음식물을 토합니까?"

"무슨 말씀이신지……," 처음으로 나탈리야는 자신의 '파트너'보다 더욱 서투르게 '연기했다.'

"무슨 말이냐면, 아가씨, 오늘 아침부터 그가 음식물을 토했습니까? 토했습니까 아니면 설사를 했습니까?"

"저는 눈치채지 못했어요, 선생님……"

"눈치채지 못하셨다고요? 어떻게 눈치를 못 챌 수가 있죠, 아가씨?"

"눈치채지 못했어요," 나탈리야는 이 말을 하고 두려운 듯 손으로 얼굴을 가렸다. 마르코가 창문을 응시하고 있는 프란츠에게 다가가 청진기의 고무관을 그의 머리에 감고는 목을 조르기 시작했다. 장교는 목이 졸린 채 달아나려 하고, 자신을 방어하면서 계속해서 팔꿈치로 때렸지만,

목을 조르기 위해 만들어진 것 같은 고무관을 조이고 있는 턱수염 난 '의사'로부터 풀려나지 못했다. 병약한 젊은이가 팔꿈치를 딛고 일어섰다. 그는 다 큰 어른들의 이상한 놀이를 보면서 웃고 있었다. 그에게는 그 모든 것들이 자신을 재미있게 하기 위해 벌이는 일 같았다. 목을 조이고 동시에 청진기를 통해 얼마나 살아 있는지 소리를 들으면서 의사 아저씨가 프란츠 아저씨를 침대로 끌고 갔을 때, 그는 손뼉을 쳤다…… 큰 키의 장교는 기진맥진해서 축 늘어졌고 이내 쓰러지고 말았다. 마르코는 그를 침대 아래로 밀어 넣고, 즐거워하고 있는 바타를 품에 안아 올려 방에서 데리고 나가며 넋을 잃고 있는 누이에게 말했다.

"오늘 밤 모든 환자들을 바니차*에 있는 수용소로 '이송시킵니다.' ……자, 어서!"

"츠르니도 데려가나요?" 나탈리야가 겨우 발걸음을 옮기며 그에게 물었다.

"츠르니는 어디 있소?" 와중에 병원 관계자들에게 인사를 하고 기다란 복도를 따라 작은 몸집의 젊은이를 데리고 가며 '의사'는 웃음을 지어 보였다.

"지하실에요."

"지하실에 있단 말이지," 턱수염 난 사내가 그녀에게 병약한 동생을 건네고 눈짓으로 병원 입구 앞쪽에 주차되어 있는 앰뷸런스를 가리키며 반복해 말하고는, 몸을 돌려 건물의 지하실 안으로 계단을 뛰어 내려갔다…… 나탈리야는 바타를 자동차 쪽으로 데려갔다. 그녀는 마르코의 겉모습과 유사한 —턱수염이 나 있고 청진기를 가진 의사가 지나가자 겁에

---

* 군 병원이 위치해 있는 베오그라드의 한 지역.

질린 채 계단 위에 멈춰 섰다. 진짜 의사—마르코는 그를 본따서 옷을 입고 마스크를 했다—는 유명한 여배우에게 예의를 갖춰 인사했다. 그 사람은 병원의 책임자이자, 전쟁이 일어나기 전 유명했던 정신과 의사, 파블레 콜라르 박사였다.

"안녕하십니까, 조브코브 양."

"안녕하세요, 박사님……," 그녀는 남동생을 양팔로 안고 더듬거리며 말했다.

"집으로 가시는군요," 그가 그녀에게 물었다.

"예…… 프란츠 씨가 그러는 게 좋을 것 같다고 해서요……"

"그런데, 왜 프란츠 아저씨의 목을 조른 거야," 바타가 웃으며 말했다. 턱수염 난 의사가 깜짝 놀라 그를 바라보았지만, 나탈리야는 웃으며 설명했다.

"프란츠 씨가 의학을 공부하는 동안 한 턱수염 난 교수가 해부학 시험에서 '목을 졸랐다고' 그에게 이야기해준 거예요"

"아아…… 내게도 얘기했지요…… 아시다시피, 외과 수술은 의학의 핵심이지요. 나머지 모든 것은 운명입니다……"

진짜 의사와 나탈리야가 병원의 계단에서 대화를 나누는 동안, 수사관들이 도둑맞은 열차의 무기들이 어디로 사라져버렸는지를 알아내려고 헛수고를 하고 있었다. 완강하게 입을 다물고 있는 남자의 관자놀이에 전극을 대고서, 뚱뚱한 조사관이 기계연결 장치의 증폭기를 세 단계로 돌리기 전에 커다란 키의 경찰이 그에게 물었다.

"무기는 어디 있지, 츠르니? 너와 마르코가 그걸 어디에 숨겼느냐 말이야? 말해, 이 사람아, 우리 두 사람이 널 죽이도록 만들지 마. 에이, 우리는 도르촐 사람이라고!"

"더러운 배신자들," 츠르니가 새로운 전기 충격을 견뎌내고 미소를 띠며 대답했다. 뚱뚱한 경찰관이 놀라서 그를 쳐다보았고, 큰 키의 경찰관은 죄인의 관자놀이에 전극을 누르며 물었다. 그는 무슨 일이 벌어진 것인지 분명히 알 수 없었다. 왜냐하면 다른 사람들이라면 죽었을 텐데, 츠르니는 단지 머리칼이 삐쭉 섰을 뿐이었기 때문이다.

"저놈 어떻게 된 거야?!"

"모르겠어…… 문제가 없었는데 말이야."

"5단계로 돌려!"

"즉사시키게 될 거야," 뚱뚱한 경찰이 말했다.

"한번 죽여보시지," 츠르니는 소리를 내질렀으며, 치명적인 충격이 새롭게 가해졌기 때문에 뻣뻣하게 몸이 굳었다. 계속해서 침묵하는 대신에 그는 실실 웃었고, 솔처럼 뻣뻣하게 곤두선 머리카락에서는 연기가 피어올랐다…… 조사관들은 살아 있다는 것을 믿지 못하겠다는 듯 그를 쳐다보았다. 순전히 그들은 나이 들고 천성적으로 타고난 전기공을 다루고 있다는 사실을 알지 못했던 것이다. 큰 키의 경찰관은 기계 연결 장치를 발로 차버리고, 욕설을 퍼부으며 왜 이 '빌어먹을 것'이 작동을 안 하는 것인지 확인하기 위해 전극을 자신의 관자놀이에 갖다 댔다. 바로 그 순간, 그는 충격을 받고 날아가 벽에 등을 부딪치고 나서 떨어져버렸다. 뚱뚱한 경찰관이 그를 도우려고 달려갔다…… 움직이지 못하고 있는 남자를 걱정스러운 듯 바라보며, 방 안으로 '의사' 마르코가 들어왔다.

"무슨 일입니까?"

"기계 연결 장치를 시험해봤습니다, 책임자 선생님."

"그런데, 작동하던가요?"

"작동합니다…… 그는 죽었는데, 이 도둑놈은 멀쩡해요……"

"그는 전기공입니다. 전봇대공이죠." '책임자'가 설명했다.

"전기공, 전봇대공이라고요?"

뚱뚱한 조사관은 귀에 익숙지 않은 그 직업을 되뇌었으며, 다시 한 번 더 츠르니를 바라보았다가 권총 손잡이로 정수리를 얻어맞고는 쓰러졌다. 마르코는 죄수에게 다가갔다. 그의 묶인 팔을 푸는 동안, 츠르니는 그를 쳐다보았고 이내 그가 누구인지 알아보았다. 츠르니는 기쁜 나머지 거의 울려고 했다.

"마르코…… 친구…… 자네군……"

"자네, 뭔가 실토한 거야?" 마르코가 방구석에서 커다란 알루미늄 가방을 끌어당기며 그에게 물었다. 츠르니는 화가 나 호되게 몰아쳤다.

"내가 불었냐고? 자네 제정신인가?"

"들어가게…… 서둘러……"

마르코는 친구가 그 안으로 웅크리고 들어가길 기대하며 가방을 열었다. 츠르니는 마치 뱀처럼 몸을 구부리면서 눕고는 친구에게 부탁했다.

"폭탄을 내게 줘, 마르코. 내게 폭탄을 달라고, 친구."

"뭐 하려고?"

"또다시 나를 체포하면, 빌어먹을 파시스트 놈들을 쓸어버리려고. 더 이상 날 고통스럽게 하도록 두지 않겠어." 마르코는 의사 가운의 주머니에서 폭탄을 꺼내 츠르니에게 주었으며, 가방을 잠그고 방에서 가지고 나갔다. 문에서 몸을 돌려 움직이지 않은 조사관들을 바라보고 침을 뱉고 이를 악물고는 말을 내뱉었다.

"더러운 파시스트 놈들."

*

　마치 츠르니가 권총을 맞고 부상을 입었듯, '불굴의 프란츠'는 마르코의 교살 시도를 견뎌내고 살아났다. 그는 침대 아래에서 기어 나와 목을 만져보고 거울에 비친 멍 자국을 응시하고는 기다란 복도를 따라 달려갔다…… 그는 계단 옆에서 서둘러 3층으로 올라가고 있던 수염이 난 병원의 책임자를 보고 멈춰 섰다. 그는 권총집을 열어 권총을 꺼내고는 소리쳤다.

　"야비한 공산주의자 놈!"

　"무슨 일이시죠, 선생님?" 의사 콜라르가 큰 키의 장교와 빼어 든 권총을 쳐다보면서 겁을 먹은 채 멈춰 섰다. 그는 내려가기 위해 발걸음을 내디뎠지만, 목이 졸려 엄청 화가 나 있던 프란츠로부터 날아든 총알을 맞고 쓰러졌다. 그는 1942년 10월의 첫날인 그날 밤에 왜 자신이 죽어야 했는지 알 수 없었다.

　몇몇 동료들이 전쟁이 끝난 후에 인용의 근거자료로 삼았던, 살아남지 못한 목격자들은 페타르 포파라 츠르니를 구해내기 위한 작전이 수개월 동안 계획되었었다고 이야기했다. 물론, 다른 많은 이야기들과 나중에 선술집 탁자에서 추가로 실행된 '작전'처럼 그것은 사실이 아니었다. 무엇보다 더 고약한 것은, (엄청난 술과 안주를 곁들여 쏟아지는) 그 꾸며낸 이야기들이 순수한 아이들을 물들인다는 것이었다. 왜냐하면 모든 사실을 까발리고, '새로운 역사적인 자료'라고 떠벌리며 그것을 덧붙일 준비가 되어있는 꼼꼼한 글쟁이들이 언제나 존재해왔기 때문이다. (그러면서) 그들은 '우리의 보다 나은 내일'을 위해 싸우는 불멸의 투사로 자리했다. 그렇다, 그건 결코 일어날 수 없는 일이긴 했지만, 할아버지는 바로 전쟁이

134

일어나기 전날 밤, 몇몇 불한당의 이야기를 듣고서, 그리 멀지 않은 미래의 어느 날 '우리 모두가 사람들 앞에서 평등해질 것'이라고 말할 줄을 알았다…… 그들은 신을 거론하지는 않았었다.

*

누군가 샘물을 잠그는 것을 잊어버리기라도 한 것처럼 비가 내렸다. 마르코는 도심을 향하는 아발라 산 도로를 따라 앰뷸런스 차량을 운전했다. 그가 턱수염을 밀어버렸기에, 바타는 혼란스러운 듯 두꺼운 안경알 너머로 그를 쳐다보았다. 처음엔 놀랐다가 이내 그는 비명을 지르듯 소리쳤다.

"마르코 아저씨! 당신이죠, 마르코 아저씨?"

"그래 나다." 마르코는 동생을 품에 안고 울고 있는 나탈리야를 바라보며 미소를 지어 보였다. 그녀는 그날 밤 겪었던 모든 일들이 지나간 이후에도 마음을 가라앉힐 수 없었다. 어쨌든, 그럼에도 불구하고, 간신히 말을 이었다.

"고마워요, 마르코…… 신이시여, 병든 사람들의 눈은 어찌 그리 슬퍼 보인단 말입니까…… 아주 건강한 사람도 거기서는 미쳐버렸을 거예요……"

"우리 모두는 미쳐 있소, 나탈리야. 다만 진단이 내려지지 않았을 뿐이지…… 울지 마오, 제발…… 당신이 울면 내가 어떤지 알잖소."

"아, 츠르니 아저씨는 어디 있어요?" 바타가 이 세상에서 가장 훌륭한 자신의 영웅을 걱정하며 물었다. 마르코가 엄지손가락으로 객실과 자동차 뒷부분 사이의, 창살로 가려진 유리를 가리켰다. 그는 당당하게 웃음을 지어 보였다.

"가방 안에."

"츠르니 아저씨가 가방 안에 있다고요?!"

나탈리야는 동생의 솜털 같은 머리칼을 쓰다듬고, 몸을 돌려 결혼에 성공하지 못한 채 몸이 접혀 있는 신랑이 들어 있는 알루미늄 가방을 쳐다보았다. 그 순간 자동차는 커다란 구덩이에 빠져들었다가 튀어 올랐고, 가방은 뒤집어졌으며 가방 안에서는 폭탄의 폭발음이 울려 퍼졌다. 마르코는 고가도로 아래의 터널 안으로 방향을 틀었다. 그는 아발라 산의 경사면과 칼레메그단 요새의 지하 통로를 연결하고 있는 지하도로를 운전해 갔다. 헤드라이트는 오래전 무너져버린 동물원으로부터 도망친 사자를 비추고 있었다. 겁먹은 그 동물은 기다란 터널의 어둠 속으로 사라져버렸다. 자동차는 연기를 내뿜으며 도심 쪽으로 그리고 할아버지의 집 쪽으로 내달렸다. 집 근처의 대성당으로부터 깜깜한 어둠이 드리웠다. 하지만 비는 사바 강으로, 사바 강으로부터 다뉴브 강으로, 흑해로 흘러가며 계속해서 내리고 있었다.

여러 해가 지난 1994년 9월, 고고학자들은 끝없는 지하 터널, 미로들과 동굴들, 그리고 몇몇 사람과 동물들의 해골을 발굴했다. 그들은 사자의 뼈가 어디서 온 것인지 의아해하며 수개월 동안 토론을 벌일 것이다.

하지만, 그것에 관해서는 나중에 이야기하기로 하자. 어떤 일이 벌어진 것인지 그 모든 것을 차례대로 이야기해야만 하니까.

9. 우리들 각자에게는 존재하지 않는 누군가가 있다

할아버지의 집 지하의 천장 위에서 육중한 쇠뚜껑이 들렸다. 횃불과 난롯불로 희미하게 밝혀진 지하실의 어둠 속으로, 마르코가 낡아 해진 알루미늄 가방을 들고 내려왔다. 지하실 사람들은 새로 들어온 신참에게 그러한 것처럼 혹은 마치 피를 나눈 친척에게 그러한 것처럼 자신들을 보호하고 먹여주고 지켜주고 있는 바로 그 사람이 찾아온 것일 거라 예견하며 계단 주위로 모여들었다…… '폭발한' 의사용 가방에서 한 사람의 맨발이 참혹하게 슬쩍 삐져 나왔으며 고통스럽고 잔뜩 화가 난 목소리가 들려왔다. '빌어먹을 파시스트 놈들!' 할아버지는 마르코가 가방을 내려놓은 돌로 만들어진 탁자 쪽으로 달려갔다. 형태가 일그러진 덮개를 열었을 때, 사람들은 사람을 닮은 무언가를 볼 수 있었다. 먼저 노인이 끝없이 존경해마지않던 영웅의 흔적을 알아챘다. 그는 머리를 붙들고 눈을 감은 채 한탄했다.

"츠르니! 네게 대체 무슨 짓을 한 거야, 이 빌어먹을 파시스트 놈들!"

"붕대를 준비하세요." 마르코가 갈가리 찢긴 친구를 옮기며 조심스럽고 신중하게 소리쳤다…… 이미 훌쩍 커버린 원숭이 소니와 함께 이반이 탁자가 있는 곳까지 다가왔다. 그는 고통받고 있는 츠르니를 쳐다보고는 고개를 돌리고 울기 시작했다. 할아버지는 재수 없는 짓거리를 하지 말라고 훈계하면서 그의 뒤통수를 후려쳤다.

"죽지 않았어! 울지 마! 불행이라고 여기지 말란 말이야!"

두 여인이 붕대를 만들기 위해 식탁보를 찢었다. 사람들은 돌로 만들어진 탁자 위에 침상을 만들기 위해 담요를 가져왔다. 마르코는 '제정신이 아닌 그 남자의 셔츠' 자투리를 칼로 잘라냈다. 그리고 친구이자 결혼 대부이기도 한 그를 치료하며 속삭였다.

"참아, 츠르니…… 포기하지 말란 말이야, 친구…… 포기하지 말라고……"

점령하에 있었던 지난 몇 달 동안 지하실은 엄청난 깊이로 넓어져 있었으며 지하 사람들은 마치 산비탈에 있는 비둘기들의 보금자리와도 같이 그 안에 은신처이자 아파트를 만들어놓았다. 나이 든 한 여인이 그 동굴로부터 한 살 반이 된 어린아이를 데려왔다. 심각한 부상을 당한 그 남자 쪽으로 어린 사내아이의 얼굴을 돌리며, 그녀는 그 아이를 탁자 위에 가까이 데려갔다. 그녀는 츠르니가 보고는 있는 것인지 듣고 있는 것인지 걱정스러워하며 말했다. (그녀는 불쌍한 그 사내가 아들을 보지 못하고 죽는다면 그것은 죄악이라고 생각했다.)

"당신의 아들이에요, 선생님…… 요반이에요……"

"요반," 눈물 젖은 두 눈으로 그 아이를 바라보며 츠르니가 속삭였다. 고통 때문인지 아니면 기쁨 때문인지는, 단지 그만이 알고 있을 뿐이었다. 부상당한 그가 아들을 바라보고 있는 동안, 이반이 그의 발에 마른 풀을 짓이겨 붙이고 있었다. 할아버지는 한동안 아무런 말없이 그를 쳐다보다가, 풀을 모아 온 이반이 츠르니의 얼굴에 나뭇잎사귀를 억지로 으깨붙이기 시작하자 불같이 화를 내며 탁자에서 그를 밀어냈다.

"뭘 하는 거야, 쥐새끼같이?! 대체, 뭘 하고 있는 거야?! 사람을 죽일 셈이야?!"

"그…… 그건…… 약…… 약초예요……! 모…… 모든…… 동…… 동물들을…… 치…… 치료했다고요……!" 동물원의 전 관리인은 마른 풀의 마력에 대해 설명하려고 애쓰면서 더듬거리며 말했다. 할아버지가 그를 때리려고 손을 휘둘렀지만, 원숭이가 친구를 막아서며 할아버지에게 맞섰다. 원숭이는 커다랗고 흰 송곳니를 드러내며 소리를 질러댔다. 노인은 움찔 뒤로 물러섰는데, 그는 개로부터 몸을 보호해야 할 때, '돌을 집는 것처럼 몸을 숙이기만 하면 된다'라는 사실을 알고 있었다. 하지만, 그것은 원숭이에게 통하지 않았다. 노인은 화를 내며 우물 쪽으로 다가갔다.

"저건 동물이 아니야, 쥐새끼 같으니! 자전거에 올라가! 자전거 운전자—불을 비추란 말이야! 내게 우물에서 물을 가져다줘! 우물물만이 약효가 있단 말이야!"

이반이 발로 전기를 '만들어낼' 책임을 지고 있는, 두 명의 젊은 자전거 타는 사람들과 함께 세 개의 바퀴가 달린 자전거에 올라가 있는 동안—이 빠진 사람이 우물로부터 물이 가득한 들통을 끌어올렸다. 그는 노인에게 들통을 가져갔다. 할아버지는 들통을 받아들고, 손을 살짝 담갔다가 심각한 부상을 입은 그에게 물을 뿌려가며 주문을 외쳤다. 마르코는, 마치 석기시대의 어떤 야만족들을 보고 있는 것처럼, 그들 모두를 쳐다보았다…… 세 개의 바퀴가 달린 자전거의 램프 불빛이 츠르니의 얼굴을 비췄는데, 그는 고통스러워하며 죽어가고 있는 것처럼 보였지만, 다른 사람이 그런 자신의 모습을 보는 것을 원치 않았다. 그는 절친한 친구에게 다가오라는 눈빛으로 보냈다. 친구가 가까이 다가섰을 때, 그는 귀엣말로 친구에게 물었다.

"나탈리야는 어디에 있어?"

"비밀경찰국에," 마르코는 처음으로 거짓말을 했고 그것이 마지막일 것이라고 확신했다. 마르코는 손수건으로 땀이 흐른 그의 얼굴을 닦아주었다. 친구가 애원하듯 물었을 때, 그는 겨우겨우 말을 꺼내가며 친구를 안정시키려고 애썼다.

"그녀를 구해줘…… 그녀를 고통스럽게 내버려두지 말란 말이야, 마르코……"

"그래, 그래," 친구의 얼굴에서 '약초'를 떼어내며 그가 약속했다.

"그리고…… 동지들에게 말해…… 나를 위해서라도 싸우라고 말이야……"

"그래, 그래," 손등으로 눈가를 훔치며 마르코는 굳게 말했다. 배 위에서의 그 '말타기'를 결코 용서한 건 아니지만, 하지만, 진실하고 커다란 우정을 쌓아온 오랜 세월을 잊을 수는 없었다. 할아버지는 다가가 손자를 끌어안았다. 그는 작별인사를 건네며 울고 있었다. 할아버지는 그를 계단까지 데리고 갔다. 가죽 주머니에서 네 개의 금화를 몰래 꺼내 그에게 건넸다.

"사람들을 위해 음식을 사도록 해. 내가 그를 치료할 테니…… 울지마! 울지 말란 말이야, 빌어먹을!"

"제발, 그를 치료해주세요…… 그리고, 이 사람들을 소중히 보호해주세요……"

바깥 어딘가에서 '비행기 사이렌'이 윙윙거리는 소리가 들려왔다. 지하의 벌레 같은 인간들은 두려움에 떨며 소리를 질러댔다. 사람들은 토굴 같은 각자의 집으로 흩어져 도망쳤다. 원숭이는 손으로 머리를 가리고, 머리 위로 무너져 내리기라도 하는 것처럼 낑낑 소리를 내고 천장을 쳐다 보며 이반을 따라갔다. 슬픔에 젖은 동물원 관리인은 계단을 뛰어오르며 지하실을 빠져나가고 있는 형을 쳐다보았다. 그는 형에게 겁에 질려 소리 쳤다.

"조…… 조심해…… 마르코!"

사이렌은 지하실 사람들을 토굴 속으로 숨게 만들었다. 우물 옆에는 할아버지만이 물통을 들고 남아 있었다. 그는 이런 불행스러운 전쟁 기간에 '적용되는' 옛 주문을 소리 내어 내뱉으며 주변에 물을 뿌려댔다.

"악귀여 물러가라! 악귀여 물러가라!

물을 삼키는 흙처럼!

물러가라! 물러가!"

그리고 정말로, 언젠가 모든 지하실 사람들이 다다르게 될 지하실 아래의 강물로 되돌려 보내면서, 흙은 '효험이 있는 물' 한 방울까지 빨아들 였다.

하지만, 그에 관해서는 나중에 이야기하기로 하자.

*

마르코는 지하실에서 뛰쳐나왔다. 그는 쿵 하는 소리와 함께 육중한 쇠뚜껑을 내려놓았다. 사이렌이 윙윙거리고 있는 소리 너머로 옆방에서 나탈리야의 목소리가 들려왔다. 기사 루탈리차에 관한 (게차 콘 발행, 하드커버, 키릴 문자, 부수 2,000권. 영원한 어린이들을 위한) 이야기책을 읽어주며 그녀는 겁에 질린 남동생을 재우려고 애쓰고 있었다. 물론 그녀는 기사의 이름을 바타의 영웅의 이름인 츠르니로 바꿨다. 이전에 극장에서 수없이 많이 그랬던 것처럼 마르코가 그녀를 감탄한 듯 바라보며 귀를 기울이고 있었다. 단지, 자신에겐 어떤 특별난 영웅이 아니었던 친구의 이름이 너무 자주 거론되고 있다는 사실이 껄끄러울 뿐이었다. 이전의 그는 뜨내기이자 악당이었으며, 매력을 가진 부랑자였다고 말할 수 있다. 하지만 그 이상의 아무것도 아니었다. 나탈리아는 침대 옆 탁자 위에 놓여 있던 잔으로 코냑을 마시더니 어깨를 부르르 떨고는 계속해서 읽어내려갔다. 그녀는 선상에서 결혼식이 있던 그날 밤부터, 매일같이 쉬지 않고 술을 마셔왔다. 어린애처럼 더듬거리며 말하는 소리를 들으며, 마르코에게는 그녀가 이제 무대에 올라갈 수 있을 것인지 하는 의문이 들었다.

"동굴 속으로 뛰어든 츠르니는 다이아몬드로 장식된 칼집에서 황금으로 만들어진 검을 꺼내 들고는, 잠들어 있는 용을 바라보았다…… 잠들어 있는…… 잠들어…… 잠들어……"

'잠들어'라는 말을 반복하며 두꺼운 안경알 너머로 눈이 감겨가고 있는 남동생을 바라보았다. 마르코는 그녀에게 다가가, 자신이 무슨 생각을 하고 있었는지 그녀가 알아채지 않을까 불안해하며 그녀의 맨살이 드러난 어깨 위에 손을 얹고 나직이 물었다.

"잠들었어?"

"예…… 츠르니는 어때요? 그는 어때요?"

"좋지 않아…… 여행을 간다는데 걱정이야," 창문 너머로 요새 위의 탐조등을 바라보면서 그가 말했다. 강력한 광선이 어둑한 하늘과 대성당의 금빛 십자가를 비추고 있었다. 나탈리아는 자리에서 일어나 남은 술을 마시고, 촉촉이 젖은 빛나는 눈으로 잠들어 있는 남동생을 바라보았다. 그녀는 한숨을 내쉬었다.

"만약 이 아이에게 무슨 일이 생기면, 난 죽어버릴 거예요. 이 아이 말고는, 더 이상 내게 아무도 없으니까. 나의 모든 사람들은 악한……"

"우리들 모두에게는 그 누구도 곁에 없는 사람들이 있어," 마르코는 자신의 시구 가운데 하나로 그녀를 위로했다…… 약간 술에 취한 그녀는 자신의 남동생을 보았고, 또 자기를 사랑할 운명을 타고나지 않은 친구를 바라보았다. 방의 벽면에는 그녀의 공연 사진들이 수도 없이 붙어 있었다. 그는 수년 동안 포스터, 잡지의 삽화, 사진, 그림들을 수집해왔다…… 유화로 그려진 초상화 하나를 주문하기도 했다. 여배우는 자신의 모습을 바라보고 놀라워하며 미소 짓고, 방 안 이곳저곳을 돌아보았다. 시인은 병째로 코냑을 들이켜며 그녀의 뒤를 따랐다. 나탈리야는 남은 술을 나누어 마실 거라고 기대하며 잔을 들어 올렸다. 그녀는 코냑을 모두 마셔버리면 더 마실 것이 뭐가 있을까 속으로 생각했지만, 겁에 질린 채 미소 지으며 큰 소리로 전혀 엉뚱한 질문을 했다.

"이 방은 나를 위한 것인가요? 이게 내 방이에요?"

"그래요. 이 집도, 이 도시도, 이 나라도, 모든 별들, 구름들 그리고 매일같이 내리는 비와 함께 저 하늘도."

"모든 게 내 것이란 말이죠." 마치 포도주처럼 잔에 술을 붓고 있는 동안 그녀는 미소 지으며 그를 쳐다보았다.

"모두, 모두, 모두가 당신 것이오," 그는 지치고 눈물을 머금은 두 눈으로 그녀를 바라보며 말했다. 사이렌 소리는 계속해서 '잠들어 있는 무너진 도시의 주민들 사이에 공포심을 불러일으키며' 맴돌고 있었다. 그들이 도시 안에 있는데, 누가 우리를 폭격할 수 있단 말인가. 독일 놈들이 러시아 공군을 두려워할 것이라고 굳게 믿으며, 사람들은 분명히 그들이 폭격하지 않을 것이라고 스스로에게 되묻곤 했다.

"우리를 폭격할까요? 지하실로 내려가요," 그녀는 속삭이며 그에게 물었다.

"두려운 거요?"

"아니요…… 당신과 함께 있을 때는요."

병을 탁자 위에 내려놓고, 마르코는 그녀를 안아 다른 방으로 데려갔다. 도중에 그는 여러 해 전에 썼었던 시구를 읊조렸다. 그는 자신들이 홀로 있을 때 선물하기 위해 그날 밤과 같은 기회를 기다렸던 것이다.

사랑하는 이여, 난 알지 못해요,
내가 꿈을 꾸고 있는 것인지,
어느 해인지도 어느 날인지도,
소중한 이여, 난 알지도 못해요,
내가 당신의 것인지,
아니면 당신이, 아마도, 당신이 나의 꿈인지?

요새의 탐조등 불빛이 나탈리아의 미소를 밝게 비추었다. 순간적으로 방을 통해 섬광이 지나갔기 때문이었다. 그녀는 코냑을 붓고 나서 병을 던져버리고는, 그를 끌어안고 물었다.

"누굴 위해 그 시구를 적은 거예요? 말해봐요!"

"당신을 위해서," 마르코가 웃으며 말했다.

"날 위해서? 거짓말을 하는군요!"

"아니오……"

"거짓말하고 있어요. 당신이 거짓말을 하고 있다는 걸 알아요. 당신은 대단한 거짓말쟁이니까, 나의 마르코."

"거짓말이 아니야. 당신에게 맹세하지…… 당신은 몰라, 당신을 위해 내가 어떠한 일도 할 수 있다는 사실을," 그가 황동으로 만들어진 낡은 침대에 그녀를 내려놓으며 속삭였다.

"무엇을 할 수 있는데요?" 그가 굽 높은 구두를 벗기고 있는 동안 그녀가 물었다.

"모두!"

"모두?"

"모든 것을! 모든 것을 말이야," 그는 그녀에게 구두를 주면서 되뇌었다.

"정말 모든 것을? 그래 볼까? 그래 볼까, 마르코?"

"그렇게 해봐," 그녀가 처음으로 그의 이마를 뒷굽으로 내리쳤을 때, 그는 소리를 질렀다. 머리에 가해진 일격과 함께 기분 좋고 자극적인 고통이 반복되었다. 그는 셔츠의 단추를 잡아 뜯으면서 옷을 벗어젖혔다. 그리고 "한번 해봐! 한번 해봐!"라고 소리를 지르며 침대 위의 단추를 발로 지그시 눌렀다. 함선과 같은 모양의 황동으로 만들어진 침대는 빙글 돌며 '움직이기 시작했다.' 날카로운 외침 소리와 울음소리가 사이렌과 더불어 갑작스러운 소나기가 내는 천둥 소리를 제압했다. "한번 해봐! 더 세게! 아플 텐데! 아니! 더 세게 해볼까?! 해봐! 더 세게! 더! 더! 가만 두지 않을 거야, 마르코! 날 죽여줘, 나탈리야! 날 죽여달라고!"

1942년 가을의 첫번째 주일이 침대 위에 드리우고 있었다. 그들은 휴식을 위해 잠깐 멈추었고, 전투의 막바지에 이르도록 술을 마시며 계속해서 누워 있었다. 마르코는 음식을 구하기 위해 때때로 집을 벗어나기도 했다. 암거래상들, 밀수꾼들과 전쟁 모리배들은 예전에 그랬던 것처럼, 정기적으로 '세금'을 치렀다.

지하실 사람들은 엄청난 어두움과 습기에 잘 자라는 작물들을 먹으며 견뎌내고 있었기 때문에, 지하실에 숨어 있던 사람들에게 먹을 것을 대는 것은 문제가 아니었다. 특히 버섯이 성공적이었다. 또한 달팽이들도 감자 만 한 크기로 자랐다. 고비가 샐러드를 대신했으며, '약효가 있는' 우물에 서 나오는 물도 풍부했다. 목숨을 부지할 수만 있다면, 모든 것을 견뎌낼 수 있다고 지하실 사람들은 이야기했다. 그리고 사람들은 곧 러시아인들 이 올 것이라고 속삭이며 '버섯으로 담근' 라키야와 함께 지하의 선술집 두나브스키 갈렙의 이 빠진 주인의 집시 오케스트라에 맞춰 '세상에서 가 장 아름다운 노래'를 불렀다. 미래의 어느 날 독일 놈들이 물러가자마자 모든 사람들이 자신에게 성실하게 갚아야 할 빚의 내용을 적어가며 자신 은 다시 고급 레스토랑을 열 것이라고 약속했다. 하지만 지하실 사람들의 빚은 그가 호텔 모스크바*를 사려고 진지하게 생각할 정도로 많았다. 왜 아니겠는가? 누가 그런 종류의 호텔을 경영할 줄 모르겠는가? 그는 자신 이 유명한 연미복을 입고 광택 나는 구두를 신고 다이아몬드 반지로 장식 된 손가락 사이에 두꺼운 궐련을 끼고 호텔 입구에 서 있을 것이라고 확 신하며 미소를 지었다. 그는 콧수염을 잡아당기며, 정말 모든 도시가 자 신에게 머리를 숙이게 될 것이라고 생각하고 있었다.

*

* 베오그라드에 있는 호텔.

146

우물 옆에서 싹이 튼 나무는 점령 기간 동안 천장의 틈새를 관통하며 진정한 나무로 자라났다. 할아버지 집의 축 처진 지붕 위에서 자유롭게 가지를 뻗었으며, 베오그라드가 해방되고 난 후 며칠 동안 첫번째 밤알들을 맺기도 했다. 낡은 집 지붕의 우듬지는 집 안에 아무도 없다는 것을 나타내는 가장 좋은 표식이었다. "밤나무가 자라는 집 속에서 대체 누가 살 수겠는가?" 마르코는 노랗게 변한 나뭇가지를 바라보고 아발라 산으로부터 난 길 위에서 붉은 군대의 대포가 내는 소리를 들으며 속으로 생각했다. 오랫동안 기다려온 최후의 승리를 축하하기 위해, 그와 나탈리야는 샴페인 병을 땄지만, 그들만이 마신 것은 아니었다. 수수하게 차려입은 사람들이 해방자들과 함께 기쁨을 나누기 위해 달려왔기 때문이다. 그들은 집집마다 들어가 술을 마시고 기쁨의 눈물을 흘리며, 총을 쏘아대고 소리 내어 웃었다. 마르코는 두 번에 걸쳐 가볍게 부상을 당했는데, 그 사실은 그가 나중에 힘겨웠던 전쟁 기간에 관해 몇 권의 책을 쓰는 데 도움을 줄 것이다(1962년의 그 '영웅의 추억'에 따라, '가장 중요한' 전쟁영화 가운데 하나가 촬영될 것이며, 우연과 오해의 결과로 지하실의 몇몇 사람들이 참여하게 될 것이다. 하지만, 그에 관해서는 나중에 이야기하기로 하자). 마르코는 하룻밤 만에 자신의 동지들이었던 무스타파, 야네즈 그리고 토미슬라브와의 끊어졌던 관계를 회복했다. 그들은 서로가 살아 있다는 사실이 믿기지 않았다! 그들은 독립의 노래를 불렀으며, 이른 저녁 시간에는 도심에서 콜로를 추기도 했다. 그들은 자유주의자의 열정에 취해, 별에게 닿을 듯이 펄쩍펄쩍 뛰기도 했다…… 첫번째 연설가들이 즉흥적인 무대 위에 모습을 드러냈다. 그들은 두 마디 정도의 말을 하고는, 맹세와 위협의 말을 소리 높여 외쳤다. 누가 원했었는지를 말했지만, 단지 용납될 수 있는 것은 그것에 그쳤을 뿐이다. 그때 '민주적인 질서'가 확립되고 있었던 것이다. 그들이 생각하는 대로 생각지 않는 사람들은 목숨을 잃었다. 매국노들은 아파트에서, 집에서, 거리에서, 출입구에서 처벌되었다…… 평화의 초창기에는 조용한 시민전쟁이 계속되었다. 땅속으로 자리를 옮기며, 땅속으로부터 혹은 하늘 위로 자리를 옮기면서, 하나의 부류가 영원히 사라져버렸다. 그 부류는 어디로 갈 것인지 선택할 수 있었다.

마르코는 10월 20일 다음과 같은 시를 썼다.

> 베오그라드는 새롭게 태어나고 있다,
> 어두움과 암흑으로부터
> 돛대 위에 별을 실은
> 돛단배처럼!

*

여러 해가 '거듭할수록 더욱더 성공적으로' 흘러가고 있었다. 성공에는 끝이 없는 것 같았다. 한 번은 동양으로부터, 또 한 번은 서양으로부터 원조품이 도착했다. 바람이 어떻게 부느냐에 따라서, 그렇게 요시프 브로즈 티토와 더불어—할아버지 집 지붕의 양철 지붕처럼—모든 정치 고위층과 지식인층의 국민들이 움직였다. 형제애는 신성한 것이었고, 화합은 법이였다! 오래되고 낡아빠진 토대 위에 세워진 새로운 정부의 그 두 가지 원칙이, (공산주의 국가의 최고의 모범 사례로서) 새롭고 성공적이며 축복받은 국가의 구경거리처럼 5월의 열병식 내내 연출되었다. 유고슬라비아인들은 5월의 열병식과 티토의 생일을 위해 삶을 살았으며, 그 후에야 비로소, 원하는 사람은 죽을 수 있었다. 그래야만 그에 대한 비난이 일지 않았다.

*

　모든 다른 사람들과 마찬가지로 마르코는, 인산인해를 이룬 거리의 인도에서 열병식의 맨 앞부분을 바라보고 있었다. 그는 군대의 믿을 수 없는 공적들, 경제, 문화, 스포츠, 과학과 아마추어 발명가들에게 갈채를 보냈다……

　1956년, 신임이 두터운 사람들 가운데 한 사람으로서 마르코가 안으로 들어가게 될, 티토의 엄숙한 대기석 앞에는 헤아릴 수 없는 별의별 사람들이 줄지어 열병을 하고 있었다. 활기 넘치는 수병들을 실은 물결치듯 푸른 천으로 가려진 트럭과 배 들은 '열병식을 거행하고 있었고,' 항해가 사실적인 것처럼 보이기 위해 국가와 민족과 티토 동지를 위해 준비된 잠수부들과 함께 잠수함들이 물속이 아닌 불 속으로 '뛰어들었다.' 사바 강 다리 아래에서 물에 뛰어들어 다뉴브 강 속을 헤엄쳐 (지도상에 계속해서 파란색으로 색칠이 된) 흑해에 닿을 준비가 된 것처럼. 그리고 지중해의 해류를 통과해 대양에 다다르며, 이후 광대한 바다를 지나, 이에 폭발물을 물고, 세계 어느 지역에 있는 어느 나라일지라도 적의 함대까지 물속을 헤엄쳐 가는 것처럼. 1960년의 열병식을 마르코는 그(티토)의 뒤쪽 두번째 열에서 바라보고 있었다. 그는 매우 행복해하고 있는 노동자와 농민들의 행렬보다 최고 사령관 제복의 금빛 견장에 더욱 눈길을 주고 있었다. 무스타파, 야네즈 그리고 토미슬라브가 그를 에워싸고 있었다. 그와 마찬가지로, 그들도 자신들 앞의 모든 것들을 짓밟으며 권력의 정상을 향해 앞으로 나아가고 있었던 것이다. 그들은 전쟁의 계략, 약탈, 사기와 살인을 해방을 위한 활동이며 '나치 점령군'에 대항한 위대한 투쟁인—도시 게릴라전이라고 선언했다. 그들에게 있어 그것은 대체로 성공적이었다고 할 수 있는데, 왜냐하면 그들은 서로에게 스스로 증인이 되어주었기 때문이었다. 한 사람은 또 다른 사람이 '그러한 경우에 있어' 20명의 적군을 처치하고 10여 명에게 부상을 입혔다고 증언했으며, 또 다른 사람은 파시스트들로 꽉 들어찬 병영에서 지뢰 창고를 날려버렸던 앞선 사람의 활동에 대한 기억을 상기시키기도 했다…… 하지만, 그것은 '1943년 5월 말과 6월 초에' 수행된 공동작전에 비하면 아무것도 아니었다. 그때 오스트리아로부터 그리스의 전선으로 파견된 800명의 독일 병사들, 장교들 그리고 엄청난 무기들과 함께 열차가 공중으로 솟구쳐 올랐지만, 유고슬라비아와 그들 네 사람을 날려버리지는 못했었다는 것이다. 새로운 역사책들은 그런 모든 기적들, 영웅적인 행동들과 승리자의 업적을 세밀하게 기록했다. 누군가 우연하게라도, 셀 수 없는 작전이 벌어지는 동안 죽음을 맞은 모든 독일 병사들의 주검을 모으는 데 성공했더라면, 독일 민족들은 더는 존재하지 않았을 것이다…… 국내의 '매국노들'에 관해 분개하는 내용의 글들이 소개되었으며, 그 내용은 이를 갈고 있는 사람들에 의해 회자되었다. 하지만 매국노들은 진실이 아닌 그것들을 믿지 않는 그 모든 사람들이었다. '세상에서 가장 용감한 전사'라는 작전에서 희생되어 사망한 점령자들의 지휘 아래 도서관들이 파괴되었다. 따라서 마르코, 무스타파, 야네즈와 토미슬라브 동지의 기억과 추억이 역사의 한 부분을 차지했다.

*

　1962년 5월 나탈리야는 가장 아름다운 전후 연극작품 가운데 하나에서 '연기자의 위치로 돌아왔다.' 그녀는 노래를 부르고 있는 난쟁이들에 둘러싸인 채, 트럭 플랫폼에서 백설공주 역을 맡고 있었다. 그녀는 아름다웠고 미소를 띤 채 조금 취해 있었지만, '특등석'에서는 알아챌 수 없었다. 노동자와 광부 계급을 이해하고 돕는 미인에 관한 이야기는 티토를 즐겁게 했다. 무대 배경은 '민담의 유아적인 특징과 방식을 초월하며' 짐짓 이 세상이 담고 있는 진정한 의미를 띠고 있었다. 관람석 바로 앞에서, 나탈리야는 고개를 숙이며 균형을 잃고 트럭으로부터 떨어지고 말았다. 마르코는 '가슴을' 움켜쥐었고, 난쟁이들은 펄쩍펄쩍 뛰며 백설공주를 일으켜 세우고 노래를 부르며, 박수갈채와 함께 그녀를 트럭 위에 올려놓았다. 위대한 동지들은 이 조그마한 사고를 '미리 계획된' 것이라고 생각했는데, 바로 티토를 가장 많이 웃게 만들었기 때문이었다. 그는 하얀 장갑을 끼고 오랫동안 박수갈채를 보냈으며 미소를 지으며 고개를 끄떡이고 있던 주변 사람들에게 무언가 말을 건네기도 했다…… 백설공주와 난쟁이들이 타고 있으며 마분지가 널려 있는 마르크스와 엥겔스 광장으로부터 멀어지고 있는 트럭을 쳐다보는 동안, 마르코는 나탈리야가 술을 끊도록 만들어야 한다고 굳게 확신했다. 만약 다른 어떤 약이 없다면 그녀를 죽여야만 할 것이라고, 그는 식은땀을 흘리며 생각했다. 자신이 그녀를 얼마나 사랑하고 있는가와는 상관없이, 다른 방도가 없었다. 정말 어리석은 일이긴 하지만. 그녀는 나를 망신스럽게 만든다. 그리고 그녀 자신도 창피스러운 일이고. 그녀를 위해서도 죽여야만 할 것이다.

　끔찍한 소음과 유고슬라비아의 삼색기를 뒤로하며, 석 대의 제트기가 축제 분위기에 들떠 있는 관람석과 수많은 빈객들 위를 날고 있었다. 베오그라드의 하늘에는 민중과 전체 민족들의 삼색기가 연기로 둘러싸인 채 펄럭였다. 단지, 별 모양만이 부족할 뿐이었다. 하지만 많은 사람들은 비행기가 만들어낸 국기를 통과하고 있는 태양을 별 모양이라고 생각하고 있었다.

제2부 누군가 그를 밀고하지 않는다면, 살 수도 죽을 수도 있다

10. 다정하고 사랑스러운 이들을 기억할 때면, 왜 항상 비가 내리는가

극장 상영이 있기 전날, 영화신문은 점점 더 '공공연하게 서방의 어리석고 바보 같은 행동과 동일한' 경향을 보이고 있던 유고슬라비아의 모든 국민들에게 '1962년 5월 26일 오후 무렵, 우리 수도뿐만 아니라 전국에서 가장 의미 있는 문화행사 가운데 하나가 열렸다'고 전했다. 한마디로 말해, 그러한 정치적 목적을 지닌 세속적인 마피아 영화를 보듯 뻔한 광고를 즐기기 위해 어두워진 관객석으로 들어간 배부르고 고마워할 줄 모르는 국민들은, 지난 전쟁에서 목숨을 바쳤던 사람들을 잊어버린 채 자신의 배를 더 많이 불리기 위해 끝도 모른 채 내달리고 있는 상황이었다. 마르코는 국가정보국(UDBA) 3층에 있는 사무실 창문을 통해 내다보며, 원숭이 같은 인간이 우리 아이들의 우상이 되었다는 사실을 상상할 수 있느냐고 말했다. "자, 그래 그렇게, 이 사람들아! 아이들도 원숭이야, 하지만, 나무 위에서 펄쩍펄쩍 뛰고 있는 그 엉덩이를 깐 짐승을, 어른들도 진지한 사람들도 보고만 있다니?! 더는 존재하지 않는 우리의 동지들은 어떻게 된 거지? 그들은 어떻게 되었느냐고? 정말 벌써 잊힌 것이란 말이야? 누가 영화를 찍을 거야, 말하자면, 우리들의 가장 위대한 혁명전사 가운데 한 사람인, 페타르 포파라 츠르니를 말이야? 그는 영원히 잊혀버리는 거야? 그의 자리를 타잔이 차지해버렸어! 타잔이 말이야! 에, 내가 살아 있는 한, 결코 그렇게 되지 않을 거야! 암, 그렇게 되지 않고말고!"

그리고 실제로 그렇게 되지 않았다. 「타잔」이 상영되기 전날 국민들은 마르코의 약속을 목도했다.

위에서 언급한 날에, 마르코, 무스타파, 야네즈와 토미슬라브의 고집으로 지어진 아름다운 문화센터 앞에 검고 번쩍번쩍 빛이 나는 리무진이 멈춰 섰다. 검은 차에서 더욱 검은 옷을 차려입은 검은 머리칼의 운전사가 뛰어내렸고, 그는 검은 흙에 머리가 닿도록 고개를 숙이며 문을 열었다. 자동차에서 나왔을 때, 수많은 초대 손님들과 어린이 합창단의 박수 갈채가 마르코와 나탈리야를 기다리고 있었다. 햇빛이 비추어 날씨가 좋았지만, 제문*에서부터 하늘이 어둑해지고 있었다. 마르코는 멀리에 있는 구름을 바라보며 비가 내려 모든 것을 망쳐버릴 것이라고 생각했다. 그는 이를 악물고는, 다정하고 사랑스러운 사람들을 떠올릴 때면 어김없이 비가 내린다고 나탈리야에게 이야기했다. 그녀는 아이들의 볼을 꼬집으며, 딱딱하게 굳어 지나치게 심각해하는 엄한 남편에게 매달려 몸을 흔들었다. 그들은 거의 한 시간 가까이 늦었는데, 대통령의 집무실로부터 불가리아에서 유고슬라비아를 거쳐 우간다, 케냐와 탄자니아로 향하는 무기 운송에 무언가 문제가 생겼다고 내지르는 외침이 들려왔기 때문이었다. 누군가 어떤 것을 엉망진창으로 만든 것이었다.

지난 5월 국경일에 국민영웅으로 공표된 실물 크기의 페타르 포파라

---

* 베오그라드 시의 한 구역의 명칭.

츠르니의 동상을 유고슬라비아 국기가 감싸고 있었다. 기쁨에 싸여 있던 군중 속에서, 정장을 차려입은 내빈들 가운데, 몰고 온 자동차 옆에서 기다리고 있던 야네즈와 토미슬라브보다 완전히 머리가 벗겨진 무스타파가 눈에 띄었다. 큰 키에 완강한 모습을 한 그 사내가 곧바로 마르코 쪽으로 다가와서는 그의 팔 아래를 잡아채더니, 동상을 향해 난 길 위에서 대화를 시작했다. 무스타파가 미소를 짓고 있는 동안에는, 오랜 친구들이자 당의 동지들이 평범하고 일상적인 일들에 대해 이야기하고 있는 듯 보였다. 하지만 바로 그 순간 앞으로, 앞으로 수년 동안 요새의 터널 속에서 비가 내리는 어느 쌀쌀한 가을 저녁까지 계속될 커다란 불화가 시작되었다…… 마치 시장에서처럼 의전 행렬을 벗어나 그토록 많은 사람들 앞에서 어떻게 그에게 그렇게 접근할 수 있는지 그리고 어떻게 그에게 호소를 늘어놓을 수 있었는지 의아해하며 마르코가 그를 쳐다보았다. 그는 검은 중절모의 챙 아래로 곁눈질을 하며 그에게 물었다.

"무슨 일이야, 무스타파? 이게 뭐냔 말이야?"

"우리는 오늘 밤 만나야만 합니다." 노래를 부르고 있는 아이들 그리고 유명한 공산당원들의 여자 친구들과 입맞춤을 나누고 있는 나탈리야를 바라보며 무스타파가 속삭였다. "조용히 이야기를 나누기 위해서, 우리는 만나야 합니다." 누군가 자신의 말을 들을까 봐 주의를 기울이며 그가 반복해 말했다.

"왜? 무슨 일이야?"

"'왜'인지는 당신이 더 잘 알잖아요." 무스타파가 숨죽여 말했다. 마르코는 대화가 썩 마음에 들지 않았지만, 그렇게 많은 사람들 앞에서 그에게 욕을 퍼붓거나 개처럼 그를 쫓아버릴 수는 없었다. 너무 많은 사람들이 있었으며 숭고하고 엄숙한 순간이었기 때문이었다. 그는 욕을 하는 대신 미소를 띠면서 물었다.

"내가 자네를 잘 이해한 것이라면, 자네가 지금 나를 위협하고 있는 건가? 그런 거야, 무스타파? 나를 위협하고 있는 거냐고?"

"아니, 당치도 않습니다." 무스타파는 말을 내뱉고 그의 양복 저고리 옷깃에서 비듬을 털어냈다. "제가 누구라고 당신을 위협한단 말인가요? 오늘 밤 이야기를 나누고 싶었을 뿐입니다, 잠깐 동안, 우리끼리만 말입니다. 무기가 사라진 것에 대해, 당신이 뭔가를 알고 있는지 알고 싶었을 뿐입니다."

"어떤 무기?" 마르코는 그가 농담을 하고 있는 것인지 아니면 진지하게 말하고 있는 것인지를 주의 깊게 살펴보며 놀랐다.

"당신은 어떤 것인지 알고 있잖습니까." 무스타파는 말을 내뱉고 자동차가 있는 곳으로 돌아가려고 했지만, 마르코가 그의 손을 붙들어 돌려세우고는 속삭였다.

"무스타파……"

"왜 이러십니까?"

"무스타파, 내가 자네가 앉아 있는 나뭇가지를 자르지 않게 해주게나. 떨어져 목이 부러질 테니까. 그 자리에서 죽고 말 거야…… 내 말 알아들었나, 무스타파?"

"알겠습니다…… 또 보시지요."

꽉 끼는 검은 외투를 입은 그 사람이 멀어지고 있는 동안, 나탈리야가 남편에게 다가왔다. 전쟁 이후에 정치 고위층의 자리에까지 오른, 과거에는 도둑이었으며 암거래 상인이었던 그를 바라보며, 마르코는 몸을 부들부들 떨고 턱을 악물고 주먹을 꽉 쥐었다. 원할 때 그를 제거할 수도 있었지만, 죄가 없고 책임이 없는 수많은 사람들에게 그러한 처리 과정은 길고 고통스러우며 확실치 않을 것이 될 수도 있었다. 그는 '도둑은 도둑'이라고 생각했다. 도둑은 태어나는 것이며, 이후에 도둑질을 하는 것이다.

"그 사람들이 뭘 원하는 거예요?" 나탈리야는 무언가 문제가 있다는 사실을 눈치채고 그에게 물었다.

"아무것도 아니야……"

"무얼 원하느냐고요, 마르코?"

"아무것도 아니라니까…… 많은 것을 묻고 있군, 나탈리야."

'전쟁영화'로 잘 알려져 있는 감독이며 유명한 혁명의 '원상복구자'인 오스카 불카가 부인의 두려움과 남편의 격노함을 이용했다. 그는 호미 모양을 하고 있는 코 아래로 미소를 띤 채 뼈만 앙상한 다리로 몸을 비트적거리며 다가왔다.

"안녕하십니까, 마르코 동지 그리고 나탈리야 동지! 안녕하십니까! 안녕하세요!"

"안녕하시오." 무스타파와 동료들을 태우고 가는 자동차를 바라보며 마르코가 중얼거렸다…… 감독은 몸을 비트적거리며 양팔을 벌려 보였다.

"마르코 동지, 죄송합니다. 하지만 한 번 더 부탁을 해야겠습니다. 나탈리야 동지가 영화에 출연할 수 있을까요……?"

"아니요." 화가 난 그가 그의 말을 잘랐다. 하지만 영화감독 불카가 고집이 없었다면 다수의 전쟁영화를 찍을 수 없었을 터였다. 그는 거의 우는 목소리로 계속해서 애원했다.

"마르코 동지, 부탁드립니다. 나탈리야 동지는 우리의 가장 위대한 여배우이며, 영화는 당신의 전쟁 자서전을 토대로 촬영될 것입니다……"

"바로 그렇기 때문이오. 그 영화는 나와 나탈리야가 아니라, 우리들의 혁명을 다뤄야 하오." 마르코는 대화를 끝마치고 동상이 있는 쪽으로 발걸음을 옮겼지만, 불카는 그를 따라가며 적어도 무언가를 약속해달라고 떼를 쓰고 있었다.

"마르코 동지, 촬영하는 곳에 오시겠습니까? 적어도 그 정도는 해주셔야지요, 부탁드립니다!"

"그러지. 그것은—하도록 하지!"

마르코는 유고슬라비아 국기로 싸여 있는 동상 쪽으로 다가갔다. 그는 가장 책임 있는 사람들 가운데 한 사람으로서 지난 두 해 동안 소속되어 있었던 국가정보국의 사무실에서 가져온 격자무늬 종이 위에 씌어진 연설문을 주머니에서 꺼냈다. 그는 미행과 교전 중인 아프리카 부족들 사이에서 벌어지는 간헐적인 '업무들'과 함께 바르샤바 조약기구와 중동의 국가들 사이에서의 무기 거래를 통제하기 위해 일하는 부서에 배치되어 있었다…… 그는 초청받은 사람들과 붉은 스카프로 수놓고 있는 퍼레이드를 벌이고 있는 아이들을 쳐다보았으며, 안경을 고쳐 쓰고 목청을 가다듬고는 고상한 목소리로 마치 시를 읊듯 읽어내려가기 시작했다. 눈물에 젖은 두 눈으로 그를 바라보며, 나탈리야는 시인은 언제나 시인이라고 생각했다. 그는 확성기가 필요 없을 정도로 큰 소리로 고함을 질렀다.

동지들 그리고 여성 동지들 여러분,

너무나 아름다운 이 문화센터를 개관하고 국민영웅인—페타르 포파라 츠르니—의 흉상 제막식을 거행하게 되어 저에겐 너무나 커다란 영광입니다…… 우리의 동지 츠르니는 과거 우리들의 혁명과 반파시스트 투쟁의 상징이었으며 지금도 그렇게 자리해 있습니다. 그의 이름과 업적은 우리들, 그의 친구들과 전우들 사이에 영원히 자리할 것입니다. 하지만 그와 더불어, 이 센터에 찾아오게 될 앞으로의 세대들도 우리들의 동지자리 친구이고 형제인…… 우리의 츠르니가…… 자신의 젊음과 스스로의 인생을 바쳤던 사상에 격려 받을 것입니다…… 더 이상 그는 없지만, 우리는 해내야만 합니다……

　　그는 점점 더 심각하게 읽어내려갔다…… 목구멍을 짓누르는 고통을 삼키려고 애쓰며 그는 침묵하고 있었다. 그의 두 눈은 혼란스러웠다. 만약 눈물이 나더라도 사람들이 우연하게라도 자신을 보지 못하도록 한쪽으로 고개를 돌렸다. 나탈리야는 레이스가 달린 블라우스의 소매에서 손수건을 꺼내 눈을 닦고 시선을 내리깔았다…… 몇몇 여성 동지들이 나탈리야를 따라서, 거의 동시에 핸드백에서 손수건을 꺼내 눈을 가리고 울기 시작했다. 아이들은 갑작스럽게 그들에게 무슨 일이 일어난 것인지 놀라워하며 쳐다보았다…… 그리고 이내 하늘도 '울기 시작했다.' 제문의 낮은 구름으로부터 첫번째 빗방울이 떨어졌다. 마르코는 얼굴에서 빗방울을 닦아내고, 하늘을 쳐다보고는 연설을 하는 대신에 죽은 친구에게 자신의 전쟁 시 가운데 몇몇 시행으로써 진지한 관심을 표했다. 그는 시행들을 장엄하고 당당하게, 검은 하늘을 바라보고 첫번째 천둥소리를 들으면서, 암송했다.

　　왜 항상 비는 내리는가,
　　다정하고 사랑스러운 사람들을 떠올릴 때면?
　　왜 항상 비는 흐르는가?
　　우리 형제의
　　창문과 문을 따라서.
　　비는 단지 내리는 것인가,

아니면 하늘이 우리와 울고 있는 것인가?!

'눈물'의 소나기는 '역사적인 순간'에 떨어지고 있었다. 손님들은 우산을 펴들었고 아이들은 소리를 지르며 센터의 현관으로 뛰어들었다……마르코가 국기를 끌어당기자 가슴팍에 자동소총을 들고 머리에는 모자를 쓰고 있는 청동으로 만들어진 츠르니의 동상이 모습을 드러냈다. 그는 뻣뻣하게 몸이 굳었으며, 중절모를 벗고 청동으로 된 친구의 눈을 바라보고 떨리는 목소리로 소리쳤다.

"페타르 포파라 츠르니, 우리들의 동지여, 당신에게 영광을!"

"당신에게 영광을," 비를 맞은 내빈들이 자신들의 관용 자동차 쪽으로 그리고 퍼레이드를 벌이고 있던 운전사들 쪽으로 흩어지며 반복해 말했다…… 나탈리야는 마르코에게 다가가 팔 아래를 붙잡고, 츠르니의 청동으로 된 얼굴을 응시하며 한숨을 내쉬고는 동상을 만든 조각가에게 감탄하며 혹은 거의 남편이나 다름없는─전 애인에 대한 기억을 떠올리며 속삭였다. 마르코는 한숨을 내쉬고 기운 없이 바라보며 말했다.

"신이시여, 마치 살아 있는 것 같군요…… 살아 있는 것 같아요……"

"그래," 마르코가 대리석 주춧대 위에 씌어져 있는─페타르 포파라 츠르니─국민영웅-1910~1942. 우리들의 내일을 위해 어제 목숨을 바치다─라는 청동으로 된 글자를 읽으며 동의했다.

가까이에 있는 언덕에서 요새를 향해 등을 돌린 채, 프랑스식 베레모를 머리에 쓴 사람이 위대하고도 역사적인 그 순간을 바라보고 있었다. 그에겐 뭔가 분명하지 않았지만, 그것이 무엇인지는 알지 못했다…… 비가 그의 파이프 담뱃불을 꺼뜨렸다.

*

    자정 무렵 그들은 자신들의 자동차를 타고 집으로 돌아왔다. 나탈리야는 시 의회에서 있었던 리셉션에서 조금 과하게 술을 마신 상태였다. '메르세데스 벤츠'에서 내렸을 때 그녀는 진흙 웅덩이 속에 서서 킥킥 웃음을 터뜨렸다…… 마르코가 어떤 괴상스러운 의식을 벌이고 있는 동안, 비가 요새와 할아버지 집을 타고 흐르고 있었다. 그는 땅바닥에 쓰러져 손으로 진흙을 움켜쥐고 무언가 중얼거리며 검은빛의 하늘을 바라보았으며, 진흙을 얼굴, 목과 가슴에 문질러대고 자리에서 일어나 홈통으로 다가가 있는 힘을 다해 머리를 찧었다. 쇠로 만들어진 파이프는 움푹 패었고, 그는 집 위에 걸려 있던 우듬지의 가지를 부러뜨려 가능한 한 세계— 먼저 다리를 내려치고 계속해서 손과 어깨 그리고 얼굴을 때렸다…… 나탈리야는 몸을 비치적거리며 눈을 가늘게 뜨고는 스스로의 몸을 때리고 있는 그를 바라보았다. 마르코가 하고 있는 그 모든 행위는 고대의 어떤 민간 의례 행위를 떠올리게 했다. 마침내 거의 몽환의 경지 속에서, 그는 윗옷을 찢고 머리를 벽에 찧었다. 지금까지도 때때로 비슷한 어리석은 짓을 하곤 했지만, 결코 이렇게 격렬하고 자멸적인 것은 아니었다. 여인은 두 눈을 가렸다. 그리고 그녀는 그가 스스로에 의해 목숨을 잃게 되는 것은 아닌지 두려워하며 그에게 물었다.

    "정말 그렇게까지 해야 해요? 마르코?"

    "그래야만 해," 매질당한 얼굴을 거쳐 피가 머리로부터 찢어진 셔츠로 흐르는 동안 그는 소리쳤다.

    "정말 그렇게까지," 나탈리야가 차가운 겨울 날씨와 갑작스레 술에서 깨어남으로써 그리고 쳐다볼 수조차 없는 끔찍한 광경으로 인해 몸을 덜 덜 떨며 반복해 말했다. 마르코는 마지막으로 온 힘을 다해 머리를 계단 옆에 있던 시멘트 기둥에 부딪치며 난폭하게 소리쳤다.

"그래야만 한다고!"

그러고 나서 그는 쓰러져 누웠다. 살아 있다는 징후를 보이지 않았지만, 그렇다고 죽은 것도 아니었다.

11. 왜 되돌아가는지와 상관없이 인생은 계속된다

지하실 천장에서 육중한 시멘트 뚜껑이 열리고 있었다. 이전의 쇠로 된 덮개 대신에, 자동으로 작동하는 돌 '문'이 지하실 입구를 덮고 있었다. 집안의 불빛이 지하도시의 일부를 비추고 있었다…… 마치 여러 날 동안 고통을 받고 혹사당하고 흠씬 얻어맞은 것처럼, 유혈이 낭자하고 몸에 상처가 난 마르코가 나선 모양의 계단에 발을 내디뎠다. 그의 볼과 가슴을 타고 피가 흘러내리고 있었다. 그는 무릎을 흐느적거리며 쇠로 된 난간을 붙잡고 내려왔다. 예전과 마찬가지로, 지하실 사람들이 우물과 계단 근처로 모여들었다. 구불구불한 형태로 되어 있는 넓게 펼쳐진 지하실 여기저기에서, 사람들이 사방으로부터 뛰어나왔다. 그들은 20년 이상을 노심초사해왔던 마르코가 내려오고 있는 모습을 두려움과 공포심을 느끼며 바라보고 있었다. "오늘 밤에도 그가 우리들 때문에 고통을 받고 매질을 당한 것을 난 알고 있지만, 어떠한 경험을 한 것인지 털어놓으라고 애원하는 것과 무관하게 그는 우리에게 아무런 이야기도 하지 않을 거야. 나의 형 마르코는 이상한 사람이야. 괴상하고 거만하고 고집불통이야. 그가 하는 모든 일은 우리가 잘되라고 하는 것이라는 건 확실해." 살아 있다기보다 차라리 죽은 것에 더 가까운 형이 내려오는 모습을 바라보며 이반은 속으로 생각했다. 오래전에 무너져버린 동물원의 불쌍한 관리인은 형이 의식을 잃고 쓰러졌을 때 계단을 뛰어올라갔다. 남자들은 당황했고 여자들은 울음을 터뜨렸지만, 이반은 마르코를 돌로 된 탁자로 옮겼다. 그의 부어오른 두 눈, 맞아서 찢어진 얼굴, 머리의 상처, 찢겨진 옷, 피가흐르고 있는 맨발을 바라보며 그를 내려놓았다…… 그는 형을 끌어안으며 울기 시작했다. 스무 살이 된 원숭이 소니도 탁자로 뛰어왔다. 그 동물은 단지 이반만을 쳐다보고 있었다. 원숭이는 헐떡거리고 흐느끼며 울었다.

"마…… 마르코…… 혀…… 형에게…… 무슨…… 짓을…… 한 거야? 마…… 마르코……"

원숭이는 친구를 달래려고 손을 붙잡았다. 펄쩍펄쩍 뛰며 무언가를 그에게 '말했다.' 사람들은 이구동성으로, 이반의 물음을 반복했다.

"그놈들이 당신에게 무슨 짓을 한 겁니까, 선생님?"

마르코는 아무런 말이 없었다. 그는 츠르니를 바라보고 있었다. 폭탄에 의해 야기된 불행이 수년에 걸쳐 회복된 후에, 그의 옛 친구는 지하실의 선술집 두나브스키 갈렙 앞의 탁자 뒤에 앉아 독일군의 성과에 대한 선전영화를 넋이 나간 듯한 눈길로 쳐다보고 있었다. 넓게 펼쳐진 테이블보 위에 그려진 지도에서 '독일군의 거점들을' 모자와 신발로 맞혀가며 미친 듯이 화를 내고 있는 사람들을 달래면서, 할아버지는 영화상영자로서 일하고 있었다. 회색빛이 도는 턱수염이 덥수룩하고 가죽 점퍼를 걸친 츠르니는 이미 수년 동안 병째 술을 마시고 있었다. 그 어느 누구도 그가 마지막으로 맨정신이었던 게 언제인지 더는 기억하지 못했다. 이 빠진 선술집의 주인은—같은 이름을 가진 자신의 배 위에서 그랬던 것처럼—그의 귀에 대고 슬픈 멜로디를 연주하고 있었다. 오케스트라의 다른 멤버들은 정신적으로 무능해져버린 그로부터 좀더 멀리 떨어진 채 나팔을 불어대는 중이었다. 마르코가 그를 불렀을 때, 츠르니는 일어나 비틀거리더니 이내 쓰러져버렸다. 할아버지는 그를 부축하고 탁자가 있는 쪽으로 데려갔다. 노인은 돌처럼 굳어진 채 피를 흘리는 손자를 바라보았다. 그는 창백한 안색으로 물었다.

"무슨 일이냐, 마르코? 무슨 일이야, 이 녀석아?"

"아무것도 아니에요, 할아버지…… 게슈타포가 저를 심문했을 뿐이에요……"

"게슈타포가 말이지," 츠르니는 술에 취해 반복해 말하고는 쓰러지지 않으려고 왼손으로 탁자의 모서리를 붙잡고 친구를 끌어안아 입을 맞추더니 총검으로 위협하며 쉰 목소리로 소리를 질렀다.

"빌어먹을 파시스트 놈들!"

사람들은 그 욕을 반복해 말했지만 지하실에서 유일한 법이라고 할 수 있는 그처럼 그렇게 큰 소리로 반복한 것은 아니었다. 츠르니는 그들을 쳐다보고 총검을 들어 올리고는 명령했다.

"제자리로! 제자리로 가란 말이야! 뭘 기다리고 있는 거야?!"

사람들은 작은 작업장으로 개조된 지하실 한쪽으로 물러났다. 그들은 모두들 각자 자신의 직업을 가지고 있었다. 지상의 세계로부터 '가져온,' 그리고 이 지하의 세계에서 배운. 지배자는 단지 츠르니뿐이었으며, 제일 나이가 많고 유일하게 그를 대신할 사람은—할아버지였다. (과거에는 기술자들이었고 날품팔이 일꾼들 그리고 수습공들이었던) 몇몇 사람들이 그를 지칭한 대로, 주인 마르코는 더 이상 그 조직, 작업 그리고 지하실의 생활체계에 간섭하지 않았다…… 모든 사람들이 물러났을 때, 츠르니는 마르코의 찢어진 재킷의 옷깃을 붙잡았다. 그는 애원하며 단숨에 독한 지하실의 라키야—버섯으로 빚은—를 들이켜고는, 그에게 말했다.

"날 나가게 해주게, 그놈들을 모두 해치워버릴 수 있도록 말이야," 그는 등 뒤에서 권총을 빼들며 말했다. 마르코는 몸을 돌려 자리에서 일어나 그를 껴안고는 조용하게 이야기를 나눌 수 있는 지하실 한쪽으로 데리고 갔다. 나이 들어 비트적거리고 있는 친구에게 몸에 기대면서, 나탈리야가 생각하고 있듯이 친구가 술 때문에 죽게 될 것이라고 그는 속으로 생각했다. "하지만 나를 때리고 배에서 나에게 올라탔을 때에는, 정말로 강인한 사람이었지."

"날 나가게 해주게, 그놈들을 모두 해치워버릴 수 있도록 말이야," 수그린 어깨에 머리를 기대려고 애쓰며 츠르니가 반복해 말했다. 그는 지난 몇 년 동안 잠을 제대로 자지 못해 붉어진 눈으로 쳐다보고 있었다. 마르코는 그의 손을 잡고 고개를 돌리고는, 나직이 겨우 들릴 만한 소리로 속삭였다.

"아직 때가 아니야, 츠르니…… 티토가 기다리라고 자네에게 명령했단 말일세……"

츠르니는 고개를 들고 몸을 똑바로 세우고는, 말을 잘 알아듣지 못한 것처럼 친구를 응시했다. 그러고는 도대체가 믿을 수 없는 그의 전언을 반복했다.

"티토가 내게 명령했다고? 나에게 말이야?"

"그래."

"티토가," 츠르니는 넋이 나간 눈길로 그를 쳐다보며 물었다.

"티토가," 마르코는 미소를 지었다.

"나에게?"

"그래, 자네에게."

"티토와 함께 있었던 거야?"

"지금 자네와 함께 있는 것처럼," 마르코는 동생 이반, 원숭이 그리고 할아버지를 바라보며 속삭였다. 그들은 우물 옆에서 집시 오케스트라에게 고함을 질러대며, 서로 말다툼을 벌이고 있었다. 츠르니는 그의 한쪽 어깨에 손을 올리고 머리를 가까이하고는 순간적으로 정상적인 사람을 죽일 수도 있을 듯이 숨을 내쉬며 물었다.

"그래, 자네 대단하군, 그가 무슨 말을 했나? 무슨 말을 했느냐 말일세, 친구?"

"츠르니에게 안부를 전하고 계속해서 지하실에서 한 발짝도 움직이지 말라는 말을 전하라고 했네. 올해 말에 있을 결정적인 전투를 위해 그렇게 하는 것이 좋을 것이라고 말했네……"

"그렇게 말했단 말이지?"

"그래, 그렇게," 마르코는 그를 확신시키고 숨 막혀 하며 머리를 움직여 빼냈다…… 마음에 들지 않는 그 명령으로 인해 마음이 진정된 츠르니는 골똘히 생각에 잠기며 눈썹을 찌푸리고 무관심한 듯 친구를 바라보았고, 이내 한숨을 내쉬고는 말했다.

"만약 그가 그렇게 말했다면, 다른 방도가 없지…… 그의 명령은 처음이자 마지막이니까…… 그건 그렇고, 그는 대체 인간으로서 어떤 사람이야? 어떻게 생겼어?"

"엄청 몸집이 큰 사람이네," 마르코는 몸을 바로 하고 어깨를 으쓱거렸다. "그리고 그가 얼마나 사람들을 좋아하는지 말할 수 없을 정도야. 사람들에 대해 걱정만 하고 있지…… 그리고 농담하는 것을 좋아해. 진

지하고 또 진지하지만, 갑작스럽게 농담을 하기도 한다네…… 그런 사람은 결코 자주 이 세상에 나오는 건 아닐세……"

"얼마만 한데? 키가 커?"

"음, 그 정도, 우리 키 정도. 어쩌면 머리 정도는 조금 더 클 수도 있네." 마르코는 자신과 츠르니를 재보았다…… 술에 취한 친구는 젖은 눈을 닦아내고 희끗희끗해지기 시작한 머리칼을 손으로 빗고는, 시멘트로 된 '하늘'을 응시하고 고백하는 것처럼 혹은 애원하는 것처럼 한숨을 내쉬었다.

"그를 볼 수 있도록 해주십시오, 그러고 나서 내가 죽을 수 있도록…… 자, 단지 그것만을 더 경험할 수 있도록, 그 후에는 아무래도 상관 없습니다……"

"자네에게 시계를 보냈네…… 헌정의 말과 함께 말이야……"

마르코는 주머니에서 회중시계를 꺼내 마치 조개라도 되는 것처럼 그것을 열고는, 피범벅이 된 손바닥 위에 올려놓고 술에 취해 있는 친구에게 건넸다. 츠르니는 글자가 부조되어 있고 익히 잘 알려져 있는 서명이 들어간 그 시계를 바라보았다. 그는 떨리는 손가락으로 선물을 집어 들고, 거의 코에까지 그것을 가져가 헌정 문구를 응시하고는 울음을 터뜨렸다. 자신이 보고 있는 것이 실제인지 아닌지 믿지 못한 채로, 그가 속삭였다.

"내게? 이것을 보냈단 말이지…… 나에게……"

"그래, 자네에게…… 무엇이 씌어져 있는지 보고 있잖아. 우리들의 혁명영웅, 츠르니에게, 티토가…… 친구, 울지 말게…… 츠르니, 대체 왜 그래?"

"참기 힘들군, 마르코…… 너무나 견딜 수가 없어……"

"그래, 누구에게는 쉽겠나? 누구에겐 말이야." 지하의 무기조립반과 생산반 사람들을 바라보며 마르코가 물었다…… 츠르니는 가죽 재킷의 소매로 눈을 훔치고, 친구를 향해 몸을 숙이고 귀엣말로 물었다.

"나탈리야 소식은 들었나?"

"들었어…… 하지만, 안 듣는 게 나은 일이야……"

"무슨 일이 있었던 겐가?" 지하실에서 곧바로 나가 그녀를 도우러 갈 준비가 되어 있던 츠르니가 그를 쳐다보았다. 마르코는 헛된 일이라는 듯 그를 진정시키며 어깨를 붙잡았다. 친구는 불행을 예감했다. 그리고 흔들거리며 이끼가 자라 습기로 가득한 벽에 몸을 기대고 질문을 반복했다.

"무슨 일이 있었던 게야? 마르코?"

"놈들이 아발라에 있는 수용소로 그녀를 보냈다네……"

"수용소에," 마치 그녀가 죽었다고 자신에게 통보라도 한 것처럼 츠르니가 속삭였다. 마르코는 애절한 눈길을 보내고 담배꽁초에 불을 붙였다. 그들은 서로를 쳐다보며 한동안 말이 없었다. 마르코는 말이 없어진 친구를 바라보며, 언제쯤 그가 그녀를 사랑하지 않게 될 것인가를 속으로 가늠하고 있었다…… 결코 그럴 것 같아 보이지 않았다.

"거기서 그녀를 죽일 거야…… 분명히, 거기서 그녀를 죽이고 말거라고……," 츠르니는 스스로에게 말하며 중얼거렸다.

"그녀를 구해내기 위해 우리는 모든 일을 다 했다네…… 모든 일을……," 마르코는 그에게 다른, 좀더 기다란 담배꽁초를 권하면서 변명을 늘어놓았다.

"지금 자네들은 뭘 기다리고 있나?"

"연합군을."

"연합군이라," 츠르니는 경멸하듯 불쾌하게 비웃었다. "빌어먹을, 어떤 연합군? 이전에 수백 번이나 우리들에게 거짓말을 한 그놈들 말인가? 우리는 15년 동안 연합군을 기다려왔지만, 우리가 맞은 것이 무엇인지 자네가 보고 있지 않은가 말이야?! 내 아들 그리고 내 특공대원들과 함께 그녀를 구해낼 거야! 요반아, 아들아, 특공대원들을 준비시켜라! 요반아!"

"어떤 특공대원들 말이야?" 지하실의 새로운 조직에 놀란 마르코가 물었다.

스무 살짜리 아들 요반이 우물이 있는 곳까지 뛰어왔다. 그는 5호의 커다란 제복을 입은 야위고 몸집이 작으며 병약한 젊은이였는데, (장티푸스에 걸린 것처럼) 머리카락은 여기저기 삐쳐 자라 있었고 한번도 태양을 본 적이 없었기 때문에—거의 투명할 정도로 얼굴은 창백했으며, 리볼버 권총을 흔들며 물새의 울음을 닮은 목소리로 끽끽 소리를 질러대고 있었다.

"특공대원—집합! 집합! 집합!"

지하실의 멀리 떨어진 곳에서 자신들의 지휘관인—요반을 닮은 제복을 입은 사람들이 뛰어왔다. 마르코는 비웃지 않으려고 애써 노력하며 곁눈질로 쳐다보고 있었다. 그는 그토록 슬프고 우울하고 동시에 우스꽝스러운 어떤 장면을 단 한 번도 본 적이 없었…… 요반이 그들을 줄 세웠을 때, 츠르니는 어떠한 임무도 수행할 준비가 되어 있는 줄지어 있는 지하실 엘리트 군대의 '소대원들'에게로 다가갔다. 요반은 소리치며 명령을 내렸다.

"조용히 해! 전원 우향우!"

특공대원들은 날카로운 그의 목소리에 귀 기울이며 츠르니를 쳐다보았다. 츠르니는 (그들의 가슴, 등과 어깨를 때리고 줄을 세우며) 줄지어 선 사람들 옆으로 다가갔다. 그러고는 지휘권을 잡고 소리쳤다.

"조용히 해! 왼쪽으로! 다리에 총! 발사 준비! 찔러! 찔러!"

츠르니가 우울한 모습을 한 특공대원들의 준비 상황과 능력을 보여주는 동안, 마르코는 지하실의 생활을 주시하고 있었다. 아이 두 명이 천으로 만든 공을 차대며 먼지를 풀풀 날려 신경질적인 선술집 주인의 화를 돋우며 축구를 하고 있었다. 사람들은 20년의 '점령기간' 동안 일상의 삶을 위해 지하실을 넓히고 그에 맞게 변화시켰으며, 그렇게 해서 지금 그것은 작은 지하의 도시처럼 차갑기까지 했다. 집의 바닥에서 벽들은 이미 오래전에 방사상으로 합쳐지는 '거리'의 형태로 파헤쳐졌다. '광장'의 중심에는 우물이 있었고, 지하실 사람들의 아파트들은 거리 곳곳에 땅속으로 깊숙하게 들어가 있었다. 나무는, 진짜 나무처럼 자라나, 천장의 틈새를 뚫고 비어져 나와 태양을 향해 뻗쳐 있었다. 무너져버린 집의 바닥으로부터 땅속에서뿐만 아니라 그 어느 곳에도 갈 곳이 없는 사람들의 크지 않은 건축물들이 쌓아 올려져 있었다. 두 개의 정교회와 이슬람교회가 이웃하여 '어깨'를 기대고 있었으며, 가까이에는 빵집이, 빵집 옆에는 이발소가, 그리고 선술집 두나브스키 갈렙의 건너편에는 두 명의 죄수가 간힌 감옥이 있었다. 모든 것이 작고 소박했지만, '임시거주'를 위해서는 충분했다. 사람들은 마치 예전에 '지상에서' 살았던 것처럼 움직이고 행동했다. 동굴로 되어 있는 집들에서는 흙으로 빚어진 화로 위에서 같은 재료로 만들어진 용기에 담겨져 음식이 요리되고 있었다. 사람들은 이전에 살던 세상으로부터 많은 물건들을 가져왔지만, 또 다양하고 실용적이며 불가사의한 물건들을 고안하고 발명했으며, 어떤 것들은 직접 만들기도 했다. 지하에서의 오랜 거주는, 적의 군대에 둘러싸인 페스트가 창궐하고 있는 어느 중세도시의 주민들처럼, 사람들의 얼굴과 머리칼과 옷차림에 흔적을 남겼다. 하지만 그것이 밖으로 나가 수용소에서 생을 마감하거나 개처럼 길거리에서 죽음을 맞는 것보다는 훨씬 나았다. 가난함 속에서도 두려움이 그들 자신을 침묵하게 만들었지만, 항상 있게 마련이며 앞으로도 나타나게 마련인 간헐적인 반란자들은 지하의 감옥에서 생을 마감하고 있었다. 그리고 할아버지는 늘 말하던 대로, 쓸모없는 놈들은 그 녀석들과 어울리는 바로 그 자리에서 살아가야만 한다고 말하곤 했다.

"더 잘할 수 있어! 훨씬 더 잘 말이야! 제자리로," 분명히 그들의 전투 준비에 만족하지 못했던 츠르니는 특공대원들을 몰아내며 소리를 질러댔다. 군인들은 두려움과 존경하는 마음으로 그에게 인사를 했다. 그들은 무기 적재와 생산을 위해 작은 공장으로 개조된 지하실의 한 구역으로 고분고분하게 뛰어 들어갔다. 그들 각자는 나무 상자로부터 소총 부품들을 꺼내면서 자신의 일자리에 다가가고 있었다…… 조금 떨어진 곳에서는 세 명의 남자가 탱크를 조립하고 있었다. 종이로 된 설계도를 바라보며, 그들은 의견을 조율하고 있었다…… 탱크는 절반 정도 조립되어 있었다…… 마르코는 몰래 숨어서 전쟁 초기에 훔쳐온 도심의 커다란 시계 뚜껑을 열고 있는 할아버지를 바라보며, "대단하군, 기술자 양반들"이라고 말했다. 할아버지는 재빠르게 시곗바늘을 뒤로 돌렸다…… 손자가 등 뒤에서 다가와 어깨를 붙잡자 그는 깜짝 놀랐다.

"뭐 하시는 거예요, 할아버지?"

"네가 내게 말한 대로 시간을 돌려놓는 거야…… 낮 6시로 말이야," '시간을 훔치고 있던 그 사람'이 그렇게 변명했다.

"과장하지 마세요," 무기 조립을 위한 공간으로 츠르니와 요반을 따라가며 마르코가 그에게 경고했다. 그들은 사람들에게, 더 빨리 더 잘 일하라고 호통을 쳐댔다. 츠르니가 어떻게 하면 제대로 빠르게 소총을 조립할 수 있는지를 보여주며 한 남자의 뺨을 후려쳤다…… 할아버지는 마르코를 끌어안고 눈으로 도심 시계의 바늘을 가리켰다. 우연하게라도 누군가 그들의 말을 엿듣지 않을까를 두려워하며 그가 속삭였다.

"20년을 5년으로 줄였단다. 5년으로 말이다. 마르코. 지하실에서 5년이 적다는 게 무엇을 의미하는지 아니? 사람들은 신경쇠약에 걸려 있단다. 이 어둠이 그들을 서서히 죽게 만들고 있어……"

"할아버지, 누군가 저를 비방하는 거예요?"

"조금은. 정부도 비방을 받는 것처럼 말이야," 노인은 그 농담이—만약 농담이었다면—마음에 들지 않았던 흥분한 손자를 끌어안으며 미소를 지어 보였다.

"정부라고요? 내가 무슨 정부란 거예요, 할아버지? 정말 내가 정부를 닮았단 거예요?"

"닮았지. 넌 위에 있고, 우리는 아래에 있잖니…… 그렇지 않아? 하지만 너를 헐뜯는 누군가는, 너를 공격하는 그 누군가는, 저기서 끝나게 될 거야."

할아버지는 손으로 두 명의 죄수가 들어가 있는 비좁은 감옥을 가리켰다. 한 사람은 갈가리 찢긴 어떤 책을 읽으며 어슬렁거리고 있었고, 또 다른 사람은 있는 힘을 다해 코를 골며 자고 있었다. 노인은 우울한 시선으로 그들을 바라보았는데, 그는 지하실의 경찰이면서 재판관이었으며 또한 교도관이기도 했다.

"한 녀석에게는 2년간의 강제노역형을, 또 다른 녀석에게는 6개월의 독방형을 선고했단다."

"왜 그랬죠? 무슨 짓을 한 거예요?" 자고 있는 사람의 머리통을 책으로 내려치는 책 읽던 사람을 쳐다보며 마르코가 물었다. 그는 코 골기를 그만두지 않는다면 죽여버리겠다고 위협을 가하며 그를 후려치고 있었다.

"책을 가지고 있는 저 녀석은, 네가 약탈자, 거짓말쟁이, 도둑, 압제자, 독재자, 절대군주, 민중의 적, 민주주의의 적대자라고 적힌 작은 전단광고를 돌렸단다……"

"좋아, 좋아요……" 마르코는 며칠이고 계속될 것처럼 보였던 숫자 세기를 멈췄다. "다른 놈은 무슨 짓을 했는데요?"

"도망치려고 했지," 할아버지는 은밀히 말했다.

"도망치려고 했다고요? 어디로요?" 손자는 개미들도 세상 밖으로 나가는 길을 찾기 힘들 것 같은 지하실을 바라보며 몸을 돌렸다. 할아버지는 그때의 사건을 설명하며 팔을 펼쳐 보였다.

"어디로 갈 데가 없지. 하지만 그는 계속해서 '이곳은 감옥이야, 내일은 나가고 말겠어'라고 소리를 질러댔단다. 그 녀석은 정상으로 보이지 않았어. 우리는 정신병원을 세워야만 했단다."

"그들을 풀어주세요. 여기서는 누구든 원하는 것을 쓸 수도 이야기할 수도 있어요. 바로 미쳤기 때문이죠."

정교회의 작은 종탑에서 종이 울렸다. 그리고 곧바로 가톨릭교회에서. 그러고는 무슬림 수사가 노래를 부르기 시작했다…… 마르코는 각자 자신의 방식대로 일을 멈추고 기도를 드리고 있는 사람들을 바라보았다. 그는 걱정스러운 듯 성호를 긋고 있는 할아버지에게 물었다.

"신자들과는 문제가 있나요?"

"누가 어느 쪽 길로 갈 것인지에 관해서, 몇 번 말싸움이 있었단다." 노인이 설명했다. 요반이 '자신의 집'에서 아이용 침대를 가져왔다. 그는 마르코와 임신 7개월째를 맞고 있던 그 나이 또래 정도의 약혼자 엘레나를 번갈아 쳐다보며 아버지에게 무언가를 애원했다…… 마르코는 신경질적으로 담배꽁초에 불을 붙였지만, 할아버지는 그가 마치 자신에게 불을

176

붙여준 것처럼 담배를 낚아챘다. 그는 담배 연기를 들이마시며 생각에 잠겨 있는 손자에게 물었다.

"뭐가 걱정이니, 마르코? 뭔가 괴로운 일이 있는 게냐?"

"신자들 사이에 말싸움이 있다는 소리를 듣고 싶지 않아요. 그런 놈들은 곧바로 잡아넣어버릴 거예요. 우리는 티토께서 말씀하신 형제애와 화합을 가장 소중히 지켜야만 해요. 그는 적어도 이 민족에게 유일한 성스러움이 무엇인지 알고 있으니까요. 그것은 모든 종교와 교회를 합친 것보다 더 커다란 거예요. 말다툼을 하는 놈들은 티토에게 반항하는 놈들이라고요. 그리고 티토에 반항하는 놈들은 나에게 반항하는 놈들이기도 하고요. 그리고 나에게 반항하는 놈들은 끝장이 나겠죠…… 그놈은 더는 이 세상에 없는 거란 말입니다!"

"그런데, 그 티토가 누구지?" 누군가 담배꽁초를 훔쳐가지 않을까 걱정하며 노인이 계속해서 담배 연기를 들이마시며 물었다. 마르코는 그를 쳐다보더니 끌어안고는 무기 조립부가 있는 쪽으로 데려갔다. 도중에 마르코는 그에게 티토가 어떠한 인물이고 얼마만큼 위대한 인물인가를 설명하려고 애쓰며 이야기를 이어갔다. 할아버지는 그의 말에 귀를 기울이고 있었다. 그는 마르코의 말을 이해할 수 없었으나 잘 들리지 않는 체했다. 그에게 왕에 관해 이야기했었더라면 모든 것을 이해했을 것이라고 마르코는 생각했지만, 그는 계속해서 '고집불통인' 할아버지를 이해시키려고만 하고 있었다.

"말씀드린 것처럼, 티토는 우리 모두를 걱정하는 사람이에요. 그가 없었다면, 우리는 오래전에 없어졌을 거라고요. 단지 그 덕분에 우리가 존재하는 거란 말입니다. 독립의 날이 오면 그를 만나게 될 거에요……"

"그 경이로운 사람을 한번 보자꾸나." 때가 되어서인지 노인은 달래듯 웅얼거렸다.

츠르니와 요반이 마르코를 쳐다보고 있었다. 평화, 자유, 미래……
등을 언급하며, 그는 거의 들리지 않는 목소리로 노인에게 이야기하고 있
었다. 자신이 만든 아이용 침대를 끌어안고, 요반은 술에 취해 있는 아버
지에게 애원하듯 물었다.

"아빠, 마르코 아저씨와 이야기를 했어요?"

"뭐에 관해서 말이냐?" 츠르니가 그를 쳐다보고 주머니에서 라키야
병을 꺼냈다.

"음…… 내 결혼식에 대해서요…… 술 좀 마시지 마세요, 제발……
죽고 말 거예요, 아빠……"

츠르니는 아들과 아이용 침대를 번갈아 쳐다보고는, 그를 끌어안고
친구가 있는 쪽으로 데려갔다. 교육적인 의미가 있는 산책을 하고 있던
마르코와 할아버지는, 지하실 여기저기에 있는 사람들을 둘러보고 있었
다…… 그들은 조그마한 묘지 옆에 멈춰 섰다. 그들이 그 모든 세 가지
종교의 묘비를 바라보고 있는 동안, 아들과 아버지가 그들에게 다가섰다.
츠르니는 마르코의 등을 툭 치고—모든 사람이 자신의 말을 듣는다고—
친절하게 말했다. 그는 마지막이면서 가장 커다란 자신의 소망 가운데 하
나를 설명하며 소리쳤다.

"마르코, 친구, 나의 요반이 결혼을 하려고 한다네! 훌륭한 결혼식을
치를 수 있도록 우리를 도와줄 수 있겠나, 친구?! 내가 요반을 결혼시키
고 죽을 수 있도록 말이야!"

마르코는 그 물음으로 인해 혼란스러워졌다. 그는 수줍은 듯 얼굴을
붉히며 약혼자 엘레나와 아이용 침대를 들고 있는 요반을 번갈아 쳐다보
았다. 그는 요반에게 다가가 그의 축 늘어진 어깨를 붙잡고 두 눈을 바라

보며, 이마에 입을 맞추고 질문에 대답했다.

"결혼식이 며칠 동안 치러지지?! 사흘?! 닷새?! 열흘?!" '결혼식'이라는 말에, 지하실 사람들이 동요했다. 사람들은 일거리를 남겨두고 수줍어하고 있는 신랑에게 뛰어왔다. 할아버지는 '특공대원들'을 때리며, 보호하듯 요반을 끌어안았다. 젊은 사람들은 벌써 축제가 시작되기라도 한 것처럼 소리를 지르고 농담을 주고받았다…… 마르코는 지하실과 집의 외부인, 위에 있는 세상을 손가락으로 가리키며 즐거워하고 있는 사람들에게 소리쳤다.

"이전에 볼 수 없었던 결혼식을 치를 것입니다! 저 위에 있는 악당들에게 분풀이라도 하듯 말이죠!"

"마르코, 고맙네…… 형제로서 말이야…… 고마워…… 자네의 이 일은 결코 잊지 않겠네." 츠르니는 비트적거리고 눈물을 흘리며 그를 끌어안았다. 마르코는 그가 쓰러지지 않도록 부축하고 계속해서 이야기를 이어나갔다.

"자네와 요반을 위해 그렇게 하겠네, 그리고 우리처럼 고통받고 괴로워하는 수많은 사람들을 위해서도 말이야. 우리를 해칠 순 없어! 우리 아이들의 결혼식이 벌어지는 동안, 그리고 우리가 살아 있는 동안에는 말이야!"

츠르니는 마르코의 투쟁적이고 애국심에 가득 찬 이야기를 듣고 감동하여 박수갈채를 보내기 시작했다. 사람들도 그의 훌륭한 이야기에 오랜 박수갈채와 환호로 답했다. "그래 맞아! 바로 그거야!"

"그래 맞아, 마르코! 바로 그거야, 친구! 바로 그거야," 츠르니는 지루할 정도로 술에 취해 소리를 질렀고, 옛 친구이자 결혼 대부인 그에게 입을 맞췄다…… 할아버지도 두려움에 떨고 있는 신랑의 뒤에 숨어서 울고 있었다. 마르코는 감동과 기쁨에 가득 차 있는 지하실 사람들을 안정시키며 손을 들어 올렸다. 흔히 황홀한 상태에서 하던 것처럼, 그는 거의 20년 전에 노래했던 자신의 혁명적인 시구들을 읊어대기 시작했다. 단단하게 쥔 주먹으로 누군가를 위협해가며, 그는 그 시구들을 단호하고도 힘차게, 예전처럼 읊고 있었다.

> 기나긴 밤으로부터, 끔찍한 어둠으로부터,
> 가슴을 찢어놓은 지옥으로부터,
> 불쌍한 이들이 일어설 것이다, 가엾은 이들이 일어날 것이다,
> 천하고 가난한 사람들이 일어설 것이다!
> 긍지와 저항과 고귀함이 일어설 것이다,
> 기대와 희망과 명성이 일어설 것이다,
> 어둠을 심판하기 위해 이성이 일어설 것이다,
> 용기 있고 당당한 사람들이 일어설 것이다!

"좋아, 마르코! 잘한다, 친구! 좋아," 츠르니는 그에게 술병에 든 술을 권하며 소리쳤다. 마르코는 미소를 지으며 술을 조금 따랐다. 흥분한 사람들은 그에게 다가가 축하 인사를 건넸다. 신랑은 고개를 들어 웃고 있는 아버지를 바라보았고, 이내 그가 가장 듣고 싶어 하는 소리를 내질렀다.

"결혼식 후에…… 싸우러 나갑시다!"

"누가 싸우러 나간다는 거야?" 마르코는 라키야로 인해 목이 막혔다. 방금 전의 공포심에서 벗어나 우쭐대며 박력 있게 어슬렁거리며 걷고 있는 신랑을 쳐다보며 그는 거의 질식사할 뻔했다.

"나와 아빠 말이에요! 먼저 나탈리야 이모를 구해내고, 그러고 나서는 계속해서 나아갈 거예요—최후의 승리까지! 모든 나라가 독립을 이룰 때까지." 요반은 그를 안아 입을 맞추고 그의 등짝을 때리고 있는 지겨운 할아버지로부터 벗어나기 위해 주먹으로 위협을 가하고 소리를 지르며, 저항하며 소리를 질러댔다.

"나도 너희들과 함께하지, 요반! 나도 가겠어! 여기서 죽지는 않을 거야, 쥐새끼처럼 말이야!"

"할아버지, 제발…… 어떻게 싸우시겠다는 생각을 하시는 거예요." '기력을 잃은' 마르코가 요반과 노인을 진정시키려고 애쓰고 있었다. 젊은이는 눈썹이 없는 번뜩이는 푸른 눈으로 그를 바라보고는, 손을 들어올려 집게손가락으로 나갈 때 이동할 수 있는 길을 '가리켰다.'

"먼저 우리는 강을 건너고, 그러고 나서 산 쪽으로 갈 거예요. 우리는 집을 가진 적이 없었지만, 그렇기 때문에 우리는 유고슬라비아의 강과 산, 숲을 모두 가지고 있는 거라고요! 유고슬라비아가 우리들의 집이니까요!"

츠르니는 웃으면서 아들을 바라보고 있었다. 삶으로 견뎌온 이 모든 어두운 지하실의 세월을 치유하는 말들을 들었던 것이다. 그는 보기 드문 솜털 같은 머리카락을 지닌 아들을 쓰다듬으며 감사를 표했다.

"바로 그거야, 아들아. 넌 나의 아이로구나…… 만약 아무도 원하지 않는다면, 우리 둘만이라도 싸우자꾸나."

마르코는 손사래를 치고 돌아서서 화를 내며 계단을 향해 갔다. 불같이 화가 난 그는 격렬하게 반복해서 말하며, 벌 떼로부터 몸을 보호하듯이 손으로 내저었다.

"어리석은 짓이야! 터무니없는 말을 하고 있군! 멍청한 짓이야! 어리석은 짓일 뿐이란 말이야!"

요반은 자신이 좋아하고 존경하는 그 사람의 뒤를 따라 뛰어갔다. 그는 마르코의 손을 붙잡았다. 사람들은 그들의 말싸움으로 인해 겁을 잔뜩 집어먹은 채 뒤를 따랐다. 결혼식 발표로 기쁨에 가득한 한차례의 소란이 지나간 이후에 사람들은 아무런 말이 없었다.

"왜 어리석은 짓이라는 거죠, 마르코 아저씨?" 요반이 애원하듯 물었다.

"집 밖에 나가자마자 놈들이 너희들을 죽이고 말 거야! 사방으로 츠르니를 찾아다니고 있단 말이야! 봐!"

그는 주머니에서 츠르니의 사진과 금화 10만 마르크의 상금이 걸려 있다고 씌어진 지명수배 전단 광고 다발을 꺼냈다. 그는 지명수배 전단을 내던지고 계단 쪽으로 가버렸다. 사람들은 두려움과 감탄을 쏟아내며, 금화 10만 마르크를 되뇌었다. 그 엄청난 현상금은 츠르니의 영웅적인 공적들과 관련하여 지하실에서 회자되는 이야기들과 대등한 가치를 가진 것이었다. 할아버지는 손자를 뒤쫓아 가서 그의 어깨를 붙잡고 훨씬 더 그를 화나게 만들 수 있는 제안을 내놓았다.

"내가 그들을 다뉴브 강 아래의 터널을 통해 데리고 갈 테다!"

"어떤 터널로요?! 무슨 말씀을 하시는 거예요, 할아버지?! 무슨 말을 하고 계신 거냔 말이에요?!"

"그들을 다뉴브 강 아래의 터널을 통해 데리고 갈 거란 말이다. 내 아버지는 동생 루카와 함께 터널을 통해 페스트, 비엔나 그리고 파리까지 여행했단다. 유럽의 모든 대도시들은 터널로 연결되어 있지. 아버지가 남겨놓은 지도를 가지고 있단다……"

노인은 주머니에서 둘둘 말린 지도를 꺼냈는데, 그것은 '유럽의 지하도로'였다. 그는 정신이 나간 듯 보이는 사람들에게 그것을 보여주며 펼쳐놓았다. 그는 손가락으로 베오그라드의 요새로부터 다른 나라들과 도시들의 요새로 향하는 길을 좇았다.

"베오그라드의 요새로부터 이 터널을 통해, 세계의 어느 곳에든지 닿을 수 있단다. 여기, 이렇게…… 우리가 먼저 페스트를 향해 다뉴브 강 아래를 출발하면 ……이 아래를 지나가게 되어 있지."

할아버지가 사람들에게 지하도로에 관해 이야기를 하고 있는 동안, 엘레나는 신랑의 손을 끌고 집으로 데려갔다…… 도중에 그녀는 마르코와 츠르니를 쳐다보았다. 그들은 지하실의 묘지 옆 한쪽에서 화를 내며 서로 말다툼을 벌이고 있었다. 그들은 마치 칼싸움을 하는 것처럼 손을 내저으며 언쟁을 하고 있었던 것이다…… 약혼자는 화나고 술에 취한 그의 아버지를 바라보면서 요반을 동굴 속으로 끌어당겼다. 아름답고 살결이 뽀얀 그녀는 꼭 다문 이 사이로 씨근거리는 소리를 내며 그에게 물었다.

"당신과 아버지가 무슨 결정을 했어요, 요반? 내가 무얼 묻고 있는지 듣고 있는 거예요?"

"저…… 그게…… 나간다는 것…… 싸운다는 것," 신랑은 양팔에 아이용 침대를 들고서 말을 더듬었다. 약혼자는 그가 밖으로 나가 도망치는 것을 허락하지 않겠다는 듯 그의 팔을 붙잡았다.

"그런데 언제 그걸 결정한 거예요, 요반?"

"두 달 전에……"

"두 달 전이라고요?"

"그래……"

"7개월 전에 우리 두 사람이 무엇에 동의했지요? 무엇을 합의했냐고요, 요반?"

젊은이는 임신 중인 약혼자를 쳐다보았다. 그녀는 어깨를 들썩이더니 고개를 돌리고는 조그만 지하실의 묘지에서 타오르는 촛불을 빤히 쳐다보았다. 여인은 그의 턱을 붙잡고 자신의 눈을 바라보도록 그의 머리를 돌렸다. 그녀는 위협하듯 나직이 질문을 반복했다.

"말해봐요, 우리 두 사람이 7개월 전에 무엇을 합의했는지?"

"저…… 그 모든 것은 여전히 그대로야……"

"뭐가 그대로 있다는 거죠, 요반? 당신이 나가서 죽어버리면 무엇이 어떻게 그대로라는 거예요? 나는 이 아이와 함께 남아 있게 되겠죠! 당신의 어머니가 당신과 남아 있었던 것처럼! 이 모든 것이, 정신이 이상한 술에 중독된 당신의 아버지 때문이에요!"

여인은 혼란스러워하고 있는 우유부단한 젊은이를 바라보며 배에 손을 갖다 댔다…… 그들 두 사람이 말다툼을 벌이고 있는 동안, 할아버지는 조금 커다란 돌을 집어 들고 우물로 다가서며 의심쩍은 듯 서로를 바라보며 그를 따르고 있던 사람들에게 말했다. (노인은 이전에도 거짓말 같은 이야기들을 해왔지만, 이 이야기는 모든 다른 것들에 대한 완결판과 같았다.)

"나를 믿지 못하는 것 같으니, 지금 당신들에게 무언가를 보여주겠소! 이 돌이 떨어질 때까지 누가 숫자를 세겠나?! 이 우물도 전 세계와 연결되어 있다고! 당신들한테는 단지 이것이 보통 우물처럼 보이겠지만 말이야!"

그는 고집스럽게 전 세계를 연결하는 지하의 터널과 관련한 자신의 이야기를 증명해 보이려 하고 있었다. "어쩌면 가장 길지도 모르는 한 터널은 이 우물이 있는 나의 집이 기대고 서 있는 우리들의 요새로부터 출발한단 말이야." 그는 끊임없이 의심스러워하고 있는 지하실 사람들에게 웅얼거리며 말했다.

"너희 둘이 세어봐! 시작해! 지금!"

노인은 돌을 우물 속에 던졌다. 하루 종일 (혹은 밤새도록) 축구를 하고 있던 두 명의 아이는—그 누구도 하루의 어떤 때인지를 정확히 알지 못했다 — 우물 위에 몸을 숙인 채 숫자를 세기 시작했다. 그리고 정말로 돌은 결코 물속으로 떨어지지 않았다.

"1, 2, 3, 4, 5, 6, 7, 8……"

할아버지는 아이들과 함께 숫자를 세어가며 마치 승리자처럼 미소를 짓고 있었다…… 요반과 옐레나가 말다툼을 하는 모습을 바라보며 츠르니가 우물 옆으로 지나갔다. 그는 자신을 진정시키려고 애썼던 동생 이반과 마르코가 대화를 나누도록 내버려두었다. 그는 나팔 모양의 확성기가 달려 있는 기둥에 몸을 기댄 채 아들을 불렀다.

"요반! 이리 와! 이리 와라, 아들아!"

젊은이는 아버지와 화가 나 있는 약혼자를 번갈아 쳐다보았다. 그가 아버지에게로 발걸음을 옮기자, 옐레나가 그의 뒤를 따랐다. 그녀는 수년 동안 말하지 못했던 모든 것을 말하려고 애쓰며 입을 열었다. 츠르니가 이야기를 멈추라고 손으로 경고를 보냈을 때, 잔뜩 화가 난 그 여인은 지하실의 모든 사람들이 두려워하고 있는 그에게 소리를 내질렀다. 그녀는 마침내 지하실 전체가 들을 수 있도록 소리를 질러댄 것이다.

"그는 단지 당신의 아들만이 아니에요! 그가 밖으로 나가는 것을, 그가 죽는 것을 전 원하지 않는단 말이에요! 저에게 그리고 이 아이에게 죽어버린 영웅은 필요치 않아요! 우리에겐 살아 있는 아버지가 필요해요! 단한 번만이라도 정신을 좀 차리세요! 정신을 차리고 현명해지시라고요!"

마치 누군가가 그의 등에 칼을 꽂기라도 한 것처럼 츠르니는 허리를 바로 폈다. 그는 바로 그녀가 자신에게 그런 말을 했다는 사실을 믿지 못하고 있었다…… 그들을 진정시키기 위해 마르코가 뛰어와 츠르니와 엘레나 사이에 멈춰 섰다.

"제발, 싸우지 마! 좀, 싸우지 말라고!"

'끝이 없는 우물' 속으로 돌이 떨어지는 것을 좇고 있던 사람들은, 말싸움을 벌이고 있는 사람들 근처로 모여들었다. 이 빠진 나팔수이자 선술집의 주인은 용기를 내어 자신이 어떤 생각을 갖고 있는지를 말했다. 그녀가 할 수 있다면 나도 할 수 있다고, 그렇게 그는 생각했지만 그것은 실수였다.

"마르코 동지, 우리 모두가 밖으로 나가든지, 그렇지 않으면 한 사람도 나가지 맙시다! 만약 독일 놈들이 그들을 체포한다면, 우리를 배신할 거예요! 우리 모두가 희생될 거라고요! 왜 우리가 이 많은 세월을 숨어 있었던 거죠?!"

"개소리 하지 마! 독일 놈들이 우리를 체포하더라도 우리는 절대 그 누구도 배신하지 않아," 츠르니는 연주자 쪽으로 비트적거리며 걸어가기 시작했고 마르코는 그를 안으며 말렸다.

"츠르니, 제발…… 바보 같은 놈은 내버려둬……"

"누가 우리를 배신하지 않겠어?! 요반은 뺨을 한 대라도 맞으면 바로 불어버릴 거라고," 이가 빠진 사내는 모든 것을 말할 것이라고, 그리고 그렇게 되면 자신은 곧바로 죽임당할 것이라는 마음의 준비를 한 채 말싸움을 계속했다. 그는 츠르니가 어렵지 않게 총검과 권총을 빼들 것이라는 사실은 알고 있었지만, 자신의 이름이 언급된 젊은이가 아버지보다 더 앞뒤를 분간하지 못하는 사람이라는 사실은 미처 예상하지 못했다. 젊은이는 그의 추레한 외투 옷깃을 움켜쥐고 소리를 내지르며 우물 쪽으로 끌고 갔다.

"내가 당신을 배신할 거라고?! 내가 배신한단 말이지?! 이 빌어먹을 접시 같으니라고……," 신랑은 그를 우물 속에 던져 넣으려고 애쓰며 욕설을 퍼부었다. 우물의 가장자리를 붙잡고 즐거운 듯 미소 짓고 있는 할아버지를 바라보면서 불쌍한 악사는 도와달라고 애원하며 울음을 터뜨렸다.

"던져버려, 요반! 그놈을 던져버려! 돌이나 주워오도록 말이야," 아이들이 우물 위에 몸을 숙인 채 숫자를 세고 있는 동안 할아버지는 소리를 질러댔다. 221, 222, 223, 224, 225…… 누군가가 깊고 희미한 목소리로 셈을 반복하는 것처럼, 그들의 목소리가 어둠 속에서 울려 퍼졌다. 옐레나가 불쌍히 여기지 않았다면 '나팔의 거장'은 우물 속에서 생을 끝마쳤을 것이다. 끝이 없는 우물 속에 겁먹은 연주자를 떨어뜨리려 하고 있는 그를 제지하며 그녀가 약혼자의 어깨를 잡았다…… 지하실에는 사람들의 웃음소리와 한 사내의 비명 소리가 울려 퍼졌다. 그 사내는 다시는 요반의 이름을 언급하지 않을 것이라고 손을 포갠 채 애원하고 맹세했다. 할아버지는 하도 웃어 눈물이 흘러내린 두 눈을 닦으며, 그것이 접시의 운명이라고 속으로 생각했다. 접시의 운명이라고……

*

밖에서는 열하루째 비가 퍼붓고 있었다. 빗물은 요새를 따라 지하실로 향하는 은밀한 길들을 찾아가며 할아버지의 집 벽을 타고 흘렀다. 빛은 벼락이 내려치기 전에는 나무줄기의 우듬지를 비췄다. 뱀처럼 구불구불한 불꽃이 타오르는 자취를 뒤로 남기며 나무줄기를 따라 내달렸다. 지하실의 나무에 몸을 기대고 있던 한 사람이 아무런 말없이 쓰러져 그대로 그 자리에 드러누웠다. 모든 사람들이 이 빠진 악사의 공포를 즐기고 있었기 때문에 무슨 일이 벌어진 것인지 어느 누구도 알아채지 못했다.

*

한때 조그마한 동물원처럼 꾸며졌었던 지하실의 고립된 한쪽에서—위쪽의 바깥세상에서 데려온 동물들이 있었다—이반은 원숭이 소냐에게 숫자 세는 것을 가르치고 있었다. 그는 원숭이에게 한쪽 손의 손가락으로, 그러고 나서 또 다른 손의 손가락으로 더듬거리면서 숫자들을 설명하고 있었다. 넷…… 다섯…… 여섯…… 일곱…… 원숭이는 마치 숫자를 반복해 말하는 것처럼 입을 움직이며 친구의 손을 바라보았다…… 고기를 좋아하는 사람들의 공격과 습격을 기적적으로 견뎌냈던 온화한 성격의 염소인 조르카가 그들의 놀이를 바라보고 있었다. 그들은 단지 아직까지, 염소가 간헐적으로 생산해내는 우유 때문에 잡아먹지 않았을 뿐이었다. "그들이 내 젖을 짜는 동안에는 난 살아남게 될 거야," 염소는 소니에게, 몇 번인가는 스스로에게 말했었다.

마르코는 무덤 옆을 걸으며 츠르니를 끌어안았다. 그는 츠르니를 달래고 이해시키려고 노력하고 있었다. 이마에 난 베인 상처를 어루만지며 그에게 말했다.

"우리 둘이 나가서 싸우세. 어린아이를 전쟁에 끌어들이지는 마. 범죄자들은 나쁜 놈들이야, 그를 죽이고 말 거야. 자네 아이가 희생당하게 만들지 말란 말이야. 그리고 술 좀 그만 마시게, 제발…… 그 병을 내게 줘…… 술에 취해 어떻게 싸우겠나……"

그는 츠르니의 술병을 붙잡으려고 했지만, 츠르니는 슬그머니 빠져나가 끝까지 다 마셔버렸다. 그는 비트적거리며 꼭대기 부근에 나팔 모양의 확성기가 달려 있는 시멘트 기둥을 붙잡고 서 있었다. 그는 마르코를 쳐다보더니만 벽에 병을 집어던져 박살냈다. 그는 물속에 가라앉듯이, 천천히 기둥을 따라 미끄러져 앉았다. 그는 축축하게 젖은 손바닥으로 머리를 감싸 쥐고 무덤 위의 촛불을 바라보았다. 그는 오래, 오래도록, 깊은 한숨을 지었다.

"나의 이반은 이 어둠 속에서 태어났네. 나의 손자도 이 어둠 속에서 태어날 테고. 그리고 나의 증손자도……," 그는 촛불을 응시하며 일일이 열거했다. 마르코가 그에게 다가가 옆에 앉아서는 기둥에 등을 기대고 나직이, 은밀하게 말했다.

"그러지 않을걸세. 그러지 않을 거야, 날 믿어줘. 러시아인들이 곧 올 거야. 정보를 가지고 있네."

"어떤 러시아인들, 빌어먹을?! 어떤 러시아인들 말이야?! 벌써 백 년째 그들을 기다리고 있잖아! 그들을 기다리며 우린 이 어둠 속에서 죽게 될 거야! 만약 죽어야 한다면, 인간답게 죽자─손에 총을 들고 말이야! 더 이상 이 어둠 속에서 죽어갈 수는 없어! 이것은 지하실이 아니야, 이건 무덤이라고! 산 채로 장례가 치러지는 거란 말일세, 마르코!"

더 이상 그를 말로 설득할 수 없었기 때문에 마르코는 주머니에서 천천히, 조심스럽게, 커다란 전구를 꺼냈다. 그는 손바닥에 전구를 올려놓고 의심하고 있는 그에게 보여주었다. 츠르니는 유리로 된 이상한 물건을 바라보며 말이 없어졌다. 그는 놀라워하며 자신이 보고 있는 그것이 진짜가 맞는지를 물었다.

"전구야?"

"전구라네." 마르코가 미소를 지어 보였다. "전구란 말일세, 친구."

"전구," 츠르니는 그게 거품으로 만들어진 신비한 물건이라도 되는 양 들고 속삭였다. 그는 전구를 들어 올려 기둥 위에 있는 횃불의 불빛 쪽으로 돌려보았다. 그는 그렇게 오랜 어둠의 세월이 지난 후에야 지하실에 첫번째 전구가 도착했다는 사실을 믿을 수 없었다. 그는 자리에서 일어나, 전구의 이쪽저쪽을 쳐다보며 횃불 쪽으로 가져갔다. 너무나 커다란 기쁨이 그를 의심하도록 만들었다.

"진짜처럼 보이는데…… 이게 진짜야?"

"그래…… 유리로 만든…… 마흔 개의 촛불이라고도 할 수 있지."

"마흔 개의 촛불이라." 츠르니가 반복해 말했다.

"그래 마흔 개…… 보다시피, 틀림없네. 자넨 전기공이잖아. 적어도 자넨 전구에 정통하잖아…… 야네즈가 다른 사람들과 함께 이 지하실에서 만들었다네. 그 또한 밖으로 나가서 싸우기를 기다리고 있다네. 그 와중에 전구를 만든 거지. 우리가 무기를 만들 듯이 말이야."

"야네즈," 츠르니는 한때 무스타파 그리고 토미슬라브와 함께 그가 매질을 했었던 그 사람을 떠올리며 미소를 지었다. "야네즈? 그 도둑놈이 전구를 만들었다고? 야네즈의 전구란 말이지?"

"야네즈의 전구라네," 마르코는 오랜 세월이 지난 후에, 적어도 무언가가 옛 친구를 기쁘게 만들었다는 사실에 만족하며 굳게 말했다. 츠르니는 스스로와 마르코에게 기다린 보람이 있다고 설명하며 고개를 끄덕였다.

"슬로베니아인 말이야. 다른 누구겠는가…… 내가 그를 때렸다는 사실에 자네 화가 난 건가?"

"아니…… 그는 자네를 단지 마음씨 좋고 정의롭고 정직한 사람이라고 말하곤 했다네. 그 또한 변했지. 15년 동안 아무것도 도둑질하지 않았으니까."

"그에게 안부를 전하게. 그에게 말해달란 말일세, 그가 내게 태양을 보내준 것이라고…… 그가 한 그 일은 결코 잊지 않을 것이라고 말이야." 한때 검은 머리칼을 가졌었던 그 사람은 마치 배를 탄 것처럼 몸을 흔들대며 약속했다. 그는 일정하게 불안정한 발걸음으로 높이 치켜든 전구를 붙들고 쉰 듯한 목소리로 소리를 지르며 우물이 있는 곳까지 비틀거리며 나아갔다.

"여보게들! 전구를 구했네! 우리가 전구를 구했단 말일세!"

지하실 사람들은 그가 외치는 소리를 들으며 아무런 말이 없어졌다. 그들은 그가 술에 취해 마침내 미쳐버렸다고 생각했다…… 사람들은 전구를 발견하고는 경외심을 느끼며 배 모양의 유리로 만들어진 물체를 자세히 들여다보며 비틀거리고 있는 그의 주위로 모여들었다. 이 빠진 악사가 숨어 있던 자신의 선술집으로부터 달려 나왔다. 그는 흥분하여 반복해 말하며 츠르니가 있는 곳까지 헤집고 들어왔다.

"전구…… 전구……"

"마흔 개의 촛불이네," 지하실의 영웅이 소리쳤다.

"마흔 개의 촛불이라," 이 빠진 그가 되뇌었다. "마흔 개의 촛불이라고? 쯔, 쯔, 쯔, 쯔! 정말 과학은 대단하군?!"

지하실 사람들은 의심스러운 듯 빤히 쳐다보며 믿기 힘든 전구의 위력을 소리 내어 말했다. "과거에 대단했던 것들은, 과거의 것일 뿐이야! 열 개 혹은 스무 개의 촛불이라 해도 되겠지만, 하지만……" 그들은 어깨 너머로 눈짓을 하며 팔꿈치로 서로를 밀치고 있었다. 옐레나만이 그것의 놀라운 위력을 믿고 있었다. 그녀는 요반이 어딘가로 사라지지 않도록 그의 손을 붙들고 속삭였다.

"마흔 개의 촛불이야…… 보고 있는 거지…… 우리에게 전구가 도착했는데 지금 나가서 죽으려고 마음먹었단 말이야? 내가 또다시 당신의 어리석은 말을 듣지 않도록 해줘," 그녀는 그의 팔이 아플 때까지 잡으며 경고했다. 젊은이는 걱정스러운 듯 주변에 있던 모든 사람들에게 묻고 있는 할아버지를 바라보며 온순하게 고개를 끄덕여 보였다.

"마르코가 어떻게 전구를 구한 거지? 놈들이 전구 때문에 그에게 매질을 한 것은 아닐까? 전봇대로부터 그것을 꺼내는 동안 그를 체포한 것이 분명해……"

"야네즈 동지가 자신의 지하실에서 우리에게 보낸 겁니다," 손자는 걱정스러워하고 있는 할아버지를 끌어안으며 미소를 지었다.

"야네즈? 슬로베니아인 말이냐?" 노인이 놀랐다.

"야네즈, 야네즈……," 츠르니가 벼락 맞은 사람이 누워 있던 우물 옆 나무가 있는 쪽으로 발걸음을 옮기며 말했다. 흙이 그의 전기를 '끌어 모으지' 않도록—그를 데려가 문 옆에 묻으라고 말하면서, 시멘트 바닥의 4~5미터 위쪽에 있던 전구를 끼우는 금속판과 잘록한 부분을 바라보며, 누워 있던 사람을 뛰어넘어 나무 쪽으로 다가갔다. 너무나 커다란 한 차례의 기쁨이 물러간 후, 무언가가 그를 걱정스럽게 만들었다.

"마르코, 야네즈에게 진 빚을 어떻게 갚지? 어떻게 그에게 고마움을 표해야 하냔 말이야, 친구?"

"그에게 무기 상자를 주도록 하세. 걱정 말게나, 친구, 모든 것에 합의 했으니까 말이야. 우리에게는 불빛이 필요하고, 그에게는 무기가 필요해."

"다섯 상자를 주거라! 그가 우리에게 태양을 보내왔으니까," 기둥을 타고 전구를 끼워 넣을 곳까지 오르고 있는 츠르니를 바라보며 할아버지가 소리 질렀다.

(그들은 몇 년째 전구를 기다려왔지만, 언제 도착할지는 알지 못했었다. 그리고 여기 마침내 그날이 찾아온 것이다.) 사람들은 나무 기둥을 타고 올라가고 있는 츠르니와 그의 기술에 감탄하면서도 걱정스러워했다. 누군가 말했다. "고양이처럼 잘도 올라가는군." 그 말에 할아버지는 별것 아니라는 듯 대답했다.

"전기공이잖아! 전봇대공 말이야!"

"전기공, 전봇대공," 나이 든 여인이 놀라워하며 되뇌었다.

"그래. 그는 전봇대를 타며 젊은 시절을 보냈지." 노인은 그녀를 끌어안으며 설명했다. 여인은 모두가 '불운을 예견하는 새'로 여기고 있는 이 빠진 악사가 있는 곳으로 자리를 옮기며 거친 손으로 그를 후려쳤다. 연주자는 애써 참아가며 츠르니를 바라보고 속삭였다.

"걱정되는군, 떨어지지는 말아야 할 텐데……"

"닥쳐! 재수 없는 놈," 할아버지가 그의 벗겨진 머리를 후려쳤다. "닥치란 말이야!"

마침내 전구가 빛나기 시작했다. 놀란 듯 날카로운 외침 소리가 울려 퍼졌다. 기쁨은 끝이 없었다. 누르스름하고 희미한 불빛이 지하실을 비췄다. 원숭이 소니는 손으로 눈을 가렸다. 전기공은 웃으면서 나무에서 그들을 내려다보고 있었다…… 그러나 이내 균형을 잃고, 떨어지고 말았다. 그는 시멘트 바닥 위에 등을 대고 쿵하고 떨어졌다. 그는 죽을 듯이 신음 소리를 내며 누워 있었다. 이 빠진 사내는 겨우 들릴 듯 말 듯한 소리로 입을 열었지만, 그를 가장 좋아하지 않던 바로 그 사람이 자신의 소리를 들을 수 있을 정도로 충분히 큰 소리였다.

"내가 말했잖아……"

"재수 없는 놈," 노인은 또다시 훨씬 더 세게 그를 후려쳤다. 수년 동안 기다려온—이 성스러운 순간에, 그를 죽도록 패는 대신에 허리춤에서 낡은 두 개의 총열을 가진 권총을 꺼내며, 그의 귀를 잡고 명령했다.

"연주해! 첫번째 전구의 점등을 축하할 차례니까! 연주하란 말이야! 죽여버릴 테다!"

이 빠진 그는, "성공했어, 성공했어……"를 되뇌면서 바닥에서 몸을 일으킨 상처 입은 전기공을 바라보며 겁에 질린 듯 나팔을 집어 들었다. '작업장의 첫번째 전구 점등'을 맞아 평소와 같은 열정으로 집시들이 콜로를 연주하기 시작했다. 태양과 같은 전구를 바라보며, 지하실 사람들은 우물 근처에서 춤을 추기 시작했다. 그들은 금속 악기의 시끄러운 연주에 맞춰 춤을 추고 노래를 불렀다. 많은 사람들이 눈물을 숨기지 않은 채 울고 있었다. 그들은 이것이 세대를 거치며 기억되고 회자될 사건이라고 소리쳤다…… 할아버지는 최초의 기쁜 순간이 지나가고 난 후, 우물에서 좀 떨어진 곳으로 가서 천장의 틈새를 뚫고 스며들어오는 조그만 빛줄기를 바라보며, 한숨을 내쉬고 이반에게 말했다.

"아, 밖에는 태양이 있구나, 나의 이반…… 하늘의 진짜 태양 말이다……"

"다…… 달빛…… 이에요," 손자는 다소 희미한 빛을 바라보며 말했다. 원숭이는 할아버지를 화나게 만들어버린 친구의 말이 옳다는 듯 고개를 끄덕였다.

"어떤 달빛 말이냐?! 태양이라니까!"

"다…… 달빛이에요……! 자…… 한밤중이잖아요……," 적어도 할아버지에게 이반은 단호했다.

"태양이야! 한낮이란 말이야!"

이 빠진 사람이 그들의 말싸움을 듣고 있었다. 그에게는 그것이 마치 주문된 노랫가락 같았다. '달빛이군, 한밤중이네, 태양이 빛나는군, 한낮이네.' 그와 그의 집시들은 연주를 하기 시작했고 사람들은 지하실에서 가장 인기가 있던 그 노래를 부르기 시작했다…… 그들이 그렇게 즐기고 있는 와중에 시멘트벽의 확성기로부터 날카롭고 위협하는 듯한 히틀러의 목소리가 들리기 시작했다. 나치 우두머리의 담화는 지하실 사람들을 차분하게 만들었고 또 침묵하게 만들었다. 시끄러운 그 목소리에 겁을 먹은 악사들은 선술집으로 뛰어갔다…… 츠르니는 비트적거리며 확성기를 바라보고 담화에 귀를 기울였다…… "정말 또다시"라고 외친 그는 커다란 막대기를 집어 들고는 있는 힘을 다해 확성기와 '연설가'를 내리쳤다. 단지 그만이 가능한 일이었는데, 그가 순간적으로 미쳐버린 것이었다. 움푹 팬 나팔을 내려치며 사람들 사이에서 격언처럼 되다시피 한 욕지거리를 내뱉었다.

"이 빌어먹을 파시스트 놈들!"

이반은 원숭이의 발을 붙들었다. 그는 원숭이를 데려가면서 스스로의 운명에 대해 체념한 것처럼 말했다.

"우리…… 모두는…… 이…… 지…… 지하실에서…… 주…… 죽게 될 거야. 우…… 우리…… 둘은…… 모…… 목을 매…… 매다는 것이 더…… 더 나아……"

부서진 확성기에서 날카로운 신호음이 삑삑 소리를 내기 시작했다. 뉴스에 대한 예고가 있고 나서 흥분한 목소리, 말하자면, 기뻐하는 아나운서의 목소리가 들리기 시작했다.

"주목하십시오! 주목하십시오! 독일 최고 사령부의 비상 발표를 보내드립니다. 오늘 새벽 루프트바페 독일 낙하부대가 모스크바를 점령했습니다. 마지막 유럽의 방어벽이 무너졌습니다, 모스크바가 함락되었습니다! 다시 말씀드리자면, 모스크바와 함께 전 세계가 함락되었다고 할 수 있습니다……"

"모스크바? 모스크바가 함락되었다고? 이보게들, 모스크바가 함락되었다네!" 츠르니는 머리를 감싸 쥐고 지하실 이곳저곳을 뛰어다녔다. 지하실 사람들은 마지막 희망을 잃어버린 것처럼 '모스크바'라고 속삭였다. 지난 밤 어떤 일이 일어났던 것인지를 설명하며 계속해서 이야기를 이어나갔음에도 불구하고, 그 어느 누구도 더는 아나운서의 말에 귀를 기울이지 않았다. 모스크바의 함락은 지하실 가운데에 폭탄이 떨어졌다는 사실보다 더욱 괴롭고 무서운 일이었다. 츠르니는 마르코의 윗옷 옷깃을 붙잡고 그를 일으켜 벽에 기대 세웠다.

"이게 뭔가, 마르코?! 이게 뭐냔 말이야?! 조금 전에 자네가 러시아인들이 오고 있다고 말했는데 모스크바가 함락되었다니! 내가 자네에게 뭘 묻고 있는지 듣고 있는 겐가?! 말해봐! 죽여버리고 말겠어!"

"모르겠네…… 믿을 수가 없어…… 거짓말을 하고 있는 거야! 겁을 먹게 하려는 거란 말일세! 개처럼 거짓말을 하고 있는 거란 말일세!" 할아버지도 '개처럼 거짓말을 하는 거야'라고 반복해 말했다. 단지 우물 옆에 있던 아이들만이 돌이 떨어지는 소리를 기대하며 숫자를 세고 있었다. 1922…… 1923…… 1924…… 1925…… 1926…… 1927…… 전쟁이 일어난 해에 다가가며 아이들은 그렇게 숫자를 세고 있었다.

"만약 모스크바가 함락되었다면 우리 모두는 서로를 죽이는 편이 나아! 집단으로 말이야! 집단으로," 본보기로 맨 처음 죽을 준비가 되어 있다는 듯 츠르니는 권총을 겨누며 소리를 질렀다. 목구멍을 통해 심장을 맞히기 위해 크게 벌린 입에 겨눈 총구를 마르코가 붙들었다.

"함락되지 않았네, 츠르니! 아니란 말일세! 거짓말이야! 혼란에 빠뜨리려는 거야! 무슨 일인지 알아보러 가겠네. 사람들을 안정시키게, 제발…… 거짓말을 하고 있는 거라고. 분명히 거짓말을 하고 있어. 개처럼 거짓말을 하고 있는 거야…… 적어도 자넨 그런 개 같은 놈들이 어떻게 거짓말을 하는지 알고 있지 않나. 빌어먹을 사기꾼 놈들 같으니," 그는 욕지거리를 하고 침을 내뱉었다.

마르코는 계단을 뛰어올라 지하실을 벗어났다. 그의 뒤를 따라 콘크리트 뚜껑이 내려졌다. 콘크리트가 내는 요란스러운 소리가 지하실을 가득 채웠다. 우물 옆 웅덩이와 마르코가 했던 말을 반복해가며 사람들과 스스로를 설득하고 있던 츠르니에게로 빗방울이 떨어지며, 마치 무덤 속의 그것과 같은 적막함을 헤아리고 있었다.

"놈들이 거짓말을 하고 있어! 모스크바는 함락되지 않았단 말일세! 거짓말을 하고 있단 말이야! 개처럼 거짓말을 하고 있어. 모스크바는 함락되지 않았어……"

지하실로 들어간 후로 사람들에게는 의욕이 없었다. 남자들은 아무 말 없이 배회했고, 여자들은 평소에 하던 대로 거리에서 벗어나 일상적인 일을 하려고 애쓰고 있었다. 유일하게 아이들만이 우물 위에 몸을 기울이고, 지하실에서의 삶을 나타내는 햇수에 다가가며, 계속해서 떨어지는 돌의 숫자를 헤아리고 있었다. 1959…… 1960…… 1961…… 1962…… 그곳에서 태어난 사람들은, 모르는 것이 더 좋은 일이긴 하지만, '모스크바의 함락' 소식보다는 떨어지는 돌에 더 관심이 많았다. "에, 참 부럽군." 범죄자들이 거짓말하고 있는 것에 대해 스스로에게 확신을 주려고 애쓰며 할아버지가 속으로 생각했다. "모스크바는 함락되지 않았으며, 앞으로도 결코 함락되지 않을 게야," 그는 우물 주위를 돌며 속삭이고 있었다.

마르코는 지하실 입구를 막고 있는 콘크리트 덮개 위로 두꺼운 양탄
자를 끌어당겨 덮었다. 그의 집은 외교관 면세상점에서 구입한 새로운 물
건들로 가득 채워져 있었다…… '매질을 당한' 그는 찢어진 재킷을 벗어
소파 위에 던지고, 피가 잔뜩 묻은 셔츠의 소매를 접고는 옆방 문을 쿵
소리가 나게 열어젖혔다. 나탈리야의 병든 남동생 바타가 커다란 라디오
수신대 뒤에서 머리에 수신기를 쓰고, 부드럽게 빗어내린 머리칼과 잿빛
얼굴과 거무스름하게 쑥 들어간 눈을 하고는 휠체어에 앉아 있었다. 그는
송화기 안에다, 계속해서 지하실에 울려 퍼지고 있는 '독일 최고사령부'
의 발표문을 읽어대고 있었다…… 나무로 덮여 있는 방은 라디오 방송국
의 아주 현대적인 스튜디오를 닮아 있었으며, 전쟁 경보 방송을 위해 사
용되고 있었다. 필요에 따라 많은 기계장치들이 전쟁 분위기를 만들어냈
다. 녹음기, 확성기가 달린 기둥, 콘크리트를 부수는 자동화 기계(집을
뒤흔들기도 하고 '폭격'의 효과를 가져오기도 했다), 수동으로 때로는 전기
로 작동하는—모든 종류의 사이렌, 전쟁신문과 전단지의 인쇄를 위한 등
사기…… 바타는 너무나 강한 독일어 악센트로 즐거운 듯 읽어내려가고
있었다. 그는 어떻게 말하는가가 가장 중요한 것이라고 생각하고 있었다.
모든 독일 사람들은 프란츠 아저씨가 말하는 것처럼 세르비아어를 말한
다. 그것은 소리를 지르고 명령하고 위협한다는 것을 의미했다. 누이인
나탈리야를 제외한, 모든 사람들에게.

"가장 최근의 발표에 따르면, 모스크바의 모든 중요한 거점들이 점령
되었습니다! 승리를 쟁취한 독일군단은 최고사령관 룬드슈테트의 지휘
아래 소비에트연방을 점령해나가고 있습니다……!"

마르코는 '연사'에게 다가가 송화기를 끄고, 그의 턱수염을 잡아 머리를 들어 올리며 소리쳤다.

"바보 같은 놈! 죽여버리겠어!" 바타는—어쨌든 그를 좋아하지 않았지만—종잇장들을 구겨 그와 함께 모두 삼켜버릴 준비가 된 것처럼 격노함과 고통으로 얼굴이 붉어져 있는 누이의 남편을 바라보며 수신기를 벗었다. 그는 자신을 위협하는 소리를 들으며 울기 시작했다.

"누가 네게 혼자 발표문을 쓰라고 했어? 누가 네게 말했느냔 말이야?! 죽여버릴 거야! 지금 당장 널 죽여버리고 말겠어!"

젊은이는 나치의 문장이 그려진 깃발이 꽂혀 있는 커다란 세계지도를 가리키며 휠체어를 움직였다. 모든 나라들에, 모든 대륙들에, 그리고 심지어 어느 곳에는, 바다에, 호수에 그리고 강들에…… 지구는 커다랗고 거대한 묘지를 닮은 십자가 아래에 놓여 있었다.

"여기서 무얼 더 정복할 게 있어요? 무엇이 더 가능하냔 말이에요? 어서, 말해봐요……"

"모스크바만 빼고, 무엇이든! 무엇이든지! 멍청이 같은 놈! 우린 더 이상 놀아나지 않을 테야! 결코 더 이상은!"

"결코 더 이상은," 바타는 반복해 말하고 휠체어 속에 몸을 웅크렸다. 안경의 두꺼운 유리알 아래로, 수많은 울음 가운데 유일하게 남아 있는 것 같은, 두 줄기의 굵은 눈물이 흘러내렸다. 마르코는 화를 내며 그를 쳐다보았다. 동정심이 생긴 그는, 바타에게 다가가 드문드문 나 있는 그의 뭉쳐진 머리칼을 쓰다듬으며 말했다.

"자, 자, 울지 마…… 울지 말란 말이야…… 네가 어리석은 짓을 했을 때 난 소리를 질러야만 해……"

"츠르니 아저씨는 단 한 번도 나를 꾸짖지 않았어요…… 아저씨가 오면 모든 걸 말할 거예요…… 나를 끊임없이 꾸짖었다고, 그리고 당신이 나를 죽이려 했다고, 그리고 누나와 잤다고……"

병약한 젊은이는 액자에 넣어져 연단 위에 걸려 있던 츠르니의 사진을 가리키며 흐느껴 울기 시작했다. 오래전, 지하실에 들어가기 이전의 생생했던 모습을 하고 있는 '방랑의 기사'는 그에게 미소를 짓고 있었다…… 중요한 외출을 하기 위해 옷을 차려입고, 나탈리야가 방 안으로 들어왔다. 그녀는 평소에 하던 대로 신경질적으로 빠르게 홀짝거리며 잔을 든 채였다. 그녀는 울고 있는 동생을 쳐다보면서 성마르게 남편에게 물었다.

"왜 그 애를 꾸짖는 거예요? 말해봐요, 제발, 왜 또 걔를 꾸짖는 거죠? 왜 소리를 지르느냐고요, 왜 아픈 사람에게 짖어대요?!"

"우린 놀고 있는 거야…… 그가 전쟁방송을 잘못했어……"

"무얼 잘못했는데요?" 막 출발할 준비가 되어 있던 그녀가 그를 쳐다보았다. "무얼 잘못했기에 눈물을 흘리도록 꾸짖어요. 당신에게 감정이란 게 있기나 한 거예요, 마르코? 대체 당신은 어떤 사람이에요?"

"그가 모스크바가 함락되었다는 기사를 읽었단 말이야. 난 하마터면 죽을 뻔했어……"

"내가 부정하는 글이라도 쓰기를 바라는 거예요?" 바타가 코와 함께 볼을 닦으며 그에게 물었다.

"그럼 좋겠지, 가능하다면 말이야."

"할 수 있어요, 할 수 있어," 연필과 종이를 집어 들고서 젊은이가 말했다…… "모스크바는 함락되지 않았습니다……"

바타가 새로운 발표문을—부인의 글을—쓰고 있는 동안, 나탈리야는 마르코를 다른 방으로 데리고 갔다. 그녀는 잔을 들이켜며 입술을 핥고, 남편의 어깨를 붙잡고 동생이 자신의 말소리를 듣지 않도록 하며 물었다.

"그를 공연에 데리고 가요. 그가 내게 부탁했어요……"

"어떻게 공연을 하겠다는 거야? 당신은 하루 종일 술을 마시고 있잖아?"

"잘…… 내가 당신 때문에 그런 것처럼, 대위 때문에 술을 마시는 라우라 역을 하겠어요."

"당신이 나 때문에 그런 것처럼? 나 때문에 그런 것처럼," 마르코는 그녀를 붙잡으며 반복해 말했다.

"내가 당신 때문에 그런 것처럼…… 내가 당신 때문에 그런 것처럼……"

마르코는 그녀의 잔을 잡아 담겨 있던 술을 마셔버리고는 벽에 던져 깨뜨려버렸다. 그녀가 웃으면서 그를 쳐다보았다. 벽에는 이전에 깨어진 잔들의 흔적이 남아 있었다. 그리고 그 모든 것은 항상 '마지막'이었다.

요새와 낡은 집에는 첫눈이 올 때까지 멈추려는 기색도 없이 빗물이 흐르고 있었다. 1962년 그해에 84일 동안 계속해서 내리고 있었다. 유고슬라비아의 대부분이 물속에 잠겼을 때에도 그 어느 누구도 더 이상 혼란스러워하지 않았다. 폭동뿐만이 아니라, 홍수 때문에라도 그 누군가는 목숨을 잃을 수 있었다.

*

지하실 안의 우물 옆에서, 츠르니는 들통의 끈으로 목을 매려고 마음먹었다. 그는 고리를 끼우고 우물의 가장자리로 올라가서는 15525……

15526…… 15527…… 15528…… 계속해서 숫자를 세고 있던 아이들을 발로 밀어냈다. 할아버지는 그에게 어리석은 짓을 하지 말라고 애원했으며, 아들 요반은 두 손을 모으고 서 있었고, 사람들은 아무 말없이 그를 쳐다보았지만, 모든 게 헛된 일이었다. 과거의 전사였던 그는 세상에서 '가장 아름답고 가장 용맹스러운 도시'의 함락을 견딜 수가 없었다. 혹시라도 실패할지 모른다는 생각에 목 주위의 고리를 팽팽하게 죄면서, 그는 자신에 대한 변명을 되뇌고 있었다.

"어…… 어…… 어…… 더 이상 살아야 할 이유가 없어…… 모스크바가 함락되었어…… 나도 함락되고 말 거야…… 아들아, 요반아, 미안하구나…… 미래의 어느 날 넌 날 이해하게 될 게다…… 만약 내가 누군가에게 상처를 주었다면, 어느 누구도 더 이상 화내지 말기를……"

그러고는 막 끝이 보이지 않는 우물 속으로 뛰어들려고 하는 순간, 확성기에서 삑삑거리는 소리, 저녁 뉴스를 알리는 소리가 들려오기 시작했다. 연사는 어떤 이상스러운, 거의 울먹이는 듯한 목소리로 뉴스를 전했다.

"주목! 주목!"

"18시 특보입니다. 알고 있다시피 믿을 만한 소식통에 따르면, 모스크바를 위한 전투가 격렬함 속에 계속되고 있습니다. 불행히도 우리는 모스크바가 아직 함락되지 않았으며, 하지만 함락될 것이라는 사실을 인정해야만 합니다. 문제는 날짜입니다. 강력한 독일군단은……"

"모스크바가 함락되지 않았다." 츠르니는 소리를 지르며 권총을 꺼내 탄창의 모든 총알을 천장을 향해 쏘아댔다. 총알들은 당구공과 같은 궤적을 그리며 지하실에 튕겨 나갔다. 사람들은 펄쩍펄쩍 뛰며 소리를 질러대고, 서로 끌어안고 기쁨으로 눈물을 흘렸다. 이 빠진 나팔수는 이전에 했던 연주보다 더 큰 소리를 내질렀다.

"부정한 거야! 부인한 거라고! 모스크바는 함락되지 않았어!"

그는 자신의 집시들과 함께 기쁨에 젖어 가능한 한 더 빠르게 콜로를 연주하기 시작했다. 츠르니는 들통의 끈을 끌어당겨 벗겨버리고, 우물 주위에서 뱀과 같은 모양의 춤 대열을 이끌었다. 누군가 그 끈 위에서 멈췄다. 그는 거의 목이 졸릴 뻔했다. 할아버지는 그를 땅바닥에서 일으켜 세우며 미소를 지었다…… 축제는 아흐레 동안 계속되었다. 쉼 없는 노래 그리고 춤과 함께 사람들은 음식을 먹고 술을 마셨다. 이 빠진 사람이 잠에 빠져들었을 때, 츠르니는 총소리와 고래고래 소리를 내지르며 그를 깨웠다.

"일어나! 지금 자고 있는 거야! 우리들 가운데 지금 잠을 자는 사람은 영원히 잠들게 될 거야!"

12. 모든 것이 예전과 똑같다. 다만 완전히 다른 방식으로

극장의 관객들은 한 가족의 비극에 관한 이야기인 스트린드베르그의 희곡을 주의 깊게 바라보고 있었다. 극장의 옛 팬들은 같은 역할을 맡고 있는 ('동지애적인 대청소'*를 견디고 살아남은) 대부분의 배우들과 함께, 전쟁 중에 상연되었던 이 작품을 기억하고 있었다. 나탈리야는 자신을 납치해 배로 데려갔었던 그날 밤 이후로 처음 무대에 모습을 드러냈다. 마르코의 성마름을 두려워하며, 그리고 위대한 여배우의 귀환을 축하하면서 다음 날 비평가들이 쓴 글에 따르면—그녀는 '도시민에 대한 부패한 폭정에 대항하여 정당한 반항을 의미하는 음울한 목소리를 통해서 라우라의 형상을 만들어가며, 훌륭하게, 확실하게, 열정적으로' 예전과 같이 공연했다. 그 어느 누구도 오늘 공연에 이르기까지 귀엣말로 전해지고 있던 전쟁의 밤과 스캔들을 언급하지는 않았다.

마르코는 무대 위의 여인을 바라보며 즐기고 있었다. 그녀는 자신이

---

* 나치의 폭격에 의해 무너져버린 국립극장 터를 모든 사람들이 함께 협력하여 정비한 일을 의미한다.

무대로 나가게 되기까지 말다툼을 하면서 토론을 벌였던 그 술을, 라우라의 술주정처럼 '비호하고 있었다.' 그것은 그녀가 무대에서조차 술을 마실 정도로 확실하게, 그토록 확실하게 즐기고 있는 노련하고 위험스러운 유희였다. 대위는 무슨 일인지 알고 있었지만, 간단히 말해 다른 선택의 여지가 없었다. 그는 아무런 말없이, 자신의 '무대 위의 아내'가 지니고 있는 문제를 받아들였다. "누구에게 하소연을 하겠어," 그는 스스로를 위로했다. "그녀가 술에 취해 공연하고 있다고 누구에게 말하겠는가? 그래, 이전에 대위 역할을 했던 배우도, 무대 위에서 그녀와, 마르코와 츠르니 때문에 죽었잖아. 츠르니 동무는 이제 없지만, 그들 두 사람은 여기 있지 않은가. 잔말 말고 연극이나 해," 그는 속으로 속삭이며 반복해 말했다. "입 다물고 연극이나 하란 말이야……"

바타는 마르코 옆 휠체어 위에 앉아 있었다. 그는 눈과 입을 크게 벌리고 미소를 지으며 누이를 쳐다보고 있었다. 그 전쟁의 나날들에 나탈리야가 강제로 끌려가는 장면이 나왔을 때, 그는 마르코의 손을 붙잡았다. 그는 몸을 돌려 마치 누군가를 기다리듯, 그에게 물었다.

"마르코, 뭐 물어봐도 될까요?"

"뭘?"

"또다시 츠르니 아저씨가 누나를 납치할까요?"

"그러지 않을 거야. 입 다물어," 코에 땀이 나 미끄러져 내려온 안경을 고쳐 쓰며, 마르코는 그를 진정시키려고 애써 노력했다. 젊은이는 화를 내며 고개를 숙이고 울기 시작했다.

"왜 나한테 소리를 지르는 거예요? 왜 소리를 지르냐고요…… 왜…… 맨날 소리를 질러요……"

"소리를 지르는 게 아니야. 입 다물어……"

"소리를 지르고 있잖아요, 소리를 지르고 있다고요…… 소리만 지르 잖아요. 맨날 소리를 지르잖아요……"

"미안해, 이젠 그러지 않을게." 마르코는 애원하듯 용서를 빌며, 미 소를 지어 보였다. 바타는 고개를 끄덕이고 몸을 돌려 무대 위 누이의 발 길을 계속해서 쫓아다녔다. 나탈리야는 날아다니고 있었다. 그녀는 대위 에게 다가가선 높은 의자의 받침대에 몸을 기대고, 고개를 넌지시 내밀 고, 그를 망쳐놓기로 마음먹은 여자처럼 미소를 지으며 바라보다가 술에 취해 물었다.

라우라: 자살하겠다고 말하고 있는 거예요? 당신은 그렇게 하지 않을 거예요.
대위: 확실해? 아무도 없고 살 이유도 없는 그런 사람이 살아갈 수 있다고 생각하는 거야?
라우라: 그래서, (술에) 빠져 있는 거예요?
대위: 아니, 우리의 화해를 제안하는 거야.

전쟁 기간 동안 공연을 이끌었던 프롬프터(그녀는 독립 이후에 곧바로 '퇴직했다')는, 자신이 앉아 있던 자리의 옆 사람에게 다가가 그의 손을 잡고, 웬일인지 성마르고 악의에 차서, 심술궂게 말했다.

"신의 삼촌뻘 되는 사람은, 성인(聖人)이 되기 쉬운 법이지. 그녀가 마르 코의 부인이 아니었다면 20년 동안 감옥에서 '공연을 했을 텐데 말이야.'"

마르코는 무대 위의 사건을 쫓고 있었으며 간헐적으로 세련된 금발의 남자를 바라보았다. 그는 첫번째 줄에 앉아 있었는데 믿을 수 없으리만치 프란츠를 떠올리게 했다. "바로 그 프란츠야," 그는 속으로 생각했다. 그날 밤에도 프란츠는 자리에 앉아 있었다. 라우라 역을 맡은 나탈리야는 무대의 남편인 대위보다 첫번째 줄의 불안해하고 있는 남편을 더 주시하고 있었으며, 완전히 사적인 입장이 되어 '자신의 역할을 잊어버린 채' 겁을 집어먹고는, 그에게 스트린드베르그의 문장을 말했다.

라우라: 조건은?

대위: 내가 건강한 이성을 지킬 수 있게 하는 것이지. 나를 의심으로부터 자유롭게 해줘, 그러면 난 싸움을 그만둘 테니.

라우라: 어떤 의심 말이죠?

대위: 베르티나의 출생과 관련된.

라우라: 정말 어떤 의심이 있다는 거예요?

대위: 그래. 당신이 의심을 자극했잖아. 당신이 자극했단 말이야, 라우라!

라우라: 제가요……? 내가 자극했다고요……? 내가…… 내가……

가죽 외투를 입은 사람이 객석으로 들어섰다. 그는 한 줄 한 줄 관객들을 눈여겨보았다…… 그는 마르코를 알아보고 그에게 발걸음을 옮겼다. 그는 객석 전체와 그를 쳐다보며 공연을 하고 있는 배우들에게 방해가 되고 있었다…… 하지만 그에게는 한 편의 공연보다 더 중요한 일이 있었다. 그는 미안하다는 말없이 마르코에게까지 갔고, 몸을 조금 구부리고 거의 명령하듯 말했다.

"공화국 대통령 집무실에서 당신을 찾고 있습니다."

"공화국 대통령의 집무실에서," 마르코는 혼란스럽고 몹시 당황스럽고 깜짝 놀란 듯 그를 바라보며 되뇌었다. 공화국 대통령 집무실에서 그를 부른 적은 단 한 번도 없었다. 무언가 잘못된 것이 틀림없다고, 그는 속으로 생각했다. 뭔가를 묻기 위해 입을 열었지만, 그 남자가 그를 막았다.

"급합니다." 가죽 외투 속에 몸을 가리고 있던 남자가 말했다. 마르코는 자리에서 일어나 나탈리야를 쳐다보고는 서둘러 그 남자의 뒤를 따라갔다. 관객들은 풀 죽은 눈길로 그들을 배웅했다. 나탈리야는 무대에서 오랫동안 기대해왔던 자신의 공연 무대를 떠나고 있는 남편과 객석을 응시하고 있었다. 그녀는 같은 장소에서, 즉 희곡 속에서 그리고 실제의 삶 속에서 두 번 씩이나 창피를 당해 기분이 상한 채 아무런 말이 없었다. 바타의 쾌활하고 순박한 외침이 불쾌한 침묵을 깨뜨렸다.

"마르코! 기다려! 이제 츠르니 아저씨가 누나를 납치할 거야! 기다리란 말이야!"

*

흉물스러운 정부 건물 안의 커다란 집무실에서, 마르코는 전쟁 동료인 토미슬라브, 무스타파 그리고 야네즈와 함께 말싸움을 벌이고 있었다. 예전에 도둑이었으며 밀수꾼이었던 세 사람은, 정치적 연줄을 타고 특수 경찰의 수뇌부에까지 승진해 있었다. 그들은 고함 소리로 질문을 주고받으며 회의 탁자 주위를 둘러싸고 있었다.

"우리가 무기가 실린 채 사라져버린 배를 뒤쫓고 있는 동안, 당신은 쇼 장에서 할 일 없이 멍청한 짓거리나 하고 있었군." 두 치수는 커 보이는 검은 양복을 입은 밭장다리의 야네즈가 악을 쓰며 말했다. 마르코는 웃으며 그를 쳐다보았다. 그는 곧바로 야네즈를 후려치려고도 생각했지만, 매질할 장소도 시간도 아니라는 생각에 마음을 가라앉혔다. 전쟁이 일어나던 날 밤 선술집에서 그를 죽이지 못한 것을 애통해하며, 그들은 떨리는 손으로 담배에 불을 붙였다.

"그건 쇼가 아니야. 내 아내가 공연하는 연극 공연이지. 그리고 내 아내가 관련된 문제라면 멍청한 짓거리가 있을 수 없어, 야네즈…… 자네가 무슨 말을 하고 있는지 조금 주의하는 게 좋겠군……"

"독일 놈들과 공연했던, 전쟁 기간에 했던 것과 같은 똑같은 공연에 똑같은 역할이잖아." 팬티 같은 모양의 바지 주머니에 손을 집어넣은 채 굽은 다리의 사내가 완강하게 말했다. 그는 꽉 쥔 주먹을 거의 무릎까지 밀어넣고 있었다.

"마르코, 제정신이야? 제정신이냐고, 이 사람아? 티토가 개인적으로 개입했어! 무기는 어디 있는 거지? 사라진 무기가 어디에 있느냔 말이야?!"

마르코는 무스타파의 질문을 '듣지 않았다.' 그는 야네즈에게 다가가 재킷의 옷깃을 잡고, 밀듯이 조금 들어 올려 천이 덧씌워지고 쇠로 된 대갈못이 박혀 있는 문 쪽으로 끌고 갔다.

"내 아내를 언급하고 있는 거야?! 뭐라고 말했어?! 뭐라고 말했지? 네가 주둥이를 놀리기 시작한 날은 정말 빌어먹을 날이야," 그를 문 뒤의 화장실로 데려가며 마르코가 소리를 질렀다. 이미 한 번 매질을 당한 적이 있던 과거의 동지는 몸을 피해 달아나려고 애쓰고 있었다. 그는 무스타파에게 도움을 요청하면서, 움찔거리고 방어를 하며 당황한 채 쳐다보고만 있었다. 하지만 무스타파는 뻑뻑 소리를 내는 난방기 주위에서 모호한 말만을 내뱉고 있었다. 라디에이터의 흰 기둥 부분에서 나오는 증기들이 마치 아코디언 같은 소리를 냈다. 마치 아무 일도 일어나지 않은 것처럼, 그는 마르코가 야네즈를 화장실에 처넣으려고 하는 것을 못 본 체하며 토미슬라브에게 물었다.

"누가 이 복잡한 문제를 해결할 수 있겠나? 누가 해결할 수 있지? 내가 지금 창문을 통해 그를 내던져버릴까…… 아니면 너의 머리통 속에. 쟤는 대체 언제까지 소리를 칠 거야?!"

"사람들을 불렀어." 토미슬라브는 손으로 미치광이 같은 마르코가 뭘 하고 있는지를 가리키며 변명했다. 무스타파는 그에게서 등을 돌리고 멀찍이 떨어졌다. 그는 어깨 너머로 마르코가 (자신의 아내에게 모욕을 준) 주절거리고 있는 그의 머리통을 찻잔이 놓여 있는 자리에 내리치고 있는 모습을 쳐다보았다. 마르코는 하도 소리를 크게 질러 목에 힘줄이 생겼다. 그는 그렇게 잔 하나가 저절로 깨질 때까지 겁나게 욕을 퍼부었다…… 전화벨이 울리지 않았더라면, 야네즈와 관련된 이야기가 어떻게 결말이 났을 것인지 그 누가 알겠는가. 그것은 대통령 집무실과 직통으로 연결된 전화였다. 무스타파는 전화가 있는 곳까지 달려가 수화기를 집어들고 '예, 예, 예'를 연신 반복하며 대화를 하고 있었다. 마르코는 검은 전화기를 바라다보며 침묵했다…… 한순간, 토미슬라브는 숨쉬기를 멈췄다. 그는 거의 죽은 듯 몸을 곧추세우고 있었다. 그는 그 전화기가 울리기 시작하면, 분명 누군가에 무슨 일이 생긴다는 사실을 알고 있었던 것이다.

"마르코! 마르코!" 무스타파가 주먹으로 탁자를 내리치며 소리를 질렀다. 잔뜩 화가 난 친구가 소맷자락의 물을 털어내며 모습을 드러냈다. 그가 무언가를 말하려고 했지만, 무스타파가 질렀던 소리보다 더 커다랗게 계속해서 귓속말로 물었다.

"무기는 어디에 있지, 마르코? 마지막으로 자네에게 묻고 있는 거야.

무기가 어디에 있느냔 말이야?"

"저기, 항구에. 모든 것이 계획대로 돼가고 있어, 무스타파……"

"어떻게 '계획대로' 돼가고 있다는 거지, 다섯 나라에서 전화로 기한을 지킬 것을 요구하며 괴롭히고 있는데! 보카사*와 셀라시예**는 개인적으로 티토에게 연락을 취했어! 티토가 내게 경고를 할 텐데 어떻게 계획대로 돼가고 있다는 거야? 이 사람아, 자네가 무슨 짓을 하고 있는지 알고 있는 거야?! 무슨 짓을 하고 있는지 알고 있느냐고?!"

"조금만 기다려," 힐난을 받고 있던 그는 스스로를 방어하려고 애썼고, 무스타파는 그의 어깨에 손을 얹었다. 그는 꽉 다문 이 사이로 문장들을 하나씩의 단어들로 잘라가며 말했다.

"자네-때문에-우리는-강제노역을 하며-죽고 말 거야. 개죽음을 당하게 될 거라고. 우리를-개-처럼-죽일 거야……"

"조금만 기다려. 기다리란 말이야," 마르코는 주름진 재킷을 바로잡으며 그를 밀쳐냈다. "대체 여기에는 어떤 원칙이라는 게 없단 말이야? 내가 할 일은 무기를 제시간에 바르***의 항구에 전달해주는 거야. 그런데 바르에서 아프리카로는 언제 떠난 거지? 자네들도 잘 알다시피, 그건 내가 걱정할 바가 아니야…… 토미슬라브, 물 한 잔만 줘…… 물을 달라고, 내 몸 상태가 좋지 않아…… 내 몸 상태가 좋지 않아," 마르코는 약병을 열려고 애쓰며 말했다. 그는 전화기를 쳐다보며 땀을 흘리고 있었다. 물도 없이 알약 몇 개를 삼키고 앉아, 다리를 뻗고는 '가슴을 어루만지며' 겨우 들릴 듯한 목소리로 물었다.

---

* 중앙아프리카 공화국의 대통령.
** 에티오피아의 황제.
*** 몬테네그로 공화국의 가장 큰 항구도시.

"이해를 못하겠어…… 무슨 말을 하고 있는 거지, 무스타파?"

"내가 무슨 말을 하는지 이해하지 못한다는 거군," 예전 길거리의 친구였던 그가 웃음을 지어 보였다. "사라진 무기와 한 달 전에 소피아*에 도착해야만 했던 5백만 마르크에 대해 이야기하고 있는 거야."

"5백만 마르크? 그 돈과 내가 어떤 관계라는 거지?" '심장병 환자'는 머리를 빗으며 다가오고 있던 야네즈를 바라보며 몹시 놀랐다. 토미슬라브가 물 한 잔을 가져와 탁자 위에 내려놓았다. "아무 말도 없이, 그렇게 빨리 어디로 가는 거지?"라고 속으로 생각하며 그를 쳐다보는 마르코를 남겨놓은 채, 그는 황급한 발걸음으로 사무실을 떠났다. "이건 어떤 음모야," 비난을 받고 있던 그는 속으로 생각했다. 하지만 그 비난은 소름 끼치는 것 그 이상이었다…… 무스타파는 의자를 끌어당겨 그 위에 올라타고서, 겁에 질려 물기를 머금은 눈을 하고 있던 마르코를 쳐다보며 금박이 입혀진 담뱃갑 속의 담배 한 개비를 그에게 권하고 조언을 하는 것처럼 말했다.

"마르코, 목숨을 걸지 마. 우린 모두 알고 있거든…… 무기를 훔쳐내 팔고 호주머니에 돈을 챙긴 지가 벌써 41년째잖아……"

"너희들이 뭘 알아? 뭘 알고 있냔 말이야," 완전히 다른 그 무엇을 두려워하며 그가 물었다. 무기와 돈은 그에게 단지 부수적인 두려움일 뿐이었다. "내 말 들어봐, 무스타파, 누가 나를 대신할 것인지를 생각해보면 좋을 거야. 난 장애자연금 요청서를 제출했어. 알다시피, 난 심각한 심장병 환자야. 또 다른 경색이 나타나면 난 살아남지 못하고 말 거야……," 그는 일어서려고 애쓰며 설명하고 있었다. 정말로 그는 상태가

---

* 불가리아의 수도.

좋지 않았다. 예전의 길거리 동료였으며, 전쟁 전에는 하찮은 도둑에 불과했던 그가 마르코가 넘어지지 않도록 부축했다. '그들이 지하실의 존재를 알고 있을까?' 무스타파가 친구로서 경고하며 팔 위쪽을 꽉 움켜쥐는 동안, 마르코는 스스로에게 물었다.

"무기를 거래하는 일에 종사하는 사람들은 먼저 엉덩이, 그리고 가슴, 그리고 결국에는 머리를 희생당하고 말지. 엉덩이는 두려움 때문에, 가슴은 스트레스 때문에, 그리고 머리는 돈 때문에. 자넨 이미 오래전에 엉덩이와 가슴을 희생당했어! 자네에게 남은 것은 단지 머리뿐이란 말이야! 목숨을 걸지 마, 마르코!"

심각하게 비난받은 그는 잔을 들어 물을 마시고는, 몸을 돌려 아무 말없이 그 자리를 떠났다. 그는 붉은 양탄자 위로 다리를 끌며 가고 있었다. 문이 있는 곳에 멈춰 몸을 돌리고서 마치 그들에게 "다음에는 다른 장소에서 보세"라고 말하는 것처럼 그들을 쳐다보았다. 그러고는 문을 쾅 닫고 발걸음을 서둘러 넓은 대리석 계단을 통해 1층으로 내려갔다. 그는 제복을 입고 경직된 채 서 있는 문지기가 있는 곳까지 달려가다시피 했다.

무스타파와 야네즈가 창문을 통해 그를 바라보고 있었다. 그는 뭔가를 운전사에게 지시하며 공무용 '메르세데스 벤츠'에 올라탔다. 무스타파가 온 힘을 다해 야네즈를 후려쳤을 때, 자동차는 공무 지역을 벗어나지 않고 있었다. 물에 젖어 있던 친구는 의아해하며 그를 쳐다보았다. 그가 왜 자신을 때렸는지 알 수 없었다. 그는 화가 나서라기보다 놀라서 그에게 물었다.

"왜 그래, 무스타파?"

"너를 똥통 속으로 밀어 넣었을 때, 네가 그놈을 죽이지 않았기 때문이야! 빌어먹을 놈아!"

13. 이 프란츠가 그 프란츠인가 아니면 어떤 제3의 프란츠인가

성공하지 못한 초연이란 없는 법이지만—성공적인 초연 이후 통상적으로 그런 것처럼, 배우들, 감독, 많은 수의 친인척들, 문화·정치계의 유명한 인사들이 극장의 살롱에서 특별했던 공연과 위대한 여배우의 귀환을 축하하고 있었다. 술, 웃음, 농담, 축하 그리고 입맞춤과 함께 즐거워하는 극예술 지지자들을, 소규모의 오케스트라가 1962년 당시 유행하던 음악을 연주하며 흥을 돋웠다…… 사람들은 축하를 건네기 위해 기다리며 나탈리야에게 다가섰다. 가장 진심 어린 사람은 영화감독 오스카르 불카였다. 그가 그녀에게 건넨 말은 지난 세기의 모든 배우들에게나 할 만한 그런 것이었다. 그가 언제까지 그녀를 칭찬할지—그리고 언제쯤 칭찬을 멈출지—그 누가 알겠는가. 대위 역할을 맡은 배우가 큰 키에 금발 머리를 한 사내와의 자리에 다가올 때까지는 그랬다.

"사랑스러운 나탈리야. 당신을 소개하도록 허락해주시오. 오스트리아 영사인 마테우스 씨입니다. 그가 당신에게 축하를 건네고 싶다는 군요. 그는 감동을 받았습니다."

나탈리야는 감독에게 등을 돌리고 마테우스 씨에게 미소를 지어 보이고는, 마치 "이 매력적이고 우아한 남자는 누구예요?"라고 묻는 것처럼 대위를 쳐다보았다. 그녀는 흥분한 채 미소를 띠고 약간은 술에 취해 있었다. 금발의 사내가 무릎을 꿇으며 그녀의 손에 입을 맞추는 동안, 대위는 의미심장해 보이는 눈짓을 했다. 그는 몸을 일으키고 그녀를 바라보며 세르비아어로 말하려고 애썼다.

"존경하는 부인, 당신께 진심으로 축하를 드릴 수 있어 영광입니다. 당신은…… 멋졌고, 훌륭했습니다……"

"감사합니다, 선생님," 나탈리야는 폭이 넓은 잔에 담긴 옅은 빛깔의 포도주를 찔끔찔끔 마시면서 미소를 지었다. 영사는 20년 전의 한 사내의 눈을 연상시키는 파란 빛깔의 눈으로 그녀를 바라보았다. 술 때문이었는지 아니면 그 기억 때문이었는지, 그녀는 다시 대위를 쳐다보았다. 나이 든 배우는 곁눈질하며 그녀에게 눈을 찡끗해 보이고는 잔을 들었다.

"건배!"

"곰배!" 마테우스 씨는 입술을 간신히 적실 정도로만 조금 들이켜며 축배를 들었다. 그리고 그는 진심에서 우러나 흥분한 채로 매우 빨리 칭찬의 말을 내뱉었다.

"친애하는 조브코브 부인, 난 공연 「아버지」를 비엔나, 베를린, 스톡홀름에서 봤습니다…… 하지만 이보다 더 훌륭한 라우라를 본 적은 없습니다. 이보다 더 훌륭하고 더 아름다운 라우라는!"

"고맙습니다, 선생님. 고마워요…… 그 말을 들으니 반가워요, 하지만, 저를 좀 너무 많이 칭찬하신다는 생각이 드는군요. 좀 너무 많이 말이에요……"

"아닙니다, 아니에요, 아니라고요…… 당신이 비엔나에서 순회공연을 할 수 있도록 노력하겠습니다. 그러니 확신을 가지세요." 마테우스 씨는 그녀가 오래전부터 믿어왔던 바로 그것을 그녀에게 확신시켜주었다.

살롱 안으로 들어오며 숨을 헐떡거리던 마르코가 그들이 대화를 나누며 웃는 모습을 바라보고 있었다. 그는 바 옆쪽에 멈춰서 보드카 더블을 주문하고, 잔을 들고는 바닥까지 비워버렸다. 그는 다시 잔을 채우라는 손짓을 하고 손수건으로 땀이 맺힌 이마를 닦아내고는, 가슴을 움켜쥐면서 여인과 금발 머리 사내가 있는 쪽으로 발걸음을 옮겼다. 사람들은 그에게 존경과 두려움으로 인사를 건네며 자리를 피했다…… 나탈리야는 그가 자신 앞에 바짝 다가섰을 때에야 비로소 그를 알아보았다. 흥분하고 겁에 질린 그녀는 유럽의 극장에 관해 대화를 나누며 함께 즐기고 있던 그 사내를 소개하면서 미소를 지어 보였다.

"인사해요, 자기…… 미스터……"

"프란츠 마테우스입니다. 만나서 반갑습니다." 영사는 먼저 자신의 이름을 말하며 손을 내밀었다. 마르코는 의심적은 듯 그의 빛나는 눈을 바라보면서 손을 잡았다. "이 사람을 어디서 봤더라?" 나탈리야는 마치 도망가지 못하도록 잡고 있는 것처럼 영사의 손을 놓지 않으며 말문이 막혀버린 남편의 속마음을 듣고 있었다. "어디에서 본 사람이더라?" 그는 기억해내려고 애쓰며 속으로 생각하고 있었다. 하지만 그 사람은 익히 알고 있는 것 그 이상이었다.

"마테우스 씨는 오스트리아 영사이십니다. 공연에 감동을 받았고요. 그가 말하기를……"

마르코는 불안해하는 여인의 말을 듣고 있지 않았다. 그는 머릿속에 있는 카드식 목록을 뒤적이며 금발 머리 외국인의 눈을 바라보고 있었다. "어디에서 만났더라?" 그는 빠져나오기 위해 애쓰던 영사의 손을 꽉 쥐며 스스로에게 물었다.

"죄송합니다만, 성함이 뭐라고 하셨죠? 뭐라고 말씀하셨죠?" 마르코가 더 잘 들리는 오른쪽 귀를 가까이하며 그에게 물었다.

"프란츠 마테우스입니다, 선생님," 중년의 남자가 미소를 지었다.

"프란츠," 마르코는 이름만을 반복했다. 마침내 누구와 관련된 것인지가 분명해졌다. "프란츠?"

"예……"

"프란츠 선생님, 혹시 전쟁을 하는 동안 베오그라드에 계셨던 분이 당신 아닌가요?"

"아닙니다……"

"마르코, 제발," 나탈리야는 그가 경찰관 같은 심문을 하지 못하도록 애쓰며 그의 손을 붙잡았다.

"당신이 아니었다고요?"

"아니었습니다……"

"그럼 당신의 아버지는," 마르코는 과거의 이야기를 끝까지 끄집어내려고 마음먹은 듯 집요했다. 아마도 금발의 외교관은 교양 없는 사내의 공격으로부터 자신을 보호해주기를 기대하며 대위를 쳐다보았지만, 배우는 무언가를 잃어버리기라도 한 것처럼 바닥을 내려다보고만 있었다. 그는 자기 스스로를 보호해야만 했다.

"나의 파데르*? 당신은 나를…… 심문하는 겁니까, 선생님?"

"그렇소! 전쟁 기간 동안 당신들이 우리들을 심문했던 것처럼 말이오, 프란츠 선생! 당신 혹은 당신의 아버지가 말이오!"

---

* 아버지를 의미하는 독일어 '파터Vater'의 세르비아식 소리 표기. 세르비아어로 아버지는 '오타츠otac'이다.

"당신께 춤을 청하고 싶군요." 나탈리야가 미처 날뛰고 있는 남편을 지휘대가 있는 곳까지 잡아끌며 제안했다. 그녀는 굳어져버린 영사에게 더 이상 어떤 말을 하도록 내버려두지 않으며 그를 잡아당겼다. 마테우스 씨는 떨리는 목소리로 겁에 질려 있던 대위에게 물었다.

"대체 뭐가 문제요, 선생? 이게 무슨 뜻입니까?"

"발칸 반도의 질투심이라고나 할까요, 선생님," 나이 든 배우는 우연하게라도 누가 듣지 않도록 몸을 돌리며 속삭였다. 영사는 악수로 인해 붉어진 손의 근육을 풀며 마르코를 쳐다보고는, 자리를 뜨면서 경멸적인 어조로 말했다.

"그건 '발칸 반도의 질투심'이 아닙니다. 그건, 선생, 발칸 반도의 편집증이에요!"

나탈리야는 주변에 있던 무희들에게 미소로 신호를 보내며 남편을 세게 안았다. 그녀는 그가 모욕을 당한 영사를 따라가지 않도록 붙잡고 있었다. 마르코는 춤을 추며 비틀거렸다. 아니, 차라리 그 자리에서 발을 구르고 있었다. 그는 금발의 사내가 고개를 꼿꼿이 들고 살롱과 극장을 떠나는 모습을 바라보고 있었는데, 그 모습이 그를 더욱 화가 나도록 만들었다.

"오스트리아 영사…… 머리칼은 염색하고 콧수염을 길렀어. 그는 스스로가 변했다고 생각하고 있어, 내가 그를 알아보지 못한다고 말이야…… 내게 거짓말을 하고 있는 거라고……"

"마르코, 제발. 제발, 오늘 밤만이라도 내 삶을 비참하게 만들지 말아줘요," 나탈리야는 모아 쥔 손으로 애원하며 그 자리에 멈춰 서 있었다. 그는 그녀를 쳐다보고 꼭 껴안고서 계속해서 춤을 추었지만, 여전히 이야기를 하고 있었다. 그는 오래전부터 춤을 추는 것보다 이야기를 훨씬 더 잘했었다.

"그는 임무를 마치기 위해서 돌아온 거야. 전쟁 범죄로 외교관 경력을 쌓았거든……"

"그는 유대인이에요. 오스트리아 출신의 유대인 말이에요," 그녀는 감독 불카에게 미소를 지어 보이며 그를 진정시키려 애썼다.

"맞아, 내가 유고슬라비아 출신의 중국인인 것처럼 말이야!"

나탈리야는 마치 경찰관과도 같은 그의 심문에 침묵을 지켰고, 몸을 돌려 마음에 상처를 입은 채로 바가 있는 쪽을 향해 발걸음을 옮겼다…… 그녀는 다가서며 코냑을 주문하고 외다리 의자에 앉아 팔꿈치를 작은 탁자에 걸치고 잔을 응시했다. "이렇게는 더 이상 의미가 없어," 그녀는 거울 속에 비친 남편을 바라보며 속으로 생각했다. 그는 감독 불카와 손을 흔들어대며 대화를 나누고 있었다. 그는 기다란 코의 허리가 굽은 사내에게 무언가를 설명하고 있었는데, 혁명가이자 회고록 작가에 관해 이미 몇 달 동안 영화를 찍고 있던 그에게는 썩 유쾌해 보이지 않았다. "마르코와 대화를 나눌 기회를 잡았군." 나탈리야는 속으로 생각하고 잔을 비웠다. 상당히 술에 취한 그녀는 바의 뒤쪽, 화장실 쪽으로 나 있는 문 옆에 있던 바타를 알아보았다. 병약한 그 젊은이는 자신의 어깨에 머리를 기대고 잠을 자고 있었다. 누이는 불안한 모습으로 자리에서 일어나 전지전능한 신의 형벌을 두려워하기라도 하는 것처럼 손을 들고는 그에게 다가가, 그를 안고 울기 시작했다.

"신이시여, 왜 저에게 벌을 내리지 않으셨나요…… 왜 저를 벌하지 않으셨나요……"

*

　몇 달 동안 끝없이 비가 퍼부으며 그렇게 얼마간의 시간이 지나갔다. 비는 그저 조용히 내리며, 거리, 공원 그리고 이미 물에 잠긴 강변과 함께 강물을 적시고 있었다. 때때로 하늘의 불빛은 대주교구 교회의 십자가, 칼레메그단 요새, 교량들과 강을 가로질러 다뉴브 강의 반대편 강변에 있는 숲을 밝히고 있었다. "도대체 멈추기는 하는 걸까?" 나탈리야는 창문을 통해 바라다보면서 속으로 생각했다. 바타는 이야기의 결말을 듣고자 기대하면서, 거의 잠에 빠진 것처럼 꾸벅꾸벅 졸고 있었다. 그는 아이 같은 목소리로 말하며 누이에게 애원했다.

　"읽어줘, 누나…… 내게 읽어줘…… 그리고 술은 먹지 마…… 술에 취했을 때는 잘 읽지 못하니까……"

　그는 단 한 번도 그녀에게 술을 거론한 적이 없었다. 자신이 술을 먹었는지 그가 알아채지 못한다고 그녀는 생각했었다. 그녀는 바닥에 잔을 내려놓고 약간의 코냑이 묻은 입술을 닦아내고는, 침대 쪽으로 다가가 침대의 머리 부분에 걸터앉았다. 그녀는 되는대로 (그녀는 자신이 생각한 것만을 그렇게 '읽곤 했다') 책을 펴고, 그의 손을 잡고 용감한 기사 루탈리차에 관한 이야기를 계속해서 이어갔다.

　"캄캄한 밤 내내 그는 검은 말을 탔어…… 검은 숲 속의 검은 길을, 때때로 오직 번갯불만이 밝히고 있었지……"

　"지금처럼," 남동생은 눈짓으로 창문 쪽을 가리키며 말했다. 흰색 레이스로 만들어진 커튼을 통해 눈부신 빛이 방을 비추고 있었다. 그리고 멀지 않은 어딘가에서 천둥이 치기 시작했다……

　문간에 가죽 외투를 걸친 마르코가 나타났다. 그의 머리칼은 우산을 가지고 있었음에도 불구하고 젖어 있었다. "이런 악천후에는 아무 소용이 없어." 그는 우산을 털고 꼼짝 않고 있는 바타를 바라보며 중얼거렸다. 그는 바타를 도우려고 백방으로 노력했지만 약이 없었다. 의사들은 그가 단지 몇 주만을 더 살 것이라고 말했다.

"그는 좀 어때?" 침대 쪽으로 다가가며 마르코가 물었다.

"내가 읽어주는 동안에는 괜찮아요…… 내가 책을 읽어주는 동안에만 말이에요…… 어디에 있었어요, 마르코?"

"누가 날 찾았어?"

"그래요," 나탈리야가 좁은 안경 너머로 그를 쳐다보며 말했다. 낮이면 누군가가 전화를 걸어왔는데, 그녀가 대답을 하면 수화기를 내려놓곤 했었다.

"누가 전화를 한 거야?" 그는 그녀가 이름을 거론하기를 기대하며 쳐다보았지만, 나탈리야는 예전처럼 대답했다.

"아무도. 아무도 당신에게 전화하지 않았어요."

사내는 창문 쪽으로 다가가 커튼을 젖히고 요새의 성벽을 응시했다. 그는 마치 누군가가 강 저편에서 부르는 것과 같은 바타의 속삭임을 듣고 있었다.

"읽어줘, 누나…… 읽어달란 말이야……"

"그래, 그래…… 그가 말을 타고 버려진 검은 성에 이르렀을 때, 천둥이 부서진 탑 꼭대기에 내리쳤어. 기사 루탈리차는 잔해들을 바라보고 칼을 빼들었지……"

"츠르니가 칼을 빼들었어…… 난 기사를 믿지 않는다고 수백 번이나 말했었잖아…… 난 아이가 아니야, 누나…… 츠르니가 칼을 빼들은 거라고…… 그리고…… 그리고…… 그리고……"

"그리고 소리쳤어. 이 저주받은 성에 누군가가 있다면, 즉시 나가도록 해라! 폐허로부터 무서운 포효가 들려왔고, 이내 불꽃이 일어났단다……"

"용이다." 남동생이 두려움과 경외심을 느끼며 속삭였다. 나탈리야는 창문 옆에 있던 마르코를 뚫어지게 바라보면서 손을 꽉 잡아줌으로써 동생의 두려움을 없애주려 했다. 불안해하고 있던 남편은 악천후가 물러가기를 혹은 누군가가 나타나기를 기대하며 비가 내리고 있는 밤 속을 응시하고 있었다. 벌써 며칠 동안 그리고 몇 주 동안, 그는 누군가를 기다리고 있는 것이 분명했다. 바타는 계속해서 책을 읽어달라고 애원했지만, 누이는 자리에서 일어나 마르코에게 다가갔다. 그녀는 생각에 잠겨 있는 물에 젖은 사내를 바라보면서 그의 손을 잡았다.

"마르코…… 무슨 일이 있었던 거예요, 마르코?"

"아무것도 아니야……," 남편은 요새로 들어오는 반원형의 입구 가운데 하나를 바라보면서, 그리고 어둠 속에서 누군가가 나타나기를 기대하며, 이를 악물고 말했다.

"누가 당신을 찾고 있어요, 마르코? 누가 당신에게 연락을 하느냔 말이에요?"

"어떤 도둑놈들," 사내가 거실로 나가며 말했다. 그녀는 도대체가 무슨 일인지를 알아내려고 마음을 먹기라도 한 것처럼 그의 뒤를 따르고 있었다…… 바타는 높은 침대 머리에서 고개를 돌려 그들을 쳐다보았다. 누이와 매형이 화를 내고, 서로를 비난하듯 소리를 지르며 싸움을 벌이는 모습을 그가 몇 번이나 보았을지 그 누가 알겠는가. 그들은 손을 내젓고 원숭이 소니의 얼굴이 그려진 상자 더미 주위를 돌며 무언가를 이야기하고 있었다. 그가 병적인 근시만 아니었다면, 상자에 무엇이 씌어져 있는지 읽었을 것이다. '어린이 장난감!' 누이가 방문을 닫기 전에, 바타는 겁을 집어먹은 듯 묻고 있는 소리를 들었다. "도둑들이 당신한테 뭘 원하는 거예요?" 그리고 "그놈들을 죽여버리고 말겠어! 그놈들을 모두 죽여버리고 말겠어! 개처럼 말이야!"라는 마르코의 답변을 말이다.

*

지하실 안 우물 옆에서 츠르니는 다리가 세 개 달린 의자에 앉아 염소젖을 짜고 있었다. 온순한 성격의 그 동물은 술에 취해 있던 사내가 일을 마치기를 끈기 있게 기다리며 커다란 눈으로 그를 바라보고 있었다. 그는 파란색 냄비 속에 담긴 두 방울을 쳐다보며 헛되이 염소의 젖통을 쥐어짜고 있었다. "다른 거 없어? 요바노비치를 불러야겠군." 그는 자리에서 일어나, 감각을 잃은 등을 펴며 소리쳤다.

"요바노비치! 요바노비치!"

어딘가 지하실의 멀리 떨어진 구석에서 바이올린 소리가 들려왔다. 누군가가 고집스럽고 끈기 있게 연습을 하고 있었다. 츠르니가 호출을 반복했을 때, 어린아이의 목소리가 대답했다. "무슨 일이에요, 츠르니 아저씨?!"

"도와줘, 요바노비치! 도와달란 말이야!"

12살 먹은 아이가 한 손에는 바이올린을 그리고 또 다른 한 손에는 바이올린 활을 들고 우물이 있는 곳까지 뛰어왔다. 그는 얌전하게 있는 염소의 젖통을 힘없이 바라보고 있던 나이 지긋한 전사 옆에 멈췄다. 그는 전사에게 무엇을 해주어야 할지 알고 있었다. 그들은 몇 번에 걸쳐 같은 방식으로 우유 문제를 해결하곤 했었다. 그는 어깨에 바이올린을 걸치고, 츠르니를 쳐다보며 연주하기 시작했다. 그는 염소의 주위를 돌며 나직이 연주했다…… 2~3분 후에, 염소의 젖통으로부터 우유가 저절로 흘러나오기 시작했다. 염소는 만족스러운 듯 눈을 깜빡거렸고, 우유는 (마치 메트로놈처럼) 일정한 간격을 두고 냄비를 채웠다. '염소와 우유'를 위한 콘서트가 다시 한 번 성공한 것이다…… 츠르니는 냄비를 들고 어린 바이올린 연주자의 이마에 입을 맞추고는 자리를 뜨며 고마움을 표하고 약속했다.

"고맙구나, 요바노비치. 네가 없다면 내가 무엇을 할 수 있을지 모르겠구나…… 전쟁이 끝나면, 널 모스크바의 음악학교에 보내줄게! 넌 바이올린에 있어서 유고슬라비아 최초의 예술가가 될 거야. 넌 집시들처럼 선술집에서 생을 마감하는 일은 없을 거야."

"고마워요, 츠르니 아저씨," 아이는 머리를 숙여 인사하고 학교가 자리하고 있던 지하실 한쪽으로 달려갔다. 그에게 더 좋은 그리고 더 아름다운 날들을 준비시키고 있던 여선생과 수업을 하던 중이었기 때문이다. 츠르니의 걱정스러운 듯한 시선과 한숨이 그를 따랐다. 이틀 전에는 끔찍한 사건이 벌어졌었다. 옐레나가 조산을 했는데, 아기는 살아남았지만 그녀는 눈을 감은 채 누워 있었다. 헛된 일이긴 했지만, 요반은 그에게 한 번만이라도 그 아기를 돌아봐주기를 간청했다. 요반은 그녀의 옆에 앉아서 울며 "아직 삶이 끝난 게 아니야!"라고 반복해 말했지만, 아무런 도움이 되지 않았다. 그녀는 다른 쪽으로 고개를 돌리고 눈을 감고는 이따금씩 짧고 격렬하게 마치 숨이 넘어갈 듯 한숨을 내쉬었다…… 그 같은 비극을 홀로 경험한 어떤 여자들에게는, 염소의 젖만이 그녀를 구해낼 수 있다고 츠르니에게 말했다. 신선한 염소젖을 아침에 1리터 저녁에 1리터씩.

아무런 일도 할 수 없었던 아버지는 안으로 움푹 파여 있는 작은 집 안으로 들어갔다. 그는 아들에게 다가가 따뜻한 우유가 담긴 냄비를 건넸다.

"자 여기…… 이게 그녀를 회복시켜줄 거야…… 그녀가 마실 수 있도록 해주거라……"

"안 마실 거예요…… 아무것도 마시지 않을 거예요," 요반은 창백한 낯빛을 한 채 움직임이 없는 약혼녀를 바라보며 말했다.

"마셔야만 한단다, 아들아. 마셔야만 한단 말이다……! 네 어미도 첫번째 아이를 잃었고, 그러고 나서 너를 낳은 거야. 우린 포기해선 안 돼. 만약 우리가 포기한다면, 그 나쁜 놈들이 터키인들보다 더 오랫동안 저 위에 남아 있게 될 거야……"

그가 아직 포기에 관한 이야기를 마치지 않았을 때, 조그만 방 안으로 마르코가 검은 슈트를 손에 걸치고 들어왔다. 그는 들어오는 와중에 무슨 일이 벌어지고 있는가를 들었다. 그는 애처로운 젊은 여인, 너무나 커다란 슬픔에 잠긴 요반, 병든 친구를 바라보며 서 있었다. 방 입구 앞에는 이반과 원숭이 소니가 서 있었다. 그들은 만약 무언가 도울 일이라도 생기면 도울 수 있지 않을까 생각하며 슬쩍슬쩍 기웃거렸다…… 마르코는 쪼그리고 앉아 있던 젊은이에게 슈트를 건네주고, 솜털같이 부드러운 그의 머리카락을 어루만져주었다. 며칠 동안 감기와 격심한 분노로 인해 몸이 아팠던 그는 한숨을 내쉬고 쉰 목소리로 헛기침을 했다.

"결혼식을 위해 슈트를 가져왔는데…… 유감스럽구나, 요반…… 유감이야……"

"자네에게 말했었잖아, 마르코. 우리 모두는 누군가가 우리를 구해주기를 기다리면서 이 암흑 속에서 죽고 말 거야," 옛 전쟁 동료가 왜 자신에게 눈으로 나가라는 신호를 보내는지 의아해하며 츠르니가 말했다. 그는 참호를 떠나 이 빠진 나팔수와 선술집 주인이 버섯을 재배하고 있는 지하실 한편으로 자리를 옮겼다. 레스토랑 두나브스키 갈렙 앞의 흙은 마치 눈이 내린 것처럼 하얗게 변해 있었다. 누가 자신들을 보고 있지는 않은지 확인하고 나서, 마르코는 재킷의 안쪽 호주머니에서 편지를 꺼냈다. 그는 몸을 돌려 친구에게 편지를 내밀었다. 츠르니는 흥분한 채 바라보면서 파란색 봉투를 받아들었다. 그는 눈짓으로 그것이 무엇인가를 묻고 있었다.

"편지라네," 마르코가 속삭였다.

"편지인지는 나도 알아," 사내는 어리석은 답변에 화를 냈지만 바로 다음 말이 그를 기쁘게 만들었다.

"나탈리야로부터 온 편지야. 우리들의 나탈리야로부터."

"나의 나탈리야로부터지," 츠르니가 떨리는 손가락으로 봉투를 열며 그의 말을 바로잡았다…… "나의 나탈리야로부터……," 그는 가능한 한 빠르고 주의 깊게 봉투의 모서리를 찢으려고 애쓰며 반복해 말했다.

*

집의 위쪽, 전쟁의 상황을 방송하는 방 안에서, 나탈리야는 츠르니와 마르코를 (그녀 남편이 새롭게 만들어낸) 거울 속에서 쳐다보고 있었다. (네 면이 잘린 거울 덕분에, 그녀는 이미 열흘여 동안 지하실을 면밀히 살피고 있었다.) 그녀는 거울을 움직여가며 전 약혼자를 바라보았다. 머리가 희끗희끗하고 깊이 팬 주름살을 가진 그는 여전히 강인하고 매력적이었다. 츠르니는 전구의 흐릿한 불빛 쪽으로 고개를 돌려 편지를 들어 올리고는 큰 소리로 읽기 시작했는데, 왜냐하면 마르코가 그에게 만약 어떤 비밀이 아니라면 무엇이 쓰여져 있는지 들어보자고 간청했기 때문이었다.

"생각해봐요 츠르니, 당신 책임이 아니에요. 진정한 남자를 만났을 때, 그토록 많은 세월이 지난 후에도 여인이 얼마나 그를 사랑할 수 있는지를 보고 있잖아요."

"가여운 내 사랑!

당신은 내게 당신이 살아 있다고 말했고 나의 안부를 물었소. 요 몇 년 동안 그걸 꿈꾸었기 때문에, 난 그걸 이미 알고 있었소. 잘 때도 그리고 깨어 있을 때에도 난 당신의 꿈을 꿨소. 당신이 없다면, 나도 오래전에 없어졌을 거요…… 어디를 쳐다보든지, 난 당신의 두 눈을 보고 당신의 목소리를 듣고 있소. 견뎌내시오, 나탈리야. 견뎌내란 말이오…… 나의 애절함, 고통스러움 그리고 기쁨이여, 절대 포기하지 마오, 용기를 내시오……"

*

츠르니는 읽기를 멈췄다…… 그의 시선은 흔들렸고 글자는 흩어졌으며 목소리는 잦아들었다. 그는 가죽 점퍼의 소매로 눈을 훔치고, 고개를 흔들고, 흐느끼는 목소리로 훌륭히 씌어진 글자들을 계속해서 잘 읽어내려갔다.

"당신은 특공대원들과 함께 나를 구해줄 준비를 하고 있다고 말했었지요…… 당신은 밖으로 나가서 나를 위해 죽기로 마음먹었다고 말했었잖아요…… 당신은 또 더 많은 것들을 내게 말했었지만, 당신에게 부탁하고 싶어요. ─기다리세요…… 헛되이 죽지 마세요…… 내가 곧 갈게요…… 어쩌면 요 며칠 이내로. 항상 용감했었던 것처럼 참도록 하세요. 절 믿으세요. ─우린 곧 만나게 될 거예요…… 당신께 머리털을 보냅니다. 만약 당신이 저를 조금이라도 잊으신다면, 전 가장 불행한 여자이고 말 거예요! 당신의…… 나탈리야가……"

그는 큰 소리로 울면서 서명된 부분을 읽었다. 마르코가 그를 끌어안고 무언가를 그에게 말하려고 했지만, 그는 혼자서 흐느끼기 시작했다. 드물게 가슴으로 생각하곤 했던 사내의 마음속에서 무언가가 무너져 내렸다. 츠르니는 손등으로 눈물을 훔치고, 그를 쳐다보고는 손바닥에 금발의 머리털을 놓고 자신이 지은 점령군의 시행을 읊조렸다.

매일매일 나의 생일날은 멀어져만 가는데,
사랑하는 이여, 내가 당신을 만날 수 있을까,
독립의 그날 이전에?

"그렇게 될 거야, 그렇게 되고 말 거야…… 동지들이 대규모 군사행동을 준비하고 있어. 일요일에 주둔지를 공격할 거야," 마르코는 그의 구부정하고 여윈 등을 두드리며 진정시켰다.

"그녀를 더는 볼 수 없을까 봐 두렵네…… 만약 내가 그녀를 구해내지 못한다면 말이야."

"구해낼 거야, 구해내고말고, 친구…… 구해낼 거야…… 단지 조금 인내심을 가져야만 해……"

*

나탈리야는 잔에 그리고 자기 몸에 코냑을 들이부으며, 감시용 거울 속의 그들을 바라보고 있었다. (전화기가 계속해서 울렸다……) 그녀는

20년 동안 울어왔고, 오래전부터 술이나 강력한 어떤 권총으로 자살하기로 마음먹었었다. (마르코는 전화기의 침묵이 계속됨으로써 갑작스럽긴 하지만 예고된 방문을 예측하며 집안 곳곳에 연발권총을 두고 있었다.) 그녀는 일어서서 조금 비틀거리더니 전화기 쪽으로 다가가, 수화기를 들고는 병적으로 흥분한 채 물었다. 그녀는 처음으로 차분한 남성의 목소리를 듣고 있었다.

"누구야?! 누구냔 말이야?!"

"무스타파입니다. 마르코는 어디 있습니까, 나탈리야 동지?" 나쁜 놈보다도 더 나쁜 놈인, 익히 아는 그 사람의 목소리를 듣고 있다는 사실이 믿기지 않는다는 듯, 그녀는 수화기를 응시하고 있었다.

"무스타파," 그녀는 전쟁 전 도둑의 이름을 잘못 들은 것이 아닌지 확인하며 되물었다. 그 사내가 빈정대며 확인해줬을 때, 그 강도가 수화기를 내려놓지 않을까를 두려워하며, 그녀는 지그시 문 입술로 수화기를 가까이 가져가 빠르게 말했다.

"잘 들어, 이 건달 놈아! 내 남편을 그냥 내버려둬! 그는 아픈 사람이란 말이야, 빌어먹을 짐승 같으니라고! 목숨을 걸지 말란 말이야! 내가 널 죽이고 말 거야, 개 같은 놈!"

"짖어대지 마," 무스타파는 속삭이듯 말하고 수화기를 내려놓았다. 그녀는 레이스로 만들어진 커튼 너머로 요새의 성벽을 바라보며 서 있었다. 그녀의 안색은 창백했고 두려워하고 있었으며, 어디로 가야 할지 알지 못했다. 바타가 없다면, 모든 것을 버리고 도망치고 싶었다…… 누군가가 '나탈리야~아,' '나탈리야~아'라고 부르며 문을 두드리고 있는 것처럼 느껴졌다. 그녀는 창문으로 다가가 커튼을 들어 올리고 불빛이 비치고 있는 문지방을 바라보고 있었다. 아무도 없었다. "또 누군가가 나를 부르고 있군." 그녀는 속으로 생각했다. "마치 엄마의 목소리처럼. 또 나를 부르고 있어," 그녀는 잔에 코냑을 부으며 큰 소리로 말했다. "아니, 어쩌면 내가 이미 미친 건가? 어쩌면 내가 미쳐버린 건가? ……어쩌면 바타가 죽기 전에 내가 먼저 죽고 말 거야…… 어쩌면 그편이 더 좋을 수도 있지," 그녀는 병든 남동생의 방 안으로 들어가며 말했다…… 그녀는 문 앞에 멈춰 문설주에 몸을 기대고, 잠들어 있는 젊은이를 바라보고는 흐느끼며 바닥에 주저앉았다…… 그녀는 하염없이 울고 있었다. 그녀는 마르코가 지하실에서 나오는 것도, 옷을 갈아입는 것도, 그녀에게 다가오는 것도, 그녀를 끌어안고 (바타를 깨우지 않기 위해) 부드럽게 어린애처럼 속삭이는 것도 알아채지 못했다.

"늦겠어, 나탈리야…… 늦겠다고, 여보……"

"어디에 늦는다는 거죠, 마르코? 지옥이 아니고서야, 우리 두 사람이 어디에 늦는다는 거예요?"

"사냥에 늦겠단 말이야. 티토가 우리를 초대했어……"

"사냥에," 나탈리야는 농담이라고 생각하며 말했다. "사냥에?! 티토가 우리를 초대했다고요?"

"그래. 그리고 그 후에 사냥무도회가 있어…… 성대한 사냥과 외교관들의 무도회 말이야."

"사냥무도회," 그녀는 부어오른 눈에 눈물을 머금은 채 그를 쳐다보며 되뇌었다. 마르코는 바닥에서 그녀를 안아 올려 자신들의 방으로 데리고 갔다. 도중에 그는 눈물의 찝찔한 맛과 술의 끈적거리는 향기를 느끼며 그녀에게 입을 맞추었다. 언젠가 오래전에, 그녀가 첫번째 잔을 마시도록 쉽게 설득했었지만, 지금은 더는 술을 마시지 말라고 그녀를 설득하지 못하고 있었다. 그는 그녀의 목과 어깨에 입을 맞추며 침대에 눕혔다…… 그녀가 낄낄거리며 날카로운 목소리로 웃었을 때, 그는 그녀의 머리 위로 이불을 덮어버렸다. 바타의 방으로부터 "누나, 누나……" 하고 부르는 소리가 들려왔다. 그는 발로 문을 쾅하고 닫고, 마치 뱀이 허물을 벗듯 옷을 벗고는 이불 속으로 들어갔다. 어둠 속 비단이불 아래에서는, 열에 들떠 "사냥하러! 사냥하러! 사냥하러 가자!"라는 소리만이 반복되고 있었다.

14. 사냥꾼을 사냥하는 계절

　　사냥은 인간이 생각해낸 것이 아니었다. 아주 옛날 어떤 동물들이 먹이 때문에 야생동물들을 사냥하면서 생각해낸 것이다. 인간은 태곳적부터 식물의 열매, 뿌리, 잎사귀, 풀 들을 먹어왔다…… 어느 날, (번개를 일으키는) 커다란 불이 일어난 이후에 눈초리가 올라간 어떤 부족이 10여 마리의 잘 구워진 토끼들을 우연히 발견하게 되었다. 몇 날 며칠을 먹을 것도 없이 이웃 부족들로부터 도망치면서, 그들은 파삭파삭한 구운 고기를 한 번 먹어보았다…… 그리고 그것이 시큼한 사과와 아직 익지 않은 옥수수를 따는 행위의 마지막이었다. 막대기들은 화살과 창으로 교체되었으며, 모든 여가 시간들을 무리 지어 동물들을 뒤쫓고 죽이는 데 사용했다. 토끼로부터 돼지, 사슴, 곰으로 옮겨갔다…… 낮에는 사냥을 했으며, 밤에는 토할 때까지 먹었다. 그들의 치아는 얇고 날카로워졌으며, 위와 언어들은 두껍고 천박해졌다. 그리고 그들은 거짓말을 하기 시작했다. 그 먼 옛날부터 카라조르제 숲으로의 성대한 외교관 사냥에 이르기까지, 본질적으로 변한 것은 아무것도 없었다. (무기와 의복은 그렇다 치더라도, 사냥꾼들과 다른 것들은 동일하다.) 낮 동안에는 공원과 잘 조성된 숲을 돌아다니는 모든 것들을 죽였으며, 저녁에는 '부족의 불'로 작고 커다란 사슴 고기를 구웠으며 핥아먹은 뼈는 잘 교육받은 개들을 위해 남겨두었다. 1962년 말의 이 사냥은, (위대한 사냥꾼 요시프 브로즈 티토를 위해 보호받고 특별히 돌봐지는) 한 마리의 사슴에게는 행복하게 끝이 났는데—그 동물은 울타리를 부수고 다뉴브 강을 헤엄쳐 건너는 데 성공했던 것이다. 그리고 무스타파 동지에게는 불행하게도, 거의 비극적인 결말이었다. 누군가가 소나무 숲에서 멧돼지를 향해 총을 쏘다가 그의 어깨를 맞힌 것이다. "총알이 나무를 스쳐 방향을 바꾼 것이 불행 중 다행입니다," 브로즈의 주치의가 나중에 뜨거운 바비큐와 차가운 맥주를 마시며 말했다. 무스타파가 그 자리에서 죽을 수도 있었다는 이야기를 들으며 마르코는 꿩의 갈비를 씹고 있었다. 와중에 그는 브라트카*(그렇게 그는 한 불가리아 외교관에게 이름을 붙였다)와 함께 인도로의 무기 대량 인도에 관하여 대화를 나누었다…… 자정 무렵, 그들은 숲 속의 집으로 자리를 옮겼다. 국립 오케스트라의 반주에 곁들여, 많은 가수들과 유명 예술가들이 새벽녘 동이 틀 때까지 남아 있었다. 요시프 브로즈 티토는 돼지처럼 술에 취해, 마치 5분 전에 도착하기라도 한 것처럼 몇 번이고 반복해서 모든 장군들과 악수를 나누었다. 마침내 그는 멕시코 노래를 부르는 유명한 여자 가수와 함께 한 방으로 들어갔다. 나탈리야 역시 마르코의 혁명 시 구절을 이야기할 기회를 5분간 갖기도 했다. 술에 취한 아마추어들 사이에서 그 시 구절은 엄숙하고 진지하게 받아들여졌다…… 남편이 몰래 술을 마시면서 잔을 들고 있을 때 그녀는 미소를 지었고, 그를 끌어안고 속삭이며

---

* '형제'라는 의미의 세르비아어.

물었다.

"오늘은 뭘 사냥했어요?"

"아무것도. 당신은 내가 동물을 죽이는 것을 좋아하지 않는다는 사실을 알고 있잖아."

"그럼 사람들은요?" 그녀는 그의 눈을 쳐다보며 물었다. 마르코는 짐짓 질문을 이해하지 못한 것처럼 눈을 깜빡거렸다. 그녀는 단호했으며 적어도 그가 무슨 말이라도 자기에게 하기를 원했다. 그녀는 그의 귀에 입을 맞추며 질문을 반복했다.

"그럼 사람들은요?"

"무슨 말인지 이해할 수 없군…… 술을 너무 많이 마셨어, 여보. 술을 너무 많이 마셨군."

"당신은 왜 그를 죽이지 않았죠, 그 빌어먹을 놈을 말이에요."

마르코는 미소를 지으며 그녀를 안았다. 우연인 것처럼, 그는 그녀의 입을 손으로 가렸다. 유명한 예술가들의 공연 주최자이자 영화감독이었던 오스카르 불카가 탁자의 반대편에서 그들에게 손을 흔들었다. 영화에 그들의 모습이 비치고 있다는 신호였다. "괜찮아, 괜찮다구," 계속해서 시끄럽게 지껄이고 있던 술에 취한 아내의 입을 손으로 막으며 마르코가 그에게 소리쳤다…… 그들은 점심 식사 후에 흩어졌다. 개를 끌고 왔던 한 장군은 개들에게 동물의 남은 뼈다귀를 나누어주었다. 헤어지는 자리에서 요시프 브로즈 티토는 모든 사람들에게 행복한 새해, 민족들 간의 더 우호적인 관계, 세계의 평화와 냉전의 종말을 기원하며 짤막한 작별의 인사말을 건넸다. '더 깊은 우정과 보다 더 좋은 미래를 가져올' 전 세계의 아이들에 관해 언급했을 때, 멕시코 노래를 부르던 여가수가 먼저 울기 시작했다. 그들은 눈물과 포옹을 나누며 뻣뻣하게 굳은 동물들의 시체로 가득한 짐들을 나르며 헤어졌다. 무스타파만이 응급차에 실려 갔다. 조금만 더 했으면 검은색 자동차*일 수도 있었다고, 마르코는 대통령으로부터 받은 시가를 피우며 속으로 생각했다.

*

일주일 후에, 마르코의 메르세데스가 평평하지 않은 숲길을 따라 덜컹거리며 다뉴브 강 아래쪽으로 내려가고 있었다. 밤은 선선했으며 밝았다. 하지만 핸들을 잡고 있던 마르코는 의기소침하고 말이 없었다. 그는 어떠한 이야기도 피한 채, 낮에도 말을 하지 않았다. 무스타파가 병원에서 나온 즉시 만나자는 연락을 해왔다. 오늘 아침에도 그는 몇 번 전화를 했었다. 나탈리야는 마르코가 치료차 온천에 갔다고 거짓말을 했다. "돌아오면 곧바로 내게 연락을 하라고 하십시오." 그는 그렇게 말하고 집 전화번호를 남겼다. 그녀는 무기에 관련된 일 때문이라고 예감했지만, 어젯밤까지 무슨 일인지 물을 수 없었다.

"무스타파가 뭘 원하는 거예요? 한번만이라도 내게 말해주세요," 그녀는 우울해하고 있는 남편에게 물었다. 마르코는 안경 너머로 그녀를 쳐다보고 핸들을 감아 좁은 도로로부터 모래 해변 쪽으로 방향을 틀었다. 그는 자동차를 멈추고 손 브레이크를 들어 올리고는 평화로운 강 표면을 바라보며 탄식의 소리를 뱉어냈다.

"소피아에서 그에게 5백만 마르크를 가져다줄 거야. 바로 내일 말이야……"

---

* '장례용 차량'을 의미한다.

그녀는 그가 하고 있는 말을 믿지 못했다. 그녀는 눈을 크게 뜨고 성호를 그으며 남편을 바라보고 있었다.

"소피아에게서 우리들의 돈을 가져다 그에게 준다고요? 우리의 5백만 마르크를?"

"그래," 마르코는 핸들을 지그시 누르며 단호하게 말했다. 그는 땀을 흘리며 힘겹게 숨을 내쉬고 있었다. 그는 공기를 마시려는 듯 창문을 열었다. 나탈리야는 손을 들고 거의 울 것처럼 소리를 질렀다.

"그놈이 제정신이에요? 우리들의 돈을?! 우린 그 돈을 15년 동안 모아왔어요! 그건 우리가 갖고 있는 전부라고요! 다른 사람들이 여행하고, 돈을 쓰고, 집과 금을 사는 동안, 우리 두 사람은 할아버지의 판잣집에서 살아왔잖아요. 내가 뭘 닮았는지 쳐다봐요! 날 쳐다보란 말이에요!"

"무엇을 닮았는지 보라"는 말을 반복하며, 아무것도 가진 것이 없다는 것을 보여주면서 그녀는 계속해서 드레스를 들췄다. 마르코는 눈을 감고 몸을 구부려 그녀의 하이힐을 벗겼다. 그는 모든 것이 자신의 잘못이라고 스스로를 책망하며, 영원히 현명해지는 것이 가능하다면 자신에게 벌을 내리라고 그녀에게 신발을 건넸다.

"모든 것이 내 잘못이야. 나와 나의 돌아버린 머리가 말이야. 난 사람들을 믿었지만 사람들은 거짓말쟁이들, 도둑놈들, 범죄자들, 살인자들이었어. 우린 이 나라를 떠나야만 해. 이곳엔 정직한 사람을 위한 자리가 없어, 나탈리야……"

"왜 그놈을 목 매달아버리지 않는 거예요?" 이전에 선량하지 못했을 때 수천 번을 그랬던 것처럼, 그녀는 그에게 벌을 내릴 준비가 되었다는 듯 신발 끝부분을 들고 그에게 물었다.

"어떻게 도둑을 목 매단다는 거야? 교수대의 끈을 훔쳐갈 텐데……

그리고 그는 잘못이 없어. 내가 잘못한 거지. 나의 선량함과 나의 돌아버린 머리가 말이야. 이 돌아버린 머리가! 부숴버려, 나탈리야! 부숴버리란 말이야, 제발!"

부인은 하이힐로 그의 머리 꼭대기를 내리쳤다. 한 번, 그리고 또 한 번…… 머리카락에서 얇은 핏줄기가 새어 나와 입술까지 흘러내릴 때까지 그를 때렸다. 피가 흐르는 걸 느끼고 마르코는 그녀를 붙잡아 올려서는 팔 안쪽에 앉혔다. "모든 것이 내 잘못이야"라고 반복해 말하며 그는 허리까지 그녀의 드레스를 들어 올렸다.

저 멀리 해변의 끝 쪽에, 영화를 제작하고 있는 탐조등이 빛나고 있었다. 빛은 검은 리무진과 매듭으로 연결되어 있는 부부를 비추고 있었다. 와이퍼가 '물기 없이' 움직이고 있었고, 라이트가 켜졌다 꺼졌다를 반복했으며, 머리로, 무릎으로, 팔꿈치로, 등으로, 어깨로, 발로 눌려진 경음기는 큰 소리를 내며 울려대고 있었다…… 자동차는 엔진이 돌아가고 있지 않았음에도 위아래로 그리고 자리를 옮겨가며 흔들리고 있었다. 그것은 '두 사람의 사랑의 힘'이었다.

15. 정말로 누군가가 그토록 자신을 닮을 수 있는 것인가

강렬한 탐조등이 역사적인 의미를 지닌 선상 레스토랑인 두나브스키 갈렙 가까이에 있는 영화 촬영팀을 비추고 있었다. 편안한 상태로 긴장이 풀린 마르코의 손에 의해 운전되는 메르세데스가 천천히 아무런 잡음 없이 다가왔다…… 나탈리야는 흥분한 채로 배와 수많은 영화 작업자들을 쳐다보고 있었다. 마르코의 회고록에 기록된 대로, 그들은 축하 장면을 ― '점령하에서 그녀가 극장과 애국적인 작별을 하는 장면' ― 찍으려고 준비하고 있었다. 다른 모든 전쟁문학 작품들처럼, 그의 일기 또한 '시 작품의 반짝임과 같은 빛을 내면서 거친 현실을 그럴듯하게 꾸미고 있었다.' ― 비평가이자 전우들은 자신들의 전쟁 동료와 천 년 역사를 통틀어 가장 존경받을 만한 영웅들에 대한 기억을 찬양하면서 그렇게 글을 썼다.

자동차에서 운전을 하며, 나탈리야와 마르코는 영화 리허설을 보고 있었다. 그들은 흥분한 상태로 사람들과 '기억 속의' 사건들을 바라보고 있었다. 20년 전의 그들을 닮은 젊은 배우들은, 배에 대한 나치의 공격 장면을 반복했다. 회고록과 촬영 책자에 따르면, 당시의 사건은 지금 예행연습되고 있는 대로 일어났었다: 나탈리야 역을 맡은 여배우는 두 개의 총으로 독일 병사들을 쏘며 판자를 건너 뛰어넘어가고, 그녀의 뒤에서는 그녀를 엄호하며, 츠르니가 기관총을 난사하면서 그들을 죽인다. 마르코 역을 맡은 남자 배우는 돌아오라고 소리치며 배를 연결하는 밧줄을 잡고 있다. 이 빠진 악사 역을 맡은 남자 배우는 가슴에 총을 맞고, 죽을 때나 내는 가래 끓는 소리를 내며 공산주의자들이 부르는 혁명가를 연주하고 있다…… 맨 먼저 감독이 검은 자동차의 도착을 알아차렸다. 그는 오랫동안 기대하고 있던 '진짜' 마르코와 '진짜' 나탈리야의 방문에 기뻐하며 리허설을 중단시켰다. 그리고 그 두 사람은 자동차에서 내려 우아한 걸음걸이로 영화 관계자들과 그들을 맞이하기 위해 뛰어온 감독에게 미소를 지어 보이며, '나치 휘장을 달고 있는 트럭'과 엑스트라들 사이를 둘러보고 있었다…… 그들은 프란츠의 리무진 옆에 멈춰 섰다. "세상에, 모든 것이 그날 밤과 똑같군," 나탈리야는 속으로 생각했다. 그녀는 배, 배우들, 모래 해변, 강 위의 달을 바라보았다…… "모든 게 똑같아, 단지 우리 두 사람만이 20년을 늙었을 뿐이야," 그녀는 흥분해 있는 마르코에게 속삭였다. 그는 웬일인지 야릇한 미소를 지어 보였고, 저 세상의 어떠한 것이라도 믿는다는 듯 몸을 돌렸는데─아마도 성호를 그었음에 틀림없었다. 감독이 고개를 숙여 그들에게 인사했다. 그는 동지로서 마음에서 우러나 마르코에게 손을 내밀었고, "환영합니다…… 환영합니다……"라고 거듭 말하며, 나탈리야의 가죽 장갑에 입을 맞추었다.

"만나서 반갑습니다." 마르코가 넘어지지 않도록 그를 바로 세우며 인사에 답했다. 웃음 띤 수많은 얼굴들이 존경심, 아니 오히려 두려움을 느끼며, 옛 혁명가이자 시인을 바라보고 있었다. 그가 자리했던 그곳에서는, 누군가가─영원히 사라진다는 이야기가 떠돌았기 때문이었다. 정말 그랬는지는 사라져버린 그 사람들만이 알고 있을 터였다.

"잘돼가십니까, 불카 동지? 내 회고록 가운데 무엇이 포함될 예정인가요?!"

감독은 허리를 굽혀 오른쪽으로 몸을 기울이고, 코 아래에 있는 입술을 내밀며 낚시꾼처럼 양팔을 펼쳐 보이고는 지금까지의 작업에 관한 인상을 설명했다.

"에…… 마르코 동지, 어쩌면 좀 무례하게 드리는 말씀이지만, 믿어주십시오…… 이것은 대단한 영화가 될 겁니다! 대단한 영화 말입니다!"

그 자리에 있던 앵무새가 '위대한 영화'가 될 것이라고 소리치며 반복했다. 감독은 손으로 박수를 치며 소란스러움과 칭찬의 말들을 중단시키려고 애썼다. 그는 무언가를 더 말하려고 했지만, 한 무리의 사람들이 "지금이야 가능하지만, 누가 또 언제 찍을 수 있겠어?!"라고 말하며, 단한 번은 찍을 수 있지만 더 이상은 불가능한 기적이라도 되는 것처럼 영화를 찬양했다. 그들 모두는 오스카르 불카가 확성기를 사용해 보다 더 큰 소리로 말할 때까지 웅성댔다.

"조용! 조용히 해요! ……제발! ……당신들과 나의 이름으로, 우리들의 친애하는 귀빈인 혁명가이자 시인인 마르코 동지께 그리고 우리들의 가장 위대한 여배우인 나탈리야 동지께 인사말을 전할 수 있도록 해주십시오!"

영화팀은 열광적으로 박수를 쳤다. 만약 감독이 연설을 계속하지 않았다면 그들은 삶이 끝날 때까지 박수를 쳤을 것이다. 오스카르 불카는 마르코의 눈을 바라보며 몸을 조금 숙이고는 정답게, 진심으로, 진실하게, 거의 울 듯한 목소리로 말하고 있었다.

"감사합니다, 마르코 동지! 당신의 위대한 문학작품이면서 우리들의 가장 찬란히 빛나는 혁명의 나날들을 묘사하신 시 작품과, 우리의 것이며 그리고 당신의 것이기도 한 이 영화를 촬영하는 동안 우리들로 하여금 영원한 기쁨을 불러일으킨 장면들에 감사를 드립니다, 유고슬라비아의 모든 민족과 소수민족들의 역사에 있어서 이것은 귀중한 증거물입니다! 감사합니다! 감사합니다! 감사합니다! 감사합니다⋯⋯!"

마르코가 프란츠의 리무진 지붕을 손바닥으로 두드리며 그들을 제지하지 않았더라면, 감독과 수많은 영화 관계자들이 "감사합니다, 감사합니다⋯⋯"를 얼마나 오랫동안 되뇌었을지 그 누가 알겠는가(보통은 그렇게, 열렬하고 애국적인 모임에서 소란을 잠재우곤 했다). 그는 손가락을 조금 치켜들고 고개를 뒤로 젖힌 채로, 위쪽에서 그들을 내려다보며 '위대한 혁명가의 덕망 있는 선택된 어휘들로' 인사말을 전했으며, 신문들은 다음 날 '풀라 영화축제*에 맞추기 위해 서둘러 마지막 부분을 촬영하고 있던' 영화팀을 방문한 마르코 동지와 나탈리야 동지에 관해 전했다. 그리고 마르코는 정말로 다음과 같이 말했다.

"남성 그리고 여성 동지, 예술가 여러분!"

"여러분들의 성공적이고 행복한 작업을 기원합니다. 여러분들은 이 영화를 통해 우리들의 혁명에 있어 위대하고 뛰어난 사람들에 대한 기억을 되살리고 있습니다. 영화가 그들의 업적을 제대로 보여주고 선량함, 존경심 그리고 용기의 진정한 가치를 통해 영감을 받게 될 세대의 관심을 끌 수 있는 가치가 있다면, 우리는 그들에게 빚을 갚게 될 것입니다. 위대한 혁명가이자 시인인, 가브릴로 프린치프**는 잊힐 수 없는 다음과 같

---

* 크로아티아의 해안도시 풀라Pula에서 개최되는 영화제.
** Gavrilo Princip: 1914년 보스니아의 사라예보에서 오스트리아의 황제자인 프란츠 페르디난트를 저격했던 인물.

은 시행으로 그러한 감정을 이야기한 바 있습니다.

　회색 매 제라이치*가
　예전에 말했었지,
　죽기를 원하는 사람은 살 것이요,
　살기를 원하는 사람은 죽을 것이라고!"

　"예술가 동지 여러분, 부디 행운이 함께하시길 바랍니다! 만세."
　그렇게 길고 진심에서 우러나는 박수갈채를 듣는 것은 드문 일이었다. 정말로, 열광에 휩싸인 사람들을 가라앉히는 일은 불가능했다. 감독은 마실 것이 담긴 쟁반을 가져오라고 독일 병사 제복을 입고 있는 엑스트라들에게 명령했다. 마르코는 농담을 하며 그들을 쳐다보았다.
　"독일인들이 서빙을 하는군! 만약, 만약……," 그는 샴페인을 들며 만족스러운 듯 반복해 말했다. 나탈리야는 한 잔을 재빨리 마시고 곧 다른 잔을 집어 들었다…… 감독은 마치 나무에서 따기라도 한 것처럼 잔을 높이 치켜들었다. 그는 손님들에게 축배를 들고 나서 조금 입을 축이고는, 젊은 배우들 가운데 한 사람에게 눈짓을 하며 등을 돌리고 흥분한 듯 말했다.
　"마르코 동지, 당신의 회고록에 등장하는 영웅들을 당신께 소개하도록 허락해주십시오……"
　손에 소총을 들고 머리에는 캡이 달린 모자를 쓴 젊은이가 조심스럽게 다가왔다. 그는 전쟁 전 대학생들이 입던 옷을 입고 있었으며, 미소를

---

* 가브릴로 프린치프 이전에 암살을 기도했던 보스니아의 암살자 보그단 제라이치Bogdan Žeraić를 의미한다.

지으며 손을 내밀고는 자신의 영화 속 이름을 말했다.

"마르코입니다."

마르코는 혼란스러워하며 그를 쳐다보았다. 영화팀은 '같은 인물'의 만남을 바라보며 만족스러운 듯 미소를 지었다. 나탈리야는 성호를 그었고 마르코는 더듬거리며 말하기 시작했다.

"당신이, 나란 말인가? 당신이…… 나란 말이지," '진품'이 믿을 수 없을 만큼 훌륭한 '모조품'을 보면서 말했다.

"예, 제가 당신입니다, 마르코 동지…… 제가 당신입니다."

마르코도 젊었을 적의 자기 자신을 생각하며 소리 내어 웃었다. "이건 정말 나야, 다만 내가 이렇게 옷을 입은 적이 없을 뿐이지. 하지만, 조그만 '변화' 따위가 이야기의 본질에 있어서는 그리 중요하지 않아," 그는 나탈리야에게 속삭였다.

"당신과 정말 똑같아요…… 세상에, 당신이 이렇게 젊었나요……"

"놀랍군…… 나랑 똑같아…… 학생 시절에 우린 전쟁터에 나갔었지…… 단지 책을 소총으로 바꿔 들었을 뿐이야…… 총을 쏴라, 어머니가 들을 수 있도록, 우리 땅은 누구에게도 넘겨주지 않을 테다…… 그렇게 우린 죽음으로 나아가며 노래를 불렀지……"

그는 마치 거울 속에 있는 자신의 모습을 보듯 그 배우를 바라보았다…… 그는 배우의 머리카락과 셔츠 옷깃을 바로잡아주었다. "훌륭한 선택이야. 나와 똑같아," 그는 만족스럽게 생각했다. "나와 똑같아……" 옆에서 키가 크고 머리카락이 붉은 사내가 다가왔다. 윤이 나는 장화의 뒤축을 구르고 쇳소리를 내며 인사하는 독일 장교를 보고 마르코는 안색이 창백해졌으며 미동도 하지 않았다.

"프란츠입니다, 선생님!"

"프란츠……," 권총을 꺼내려는 남편을 제지하며 나탈리야가 속삭였다. 그는 상의 아래쪽의 어깨끈 쪽으로 손을 움직였다…… 배우가 너무나 비슷했기 때문에, 그는 순간적으로 젊은 시절과 전쟁의 나날들로 돌아갈 뻔했다. 감독은 성공적으로 배역을 선정한 것에 대해 웃음을 터뜨렸다. 그는 권총을 꺼내 들려는 마르코의 시도를 재치 있는 장난쯤으로 받아들였다. 그는 낄낄거리며 웃고 뼈마디가 굵은 집게손가락으로 위협하며, '장교'의 등을 때렸다.

"조심해, 프란츠! 마르코 동지가 자네를 벌써 한번 죽였잖아!"

젊은 장교는 미소를 짓고 나탈리야를 바라보고는, 몸을 조금 숙이고 군인 같은 발걸음으로 '자신의' 자동차가 있는 곳까지 멀어져갔다.

"세상에, 그를 길거리에서 만났다면—정신을 잃었을 거예요…… 정말 누군가가 그토록 닮을 수 있다니 말이에요?!"

그리고 (의기소침해하며 질투심을 느끼고 있는 남편을 붙들면서) 그녀가 그 말을 하고 났을 때, 젊은 여배우—나탈리야가 그들에게 다가왔다. 금발 머리와 아름다운 눈을 하고 있는 젊은 여자는 중년의 여배우를 쳐다보고, 그저 손을 내밀고는 친구처럼 말했다.

"나탈리야 조브코브입니다."

"나탈리야 조브코브," 나탈리야는 자신이 기억하고 있는 누군가를 언급한 것인 양 나직이 반복했다. 그녀의 혼란스러움과 감독의 만족감을 이 빠진 선술집 주인 역을 하고 있던 배우의 트럼펫이 내는 날카로운 소리가, 그리고 뒤이어 "달빛이군, 한밤중이네, 태양이 빛나는군, 한낮이네……"라는 집시들의 노랫소리가 방해했다. 전쟁 중의 사랑에 관한 옛이야기를 영화 팀 전체가 따라 부르기 시작했다. 독일군 역을 맡고 있던 엑스트라들이 샴페인 병을 따서 손님들에게 그리고 감독이 배우들과 영화

관계자들에게 쏟아부었다…… 너무 커다란 소란스러움과 외침들이 마르코에겐 좀 괴롭게 느껴졌다. 그는 (그녀가 다섯번째 잔을 마시려는 것을 막으며) 아내를 끌어안고, 작년 보안의 날에 '특별한 공로'를 인정받아 받은 금박이 입혀진 손목시계를 보면서 속삭였다.

"떠나야 할 시간이야. 바타가 우리를 기다리고 있잖아."

"그래요, 바타가 우리를 기다리고 있어요." 나탈리야가 한숨을 내쉬었다. 그녀가 뭔가를 더 말하고자 했지만, 남편은 모래강변에 정박해 있던 보트 쪽으로 가며 그녀를 그 자리에 남겨두었다. 그는 천천히 조심성 있게 발걸음을 옮겼다…… 가죽점퍼를 입고 있던 사내로부터 10여 미터쯤에서 그는 멈췄고, 젖은 모래 위에 그려진 사람의 형상을 대상으로 벌이던 총검 찌르기 놀이를 중단시키며, 사내를 쳐다보고 이름을 불렀다.

"츠르니…… 츠르니!"

츠르니 역을 맡은 배우는 몸을 돌렸고 혼란에 빠져 있던 마르코를 어리둥절한 듯 쳐다보았다. 그는 뭔가 묘한 일이 일어나고 있음을 깨달았지만, 대체 무슨 일인지 알지 못했다. 감독은 마르코의 등 뒤에서 그에게 다가가 악수를 나누라고 손짓을 하고 있었다. 마르코는 옛 친구이자 결혼대부인 그의 손을 잡고, 어둡고 완고해 보이는 그의 눈을 바라보고는, 끌어안고 입을 맞추었다…… 그가 뒷걸음질 치자, 그는 다시 그를 안으며 붙잡았다…… 20년이 지난 후 치열했던 전투의 축하연에서 전우들이 만난 바로 그때에만 볼 수 있는 남성적인 굳은 악수와 함께 그들은 몸을 떨었으며, 흥분한 사내는 겨우겨우 말을 반복하며 이어갔다.

"츠르니…… 츠르니…… 나의 형제여…… 왜 그 나쁜 놈들이 자넬 죽였단 말인가…… 왜 자넬 죽였어, 친구여……"

츠르니 역을 맡은 배우는 충격을 받은 것 그 이상이었다. 그는 자신이 어떤 상황에 처해 있는지 그리고 울고 있는 이 남자와 무엇을 해야 할지 알지 못했다. 감독은 마르코의 등 뒤에서, 옛 혁명가를 안아주라는 몸짓을 해보였다. 그 젊은이가 마르코를 끌어안자 모든 팀원들이 울기 시작했다. 그 어느 누구도 더 이상 눈물을 참을 수 없었다…… 감독은 눈물을 닦고 모든 사람이 들을 수 있도록 말했다.

"이런, 친구들이 서로 헤어졌습니다! 빌어먹을 파시스트 놈들!"

*

1963년 4월 6일 밤나무 꼭대기에서 비둘기가 날아올랐고, 할아버지의 집 상공에서 원을 그리다가 칼레메그단 요새 위의 낮은 구름 사이에서 사라졌다. 그것은 좋은 징조가 아니라고, 나탈리야는 날개를 퍼드덕거리며 사라지는 새를 바라보며 속으로 생각했다. 그녀는 커튼을 내리고 침대로 다가가 바타의 침대 머리맡에 앉아 그의 창백하고 차가운 이마를 어루만지고 마치 책을 읽듯 이야기를 계속해나갔다.

"햇빛이 찬란한 아름다운 어느 날, 알리사는 숲길을 따라 산책을 나갔어. 혼자서 말이야. 그녀는 달리기도 하고, 노래를 부르고, 꽃을 따기도 하고, 새들 그리고 동물들과 대화를 나누었단다…… 피곤해지자 커다란 떡갈나무 아래에 앉았는데 나무 꼭대기에서 비둘기가 날아올라 산 정상 위의 하얀 구름들 사이로 사라졌어…… 그녀는 마치 새가 날개를 퍼드덕거리기라도 한 것처럼 졸린 눈으로 비둘기를 바라보며 곁눈질을 했어…… 그리고 그렇게 잠이 들었단다. 그리고 꿈속에서 어떤 먼 나라에서 잠이 깼지, 기적의 나라 말이야……"

"누나……," 바타가 머리를 옮기며 그녀를 불렀다. 나탈리야는 두꺼운 유리 안경 너머의 그의 눈을 바라보며, 위에서 병약한 남동생을 내려다보았다.

"그래, 바타야……"

"나도 기적의 나라에 가봤어……"

"네가 가봤다고?"

"응, 누나…… 가봤어…… 어젯밤 엄마가 날 데리고 갔었어……"

나탈리야는 책을 덮고 일어나 침대 주위를 맴돌았다. 그녀는 바타의 얼굴을 볼 수 있도록 그의 발끝에 앉았다. 냉랭하고 질식할 것만 같은 침묵을 불러일으키며, 어떤 묘한 불안감이 지난 며칠 동안 집 안에 엄습했었다. 그녀가 동화를 '읽어주는' 것처럼 그가 늘 그녀를 생각하기를 간절히 바라면서, 그녀는 울지 않으려고 애쓰며 그의 이야기를 반복했다.

"엄마가 널 기적의 나라에 데리고 갔단 말이지?"

"응……"

"우리 엄마가?"

"그래, 우리 엄마가, 우리들의……"

"그런데, 그 나라가 어디 있어, 바타?"

"저기 어딘가, 어딘가…… 먼…… 그 나라에도 붉은 지붕과 노래 부르고 춤을 추기만 하는 사람들이 있는 한 마을이 있어. 하루 종일 말이야……"

"하루 종일," 나탈리야는 그 이상한 이야기와 누군가 방문을 두드리는 것처럼 자신의 심장이 뛰고 있는 소리를 들으며 반복해 말했다. 바타는 눈을 감고 미소를 지었고, 고통스러운 듯 머리를 조금 움직였다.

"누나, 그 마을에서 뭐가 가장 좋은지 알아?"

"뭔데, 바타?"

"아무도 아프지 않다는 거야…… 아무도…… 엄마가 마을 입구에서 날 기다렸어. 엄마는 내가 올 줄 알고 있었다고 말했어…… 난 어떻게 알고 있었냐고 물었지. 엄마는 '비둘기 한 마리가 내게 알려줬지'라고 말했어."

"비둘기?"

"그래, 비둘기, 누나…… 그리고 나서 우리들은 뜀박질도 하고 웃고 그랬어. 우리는 손을 잡고 있었어, 이렇게…… 이렇게……"

그는 손을 잡으라는 신호를 그녀에게 보내면서 손가락을 움직였다. 그는 그녀의 땀이 밴 손바닥을 꽉 쥘 수가 없었다.

"그러고 나서, 우리가 어디로 갔는지 알아?"

"어딘데, 바타?"

"한 성대한 결혼식장에…… 어떤 젊은 남자인 요반과 어떤 젊은 여자인 엘레나가 결혼을 했어…… 난 하루 종일 춤을 추었어……"

"네가 춤을 추었다고?"

"응…… 누가 그 콜로를 더 추었는지 알아?"

"누군데, 바타?" 그녀는 두려워하며 조금 열린 문을 통해 마르코가 어디에 있는지 쳐다보며 물었다. 그녀는 마르코를 부르고 싶었지만, 바타가 그의 앞에서 입을 다물지 않을까 두려웠다. 그는 마르코를 좋아하지 않았으며 그걸 숨기지도 않았다. 그녀에게만 이야기를 했다.

"우리 아빠도 춤을 췄어…… 그리고 우리 할아버지 사바도, 그리고 우리 할머니 율카도…… 그리고 그들 모두는 누나에게 안부를 전했고, 내가 가더라도 울지 말라고 말했어……"

"네가 가더라도……"

"응…… 왜 우는 거야, 누나?"

"안 울어……"

"울고 있잖아," 남동생이 머리를 옮기며 말했다. "가장 두꺼운 벽을 통해서도 난 누나를 볼 수 있어," 그는 휠체어를 타던 예전에 그렇게 말했었다…… "왜 또 우는 거야?"

"안 울어," 몰래 눈과 볼을 훔치려고 애쓰며 나탈리야가 반복해 말했다.

"울고 있잖아, 울고 있단 말이야……"

"조금……"

"그런데, 누난, 날 사랑해?"

나탈리야는 일어서서 그를 끌어안고 입을 맞추었다. 그녀는 단지 그만이 들을 수 있도록 속삭이며 대답했다.

"세상에서 제일……"

"그렇다면, 울지 마…… 거기서 난 행복할 거야…… 건강할 거야 …… 누나, 우리들의 노래를 부르자…… 그…… 그…… 그……"

"어떤 노래, 바타?"

"그, 겨울과 엄마에 관한…… 기억해? 눈이 내리네……"

나탈리야는 "기억하지"라고 말하고, 조금 자리를 옮기고는 잠들지 않는 것을 처음으로 두려워하며 병든 남동생의 졸린 듯한 눈을 바라보았다. 지금까지는 항상 그를 잠들게 하려고 책을 읽어주고 이야기를 해줬었다. 그녀는 그의 손을 잡고, 겨울과 엄마에 관한 노래, 그들의 기억만큼이나 오래된 그 노래를 부르기 시작했다. 바타는 예전에, 오래전 한때, 아주 오래전에, 수년 전에 노래를 불렀던 것처럼 노래를 부르려고 애쓰며 몇 마디를 속삭였다.

눈이 내리네, 눈이 흩날리네

밤은 백발의 할머니 같네

창문으로는 겨울이 노크하네

하지만 우리 엄마는 우리를 보호하지

우리 엄마가…… 하나밖에 없는……

바타는 '하나밖에 없는'이란 말을 반복하며 속삭이더니 눈을 뜬 채 잠이 들었다. 창문과 레이스로 만들어진 커튼을 통해서 늦은 태양빛이 그의 코끝과 검은 안경을 비추며 날아들었다. 나탈리야는 한숨을 내쉬며 자리에서 일어나, 벽을 움직여 방을 더 넓게 만들려는 듯 벽 쪽으로 다가가 등을 기대고는, 손을 볼에 대고 남편을 소리쳐 불렀다.

"마르코!"

16. 1963년 이른 봄, 조그만 묘지에서의 커다란 싸움

누이 나탈리야와 마르코는 시 외곽의 묘지에 있는 '역'에서 기적의 나라로 먼 길을 떠나는 바타를 배웅했다. 유족들이 몇 년 동안 사람들을 피해왔기 때문에, 여행객에겐 동료가 없었으며, 송별식은 그들이 살아왔던 것과 크게 다를 바 없었다. 단지 그들 세 사람과 신물 나도록 지겹게 내리는 비만이 함께했을 뿐……

무덤 파는 일꾼들은 하나의 잘못된 동작도 하지 않으려고 애쓰며 작업을 수행했다. 그들은 마치 누군가에게 삶을 되돌려주기라도 하듯 조심스럽게 일을 했다. 왜냐하면 그들은 약한 담력을 가진 마르코 동지가 일반 사람들 사이에서 회자되던 것과 같이, '정직하기는 하지만 거북스럽고 화를 잘 내는 사람'이라는 사실을 알고 있었기 때문이었다. 유족들이 떠나기를 기대하며 그들은 조용히 관을 묻었다…… 나탈리야는 검은 우산 아래에서 남편의 꽉 쥔 손을 붙잡고 있었다. 그녀는 울지 않았으며 이제 더는 울지 않을 것이다.

묘비와 나무들 사이로 내려앉은 질식할 것만 같은 안개를 뚫고, 검은 코트를 입고 검은 우산을 쓴 세 사람의 모습이 나타났다. 마르코는 입을 꾹 다물고 오른손으로부터 왼손으로 우산을 바꿔 들고는, 어깨끈에서 권총을 빼내 코트 주머니에 숨겼다. 작은 웅덩이와 파내진 흙 사이를 발로 밟으며 무스타파가 그들에게 다가왔다. 무덤 파는 일꾼들은 무엇을 해야 할지 알지 못했다. 그가 아무 말없이 사라질 것인가 아니면 조의를 표하기를 기다릴 것인가. 그들은 마르코가 권총을 꺼내는 모습을 보았고, 야네즈와 토미슬라브의 손이 코트 아래로 깊숙이 들어가 있다는 것을 알아챘다. 할 수만 있다면 땅을 파고 들어가고 싶었다.

무스타파는 한 손가락 또 한 손가락을 빼내며 장갑을 벗었다. 그는 나탈리야에게 손을 내밀었다. 여인은 그를 쳐다보고 고개를 돌렸다.

"조의를 표합니다." 무스타파는 내밀었던 손을 계속해서 들고 말했다.

"썩 물러가," 아까시나무의 우듬지에 있던 참새들과 자리를 떠날 수 없었던 무덤 파는 일꾼들을 놀라게 하며 나탈리야가 소리쳤다. 무스타파는 기품 있게 평온함을 유지하려고 애쓰며 미소를 지었다.

"나탈리야 동지, 절 믿어주십시오……"

"너의 뭘 믿으라는 거야, 도둑놈 같으니?! 너의 뭘 믿을까?! 썩 물러가!"

"제발…… 모욕을 받으려고 온 것이 아닙니다……"

"이건 뭘 의미하는 거지, 무스타파?" 마르코가 어느 정도 높은 곳에서 그를 바라보며 물었다.

"예의지요," 전직 기술자였던 그가 짧게 반복해서 대답했는데, 왜냐하면 자신의 말을 잘 알아듣지 못한 것 같았기 때문이었다. "예의 말입니다!"

"예의? 어떤 예의란 거지, 무스타파?" 마르코는 믿기 어려운 그의 뻔뻔스러움에 놀라고 있었다.

"인간적인, 친구로서의, 시민으로서의, 당원으로서의……"

마르코는 야네즈와 토미슬라브가 어디에 있는지를 확인하며 뒤를 돌아보았다. 그는 보다 더 잘 보기 위해 무덤 파는 일꾼들에게로 시선을 옮겼다. 죽음의 땅을 파는 사람들은 재난을 예감하며 바타의 대리석 판 뒤로 몸을 숨겼다. 나탈리야는 남편을 데려가기 위해 그의 어깨를 붙잡았다. 그녀에게는 더는 도둑놈들의 싸움과 위협과 욕지거리를 듣고 있을 기력이 없었다.

"가요, 마르코…… 가자고요……," 그녀는 앞뒤를 분간 못하고 있던 사내에게 애원했다.

"자네가 분수를 넘지 않았다면, 무스타파? 응? 어떻게 됐을 것 같나? 자네가 조금이라도 뻔뻔스럽고 무례하지 않았다면? 자네가 누구인지 무엇을 하는 사람인지 잊어버리지 않았다면? 자네가 내가 누구인지 그리고 내가 무엇을 하는 사람인지 조금이라도 잊어버리지 않았다면 말일세?"

"마르코……," 무스타파는 격앙된 사내가 너무 가까이 다가왔기 때문에 양손을 쭉 뻗어 스스로를 방어하며 그를 진정시키려고 애쓰고 있었다.

"네 녀석을 기관차에서 끄집어냈을 때 넌 이 흙처럼 새까맸는데 내가 널 인간으로 만들었지! 이제 넌 내가 널 기관차로 다시 돌려보내거나 여기서 내가 너를 개처럼 죽이기를 바라고 있어, 개 같은 놈! 말해, 뭘 원해?!"

마르코는 왼손으로 그의 목을 붙잡고 권총으로는 야네즈와 토미슬라브를 겨눴다. 예전의 그 좀도둑들은 비를 맞은 비석들 사이로 난 작은 길로 뒷걸음질 쳤다…… 무스타파는 비석들 사이를 빠져나가 아무 말없이 그를 바라보다가, 몸을 돌려 자신이 어디를 밟고 지나가고 있는지 볼 겨

를도 없이 멀어져갔다. 그는 웅덩이와 진흙탕을 건너갔다…… 무덤 파는
일꾼들은 삽을 들고, 묘지 입구의 문과 예배당을 잇고 있는 나무가 늘어
선 길을 향해 뛰어 도망쳤다. 마르코는 주머니에 권총을 집어넣고 부인을
안고는 어스름과 비로 젖은 안개를 뚫고 묘지를 가르는 무스타파의 위협
하는 목소리가 들려오기 시작했을 때, 그 자리를 떴다.

"마르코! 널 죽여버릴 거야!"

"누굴 죽이겠다는 거야, 빌어먹을 도둑놈 같으니," 겨우 진정한 사내
는 소리치고 무덤을 뛰어넘어 묘지의 입구 쪽으로 달려가며 두 발의 총알
을 발사했다…… 그는 도망치고 있는 검은 코트를 향해 탄창을 모두 비
웠다. 그는 자갈투성이의 길 위에 멈춰 뒤로 돌아서서 총을 발사했다. 총
알들은 상록수의 나무 꼭대기, 묘비들과 두 사람의 묘지 인부를 맞혔다.
당의 동료이자 무기상들이었던 그들의 복수는 재수가 없었던 무덤 파는
일꾼들의 목숨을 앗아갔다. 그들이 묘지의 입구 쪽으로 달아나면서 집중
적인 공격을 받게 되었던 것이다. 그들은 삽으로 스스로를 방어하면서 광
기 어린 사람들의 권총 소리와 욕지거리를 들으며 달려 도망쳤고, 길에서
몸을 숨기려고 했지만 양쪽에서 총알들이 날아들었다. 그리고 일반적으로
그러한 것처럼, 그리고 앞으로도 그러하겠지만, 강도들, 도둑들, 경찰들
그리고 정치적으로 벌어지는 복수는 주로 재수 없게도 (또는 운명에 이끌
려져) 복수의 현장에 우연히 자리하고 있던 사람들이 지불하게 마련이다.
총잡이들은 부상을 입지 않은 채 흩어졌다. 무스타파, 야네즈, 토미슬라
브는 묘지의 입구에 주차되어 있던 검은색 차에 올라탔다. 그들은 차바퀴
가 내는 끼익 하는 소리로 위협하며 서둘러 차를 몰아갔으며, 마르코는
나탈리야가 있는 곳으로 돌아왔다. (그는 권총을 마치 어떤 서명을 하고 난
뒤의 만년필처럼 어깨 띠에 끼워 넣고, 아내를 끌어안고서 애처롭게 서 있던

버드나무와 비석들 사이로 데려갔다.) 그들은 조용히 대화를 나누며 바타의 무덤과 멀어지고 있었다. 그는 우산을 들고 묘지의 입구 쪽을 바라보면서 무언가를 이야기했지만, 그녀는 그들 뒤를 누군가가 따라온다고 생각하는 것처럼 몸을 뒤로 돌리곤 했다……

자갈투성이의 길 위에 무덤 파는 일꾼 두 명이 누운 채로 있었다. 키가 좀더 크고 약간 젊어 보이는 땅 파는 인부의 입 사이에서는 담배가 다 타들어가고 있었다. 항상 손이 삽질로 바쁘기 때문에 다른 모든 무덤 파는 일꾼들이 입에서 담배를 빼지 않은 채로 있듯이 그는 항상 담배를 피워댔었다. 담배꽁초가 끝까지 다 타버렸다는 것은 조그마한 시 외곽의 묘지에서 그가 어느 정도는 홀로 '살아 있었음'을 의미하는 것이다.

이후로 며칠 동안, 두 명의 묘지 인부의 죽음에 관한 불행한 소식을 신문들이 전했다. 먼저 기사에 따르면, 그들은 라키야 병을 둘러싸고 말싸움을 벌였으며, 삽으로 서로를 내리쳤고, 마지막에는 권총을 꺼내 서로를 난사했다는 것이었다. 알코올이 두 생명을 더 가져갔다는 것이다. 비록 묘지에서라 할지라도, 우리 사회는 알코올의 악용을 어디까지 인내할 것인가?

*

나탈리야는 며칠 동안 바타의 방 안으로 들어가는 것을 피하며 집 안을 서성댔다. 어느 날 밤 거의 새벽이 가까워올 무렵, 그녀는 거울을 통해 돌로 만들어진 수용소 모형으로부터 그녀를 닮은 인형을 구출해내려고 애쓰며 임시로 만들어진 수용소를 공격하는 연습 중인 츠르니를 바라보고 있었다. 그는 고함을 지르고 별의별 모욕적인 이름으로 그들을 부르며 불쌍한 특공대원들의 따귀를 때리고 발로 걷어차고 있었다. 그는 밖으로 나가 그녀를 구해내기로 마음을 먹고 (그녀처럼) 병째로 술을 마시고 있었다. "나쁜 놈들," 그는 권총으로 위협하며 울부짖었다. "그는 내가 스스로 목숨을 끊기 전에 용서를 빌어야만 할 유일한 사내인 것 같군," 그녀는 속으로 속삭이며 말했지만, 늙고 교활한 남편은 화물을 나르는 승강기에서 감자와 콩이 담긴 자루들과 맞바꾼 무기 상자를 끄집어내는 동안 그녀가 무슨 생각을 하고 있는지 듣고 있었다. 그는 (그 위에 소녀의 얼굴 그림과 '어린이 장난감'이라고 씌어진) 지하실의 무기를 한밤중에 '쓰레기 트럭'으로 싣고 갔다. 그는 앞으로 며칠 사이에 집과 조국을 버리려고 준비하며 지하실에서 나오는 모든 무기들을 팔고 있었다. "그런데, 당신은 우리가 어디로 갈 수 있다고 생각해요?" 그녀는 그가 몇 년 동안 해온 그 '일'에 넌더리를 내며 물었다. 그는 지난밤에 아무런 대답도 하지 않았지만, 오늘 아침 휴식을 취하려고 앉았을 때, "당신 알아? 당신이 나 없이 바타가 있는 곳으로 '여행을 떠나려고' 생각한다면, 완전히 실수하는 거야"라고 말했다. "난 이미 우리 두 사람을 위해 표를 사놨어," 그는 권총을 꺼냈다. "당신은 나 없이는 아무 데도 갈 수 없어. 아무 데도…… 내 말 듣고 있어, 나탈리야? 우린 함께 이 길로 들어왔고, 우리가 가야만 하는 그곳에 함께 가게 될 거야."

"우리가 오래전에 가야만 했던 바로 그곳에……," 질이 좋지 않은 거의 백 퍼센트 순도의 알코올인 보드카 한 모금을 들이켜며 나탈리야가 말했다.

17. 역사와 자기 스스로에 대한 나탈리야의 강간

어렸을 적에는 즐거워했던 어린아이가 나이가 들수록 혐오하게 되는 일인데, 한때는 어린아이였던 고민에 가득 찬 노인들과 아이들을 즐겁게 하기 위해 눈이 내린다. 하지만 나탈리야는 그것이 더는 우리들이 젊었을 적의 바로 그 눈이 아니라고, 창문을 통해 흩날리는 눈송이들을 바라보며 회상하고 있었다. 날이 무딘 따개로 개먹이용 통조림을 자르려고 애쓰며, 마르코는 우리 또한 예전과 같은 사람들이 아니라고 대답했다…… "우리도 똑같지 않아, 여보." "우리도 똑같지 않단 말이지," 너무 빨리 늙어버린 여배우는 한숨을 내쉬고 커튼을 치고는 원고를 읽으며 창문으로부터 거울 쪽으로 갔다. 그녀는 탁자 주위를 서성거리며 빈정대는 투로 마르코의 원고를 읽어내려갔다. 비단 드레스를 입고, 무성의하게 쪽 찐 머리가 위로 솟아 오른 그녀는 화가 난 남편의 주위에서 굽 높은 하이힐로 또각또각 굽 소리를 내고 있었다. 그는 통조림 두 개를 따다가 거의 모든 손가락을 베었다…… 그는 종이 몇 장을 내던지기도 하고 때로는 원고를 읽어내려가면서도 더는 심술궂게 미소 짓고 있던 그녀를 쳐다볼 수 없었다.

(나중에 날카로운 하이힐에 의해 구멍이 뚫려버린) 바닥에 떨어진 종이들을 밟고 서서, 그녀는 초연을 했던 연극에서의 역할을 기억하도록 만드는 목소리로 같은 말들을 내뱉고 있었다.

"훌륭해! 환상적이야! 굉장해!"

"뭐가 우습다는 거야, 나탈리야? 대체, 뭐가 우스워?"

"아무것도 아니에요…… 정말 아무것도 아니라고요……"

그가 밤새도록 쓴 이야기가 무엇에 관한 것인지 자신에게 설명하기를 기대하기라도 하는 듯 여인은 그를 쳐다보았다. 예전에 가치 없는 역할을 제안했었던 극장장에게 했던 것처럼 그의 코 밑에 종이를 들이밀고 그녀가 따져 물었다.

"이게 뭐예요, 마르코? 이 사람아, 이게 뭐냐고?"

"지하실에 내려가서 츠르니에게 이야기해줘."

"이걸?"

"응."

"그래, 이걸," 그가 잘 들은 것인지 확인하려는 듯 그녀가 반복해 말했다. 사내는 손가락에 피를 흘리며 통조림을 자르고 있었다. 그는 그녀를 쳐다보고는 뚜껑을 열려고 고통스러워하며 그리고 건방지게도 군말이 많은 그녀의 입에 주먹질을 하지 않으려고 애써 참으며 말했다.

"그래! 그걸!"

"그런데 당신은 내가 이걸 그에게 이야기할 수 있다고 생각하는 거예요? 제게 친절히 설명해주실 수 있어요?"

"잘하면 돼. 씌어져 있는 대로 말이야, 여보."

"여기 씌어져 있는 대로," 나탈리야가 머리를 풀어헤치고 거울 옆 선반 위에 있던 크리스탈 잔에 술을 부으며 웃었다. 그녀가 달짝지근한

258

코냑을 마시고 있는 동안 사내는 마치 그녀를 잘라버리기라도 할 것처럼 그렇게 통조림의 금속판을 자르며 쳐다보고 있었다.

"아, 뭐가 문제야, 나탈리야? 뭐가 문제냔 말이야?"

"모든 게," 여자가 머리카락을 빗질하며 무관심하게 대답했다.

"모든 것이라고?"

"그래요, 모든 게! 이건 읽을 만한 것이 못 된다고요!"

마르코는 그만 집게손가락을 날카롭고 깊숙이 베었다. 그는 통조림 따개를 내던지고 자기 멋대로 잔뜩 화가 나 있는 부인을 쳐다보며, 피를 빨면서 손가락을 입에 넣었다. 그녀는 그들의 집을 유일한 여배우가 존재하는 극장과 공연장으로 만들고 있었다. 가득 찬 객석 앞에서처럼 그녀는 단지 그만을 위해 연기를 하고 있는 듯했다.

"사랑하는 여보, 난 이런 어리석은 것들을 창문을 통해 극장장과 작가 앞에 내던져버렸어요! 사람들이 '역할이 마음에 드십니까?'라고 내게 물을 때에만, 이렇게 텍스트를 집어들 뿐이에요. ―그리고 창문 너머로 원고를 흔든답니다!" 그녀는 그의 근본적인 문제가 무엇인가를 설명하며 나머지 종이들을 집 안 이곳저곳에 던져버렸다. 그는 어떻게 그녀가 정말로 그토록 자신을 모욕하고 자존심을 상하게 하는지 믿을 수 없다는 듯 그녀를 바라보고 있었다.

"당신은 시인이에요, 마르코! 당신이 알지 못하는 것을 가지고 바보같이 굴지 말고, 시를 쓰란 말이에요!"

그녀가 자신을 조롱하고 있는 것인지 아니면 진심으로 말을 하고 있는 것인지 그는 헷갈렸다. 그가 시인이라는 말과 시를 써야 할 때라는 그녀의 말이 그의 마음을 조금은 가라앉혔다. 앉아서 진지하게 시를 써본 지가 20년은 됐기 때문이었다. (혼자만이 알고 있듯이, 그는 중요한 날을 기념하기 위해 그리고 전쟁의 승리를 축하하기 위해 무언가를 '급히 갈겨썼었다.') 마르코는 그녀와의 대화를 끝내기 위해 애쓰며, 자신이 약속했던 대로 그녀가 찾아오지 않았기 때문에 '요 며칠 사이에' 밖으로 나가 어떤 대가를 치르더라도 나탈리야를 구하기로 마음먹고 있는 실성한 사내를 진정시키기 위해 지하실로 내려갈 것을 그녀에게 요구했다.

"그런데…… 거기서 뭐가…… 제일…… 부족한 거야? 뭐가 부족하냐 말이야, 나탈리야?"

"진실이요." 그녀는 손을 탁자에 기대고 가슴을 앞으로 쭉 내밀고서 짧고 함축적으로 말했다. "진실 말이에요." 약간은 도발적이며 오만하게 그녀가 반복해서 속삭였다.

"진실?"

"그래요, 여보, 진실 말이에요."

"그럼, 다른 것은 더 없어? 더 부족한 것이 없어?" 그는 단지 한마디로 된 답변에 의아해하고 있었다. 여인은 웃으며 그를 쳐다보고는 벽에 대고 팔을 쭉 뻗었다.

"당신에게 뭐가 '더' 필요한 거죠? 뭐가 '더' 필요하냔 말이에요?"

"아마도 어떤 정보들, 어떤 사실들이 부족하다고 난 생각했거든……"

"모든 것이 있지만, 단지 진실이 존재하지 않아요! 진실이 없다고요, 마르코! 진실이 없어요."

그녀는 소리를 지르고 몸을 돌려 마치 무대를 떠나는 것처럼 거울 쪽으로 자리를 옮겼다. '극작가의 분석'과 같은 말에 만족감을 느끼며 그녀가 잔에 술을 붓고 있는 동안, 마르코는 입에서 손가락을 꺼내 높이 들어 올리고 '예술작품에서의 진실'에 관한 자신의 시학 이론을 말하기 시작했다. 베인 손가락에서 피가 흘러나와 손목 부분이 접힌 하얀 셔츠의 소매를 붉게 물들이며 팔죽지를 타고 흘러내렸다.

"여보, 어떤 원고에도 진실은 없어! 진실은 다만 인생에만 존재하는 거야! 당신은 진실을 연기해야만 해. 당신이 진실이라고 말하는 당신의 신념 밖에 있는 진실은—없단 말이야! 예술은 거짓이야! 그리고 예술가들은 거짓말쟁이들이란 말이야! 단지 몇몇 시인만이 진실을 말하는 거야! 단지 몇몇 죽은 시인들만이. 왜냐하면 살아 있는 사람들은 거짓말을 하거든!"

그녀는 지하실의 커다란 무대에서 연기해야만 하는 자신의 역할을 진실과 연결 짓는다는 사실에 괴로워하며 한동안 말이 없었다.

"내가 당신을 잘 이해하고 있는 건가요? 그 말은, 그들이 나를 몇 년 동안 수용소에서 어떻게 괴롭혔는가를 말하라는 거죠. 그리고 모든 것을 견뎌낼 수 있도록 힘을 주는 여자의 연기를 츠르니에게 하라는 건가요? 그들이 나를 강간한 것은 중요하지 않으며, 그들이 지하실에서 건강하게 살아 있다는 것이 중요하다는 것 말이에요?"

"바로 그거야," 남편이 높이 치켜 올려진 손가락에서 피를 흘리며 확인해줬다. 나탈리야는 그에게 다가가—그녀가 그를 후려칠 것 같았다—경멸하듯 쳐다보고는 하이힐로 또각또각 소리를 내며 침실로 달려 들어갔다. 마르코의 얼굴에는 어렴풋이 웃음기가 남아 있었다. 그는 그녀를 설득했다고 믿었다. 그는 천천히 손을 내렸고—베인 손가락에서 피가 떨어져 꽃이 그려진 카펫 위에 붉은 '장미' 한 송이를 더 그렸다—집을 떠나기 위해 짐을 싸고 있는 부인의 뒤를 따라갔다. 그녀는 출발하기에 가장 적합한 드레스를 장롱 속에서 고르면서, 몇 년 동안 침묵해온 모든 것을 말하려는 듯 소리쳤다.

"당신은 가장 평범한 쓰레기에 불과해! 난 당신이 썩어빠진 인간인 줄은 알았지만, 정말 그 정도까지 나쁜 사람인 줄은 몰랐어, 그건 몰랐단 말이야! 당신은 스스로를 영웅의 모습으로 그리면서, 내게는 창녀의 역할을 하도록 만들었어! 당신은 당신의 이야기와 회고록 속에서 영웅이고, 난 가장 평범한 창녀에 불과해! 썩어빠진 쓰레기 같으니!"

마르코는 그녀의 어깨를 붙잡고 그녀의 몸을 돌려세우고는 협박하듯 명령했다.

"옷 입어, 화장하고 아래로 내려가. 우리가 오늘 당신을 구해내고 결혼식에 데려가겠다고 그에게 약속했단 말이야. 만약 당신이 내려가지 않으면, 그가 밖으로 나올 거야."

"아니야! 아니란 말이야," 그녀는 그를 밀쳐내고 방에서 나가려고 했지만, 그가 그녀의 손을 붙잡았다. 그의 얼굴은 창백했고 이마는 땀에 젖어 있었으며 손가락에서 흘러나온 피가 바지, 신발, 마루 곳곳에 떨어졌다. 그는 마지막으로 경고했다.

"목숨을 걸지 마, 나탈리야. 다음 주에 우린 이 나라를 떠날 거야. 그런데 그가 당신을 구하기 위해 오늘 밖으로 나오려고 준비를 하고 있단 말이야. 더 이상 그에게 거짓말을 할 수는 없어. 옷 입어, 화장도 하고……"

"절대 아니야! 날 죽여, 하지만 난 이런 쓰레기 같은 것을 결코 말할 수 없어! 내가 믿지 않는 것을 연기할 순 없단 말이야! 모두가 내가 거짓말을 하고 있다는 사실을 알 거야!"

"당신을 심문하고 때리고 강간한 것을 당신은 믿을 수 없다는 거야? 프란츠가 당신을 괴롭히고 때리고 전기로 고문했던 것을 믿을 수 없단 말이지? 당신이 그놈들과 놀아났을 때 정말로 그들이 당신에게 했던 일을 믿을 수 없단 말이지?!"

그녀는 '당신이 그놈들과 놀아났을 때'라는 말을 오랫동안 듣지 않았었다. 그 말은 그녀가 야단법석을 떨지 않고서는, 물건들을 부숴버리지 않고서는, 눈물을 흘리지 않고서는 그리고 집을 버리고 뛰쳐나가지 않고서는 결코 견딜 수 없었던 가장 심하고 가장 비열한 모욕이었다. 그녀는 탁자에 있던 물주전자를 집어 들고 소리를 내지르며 마르코의 머리를 향해 휘둘렀지만, 그는 몸을 피했고, 모욕을 당해 분노하고 있는 여인은 나이트테이블 위에 있던 거울을 부수고 말았다. 그녀는 '자신이 놀아난 일'을 더 이상 자신에게 언급하지 말아달라고 그에게 수천 번을 애원했었다. 그녀는 모욕을 당하고 굴욕감에 싸인 채 흐느끼며 울기 시작했다. 단 한 번도 그토록 누군가를 증오하고 죽여버리고 싶었던 적이 없었다.

"난 '그들과' 놀아나지 않았어, 이 썩어빠진 멍청아! 내가 '당신과' 놀아나지 않았던 것처럼 '그들과도' 놀아나지 않았단 말이야! 너희들 모두는 내게 다 똑같은 똥 같은 것들이야!"

"당신 뭐라고 말했어⋯⋯"

"똑같은 똥이라고! 난 단 한 번도 '그들'이나 '당신'과 함께 있지 않았던 나의 관객들에게 연기를 했을 뿐이야! 난 나의 관객들과 병든 남동생에게 연기했을 뿐이라고! 약을 위해서 말이야! 약을 위해서, 이 쓰레기야⋯⋯ 썩어빠진⋯⋯"

"그만 짖어, 나탈리야. 그만 짖으란 말이야⋯⋯"

"내가 잘못했다면 왜 날 죽이지 않았지? 그토록 많은 '배신자들'을 처형했으면서, 나도 죽일 수 있었잖아! 날 죽여, 이 멍청아! 날 모욕하고 굴욕감을 주지 말고, 날 죽이라고! 날 죽이란 말이야, 한 번이라도 인간이 돼봐! 날 죽여, 더 이상 당신을 보지 않을 수 있도록 말이야!"

그녀는 그의 뺨을 후려치려고 했지만, 그가 올라간 그녀의 손을 잡아 돌려세우고는 피범벅이 된 손으로 그녀의 얼굴을 때렸다. 나탈리야는 그 자리에 쓰러져서는 전혀 겁에 질린 표정 없이 그를 노려보며 누운 채로 그대로 있었다. 마르코는 주먹으로 위협하며 그녀의 위로 몸을 굽혔다.

"그들에게 너의 '갈보 같은' 연기를 하지 않겠단 말이지?! 하지 않겠다는 거지?!"

"안 할 거야!"

"내게는 매일 연기하면서 그들에게는 안 하겠다는 거군! '영사' 프란츠가 왜 베오그라드로 돌아왔는지 내가 모른다고 생각하고 있는 거군?! 당신은 내가 눈이 멀고 귀가 먹고 어리석다고 생각한단 말이야?! 오늘 밤 당신을 죽여버릴 거야, 나탈리야! 오늘 밤 당신을 죽여버릴 거라고," 그는 거실로 달려가며 되풀이해서 말했다. 그는 탁자에서 그녀가 츠르니와 지하실의 사람들에게 연기해야 했던 이야기가 적혀 있는 종이들을 그러모았다. 그는 내던져진 물건들을 가지런히 정돈하고 나서 돌아왔다. 그는 자신의 베인 손으로 후려쳐 피범벅이 되어 있던 아내 옆에서 갈지자걸음을 걷고 그녀의 코 밑에 그녀가 해야 할 '역할'을 들이밀고는 헝클어진 그녀의 머리칼을 꽉 쥐며 물었다.

"당신, 이 모든 것들을 주의 깊게 읽었어?"

"그래……," 그녀는 미소를 지으며 말했다. 그녀는 그가 아직 살아 있을 때 그에게 모욕을 주고 싶었다. '두번째 심근경색은 견뎌내지 못할 거야,' 그녀는 그가 이를 악물고 인상을 찌푸리는 모습을 보고는 속으로 생각했다.

"다 읽었단 말이지? 그러면, 프란츠가 당신에게 물었을 때 그에게 뭐라고 대답했어. 사회주의의 비열한 놈들과 협력한다고 했어? 당신은 뭐라고 대답했느냐 말이야? 나탈리야, 내 말 듣고 있는 거야?! 죽여버리겠어! 나탈리야!"

그는 그녀의 뺨을 한 번 갈겼고, 그리고 두번째 뺨을…… 분명히, 썩어져 있는 것처럼 대답하도록 쉬지 않고 그녀를 때리고 싶었다.

"협력하지 않아……"

"협력하지 않는다고?! 그럼 강 건너 숲으로 누구에게 무기를 가지고 간 거야?! 누구에게, 말해?!"

"어떤 사람들에게," 그녀가 일어서려고 애쓰며 미소를 지었지만 마르코는 그녀의 머리칼을 잡고 갈지자걸음을 걸으며 바닥으로 끌어당겼다. 그는 프란츠의 구절을 읽으며 점점 잔혹하게 그녀를 심문했다. 그녀가 신발 뒤축의 쇠로 된 끝 부분으로 그의 이마와 정수리를 내리쳤을 때, '조사자'는 몸을 피하며 서서히 미쳐가고 있었다. 그는 그녀의 뺨을 때리고 탁자 램프를 집어 들고 그녀의 얼굴을 향해 불빛을 돌렸으며, 그녀를 천천히 진정시키게 만들었던 매질과 함께 계속해서 심문을 했다. 그녀는 썩어져 있는 것처럼 모든 질문에 응했다.

"어떤 사람들에게?! 어떤 사람들에게, 사회주의의 쓰레기 같으니?!"

"어떤…… 시골 사람들에게……," 그녀는 찢어진 입술에서 피를 흘리며 말했다.

"시골 사람들에게," 그는 아버지의 변호사 사무실을 상속하려고 준비하며 오래전에 배웠던 언어를 떠올리며 독일어로 물었다.

"예…… 선생님…… 시골 사람들에게요," 램프의 불빛을 보지 않으려고 애쓰며 나탈리야가 '조사관'에게 대답했다. 자신과 그의 피로 흠뻑 젖은 그녀는 일어서려고 애썼지만, 그는 계속해서 새로 매질을 함으로써 그녀를 진정시켰다. 그들은 이전에도 '심문'을 하는 연기를 했었지만 이번처럼 격렬하고 무자비한 적은 없었다. "그를 죽여버릴 거야," 스스로를 보호하고자 쇠로 된 신발 뒤축을 휘두르던 그녀는 속으로 생각했다. 날카롭고 살을 에는 듯한 통증만이 사내를 화나게 만들고 있었다.

"시골 사람들에게?! 그런데 당신은 왜 시골 사람들에게 무기를 가져 갔지?!"

"통조림으로 바꾸려고요, 선생님," 그녀는 '점령군'과 같은 언어로 대답했다.

"통조림과 바꾸려고? 그 말은, 당신의 시골 사람들이 통조림을 기르고 있다는 건가?"

"선생님, 제발……," 그녀는 그가 자신의 비단 드레스를 찢지 않도록 진정시키고자 애쓰고 있었다. "제발, 프란츠 선생님……"

"그런데 당신에게 그렇게 많은 통조림이 왜 필요했던 거지? 그 통조림들을 누구에게 가져간 거야? 누구에게?! 말해! 당신을 죽여버리고 말겠어!"

"날 죽여! 쓰레기 같은 점령군 같으니! 날 죽이란 말이야, 네게 아무것도 말하지 않을 거야!"

"말을 안 하겠다는 거지! 말을 안 하겠단 말이지?!"

"안 해! 안 해, 쓰레기 같은 파시스트 놈아!"

"누가 쓰레기 같은 파시스트라는 거야, 이 빌어먹을 공산당년 같으니," '조사자'는 크게 울부짖기 시작하며 그녀의 드레스를 찢었다. 그녀는 일어서려고 애썼지만 여자보단 훨씬 더 힘이 센 남자가 그녀의 어깨를 잡고 벽 끝으로 넘어뜨리고는 단추를 풀며 그녀의 위로 엎어졌다.

"말하게 될 거야…… 이 갈보년! 말하게 될 거라고……," 그는 피로와 흥분, 그리고 더 심하게 병이 든 머리를 따라갈 수 없었던 병든 심장으로 인해 헐떡거리고 있었다. "말하게 될 거야, 말하게 될 거라고……," 그는 그녀의 검은 코르셋에서 가터 벨트를 잡아 뜯으며 반복해 말했다.

"말하게 될 거야, 말하게 될 거라고……"

"네겐 아무 말도 하지 않을 거야," 그녀는 독일어로 날카롭게 소리쳤다.

"하게 될 거야!"

"안 할 거야!"

"하게 될 거야! 하게 될 거야! 하게 될 거라고!"

"안 할 거야! 안 할 거야! 안 할 거라고!"

"하게 될 거야! 하게 될 거야! 하게 될 거라고!"

"안 할 거야! 안 할 거야! 안 할 거라고!"

그들은 소리치며 송충이처럼 벽을 따라 방 안 곳곳에 피의 흔적과 찢긴 옷 조각들을 뒤로하고 자리를 옮겨 다니고 있었다. 마르코는 막바지로 심문해가며 그녀의 어깨와 목을 깨물고 있었다.

"말해! 누구에게…… 통조림들을…… 가져갔어?!"

"아니야야아! ……당신에겐 아무것도 말하지 않을 거야!"

"말해, 이 갈보야!"

"아니야야아! 나아알 죽여라!"

"널 죽이고 말겠어! 널 죽일 거라고…… 나탈리야……"

"나아아알 죽여…… 나아아아아알 죽이라고…… 나아아아아아아알 죽이라고…… 마르코……"

그들은 마지막 숨에 함께 도달하려고 애쓰며 꼭 껴안은 채 누웠다. "그는 사람이 아니야, 그는 짐승이야," 땀을 흘리며 깊은 숨을 내쉬고 있던 남편을 바라보며 그녀는 속으로 생각했다. 25년 동안 그를 알아왔지만 이토록 미친 듯이 거친 모습을 본 적은 단 한 번도 없었다. 그녀는 놀랍고 두려웠다. "그래, 그는 백 년은 더 살 거야," 그녀는 물어 뜯긴 어깨의 피를 닦으며 속으로 생각했다.

"이제는…… 믿는 거지?" 그는 마지막 숨을 몰아쉬고 진정하려고 애쓰며 그녀에게 물었다.

"그래요," 그녀는 짧지만 진실하게 대답했다.

"당신에게 한 번 더 묻겠어. 당신에게 뭔가 분명하지 않은 거라도 있어?"

"아니요…… 오늘은 충분해요……"

"지하실로 내려가기 전에 내게 묻고 싶은 것이 있느냔 말이야," 여인의 입술, 물어 뜯긴 어깨, 손과 허벅다리에 생긴 멍을 바라보며 그가 헐떡거렸다……

"네……"

"뭔데? 뭐가 당신에게 아직 확실하지 않은 거지? ……물어봐."

"당신은 신을 두려워하나요, 마르코?"

"내가 신을 두려워하느냐고?"

"예?"

"여보, 당신은 잘못 물었어. '우리 두 사람은 신을 두려워하나요?'라고 물었어야지."

18. 지하실에서 태어난 아이의 결혼식

　한 달 30일 동안 밤낮으로 지하에서는 최초로 거행되는 성대한 결혼식을 위해 준비가 진행되고 있었다. 어느 누구에게도 말을 걸거나 명령을 내릴 필요조차 없었는데, 사람들은 웃으면서 농담을 하고 나직이 노래를 부르며 일을 하고 있었다. 이전에 지하실이 어땠었는지 보지 못했던 사람은 그 기간 동안 그토록 많은 일들이 행해질 수 있으리라는 사실을 믿지 않았을 것이다. 황급히 일을 서두르고 있던 친구들이, 수많은 지하실 손님들과 더불어 만약 운이 좋으면 오랫동안 그들이 기다려온 나탈리야가 등장하는 것을 볼 준비를 하기 위해 즐겁게 탁자를 청소하고 씻고 닦고 조립하고 페인트칠하고 정리는 모습을 바라보면서, 츠르니는 인간이 생쥐 같다고 속으로 생각했다. 그는 지난 며칠 동안 지하도시의 외떨어진 이곳저곳을 산책하다가, "인간은 생쥐란다, 하지만 난 더 이상 생쥐처럼 살고 생쥐처럼 죽지는 않을 테다"라고 아들 요반에게 말했다. "사람들이 술에 곯아떨어지자마자, 우리 두 사람은 지하실에서 나갈 것이다. 가자, 아들아, 싸우러 말이다. 만약 우리가 죽어야 한다면, 인간답게 죽자꾸나."

이 빠진 선술집 주인과 피부가 검은 그의 연주자들은 누가 더 잘하는 지를 놓고 서로 경쟁하고 있었다. 그들은 노래를 부르며 일을 했다. 그들은 잊혀버린 결혼식 축가를 연습하고 있었던 것이다. 그들은 그 노래를 '사흘 낮밤을 쉬지 않고' 연주할 정도로 익히 알고 있었지만, 지하실에서는 하객들을 위한 연주들 이외에 다른 모든 노래들을 사람들에게 연주해주었을 뿐이었다. 사람들이 탁자와 의자를 고치고, 버섯과 달팽이를 수확하고, 증류기로부터 병 속에 라키야를 붓고 있는 동안, 그들은 베차라츠*를 기억해냈다……

빵을 만드는 곳은 밤낮으로 돌아가고 있었다. 두 명의 무장한 병사가 구워진 옥수수 빵을 안전하게 상점으로 옮겼다. 빵이 풍기는 냄새는 허기진 사람들을 끊임없이 고통스럽게 만드는 법이지만, 그 누구도 결혼식 점심 식사 이전에 먹기를 원하지 않았다. 츠르니는 대검의 날 부분으로 왼쪽 손바닥을 두드리며 "사람들은 생쥐들이지만, 선하고 정직하단 말이야"라고 생각했다.

그러한 분주함 그리고 혼란스러움과 즐거움 속에서, 할아버지는 '도심의 시계' 바늘을 6시간 뒤로 돌리는 데 성공했다. 그는 아무도 자신이 하는 일을 알아채지 못했다고 확신하며 미소를 지었다. 시계가 있는 곳까지 이 빠진 연주자가 소리를 내지르며 뛰어왔다. 그는 지하실 전체가 들을 수 있도록 소리쳤다.

"당신은 나한테 잡혔어! 당신은 잡혔다고! 시간을 훔치고 있었던 거군! 이보게들, 할아버지가 시간을 훔치고 있었어!"

노인이 허리춤에서 낡은 총을 꺼내 들어 방아쇠를 당길 듯 겨누고는

---

* 세르비아의 보이보디나 지역에서 콜로 춤과 함께 부르는 흥겨운 사랑 노래.

그 빌어먹을 사내놈을 거의 쏘아 죽이려 하자, 츠르니가 그의 어깨를 잡아 돌려세우고는 총을 빼앗듯 붙잡았다. 츠르니는 화를 내며 쉰 목소리로, 술에 취한 채 그에게 물었다.

"그놈을 죽이면, 누가 우리에게 연주하겠어요! 결혼식이 끝난 후 죽이세요!"

"츠르니 동지, 그가 시곗바늘을 뒤로 돌리는 모습을 보았습니다. 내 시계로는 지금 6시인데, 지하실의 시계로는, 보세요. 이제 겨우 정오예요." 겁을 먹은 연주자가 자신의 호주머니 시계를 가리키며 정당함을 주장했다. 그가 무언가를 더 말하려고 했지만 츠르니는 그의 손에서 시계를 빼앗았고, 시계를 한 번 쳐다보고는 우물의 울타리에 기대며 물었다.

"좋게 말하는데, 네놈은 이 조그만 똥 같은 너의 이 작은 시계가, 내가 궁전에서 훔친 저 커다란 시계보다 더 정확하다고 말하고 싶은 게구나. 이 집시 같은 시계가 저 왕족의 시계보다 더 좋다고 말하기를 원하는 거냐 말이다?!"

"아닙니다, 츠르니 동지, 아니라고요! 전 그런 말을 한 적이 없습니다!"

"그럼 뭘 원하는데?! 사람들 사이에 혼란을 일으키고 싶은 게냐?! 결혼식을 망치려는 것이냔 말이다?! 그걸 원하는 거야?" 그는 소리를 내지르고 입 속에 시계를 우겨 넣었다. 이 빠진 사람의 얼굴은 창백해졌고 츠르니가 줄과 함께 시계를 삼켰을 때 몸이 얼어붙은 채로 소리치기 시작했다. 츠르니는 손으로 목구멍 안에 시계를 조금 밀어 넣었고, 몇 번이나 딸꾹질을 하며 아무 일도 없었다는 듯 물었다.

"빌어먹을, 지금 몇 시야?"

"츠르니 동지, 개인이 가지고 있는 마지막 시계를 삼키셨습니다." 겁에 질리고 슬픔에 잠긴 선술집 주인이 말했다. 술에 취한 거만한 사내는,

왜 이반이 무기 생산부의 작업자들에게 소리를 지르고 있는가를 보러 가면서 그에게서 등을 돌렸다.

"아니야, 그게 아니라 내가 얼마나 많은 시계를 삼켰는지 말하란 말이야!"

원숭이 소니는 이반을 진정시키기 위해 애쓰며 반쯤 정신이 나간 그의 주위를 펄쩍펄쩍 뛰고 있었다. 원숭이는 흐느끼는 것처럼 낑낑거리며 애원하듯 찢어진 그의 재킷 끝부분을 붙잡았다. 동물원의 전직 관리인은 자신이 원하는 것을 모두 말하지 못했다. 그는 말을 더듬거리고 주먹으로 위협하며 소리를 질렀다.

"그…… 그게…… 대…… 대체…… 무슨…… 짓이야! ……무……무기…… 상자에…… 소…… 소니의…… 얼굴을 그…… 그려 넣다니!…… 누…… 누가…… 그…… 그걸…… 명령했어?!…… 누…… 누가?!…… 누가?!"

"마르코가," 츠르니가 그의 어깨에 손을 얹으며 말했다. 더러운 일에 자신의 얼굴을 악용하고 있는 사람이 누구인지 알고 싶다는 듯, 원숭이는 그들이 무슨 말을 하고 있는지 귀를 기울이며 곁눈질로 쳐다보고 있었다.

"마…… 마르코? 나…… 나의…… 혀…… 형이……," 이반은 혼란스러워하며 되뇌었다.

"그래 네 형이. 설마, 안에 무기가 들어 있다고 해서 상자에 무기라고 쓰지는 않을 테니까," 츠르니는 어떻게 해서 회색 상자들에 소니의 얼굴이 박히게 된 것인지를 설명하려 애쓰고 있었다. 그는 이반을 끌어안으며 여인들이 흰 식탁보를 갈고 있는 탁자가 있는 곳으로 데리고 갔다. (지하실의 여선생이자 젊은 엘레나의 가장 착한 여자 친구인 한 여자가 학생들과 함께 종이로 신혼부부가 앉게 될 탁자의 전면을 장식하는 장미 부케를 만들고 있었다.) 이반은 지겹도록 끈덕지게 라키야 잔을 들이켤 것을 권하는 츠르니를 거부했다. 그는 형의 가장 친한 친구가, 자신의 아들인 요반이 오늘 결혼하기 때문에 그렇게 하는 것이 예의이며 그래야만 한다고 설명했을 때 그리고 정말로 결혼이 모든 지하실 사람들의 삶에 있어서 커다란 사건이라고 말했을 때, 독주(그 유명한 지하실의 버섯주) 잔의 가장자리에 입술을 살짝 갖다 댔을 뿐이다.

"나…… 나는…… 해…… 행복해요…… 그저…… 우…… 우리는…… 매…… 매장되었지만요…… 누…… 누군가가…… 겨…… 결혼을…… 하…… 하게…… 되었으니까요……"

"때가 된 거지, 이반…… 때가 말이야," 츠르니는 지하실 천장의 무거운 콘크리트 판이 천천히 움직이는 것을 쳐다보며 말했다. 평소와 마찬가지로, 집 안의 불빛이 철제 계단으로 달려가고 있는 사람들의 얼굴을 비추고 있었다. "이게 누구야," 과거 한때 전사였던 사람이 혼례용 탁자 옆에 이반과 원숭이를 남겨둔 채 스스로에게 물었다. "이게 누구야, 이게 누구냐고," 그는 계단 쪽으로 다가서며 저 위쪽 세상에서 흘러나오는 빛 때문에 손바닥으로 눈을 가리고서는 반복해 말했다. "이게 누구야," 마르코를 제외하고는 지난 몇 년 동안 그 누구도 그들을 방문하지 않았었기 때문에, 긴 드레스를 입은 누군가의 출현에 겁을 집어먹은 지하실 사람들도 스스로에게 묻고 있었다. 누구인지 알 수 없었던 그 사람은 단지 소리만을 듣거나 감시용 거울의 불투명하고 불분명한 모습을 통해서만 보아왔던 사람들을 바라보며 계단에 멈춰 섰다. 그곳으로부터는, 계단으로부터는, 모든 것이 달라 보였다. 더 크고, 더 어둡고, 더 숨이 막혔다…… 츠르니는 양팔을 펼치고 지하실의 모든 공기를 들이마실 듯 숨을 내쉬었다. 지하의 도시에서 그토록 오랜 세월 동안 기다려왔던, 지금까지 속삭임으로만 언급되어왔던 여인의 이름을 외치는 소리가 울려 퍼지고 있었다.

"나탈리야!!!"

"나탈리야…… 나탈리야…… 나탈리야……," 지하실 사람들은 겁먹은 여인의 이름을 반복해 불렀다. 그녀는 흔들거리며 쇠로 된 계단의 손잡이를 잡고 있었다. 만약 그들이 어제 헤어졌다 하더라도, 오늘 츠르니는 그녀를 알아보지 못했을 것이다. 왜냐하면 찢겨진 드레스를 입고 있었고, 얼굴과 목과 어깨는 피투성이였으며, 맨발과 헝클어진 머리칼을 하고 있는 그녀는, 누군가가 지난 몇 년 동안 매질을 하고 고문한 것처럼 보였기 때문이었다. 그런데 그는 계단을 오르는 동안, 누가 그녀에게 그런 짓들을 한 것인지 생각조차 할 수 없었다…… 그녀는 울 듯한, 겁을 먹을 듯한, 흐릿해진 눈으로 그를 바라보았다. 그녀는 겨우 들릴 듯 거의 속삭이듯 그에게 물었다.

"누구세요?"

"츠르니야…… 츠르니라고……," 그는 자신의 외모와 목소리에 대해 두려워하며 더 작은 소리로 그녀에게 대답했다.

"츠르니," 애처로운 여인은 그렇게 말을 하고 한숨을 내쉬고는 계단 하나를 더 내려오려고 했는데, 이내 몸의 중심을 잃고 쓰러지고 말았다. 예전의 약혼자가 품 안에 붙들지 않았다면 그녀가 추락하는 것을 견뎌냈을 것인지 그 누가 알겠는가. 그는 자신이 수년 동안 꿈꿔온 그녀의 상처 난 얼굴을 바라보며 그녀를 붙들고 있었다. 주름지고 뼈만 앙상히 남은 볼을 따라서 두 방울의 눈물이 회색빛 군용 셔츠 위로 떨어졌다. 그는 (적어도 이렇게 많은 사람들 앞에서는) 울지 않으려고 애썼지만, 그의 지친 가슴은 견뎌내지 못했다…… 그는 지하실의 가장 좋은 구역에 땅을 파고 마련해놓은 자신의 거처로 그녀를 데려갔다. 그녀를 걱정해 반복해서 속삭이고 슬픔에 잠겨 있던 다른 사람들의 수행을 받으며, 그는 그녀를 안고 갔다.

"놈들이 당신에게 무슨 짓을 한 게요…… 당신에게 무슨 짓을 한 거냐고, 빌어먹을 파시스트 놈들…… 당신에게 무슨 짓을 한 게야……"

"그녀에게 무슨 짓을 한 것인가?" 그녀에게 무슨 짓을 한 것인지, 지하실 사람들은 신랑 요반 옆을 지나가면서 궁금해했다. 약간은 창백하고 병약한 듯 보이는 젊은이는 아버지의 거처 주위에 모여 있던 사람들 무리 속으로 헤집고 들어갔다. 조그만 군대막사처럼 정리되어 있는 방 안으로 들어갔을 때, 그는 기절해 있는 여인을 깨우기 위해 애쓰고 있는 아버지를 볼 수 있었다. 츠르니는 단 한 번도 들어보지 못한 목소리로 애원하듯 반복해 말하며, 그녀의 뺨을 때리고 있었다.

"나탈리야, 내 사랑…… 나탈리야…… 나…… 츠르니야…… 당신의 츠르니란 말이야……"

그녀는 눈을 뜨고 한숨을 내쉬고는 울기 시작하더니 입을 뗐다. 아니 그에게만 그렇게 느껴졌는지도 모르겠다.

"사랑해요…… 츠르니……"

그러고는 또다시 정신을 잃었다. 츠르니는 미소를 지으며 아들을 바라보고 있었다. 그는 자신이 제대로 들은 것인지 아니면 너무나 원해서 아니면 술기운 때문에 그런 것처럼 생각된 것인지를 확인하기 위해 그에게 물었다.

"요반아, 아들아, 그녀가 무슨 말을 했는지 들었니?"

"아니요." 다섯 치수는 큰 것 같은 재킷을 입고 있던 왜소한 젊은이가 대답했다. "아니요."

"나를 사랑한다고 말했어…… '당신을 사랑해요'라고 말했단 말이다.

이분이 나탈리야란다, 아들아."

"그분이, 나탈리야군요," 자신의 어머니보다도 더 많은 이야기를 들었었던 그 여인을 바라보며 요반이 반복해 말했다.

"그래, 아들아. 그분이 나탈리야란다……," 아버지는 그녀의 잠든 얼굴에 어질러진 머리카락을 걷어주며 속삭였다. 그는 어떤 다른 사람의 목소리를 내며, 조용히 걱정스럽게 말했다. "내게 단 한 번도 이렇게 속삭인 적이 없었는데," 잠들어 있는 사랑하는 여인의 얼굴과 어깨를 조심스럽게 만지고 있는 아버지의 거친 손가락에 놀라면서 요반은 속으로 생각했다…… 하지만, 오랫동안 그런 상태로 있을 츠르니가 아니었다. 그는 허리춤에서 권총을 꺼내고는 자신의 거처로부터 달려나가 '원래의' 목소리로 크게 소리치며 천장을 향해 탄창이 모두 비워질 때까지 총을 쏘아댔다.

"음악을 연주해! 음악을 연주하란 말이야! 나탈리야가 돌아왔단 말이다! 나의 나탈리야가 돌아왔단 말이야! 축제를 시작해!"

*

마르코는 집의 위쪽 부분에서 광기 어린 친구와 검은 피부의 트럼펫 연주자들을 주시하고 있었다. 그들은 츠르니가 한 손으로는 권총을 쏘아대고 또 다른 한 손으로는 털투성이의 뺨에 라끼야를 붓고 있는 동안 연주를 하고 있었다. 지하실 사람들은 이 세상 사람들 모두가 그러하듯, 술병을 들고, 노래를 부르고, 소리를 질러대고, 소란을 피우고, 춤을 추기 시작했다…… 오랫동안 기다려왔고 연습을 거듭했던 결혼식이 갑작스럽게 시작되었다…… 거울 속에 비친 불분명하고 그다지 선명하지 않은 장면은 나탈리야가 지하실로 내려가 있는 모습과 지하실 사람들이 받은 충격을 알아채기에 충분했다. 그는 여행 가방 안에 지폐 다발을 집어넣으며, 위협이라도 하는 듯 계속해서 울리고 있는 전화벨 소리를 듣고 있었다. 그는 누가 자신에게 전화를 하는지 그리고 왜 자신에게 전화를 하는지를 알고 있었다. "오늘 밤 그놈들을 죽여버리겠어, 빌어먹을 도둑놈들 같으니," 그는 검은색 전화기가 있는 곳으로 다가가며 숨죽여 말했다. 그는 혹시라도 누군가가 집 근처에 있지는 않은지 커튼을 통해 살피며 수화기를 들었다.

"여보세요? ……나네. 나라고, 무스타파…… 자넨 내 집에서 누가 전화를 받을 거라고 기대했나……," 정부의 무기를 유통한 수수료를 나눠줄 것을 요구하면서, 수년 동안 등 뒤에서 그를 노려왔던 옛 '사업 파트너'에게 그가 물었다. 무스타파의 계산에 따르면, 마르코가 5백만 마르크를 그에게 빚지고 있었다. 그 이하도 이상도 아니다! 지난 20년 동안 소비에트연방의 무기를 (가짜 서류로) 흑해로부터 선박 운송을 통해 매매하면서 그가 벌어들인 정확히 그만큼이었다. "어떤 사기꾼 또는 건달이 내 위치에 있었다면, 수천만 마르크를 축적했을 거야. 단두대 위에 내 목을 내놓은 거지, 그런데 지금 '기관사'가 (무스타파는 그렇게 불렸다) 내 돈을 뺏어가려고 하고 있어," 그는 "정직한 사람은 더 이상 살 수 없다"는 말로 조국을 떠나려고 계획하면서 나탈리야에게 말했었다. 수화기로부터 흘러나오는 목소리는 위협하듯 질문을 반복하고 있었다. "우리 언제 만나는 거지, 마르코?"

"몸이 아팠어, 무스타파. 언제 만나길 원하는데……? 오늘 밤…… 어디서? ……음, 옛날 그곳에서, 가능하겠지…… 좋아…… 자정에 옛날 그곳에서…… 보도록 하지…… 좋아, 문제없어, 무스타파. 문제없다고, 합의하도록 하세. 적어도 나와는 정직한 협상이 가능하다는걸 자넨 알고 있잖아…… 자, 그럼…… 만나도록 하세……"

그는 천천히 조심스럽게 수화기를 내려놓고, 커튼을 들어 올려 높고 검은 요새의 성벽을 응시했다. '옛날 그곳'은 서쪽 성벽 아래에 방치된 터널 가운데 한 곳에 있었는데, 터키의 공성(攻城)을 견뎌내지 못하는 경우를 대비해서, 한때 오스트리아 병사들이 비엔나까지 땅굴을 파냈다는 이야기가 회자되고 있었다. 이야기는 단지 이야기일 뿐이지만, 진실은 전쟁 기간 동안 가장 긴 터널 속에서 구(舊) 유고슬라비아 군대로부터 뒤로 빼돌려진 무기들이 거래되었으며 도심 저항운동의 회합이 그곳에서 열리곤 했다는 것이다. 최근에는 저항운동이 벌어지진 않았지만, 밀수와 무기매매는 훨씬 성행하고 있었다. 츠르니의 '죽음' 이후에, 마르코는 '감히' 이름을 언급할 수 없는 '누군가'의 이름으로 주요한 연설을 하곤 했었다. 사람들은 그를 믿으며 연설에 귀를 기울였다. "하지만 사람들의 존경심은 내가 돈에 관한 연설을 했을 때 형언할 수 없는 혼란을 야기했고, 과거의 어느 날 '어느 도둑이 태양을 금화로 알고 훔쳐갔다'라고 위협을 가하며 그렇게 빠르고 지체 없이 변해버렸어." 그는 나탈리야에게 새로운 세상의 터무니없는 부도덕함을 위해 조국이 전쟁을 벌이는 동안 격렬하게 싸웠던 일을 혐오스럽게 이야기했다. 자신들은 전쟁 기간 내내 침대 속에서 거의 시간을 보냈다는 것을 잊어버린 채, 우리들의 혁명적이고 애국적인 정신을 누가 훔쳐갔는지를 묻곤 했다. "모르겠어요." 그녀는 그에게 대답했었다. "확실히 전 아니에요."

마르코는 거울을 통해 활기에 넘쳐 노래를 부르고 있는 지하실 사람들을 주시하면서 돈이 든 여행 가방을 잠갔다. 그는 가죽 코트를 입으며 벽시계를 쳐다보았다. 옷걸이로부터 원반형 탄창이 들어 있는 길이가 짧은 라이플 총을 꺼냈다…… 지하실로부터 확성기를 타고 참기 힘든 소음과 반짝반짝 빛나는 트럼펫의 격렬한 연주가 울려 퍼지고 있었다. "신이시여, 우리 인간들은 슬퍼할 때는 슬픔으로 인해 죽어가고, 기뻐할 때는 기쁨으로 인해 죽어가는군요"라고 그는 생각했다. 죽음으로부터 죽음에 이르는 모든 것들이. 우리는 다른 문명화된 세상처럼 살아갈 기준을 가지고 있지 않다. 그 문제투성이의 썩어빠지고 탐욕스러운 친구들을 만나러 가기 위해 준비를 하면서, "우리는 매일매일이 마지막 날인 것처럼 살아가고 있어……"라고 그는 생각했다. 그는 이것이 마지막 만남이 되기를 바랐다.

*

지하실 사람들이 춤을 추고 노래를 부르는 동안, 나탈리야는 사랑하는 사람이었으며 (조금은 그리웠던) 첫번째 남편이었던 그에게 면도를 해주고 있었다. 할아버지가 가져와 효험을 발휘하도록 '세 번에 걸쳐 오랫동안, 천천히 마시게' 한 '우물 물'을 마신 후로, 그녀는 기적처럼 몸이 회복되었다. 그녀는 20여 년 전의 얼굴이 되돌아오기를 기대하면서, 회색빛으로 세어버린 그의 억센 턱수염을 제거하고 있었다. "야만인과 같은 모습으로 아들 결혼식에 가는 것은 예의가 아니에요," 가는 가죽끈에 면도날을 문지르며 그녀가 속삭였다. 그는 거울 속에 비친 그녀를 바라보면서 고개를 뒤로 젖히고 앉아 있었다. 수년 전에, 용들이 어떻게 살고 어디에 거주하며 무엇을 꿈꾸고 있는지, 공포와 흥분으로 몸을 떨며 바타가 그에게 묻고 있는 동안, 그녀는 자신의 아파트에서 그에게 면도를 해준 적이 한 번 있었다…… 츠르니는 병약했던 젊은이를 기억해내고, 그녀의 손을 잡으며 걱정스럽게 물었다.

"나탈리야, 바타는 좀 어때? 그는 좀 어때? ……나에 대해서 물어?"

"물었어요……," 여인은 자신이 혹여 울기라도 한다면 그가 자신의 그러한 모습을 보지 못하도록 고개를 돌리고서 말했다.

"물었었다는 거지," 아직 면도를 마치지 않은 사내가 반복해서 말했다. "물었었단 말이지…… 유감이군, 나탈리야…… 유감이야…… 내 아들 요반처럼 그 아이를 사랑했었는데…… 적어도 당신은 알고 있잖아……"

"어쩌면 잘된 일이에요," 그녀는 피가 묻어 있는 드레스의 소매로 눈물에 젖어 있는 눈을 훔치며 말했다. 바타에 대한 언급으로 인해, 그녀가 들고 있던 면도기가 세면기로 사용하고 있던 빵 굽는 냄비 속으로 떨어지고 말았다. 츠르니는 땅바닥에서 술병을 집어 들고 한 모금을 마시고는 그녀에게 권했고, 그녀가 술을 마시고 있는 동안 정말 남자답게 물었다.

"그 아이가 고통스러워했소?"

"아니요…… 어느 날 밤 어머니가 오셔서 그 아이를 기적의 나라로 데려갔어요. 그리고 나도 곧 그곳으로 가게 되겠죠……"

그녀는 입술에 묻은 말라버린 피를 닦으며 그에게 술병을 돌려주었다. "라키야는 맛이 좋지만, 너무 독해요," 그녀는 그렇게 말하고 계속해서 그에게 면도를 해주었다. 그는 그녀가 정말로 '그곳'에 간다고 생각하고 있는 것인지 아니면 바타를 잠재우며 이야기해주었던 것처럼 어떤 동화 속의 이야기를 하고자 하는 것인지 곰곰이 생각하며 그녀를 바라보았다. 어쨌든 간에, 그는 이야기 속에서라도 그녀가 떠나가기를 원하지 않았다.

"어디에 간다는 거야, 나탈리야?"

"그곳에요……"

"대체 '그곳이' 어디야?" 그는 딸꾹질을 하고 그녀를 쳐다보면서 비누가 칠해져 있는 머리를 바로 세웠다.

"그곳에요…… 그곳 말이에요, 내가 아는 모든 사람들이 있는……," 콧수염을 면도하기 위해 그의 코끝을 붙잡으며 그녀가 말했다. "그곳 말이에요, 츠르니, 그곳이요……"

"당신은 아무 데도 가지 않을 거야, 절대로! 당장 죽는 것을 보려고 그렇게 많은 세월 동안 당신을 기다리지 않았단 말이야! 죽음은 있을 수 없어, 나탈리야! 죽음은 없다고, 내 사랑!"

여인은 그를 바라보며 거울이 있는 곳까지 자리를 옮겨 갔다. 그녀는 무언가를 그에게 말하고 무언가를 그에게 고백하고자 했지만, 힘이 없었고 그리고 두려워하고 있었다. 그는 그녀가 생각하고 있는 것을 알아챘고, 자신에게 눈으로 모든 것을 이야기할지 말지를 묻고 있는 모습을 보았다. 그는 그녀가 가장 중요한 그것에 대해, 어쩌면 자신을 당장이라도 죽일 수 있는 그것에 대해 입을 다물고 있단 것을 알고 있었다. 그녀가 너무나 많은 것을 이야기할 것이란 걸 알고 있었기 때문에, 그는 더 이상 묻는 것이 두려웠다. 하지만 침묵하고 있을 수는 없었다.

"무슨 일이 있었던 거야, 나탈리야?"

"몸이 좋지 않아요…… 죽게 될 거예요…… 당신은 저 위에서 무슨 일이 벌어지고 있는지 몰라요……"

"알아, 나탈리야……"

"당신은 몰라요, 츠르니. 당신은 모른다고요…… 당신에게 지금 모든 것을 말하고 편히 죽고 싶어요." 그녀는 고백하기로 마음먹은 듯 그의 건너편 의자에 앉으며 말했다. (이렇게 단순하게 살 수 없었다. 그럴 수 없었고 그래야만 하지도 않았다. 모든 이성을 벗어나 있는 이 삶에 대해 너무 오랫동안 침묵을 지키고 동의했던 이유가 바타가 여행을 떠난 그날로 사라져 버렸다.) "더 이상 그 어느 누구도 내게 아무 짓도 할 수 없어, 난 영혼을 구하고 편안히 죽을 수 있단 말이야," 그녀는 낙담해 있는 그의 눈을 바라보며 생각했다. 그녀는 그의 손을 잡고 의자를 가까이 당기고서 이야기하기 시작했다. "당신 알고 있나요, 츠르니……" 하지만 그는 그녀의 허리를 붙잡아 일으켜 세우고 품에 안았다. 스스로가 인정하듯 아니 전기공의 손아귀를 거쳐간 많은 사람들이 인정하듯이 '베오그라드에서 가장 힘이 센 사람'이었던 그는 예전보다 훨씬 더 세고 강하게 그녀를 끌어안았다.

"알고 있어, 나탈리야. 모두 알고 있다고……"

"당신은 몰라요, 내 사랑. 당신은 아무것도 모른다고요……"

"알아, 알아. 마르코가 내게 이야기한 것보다 훨씬 더 상황이 안 좋다는 것을 알고 있어. 당신이 내게 인정한 것보다 훨씬 더 끔찍하게 나쁜 놈들이 당신에게 고통을 주었다는 것을 알고 있다고. 당신이 내게 진실을 말하지 않을 거라는 사실을 난 알아. 왜냐하면 당신은 내가 고통으로 죽을까 봐 두려워하고 있으니까. 알아, 모든 것을 알고 있다고……"

"당신은 몰라요, 츠르니. 당신은 모른다고요. 몇 년 동안 계속해서 마르코는 당신에게 거짓말을 해왔어요," 그녀를 달래듯 따뜻하게 미소 짓고 있는 눈물 어린 그의 눈을 바라보며 그녀가 말했다. 그는 '친구의 거짓말에 대한 이해'와 '친구로서의 용서'라는 말로 그녀의 입을 틀어막으며 입을 맞추었다.

"나탈리야, 그가 내게 거짓말을 했다는 사실을 알고 있어. 알고 있단 말이야. 내가 그의 입장이었다고 해도 나는 그에게 거짓말을 했을 거야. 만약 고통으로 죽을 정도가 아니라면 나도 그에게 공포와 전율에 대해 이야기하지 않았을 거야. 그가 내게 진실을 말하도록, 매일, 내가 무슨 일을 할 수 있겠어? 무엇을 말이야? 자살하는 것밖에는……"

뼈만 앙상히 남은 그의 전기 기사 같은 어깨에 머리를 기대고 그녀는 울고 있었다. "불쌍한 사람…… 불쌍한……" 처음부터 변변찮은 이 세상의 피조물이었기에, 그는 아무것도 이해하지 못했다. "그는 전봇대를 타는 전기공일 뿐이야." 하지만 그 상황은 어떤 전혀 다른 것과 관련이 있었다. 끔찍하게 추악한 동화와도 같은. 그에게 모든 것이 분명해진다고 할지라도 그는 그것을 이해하지 못할 것이다, 그녀는 그렇게 곰곰이 생각하고 눈을 회색빛 군용 셔츠에 문지르며 흐느껴 울었다.

"울지 마, 나탈리야. 울지 말란 말이야, 내 사랑…… 울지 마…… 오늘은 내 삶에 있어 가장 행복한 날이야…… 당신이 돌아왔고 내 아들 요반이 결혼을 하잖아. 이날을 위해 살기를 잘했어. 믿어줘, 당신 두 사람이 없었다면, 입에 대고 모든 초…… 총…… 총알을 쏴버렸을 거야!"

또다시 딸꾹질이 났기 때문에, 그의 자신의 입안에 무엇을 쏠 것인지를 간신히 말했다. 그녀는 그에게 무슨 일이 일어난 것인지, 왜 손으로 배를 문지르는지 놀라며 그를 쳐다보았다. 그는 고통스러워했다. 라키야를 다시 한 모금 마셨지만 별 소용이 없었다. (그녀는 의사를 부르려고 생각했지만, 자신이 어디에 있는지를 떠올렸다.)

"무슨 일이예요?" 그녀는 걱정스러운 듯 그에게 물었다. "무슨 일이냐고요, 츠르니?"

"아무것도 아니야…… 시계를…… 삼…… 삼켰어……"

"뭘 삼켰다고요?"

"시계를……," 딸꾹질을 하던 그가 가능한 한 여러 번 한숨을 내쉬며 말했다. 그는 '숨을 쉬지 않고' 속으로 열까지 세었다. "인생을 살면서 온갖 일을 해봤지만, 그가 시계를 삼킨 적은 없었는데," 나탈리야는 속으로 생각했다. 즉, 그는 완전히 미쳤음에 틀림없었다.

"어떤 시계를요, 츠르니?"

"줄…… 줄이 달린 시계…… 그 도둑놈…… 그 이 빠진 연주자 놈이…… 시간을 훔…… 훔친다고 할아버지를 모욕했어…… 그 도둑놈이, 늙었지만 정직한 사람을 도둑이라고 모욕했다고……"

소란스럽게 손으로 밖에 있는 무언가를 가리키며, 아버지의 군 막사 같은 방 안으로 아들 요반이 뛰어 들어왔다. 그는 웃으며 소리쳤다.

"아빠! 저기에 마르코 아저씨가 왔어요! 아저씨가 결혼식에 왔다고요! 나와 옐레나에게 결혼 예복을 가져오셨어요! 시작할까요, 아빠? 우리 시작할까요?!"

"시…… 시작해라…… 아들아……," 아버지는 동의하며 딸꾹질을 했다.

요반은 참호에서 달려나가 성대한 축제를 위해 '공식적인 허락'을 기다리며 모여 있던 사람들에게 소리쳤다. (사람들이 좋은 기분에 젖을 때까지 그리고 자신들이 어디에 있으며 무엇을 하는 사람들인지를 잊어버릴 때까지, 지금까지의 이 모든 일들은 완만하고 우발적인 시작에 불과했다.)

"시작해요! 시작하란 말예요," 신랑은 소리를 지르고 마르코 아저씨가 있는 곳까지 달려갔다. 기관차에서 끄집어내어져 '인간답게 만들어졌던' 그 예전의 무스타파가 그랬던 것처럼, 그을음투성이의 마르코는 하객들을 위한 탁자 끝에서 버섯으로 만든 독주를 병째 들이켜고 있었다. 그의 손에는 신랑을 위한 예복과 신부를 위한 웨딩드레스가 걸쳐 있었다. 왜 그렇게 그을린 것인지 묻기를 주저하며 요반은 걱정스럽게 그를 바라보고 있었다. 요반은 그를 동경하며 아무 말없이 주시하고만 있었다. 얼마나 오랫동안 계속될지 알 수 없는 결혼식 자리를 차지하기 위해, 기다란 혼례용 탁자 주위에 모여 있던 사람들은 벤치와 의자를 놓치지 않으려고 붙잡고 있었다. 나팔을 부는 오케스트라의 일원이 '행진의 지휘자'가 나타나기를 기대하면서 탁자의 맨 앞쪽에서 연주를 하기 시작했다. "이걸 견뎌내는 사람은, 정말로 대단해," 이 빠진 연주자는 독주곡을 연주하면서 그리고 할아버지가 자리에 앉는 사람을 쏘려고 마음먹고 있는 권총의 총알을 피하면서 속으로 생각하고 있었다. 술에 취하기만 하면 그놈을 죽여버릴 것이라고, 그는 거대한 금관악기를 불며 쳐다보고 있던 베이스 나팔수에게 말했다.

"나탈리야는 어디에 있니?" 마르코가 신랑에게 물었다. 그리고 미동도 하지 않은 채 계속해서 그를 바라보고 있었다.

"아버지에게 면도를 해주고 있어요." 선물을 받아들며 요반이 말했다. 결혼식 예복과 커튼 천을 바느질한 레이스가 달린 드레스. "고맙습니다, 마르코 아저씨! 고맙습니다!"

"아버지에게 면도를 해주고 있다는 거지?" 질투심이 강한 사내가 할아버지의 권총을 피하며 반복해서 말했다. 노인은 하객들에게 소리치며 마르코의 머리 부근에서 권총을 흔들어댔다.

"너, 머리 큰 놈, 거기 앉아! 거기! 그리고 너, 너는, 거기에 앉아! 거기 말고, 이 멍청한 놈! 어디에 앉으려는 거야?! 네가 결혼하는 거야?!"

그는 명령을 내리며 마르코를 쳐다보았다. 마르코를 알아본 그는 아무런 말이 없었다. 어쩌면 제 스스로 발사될 수도 있을 것 같아 보이는 구식 소총을 치우며 손자는 미소를 지었다.

"할아버지, 오늘 저를 죽이진 말아주세요!"

"무슨 일이 있었던 게냐, 마르코? 무슨 일이 있었느냔 말이다. 애야? 왜 그렇게 까마귀처럼 새까매진 게야?"

"아무것도 아니에요, 할아버지. 아무것도…… 어떤 도둑놈들과 사소한 싸움이 있었어요." 마르코는 미소를 짓고 권총의 총신을 붙잡기 위해 애쓰며 할아버지를 끌어안았다.

"널 죽이려고 한 것이로구나." 노인은 두려워하고 있었다.

"그랬죠. 하지만 제가 더 빨랐어요. 건배," 나탈리야가 나타나기를 기다리며 '까마귀'는 축배를 들었다……

요반과 할아버지는 평화롭게 간단한 대답을 주고받으며 웃고 있었다. "영웅을 위하여!" 할아버지가 검게 그을린 손자의 등을 두드리며 소리쳤다. '사소한 오해'가 반시간 전에 '옛날 그곳'에서 벌어졌었다. 마르코는 결혼식 와중에 어떻게 '도둑놈들과 강도들로부터' 요새의 터널 가운데 하나로부터 벗어나게 된 것인지를 나탈리야에게 이야기할 것이다. "그 일은 이렇게 된 거야, 나탈리야," 그는 무슨 일이 벌어졌던 것인지 속삭이며 이야기하려고 애썼지만, 질문을 받은 여인은 잔을 들어 올리는 그 누구와도 함께 축배를 들며 미소를 지었다. "내 말 듣고 있는 거야, 나탈리야?" "듣고 있어요, 마르코. 듣고 있다고요! 한 번만 말해요!" "내 말을 듣고 있지 않은데 어떻게 당신에게 이야기하란 말이야?" 그는 츠르니를 쳐다보면서 화를 냈다. 츠르니는 그녀가 좋아했던 그리고 그 옛날에 그들이 함께 불렀었던 그 노래만 부르고 있을 뿐이었다. "좋아요, 당신 말을 듣고 있어요. 듣고 있다고요, 무슨 일이 있었어요, 마르코? 이야기해요."

19. 대부분의 인간은 생쥐이다. 하지만 그 누군가는 시궁쥐이다

"당신이 이리로 내려갔을 때, 그 도둑놈이 다시 연락해 날 위협했어." 그는 나직하고 주의 깊게 이야기했다. "나와 당신에게 위협을 가했단 말이야. '옛날 그곳'에서 만나기로 했어. 난 여행 가방 안에 위조된 2백만 마르크를 집어넣고 운전해 갔지. 그놈을 만났어, 토미슬라브와 야네즈 말이야. 그들은 완전무장을 하고 터널 끝에서 나를 기다리고 있었어. 우린 서로 안부를 주고받았고 화해했지. 그들은 용서를 구했는데, 당신은 그놈들이 묘지에 총을 쏘아댈 것이란 걸 생각이나 할 수 있겠어. 마치 내가 그놈들을 자극하고, 화나게 하고, 모욕하고, 무시한 것처럼 말이야…… 난, 좋다고 말했지, 과거는 과거일 뿐이라고. 바타의 장례식에 강도들처럼 무장하고 올 수는 없다고 말이야…… 내 말을 듣고 있는 거야, 나탈리야? 왜 울고 있어? 자, 어서…… 진정해. 그러니까, 난 당신에게 어떤 일이 있었는지 말해야만 해…… 난 그들의 예절과 이성에 호소하기 위해 장례식을 거론했던 거야. 묘지에 수많은 무기들을 가지고 올 수는 없단 사실을 말이야. 진정해…… 그러고는 무스타파가 '소피아에 있는 자신의 사람들'로부터 받은 어떤 종이와 영수증, 그리고 서류를 꺼냈어. 모두가 위조된 것들이었지만, 난 아무런 문제가 없다는 듯 행동했지…… 그렇게 많이 마시지 마, 나탈리야. 그러지 말라고, 그것은 술에서도 쓰레기에 불과해. 그 버섯들은 독이 들어 있는 것일 수도 있다고…… 우린 그렇게, 거의 반시간 동안 이야기했어. 내가 그들에게 2백만 마르크를 지불하고 친구처럼 각자의 길을 가기로 합의했지. 우린 각자 자신들을 위해서 일할 것이며, 지금까지 있었던 일들은 깨끗이 정리하자고 말하고 여행 가방을 줬어. "문제없지, 무스타파?" "좋아……" "좋다고?" "좋아……" 그들이 돈을 세기 위해 지프 안으로 들어갔을 때, 난 자동소총을 집어 들고 자동차 아래로 숨어들었지. 난 그들이 만 마르크 다발들을 세는 소리를 들었어. 마치 합창단에서 노래를 부르는 듯한 목소리더군. 열, 스물, 서른…… 백까지 도달했을 때, 난 지프 바닥을 뚫고 그들에게 총알을 퍼부었어. 그리고 난 그 도둑놈들과 함께 죽을 수도 있었어…… 어떻게? 잘. 지프는 불타기 시작했어. 아마도, 총알이 가솔린 파이프를 끊어놓은 게 틀림없었어. 그리고 터널은 독가스로 가득 찼고, 불길은 무시무시한 폭발을 일으켰지. 난 거의 20미터를 날아가, 벽에 부딪쳐 떨어졌어. 그들은 5분 만에, 지프와 함께 불타버렸지. 다 타버린 고철만 남았고, 그들 중에는— 아무도 살아남지 못했어. 정말—아무도…… 몇 개의 금속판과 단추만…… 마치 전혀 존재하지 않았던 것처럼…… 인간은 생쥐라는 츠르니의 말이 옳았어…… 그래, 그런 거야…… 그런 거라고…… 단지 누군가에게는 쥐새끼에 불과하지만."

"당신처럼 말이지," 나탈리야가 미소를 지으며 그에게 물었다.

"우리 두 사람처럼 말이야, 내 사랑. 우리 두 사람처럼," 마르코는 미소를 짓고 츠르니가 보지 못하도록 하며 그녀의 손에 입을 맞추었다.

20. 지속되는 동안 사랑은 영원하다

터널에서 벌어진 싸움에 관해 마르코가 이야기를 한 후에도, 나탈리야는 술을 마시고 노래를 부르며 흥겨워하고 있던 하객들과 계속해서 이야기를 나눴다. 노래와 춤 때문에 지하실이 무너질 것이라며, 그녀는 탁자 건너편에서 츠르니를 비웃고 있었다. 신랑의 아버지는 제발 무너지라며 소리치고 천장에 총알을 발사했다. "신랑 신부 만세," 그는 총을 쏘면서 외쳤다…… 어둠 속에서 커다란 마분지 케이크를 들고 특공대원들이 엄숙한 발걸음으로 나타났는데, 그 위에 마치 아몬드와 설탕처럼 요반과 엘레나가 서 있었다. (그것은 정말로 하객들 사이에서 한숨이 흘러나올 정도로 감동적인 장면이었는데, 모든 사람들은 자리에서 일어섰고 축축했던 공기는 사라져버렸다.) 집시들이 결혼행진곡을 연주하기 시작했다. "이런 어떤 장면은 아직까지 그 누구도 본 적이 없을 거야," 몸을 떨고 있던 나탈리야가 너무나 아름다운 그 장면에 박수로 환호하며 말했다…… "신이시여, 그들은 정말로 젊고 아름답군요. 그 어느 누구도 그들이 어둠 속에서 태어나고 자랐다고는 말하지 않을 것입니다."

지하실의 자기 구역인 무기상자 옆에서, 이반과 원숭이 소니는 결혼식을 준비하고 있었다. 동물원의 전직 관리인이었던 그는 친구가 재킷을 입는 것을 도와주고 있었다…… "버…… 벗은 채로…… 가…… 가는 것은…… 예…… 예의가…… 아니야," 원숭이에게 무릎까지 내려오는 재킷의 단추를 채워주면서 (원숭이를) 설득하고 있었다. 그리고 이내 원숭이의 발을 붙잡고 한 번 더 쳐다보고는 만족스러운 듯 미소를 짓고 하객들과 케이크 위에 서 있는 신혼부부에게로 데리고 갔다. "적절치 않은 시기에 왜 그토록 축하를 하고, 노래를 부르고, 술을 마시고 열광을 하지? 왜 사람들은 가장 현명해야만 할 때 가장 많이 열광할까?" 그는 가는 도중에 곰곰이 생각했다. 그들은 눈물에 젖은 하객들이 신부와 신랑에게 입을 맞추는 모습을 쳐다보면서 탁자의 상석 쪽으로 다가갔다. 츠르니는 보잘것없는 수수한 선물들을 받아들면서 모든 이들에게 고마워하고 있었다. 그는 눈물을 흘리며 고맙다는 말을 반복했다. "고맙네, 형제여…… 고마워……" 이반의 눈도 곧 눈물을 흘릴 듯 자극되었고 무릎에 힘이 풀려 자리에 주저앉고 말았다. 그는 웃고 있는 신혼부부를 바라보면서 흐느끼기 시작했다…… "무…… 무엇을…… 기…… 기뻐하고 있는 거지?" 그는 벤치의 옆자리에 소니가 앉을 수 있도록 자리를 비워주며 물었다.

신랑 아버지의 떨리는 목소리가 흥분한 하객들의 소란을 진정시키려고 애쓰고 있었다. 소리를 지르고 흙으로 만든 잔들을 깨뜨리는 행위를 멈추지 않는다면 그 자리에서 죽여버릴 거라고 위협을 가하며 권총 손잡이로 한 사내의 머리를 내리쳤다.

"지금 당장, 영원히 네 입을 다물도록 해줄까? 너희들보다 더 큰 소리를 지르며 한 사람이 죽어갈 것이란 걸 모르는 거야? 자, 츠르니! 이야기해봐! 누가 네 말을 중단시키는지 한번 보자고," 할아버지는 권총으로 위협을 가하고 나탈리야에게는 웃음을 참으라고 눈짓을 하며 소리쳤다.

츠르니는 소매로 눈물을 닦고 지하실 친구들을 한 번 쳐다보며 한숨을 내쉬고는, 몇 날 며칠 동안을 속으로 반복하고 점검했던 말들을 하기 시작했다.

"친애하는 친구들이여, 내 아이의 결혼식에 오신 것을 환영합니다! 그리고 내가 이날까지 살아온 것에 대해서도 신께 감사를 드립니다. 이 어둠 속에서 무언가를 위해 살아야 할 필요가 있었다면, 그렇다면, 그것은 내 인생에 있어서 이 성대하고 가장 아름다운 날 때문일 것입니다! …… 이후로 나는 편안하게 죽을 수 있습니다…… 조용히 해, 제발! 조용히 하라고," 그는 그가 죽을 수도 있다는 말에 동요하고 있는 사람들을 조용히 시켰다. 할아버지는 천장에 대고 낡을 총을 연신 발사하며 사람들을 진정시켰다.

"이놈들아, 다음번에는 몸에다 대고 쏠 거야! 결혼식을 장례식으로 만들지 마! 한마디라도 더 하면 어느 놈이고 죽이고 말테니까," 노인은 총신의 방아쇠를 당기며 위협했다. 츠르니는 할아버지가 진정하기를 기다렸고, 손바닥으로 눈을 닦아내고는 떨리는 목소리로 계속해서 연설했다. 그는 마치 미친 사람처럼 흥분으로 인해 죽을 것만 같았다. "좋아, 적어도 딸꾹질은 잦아들었군," 소리 내어 울지 않으려고 괴로워하고 있는 그를 바라보면서 나탈리야는 속으로 생각했다.

"친애하는 친구들이여," 츠르니는 계속해서 연설했다. "더 좋은 음식이 없는 것을 비난하지 마십시오…… 전쟁 중입니다…… 하지만, 당신들에게 지금 제공하는 모든 것들은 마음으로부터 제공하는 것입니다! 전쟁이 아니었다면 그리고 더 시절이 좋았다면, 요반의 어미가 살아 있었다면…… 그렇다면…… 그렇다면…… 그렇다면……" 그는 전쟁이 아니었더라면 어떻게 되었을 것인지 말할 수 없었다. 그는 한아름의 사소한 선물들을 바라보면서 머리를 떨궜다…… 마르코가 그에게 다가가 (나탈리야가 단지 그를 밀었을 뿐이다) 그를 끌어안았다. 그를 끌어안아 입을 맞추고는 지하실 전체가 들을 수 있도록 소리쳤다.

"울게, 그럴 만하잖아! 행운이 함께하길 바라네, 친구! 당신들도 행운이 함께하기를!" 지하실 하객들은 박수갈채와 외침으로 마르코의 축사를 환영했다…… 츠르니는 손을 들어 올리고 더 크게 소리를 내질러 쉬어버린 목소리로 그들을 진정시켰다.

"제발! 제발……! 남성 그리고 여성 동지들이여, 형제와 자매들이여, 바로 지금이 우리 모두가 다 함께 동료이면서 친구이자 우리들의 형제인—마르코에게 고마워해야만 하는 진정한 순간입니다! 그가 우리에게 해준 모든 일들에 대해 열렬히 고마움을 표합시다! 분명 그는 우리가 결코 갚아낼 수 없는 정말 많은 일들을 해주었습니다. 고맙네, 마르코! 고마워, 친구," 그는 마르코가 옛 전우인 자신을 끌어안고 입을 맞추는 동안 흐느끼며 고개를 숙이고 인사말을 했다…… 나탈리야는 라키야를 들이켰다. '신이시여, 그가 대체 무슨 말을 하고 있는 겁니까?' 그녀는 의자에 올라가 손을 흔들며 계속해서 말하고 있는 츠르니를 처다보며 속으로 생각했다.

"파시스트 무리들이 밖에서 지구를 불태우고 모든 세상을 파괴하고 있는 동안, 우리는 이곳 지하실 속에서 범죄자들과의 최후의 담판을 준비하고 있습니다! 동지들과 마르코 형제 덕분에, 이번 달 들어서만 우리는 경무기 200정을 생산했습니다! 생산 할당량의 약 40퍼센트를 넘어선 것입니다!"

"좋아, 동지들," 마르코가 잔을 들어 올려 건배를 제안하며 소리쳤다. "좋아! 그런 말을 듣고 싶었다고! 그건 날 즐겁게 하는 거야! 좋아," 그는 츠르니가 거두어들인 거의 믿기지 않는 지하실의 작업 실적에 열광하고 있었다.

"하지만 우리들의 가장 큰 성공은, 아시다시피, 최초의 자체 추진 탱크입니다! 우리들의 손으로 이 기적과 같은 무기를 만들어냈다는 데 대해 저는 행복하고 자랑스럽습니다. 최후 심판의 순간이 왔을 때, 우리 모두는 탱크의 뒤를 따라 자유로운 조국으로 나아갈 것입니다! 이제 탱크가 마르코 동지에게 인사를 전하기 위해 지나갈 것입니다! 탱크— 앞으로! 우로 경례!" 그는 벽을 뒤흔들고 천장에서 석회 조각이 떨어져내릴 정도로 엄청난 소리를 내며 무기 조립 및 생산부 시설로부터 움직여 나오고 있는 쇠로 만들어진 거대한 물체를 향해 명령을 내렸다. 원숭이는 발로 귀를 가리고 폭격이 있었을 때의 바로 그 소리를 닮은 '쿵' 하고 울리는 소리에 겁을 집어먹고 끙끙댔다. 탱크의 기다란 포신은 득의양양해하고 있는 주인과 기막혀하고 있는 손님들에게 인사를 하며 돌아가고 있었다. 트럼펫 연주자들이 귀에 거슬리는 행진곡을 연주하는 동안, 사람들은 걱정스러운 듯 탱크와 마르코를 번갈아 쳐다보았다…… 탁자 위의 잔과 술병들이 모터의 소음과 트럼펫의 울림으로 인해 흔들렸다. 지하실이 스스로 무너져내릴 것만 같았다.

"대단해," 그을음을 뒤집어 쓴 마르코가 소리를 지르고 탱크가 있는 곳으로 다가가 마치 그것이 말이라도 되는 것처럼 손바닥으로 두들겼다…… "당신들에게 경의를 표하네! 이런 무기는 소비에트 국민들만이 만들 수 있어! ……탱크와 함께 사진을 찍어 티토 동지에게 보내면 좋을 것 같군. 그분이 어떤 민족을 데리고 있는지 볼 수 있도록 말이야! 자, 사진사 어디 있어?! 뭘 기다리는 거야?!"

"여기 있습니다! 여기 있어요." 누가 생산했는지 그리고 얼마나 오래되었는지 알 수 없는 다리가 셋 달린 기계를 끌어당기며 작은 체구에 안짱다리를 한 사람이 소리치기 시작했다. 지하실 사람들은 포신이 기다란무기를 에워쌌고, 마르코와 츠르니는 끌어안은 채 무한궤도 장치에 몸을기댔다. 사진사는 검은 천 아래에서, (보통 하던 대로) '티차'*라고 소리치며 기념의 불을 '밝혔다.' 사진 촬영은 열렬한 민중들의 박수갈채보다더 깊은 감동을 주었다. 끌어안고 있던 옛 친구들은 쪼그린 채 앉아 있던신혼부부에게로 돌아왔다. 마르코는 자신이 앉았던 의자 옆 탁자 아래로몸을 구부리고 커다란 여행 가방을 끄집어내서는, 미소를 지으며 결혼식의 주빈에게로 다가갔다.

마르코가 지폐로 가득한 여행 가방을 열었을 때 코샤바**가 몰아치기라도 한 것처럼 지하실에서는 갑자기 한숨 소리가 퍼졌다. "이제까지 이렇게 많은 돈을 본 사람은 아무도 없을 거야," 할아버지는 나탈리야에게속삭였다.

"아니에요, 할아버지. 아니에요." 극악무도한 남편을 바라보면서 전직 여배우는 미소를 지었다. 요반과 옐레나는 흥분하고 겁을 먹은 채 그의 손에 입을 맞추었다.

"아무것도 아니야…… 별것 아니란 말이야," 마치 평범하고 사소한선물이라도 되는 양 마르코가 말했다. "아무것도 아니야, 별것 아니라고…… 인간답게 삶을 시작하라고 마르코 아저씨가 너희들에게 선물하는거야. 우리가 고통을 받은 것처럼 너희들이 고통을 받지 않도록 말이

---

* '새'를 의미하는 세르비아어 낱말은 'ptica(프티차)'이지만, 간단히 'tica(티차)'로도 쓰인다. 사진을 찍을 때, 표정을 살리기 위해 세르비아에서는 이 표현을 사용하기도 한다.
** 동절기 세르비아 북부에 부는 차가운 남동풍으로, 세르비아 평원을 가로질러 분다.

야……"

"어떻게 자네에게 빚을 갚지, 마르코?" 이성을 잃은 츠르니가 그에게 물었다. "어떻게 자네에게 빚을 갚을 수 있느냐 말이야, 친구…… 어떻게……"

"잘 갚으면 되지. 독립의 그날이 오면, 자넨 커다란 권력층이 될 거야. 자네가 날 모스크바 대사로 보내주면 되잖아! 동의한 거지?!"

"당연히 동의하지," 다소 창백한 모습의 신랑 아버지는 소리를 지르고, 탄창을 바꿔 끼우고는 수많은 하객들의 머리 위를 향해 총을 쏘기 시작했다. 마르코도 자신의 권총을 꺼냈다. 지하실 광장에 있던 교회의 종을 쏘아 맞히며, 이 빠진 연주자와 그의 트럼펫 연주자들을 위협했다.

"뭘 기다리고 있는 거야?! 음악! 음악을 연주해!! 내가 종으로 연주를 할까?!"

첫번째 날은 그랬었다. 물론, 그 어느 누구도 낮(혹은 밤) 시간대인지 그리고 몇 시인지도 알지 못했다. 할아버지가 지하실의 커다란 시계를 조절할 뿐, 더는 개인이 가지고 있는 시계는 없었다. 시간은 두 사람의 소유물이 되었다. 지하실에 있는 한 사람과 그에게 시간을 '줄이도록' 명령했던 또 다른 한 사람의 소유물. 사람들이 너무 오랫동안 지하에 있다는 느낌을 갖지 않도록, 그들은 하루하루와 몇 년의 시간을 훔쳤다. 사람들은 시간이 흐르는 것보다 자신들이 더욱 너무 빨리 늙는다는 사실을 깨달았지만, 대체 무슨 일인지 알지 못했다.

*

이튿날 혹은 이튿날 저녁, 기다란 탁자 주위에서 먼지구름을 일으키며 콜로 춤판이 벌어졌다. 하객들은 숨 막혀 하며 기침을 했다. "곳곳에 먼지가 날리는 것을 보니, 공연히 땅에 물을 뿌렸군!" 할아버지가 불평했다. "먼지가 우리들의 영혼 속으로 들어와버렸어," 그가 우물물을 부으며 투덜거렸다. 그는 주문을 중얼거리며, 츠르니의 머리에 (물을) 뿌렸다.

"손자가 태어나기를, 츠르니! 보게 될 게다, 사내아이일 거란 말이다! 이 할아버지가 말하는 대로, 손자일 거야!"

사내아이에 관한 이야기가 나탈리야를 화나게 만들었다. 바로, 남자가 그녀를 화나게 했기 때문이다.

"어떻게 알아요, 할아버지, 사내아이일 것이라는 것을?! 대체, 어떻게 아시느냐고요!"

"알아," 노인은 그녀의 말을 가로막으며, 예언자처럼 집게손가락을 높이 들어올렸다. "알아, 왜냐하면 전쟁 때에는 사내아이들만 태어나니까!"

"죽을 사람이 있어야만 한다는 거군요," 그녀는 냉혹하게 악의적으로 화난 표정을 하고 물었다.

"조국을 지켜낼 사람이 있어야 한다는 거지," 노인은 냉소적으로 대답했다…… 그들 두 사람이 왜 전쟁 중에 사내아이들이 태어나는지, 그리고 전쟁이 끝나고 난 이후에 ('출산을 하고 민족을 재건할 사람들이 있어야만 하기 때문에') 여자아이들이 태어나는지에 대해 말다툼을 벌이고 있는 동안, 사내아이들 가운데 두 명의 난폭한 아이들이 지하실 한쪽 끝에서 다른 쪽 끝을 향해 천으로 만든 공을 차고 있었다. 공이 땅에 닿기 전에 이 빠진 연주자의 머리를 맞혔다. 연주자는 잔뜩 화가 나서 소리를 지르며 트럼펫을 휘둘렀다.

"이놈들에게 부모가 있기나 한 거야?! 누구의 새끼들이야?!"

"우리들의! 지하실의 (아이들이지)! 연주나 하란 말이야. 거기서 왜 소리를 지르고 있는 거야." 낡은 총에 사냥 탄창을 채우며 할아버지가 그에게 경고했다. 이 빠진 그 사람은 성미 까다로운 할아버지에게는 농담이란 있을 수 없다는 사실을 알고 있었다. (츠르니가 진지하게 말한 것과 같이, 할아버지가 권총이라고 이름 붙인 그것은 실제로는 '손으로 조작하는 야포'였다.) 겁먹은 트럼펫 연주자는 뒤를 따르고 있던 오케스트라와 함께 탁자의 상석으로 물러가 미치광이같이 흥분해 있는 노인을 보지 않으려고 고개를 돌렸으며, 잠시 동안 계속해서 연주를 하다가 흥분한 채로 자리를 박차고 나갔으며, 자신을 맞힌 공을 움켜쥐고는 소리를 지르며 우물까지 뛰어가 그 안에 던져넣어버렸다.

"이제 한번 차봐! 차보란 말이야! 발로 차봐." 그는 아이들이 목 놓아 울고 있는 동안 심술궂게 펄쩍펄쩍 뛰었다. 할아버지가 두 개의 총신이 달린 권총으로 위협하며 우물로 달려갔다. 그는 달려가면서 연주자를 죽이려고 마음먹은 듯 총을 겨누었다.

"이제 넌 끝났어! 널 죽여버릴 테다! 널 죽여버리고 말겠어!." 할아버지는 소리를 쳤는데, 만약 마르코가 뛰어나오지 않았다면 정말로 그를 죽였을지도 모를 일이다. 마르코는 노인의 어깨를 붙잡아 돌려세우고는 모든 하객들의 이름으로 경고했다.

"빌어먹을, 당신을 체포하겠어! 천으로 만든 공 한 개 때문에 이 사람들의 결혼식을 망쳐버릴 셈이야?! 대체 왜 그래, 할아버지? 대체 오늘 뭐가 문제야? 진정해, 제발, 그렇지 않으면 내가 당신을 정말로 체포하고 말겠어!"

"내가 그 공을 꿰맸단다, 마르코. 이제 아이들이 뭘 가지고 놀라는 게냐?"

"뭔가 유익한 일을 하면 되잖아요! 아이들은 하루 종일 공을 가지고 뛰어다니며 놀아야 하는 거예요…… 자, 음식이나 먹읍시다." "아이들을 내버려둬요." 마르코가 그를 끌어안고는 탁자가 있는 곳으로 데려갔다. 하얀 앞치마를 두른 여자 몇몇이 선술집에서 막 구운 달팽이와 버섯을 가져왔다. 특공대원의 손에 들린 빵 냄새가 지하실에 퍼지기 시작했다. 공을 들여 만든 커다란 빵과 달팽이와 버섯이 한가득 담긴 접시가 술에 취해 흥겨워하며 노래를 부르고 있던 허기진 하객들에게 냄새를 풍겼다. 나탈리야가 두 손가락으로 버섯을 집어 들었을 때, 츠르니는 그녀의 입 안에 커다란 달팽이를 넣어주었다. 그녀는 우적우적 씹으며 낄낄거렸다. 그녀는 낯선 그 맛에 놀랐다.

"이 달콤한 게 뭐죠, 츠르니?"

"달팽이," 그녀의 뺨에 입을 맞추며 그가 대답했다.

"달팽이라고요? 정말로 달팽이가 이토록 달 수 있어요?"

"그럴 수 있지, 내 손으로 직접 준 것일 때에는 말이야…… 마르코가 주는 다른 것을 먹어봐, 그럼 알게 될 거야."

마르코는 칼로 버섯을 찔러가며 그들을 쳐다보고 있었다. 마치 그는 어제 헤어졌다가 오늘 다시 만난 것처럼, 그들 사이에서—그의 존재는 찾아볼 수 없었다. 그는 옛 애인에게 미소 짓고 있는 부인을 바라보며 (버섯을) 씹고 있었다. 그는 미소를 지으려고 애쓰며 고깃덩어리 같은 커다란 버섯 조각을 내밀었다.

"이거 먹어봐, 나탈리야. 먹어봐, 얼마나 단지 알게 될 거야."

"마르코 동지," 이 빠진 접시가 겁에 질려 그에게 일깨워주었다. "저 아이들이 탱크 위에 올라가지 않도록 말씀해주십시오! 적어도 당신은 탱크가 얼마나 위험한 무기인지 아시잖습니까. 만약 발사라도 된다면, 우리 모두는 죽고 말 거예요." 포신이 긴 기계의 등짝에 올라가 있던 아이들을 트럼펫으로 가리키면서 그가 불평을 늘어놓았다. 이미 그를 죽일 수는 없었기 때문에— 할아버지는 달팽이로 그의 머리를 맞혔다.

"네놈이 우물 속에 그 아이들의 공을 집어넣었잖아, 그럼 아이들이 뭘 가지고 놀라는 거야?! 뭘 가지고 놀라는 거냐고, 이 재수 없는 놈아?! 연주나 해, 더 이상 내가 네게 말을 하지 않도록 하란 말이야." 그를 겁주기 위해 할아버지는 구식 총의 방아쇠를 당기며 위협했다.

마르코는 숨기지 않은 (혹은 숨길 수 없었던) 질투심으로 츠르니를 탁자에서 일으켜 세웠다. 그는 마치 아무 일도 없었다는 듯 일어나 아들에게 다가가서는 끌어안고 농담을 주고받는 듯 그를 데리고 산책을 나갔다. 그들은 지하실의 구석진 쪽으로 가면서 이야기를 나누었다…… 아버지는 병째 술을 마시고 있었고 아들은 달팽이와 버섯이 채워져 있는 빵의 커다란 꽁지 부분을 먹고 있었다. 그들은 거의 속삭이듯 대화를 나누며 지하세계 안에서 가장 멀리 떨어져 있는 구석 자리의 묘지가 있는 곳까지 걸어갔다. 그들은 촛불을 바라보면서 멈춰 섰다. 나무 십자가에 쇠로 새겨진 글자와 숫자가 빛나고 있었다. 베라 포파라, 1915~1941. (결혼식이 진행되는 동안 츠르니는 양초에 불을 밝히도록 명령했었다.) 피곤에 지친 여행객들처럼, 그들은 묘지의 조그마한 벤치 위에 앉았다. 요반이 십자가를 쳐다보고 있는 동안, 아버지는 맥없이 마르코와 나탈리야를 바라보고 있었다. 그들은 음식을 먹고 술을 마시고 뭔가 격렬하게 말다툼을 벌이고 있었다. "에, 나의 나탈리야. 나의 나탈리야……" 그는 무감각하게 한숨을 내쉬고 남은 라키야를 마시고는 술병을 흔들다가 벽에 던져 깨뜨려버렸다. 요반은 그가 술을 마시고 흥청거린다고 생각하면서 미소를 지었지만, 이내 걱정스러운 듯 구겨진 아버지의 얼굴을 마주했다. 그는 곧 울음을 터뜨릴 것처럼 보였다.

"무슨 일이에요, 아빠? 무슨 일이 있었어요?"

"아무 일도 아니다, 아들아…… 사람들이 차례로 술에 취하고 나면, 우리 두 사람은 싸우러 나가자꾸나. 나를 막으려는 놈은—죽여버릴 테다…… 내가 병을 깨뜨려버린 것, 봤지. 독립을 이룰 때까지 난 더 이상 술을 마시지 않을 테다……"

"독립을 이룰 때까지," 요반은 의심스러운 듯 반복해 말했다.

"그래, 독립을 이룰 때까지 말이다. 네게 맹세하마…… 네 어미처럼 우리가 이 어둠 속에서 죽도록 내버려두지 않을 테다. 만약 죽어야만 한다면, 인간답게 죽자꾸나." 그는 나탈리야와 마르코를 바라보며 말했다. 그들은 겁에 질려 말다툼을 벌이고 있었으며, 그가 어디에 있는지 둘러보면서 마치 음모를 꾸미는 사람들처럼 고개를 두리번거렸다. 지하실 외곽에 있는 그를 발견했을 때, 그들은 손바닥으로 탁자를 내리쳐가며 계속해서 말다툼을 벌였다. 요반은 아버지를 끌어안고 그의 회색빛 억센 머리칼을 얽어 감으며 고마워했다.

"만약 한 달 동안 술 마시는 걸 참으신다면, 제게 가장 좋은 결혼선물이 될 거예요…… 왜 계속해서 마르코 아저씨와 나탈리야를 쳐다보세요? 무슨 일이 있었어요, 아빠? 대체 무슨 일이예요? 뭔가를 제게 숨기고 계신 거죠?"

"아무것도 아니란다, 요반아…… 아무것도 아니야," 그는 그렇게 속삭이고 이내 아들을 끌어안고 쳐다보면서 오래전부터 하고 싶었던 것을 말했다. "네게 뭔가를 말해야겠구나, 아들아. 남자 대 남자로서 말이다. 오늘 결혼하는 너를 보니 난 이 세상에서 가장 행복한 사람이구나. 하지만, 요반아, 아들아, 여자를 조심해야 한다…… 여자는 악마가 만든 것이란 말이다."

"악마." 창백한 얼굴의 젊은이는 놀랐다. "악마?"

"그래, 악마."

"그럼, 악마가 존재하는 거예요, 아빠?"

"존재한단다, 아들아. 존재하구말구……"

"모든 것을 제게 말씀하셨지만, 악마에 대해서는 언급하지 않으셨잖 아요…… 악마는 어디에 살고 있어요, 아빠?"

"여자의 몸속에," 츠르니는 잔에 술을 따르고 있는 나탈리야를 쳐다 보면서 말했다. 아버지가 그토록 흥분하고 고통스러워했던 것이 과연 무 엇 때문이었는지 놀라워하며, 요반 역시 결혼식 탁자를 쳐다보았다. 그는 술에 취한 여자의 술병을 잡으려고 애쓰는 잔뜩 화가 난 마르코를 발견했 다. 그들은 서로를 위협하면서 그리고 츠르니가 어디에 있는지를 살펴보 면서 말다툼을 벌였다.

마르코는 나탈리야의 어깨를 잡아챘고, 어쩌면 마치 그녀로 하여금 고통을 기억하게 하려는 듯 그리고 진정시키려고 하려는 듯 어깨를 깊숙 이까지 꾹 눌렀다. 그는 술병을 뺏으며 크게 화를 내고 그녀를 위협했다.

"그만 마셔, 나탈리야. 그만하란 말이야, 죽여버리고 말겠어……"

"그만하고 싶어요, 하지만 더는 맨정신으로 당신을 쳐다볼 수가 없어 요." 그녀는 자기 자신과 술을 변호하며 말했다.

"맨정신으로 날 쳐다볼 수 없다고? 술병 이리 줘……"

"그럴 수 없어요…… 술병을 주지 않을 거예요……"

"그럼 그놈을 볼 수는 있고? 츠르니는 쳐다볼 수가 있단 말이지?"

"그 사람도 쳐다볼 수 없어요. 다만 당신을 쳐다보지 않도록 술을 마 시는 거예요, 이렇게…… 그리고 그를 쳐다보지 않을 수 있도록…… 이렇게…… 그리고 또…… 한 잔……"

"죽을 수도 있어, 나탈리야……," 그는 그녀의 술병을 잡아채고 커다란 잔에 부어진 라끼야를 자신에게 끼얹었다. "죽게 될 거야, 대체 왜 그러는 거야…… 내일 떠나잖아. 목숨이 끊긴 당신을 내가 데려가길 바라는 거야?"

"술병 돌려줘요…… 좋게 말할 때 술병을 돌려달라고요…… 이렇게 많은 사람들 앞에서 난장판을 만들게 하지 말란 말이에요…… 돌려줘요…… 만약 죽는다면, 난 다시 태어날 거예요," 그녀는 하객들과 겁을 집어먹은 연주자들을 더는 혼란스럽게 만들지 말라며 마르코가 돌려준 술병의 술을 떨리는 손으로 잔에 따르며 크게 화를 냈다. 그들을 쳐다보고 있는 자신들의 모습을 그들이 보게 되지 않을까 두려워하며 하객들과 연주자들은 불안한 듯 힐끗거리고 있었다…… "이건 엄청난 문제를 야기할 수도 있겠어." 이 빠진 오케스트라의 수장은 연주자들에게 다른 쪽을 쳐다보라고 눈짓을 보내며 속으로 생각했다.

웅덩이를 만들면서 지하실 한쪽 천장으로부터 물방울이 실로폰 소리와 닮은 소리를 내며 떨어지고 있었다. 각각의 물방울은 다른 음색을 만들어냈다. 물방울들은 가을을 닮은 멜로디를 '연주하고 있었고,' 집시들은 (츠르니가 탁자로 돌아왔을 때) 지하실에서 제일 애창되는 노래를 부르기 시작했다. '태양도 없고 달도 없다네……' 옛 전사는 나탈리야에게 다가가 왼손을 등 뒤에 두고 장교처럼 고개를 숙이고는 오른손으로 춤을 청했다. 그녀는 놀란 듯 그를 쳐다보았다. 그는 춤추는 것을 좋아한 적이 없었는데, 이전의 그는 항상 어떤 제대로 된 싸움만을 위해 태어난 사람이었기 때문이었다. "이런 어둠 속에서의 생활이 사람들을 바꿔놓은 거야," 그녀는 일어서며 속으로 생각했다. 그는 '그들의 노래'를 콧노래로 부르며 그녀를 꽉 껴안은 채로 멀어져갔다.

> 태양도 없고 달도 없다네
> 전쟁이라는 테마가 별들을 감추고
> 당신도 없고, 나도 없다네
> 사랑하는 이여, 우리에겐 무슨 일이 있었는가?

　그들은 지하실의 콘크리트 하늘에서 물방울이 떨어져 만들어낸 웅덩이를 밟으며 춤을 추었다.
　"아름다운 결혼식이지, 나탈리야?" 그는 미소 지으며 물었다.
　"아름다워요⋯⋯," 그녀는 굳게 말하고 더 힘껏 그를 끌어안았다. "원하는 곳으로 나를 데려가라지," 그녀는 속으로 생각했다. 그는 가능한 한 더 멀리, 하객들과 마르코로부터 멀어지려고 하고 있었다. 무언가 그녀에게 물어볼 것과 말할 것이 있었다. "오늘 밤 지하실에서 나갈 거야, 싸우러 갈 거란 말이야, 별의별 일이 다 생길 수 있어, 어쩌면 이것이 살아서 대화를 나누는 마지막 기회가 될 수도 있어. 죽은 후에 어쩌면 우리는 만날 수도 있겠지(아니 꼭 만날 거야!), 아니 어쩌면 만나지 못할 수도 있어, 그걸 누가 알겠어. 난 저세상의 삶은 믿지 않아, 이승에서의 삶도 의심스럽지만 말이야."
　"무슨 생각을 하고 있는 거예요?" 그녀가 졸린 듯 그에게 물었다. 그녀는 속으로 이야기를 선별적으로 듣고 있었다.
　"우리들에 대해서⋯⋯ 사람들이 노래를 하고, 춤을 추고, 술을 마시고, 기뻐하고 있어. 우리가 이렇게 아름다운 결혼식을 망친다면 애석한 일이야⋯⋯"

"왜 우리가 결혼식을 망친다는 거예요, 츠르니?"

"이유를 모른다는 거야?"

"몰라요……," 그녀가 웃으며 말했다.

"정말로 모른다는 거야?"

"정말로요, 나의 사랑……"

"나탈리야, 난 당신이 나를 바보로 만들 만한 일을 하지 않았다고 생각해. 사람들은 나를 비웃을 수도 있지만, 내 아들은 나와 슬픔을 함께 해야만 해……"

"내가 당신을 바보로 만든다고요?" 그녀는 웃으며 마르코를 쳐다보았다. 그는 술에 취한 할아버지의 지겨운 포옹으로부터 벗어나려 애쓰며 바라보고 있었다.

"만들고 있잖아, 나탈리야. 당신이 그렇게 만들고 있단 말이야…… 날 도와줘, 제발, 오늘 밤 내가 그를 죽이지 않을 수 있도록 말이야. 우린 절친한 친구고, 그래서는 안 되는 거잖아……"

바깥의 날씨가 엄청 좋지 않음에 틀림없다고, 이반은 말을 더듬거리지 않으며 속으로 생각했다. 전직 동물원 관리인이었던 그는 콧잔등 위에 정확히 떨어진 물방울을 닦아내고 축축한 천장을 쳐다보고는 소니가 있는 곳까지 몸을 움직였다. 삐죽 튀어나온 턱을 오물거려가며 탁자에서 웃고 있는 사람들을 호기심 있게 쳐다보던 원숭이가 잔을 꽉 잡아들고 마치 진짜 사람처럼 고비로 만든 주스를 마시고 있는 동안, 이반은 계속해서 접시에 놓인 버섯을 먹고 있었다. 그는 건배를 권하는 술에 취한 젊은이에게 답례 인사를 하며 잔을 들었다…… 이 빠진 선술집 주인은 계속해서 트럼펫을 불면서 원숭이가 마치 팝콘이라도 되는 것처럼 달팽이를 삼키고 있는 모습을 쳐다보았다. 그는 오래전부터 원숭이의 머리를 후려치거나 탁자에서 쫓아버리고 싶었지만, 츠르니가 춤을 추는 동안 연주를 멈출 수가 없었다. "그가 나탈리야와 춤을 추는 동안 내가 당장 연주를 멈춘다면, 곧바로 날 죽이고 말 거야. 하지만 내가 연주를 멈추지 않고 이 동물 녀석을 쫓아버리지 않는다면, 그놈이 버섯을 모두 먹어치울 거야." 어떻게 하는 것이 더 좋을지 (혹은 더 나쁠지) 곰곰이 생각하다가 그는 화가 치밀었다…… 그는 츠르니와 웃고 있는 여인을 쳐다보았다. 그들은 할아버지의 '마법의 우물' 주위를 돌면서 춤을 추고 대화를 나누고 있었다.

"알아, 나탈리야, 우리 두 사람이 함께 살지 않았던 것은 잘된 일이야. 잘된 일이란 말이야, 잘된 일이야……," 허리 주위를 꼭 껴안고 또다시 그녀를 군홧발로 밟지 않으려 조심하면서 츠르니가 말했다.

"왜요." 그녀는 진심으로 놀랐다. "왜요?"

"왜냐하면 당신은 첫날밤 날 속였을 것이고, 난 당신을 첫날밤 죽여버렸을 테니까," 그는 어떤 일이 일어났을 것인지에 관해, 짧고 명확하게 그리고 분명하게 설명했다.

"난 당신을 절대 속이지 않았을 거예요. 절대로," 그녀는 그를 끌어안고 자신의 손으로 깨끗이 면도를 해준 그의 뺨에 입을 맞췄다…… "그러지 않았을 거예요, 믿어주세요. 당신은 내 인생에 있어서 첫번째 남자이자, 마지막이었을 거예요. 우린 다섯 명의 아이를 갖게 되었을 거라고요……"

"누구의 아이들을? 내게 거짓말하지 마, 나탈리야. 내게 거짓말하지 말란 말이야……," 그는 자신이 한 번도 믿은 적이 없었던 하지만 그것 없이는 절대로 아무것도 할 수 없을 것 같은, 바로 그녀의 졸린 듯한 눈을 바라보며 애원했다.

그들은 콘크리트 기둥 뒤로 몸을 숨기며 멈춰 섰다. (자신들이 어디로 움직이든지 간에 그는 등 뒤에서 마르코의 시선을 느끼고 있었다.) 그는 어깨를 붙잡아 조용히 그녀를 들어 올리고는, 거의 위협하듯 물었다.

"나탈리야, 당신 마르코와 무슨 일이 있는 거지……? 무언가 있어, 난 목숨을 걸 수도 있어……"

"마르코와? 내가 마르코와 무슨 일이 있다는 거예요?" 마치 그녀는 노래하듯 유쾌하게 웃고, 그를 우물 주위로 끌고 가 또다시 춤을 추기 시작했다. 그렇게 큰 소리로 웃고 있는 그녀에게 화를 내며, 그는 뻣뻣하고 어색하게 춤을 추었다. "내가 뭘 하고 있는 거야? 내가 지금 뭘 하고 있는 거냔 말이야," 스스로에게 화가 난 그는 속으로 생각했다. "이렇게 많은 사람들과 아들 앞에서 내가 뭘 하고 있는 거냔 말이야."

"날 죽여! 츠르니, 날 죽이란 말이야," 이 빠진 트럼펫 연주자는 마음을 먹고 이반과 소니에게 다가가, 사람을 닮은 그 동물에게 화를 내며 앞에 있던 달팽이가 담긴 냄비를 집어 들었다.

"모두 다 먹으려는 거야?! 걸신들린 원숭이 같으니!"

"제…… 제발……," 이반이 친구를 방어하려고 했지만 선술집 주인은 그의 얼굴에 남아 있던 화를 터뜨려버렸다.

"넌 뭘 원하는 거야?! 인간의 결혼식에 원숭이가 오는 걸 본 사람은 대체 누구야?! 원숭이가 사람들과 함께 앉는다고?! 누가 그걸 봤느냔 말이야?! 여기서 꺼져버려!"

이반은 포크를 탁자 위에 던져버리고 (그것은 할아버지 손끝을 찔렀다), 자리를 박차고 일어나 주먹으로 위협하며 선술집 주인에게 소리쳤다. 그는 지하실에 거주하기 시작한 첫 날부터 그를 피하고 경멸했었다.

"그…… 그…… 그는…… 나의…… 동료란…… 말이에요!…… 그…… 그리고…… 우리가…… 지…… 지하실에…… 이…… 있게…… 된…… 것은…… 워…… 원숭이 때문이…… 아니에요!……
우…… 우리는…… 인간들…… 때문에…… 여…… 여기에…… 있는
거예요!…… 지…… 진화가 일어나지 않았다면, 다…… 당신도……
후…… 훌륭한…… 워…… 원숭이일…… 뿐이라고요!…… 지금
은…… 이…… 이렇게…… 나…… 나쁜 사람이지만!"

그는 고통스러워하면서도 하고 싶었던 말을 모두 다 했고, 소니의 발
을 잡고 화를 내며 결혼식장을 떠나버렸다. 요반과 옐레나가 그들을 막아
서려 했지만, 이반은 됐다는 듯 손을 내저었다. 한때 지하의 동물원이었
던 지하실의 어둠 속으로 그는 사라져버렸다. 그들은 마치 쌍둥이처럼 걸
어서 멀어져갔다. "신이시여 용서하소서." 뒤쪽에서 볼 때는 똑같아 보이
는 그들 둘, 남동생과 원숭이가 멀어져가는 모습을 바라보며 마르코는 속
으로 생각했다. 그는 선물로 주려고 가져왔던 바나나 두 개를 주머니 속
에서 만지작거렸을 뿐이다. 그들을 기쁘게 하기 위해서 따라 달려가고 싶
었지만, 낡은 총으로 위협하고 있던 할아버지가 그를 붙잡아 세웠다. 오
늘 밤 노인은 이 빠진 트럼펫 연주자를 죽이기로 마음먹은 것처럼 보였
다. 그는 결혼식 탁자 주위를 돌며 그의 머리를 겨누고 위협을 가했다.

"이반은 내 손자란 말이다! 내 손자라고, 이 괘씸한 놈아! 당장 널
개처럼 죽여버릴 테다! 짖고 있는 네 입속에 낡은 총을 퍼부어줄 테다!
넌 끝났어…… 연주하는 것도 다 끝났단 말이다……"

마르코가 탁자 위로 뛰어올라가지 않았더라면 할아버지는 분명 그를
죽였을 것이다.

"자, 할아버지! ……진정하세요." 그는 끊임없이 누군가를 위협할
준비가 되어 있는 까다로운 성미의 노인을 이해시키려고 애썼다…… 마
치 노인이 접시로 자신을 맞히기라도 하려는 것처럼 이 빠진 사내는 손으

로 머리를 가리며 탱크 뒤로 도망쳤다. 그는 무한궤도 뒤에 쪼그리고 앉아 있다가, 위험한 철골 구조물 안을 궁금한 듯 몰래 훔쳐보면서 아이들이 탱크의 포신을 들어 올리고 있는 모습을 발견했다.

"뭘 하는 거야?! 아래로 내려와! 내려오란 말이야," 탱크 안으로 들어가려는 아이들을 제지하며 그가 소리쳤다. 할아버지는 하객들에게 그가 어떤 놈인지를 손가락질로 가리키며 심술궂게 웃고 있었다.

"보시오! 탱크가 겁을 먹었소, 겁쟁이 놈 같으니! 탱크가 겁을 먹었단 말이오! 그리고 그게 한 인간이란 말이지!"

"마르코 동지, 그들에게 내려오라고 말씀해주십시오! 만약 탱크에 불이 붙는다면, 우리 모두는 죽게 될 겁니다! 우린 대규모로 죽고 말 거예요," 아이들이 그의 말을 듣지 않았기 때문에 겁에 질린 트럼펫 연주자가 소리쳐 도움을 청했다. 그 가운데 좀더 나이 든 아이가 심술궂게 포신의 입구를 통해 안으로 뛰어들었고, 이내 쇠로 된 괴물 속에서 사라져버렸다. 모든 사람들은 탁자 뒤에서 겁을 먹고 당황해하고 있는 사내와 일부러 그를 광란의 상태로 몰고 간 아이들을 비웃고 있었다. 그는 적어도 두 번째 아이의 발만이라도 잡으려고 애쓰며 뛰어올랐다…… (그것은, 덜 유쾌한 결말을 가져오게 될 멋진, 거의 서커스 같은 놀이였다. 하지만 그것에 관해서는 나중에 이야기하기로 하자.)

이반은 지하실의 자기 구역에서 '영원히' 목을 매달기로 마음먹었다. 그는 서까래에 로프를 걸고 의자 위로 올라가서는, 드문드문 나 있는 희끗한 머리칼과 눈물이 흘러내리고 있는 얼굴에 올가미를 맸다. "더 이상 사는 게 의미가 없어," 굴욕감에 영원히 종지부를 찍기로 마음먹은 그는 흐느껴 울었다. "의미가 없어…… 고통스러울 따름이야," 그는 소니를 바라보며 반복해 말했다. 그의 친구는 어리석은 짓을 하지 말라고 애원하듯 낑낑거렸으며 의자 주위를 펄쩍펄쩍 뛰었다.

"나도…… 아…… 아쉬워…… 소…… 소니…… 더…… 더 이상…… 사…… 사람들을…… 쳐다볼 수…… 어…… 없어…… 화…… 화내지…… 마…… 나도…… 아…… 아쉽다고…… 요…… 용서해…… 줘!"

그는 원숭이에게 큰 소리로 말하고는 손으로 눈을 가리고 의자를 밀쳐냈는데, 흙으로 만들어진 천장을 지탱하고 있던 기둥 아래에 그대로 매달려 있었다. 이전에도 뼈와 가죽 그리고 목구멍만 남아 있었던 그는, 최근 몇 년 동안 믿을 수 없을 정도로 야윈 것처럼 보였다. 그는 로프에 매달려 가볍게 흔들거렸다. 모든 사람들도 그렇게 했겠지만, 소니는 로프의 다른 한 끝(서까래의 받침 부분에 매여 있었다)을 풀려고 애쓰고 있었다. 하지만 다리가 후들거리고 낑낑거리며 우느라 앞을 잘 볼 수 없었다. 소니는 몸을 돌려 마르코가 어디에 있는지 쳐다보고는, 이반에게 무언가를 말하고 목을 매달고 있는 친구의 형에게로 달려갔다. 하객들은 소리를 질러대며 재킷을 입고 있던 원숭이를 비웃고 있었다. "이보게들, 정말 웃기는군!" 소니는 발을 휘젓고 낑낑대며 허둥댔고, 지하실의 어두운 한쪽을 가리키며 설명하고 있었다. "무언가 문제가 있는 게로군," 놀란 마르코는 원숭이의 뒤를 따라 달려갔다. "뭔가 문제가 있는 게 틀림없어, 이보게들," 그는 하객들에게 웃지 말라고 소리쳤다.

"이반은 어디 있어?," 지하실의 숨이 막힐 듯 어두운 한쪽으로 몸을 돌리며 그는 원숭이에게 물었다. "이반은 어디에 있어, 소니? 어디에 있냔 말이야?!"

원숭이가 바짓가랑이를 끌고 쓰러져 있는 의자 옆 무기 상자들 사이로 그를 데리고 갔는데, 그 의자 위에는 동생이 목을 매달고 있었다. 그는 총알 한 방으로 매듭을 끊어버렸다. 이반은 땅바닥에 쓰려져 아무런 움직임도 없이 그대로 있었다…… 마르코는 그를 깨우기 위해 무릎을 꿇고 창백하고 안색이 나빠진 그의 뺨을 때리며, 머리를 품 안에 안아 올렸다.

"이반…… 이반…… 이반," 그는 목과 관자놀이를 주무르면서 동생을 불렀다…… 마치 무거운 꿈으로부터 깨어나듯 남동생은 눈을 뜨고 형을 바라보다가 이내 눈을 감아버렸다. 그에겐 죽지 않은 것이 유감스러웠던 것임에 틀림없었다. 그렇게 울기 시작한 그는 눈물을 흘리면서 세상을 한탄하며 따져 물었다.

"동물이…… 당신들에게…… 뭘…… 잘못했지?…… 도…… 동물들이…… 베오…… 베오그라드를…… 포…… 폭격한 것은…… 아니잖아……"

"그러지 않았지. 인간들이 그런 거야…… 울지 마, 제발……," 춤을 추며 ('분명히 내게 반하여') 무언가를 궁리하고 있는 츠르니와 나탈리야를 쳐다보면서 그는 동생을 진정시키려고 애쓰고 있었다. '왜 웃고들 있는 거지?' 그는 남동생의 드문드문한 머리칼을 어루만지며 속으로 생각했다. '나에 관해 무언가를 그에게 이야기하고 있음에 틀림없어…… 그녀를 죽여버리고 말겠어. 오늘 밤 그녀를 죽여버리겠어,' 그는 마음의 결정을 하고 항상 자살을 시도하는 동생의 창백한 얼굴에서 눈물을 닦아냈다.

"도…… 동물들은…… 배가…… 배가 고플 때…… 죽이지만…… 사…… 사람들은…… 마…… 만족을…… 위해…… 살인을 하는 거야……! 사람들은…… 새…… 새장…… 소…… 속으로…… 들어가야만…… 해!"

"물론이지…… 모두 맞아, 이반, 하지만 네가 목을 매달아서는 안 돼," 그는 나탈리야를 쳐다보면서 동생을 진정시키고 있었다.

"그리고…… 그…… 이…… 이…… 빠진…… 녀석을…… 주…… 죽일…… 거야……! 그…… 그놈을…… 주…… 죽일…… 거란 말이야!"

"네가 그놈을 죽일 거라고? 넌 개미 한 마리도 밟지 못할 거야," 그는 동생의 보호자처럼 그를 꼭 끌어안았다. (지하실에 있는 모든 사람들은 그에게 있어 이반은 남동생 이상이라고 믿고 있었다. 어느 누구도 나탈리야에 대해서는 아무것도 알지 못했다—츠르니가 그녀에 대해 늘어놓은 이야기에 따르면, 지구에 살고 있는 여자라고 믿어지지 않았기 때문에, 사람들은 그 자신이 생각해낸 것이라고 확신하고 있었기 때문이다. 지하실 사람들은 지난 20년 동안 그녀가 요정이거나 천사일 것이라고 속삭이곤 했었다. 지금 그들은 그녀를 뚫어지게 바라보며 의심스럽다고 생각하고 있었다. 어떤 때는 그녀가 그들에게 성녀(聖女)처럼 느껴졌고, 또 어떤 때에는 지독한 사탄과도 같았다…… 그에 대해 알고 있지 못함에도 불구하고 남동생이 흐느껴 울며 그를 위협하고 있는 동안, 마르코는 사람들이 탁자 뒤에서 낄낄대고 있는 여인을 쳐다보면서 어떤 생각을 하고 있는지 잘 알고 있었다.)

"무…… 무기 상자에…… 소…… 소니의…… 어…… 얼굴을…… 붙이도록…… 며…… 명령한…… 그…… 그놈을…… 주…… 죽여버릴 거야!…… 그…… 그게…… 조…… 좋겠지?"

"아니야, 이반. 좋지 않아," 마르코는 단호히 말하고 주머니에서 바나나 두 개를 꺼냈다. 곧바로 소니가 하나를 잡아챘으며 이반이 또 다른 하나를 받아 들었다. 그는 재킷 소매로 눈물을 닦고는 말로만 들어본 그 과일을 자신이 들고 있다는 사실을 믿지 못하겠다는 듯 물었다.

"바…… 바…… 바나나야?"

"그래, 바나나야." 마르코는 나탈리야가 춤을 추고 있는 모습을 바라보며 미소 지었다. 그녀는 츠르니 그리고 또 다른 사람들과 동시에 '춤을 추고 있었다.'

땅바닥에 쪼그리고 앉아 있던 이반은 바나나를 베어 물었다가 이내 뱉어버렸다. 그토록 쓰고 맛이 없는 무언가를 먹어본 적은 한 번도 없었다. 그는 바나나에 관한 이야기가 또 다른 인간들에 의한 기만이라고 마르코에게 말하려고 입을 벌렸지만, 소니가 그를 진정시켰다. 원숭이는 과일 껍질을 순서대로 벗기고 우적우적 씹어 먹었다. "아, 벗겨야 하는구나." 전직 동물원 관리인은 속으로 생각했다. 어떠한 방식을 통해서인지 그 누가 알겠는가마는, 인간이 동물들로부터 많은 것을 배울 수 있다는 사실을 그는 다시 한 번 깨달았다.

커다란 지하실 시계가 12시를 알렸다. "정오로군," 할아버지가 말했다. "자정이에요," 이 빠진 사내는 반항하고 싶었지만, 노인이 낡은 총을 소지하고 있었기 때문에 마음을 바꿔 먹었다. 회색빛 생쥐가 겹쳐진 시곗바늘을 가로질러 달려갔고 이내 옛 궁정 시계의 부속품들 속으로 사라져버렸다.

츠르니는 나탈리야와 춤을 추면서, 계속해서 생각에 잠긴 채로 피곤에 지쳐 있고 수줍어하고 있는 아들에게 소리쳤다.

"요반! 신부와 춤을 추거라! 그래야만 한단다, 아들아!"

신랑은 옐레나를 쳐다보고 자리에서 일어나, 그에게 박수갈채를 보내고 있는 사람들에게 미소를 지으며 머리 숙여 인사하고, 그녀의 손을 잡고는 우물가로 데려갔다. 이 빠진 사내와 그의 트럼펫 연주자들이 왈츠를 연주하기 시작했다. 신혼부부가 첫번째 발걸음을 내디뎠을 때, 지하실은 거의 무너질 듯했다. 먼저 할아버지가 낡은 총으로 두 발을 발사했고, 그

후 술잔을 들며 축배를 들고 있는 하객들의 외침과 날카롭게 내지르는 소리, 휘파람 소리 그리고 박수갈채와 함께 츠르니가 천장에 대고 탄창이 모두 텅 비도록 총을 쏘아댔다. 트럼펫들이 반짝거리고 황금빛의 누런색을 띨 때까지 금관악기로 구성된 오케스트라는 우레와 같은 소리를 냈다. 또한 격식을 갖춰 길게 차려진 탁자 주변에서 콜로를 추고 있던 특공대원들의 발아래에서도 먼지구름이 일어났다…… 어딘가 바깥에서 비가 흘러들었고 궂은 날씨를 축하하며 천둥이 내리치고 있었다. 먼지와 콘크리트로 되어 있는 천장에서 새어든 물방울이 그 누구에게도 방해가 되지는 않았다. 사람들은 자신들이 어디에 있는지, 무엇을 하는 사람들인지 그리고 누구인지 잊어버린 채, 춤을 추고 노래를 부르고 술을 마시고 서로를 소리쳐 부르고 밀치고 농담을 주고받으며 웃고 있었다. 누군가가 물었다. "몇 시지?" 할아버지는 대답했다. "엿이나 먹어라!"

*

셋째 날 낮 아니면 셋째 날 밤에, 피로감이 나이 든 사람들을 엄습하였다. 그들은 탁자에서 잠이 들었는데 한 발의 총성에 겁을 먹은 채 깨어났다. 츠르니가 허락지 않는 한 그 어느 누구도 결혼식장을 벗어날 수 없었다. 지하실 사람들이 한 사람 한 사람씩 술에 취해 쓰러지기를 기다리면서 신랑의 아버지는 탁자 주위를 어슬렁거리고 있었다. 그는 술잔 가득 라키야를 따르며 아들에게 눈짓을 보냈다…… 사람들은 술을 마시고 이야기를 나누고 있었다. "전쟁이 없었다면, 어땠을까?" (전쟁이 일어났던 그곳에서 끊임없이 계속되던 이야기였는데, 결혼식 사흘째 되던 그날에도 반복되고 있었다.)

"만약 전쟁이 일어나지 않았다면, 천 명의 하객을 모아 결혼식을 치렀을 거야!" 츠르니가 이야기를 시작했다. "이 빌어먹을 전쟁이 아니었다면 천 명의 하객을 모았을 거란 말이야! 백 명의 트럼펫 연주자로 구성된 두 개의 오케스트라가 연주를 했을 거야! 두 개 중대 이상 급의 트럼펫 연주자들 말이야! 베오그라드는 파시스트의 폭격에 의해서가 아니라 노래와 연주로 무너져버렸을 테고……"

"에, 나의 츠르니," 할아버지가 걱정스러운 듯, 놈팡이였으며 건달이자 범법자였던 그의 말을 가로막았다. 할아버지는 낡은 총으로 자신의 이야기를 강조하면서 자리에서 일어났다. "전쟁이 일어나지 않았더라면, 난 1941년에 레스토랑 '루스키 차르'의 여점원이었던 밀레나 막시모비치와 결혼했을 것이고, 그때 당시는 힘이 넘칠 때였기 때문에, 오늘날 7명의 아들과 25명의 손자 그리고 150명의 증손자를 갖게 되었을 텐데 말이야. 그리고 그 녀석들 가운데 하나는, 분명히 모스크바로 돌아가 왕권을 회복시켰을 텐데 말이야. 그러면 오늘날 나는 러시아 황제의 할아버지가 되었을 것이고, 이 지하실이 아니라, 이렇게 거적을 뒤집어쓰고 있는 것이 아니라, 온통 금으로 뒤덮인 궁전을 거닐고 있었을 텐데 말이야…… 에, 이 빌어먹을 전쟁만 아니었다면 말이야……," 노인은 한숨을 내쉬고 자리에 앉아서 마르코에게로 뛰어가고 있는 이 빠진 사내를 놀란 듯 쳐다보았다.

"마르코 동지, 아이들이 탱크에 있는 바퀴와 닮은 기계를 움직이고 있습니다! 뭔가 조치를 취하십시오, 제발, 재앙이 닥치지 않도록 말이에요!"

"어려운 상황이군, 형제여," 연주자가 느끼고 있는 공포심과 공황 상태로 인해 기분이 좋아진 노인이 미소를 지었다. "어려운 상황이란 말이야, 형제여! 아이들이 바퀴를 닮은 기계를 움직이고 있다고?! 자네가 그 아이들의 공을 우물 안에 던져 넣을 때에는 영웅이지 않았나?! 그 후에 자넨 영웅이 되지 않았느냔 말이야?!"

"괜찮아, 괜찮단 말이야," 마르코가 지겨운 그 사람을 벗어나고자 손을 흔들었다. 그는 술잔에 남은 독주를 마시고 눈살을 찌푸리며 콧바람을 내뱉고는 라키야를 좀더 따르며 할아버지에게 말했다. "이 라키야 좋은데요, 할아버지! 정말 좋아요! 많이 독하기는 하지만…… 많이 독해요…… 하지만, 훌륭해요……"

"그래, 좋지…… 맛이 좀 이상한 것 같지는 않니?," 이 빠진 입으로 소리 내어 홀짝거리며 할아버지가 그에게 물었다.

"맞아요, 버섯으로 만들었으니 '맛이 좀 이상'하겠지요," 지하실에서 그 붉은색 술을 만든 이 빠진 생산자가 밉살스러운 적대자를 대하듯 노인을 쳐다보며 뱃심 좋게 설명했다.

"버섯으로 만든 독주라는 거지?" 노인이 촛불 위로 잔을 든 채 물었다. "버섯으로 만든 독주란 말이지?"

"버섯으로 만든 독주예요! 왜 놀라세요?! 50도라고요," 연주자이면서 지하실 선술집의 주인이기도 한 그는 자신의 술을 옹호하며 칭찬했다.

"그럴 수도 있지…… 단지, 내겐 똥과 비슷해 보여서 말이야," 의심스러운 라키야 맛을 음미하면서, 할아버지는 스스로와 하객들에게 묻고 있었다.

마르코의 얼굴은 창백해졌고 자리에서 펄쩍 뛰어오르더니 방금 입안에 쏟아부었던 술을 토해냈다. 사람들은 탁자 뒤에서 화를 내고 때론 역겨워하며 그 모습을 쳐다보고 있었다. 이 빠진 사내의 얼굴이 붉어졌다가 다시 창백해졌으며, 이내 푸르스름해졌다가 또다시 붉어지며 숨을 쉬지 않은 채로 서 있었다…… 살아 있다기보다는 차라리 죽은 것이나 마찬가지였던 그가 속삭이며 물었다.

"무슨 말씀을 하시는 거예요?"

"네가 들은 그대로야," 이상한 맛을 음미하며 노인이 말했다.

"좋아요, 할아버지," 마르코도 화가 났다. "그건 우리가 세번째 날에 똥을 마시고 있다는 말씀이시죠?!"

"대체 뭘 놀라는 거야? 뭘 놀라? 적어도 넌 전쟁 시기엔 별의별 것으로 라키야가 만들어진다는 사실을 잘 알고 있잖아. 똥으로 만든 라키야는 유명하잖아," 노인은 누르스름한 술을 계속해서 쳐다보며 스스로를 옹호했다. 이 빠진 사내는 두 손을 포개고, 거의 울듯이 한탄하기 시작했다. (모욕은 굴욕보다 더욱 심한 것이었다.)

"마르코 동지, 버섯으로 만든 순수한 독주는 저에게 행운이고 활력입니다! 자, 제가 거짓말을 하고 있다면, 전 죽고 말 겁니다. 그는 당신이 저를 체포하고 제 선술집을 폐쇄하도록 절 비난하고 있는 거예요, 그 후에 그것을 차지하려고 말이에요…… 마르코 동지," 연주자는 트럼펫으로 탱크를 가리키며 절규했다. "마르코 동지, 보십시오! 탱크의 포신이 움직이고 있어요! 우리를 향해 방향을 바꾸고 있단 말입니다! 이보게들, 누가 재앙을 막을 사람이 있나?" 전혀 귀를 기울이지 않고 있던 사람들 사이에서 그가 울먹이는 목소리로 한탄했다. (지난 몇 년 동안 수많은 그의 우려가 현실로 나타났지만, 누구도, 정말로 그 어느 누구도 심각하게 받아들이지 않았다.) 나탈리야는 포크로 그를 위협하며 침묵했고, 술에 취해 비틀거리며 탁자 주위를 맴돌다가 콘크리트 기둥의 횃불 아래에서 멈췄다. 그녀는 마치 연극무대에서처럼 발걸음을 옮기고 있었다. 그녀는 하객들을 쳐다보면서 머리칼을 뒤로 넘기고는, 버섯으로 만든 독주와 노래와 이야기 때문에 쉬어버린 듯한 목소리로 말했다.

"만약 전쟁이 일어나지 않았다면, 신사 여러분, 오늘날 난 모스크바에 있었을 거예요! 세상에서 가장 크고 가장 좋은 극장에서 공연을 했을 거예요! 후도제스트 극장*에서 제일가는 여배우가 되었을 거라고요! 난 모국어로 연극을 했을 거예요……"

세번째 날 낮과 밤에, 잔뜩 화가 나있던 마르코는 손을 내젓고 할아버지 쪽으로 몸을 돌리고는 이를 악물고서 말했다.

"대체, 어떤 모국어로 말이야? 무슨 말을 하고 있는 거야? 그럼, 그녀의 어머니가 러시아 여자가 아니었단 말이야? 당신은 술을 많이 마셨어, 나탈리야!"

"그렇게 생각하는군요, 마르코! 당신은 그렇게 생각하고 있군요…… 그럼 내가 지금 당신에게 영원히 당신이 기억할 무언가를 말하겠어요. 우리 모두에게 말이죠……"

"우리 모두에게는, 러시아어가 모국어야," 손바닥으로 탁자를 내려치는 것으로 자신의 말을 강조하며 츠르니가 말했다. 여배우는 바로 말하려고 입을 열었다. 그녀는 자신이 하고 싶었던 그 말을, 어떻게 그가 구구절절이 알고 있는지 의아하게 생각하며 그를 쳐다보고 있었다. "그래, 그는 사탄이야! 그는 사람이 아니야," 그에게 팔을 벌리고 다가가며 그녀는 속으로 생각했다. 그녀는 그를 끌어안고 쪽 소리가 나도록 몇 번 입을 맞추었다. 마치 못 위에라도 앉아 있었던 것처럼 자리를 옮겨 앉으며 마르코가 헛기침을 했다. 츠르니의 근엄하고 정상적인 말들이 있은 후에는 매번 인사불성이 되고 마는 그녀의 태도가 그를 괴롭혔다. 그녀는 옛 애인을 끌어안으며 불안한 듯 떨리는 목소리로 말했다.

---

* 모스크바의 유명한 극장.

"맞아요, 츠르니. 우리 모두에게 러시아가 어머니라면, 우리 모두에게 러시아어도 모국어겠지요!"

"나의 사랑이여, 하지만 러시아는," 츠르니가 집게손가락을 거의 천장까지 들어 올렸다. "러시아는 위대한 신의 규범서와 같아! 그리고 세르비아는, 우리들의 세르비아는 그 위대한 규범서의 작은 판본이란 말이야! 러시아의 포켓용 판본 말이야!"

"도둑놈! 도둑놈 같으니," 전쟁 전에 자신이 지은 시구를 마치 제 것이라도 되는 양 말하고 있는 그의 말을 들으며 마르코는 속으로 생각했다. "사기꾼 같은 놈. 저놈에겐 돈과 금과 무기를 훔친 것으로도 모자란 말이군. 이제 훔칠 것이 없으니 내 시를 훔치고 있어. 도둑은 무언가를 훔쳐야만 하니까……" 나탈리야가 그 '도둑'에게 다시 한 번 입맞춤을 하고 우물 쪽으로 가서는 몸을 돌리고 '바냐 아저씨'라는 희곡 작품 속의 독백을 이야기하기 시작했다. 연기를 하지 않고 단 하루도 살 수 없었던 그녀는, 연기하기를 간절히 원하며 우물 주변의 돌로 된 평평한 쪽으로 갔다. 하객들은 아무런 말이 없었고 서로를 끌어안고 있던 요반과 옐레나는 오래전에 글로 씌어졌던, 하지만 지금은 (실제로) 연출되고 있는 그 모습을 바라보고 있었다. 그들은 그것이 '저세상에서는' 연극이라고 불린다는 사실을 알지 못했다. 그런 무언가가 존재한다는 이야기를 듣기는 했지만, 오늘 낮에 (아니면 오늘 밤에), 그것이 조금 전까지만 해도 겨우 몸을 지탱하고 서 있던 여인의 말과 몸짓, 걸음걸이와 목소리로 이루어지고 있는 모습을 처음으로 목도했으며, 사람들은 거의 숨을 쉬지 않고 있었다. 나탈리야는 팔을 뻗고 횃불의 불빛을 응시하고 있었다. (그녀는 몇몇 부분을 작품 전체에 연결 지으며 지하실의 세상과 사람들에게 상황이 요구하는 대로 말을 달리하며 소피야 알렉산드로브나의 독백을 하고 있었다. 그녀가 주기적으로 눈길을 주고 언급했기 때문에, 할아버지는 그녀가 자신에게 관심을 두고 있다고 생각했다.)

　"하지만 무엇보다도, 사람들은 또다시 다음과 같은 자문을 하게 되잖아요. 계속해서 어떻게 살아갈 것인가? 마지막 희망마저 사라져버렸을 때 무엇을 할 것인가? 무엇을 해야만 할 것인가, 살아가야만 하는데! 그리고 우리에게 마지막 순간이 찾아왔을 때, 우리는 고분고분하게 죽을 것이고 그곳에서, 저세상에서, 우리는 우리가 고통받았으며 눈물을 흘렸고 힘들었다고 말할 거예요. 그러면 신은 우리를 가엾게 여기겠지요. 그러면 우리는, 할아버지, 사랑하는 할아버지…… 우리는 다른 삶을 보게 되겠지요…… 성스럽고 눈부시고 아름다운 삶 말이에요, 우리는 기뻐하겠지요. 그리고 오늘날의 우리의 모든 고통을 미소와 함께 감동적인 것으로 여기게 될 거예요. 그리고 우리는 쉴 거예요. 우리는 휴식을 취하게 될 거라고요! 우린 천사들의 소리를 듣고 보석으로 만들어진 하늘을 보게 될 거예요. 그리고 우리의 삶은 마치 애무와도 같이 조용하고 부드럽고 달콤하게 되겠지요……"

　"마치 애무와도 같이. 마치 애무처럼……," 그녀는 마르코에게 다가가면서 속삭였다. 그녀는 자신이 어디에 있는지 잊은 채, 그를 끌어안고 오랫동안 그리고 비정상적으로 스스럼없이 그의 뺨에 입을 맞추었다. 츠르니는 고개를 떨궜다. 아들에게 뭔가를 말하려고 했지만, 마치 말의 울음소리와도 같은 희미한 목소리만이 그에게 들릴 뿐이었다. 아버지가 고통스러워하는 것에 겁을 먹은 요반은 그를 끌어안았다.

　"무슨 일이에요, 아빠? 무슨 일이에요?"

　"아무것도 아니다, 아들아…… 저들이 내게 거짓말을 했단다. 위험스럽게 날 속였단다, 요반. 저 두 사람은 이미 오랫동안 함께 살고 있었던 것처럼 보이는구나. 그들은 내게 아무런 말을 하지 않았지만, 보고 느낄 수 있단다……," 그는 고개를 들지 않은 채 말했다.

"만약 확신하신다면 왜 그녀를 죽이지 않는 거죠? 그래요, 아빠는 평생 동안 그녀를 기다렸잖아요. 그녀를 언급하듯 엄마를 언급하지 않았었잖아요…… 고통스러워하지 말고 그녀를 죽여버리세요."

"그럴 수 없단다, 아들아…… 난 그녀를 사랑하고 있어……"

"내가 그 여자를 죽일까요? 난 그녀를 사랑하지 않으니까요," 요반이 조용하고 진지하게, 정말로 진지하게 말했다.

탁자의 상석에서 이 빠진 사내가 모든 사람들이 들을 수 있도록 애쓰며 자신의 한탄가를 한 글자 한 글자씩 읽어내려가고 있었다. 사람들이 지하실에 있다는 것이 행복하다는 생각이 들지 않도록(신이시여 제발 그러지 않도록 해주십시오!), 그 역시도 전쟁 전날에 자신에게 어떤 일이 벌어졌었는가에 대해 이야기해야만 했다.

"전쟁이 없었다면, 내 일이 잘 진행되었을 것이고 나의 배인 두나브스키 갈렙을 팔고 모든 무희들, 예술가들 그리고 즐거운 오케스트라와 함께 호텔 파리스키 츠베트를 구입했을 텐데. 난 4월 5일 토요일에 계약금을 지불했는데, 전쟁은 다음 날인 일요일에 시작되었어. 삶이 나를 비웃어버린 거지, 행운이 나의 문을 두드렸었는데 말이야…… 이보게들, 우리들 가운데 누군가 현명한 사람이 있기나 한 거야?! 이보게들, 우린 죽고 말 거야……," 탱크의 포신이 정확히 머리를 '겨누고' 있었기 때문에 그는 콘크리트 기둥 뒤로 숨었다. 탱크 안에 있던 아이들은 철저한 그들의 복수에 눈물까지 흘려가며 웃고 있던 할아버지와 하객들을 즐겁게 하면서 놀고 있었다.

"평범한 탱크를 두려워하고 있는 네 녀석이 호텔 파리스키 츠베트를 가졌을 거라고?! 마르코, 이놈 말을 듣고 있니?! 이 불쌍한 녀석의 말을 듣고 있난 말이다?! 대체, 이놈이 무슨 말을 하고 있는지 듣고 있는 게 냐?!"

"듣고 있어요, 할아버지! 듣고 있어요," 손자가 소리치며 일어났다. "이제 낭송을 하겠군," 손을 들어 어딘가 저기 먼 곳을 가리키고 있는 그를 바라보며 나탈리야는 속으로 생각했다. 그는 보통 때와 마찬가지로 자신의 말이 행진곡의 리듬에 맞춰 울려 퍼지도록 애를 써가며 말했다. (행진곡과 함께 자신의 삶을 애도하는 시가 끝을 맺을 것이다.) "듣고 있어요, 할아버지, 하지만 상관없어요! 원하는 대로 지껄이라고 하세요…… 전쟁이 없었다면 오늘날 난 유고슬라비아의 마야콥스키*였을 거예요! 난 열 권의 시집을 발표하고 러시아로 가서, 마야콥스키의 기념비 앞에 서서 땅에 닿도록 그에게 인사를 하고 감사를 드렸을 거예요."

당신은 하늘에서 노래 불렀네
천둥이 치듯이, 번개가 떨어지듯이,
우린 민중들을 따라 행진을 했다네:
왼쪽으로! 왼쪽으로! 왼쪽으로! 왼쪽으로!

술에 취해 행진하는 트럼펫 연주자들의 호위를 받으며, 그는 멀리에 있는 화장실까지 비틀비틀 갈지자걸음으로 걸었다. 사람들은 아름다운 행진곡과 그들이 좋아하고 존경했던 사내의 불안정한 걸음걸이를 보며 웃음을 터뜨렸다. "그도 한번은 긴장을 풀어야 할 때가 되었어," 마치 그가 술

---

* 구소련의 시인으로 러시아 미래파 운동의 추진자.

에 만취했기 때문에 화가 난 것 같은 나탈리야에게 사람들은 건배를 하며 말했다. 그는 새끼 돼지처럼 술에 취해 있었고, 탁자 아래에서 자신의 무릎에 닿아 있는 츠르니의 손길을 느끼며 그녀는 그에게 잔소리를 늘어놓았다.

"무슨 짓을 하는 거예요?" 그녀는 웃으며 그에게 물었다.

"아무것도 아니야. 당신이 살아 있는지 아니면 내게 그렇게 보이는 것인지 확인하는 거야. 이런 당신의 모습을 처음 봐서 말이야, 나탈리야," 그는 그녀의 술잔에 라키야를 부으며 말했다.

"나도 나 자신을 알지 못해요, 츠르니…… 거울 속에 있는 낯선 여자의 모습을 보고 어떤 날은 두렵기도 했어요……"

배가 고팠던 하객들이 내는 배경음이 옛 연인의 대화를 뒤덮고 있었다. 네 명의 여자가 흙으로 빚은 커다란 접시에 점심 식사(혹은 저녁 식사)를 내놓았다. 지하실 사정을 고려했을 때, 그것은 특별하게 풍요로운 음식이었다. 기름에 튀긴 버섯으로 만든 전채 요리와 고비로 만든 파이 껍질, 버섯 수프, 달팽이 스튜, 구운 버섯과 달팽이 요리, 달팽이 산적, 달팽이 소스를 뿌린 버섯 요리와 버섯 소스를 뿌린 달팽이 요리, 고비 샐러드, 달팽이로 속을 채운 버섯 요리와 버섯으로 속을 채운 달팽이 요리, 갈은 달팽이로 만든 사르마*와 고비의 어린 잎사귀로 싼 버섯 요리…… 그리고 그 모든 것들과 함께 새로운 병에 담긴 버섯으로 만든 독한 라키야. "올해는 지하실의 작황이 좋았어," 사람들은 흙으로 빚은 접시에 다양한 요리들을 담으며 말했다.

탁자의 상석에 있던 신부와 신랑은, 츠르니가 결혼식이 끝났음을 선

---

* 삭힌 양배추에 다진 고기류를 넣고 쪄서 만든 구유고슬라비아 지역의 겨울 요리.

언하길 기대하며 하품을 했다. 왜 그토록 화를 내며 나탈리야와 대화를 나누고 있는 것인지를 물으며 요반은 아버지를 쳐다보았다. 그는 무언가 문제가 있다고 속으로 생각했다. 그는 다음과 같이 그녀가 말하는 소리를 들었다. "당신은 좋은 사람이에요, 츠르니. 좋은 사람이지만 너무 순진해요. 그와 일을 하지 않았어야 했어요. 당신이 그를 못살게 굴었던 배 위에서의 그날 밤을 기억하세요? 그가 당신에게 위협했던 것을 기억하냐고요……"

"내게 그걸 말하고 싶었던 거야? 아니면, 할 말이 더 남아 있는 거야, 나탈리야," 그는 그녀의 무릎을 지그시 누르며 물었다.

"있어요. 좀 무서운 일이 있어요…… 소름끼치도록……," 하얀 식탁보처럼 핏기라고는 없는 자신의 손을 바라보며 그녀가 속삭였다.

"뭔데?" 츠르니는 그녀를 끌어안고 그녀 쪽으로 고개를 돌리고는 불면과 술로 인해 창백해진 그녀의 두 눈을 바라보았다. "뭔데? 말해봐!"

"흥겨움을 망치고 싶지 않아요. 결혼식이 끝나면 당신께 이야기드릴게요……"

"난 그게 뭔지 알아. 당신이 이미 수년 동안 마르코와 살고 있다는 거지…… 그렇지 않아?"

그녀는 그에게 아무런 대꾸도 하지 않았다. 요반이 아버지에게로 다가갔다. 지하실의 어두운 한쪽에 있던 이반과 소니를 쳐다보는 것처럼 그는 손에 머리를 기댔다.

"당신은 마르코와 살고 있잖아, 나탈리야," 그는 기분 좋지 않은 목소리로 상기시켰다. 요반이 그의 어깨를 붙들었지만, 아버지는 자신을 바라보기만 한 채 아무런 말이 없는 여인을 계속해서 심문하고 있었다.

"당신이 내게 모든 것을 말하지 않는다면, 난 지금의 즐거운 분위기를 망쳐버리고 말 거야! 무슨 일이 있었던 거야, 나탈리야? 말해!"

"음…… 당신에게 말하려고 했어요. 이 모든 것은 거짓이에요. 우리들의 모든 삶이 거짓이라고요…… 그리고 난 당신 없이는 안 돼요…… 그저, 안 된다고요……"

"나 없이는 안 된다는 말이지," 얼마나 거짓말을 하고 있는 것인지 그 누구도 알아챌 수 없는 그녀의 말을 들으며 그가 미소를 지었다. 그는 술병을 집어 들고 흙벽에 던져 깨버리고는 자리에서 일어나 소리쳤다.

"요반아, 아들아, 내 말을 잘 들어라. 거짓말하는 여자는 결코 믿지 말거라!"

'더 이상 장난이 아니군.' 술에 취한 채 탱크 뒤에 숨어 있던 마르코는 두려웠다. (그는 자신의 아내와 츠르니가 대화하는 모습을 보았고 몇몇 단어들을 주워들었다.) '우린 밖으로 나가야만 해, 결정해. 즉시 밖으로 나가야 한단 말이야,' 그는 탁자 쪽으로 비틀거리며 걸어가면서 스스로에게 명령했다. 와중에 그는 연주자들에게 전쟁 전에 쓰이던 지폐를 한 움큼 쥐어 던져주었다. "어디서 이렇게 많은 돈이 생긴 거지," 집을 살 수도 있을 것 같은 그 돈들을 쳐다보면서 이 빠진 트럼펫 연주자는 의아해했다. "비밀기관과 결탁한 것이 틀림없어," 그는 왈츠를 연주하면서 자신을 따르라고 오케스트라에게 눈짓을 보내고 결론을 내렸다. "그분의 뒤를 따라가!" 안에 돈이 가득했기 때문에 악기는 쇳소리를 내고 있었다. 그에 만족한 친구들이 저음으로 응답했다.

마르코는 그사이에 아무 일도 없었던 것처럼 나탈리아에게 춤을 청했다. 그녀는 그를 쳐다보고 일어서서 금으로 만들어진 커다란 반지를 끼고 있던 그의 손을 잡았다. 그들은 무기창고가 있는 지하실 한쪽으로 돌면서 멀어져갔다…… 요반은 낙담한 채 속을 태우고 있는 아버지를 끌어안았다. "저 두 사람을 죽여버리고 말겠어." 그는 속으로 생각하며 막 아버지에게 그렇게 말하려는 순간, 아버지가 그의 머리칼을 쓰다듬고 입을 맞추며, 결혼식이 진행되는 동안 그들을 죽이는 것은 좋지 않은 일이라고 속삭였다.

"옐레나를 데리고 가거라. 그리고 즉시 돌아오거라. 여기에서 나가자, 요반……"

"여기에서 나간다고요?," 한동안 탁자를 붙들고서 아들이 그에게 물었다. "여기서 나간다고요? 그럼, 어디로 가는 거예요, 아빠?"

"싸우러 가자꾸나……"

쇠를 달구기 위해 피워진 화롯불을 바라보며 마르코는 춤을 추고 있었다. 나탈리야는 미소를 짓고 있었다. 그녀는 그가 무엇을 계획하고 있는지 알았지만, 바타가 죽고 난 이후, 공포에 대한 모든 감각을 잃어버렸다. 그녀는 아무것도 전혀 두려워하지 않았다. 그리고 그 어느 누구도. 그녀는 만약 자신에게 어떤 일이 일어난다면 다시 한 번 바타를 보게 될 것이라는 어떤 이상한 예감이 들었다.

"날 죽이려는 거야?," 그녀는 그에게 묻고 미소를 지었다. "왜 그렇게 날 처다보는 거지, 대위님? 내가 뭔가를 잘못하기라도 한 건가?"

"아니. 내가 잘못한 거야…… 그만 웃어! 나탈리야, 당신을 죽여버릴 거야," 그는 그녀를 위협하고 그녀의 목 주변을 손으로 덮었다. 그제야 화롯불이 하객들의 그림자를 볼 수 있을 만큼 그들을 비춰줬다.

"난 이미 20년 동안 죽은 목숨인데, 어떻게 나를 죽이겠다는 거지? 어떻게 죽은 나를 또 죽일 거냐고? 자 어서. 한번 해봐. 어서. 날 죽여봐…… 뭔가 남자답게 해보라고―날 죽이란 말이야. 내가 아이를 가질 수 있도록 해주지 못했으니, 남자다워져보라고―날 죽여! 당신은 항상 그럴 능력이 있었으니까!"

"나탈리야," 사내가 그녀를 진정시키려고 애썼지만, 전직 여배우였던 그녀는 술을 한 잔 들이켜고 그가 듣게 될 것이라고는 전혀 예상하지 못했던 말들을 계속했다.

"당신은 아이들을 만들지 않고, 얼마나 많은 사람들을 죽였어, 그러지 않았다면 우리 자식은 1억 명이 되었을 거야, 이 범죄자야!"

"나쁜 놈! 이 나쁜 놈," 달궈진 화로의 불꽃을 쳐다보며 그녀는 그가 손으로 자신의 입을 막을 때까지 소리를 질러댔다. "지금 그녀를 불태워 버리겠어." 그는 이렇게 마음먹고 한쪽 팔로 그녀를 들어 올렸다. 하지만, 수년 전 어느 날 밤 극장의 클럽에서 그녀와 만났었던 바로 그 악마가 그로 하여금 그녀에게 다시 묻도록 설득하고 있었다.

"당신은 정말로 내가 나쁜 놈이라고 생각하는 거야?"

"그래! 그렇단 말이야! 나쁜 놈! 살인자! 범죄자! 당신의 아버지 티토처럼! 당신들 모두는 그의 알에서 부화되었어! 당신들은 단지 강도질을 하고 살인을 하고 협박을 하지! 당신을 두려워하는 사람들만 당신들을 좋아한단 말이야! 당신들을 두려워하지 않는 사람들은, 그 사람들은 당신들을 경멸하지! 그는 사람들을 커다란 지하실에 가두고, 그리고 당신에게는 이 조그마한 지하실을 준 거야! 나쁜 놈들!"

"그런데 당신 알고 있어, 나탈리야? 왜 내가 나쁜 놈, 살인자, 범죄자가 되었는지? 웬 줄 알아?"

"당신이 사악하고 저주받은 사람이기 때문이잖아! 당신의 아버지처럼 말이야," 그녀는 그의 희끗하게 젖어 있는 머리칼을 잡아 뽑으며 날카로운 비난의 소리를 내질렀다. "그렇기 때문에 그런 거야! 그래서 그런 거라고!"

"'그렇기 때문이' 아니야! 아니란 말이야, 나탈리야. 지금까지 내가 한 모든 일들은, 내가 당신을 '사랑했기 때문에' 한 거야. 당신을 만날 때까지만 해도, 난 인간이었어." 그녀가 자신의 얼굴을 때리도록 그대로 내버려두며, 그는 술에 취한 채 진실되게 말했다.

그녀를 화로 속에 집어던지기 전에, (그녀가 그에게 말한 것처럼,) 그는 그녀에게 모든 것을 털어놓기를 원했다. 그녀는 넋이 나간 듯 그를 쳐다보았다. 그녀는 어떤 대단한 변명을 듣길 기대했던 것이지, 그녀를 '사랑하기 때문에' 범죄를 저질렀다는 그런 변명을 듣고자 했던 것이 아니었다. "범죄가 나와 어떤 관계가 있단 말이지," 그녀는 그가 제정신인지 쳐다보며 속으로 생각했다.

"나 때문에 사람들을 죽였다는 거군……"

"어떤 사람들 말이야, 나탈리야?"

"그, 옛날 친구들 말이야……"

"그것들은 인간이 아니었어, 나탈리야. 그것들은 도둑놈들이었고 강도들이었으며 범죄자들이었다고," 그는 그녀의 왼쪽 가슴에 매달리며 말했다.

"그럼 이 사람들은 어떻게 된 거지? 그들에게 무슨 짓을 한 거야? 당신은 그들이 시궁쥐처럼 살도록 이 어둠 속에 밀어 넣었잖아. 당신은 나를 범죄 속으로 끌어들였어, 마르코…… 범죄 속으로…… 범죄 속으로……!"

그녀는 울기 시작했고 남편의 품 안에서 긴장이 풀어졌다. 모든 것을 말하게 되면 자기 자신의 모욕으로 되돌아올 것이기 때문에, 그녀는 더 이상 그에게 말할 힘이 없었다…… 피로감을 느꼈던 사내는 습기를 머금은 벽에 등을 기댄 채 그녀의 이마에 입을 맞추고 화로가 있는 곳으로 데려갔다. 그는 왜 그녀를 화로가 있는 곳까지 데려왔는지 잊어버린 채 속삭였다. "난 당신 없이는 살 수 없어, 나탈리야…… 살 수 없단 말이야…… 당신에게 맹세해, 내가 한 모든 일들은 단지 내가 당신을 사랑했기 때문에 한 일이야…… 자, 당신이 원한다면, 어서, 날 죽여……," 그는 허리 뒤쪽에서 꺼낸 권총을 그녀에게 내밀었다…… "날 죽여," 그는 애원했다.

"당신은 날 사랑했어?" 그에게 무슨 일이 일어난 것인지, 단 한 번도 운 적이 없었던 그가 왜 우는 것인지, 그녀는 놀라며 그에게 물었다…… "날 사랑했어?…… 정말로 날 사랑했냐고?"

"세상에서 제일로. 그래, 인생에서 당신을 제외하면 내게 뭐가 있겠어? 뭐가 있느냔 말이야? 말해봐, 내게 뭐가 있지? 다른 어떤 여자? 친구들? 남동생? 할아버지? 내가 뭘 가지고 있냐 말이야," 그는 그녀의 얼굴에서 머리카락을 치우며 물었다. 그는 인간으로서 그리고 시인으로서, 부끄러운 그것에 대해 처음으로 입을 열었다. 어떠한 대가를 치르더라도 그런 어떤 것을 묘사하지는 않았을 것이다.

"나 이외에는 아무것도 가진 것이 없단 말이야?" 그녀는 그가 인생에서 적어도 한 번은 진실을 말하는 것인지 확인해가며 그에게 물었다.

"아무것도 없어…… 내겐 오직 당신뿐이라고…… 당신이 만약 그것을 원한다면 말이야, 나탈리야……"

"신이시여, 당신은 어쩌면 그렇게 거짓말을 잘하는 거지?," 그녀는 자신이 항상 듣기를 원했던 그 말을 하고 있는 그의 믿기 어려운 노련함에 놀라워하며 한숨을 내쉬었다…… "정말 당신은 거짓말을 잘하는군, 마르코! 당신은 거짓말의 왕이야!"

"거짓말하는 것이 아니야, 나탈리야. 맹세해……"

"당신은 거짓말을 하고 있어, 내 사랑. 거짓말을 하고 있다고⋯⋯"

"거짓말을 하는 게 아니야⋯⋯"

"밖에서는 홍수가 나고 있는 것이 틀림없어," 마르코는 그녀를 끌어안은 채 자신이 거짓말을 하고 있지 않다고 반복해 말하며 속으로 생각했다. "이처럼 비가 지하실에 내린 적은 단 한 번도 없었어. 자 여기서 나가자. 나가자, 나탈리야. 여기서는 사람이 미쳐버릴 거야⋯⋯ 자, 어서," 그녀를 부르고 겁을 먹은 듯 그가 멈춰 섰다.

달궈진 화로의 저편 어둠 속에서, 츠르니가 총을 들고 나타났다. 그는 서로를 끌어안고 있는 친구들에게로 천천히 신중하게 다가왔고, 마르코의 어깨에 손을 내려놓고는 넋이 나간 듯 충혈된 그의 두 눈을 쳐다보고 나직한 목소리로 차분하게 화를 내지 않으며 물었다.

"자네 뭘 하고 있나, 친구?"

"아무것도 아니야⋯⋯ 이야기를 하고 있었어⋯⋯," 유일했던 그의 늙은 친구가 대답했다.

"이야기를 하고 있었단 거지," 속임을 당하고 있는 사내는 누군가가 자신들을 쳐다보고 있는지 살피며 반복해 말했다. "이야기를 하고 있었다는 거지, 마르코?"

"그래요⋯⋯ 이야기를 나누고 있었어요⋯⋯," 옛 애인의 손에 들린 권총에 겁을 먹은 나탈리야도 단호히 말했다. 그녀는 츠르니가 자신들을 죽일지도 모른다는 사실에 겁을 먹은 것이 아니라, 불쌍한 지하실 사람들 앞에서 자신들을 모욕하고 무시하지 않을까 하는 게 더 두려웠던 것이다.

"어둠 속에서 이야기해야만 하는 거야? 탁자에 있는 그 조그만 불빛이 너희들에게 방해가 됐어?" 그는 마르코만을 심문하고 있었다. 그에게 있어 그녀는 아무런 문제도 되지 않으며, 모든 것을 오로지 그가 결정한다는 사실을 마르코는 알고 있었다.

"소란스러움, 외치는 소리, 날카로운 소리와 낄낄거리며 웃는 소리들이 우리에게는 방해가 돼……" 마르코는 나탈리야에게 자신의 권총을 몰래 달라고 하며 변명을 늘어놓았다. 하지만 츠르니가 그에게 리볼버 권총을 건넨 바로 그 순간, 그는 그것을 집을 필요가 없었다는 사실을 깨달았다. 그는 놀라며 츠르니를 쳐다보았다. '그는 무엇을 원하는 것일까?' 마르코는 속으로 생각했다. '왜 나에게 권총을 주는 것인가? 또 무엇을 하려는 걸까?'

"자네에게 뭘 좀 부탁할 수 있을까, 친구?" 츠르니가 그에게 물었다.

"그래…… 물론이지, 친구…… 말해보게, 뭘 원하는데?"

"친구가 친구를 죽이는 이 민족의 전통을 우리 두 사람이 끝내보자는 거지. 내 총을 들고 스스로 목숨을 끊게. 자넨 이미 많은 사람들을 죽여봤기 때문에 처음은 아니지 않은가." 츠르니는 그의 어깨를 두드리고 나서 리볼버 권총을 건넸고, 나탈리야는 그의 손을 움켜쥐고 탁자와 하객들이 있는 곳으로 이끌었다. 그는 자리를 뜨면서 마치 마르코를 위협하는 것처럼, 있는 힘을 다해 쉰 목소리로 노래를 부르기 시작했다. "태양도 없고, 달도 없다네……" 마르코는 한 걸음 또 한걸음을 옮기다가…… 멈춰 서서, 배를 움켜쥐고 무릎을 꿇고 고개를 땅바닥까지 떨어뜨리고 머리를 숙여 이마를 벽에 찧었다. 한 번 그리고 또 한 번…… 점점 더 세게.

이 빠진 사내는 오래전부터 인기 있었던 지하실 찬가를 연주했다. 하객들은 탁자 뒤에서 술잔을 들어 올리고 축배를 들며 노래를 불렀다. 오랜 공동체적인 삶의 마지막 순간을 축하하며 노랫소리가 지하의 도시에 울려 퍼졌다. 하지만 아무도 그것을 눈치 채지는 못했다.

무릎을 꿇고 팔꿈치와 권총으로 지탱하며, 마르코는 자신을 남겨둔 여인의 뒤를 따라 기어가기 시작했다. 무언가가 자신에게 참을 수 없는 고통을 주기라도 하는 것처럼 신음 소리를 내며 그가 멈췄고, 무릎 위에 권총을 꺼내 들고는 스스로에게 욕을 퍼부었다. "넌 더 이상 그녀의 뒤를 따라 기어가지 않을 거야, 염병할! 넌 그러지 않을 거란 말이야, 마르코……" 권총이 발사되는 소리들이 마치 단 한 번의 소리를 내는 것처럼 들렸다. 누군가 탁자 뒤에서 물었다. "누가 쏘고 있는 거야?," 하지만 '정확히 자신의 머리를 겨누고 있던' 탱크의 포신으로부터 도망치면서 이 빠진 트럼펫 연주자가 겁을 먹은 채 소리를 질렀기 때문에 그 어느 누구도 그에게 대답하지 않았다.

"이보게들! 이보게들, 만약 탱크가 발사되면……"

탱크의 기계 부품들이 요란한 소리를 내며 강력하게 움직이고, 요새의 터널 가운데 하나에 길을 내면서 두꺼운 지하실 벽을 타고 올라 산산이 부숴버렸기 때문에, 그는 '발사되면'이라는 말을 정확하게 내뱉지 못했다. 술병들, 술잔들, 접시들과 흙으로 만든 그릇들이 날아다녔고, 폭발로 인해 내동댕이쳐진 하객들이 사방으로 쓰러졌다. 성(聖) 니콜라의 날 전날 밤처럼 천장의 석회가 마치 눈처럼 떨어지기 시작했다. 기둥들은 흔들리다가 쓰러졌고, 누런 연기와 끈적이는 먼지가 수많은 집들을 뒤덮었다. 사람들은 무한괘도가 달린 무기가 불에 탈 수 있다는 사실을 믿지 않았기 때문에, 어느 누구도 정말 무슨 일이 벌어졌는지 확신하지 못했다. 내내 안 좋은 일을 예감했던 이 빠진 트럼펫 연주자는 미동도 없이 자신의 선술집 문지방 끝에 누워 있었다. 그는 살아 있었지만, 혹시나 죽은 것이 아닌가를 두려워하고 있었다.

화약의 숨 막히는 연기와 석회 같은 먼지 구름을 뚫고, (동물원 폭격에서 살아남았던 그 옛날처럼) 원숭이가 겁을 집어먹은 채 소리를 지르며 요새의 터널 속으로 도망쳤다. 원숭이는 바닥 여기저기에 있던 하객들을 펄쩍펄쩍 뛰어넘으며 달려갔다. 이반이 원숭이를 잡으려고 했지만, 그 동물은 어디로 이어져 있는지 그 누구도 알지 못하는 길고 어둡고 구불구불한 터널 속으로 사라져버렸다. 불쌍한 전직 관리인은 터널 속으로 뛰어들었고 원숭이의 뒤를 바라보고 애원하며 소리쳤다.

"소니……! 소니……! 돌아……와! 도…… 돌아…… 오란 말이야! 소…… 소…… 니……"

"돌아와, 소니," 그는 지하실 복도를 절뚝절뚝 걸으면서 더듬거리며 말했다. 그는 어딘가 멀리로부터, 친구가 애처롭게 낑낑거리며 비명을 지르고 있는 소리를 들었다. 그는 원숭이의 목소리를 들었지만, 원숭이는 더 이상 그의 목소리를 듣지 못했다. 예전에 느꼈던 두려움과 커다란 공포가 그 동물을 점점 더 멀리로 몰아갔다…… 그리고 그의 뒤에는, 유일한 친구를 잃어버린 삶은 아무런 의미가 없는, 슬픔에 젖은, 너무나 슬픔에 젖은 이반만이 남아 있었다.

얼마쯤 후에 츠르니와 요반이 소니와 이반의 뒤를 따라 지하실 벽의 트인 구멍을 통해 뛰어갔다. 아버지는 나탈리야를 들쳐 메고 갔으며 아들은 소총을 메고 있었다. 우왕좌왕하고 있는 주변 상황과 연기와 먼지구름을 이용해, 그들은 싸움을 벌이기 위해 길을 떠나며 지하실을 벗어났다. 그들은 '탱크의 도움' 덕으로 밖으로 나가게 될 것이라는 사실을 알지 못했지만, 하지만 이 세상에서 우연한 것이란 아무것도 없다. "우리가 하는 모든 일은 어느 날 선으로 또는 악으로 돌아오게 마련이야," 츠르니는 울고 있는 여인을 매단 채 터널을 달려가며 속으로 생각했다.

절뚝거리고 있던 마르코는 쇠를 주조하는 화로 옆에서 무너진 벽에 몸을 기댄 채 관통당한 다리를 들어 올리려 애쓰고 있었다. 그는 얼굴에

332

뒤집어 쓴 흙을 손가락으로 긁어냈다. 등을 가로질러 생쥐가 달리기를 하기라도 한다는 듯, 그는 고통으로 신음 소리를 내며 나탈리야를 불렀다.

사람들은 살아 있는 사람이 있는지 쳐다보면서 바닥에서 몸을 일으켰다. 그들은 자신들의 공간에 무엇이 남아 있는지를 확인해가며 가볍게 건드려보기도 했다. 끔찍한 폭발이 일어난 후에, 고요함은 더욱 소름끼치는 것이었다. 지하실 도처에 있는 웅덩이에서 빗방울이 '연주하는' 소리만이 들렸다. 마치 누군가가 조롱하듯 묻는 것처럼 빗방울이 떨어졌다. "이보게들…… 이제…… 어떻게…… 될…… 것인가……"

"모두 네 잘못이야! 네놈을 죽이고 말 테다," 할아버지는 마치 탱크처럼 폭발했고 겨우 목숨을 건진 이 빠진 연주자의 뺨을 후려치고는 권총을 꺼내 겁을 집어먹고 있던 그 사내의 뒤를 쫓았다. 영원한 범죄자가 트럼펫으로 머리를 가리고 있는 그를 도왔다.

"이보게들, 그가 날 죽이려고 해! 내가 무슨 죄가 있지?!"

"왜냐하면 네가 우물 속에 공을 던졌으니까, 그래서 아이들이 가지고 놀 것이 없어졌으니까! 아이들이 공을 가지고 있었다면, 탱크와 놀지 않았을 테니까," 항상 불행을 일으키는 그 사람이 어디에 숨어 있는지를 살피며 무기상자 사이에서 슬쩍 엿보고 있던 할아버지가 입에 거품을 물었다…… 노인이 연주자의 뒤를 쫓고 있는 동안, 옐레나는 사라져버린 요반을 찾으며 지하실 여기저기를 헤매고 있었다. 그녀는 요반을 부르며 지하실 구석의 모든 외진 곳들을 살피고 있었다. 혹시라도 폭발로 인해 그가 죽은 것은 아닌지 겁을 먹은 그녀는, 점점 더 빠르게 걸으며 남편의 이름을 부르고 있었다.

"요반…… 요반…… 요반……"

21. 독립 때까지 안녕

    숨이 차 헐떡거리던 요반이 요새의 터널 안에서 아버지와 나탈리야의 뒤에 멈춰 섰다. 그는 전직 지하운동가였던 아버지의 빠른 걸음을 따라갈 수 없었다. 석벽에 몸을 기댄 그는 축축한 공기를 들이마시려고 애쓰고 있었다. 그가 지하실에서 태어나지 않았다면 (다른 모든 사람들처럼 밖에서 살았었다면), 미끄럽고 지저분한 타일로 된 오르막을 견뎌내지 못했을 것이다. 아버지의 그림자와 그의 팔에 안겨 있는 여인을 따라가며, 그는 두려움으로 인해 헐떡거렸다. 그녀는 지하실로 돌아가자고 애원하며 울고 있었다…… 아버지는 멈춰 서서 서두르라고 소리쳤다.

    "어서, 요반! 어서, 아들아! 자 어서……!" 그는 울고 있는 나탈리야를 바라보면서 그를 불렀다…… "뭘 원하는 거야? 말해봐, 뭘 원하느냔 말이야? 나탈리야?"

    "지하실로 돌아가기를 원해요. 밖으로 나가자마자 그는 우릴 죽이고 말 거예요," 자신들이 터널의 출구를 찾는다면 어떤 일이 벌어질지를 두려워하며 그녀가 말했다. "하지만 어디에선가 끝이 나야만 해," 그녀는 멀리 있는 약간 희미한 불빛을 바라보며 믿고 있었다. 요반은 소총에 기댄 채 축축한 벽을 따라서 이성을 잃고 있는 여인을 진정시키고 있던 아버지에게로 다가갔다.

"조용히 해! 조용히 하란 말이야! 독일 놈들이 우리 소리를 들었으면 좋겠어?" 그는 속삭이듯 소리쳤다. 사실 병약하고 강인하지 못한 아들이 그를 심란하게 하고 있었다. 그에게는 터널에서 빠져나갈 힘이 없었다. "어떻게 싸울 수 있을 것인가?" 그는 한눈에 보기에도 피로감에 지쳐 있던 요반을 쳐다보며 스스로에게 물었다.

"할 수 있겠니, 아들아?"

"할 수 있어요, 아빠…… 하지만—안 할 거예요. 안 할 거라고요," 젊은이는 그렇게 말하고 깜짝 놀라 흥분해 있는 아버지에게 화를 내며 고개를 떨궜다…… "안 할 거예요," 그는 어린애처럼 반복해 말했다.

"나랑 함께하지 않겠다는 거니?," 츠르니는 갑자기 그에게 무슨 일이 생긴 것인지 놀랐다.

"안 할 거예요…… 안 할 거란 말이에요……," 요반은 화가 난 듯 계속해서 반복해 말했다.

"무슨 일이야, 요반? 무슨 일이냐, 아들아? 우리 두 사람은 밖으로 나가기로 합의하지 않았니, 싸우러 말이다? 그랬어, 안 그랬어? 지금 네게 무슨 일이 있는 게냐?"

"아무것도 아니에요…… 아무것도 아니라고요……, 아빠는 우리가 싸우러 나간다고 말했지만, 여자에 대한 언급은 하지 않았잖아요. 내게 거짓말을 한 거예요, 아빠! 내게 거짓말을 했다고요! 난 엘레나를 데려오지 않았어요. 난 내 부인을 데려오지 않았단 말이에요!"

그는 미친 듯 화를 내면서 말하고는 이내 울음을 터뜨리며 지하실을 향해 뒤돌아 발걸음을 옮겼다. 그는 속았다는 사실에 상처를 입은 듯 멀어져가고 있었다…… 츠르니는 나탈리야를 한 번 쳐다보고 돌바닥에 내려놓고서 입을 맞추고는 변명을 늘어놓으며 아들의 뒤를 따라 달려갔다.

"유감스럽군, 나탈리야. 우린 다시 헤어져야겠어…… 멈춰라, 요반! 멈춰라, 아들아! 어서…… 네가 옳아, 아들아……," 츠르니는 상처받은 젊은이를 돌려세워 껴안으며 잘못을 빌었다.

나탈리야는 멀리 희미한 불빛을 향해 떠나가는 그들을 바라보고 있었다. 커다란 그림자가 작은 그림자가 걸을 수 있도록 돕고 있었다. 그녀는 미래의 전사들이 나누고 있는 대화를 들었다. 요반이 아버지에게 말했다. "우린 전쟁터에 가려고 출발한 거지, 갈보집에 가려는 게 아니에요!" 츠르니가 달래듯 확신 있게 말했다. "네가 옳다, 아들아. 혁명과 여자가 함께 갈 수는 없는 게지……" 그러고 나서 그는 몸을 돌려 그녀에게 소리쳤다. "울지 마, 나탈리야! 울지 말란 말이야, 내 사랑! 곧 자유가 있는 나라에서 만나게 될 거야! 독립을 이룰 때까지 안녕!"

물에 젖어 미끄러운 돌을 맨발로 밟으며 나탈리야는 서둘렀고, 이내 지하실 쪽으로 달려갔다. "마르코에게 무슨 일이 생긴 건 아닐까?" 그녀는 스스로에게 묻고 고개를 돌렸다. 두 개의 형상, 두 개의 그림자가, 싸움을 벌이기 위해 출발하며 터널의 어둠 속에서 사라져버렸다.

*

우물 옆 돌로 만들어진 탁자 위에서, 할아버지는 기절해 있는 손자의 무릎에 붕대를 감고 있었다. 모여든 지하실 사람들이 노인의 떨리는 손을 바라보고 있었고 심각한 부상을 입은 사내의 신음 소리에 귀를 기울이고 있었으며, 물방울은 천장으로부터 그의 얼굴과 가슴 위에 떨어지고 있었다…… 공포가 조금 전까지만 해도 축제를 즐기고 있던 사람들을 벙어리로 만들어버렸다.

"누가 널 이렇게 다치게 만든 게냐, 이 녀석아……," 할아버지가 울부짖었다. "설마 네가 그 여자 때문에 스스로를 다치게 한 것은 아니겠지……"

그녀가 몸을 떨며 벽의 트인 구멍을 사이로 나타났기 때문에, 그는 '그 여자'의 이름을 말하지 못했다. 그녀는 맨발에 몸은 젖어 얼어붙어 있었고 바타가 이 세상을 떠난 후로 처음으로 겁에 질려 있었다. 사람들은 그녀가 탁자가 있는 곳까지 올 수 있도록 길을 터주었다. 그녀는 마르코를 쳐다보고 그의 이마에서 땀을 닦아내고는, 끌어안고 입을 맞추면서 깨우려고 애썼다.

"마르코…… 마르코…… 어떻게 된 거예요, 할아버지?" 그녀는 찢어진 탁자보 끝을 묶고 있던 노인에게 물었다.

"별일 없어…… 별일 아니란 말이야…… 다만 더 이상 걸을 수 없을 뿐이지……," 노인은 이를 악물며 내뱉고 경멸하듯 그녀를 쳐다보았다. "악마 같으니!," 그는 속으로 생각했다. '악마!'

마르코는 고개를 돌리고 애써 미소를 지으며 잠깐 동안 눈을 떴다.

"돌아왔군." 그가 말했다.

"그래요, 돌아왔어요…… 내가 돌아왔다고요……," 그녀는 그의 붙어 있는 머리칼을 쓰다듬으며 그를 진정시켰다.

"그런데 츠르니는 어디에 있지, 나탈리야?"

"싸우러 떠났어요…… 요반도 데려갔어요." 이미 두려움에 떨고 있던 사람들 사이에서 더한 혼란을 일으키지 않으려고 그녀는 가능한 한 나직이 말했다. 이 빠진 사내가 탁자가 있는 곳까지 밀치고 나와서는 모든 이야기를 잘 들었음에도 불구하고 그녀를 쳐다보며 물었다.

"그들은 어디로 갔습니까, 부인?"

"바깥이 어떤지 보려고…… 돌아올 거예요," 마르코의 머리 밑에 헝클어진 담요를 밀어 넣으며 나탈리야가 말했다.

"그들은 돌아오지 않을 겁니다." 연주자가 울부짖기 시작했다. "놈들이 그들을 체포할 것이고 우리 모두를 밀고할 때까지 고문할 거라고요! 우리는 수용소에서 생을 마치게 될 거예요," 할아버지가 입을 다물라고 권총으로 위협할 때까지 그는 소리치며 한탄했다.

"한마디만 더 하면—죽는 거야! 누가 츠르니를 체포할 수 있다는 거야, 재수 없는 놈 같으니! 넌 츠르니가 누군지 알기나 하는 거야?!"

만약 독일 놈들이 그들을 우연하게라도 체포하게 된다면 츠르니와 요반이 어떻게 될 것인가에 대해 노인과 이 빠진 사내가 말싸움을 벌이고 있는 동안, 옐레나는 우물 쪽으로 다가가 웨딩드레스를 가지런히 모으고 가장자리에 앉아 십자성호를 긋고는 속삭였다. "유일한 신이시여……" 그러고 그녀는 끝이 없는 심연으로 몸을 던졌다. 마치 남편의 모습을 보기라도 한 것처럼 우물로부터 그녀가 외쳐 부르는 소리가 들려왔다. "요바아아아안……!" 그리고 그것이 우물로 달려갔을 때 공황에 빠져 있던 사람들이 듣고 본 전부였다…… 마르코는 또다시 고개를 돌리고 눈을 감고는 몸을 떨면서 물었다.

"내 동생은 어디에 있지?…… 나를 치료해줄 이반이 어디에 있냔 말이야, 이반은 어디에 있는 거야, 나탈리야?"

22. 이반이 소니를 찾아 여행하다

이반은 길게 난 지하도로를 따라 길을 잃어버린 채 걷고 있었다. 도망쳐버린 친구를 부르느라 목이 쉰 그는 벽의 표시들을 통해 자신이 어디에 있는지를 알아내려고 애썼다. 동굴벽화의 흔적처럼, 화살 표시들과 숫자를 닮은 쉼표들과 로마 제국이 요새를 통치하던 시기의 기호들이 여기저기에 있었다…… 움푹 들어가 있는 곳에는 앉은 형태의 해골이 있었다. 이 불쌍한 사람이 언제나 좀 쉬려고 마음먹을 것인지 그 누가 알겠는가. 절뚝거리면서 걷다가 어느 옛 여행자의 하얀 유골에 겁을 먹은 그는 어쩌면 해골이 자신을 따라올지도 모른다는 생각에 뒤를 돌아보면서 구불구불한 길을 따라 도망쳤다.

그는 좁고 경사가 가파른 짧은 터널로부터 좀더 넓은 지하도로 쪽으로 나갔다. 글자들과 화살 표시들, 숫자들이 새겨져 있는 돌로 만들어진 타일을 쳐다보면서, 그는 갈림길에 멈춰 섰다. 하나의 도로 표지라도 그 의미를 추정하려고 애쓰며 그는 '통행표시'를 읽고 있었다. 울고 소리치는 것이 어떤 도움이라도 된다면, 그는 최대한으로 소리를 내질렀을 것이다.

그렇게 이미 지칠 대로 지쳐버린 그리고 천장에서 떨어지는 물에 젖어버린 그는, 후텁지근하고 숨 막히는 공기를 마시며 침묵하고 있었다……
"누가 이 길을 알 수 있단 말인가," 그는 또다시 손으로 입을 감싸고 소리쳤다. "소…… 소니……! 소…… 소니……! 도…… 돌아…… 와…… 소……! 소니……!"

그의 목소리는 울려 퍼지고 굴절되었으며 땅속 아래에 깊숙이 맴돌았다. 친구를 부르는 데는 성공하지 못했지만, 자전거를 탄 한 사람이 (그 '지상의' 형편없는 자갈길을 닮은) 도로에 나타났다. 아랍 세계로부터 온 사람처럼 온통 하얀 옷을 입고 있던 그 사람은, 손에 매를 들고 맨발로 페달을 돌리고 있었다. 마치 항복하듯 두 손을 들어 올린 채 겁을 집어먹은 이반의 옆에 사내와 자전거가 멈춰 섰다. 지하의 '엔진을 단 여행자'는 마치 친구라도 되는 듯 미소를 짓고 노래를 부르듯 깊은 목소리로 물었다.

"티 알 펠림 아네즈 말람?"

이반은 양손을 내리지 않은 채 어깨를 으쓱해 보였다. 그 역시 미소를 지으려고 애쓰고 있기는 했지만, 그의 얼굴은 구겨지고 굳어져 있을 뿐이었다. 자전거를 타고 있던 사람은 자신이 온 도로를 쳐다보며 한숨을 내쉬고는, 마치 자신의 발음에 문제가 있었다는 듯 좀더 천천히 질문을 반복했다.

"티 알 메르 펠림 아네즈 말람, 베를린?"

그 모든 말들 가운데 이반은 오로지 마지막 단어만을 이해했다.

"베…… 베…… 베를린," 자신이 그를 잘 이해한 것인지를 되물으며 이반은 반복해 말했다. 손을 높이 쳐든 이상한 사람이 고개를 흔들고 어깨를 으쓱했기 때문에, 자전거를 탄 사람은 단지 순간적으로 미소를 지어 보였다. 또 한 번의 미소로 감사함을 표하고 흰 옷을 입은 여행자는, 느

순해진 자전거의 페달을 밟고 화살표와 표지판을 쳐다보면서 끝없이 긴 터널을 따라 출발했다. 이반은 이성을 잃어버린 듯한 시선으로 그를 배웅하고 나서 사라져버린 원숭이를 부르며 혼자 계속해서 길을 갔다. "소……소니……! 소…… 소…… 소니……! 도…… 돌아…… 돌아와!"

23. 독일 놈들로 가득한 전차와 몇몇 매국노

츠르니는 무너져내린 터널 출구를 조심스럽게 몰래 엿보고 있었다. 그토록 오랜 세월이 지난 후에야 비로소 그는 커다란 세상과 자기 중심적으로 사랑했었던 그 도시를 마주하게 된 것이다. 밤은 서늘하고 맑았으며, 베오그라드 요새 위의 별들은 오래 계속된 빗물에 씻긴 듯 손에 닿을 듯한 거리에서 깜박깜박 빛나고 있었다. 그는 신선한 공기를 들이마시고는 거의 정신을 잃을 뻔했다. 교량의 실루엣과 강의 검은 표면을 바라보면서 그는 로마시대 때 만들어진 굽은 기둥을 붙들었다. 지금까지 단지 듣기만 해왔던 세상 모습에 놀라며 창백한 얼굴을 한 요반이 그의 등 뒤에서 어깨 너머로 엿보고 있었다. 그는 아무런 장벽도 없는 기적을 바라보고 있었다. 그것들은 그를 놀라게 하고 공황 상태에 이르도록 두렵게 만든 최초의 것들이었다. 아버지는 미소를 지으며 몸을 돌렸다. 도처에 독일군 보초들이 있을 수 있었기 때문에 그는 아들에게 속삭여 물었다.

"어떠니, 요반? 세상이 어때 보이니, 아들아?"

"커요……," 이 말은 한숨을 내쉬고 커다란 공포를 느끼며 그가 되본 첫번째 단어였다. "커요…… 장벽도 없고…… 많이 커요……"

"이제부터 얼마나 큰가를 보게 될 게다…… 이제부터 보게 될 게야, 아들아." 아버지는 그를 끌어안고 남아 있는 그의 머리칼을 쓰다듬었다. 프랑스 대사관이 있는 곳으로부터 칼레메그단의 비탈을 따라서 마르코의 회고록에 따라 '위대한 영화'를 찍기 위해 출발한 독일 군복 차림의 군인들로 꽉 들어찬 전차가 달리는 것을 보고 나서 젊은이의 미소는 공포로 바뀌었다. 아들을 두렵게 만든 것은 전차였지만, 전차 안의 '독일 사람들은' 아버지를 분노하게 만들었다. 츠르니는 요반으로부터 소총을 빼앗아 들고 그의 손을 잡고는 황량한 비탈길을 따라 사바 강의 부두 쪽으로 이끌었다. 정교회 대성당의 종루로부터 자정을 알리는 종이 울렸다. 요반은 아버지의 뒤를 따라 달리면서, 굽은 도로에서 사라져버린 경이로운 물체로 인해 벌벌 떨며 물었다.

"그게 뭐였어요, 아빠?"

"전차란다." 츠르니는 몸을 돌리고 요새의 검은 외곽을 바라보며 말했다.

"전차라고요? 그 전차라는 것이 뭐예요?" 세상의 경이로운 물체에 대해 알게 된 요반이 물었다.

"전차라는 것은 말이다…… 선로 위를 가는 버스란다." 지하실에서 배웠던 모든 것들이 밖에서는 달라 보였기 때문에 아버지는 설명하려고 애를 썼다.

"선로 위의 버스." 요반이 되뇌었다.

"그래." 츠르니는 적어도 한 가지 비밀을 설명해주었다는 확신에서 미소를 지어 보였지만, 그는 잘못 생각하고 있었다.

"음, 그건 버스가 아니에요, 아빠. 아빠는 제게 기차를 그렇게 그려주었었잖아요……"

"난 그림을 잘 못 그린단다, 애야. 전차는 도심의 작은 기차란다……
그런데, 전차 안에 누가 있었는지 봤니?"

"아니요…… 겁이 났었어요," 그는 손으로 자신이 어떻게 눈을 가리
고 있었는지를 보여주며 실토했다.

"독일 놈들. 전차 가득 독일 놈들이 타고 있었어, 빌어먹을 파시스트
놈들…… 민중들은 걸어 다니고 있는데 말이야. 그런데 그놈들은 전차를
타고 다니고 있단 말이야."

"아빠, 우리 지하로 돌아가요," 요반은 아버지 역시 겁을 먹었다고
생각하며 제안했다. 츠르니는 아들을 끌어안고 뼈만 앙상한 그의 어깨를
두드려주고는 선로를 건너 부두 쪽으로 데려갔다. 그들은 소리가 날 때마
다 뒤를 돌아보고 버려진 창고 뒤로 몸을 숨겨가며 발걸음을 내딛고 있었
다…… 칼레메그단을 따라 또 한 대의 '바퀴 달린 버스'가 달려 내려갈
때 요반은 벽에 등을 바짝 기댔다. 전차는 속도를 늦추더니 신호등 가까
이에서 멈춰 섰다. 전차 안에는 녹색 제복을 입은 사람들이 가득했고, 츠
르니는 20년 동안 지하실에서 자신을 괴롭혔던 바로 그 얼굴을 언뜻 보았
다. (영화배우 프란츠가 코가 긴 영화감독 오스카르 불카와 대화를 하고 있
었던 것이다.) 그는 붉은 머리의 독일 장교와 사복을 차려입은 큰 키의 사
내를 보았다. 병사들이 온 힘을 다해 노래를 부르고 있는 동안, 그들은
농담을 주고받으며 마치 친구라도 되는 듯 대화를 나누고 있었다.

양치기 그리고 양동이 제조자와 함께,
목동은 이야기를 한다네;
새하얀 얼굴의, 티토 동지,

344

당신은 우쥐체까지 언제 올 겁니까……

그는 자신이 프란츠를 보고 있다는 사실과 파시스트의 입에서 티토의 이름이 언급되는 것을 자신이 듣고 있다는 사실을 믿을 수 없었다. 그는 소스라치게 놀랐다. 그는 분노로 인해 호흡에 곤란을 느끼며, 겨우겨우 어찌어찌해서 겁을 집어먹은 아들에게 설명했다.

"저놈이 프란츠란다…… 매국노와 대화를 나누고 있는 저 붉은 머리의 범죄자 말이다." 그는 손가락으로 가리키며 속삭였다.

"그가 병원에서 아빠에게 고통을 준 거예요?" 몸을 떨며 요반이 물었다.

"그가, 그놈이…… 오늘 밤 난 그놈을 죽이고 말 테다…… 내 말을 듣고 있는 게냐. 얘야, 어떻게 독일 놈들이 티토 동지를 놓고 조롱할 수 있단 말이야?"

"그놈들이 세르비아어를 배운 거예요." 신랑 예복을 입고 있던 겁먹은 젊은이가 속삭였다.

"놈들이 배운 게지. 20년이면 말도 배울 수 있는 거란다…… 에, 아들아, 내가 없는 동안 범죄자들이 무슨 일을 벌이고 있었는지 너도 보고 있지 않니." 그는 비통함을 느끼며 교량과 부두를 향해 달려가는 전차를 바라보며 한숨을 내쉬었다…… 바닥으로부터 까맣게 그을린 나뭇조각이 올라오더니 흰 벽 위에 커다란 글자가 씌어졌다. '티토 동지 만세!'

영화 제작진은 잘못된 점을 지적하기 위해 강가의 보트 뒤에서 쪼그리고 앉아 있던 두 사람의 시선을 뒤로하며 나룻배 위에 올랐다. 츠르니는 뚫어져라 프란츠를 바라보고 있었다. 그는 정복을 입고 있는 장교의 움직임 하나하나를 쫓아가며 쳐다보았다. 하지. 그 악명 높은 '범죄자'는 사복을 입고 있는 키가 크고 코가 긴 사내하고 대화를 나누고 있었다. 츠르니에게는 그들이 마치 노예로 사로잡힌 민중들을 놓고 뭔가 비열한 농담 짓거리를 하고 있는 것만 같았다. 그들은 병사들이 승선하는 모습과 어떤 이상한 장비들을 눈으로 좇아가며 눈물까지 흘려가며 웃어대고 있었다.

"웃어라…… 웃어라. 너희들을 절단 내놓고 말 테니," 츠르니는 이를 악물고 말했다.

츠르니가 그들에게 위협적인 말을 내뱉었을 때, 독일군 제복을 입은 두 명의 엑스트라가 쉬기 위해서 보트가 있는 곳까지 걸어왔다. 그들은 어둠 속으로 사라지더니 거의 동시에 소총의 개머리판과 탄약을 재는 쇠꼬치에 의해 가격을 받고 쓰러져 밑으로 굴러떨어졌다. 츠르니와 요반은 그들의 목숨이 남아 있는 동안 보트 사이에서 계속해서 그들을 내리쳤다. 그들을 개머리판으로 내리치면서 츠르니는 목소리를 낮춰가며 욕설을 퍼부었다.

"너희 놈들은 오줌을 누려고 나의 도시를 찾은 거지, 이 빌어먹을 파시스트 놈들. 내 도시를 말이야…… 내 도시를……," 그는 반복해 말했다. 요반이 그의 어깨를 붙잡고 페인트칠을 하기 위해 준비되어 있던 쇠로 만들어진 커다란 보트 뒤쪽으로 끌어당겼다.

사복을 입은 '매국노'와 '적군의 제복'을 입은 사람들로 가득한 나룻배가 강물의 흐름에 실려 부두로부터 멀어져 강변의 다른 한쪽으로 흘러가기 시작했다. 나룻배에는 일반적인 영화촬영 장비들 사이에 프란츠의 리무진도 실렸는데, 츠르니는 그 리무진을 잘 기억하고 있었다. 그는 그 의례적인 장교를 증오하는 만큼, 그의 검은 '장례식용' 자동차도 혐오하고 있었다.

나룻배와 파시스트들의 뒤를 따라 출발하려고 준비하면서 낚시용 보트의 매듭을 푸는 동안, 요반은 무기를 닮은 것 같지도 않아 보이는 어떤

346

이상스러운 기계에 놀랐다. 아버지가 노를 젓기 시작했을 때에도 그는 리무진을 바라보고 있었다.

"저게 뭐예요, 아빠?," 그는 츠르니에게 물었다.

"저건 리무진이란다, 아들아. 프란츠의 리무진이지," 아버지는 노를 젓고 바닥에 앉아 경련을 일으키듯 보트의 가장자리를 붙들고 있는 아들에게 미소를 보내며 설명했다. '정말 아름답구나!' 그는 속으로 생각했다.

"그런데 리무진이 무엇에 쓰이는 거예요, 아빠?"

"보게 될 게다…… 프란츠가 범죄자들을 어디로 데려가는 거지? 뭘 준비하고 있는 거지, 빌어먹을 파시스트 놈들……"

요반은 경련을 일으키듯 보트의 가장자리를 꽉 움켜쥐며 몸을 떨고 있었다. 그는 널따란 물 표면과 강을 가로지르는 교량을 바라보고 있었다.

"아빠…… 왜 이렇게 어두운 거예요? 마치 지하실에서처럼 말이에요"

"밤이란다, 아들아…… 밤……"

"밤," 겁을 집어먹은 신랑은 겨우 그 말을 입 밖에 내고 보트 바닥에 드러누웠다. 그는 달과 별들로 가득한 하늘을 바라보고 있었다…… 아버지는 하늘에 떠 있는 등불을 바라보며 한숨을 내쉬고 애수에 찬 미소를 지으며 말했다.

"저건 달이란다……," 잠시 후 그는 이 세상의 가장 아름다운 기적 가운데 하나를 설명하며 노를 들어 올렸다.

"달이라고요……? 그럼 태양은 어디에 있어요? 태양은 어디 있냐고요?"

"밤에는 태양이 잠을 잔단다……," 강변에서보다 물 위에서는 목소리가 훨씬 더 잘 들린다는 사실을 알고 있던 츠르니가 속삭였다. 요반은 그를 쳐다보며 그동안 혼자서 생각해왔던 바로 그것에 대해 물었다.

"아빠, 이반과 소니는 어디에 있어요? 독일 놈들이 그들을 체포해서 죽이진 않았을까요?"

"아니다, 아들아…… 아니야…… 두려워하지 말거라…… 두려워하지 말란 말이다." 보트가 파도에 흔들리기 시작하자 젊은이가 울부짖기 시작했기 때문에 그는 아들을 진정시켰다. 힘들게 강물을 헤치고 노를 저으며 그는 당황해 울고 있는 전우이자 아들에게 경고했다.

"조용히 해, 요반. 조용하란 말이야, 아들아. 저건 파도란다…… 겁내지 말거라…… 난 베오그라드 조정 챔피언이었단다."

"지하로 가고 싶어요, 아빠," 그렇게 말하는 것이 부끄러운 일인 줄 알면서도, 요반은 진지하게 말했다. 어쨌든 공포가 자존심보다 더 컸기 때문이었다. 아버지는 그를 쳐다보다가 고개를 돌리고 티토 동지를 떠올리며 다시 노래를 부르기 시작했다. "에이, 내가 뭘 기대했단 말인가," 츠르니는 이를 악물고 그렇게 말하고는 범죄자의 배를 노로 찌르는 것처럼 물속에 노를 집어넣었다.

24. 서베를린으로 향하는 러시아 트럭

　끝없이 길게 뻗은 지하도로를 따라 이반은 옹이가 있는 지팡이를 짚고 걷고 있었다…… 그는 발길을 멈춰 새겨진 표지를 한 번 쳐다보고 재킷 소매로 땀이 맺힌 얼굴을 닦아내고는 몸을 돌려 피로에 지친 쉰 목소리로 소리쳤다. "소…… 소니……! 소…… 소…… 소니……!" 그는 땅 밑으로 향해 있는 도로를 계속해서 걸었다. "이 길은 어디를 향하는 것입니까, 신이시여," 겁을 집어먹은 채 그는 스스로에게 물었다…… 모터가 돌아가는 소리와 비슷한 희미하게 윙윙거리는 소리가 멀리에서 들려왔다. "도대체 뭘까?" 그는 겁을 내며 과거 한때 '지상에서' 보았던 것과 비슷한 좀더 넓은 도로로 나갔다. (요반은 아버지의 이야기를 통해서만 세상을 알게 되었지만, 모든 것을 잘 기억하고 있었다.) 지하실에서의 20여 년이라는 세월은 적은 것이 아니었지만, 휴식을 위해 백여 미터마다 멈춰야만 한다는 사실에 대해 그는 스스로를 위로하고 있었다…… 그는 자신이 그토록 오래 살아남아 있다는 것에 한숨지었다. 공기는 습기와 축축한 기운으로 가득했다. 그가 일상적인 모양에서 벗어난 도로를 이상하다고 생각하고 있는 동안, 멀리로부터 시끄러운 소리가 우르르 하고 울리며 점점 가까워졌다. 먼저 깜박거리는 동물의 눈을 닮은 전조등 불빛이 나타나더니 이내 점점 뚜렷하고 강해졌다. 빛으로 인해 눈이 부셨던 그는 외마디 소리를 지르며 도로의 가장자리로 도망치려 했다. 가능하다면 그는 어디에든지 몸을 숨기려고 했는데, 작은 틈새나 구멍에라도 들어가고 싶었다. 지칠 대로 지친 그는 그 자리에 멈춰 서서 아무런 조건 없이 항복이라도 하듯 가능한 한 두 손을 높이 쳐들었다. 알 수 없는 메이커의 후줄근한 옛날 자동차 10여 대를 섞어놓은 것 같은 낡은 트럭을 바라보며, 그는 숨을 헐떡거렸다. 유리가 깨져 있었기 때문에 우중충한 운전석 창문 너머로 검은 안경을 쓴 운전사의 머리가 비어져 나왔다. 운전사가 무엇을 물었지만, 이반은 그가 묻는 소리를 듣지 못했다. 유일하게 가치 있는 것이라고 할 수 있는 엔진이 참기 힘든 소음을 내고 있었기 때문이었다. 운전석 뒤쪽, 트럭의 트레일러 안에는 스무 명 남짓의 사람들이 나무로 만들어진 긴 의자에 가득 채워져 있는 모습이 보였다. 여행객들은 트럭처럼 후줄근해 보였다. 아니, 어쩌면 더욱 심하게 보였는지도 모른다. 얼굴은 먼지투성이였고 눈은 충혈되어 있었으며 옷은 배기가스의 연기로 거무죽죽해져 있었다. 그들은 자신들 가운데 누가 더 심하게 보이는지를 물으며 이반을 바라보고 있었다…… '항복.' 정상으로 보이지 않는 사내가 '항복'을 하며 두 손을 치켜 올리고 있는 모습에 먼저 운전사가 그러고 나서 트레일러 안의 사람들이 비웃었다. 운전사는 운전석에서 뛰어내려 괴상한 모습을 하고 있는 그에게 다가섰고 엔진의 소음보다 더 크게 소리치며 러시아어로 물었다. 그는 마치 황소처럼 소리를 질렀다.

"동무, 서독으로 가는 터널이 어디에 있는지 아시오?"

이반은 혼란스러웠다. 그는 러시아어를 말하고 있었지만, '서독'이 무엇을 의미하는지 대번에 알 수 있었기 때문이었다. 모국어 다음으로 그가 가장 좋아했던, 바로 그 언어로 그는 운전사에게 물었다.

"서…… 서…… 서독…… 서독 말인가요……? 서…… 서…… 서독이…… 뭐예요?"

"러시아어를 잘 모르는군," 운전사가 소리를 질렀다.

"이…… 이…… 이해해요……," 이반이 터널 벽에 몸을 기대며 변명했다.

"우리가 동독으로 들어가는 건 아닐까 걱정스럽소." 운전사는 왜 서독으로 가는 길을 묻는지를 설명했다. 이반은 먼지를 뒤집어쓰고 있는 가없는 여행객들을 바라보고 있었다. 자신의 상태가 더 나았다고 생각했는지, 그는 그들을 매우 불쌍하게 여기는 듯 보였다. 그 불쌍한 사람들의 운명이 어찌 될지를 두려워하며 그는 큰 머리를 가진 운전사에게 물었다.

"그…… 그들을…… 어…… 어디로…… 데려가는 거죠?"

"작업장에! 일하는 곳에 말이오." 큰 머리를 가진 사내는 자신이 알고 있는 만큼의 독일어를 섞어 쓰고 있었다.

"자…… 작업장에……? 그…… 그들을…… 도…… 독일의…… 자…… 작업장에…… 데…… 데리고…… 가는군요……," 지하실의 사내는 충격을 받았다.

"그렇소, 작업장으로! 서베를린으로 가는 길이오." 이상해 보이는 도보 여행자의 두 손을 내려주려 애쓰며 낡은 자동차의 운전사가 소리쳤다. 하지만 이반은 그 사람들이 독일에서 어떻게 될 것인가라는 생각에 몸서리를 치며 뒷걸음질쳤다.

"러…… 러시아에서는…… 어…… 어때요?"

"비참하오! 참혹하단 말이오." 큰 머리를 가진 사내가 포효하듯 말했다.

"비…… 비…… 비참하다고요? 러…… 러…… 러시아에서……"

"비참하단 말이오." 운송트럭 운전사는 되풀이해 말하고는 그의 어깨를 잡고 소리쳤다. "훨씬 더 비참해질 게요……! 당신은 어디로 가는 거요?! 어디로 가고 있느냐 말이오?! 어디를 향해 가고 있소?" 다 타버린 배기가스 소음보다 더 크게 그가 소리쳤다.

"워…… 원숭이…… 소…… 소니를…… 차…… 찾고 있어요……다…… 당신들은…… 워…… 원숭이를…… 보…… 보지 못했나요?!"

웃음을 보이지 않으려 애쓰며 운전사와 승객들은 서로를 쳐다보았다. 그들은 모든 것을 예상하기는 했지만, 누군가가 이곳 지하에서 원숭이를 찾고 있을 것이라고는 예상하지 못했다.

"뭘 찾고 있다고?! 원숭이를?" 숯처럼 까맣게 그을린 승객들에게 눈짓을 하며 운전사가 물었다.

"그래요……! 소…… 소니를……," 이반은 화를 냈으며 동시에 그들에 대한 증오심을 느꼈다. 그들이 자신을 모욕할 수는 있지만, 소니를 모욕할 수는 없는 일이었다……

"서커스단 출신이오?" 오랫동안 자신을 즐겁게 만들어주고 웃음을 줄 수 있는 누군가가 없었다는 듯, 큰 머리를 가진 사내가 물었다.

"아…… 아니에요……! 나…… 나는……지하실 출신이에요," 구부정한 허리의 절름발이 사내는 계속해서 길을 가려고 마음먹고 발걸음을 재촉했다. 고통스러움으로 더 이상 그들을 쳐다보고 말을 들어줄 수가 없었다. 운전사는 그의 허리춤을 붙잡고 승객들에게 소리치며, 그를 번쩍 들어 올려 트레일러 쪽으로 데리고 갔다.

"이 사람은 지하실에서 왔소! 지하실 출신이라고! 지하실에서 온 그에게 자리를 만들어주시오!"

"시…… 싫어요!…… 수…… 수용소에는…… 가지…… 않을…… 거예요……," 불행한 지하실 출신의 사내가 우악스러운 그의 포옹을 벗어나려고 애쓰고 있었지만, 운전사는 그를 트레일러에 던져 넣었으며 그 안에 있던 앞으로 배수로 일을 하게 될 노동자들이 그를 붙들었다. 마치 친구처럼 설명을 해가며 운전사는 그에게 운전석 페달 소리보다 더 크게 소리쳤다.

"우리와 함께 가세! 여기서는 누군가가 자네를 죽이고 말 거야! 그리고 거기엔 '원숭이 장난감'도 있단 말이야, 베를린까지 마음껏 놀 수 있을 거야!"

무기 부품들이 들어 있는(그는 그 사실을 알고 있었다), 사라진 친구의 얼굴이 그려져 있는 상자들을 정신이 나간 듯 쳐다보면서, 이반은 두 손을 든 채로 서 있었다. 그는 자신이 익히 알고 있던 화물과 그에게 눈짓을 해 보이고 있는 운전사를 번갈아 쳐다보았다.

"이…… 이…… 상자들을…… 어…… 어디에서…… 난…… 거죠……? 어…… 어디에서…… 그…… 그것들을…… 사…… 샀느냐고요? 마…… 마르코가…… 다…… 당신들에게…… 판…… 건가요?"

"궁금한 게 많군, 친구! 나이에 비해서 정말 궁금한 게 많아!" 운전사는 그에게 소리치고 운전석에 뛰어오르더니 가속페달을 밟고 낡은 자동차를 몰아갔다. 소니의 얼굴과 '장난감'이라고 씌어져 있는 상자를 바라보면서, 이반은 크게 동요하며 신께 그 자리에서 죽게 해달라고 애원하면서 서 있었다. "나의 형은 무엇을 하고 있는 것인가?" 그는 정신이 나간 듯 스스로에게 물었다. "무엇을 하고 있단 말인가? 독일 놈들을 위해 일하는 도둑놈들과 거래를 하는 걸까? 정말로 독일 놈들을 피해 지하실에 있는 사람들이, 독일 놈들을 위해 일할 수 있는 것이란 말인가? 정말로 그들을 그토록 사악하게 속이고 거짓말을 할 수 있는 것이란 말인가?" 눈물이 흐를 정도로 충격을 받고 화가 난 그는 스스로에게 물었다. "신이시여, 정말 그것이 가능한단 말입니까?"

*

'부정한 일'을 하기 위해 독일로 가고 있던 '앞뒤를 분간 못하는 승객들'로 가득한 러시아 트럭은, '국제' 지하도로 위에서 쿵 소리를 내며 돌진했다. 트레일러 뒤에서는 연기, 먼지와 참기 힘든 소음이 일었다…… 머리가 큰 운전사는 술을 마시고 노래를 부르면서 운전을 했는데, 그는 오래전부터 이런 여행에 익숙해 있었다…… 강렬한 전조등이 그에게 날아들었다. 불빛은 트럭 옆을 날아갔는데, 그는 백미러 속에서 탱크를 몰고 있는 어떤 거대한 몸집의 사내를 보았다. 지하의 국제도로는 중화기 무역을 위해 분주함에 틀림없어 보였다. (지하에서의 사업은 지상에서처럼 진행되었으며, 단지 '규정과 법규'가 시궁쥐의 움직임과 같은 상황에 적용되고 있을 뿐이었다.) 트럭은 헐떡거리며 내려진 차단막 쪽으로 다가갔다. 빛이 밝혀진 세관 옆에는 검은 가죽 재킷을 입은 사람들이 짧은 소총을 들고 서 있었다. '지하의 경찰'은 트럭을 정지시켰다. 계속해서 두 손을 높이 들고 있던 이반을 쳐다보면서, 트레일러 안의 노동자들은 두려운 듯 '세관원들'을 맞았다. 한 사내가 그를 넘어뜨리려고 했지만, 겁에 질린 지하실 사람이 그를 밀쳐냈다…… 운전사가 서툰 영어로 사람들에게 인사말을 건네며 운전석에서 뛰어나왔다.

"어떻게 지내십니까? 잘 지내시죠? 제가 다시 또 왔습니다!"

"모두 몇 명이요?" 지하의 경찰들 가운데 한 사람이 그에게 물었다.

"25명입니다." '오래된 버섯주'라는 라벨이 붙어 있던 라키야 병을 그들에게 내밀며 운전사가 미소를 지었다. "한 번 드셔보세요! 버섯주입니다." 그는 끈덕졌지만 경찰들은 먼지를 뒤집어쓰고 있는 승객들을 쳐다보면서 유심히 그를 바라보았다.

"러시아인이군." 키가 큰 세관원이 두 손가락으로 마치 가축이라도 되는 듯 그들을 둘씩 헤아리며 중얼거렸다.

"러시아인 열여덟 명…… 폴란드인 두 명…… 체코인 두 명…… 헝가리인 한 명 그리고 유고슬라비아인 한 명." 운전사는 계속해서 라키야를 내밀며 복창했다.

"집시와 유대인이 있소?" 세번째 사내가 운전석 안을 들여다보며 물었다.

"없습니다…… '장난감' 상자 열네 개뿐입니다." 운전사가 보이지 않는 화물을 신고했다.

"열네 상자라고? 당신, '장난감'에 대한 세금이 얼마인지 아시오?" 키가 큰 세관원이 역겹다는 듯 병을 거부하면서 미소를 지어 보였다.

"알고 있습니다…… 지불하겠습니다…… 사람들은 서베를린으로 데려가지만, '장난감'은 동베를린으로 가져갑니다." 운전사는 그렇게 설명하고 혼자서 크게 한 모금을 마셨다. (그를 제외하고 그 누구도 '오래된 버섯주'를 좋아하지 않는 것처럼 보였다.)

"왜 저 사람은 두 손을 들고 있는 게요?" 조그마한 건물에서 나온 세관원이, 가쁜 숨을 몰아쉬며 무장한 사람들을 쳐다보고 있던, 어느 나치 수용소에 '노역'으로 가게 될 것이며 더 이상 소니를 보지 못할 거라고 확신하고 있는 이반을 가리키며 그에게 물었다.

"그는 좀…… 미쳤습니다……," 운전사가 설명했다.

"미쳤다면 뭘 하려는 거지?" 대화가 농담으로 변질되기를 바라지 않으며, 그는 짧고 단순한 문장으로 그에게 질문했다.

"그는 베를린 동물원에서 동물들을 사육하게 될 겁니다. 그는 베오그라드에서 동물원 관리인이었거든요," 운전사는 그 바보 같은 놈이 검열을 복잡하게 하지 않을까 두려워하며 심각해졌다.

"서류를 주시오," 키가 큰 사람이 한 손에서 다른 한 손으로 소총을 옮겨 잡으며 명령했다. 운전사는 바지 주머니에 손을 집어넣어 천 마르크짜리 지폐 다발을 꺼냈다. 그는 미소를 지으며 '세관원들'에게 지폐 다발을 내밀었다.

"'서류들'은 이상 없소," 세관원들이 돈을 다 세고 났을 때 일은 일사천리로 진행되었다.

"좋소…… 운전하시오…… 다음번엔 미친놈이 없도록 하시오! 미친 놈들이 필요하긴 하지만 말이오……! 그리고 내가 그 라키야를 더 이상 보지 않도록 해주시오! 지난번부터 아직까지도 머리가 아프단 말이오." 조그만 건물에서 나온 사내가 그에게 경고했다. 운전사는 고분고분하게 미소를 지었고 트럭 안으로 뛰어 들어가서는 올라간 차단막 옆으로 트럭을 몰았다…… 가죽 제복을 입은 사람들은 그제야 비로소 영원히 항복할 것처럼 두 손을 높이 들고 있던 사내를 비웃었다. 낡은 자동차는 멀어지고 있는 터널처럼 스스로가 내는 검은 연기구름 속으로 사라져갔다……

"신이시여, 우리는 어떻게 되는 건가요?" 이반은 스스로에게 물었다. "우리를 어디에 가두고 고통을 주려는 것인가요?"

25. 츠르니, 마르코의 회고록에 나와 있는 츠르니의 사형을 바라보다

버드나무 사이에 있는 보트 안에 몸을 숨기고 있던 츠르니와 요반은 전쟁의 섬에 있는 '나치 수용소'를 바라보고 있었다. 많은 독일 놈들과 사복을 입은 ('매국노'임이 분명한) 몇몇 사람들이 가시 철사로 둘러 쳐진 통나무집을 들락날락하며 오가고 있었다. 오락가락하며 애처로워 보이는 버드나무 가지 사이를 엿보면서, 츠르니는 키가 큰 붉은 머리카락의 장교의 움직임을 주시하고 있었다. 프란츠는 여느 때와 마찬가지로 초록색 재킷을 입고 머리에 모자를 쓴 긴 코의 사내하고만 대화를 나누고 있었다. "저 매국노는 대체 누구야?" 그는 속삭이듯 아들에게 물었다. 요반은 다뉴브 강의 넓고 어둠침침한 수면 위를 바라보며 몸을 돌렸다. 새로운 세상의 모든 것들은 그를 소름 끼치도록 충격에 빠지게 만들었다. 그는 아버지의 이야기를 통해서 무엇이 위험하고 무엇이 위험하지 않은지를 알고 있었지만, 지하에서 습득한 것을 이 생활에 옮겨 적용하는 동안 몇 번의 죽을 고비를 넘겼다. 보트에 타고 있던 사람들 때문에 관목 숲으로부터 겁을 집어먹은 꿩이 날아올랐을 때, 그는 소리를 질렀고 하마터면 강물

속으로 빠질 뻔했다. 츠르니는 손바닥으로 그의 입을 가리고 그를 끌어안고서 진정시키며, 다시 보트 바닥에 자리를 잡았다.

"겁내지 말거라…… 두려워하지 말란 말이다, 아들아," 떨고 있는 그의 어깨를 어루만지며 그는 반복해 말했다…… "조용히 해, 요반…… 조용히…… 범죄자들이 우리의 소리를 듣게 될 거야……"

"뭐예요…… 그게 뭐였어요, 아빠?," 요반이 떨면서 그에게 물었다.

"꿩이란다." 츠르니가 미소를 지으며 대답했다…… "꿩."

"그런데 위험한 꿩이었어요?" 마치 꿩이 등 뒤에서 자신을 공격하기라도 할 것처럼, 젊은이는 몸을 돌리며 물었다.

"아니. 꿩은 길들지 않은 닭이란다……," 불이 밝혀진 통나무집 앞에서 누군가를 제거하기 위해 장소를 준비하고 있던 사형집행 소대를 주시하며 츠르니가 설명했다. 불안해하던 그는 몸을 일으켜 강변으로 뛰어올랐다. 그는 '허리춤'에 소총을 받치고 높이 솟아오른 풀들 속에 몸을 엎드렸다…… 요반은 그의 뒤를 따라 기어갔다. 그들은 통나무집 앞의 군인들과 기다란 탁자 옆에 있던 몇 명의 민간인들을 주시하고 있었다. 그들은 맥주를 마시고 농담을 주고받았으며 웃고 있었다…… 무자비한 규율로 유명한 군인들의 흐트러진 모습에 놀라며, 츠르니는 고개를 돌려 아들을 쳐다보고 속삭였다.

"짐승들처럼 술을 마시고 있구나…… 예전의 독일 놈들이 아니야. 독립의 그날이 빨리 올 게다. 요반. 빨리……"

그들로부터 20여 미터 떨어진 지점에서 프란츠의 리무진이 빛나고 있었다. 제복을 입은 운전사는 담배를 피우고 술을 마시고 축구 경기 중계에 귀를 기울이고 있었다. 츠르니는 아들을 끌어안고 속삭였다.

"축구 경기 중계를 듣고 있구나…… 평생을 수용소에 갇혀 있는 사람들이 경기를 하고 있어. 지는 사람은 사형을 시킨단다⋯⋯"

그가 '사형을 시킨단다'라고 말했을 뿐인데, 찢어진 옷을 입고 얻어맞아 피를 흘리고 있는, 하지만 무례하리만치 득의양양한 포로들이 통나무집에서 모습을 드러냈다. 수용소와 처형 집행인들이 늘어선 줄을 반사경이 비추기 시작했다. 프란츠가 군인들에게 다가가 무언가를 명령했고, 이내 초록색 재킷을 입고 있는 (츠르니가 속으로 분명히 게슈타포 소속의 중요한 인물일 것이라고 생각한) 사내에게 물었다. '매국노'가 처형을 허락한다면 그렇게 될 판이었다. 이반을 몸을 떨며 아버지에게 기대고는, 믿기 힘들만큼 츠르니의 젊은 시절을 닮은 죄수에 대한 집행을 주시하며 속삭여 말했다.

"아빠, 저 죄수는 정말로 아빠를 닮았어요. 아빠와 똑같아요⋯⋯ 똑같아⋯⋯"

"조금 키가 작고 왜소하구나. 나를 닮는다는 것은 어려운 일이란다, 아들아," 아버지는 소총의 공이치기를 잡아당기고 있던 제복 입은 사람들을 바라보면서 그에게 설명했다. 범죄자들이 총을 쏘았다. 그들은 단지 총을 쏘고 소총의 총신에 총알을 장전했다.

츠르니와 요반은, 통나무집 앞에서, 어둠 속에서 사람들을 촬영하고 있는 강력한 촬영기계를 제외하고, 모든 것을 보았다. 설사 그들이 그것을 인지했다고 하더라도 도대체 무엇이 어떻게 되어가고 있는지를 알 수 있을지는 의문이었다. 감독 불카는 뒤로 물러났고, 카메라는 들리지 않게 윙윙거리며 돌아갔으며, 배우 츠르니는 처형 집행인들이 늘어선 줄 앞으로 걸어가 셔츠를 찢어버리고 털투성이의 가슴을 내밀고 분명히 베를린에서도 들을 수 있을 만큼 큰 소리로 그렇게 소리쳤다.

"쏴! 쏘란 말이다, 이 빌어먹을 파시스트 놈들! 날 죽일 순 있지만,

절대로 공산당과 티토 동지는 죽이지 못할 것이다! 티토 동지 만세……!"

위대한 혁명가들의 회고록과 기억에 따라 만들고 있는 영화 속에서 배우 츠르니가 소리를 지르는 동안, '진짜' 츠르니는 흥분하여 울기 시작했다. 들어 올린 소총들 앞에서도 당당한 그 사내의 태도에 감동을 받은 요반은 아버지를 끌어안고 속삭였다.

"아빠를 닮은 저 사람은 정말 용감하군요."

"모든 용감한 사람들은 나를 닮았단다, 요반……," 처형 집행인들이 늘어선 줄이 일제히 사격을 가했을 때, 미래의 민중 영웅은 쓰러졌고, 츠르니는 한숨을 내쉬고 눈과 코에서 눈물을 닦아내고는 몸을 일으켜 프란츠의 자동차가 있는 곳까지 뛰어가 등 뒤에서 운전사를 끌어안고 가슴에 총검을 꽂았다. '독일 놈'은 아무런 말없이 쓰러졌는데, 그는 악명 높기로 유명한 그 자동차의 운전석에 앉으며 요반을 불렀다. 아들은 펄쩍 뛰어 아버지를 타고 넘어 (그는 어떻게 자동차에 타는지 알지 못했다) 조수석에 앉았다. 그는 어떻게 자동차에 시동을 거는지를 지켜보며 물었다.

"이건 뭐에 쓰는 거예요, 아빠?"

"이제 보게 될 게다, 아들아……," 츠르니는 그렇게 말하고 기어를 집어넣고는 끼익 하는 소리와 함께 통나무집과 처형 집행인들이 늘어선 줄 쪽으로 자동차를 몰고 갔다. 영화촬영 팀 사람들은 '자동차가 가시 철조망을 뚫고 수용소의 차단 구역에 날아들어 독일군 제복을 입고 있던 몇몇 엑스트라들을 치었다는 것과, 어둠 속으로 사라지기 전 통나무집 주위에서 원을 그렸다는 것, 그리고 자동차에서 누군가가 총을 쏘고 프란츠, 배우 프란츠를…… 죽였다는 것,' 그것만을 보았을 따름이라고 나중에 조사관에게 이야기했다. 츠르니는 범죄자의 가슴에 총탄을 발사하기 전에 빌어먹을 파시스트라고 욕을 퍼부었고, 핸들을 감고는 '매국노(감독 불카)'를 치고는 강변 쪽 숨겨진 보트 쪽으로 차를 몰아갔다…… 발작적으로 기어를 틀어쥔 채, 요반은 좌석에서 펄쩍펄쩍 뛰었다. 수용소 안에서 우왕좌왕하고 있는 모습을 바라보면서 이성을 잃고 웃고 있는 아버지에게 그가 물었다.

"아빠! 이건 독일 놈들을 치는 데 쓰는 거군요?! 이건 어떤 새로운 무기인 거죠?! 포신이 없는 탱크 말이에요?!"

"그렇단다, 아들아! 그래," 아버지는 소리치고 포신이 없는 탱크를 세우고는 자동차에서 내려 가엾은 버드나무의 '나뭇잎들' 사이에 숨겨진 보트 쪽으로 요반을 데리고 갔다…… 그들은 보트 안으로 뛰어들어 노를 잡고는 유유히 흐르고 있는 커다란 강의 중간 쪽으로 멀어져갔다…… 다음 날 기자회견에서 부상당한 감독 오스카르 불카가 '가장 재능 있는 유고슬라비아의 배우들 가운데 한 사람이' 떠나간 것에 대해 애도한 바와 같이, 그들이 지나간 뒤로 전쟁의 섬 위에는 공황 상태와 부상자들에 대한 도움과 '대단한 경력을 쌓기 위한 초창기'에 살해당한 젊은 배우를 향한 슬픔만이 남았다. '그러나,' 그가 덧붙였다. "우린 계속해서 촬영을 할 것입니다. 나치주의자들이 전쟁 영웅들을 멈추게 하지 못했던 것처럼, 미친놈들과 정신병자들이 우리가 우리의 역사를 위해 만들고 있는 이 가치 있는 영화를 끝마치는 것을 방해하지는 못할 것입니다. 자, 그 정도로 합시다…… 더는 당신들께 할 말이 없군요." 그의 왼발은 전쟁의 섬에서 차에 치인 후로 깁스를 하고 있었기 때문에, 그는 지팡이에 몸을 기댄 채 눈물로 가득한 두 눈을 손수건으로 닦으며 말했다.

그다음 날이었다…… '전례가 없던 범죄'가 일어났었던 그날 밤, 츠르니와 요반은 강의 주류를 따라 다뉴브 강 가운데로 노를 젓고 있었다. 그들은 (거의 전기가 제한되어 있던) 도심의 외곽을 바라보고 있었고 강변을 따라 경찰차와 앰뷸런스의 불빛이 돌아가고 있는 모습을 보았다. 그들은 도심에서도 혼란이 일어났으며 모든 '게슈타포가 그들을 샅샅이 찾고 있다'는 사실을 알고 있었다. 서투른 아들에게 말하며 츠르니는 힘차고 빠르게 노를 저었다. 아들은 물 위에 노를 아무렇게나 내젓고 있었다.

"내가 프란츠를 죽였다…… 아들아! ……20년 전에…… 그놈에게 약속한 대로, 내가 그 범죄자를 죽였단 말이다…… 난 기다리고…… 또 기다렸단다…… 그리고 마침내 해내고 말았어! 그놈은 더 이상…… 그 어느 누구도 죽이지 못할 것이다……! 빌어먹을 파시스트 놈들……!" 딸꾹질을 진정시키려고 애쓰며 그가 욕설을 퍼부었다. 요반은 그의 눈알이 돌아가고 가슴과 배를 두드리고 있는 모습이 두려웠다.

"무슨 일이에요, 아빠? 무슨 일이냐고요." 그는 아버지가 자신에게 보여준 대로, 노로 아버지의 등을 내려쳤다.

"시계…… 내가 삼켰던…… 그 시계가 나를 고통스럽게 하는구나…… 계속해서 시계가 시간을 알리고 있단 말이다……," 그는 한숨을 내쉬고 자리에 앉아 다시 노를 젓기 시작했다. 그는 심장뿐만 아니라, 자신의 가슴속에서 '그 연주자이면서 도둑놈인 그의' 줄이 달린 호주머니 시계가 똑딱거리고 있는 소리를 듣고 있었다.

노의 도움이었는지 아니면 강물의 도움이었는지, 낚시용 보트는 판체보* 다리 쪽으로 아니 더 멀리 모래로 이루어진 바다의 섬을 닮은 그로찬스키 섬까지 흘러갔다. '점령하에서' 자유의 몸이 된 아버지와 아들은 무엇을 하는 것이 좋을지에 대해 이야기하며 노를 젓고 있었다. 예전과 마찬가지로, 츠르니는 원대한 계획을 갖고 있었다. 그리고 그는 여전히 그

---

* 베오그라드 인근에 위치한 소도시의 명칭.

토록 겁을 내고 서투르고 나약함에도 불구하고, 아들 요반에 대해 자부심을 지니고 있었다. "하지만 아직 시간은 있어, 그는 강해질 것이고 용감해질 거야." 죽은 어머니 베라가 그랬던 것처럼, 창백한 얼굴과 커다랗고 총명한 그의 눈을 바라보며 츠르니는 생각했다. "나를 닮아 영웅이 될 게야." 위대하고 자부심 강한 심장이 더욱 강렬히 뛰고 있는 소리와 삼킨 시계가 나직이 똑딱거리며 내는 소리가 서로 뒤엉키며 들리는 자신의 가슴에 대고 그가 속삭였다.

26. 프랑스식 모자를 쓴 사내가 조사관으로 다시 이야기 속에 돌아오다

전례 없는 비극적 장소였던 전쟁의 섬에 군용 헬리콥터가 착륙했다. 전쟁 기간 동안 마르코와 츠르니의 '불법적인 작업'을 근거리에서 주시했었던, 프랑스식 모자를 머리에 쓴 의심스러운 사내가 프로펠러가 달린 항공기에서 내렸다. 그는 베레모를 붙잡고서 허리를 굽히고, 비명횡사한 동료들 주위에 모여 있던 독일군 제복을 입은 사람들에게로 다가갔다. 그의 뒤를 따라 의사들과 의무대원들이 뛰어가고 있었다. 배우 프란츠는 흰 천으로 덮여 누워 있었으며, 감독 오스카르 불카는 희생당한 영화 작업자들과 젊은 배우의 운명에 대해 애통해하며 부상당한 다리를 붙잡고 절뚝거리며 걷고 있었다. 그는 고통으로 인해 앉기를 거부한 채, 분노로 흐느끼고 있었다······ 조사관은 현장을 오가며 파이프 담배에 불을 붙였다. 그는 부상자들과 살인자가 남긴 자동차 바퀴 자국을 주의 깊게 관찰했다. 감독은 한 발로 깡충깡충 뛰어와 양팔을 벌리고 절규하기 시작했다.

"조사관 동지, 누가 우리 예술가들을 보호할 수 있는 겁니까?! 우리가 민족의 행복을 위해 일하고 있는 동안 누가 우리를 지켜줄 수 있는 겁니까?! 그놈은 닥치는 대로 우리를 짓밟았단 말입니다……!"

"그래, 그래요." 골똘히 생각에 잠겨 있던 경찰은 장교 복장을 한 채 살해당한 배우를 유심히 관찰하면서 담배 파이프로 그를 진정시켰다…… 츠르니 역을 맡았던 젊은이가 두 시간 전에 무슨 일이 벌어졌는가를 설명하며 손으로 강변의 버드나무 쪽을 가리켰다.

"자동차 안에는 두 사람이 있었습니다, 조사관 동지. 그들은 저기에 있는 저 버드나무 아래의 보트에 올라타고 강 가운데를 향해 갔습니다…… 한 사람은 좀 나이를 먹었고 한 사람은 거의 아이 같은, 젊은 남자였습니다."

"그들이 차로 치는 동안, 그들의 얼굴을 보았나?" 프랑스식 베레모를 쓰고, 기침을 하며 파이프 담배를 물고 있던 사내가 그에게 물었다. 배우 츠르니는 머리를 끄덕임으로써 확인해주었고 흥분 상태에서 불안한 듯 덧붙였다.

"예…… 그리고 정말로 믿을 수 없는 것이 하나 있습니다, 조사관 동지. 여전히 전 진정을 할 수가 없어요…… 정말 믿을 수 없는…… 자, 보십시오, 완전히 몸이 떨리고 있습니다……"

"무슨 일이오?" 경찰이 불안정한 예술가의 서사적인 한탄을 가로막았다.

"음, 자동차를 몰고 사람들을 친 그 사내가 정말로 날 닮았었다는 겁니다. 신이시여, 용서하소서. 마치 제가 운전석에 앉아 있었던 것처럼 말입니다…… 그리고 그는 츠르니라는 인물이 욕을 하는 것처럼 똑같이 욕을 했었습니다……"

"꼭 닮은 사람이라고? 대역이 아니었나?" 자신과 이야기를 나누고 있는 그가 정말 제대로 된 사람인지를 확인하며, 조사관은 질문을 하고 의심스러운 듯 그를 쳐다보았다. 배우 츠르니는 '꼭 닮은 그 사람'의 새로운 공격이 예상되기라도 하는 것처럼 겁에 질린 채 몸을 돌리며 어깨를 들썩였다…… 조금 옆쪽에서는 감독 오스카르 불카가 차에 치인 엑스트라들과 불쌍한 배우 프란츠를 헬리콥터로 옮기는 의무병들을 바라보면서 울고 있었다. 그는 경련을 일으키고 있는 얼굴 곳곳의 눈물을 훔치고 비통함과 고통스러움을 느끼면서 스스로에게 속삭이듯 물었다.

"전쟁영화가 나에게 무슨 소용이었단 말인가?"

27. 항복한 사람의 슬픈 종말

브란덴부르크 문 앞의 맨홀 뚜껑이 열리더니 거의 야만인처럼 보이는 겁을 집어먹은 사내의 머리가 비어져 나왔다. 러시아 트럭이 서베를린의 지하주차장 가운데 한 곳에 멈춰 섰을 때 그리고 첫번째 작업자 무리들이 내렸을 때, 이반은 트럭에서 뛰쳐나와 술에 취해 있던 운전사를 비롯해 두 명의 승객의 추격을 받으며 도망치면서, 그 대도시의 하수도관에 다다르게 된 것이다. 맨홀 뚜껑이 있는 곳까지 철제 계단을 타고 오르면서도, 그는 제2차 세계대전의 '가장 유명한 문' 가운데 하나를 보게 될 것을 알지 못했다. 그는 멀리서 들려오는 목소리에 귀를 기울이며 드넓은 광장을 바라보았다. 그는 조심스럽게 맨홀 뚜껑을 들어 올리고 거리로 뛰쳐나갔는데, 바로 그 순간 분단의 벽을 따라 순찰을 돌고 있던 경찰차의 강렬한 헤드라이트 불빛으로 눈이 멀 뻔했다. 깜짝 놀란 그는 불빛 때문에 제대로 볼 수 없었으므로, 손을 들어 올린 채 도망치려다가 제복을 입은 사람들에게로 곧바로 달려가고 말았다. 경찰은 자신이 무엇을 붙잡은 것인지에 놀라며 그를 움켜잡았다. 그들은 마치 커다란 허물을 벗은 시궁쥐를 붙잡기라도 한 것처럼 그를 바라보고 있었다. 지하에서의 생활과 지하세계를 통과해 오는 여정으로 인해 그는 정상적으로 보이지 않았다. 오래전에 무너져버린 동물원의 불쌍한 관리인은 마치 소니가 무언가를 달라고 애원하는 것과 비슷하게 인간 같지 않은 목소리로 흐느껴 울었다. 그는 도망쳐버린 친구를 더는 볼 수 없을 거라는 생각에 목 놓아 울기 시작했다. 경찰들은 그에게 독일어로 몇 가지 질문을 했는데, 그는 제복을 입은 사람들은 잘 알거라는 생각에 러시아어로 더듬거리며 말했다. 장벽 저편의 '이웃'인, 그 나라 사람들의 언어로 그는 말했다. 계속해서 두 손을 높이 들어 올리고 있던 그는 악명 높은 수용소 가운데 한 곳에서 당하게 될 모든 고통에 대해 준비가 되어 있다는 듯, 단지 그들에게 무언가를 말해달라고 애원하고 있었다.

"소…… 소니를…… 보…… 보셨나요……? 나…… 나의…… 소니 말이에요……? 나…… 나에게…… 그…… 그것만이라도…… 마…… 말씀해주세요…… 그…… 그리고…… 나…… 나를…… 수…… 수용소에…… 데…… 데려…… 가세요…… 소…… 소니를…… 보…… 보셨나요?"

"소니가 누구지?" 붉은 머리칼의 경찰이 몸을 돌리며 그에게 물었다. 그는 소니가 맨홀에서 나와 눈에 띄지 않고 도망치는 데 성공한 또 다른 어떤 사람이라고 속으로 생각한 것이었다…… 이반은 해진 재킷의 안쪽 주머니에서 자신과 소니가 서로 끌어안고 있는 모습이 담긴 누렇게 변하고 더럽혀진 사진 한 장을 꺼냈다. 그는 혼란스러워하는 사람들에게 사진을 내보였다. 경찰들은 그 이상한 사진과 눈물에 젖어 있는 병약한 사내를 번갈아 쳐다봤다. 그가 누구인지, 무엇을 하는 사람인지 그들이 분명하게 알았더라면, 그가 어디로 가야만 하는지를 알았을 터였다. 그들은 그를 차에 태우고 '흰 제복을 입고 있는' 사람들에게 그를 인계하여 계속해서 검사를 받도록 하기 위해 경광등을 켜고 달려갔다…… 달리고 있는 자동차 안에서 (노예가 된 다른 사람들과는 달리) '잘 살고 있는' 독일 놈들로 가득한 커다란 도시를 바라보면서, 이반은 너무나 큰 소리로 이름을 불러 쉬어버린 목소리로 울면서 속으로 반복해 말했다. "소…… 소니…… 소…… 소니…… 나…… 나의…… 소니……"

*

정신병원에서 치러진 지하 여행객에 대한 검사로도 그날 밤 두 명의 의사는 아무런 정보를 얻지 못했다. 그들은 그가 조금 진정할 때까지 계속해서 주시하자는 데 합의했다. 그는 믿기지 않는 이야기를 늘어놓고 있었다. 어떤 지하, 어떤 형, 어떤 결혼식, 발사되어 벽을 부숴버린 어떤 탱크, 어떤 원숭이, 어떤 지하의 터널들과 도로들, 포로수용소로 사람들을 실어 나르는 어떤 러시아 트럭, 어떤 나라에서의 어떤 전쟁에 대해 말했다…… 그는 '발가벗은 채 즉시 처형을 당한다 할지라도' 한 사람의 이름도 '발설하기를' 원하지 않았다. 그것이 어떤 나라와 관련된 이야기이며 지하에서 20년 동안 함께 살아온 사람들이 누구인가 하는 그런 모든 물음들에 대해서, 그는 어깨를 으쓱해 보이며 속삭임으로 대답할 뿐이었다. "나…… 나를…… 죽여주세요…… 다…… 당신들에게…… 마…… 말할…… 수…… 없어요……"

몇 년이 지난 후에, 사람들은 마치 항복을 하는 것처럼 두 손을 높이 쳐든 채 병원의 정원에 있는 소나무에 기댄 그를 바라보고 있었다. 그는 다른 환자들과 대화를 하지 않았으며 산책을 하지도 않았고 이상한 나라

의 이상한 지하세계를 더는 거론하지도 않았다…… 무기가 어떻게 거래
되고 순진한 사람들을 어떻게 수용소로 데려가는지를 그들이 알 수 있도
록, 어느 날 그는 '유럽의 지하도로 지도'를 그렸다. "전쟁이 끝난 후 나
치주의자들과 그들의 협력자들이 모든 지구를 점령하고 있는 동안 어떤
일들을 벌였는지 세상에 알리는 것이 의사인 당신들의 의무입니다. 그것
이 당신들의 인간적이고 직업적인 의무란 말입니다." 가능한 한 고통을
덜기 위해 애쓰며 그는 말했다. 그는 범죄자들이 심판받게 된다면 절대적
인 증거물로 사용될, 마치 미로를 닮은 그 이상한 지도를 그들에게 선물
했다. "아무런 잘못도 책임도 없는 수백만 명의 사람들을, 수백만 명의
사람들을 죽였기 때문에, 그들은 심판을 받아야만 할 것입니다…… 그리
고 나의 소니도……," 그리고 그는 다시 울기 시작했다. 그리고 그렇게
수년 동안을, 최후의 날이 올 때까지 그는 울 것이다…… 하지만 그것에
관해서는 나중에 이야기하기로 하자.

28. 옐레나, 파도에 실려가는 여인

이른 새벽녘 전쟁의 섬에서 복수를 벌이고 나서, 츠르니와 요반은 그 로찬스카 섬*의 넓은 모래톱까지 낚싯배의 노를 저어갔다. 그 와중에 어떤 이상스러운 기계가 강렬한 광선을 몇 번씩이나 그들에게 비추며 날았지만, 여전히 그들은 빠르게 멀어지고 있었다. 왜냐하면 츠르니가 그 괴상한 물체를 떨어뜨리기 위해 애써 소총을 쏘아댔기 때문이었다. 요반은 까무러칠 만큼 겁에 질려 있었다. 그는 보트 바닥에 납작 엎드린 채 아버지에게 물었다.

"아빠, 저게 뭐예요? 날개 없는 비행기예요?"

"모르겠구나, 아들아…… 그걸 죽이고 나서 무엇인지 보자꾸나." 츠르니는 악령과 같은 그것이 다시 모습을 드러내기를 기다리며 소총의 탄환을 채우면서 말했다.

"공기보다 더 무거운 저 기계가 어떻게 날고 있는 거지?" 해변 위 어

---

* 베오그라드를 흐르는 다뉴브 강 위의 섬.

딘가 멀리로부터 괴상한 비행체가 내는 쉭 하는 소리에 귀를 기울이며 신랑은 몸을 떨고 있었다.

"모르겠구나, 아들아…… 하지만 내겐 이상할 것이 전혀 없단다. 독일 놈들은 별의별 것들을 다 만들 줄 아니까 말이다…… 겁내지 말거라, 요반…… 겁내지 마…… 그놈들은 기술에 있어서 최고지만, 우린 용감함에 있어서 최고니까…… 그 어느 누구도 우리 두 사람에게 아무런 짓도 할 수 없단다……"

강 위에 떠 있는 섬 기슭을 따라 노를 저으며 아버지가 아들을 진정시켰다…… 요반은 주름진 물결 속에 비친 약간은 희미한 새벽녘 빛을 바라보며 노를 휘젓기 시작했다. 그는 마치 파도 속에서 무언가를 본 것 같았다. 그는 몸을 일으켜 세우고 이내 노를 들어 올리고는, 마치 정상이 아닌 듯한 모습으로, "신이시여, 용서하소서!"라고 소리쳤다.

"아빠! 아빠! 옐레나! 옐레나아아!……," 그는 강물 속 깊숙이 있는 무언가 하얀 것을 노로 가리키며 소리쳤다. 그리고 그 순간 츠르니도, 금색이 칠해진 결혼식 왕관과 레이스로 만들어진 결혼식 드레스의 흰 베일을 본 것 같았다. 그는 눈을 감고 충혈된 두 눈을 문지르고는, 다시 한 번 아들과 제 스스로를 진정시켜가며 쳐다보았다(그는 정말로 겁을 먹고 있었다).

"분명히 메기일 거야…… 여기서 백 킬로그램이 나가는 메기를 잡은 적이 있거든. 나처럼, 이렇게 큰 것들로 말이지," 그는 농담으로 아들을 진정시키려고 애쓰고 있었다.

"혹시나 옐레나인 줄 알고 얼마나 무서웠다고요, 아빠……," 젖은 얼굴을 닦아내기 위해 머리를 흔들며 결혼식 예복을 입은 젊은이는 몸을 떨었다. "제가 얼마나 두려웠다고요, 그것만 알아주세요……"

배가 모래언덕 위에 멈춰 섰다. 츠르니는 배에서 뛰어내려 쇠사슬을 끌어냈다. 그는 동쪽에서 비춰오는 약간은 희미한 불빛을 바라보며 미소를 지었다.

"곧 태양이 떠오를 게다, 요반아……," 강변으로 나올 수 있도록 부축하면서 그는 아들에게 말했다. "태양을 보게 될 게다, 아들아. 진짜 커다란 태양 말이다…… 네가 태양을 보게 되면, 나머지 다른 것들은 아무것도 아니란다…… 자 저기…… 저기에 있구나……"

'태양을 향해' 발걸음을 내디디며, 츠르니는 아들을 쳐다보았다. 지하실을 벗어난 후로, 그는 미소를 짓고 있는 아들의 모습을 처음 보았다…… 그는 태양에 대해 아들에게 이야기를 해주었고, 태양에 대한 노래를 불러주었으며, "아들아, 만약 다른 것 때문이 아니라면 그것 때문에라도 태어날 가치가 있단다"라고 마치 커다란 기적에 관한 것을 이야기라도 하는 것처럼 태양에 관해 이야기를 꾸며냈었다. 지하실의 '하늘'에 나 있는 구멍을 통해 들어오는 한 줄기 빛이 아니라 자신의 아이가 '진짜' 태양을 바라보는 경험을 했기 때문에, 그는 행복했으며 자부심을 갖게 되었다.

최초의 빛이, 서두름 없이 굽이치며 바다로 흘러가고 있는 광활한 강 표면을 비췄을 때, 그들은 습기에 찬 비탈을 따라 모래언덕의 정상까지 기어올랐다.

"이 세상은 정말 아름다워요, 아빠…… 태양이 (떠오를 때) 너무나 아름다워요…… 다뉴브 강은 훨씬 더 아름답고요…… 어둡지도 위험하지도 않아요……"

"다뉴브 강은 헤엄을 치기 위해 바다로 흐른단다." 츠르니는 미소를 짓고 있는 아들을 끌어안으며 말했다.

"신이시여, 제가 행복으로 인해 죽지 않도록 하소서," 그는 속으로 생각했다…… 그들은 숨을 헐떡거리며, 피곤했지만 영원히 행복감을 느낀 채로 언덕의 정상에 오르는 데 성공했다. 그들은 크게 뜬 두 눈으로 태양이 태어나고 있는 모습을 바라보고 있었다. 요반은 마치 그것을 만져보기라도 하려는 것처럼 두 손을 내뻗었다. 츠르니는 울지 않으려 애쓰며 사내아이를 바라보고 있었다. "내 아이가 태양을 처음으로 보는 것은 결코 사소한 일이 아니야," 그는 얼굴을 따라 흘러내리는 눈물에 대해 그렇게 스스로를 위로하고 있었다…… 요반은 강 너머의 광활한 숲과 '바다로' 여행하고 있는 강물의 구불구불한 수면을 바라보며 등을 돌렸다. 그는 다뉴브 강이 '헤엄을 치기 위해 바다로 간다'는 것이 사실인지를 확인하기 위해 몸을 돌려 아버지에게 물었다.

"다뉴브 강이 정말로 바다로 가는 거예요? 농담하는 거죠, 아빠?"

"간단다. 정말로 간단다…… 우리가 승리하게 되면, 우리 두 사람은 바다에 갈 것이다. 수영을 하러 말이다," 아버지는 뼈가 앙상하게 굽은 아들의 등을 두드렸다.

"할 줄 모르는데, 제가 어떻게 수영을 해요, 아빠," 젊은이는 슬픈 듯 말했다. 츠르니는 그를 쳐다보며 미소를 지어 보이고는 재빨리 탄띠, 재킷, 셔츠 그리고 바지와 군화를 벗었다…… 요반은 갑자기 무슨 일인지 의아해하며 그를 쳐다보고 있었다.

"뭘 보고만 있는 게냐, 요반?! 벗어! 벗으란 말이다, 아들아! 자 어서," 누군가 들을지도 모른다는 두려움도 없이 츠르니가 소리쳤다. "벗어," 그는 격식을 차려입은 아들의 옷을 벗도록 돕고 있었다…… "네가 5분 만에 수영을 하도록 가르쳐주마! 난 아다 치간리야* 장거리 수영에서

---

* 베오그라드를 흐르는 사바 강에 위치해 있는 섬.

3관왕을 차지했었단다. 많은 젊은이들이 수영을 할 수 있도록 가르쳤었으니, 너도 가르쳐주마! 자, 어서, 요반! 어서, 아들아!"

회색 군용 팬티를 입은 그는 모래 비탈을 따라 강까지 달려갔다. 요반은 겁을 먹은 채 우는 소리를 내며 발가락을 물속에 담갔고, 그때 아버지는 그에게 물을 뿌리고 좀더 깊게 발걸음을 내디디라며 소리쳤다.

"자, 요반, 자, 어서, 아들아! 겁내지 마…… 이리 와……! 수영하는 것을 배워야만 한다. 쥐새끼들만이 물을 두려워하는 법이란다!"

"그러지 마세요, 아빠, 제발…… 그러지 마세요, 물에 빠져죽을 거예요……," 츠르니가 그의 허리를 붙들고 깊은 곳으로 데려갔을 때 그는 살려달라며 소리치기 시작했다.

10월 말의 어느 날 그처럼 이른 시간에 누가 수영을 하고 있는 것인지 의아해하며 태양이 다뉴브 강으로부터 떠올랐다. 길고 후텁지근한 여름이 지난 후, 아직까지 날은 여전히 따뜻하긴 했지만, 메기를 잡기 위해 원통형 용기를 설치해놓은 오직 한 사람의 낚시꾼을 제외하고는 그 어느 누구도 모든 사람들이 자고 있는 그 시간에 수영을 하러 섬에 오지는 않았다…… 그 낚시꾼은 버드나무 사이에 몸을 숨긴 채, 평범하지 않은 그들을 주시하고 있었다. "저 미친놈들은 대체 뭐란 말인가?" 그는 천으로 만들어진 물속의 용기를 확인하면서, 속으로 생각했다. "어느 정신병원에서 도망친 것이 틀림없어," 그는 속으로 중얼거리고, 만일을 대비해 좀더 멀리 노를 저어 배를 몰아갔다.

요반은 손을 휘저어가며, 아버지가 습관적으로 '베오그라드에서 제일'이라고 말하는 바대로, 그가 알고 있는 바로 그것을 배우려고 애쓰고 있었다.

"천천히, 요반…… 천천히, 아들아…… 자…… 왼손, 오른손……

그렇게…… 이젠, 오른손, 왼손…… 그것 봐라…… 정말 대단해……"

때때로 놓아주기도 하면서, 그는 아들의 허리 아랫부분을 붙들었다. 물보다 가벼웠기 때문에 분명히 절대로 가라앉지 않을, 서투르고 몸집이 자그마한 사내아이에게 용기를 북돋우며 아버지는 웃고 있었다.

"그렇게, 요반! 그렇게, 아들아! 브라보! 브라보! 그렇게! 그렇게!"

멀리로부터 공중에서 살금살금 헬리콥터가 다가오고 있었다. 그리고 강에서는 범상치 않은 모양의 항공기를 따라 석 대의 경비정이 섬과 이른 시간의 수영객을 에워싸고 있었다…… 츠르니는 날개가 없는 괴상한 물체를 발견하고 요반을 낮은 물가에 내려놓고는, 모래언덕을 따라 달려가 소총을 집어 들고 쏘아대며 날고 있는 허깨비 같은 물체를 기다렸다. 헬리콥터는 멈춰 몸체를 돌리더니 소총의 사정거리를 벗어났고, 섬의 끝자락에서 손에 기관총을 들고 경찰복을 입은 특공대원들이 경비정에서 뛰어내렸다. 요반은 소리를 내지르면서 강 아래를 따라 달려갔다…… 츠르니는 그가 물속으로 뛰어들 때, 두 손을 들어 올리고 있는 모습을, 그리고 물속에 잠기며 사라지고 있는 모습을 보았다. 츠르니가 "요바안! 요바안! 아들아아아!" 하고 그를 부르며 강변으로 달려가기 전에 (물에 빠진 사람들이 보통 이 세상과 작별인사를 나눌 때 그러는 것처럼) 그는 두 번 더 모습을 드러냈다.

강은 마치 그를 잠재우려는 것처럼 편안하고 조용하게 그를 데려가며 요반을 깊은 곳으로 끌어당겼다. 그는 거의 강바닥 근처에서 초록빛 물을 통해, 그들이 섬을 향해 여행하는 동안 소스라치게 놀랐던, 바로 그 하얀 웨딩드레스와 옐레나의 머리에 씌워진 왕관을 목격했다. 마치 그를 이미 오랫동안 찾고 있었던 것처럼, 그 소녀는 그에게 미소를 보내고 손으로 다가오라고 부르는 것처럼 강물 속을 유영하고 있었다. 그는 '옐레나'

라고 말하며 입을 떼었지만, 입으로부터는 목소리 대신 그녀의 이름 모양을 한 공기방울이 나타났을 뿐이었다. 그녀는 그가 말하는 것을 듣지 못했음에도 불구하고 자신의 이름을 '읽어냈고,' (그녀를 그토록 무참히 남겨 두었던) 남편에게로 유영해 와서는 그의 손을 잡고 깊은 곳을 향해 이끌었다. 다시 한 번 함께 있다는 사실에 행복했던 그녀는 유영을 하며 그에게 미소를 보냈다. "비록 물속이긴 하지만, 다시는 서로를 보지 못하는 것보다는 이렇게라도 보는 것이 더 나아," 그녀는 눈짓으로 그에게 말했다. "더 나아, 물론 더 낫지," 요반은 미소를 지으며 그녀에게 확신시켜 주었다. "훨씬 더 낫고말고."

츠르니는 사라진 아들을 따라, 마치 누군가가 영원히 문을 닫아버린 것처럼 뒤섞여버린 강물을 바라보면서 소용돌이가 이는 곳까지 달려갔다. 그는 무릎과 허리까지 차오는 강물 속으로 발걸음을 내디디며 소리쳤다…… 더 이상 헬리콥터와 모래언덕을 따라 줄지어 있는 제복을 입은 사람들에게 관심을 기울이지 않았다. 자신의 아들이 사라진 것이 그들의 잘못이라는 사실을 알고 있었다. 평범한 입버릇이 되어버린 예전의 그 욕지거리를 반복하면서, 그는 소용돌이의 바닥에서 하얀 그 무언가를 발견하고는 물속에 뛰어들어 잠수하여 물 아래로 사라져버렸다…… 프랑스식 베레모를 머리에 쓴 조사관이 나풀나풀 흔들리는 막대기를 잡아당기고 있는 특공대원들을 바라보고 있었다. 막대기에는 메기 잡이를 위한 줄로 된 원통형 용기가 연결되어 있었다. 그들은 무릎까지 닿도록 물속에 발걸음을 내디디며 끈을 잡아당겼고, 강으로부터 커다란 천으로 된 메기잡이용 원통형 용기 속에 '낚인' 사내를 끄집어냈다. 미친 듯이 흥분한 위험스러운 '정신병자'는 강물 속의 포위망을 벗어나려고 애쓰며 몸부림을 쳤지만, 그를 '공기보다 무거운 기계 속에' 집어넣고 헬리콥터가 강 위로 실어 나르는 동안, 눈물을 흘리고 절규하며 또다시 욕지거리를 내뱉는 것 말고는 아무런 일도 할 수 없었다.

"이 빌어먹을 파시스트 놈들, 너희들이 내 아들을 물에 빠져죽게 만들었구나! 너희들이 내 아들을 죽였단 말이다, 이 빌어먹을……," 모터보트가 내는 잡음과 뒤섞이면서 낚인 사내의 목소리가 강물 위로 메아리쳤다. 요반의 첫번째 수영은 마지막이 아니었다. 미래의 어느 날, 정확히는 5월의 어느 날 아침 사람들이 그들을 발견하게 될 때까지, 수년 동안 그와 옐레나는 다뉴브 강을 유영하게 될 것이다…… 하지만, 그것에 관해서는 나중에 이야기하기로 하자.

29. 마르코가 집과 나탈리야와 스스로에게 폭탄을 설치 하다

무릎에 붕대를 감고 화면에 시선을 고정한 채 마르코는 바타의 휠체 어에 앉아서 모래섬에서 츠르니가 체포되는 텔레비전 화면을 바라보고 있 었다. 미숙한 철부지 청년이 물에 빠져 죽는 모습과 메기잡이용 원통형 용기 속에 잡힌 츠르니 그리고 프랑스 베레모를 머리에 쓴 사내의 근심스 러운 얼굴, 그 모두는 요반이 물에 빠져 죽은 그 순간부터 헬리콥터에서 촬영된 것이었다. "저 도둑놈을 어디서 봤더라." 콧수염이 난 그 얼굴을 기억으로부터 떠올리려고 애쓰며 마르코는 스스로에게 물었다.

불안한 듯한 아나운서는 경찰특공대원들의 성과와 '위험스러운 미치 광이이자 정신병자에 대한 재빠르고 효과적인 체포에 대해 감사의 전보' 를 보낸 영화촬영 팀의 커다란 만족스러움을 흥분한 목소리로 시청자들에 게 전달했다. 살인자가 '지속적인 심문을 위해' 정신병원의 특수부에 배치 될 것이라는 보도가 나간 후, 정말 그것이 어떻게 된 일인지에 대해 자신 의 공식적인 의견을 덧붙였다.

"잘 아시다시피, 그는 1942년 나치주의자들이 오늘날 그의 이름이 붙어 있는 정신병원에서 사형시켰던 국민영웅 페타르 포파라 츠르니라고 끊임없이 반복하고 있는 것으로 보아, 이는 정신병에 걸린 사람과 관련된 일인 것이 분명해 보입니다. 살인자와 함께 있었던 젊은이는, 사건 현장으로부터 도망치다가 다뉴브 강의 물살 속에서 실종되었습니다. 현재로서는 신원이 알려지지 않은 그에 대해서, 살인자는 그 익사자가 사람들이 지난 20년 동안을 숨어 지냈던 어느 지하실에서 태어난 자신의 아들 요반이라고 주장하고 있습니다. 끊임없이 그가 반복하고 있는 바에 따르면, 그들은 '민중봉기를 일으켜 파시스트주의자들의 테러로부터 나라를 독립시키기 위해' 지하실에서 나왔다고 합니다. 그는 계속되는 모든 질문들에 답변하길 원치 않고 있으며, 현재 전쟁이 계속되고 있고 게슈타포의 손아귀에 있다고 확신하고 있습니다. '페타르 포파라 츠르니' 병원에서 진행될 자세한 심문 후에, 우리는 그가 어떤 사람인지 알게 되겠지만, 벌써부터 우리는 분명히 어떻게 된 일인지를 확신할 수 있습니다."

마르코는 장애인 휠체어의 바퀴를 굴리며 옆방으로 내달았다. 그는 소니의 얼굴이 그려진 회색빛이 도는 황록색 상자로부터 한 움큼의 다이너마이트를 꺼내 집 안 이곳저곳에 내던졌다. 그는 폭발성을 지닌 그 '막대기'를 방 안 구석에 흩어놓았고, 또 선반 사이에 꽂아놓았으며, 창문, 문, 탁자와 의자 위에 놓아두었…… 나탈리야는 코냑을 병째 들이켜면서 무관심한 듯 미소를 지으며 그를 쳐다보고 있었다. 그는 그녀에게 더 할 말이 없었기 때문에, 그녀는 그에게서 어떠한 설명도 기대하지 않으며 그저 침묵할 뿐이었다. 그녀는 자신들과 함께 집이 공중으로 날아갈 것인지 따위는 전혀 걱정하지 않았다. 심지어는 문에서 벨소리가 들리기 시작할 때까지, 그러한 종말을 그녀가 기뻐하는 것만 같았다. 마르코는 발 위에 놓인 담요 밑에서 권총을 꺼냈고, 가서 누구인지 보라고 고개를 까딱

거리며 그녀에게 명령했다. 정말로 그가 유일하게 두려워하는 것은, 자신을 체포하고, 몇 년 동안 심문하고, 고문하고, 재판하고, 최후에는 아주 치욕스럽게 처형을 하는 바로 그것이었다. "도둑놈들에게 전말을 밝히느니 차라리 그전에 난 자살을 하겠어." 모든 것을 공중으로 날려버리려고 계획을 세우는 동안 그는 지난 밤 나탈리야에게 그렇게 말했었다.

부드럽게 몸을 흔들면서 여인은 문을 열었고 문지방에서 정복 차림의 한 사내를 발견했다. 그는 검붉은 귤로 가득한 조그마한 바구니를 품에 안고 있었다. "나를 위한 거예요?" 그녀는 미소를 지으며 물었다. 정복 차림의 사내는 고개를 끄덕임으로써 그렇다고 확인해주고는, 고개를 숙여 인사를 하더니 가버렸다.

"누가 보내온 거지?" 술에 취해 너무 빨리 늙어버린 여배우는 의아해했다. "한 해의 이맘때쯤 누가 내게 귤을 보냈단 말인가? 이 세상에서 누가 날 좋아하고 있단 말인가? 어떤 실수가 틀림없어…… 마르코, 내가 뭘 받았는지 봐요! 귤이에요!…… 여기 명함도 있어요…… 신이시여, 누가 날 기억한 거죠?…… 나의 바타 이외에 또 누가 날 생각하고 있었느냐 말이에요…… 내 안경 어디 있지? 내 안경을 어디에 숨겨두었어요? 내가 뭘 묻고 있는지 듣고 있어요?!"

마르코는 그녀로부터 명함을 빼앗아 어제까지 그를 위해서라면 아무런 조건 없이 죽을 수도 있었을 그 사람의 메시지를 읽었다. "삶과 일에 있어 당신의 계속된 성공을 바랍니다. 티토"라고 짧막하게 씌어져 있었다.

"티토……," 마르코는 아름다운 글씨체로 된 서명과, 웃고 있는 득의양양한 부인을 번갈아 쳐다보면서 반복해 말했다. 그는 그녀의 손을 잡으려고 애쓰며 그녀에게 다가갔지만, 그녀는 몸을 돌려 탁자 주위로 달아났다. "티토! 티토," 그녀는 스스로에게 박수를 보내며 웃고 있었다. "티토!"

"티토가 당신에게 귤을 보낼 일이 뭐가 있지?!"

"몰라요…… 아마도 그가 연극을 좋아하기 때문이겠죠. 그 역시 젊은 시절에 배우였어요. 그는 '그로피차 마리차'*에서 연극을 했었어요……"

"그가 연극을 좋아한다고? 난 그가 브리유니**의 해안에서 생산된 귤을 누구에게 보내는지 알고 있어! 적어도 난 알고 있단 말이야! 내가 귤을 그의 애인들, 정부들, 창녀들에게 전했거든! 내가 전했다고……! 그가 누구에게 귤을 보내든지 그 사람은 관계를 맺었든지 아니면 관계를 맺게 될 거라고," 그는 귤을 내던지며 소리를 질렀다. 여인은 소니의 얼굴과 '어린이 장난감'이라는 순진한 제목이 씌어져 있는 상자 뒤로 물러나며 웃고 있었다.

옆방으로부터 아나운서의 목소리가 울려 퍼졌다. 그는 계속해서 왜 '정신병자'가 젊은 배우를 살해했고 엑스트라들을 차로 치었으며 유명한 감독의 다리를 부러뜨렸는지를 설명하고 있었다. 그 와중에 그는 '정신병자는 가장 탁월한 유고슬라비아 의사들의 특별한 검진을 받게 될 것'이라고 말했다.

마르코는 그 장소가 어디인지, 어디에서 '정부의 특별한 사건들'에 대한 조사가 이루어지는지 잘 알고 있었다. 그렇게 '심각한 환자들'을 위해서는 도심에 딱 한 군데가 있었다. 마르코가 구출해낼 때까지, 츠르니가 전기고문과 프란츠의 모욕을 받으며 감옥생활을 보냈던 바로 그곳과 같은 곳이었다. 병원과 대단했던 그 작전에 대한 기억이 잠시나마 그를 진정시켰다. "모든 것이 수포로 돌아간 것은 아니군." 그는 속으로 생각했다. 귤즙을 짜내 카펫 위에 흩뿌리면서, 그는 부인을 쳐다보고 말했다.

---

* 크로아티아의 북부에 위치한 도시 바라주딘Varaždin에 있는 극장의 이름.
** 크로아티아 아드리아 해안의 지명.

"가지, 나탈리야…… 준비해. 가잔 말이야!"

"어딜 가자는 거예요?," 그가 또 뭘 계획하고 있는 것인지 놀라며 그녀가 물었다. "어딜 가자는 거예요, 마르코? 가다가 죽게 될 거예요. 다리를 보세요. 당신은 병원으로 가야 해요……"

"병원으로 가잔 말이야," 탁자까지 (휠체어를) 몰며, 그가 중얼거렸다…… 그는 서랍에서 하얀 권총집과 리볼버 권총 그리고 두 개의 폭탄을 꺼냈고, 그것들을 재킷 주머니에 집어넣고는 휠체어의 바퀴를 굴리면서 문 쪽으로 가다가 몸을 돌렸다.

"가지, 나탈리야! 가잔 말이야…… 자 어서……! 날 자동차가 있는 곳까지 데려다 줘…… 무슨 일 있어? 뭘 기다리고 있는 거야? 나탈리야아아," 그는 소리를 질렀는데, 그 때문에 전쟁 직전의 그 옛날의 어느 날 그와 츠르니가 그녀의 열여덟번째 생일을 축하하며 서로를 끌어안고 있던 그 사진이 벽에서 떨어졌다.

30. 20년 전처럼 20년 후에도, 또는 모든 것은 상대적이다, 하지만 어쩌면 그렇지 않을 수도

영사실에서 목발에 의지한 채로, 다리가 부러진 감독 오스카르 불카는 마르코 동지의 회고록에 따라 조잡하게 제작된 위대한 영화 자료를 쳐다보고 있었다. 도시의 악명 높은 나치 사령관인 프란츠와 모여 있던 관객들의 바로 코앞에서, 여배우 나탈리야 조브코브의 1942년 극장 도주를 다룬 '설산(雪山)에 봄이 오다'라는 훨씬 더 유명한 책 가운데 유명한 그 장면이 돌아가고 있었다. 이야기는, 물론 '가공되지 않은 사실을 예술적인 변환에 적합하도록' 만들어진 시적인 장면들로 장식되어 있었다. 감독은 '조금 다르다는 사실을' 알고 있었지만, 삶은 삶이고 예술은 예술이라고 생각했으며 진정으로 그렇게 믿고 있었다. 더군다나 '결정적인 역사적 사건'을 서투르게 찍는다면 끌려가 몇 년 동안 노역을 하게 될 수도 있었다. 이렇게 하는 것이 체면을 손상하는 일인지, 늙어버린 전쟁 전의 영화 편집자는 스스로에게 물었다. 그리고 그의 대답은, 물론 속으로, 완전히 정당하다는 것이었다. "내가 이런 쓰레기를 편집하는 것이 내게 그런 것처럼 그에게도 불명예스러운 일이야. 이 세상에서 모든 것은 상대적이야,

어쩌면 그렇지 않을 수도 있고. 전지전능한 신만이 알고 있고 판단을 내리고 용서를 하시는 거지."

감독은 부상당한 다리가 아파왔지만, '불꽃과 함께하는 시사회'에 티토 동지가 오기로 되어 있는 그다음 해 5월 25일까지는 영화가 완성되어 있어야만 했다. 그는 나탈리야가 애국적으로 극장을 떠나고 난 후, 오토바이를 타고 가는 장면을 바라보고 있었다. 하지만, 마르코 동지의 책과는 무언가가 '조금 달랐다.' 그가 오토바이를 운전하고 있었으며, 그의 뒤에는 나탈리야가 앉아 있었고, 사탄의 무리가 그들을 따라오기라도 하는 것처럼 츠르니가 겁을 먹은 채 몸을 돌려 사이드카에 올라탔다. 츠르니가 잔뜩 겁에 질려 있는 동안, 마르코는 다뉴브 강의 자갈투성이 강변을 따라 돌아가면서 세차게 불어대는 코샤바 사이로 너무나 아름다운 여배우의 목소리를 들으며 미소를 짓고 있었다. 나중에 선별된 그리고 선별되지 않는 많은 언어들로 번역된 대본의 대화는 이러했다:

나탈리야: 사랑해요…… 당신을 사랑해요……
마르코: 뭐라고 말하는 거야, 나탈리야? 뭐라고 했어?!
나탈리야: 아무것도 아니에요……
마르코: 츠르니, 자네 뭔가 들었나?
츠르니: 아니…… 운전이나 해, 마르코! 운전하란 말이야! 독일 놈들이 우릴 따라잡고 말겠어! 우릴 죽일 거라고!
마르코: 겁내지 마! 겁내지 말란 말이야, 츠르니! 나와 함께 있는 동안에는, 그 어느 누구도 자네에게 아무런 짓도 할 수 없으니까!

영화감독은 목발에 기대어 눈을 감았다. 그는 더 이상 그 유명한 장면을 볼 수도 들을 수도 없었다. 그는 너무나 고통스러워 몸을 구부리고는, 숨어서 은으로 된 플라스크에 담긴 보드카를 마시고 있던 늙은 영화 편집자에게 속삭였다.

"츠르니는 민중 영웅인데, 우리 영화에서는 좀처럼 찾아볼 수 없는 겁쟁이로 전락해버렸어…… 우린 그가 영웅으로 묘사된 단 한 장면도 가지고 있지 않군…… 티토 동지가 영화를 금지할 수도 있을 거야."

"우리 모두가 강제노역을 하게 될 수도 있지," 늙은 영화 편집자는 불길한 예감을 확인시켜주고는 다시 술을 마시기 시작했다. 영화감독은 코로 숨을 몰아쉬고 얼굴을 찡그리고는 스스로에게 화가 나서 이를 악물고 속삭였다.

"전쟁영화가 내게 뭐가 필요하다는 거야……"

감독의 뚱뚱한 여비서가 영사실 안으로 허둥지둥 당황하여 뛰어들었고, 불을 켜고는 소리를 내지르며 겁을 집어먹은 감독과 놀란 표정을 짓고 있는 영화 편집자에게로 달려왔다. 마치 영화제작소 전체가 불타기라도 하는 것처럼, 그녀는 손으로 바깥의 무언가를 가리키며 소리를 내질렀다.

"이리 오세요! 와서 좀 보시라고요! 살인자를 체포했어요! 정신병자를 체포했단 말이에요! 그는 정상이 아니에요! 이리 오세요! 이리 오세요……! 마치 메기를 잡듯이 다뉴브 강 속에서 그를 잡았어요!"

옆방의 텔레비전 주위에 모여든 많은 영화 제작진들은 아나운서의 설명과 함께 미친 사내를 체포하는 모습을 쳐다보면서, 첫번째 저녁 뉴스를 경청하고 있었다. 그는 혁명을 일으키고 나치의 범죄자들로부터 나라를 해방시키기를 원했다는 것이었다. 거나하게 술에 취한 영화 편집자는 숨어서 플라스크의 술을 마시고, 입을 닦고, 미소를 짓고는 목발에 기대어 있는 감독에게 속삭였다.

"그게 진짜 이야기라면, 그는 미친 게 아니군요."

"닥쳐, 바보 같은 술주정꾼 같으니," 누가 그의 말을 들은 것은 아닌지 둘러보면서, 오스카르 불카는 쉿 하고 노여움의 소리를 냈다.

늙은 영화 편집자는 뉘우치듯이 어깨를 으쓱해 보이고는 한 번 더 텔레비전 화면의 체포된 사내를 쳐다보았고, 몸을 돌려 발끝으로 걸어서 가버렸다. 영화감독은 걱정스럽고 지친 듯 깊은 한숨을 내쉬었다. 가장 중요한 장면들 가운데 하나를 야간촬영하기 위해 기다리고 있었지만, 그는 이제 영화 내용이 '조금 왜곡되었다'고 속삭이며 말하는 촬영 팀원들의 말에 귀 기울일 힘도 정신력도 없었다. 촬영하고 있는 모든 것은, 모두가 알고 있다시피, 츠르니의 가장 친한 친구였던 마르코 동지의 회고록에 따라 촬영하고 있다는 사실에 위안을 삼고 있을 따름이었다. 어둑한 방을 나오면서, 그는 스스로에게 약속했다. "이것이 나의 마지막 전쟁영화야. 마지막……" 그런데 그는 '마지막'이라는 말에 겁을 먹었는지 몸을 돌리고는, 주문을 거는 것처럼 "오스카, 다신 그런 말 하지 마!"라고 속삭이며 몇 번 침을 내뱉었다.*

---

* 세르비아인들은 주문을 외우고 침을 세 번 뱉으면 자신의 주문이 이루어진다고 믿는다.

31. 페타르 포파라 츠르니를 정신병원 '페타르 포파라 츠르니'에 감금하다

　한때 군 막사이기도 했고 마구간이기도 했던, 오래된 낡은 병원 구내에서, 영화감독 오스카르 불카의 영화촬영 팀은 '주요한 장면,' 즉, '1942년 츠르니의 해방'이라는 장면을 촬영하기 위해 준비를 하고 있었다. 마르코 동지의 회고록에 따라 한 구절 한 구절씩, 정확하고 한 치의 오차도 없이.

　건물 입구에는 '독일 보초들'이 세워져 있었으며, 정원 곳곳에서는 자신의 자리와 작은 역할을 차지하기 위해 감독의 부름을 기다리면서 수많은 '점령군들이' 거닐고 있었다. 격자로 된 창문 너머로, 겁에 질린 채 두려워하며 편집증적으로 화가 나 있는, 대부분은 심각한 정신병자들인—노인들이 그들을 바라보고 있었다. 그들 대부분은 공포심을 느끼며 '독일놈들'을 쳐다보고 있었고, 몇몇은 실내화를 던지고 주먹으로 위협하며 항의하고 있었으며, 커다란 목소리를 가진 단 한 사람만이 '자기편이' 왔다는 사실에 기뻐하며 손을 높이 들어 올리고는 '하일 히틀러!'라고 소리치며 그들에게 인사를 건넸다.

　"조용히 해! 조용히 하란 말이야," 영화감독 불카가 확성기를 통해 소리쳤다. "좋게 말할 때, 조용히 해! 자네들, 일을 하고 싶긴 한 거야?! 밤 시간이 지나고 있잖아! 곧 새벽이 올 거란 말이야!"

제복을 입은 배우들과 철저하게 무장을 한 엑스트라들이 촬영을 위한 마지막 지시를 기다리며 건물 입구 앞에 모여들었다. 영화감독은 정원에 침묵이 흐르고 정적이 감돌 때까지 오랫동안 그들을 바라보고 있었다. 그리고 이내 목청을 가다듬고는 목발에 기대어 몸을 바로 하고, 자기가 말하고 있는 그것을 믿으려고 애써가며 연설을 하기 시작했다.

"남성 그리고 여성 동지 여러분 (몇몇 간호사들이 있었다), 우리는 오늘 밤 중요한 장면들 가운데 하나를 촬영할 것입니다. 우리가 이 장면을 어떻게 완성시키느냐에 따라서, 영화 전체가 잘 마무리될 것이라는 사실을 저는 여러분들에게 말씀드려야만 합니다, 왜냐하면 여러분들이 잘 알고 계시다시피, 이 정신병원에서의 전투의 밤은……"

'정신병원'이라는 그의 말에, 격자 창문 뒤에 있던 환자들이 소리치고, 소란을 피우고, 위협하고, 욕지거리를 내뱉기 시작했다…… 자신이 무엇을 잘못한 것인지 곰곰이 생각하면서, 영화감독은 어리둥절한 채 그들을 쳐다보았다. 한 간호사가 그에게 무언가를 속삭였고, 그는 고개를 끄덕이더니 선택된 어휘들로 계속해서 서론을 이어갔다.

"조용히 하시오! 죄송합니다…… 어쨌든 여러분께서 잘 알고 있다시피, 1942년도의 오늘 밤과 같은 어느 날 밤에 이 의료원으로부터, 마르코 동지는 처음으로 츠르니 동지를 구해냈습니다. '비가 지겹게도 보슬보슬 내리고 있었고, 차갑고 심술궂은 바람이 불었습니다.' (회고록 28장에는 글자 그대로 그렇게 씌어져 있었다.) 츠르니 동지는 지하 감옥에서 태양의 첫번째 빛으로 태어난 도시와 도르촐에 있는 자신의 집을 마지막으로 바라볼 수 있는 새벽을 기다렸습니다. 남성 그리고 여성 동지 여러분, 한두 명의 '의사'와 함께 마르코 동지가 병원장으로 변장을 하고 병원 구내에 들어오지 않았더라면, 결코 그렇게 되지는 않았을 것입니다. 그날 밤 그들은 열두 명의 독일 놈들을 죽이고 거의 모든 나머지 점령군들을 부상시켰습니다. 죽은 자들 가운데에는 악명 높은 프란츠도 있었습니다……"

살해당한 동료를 대신할 새로운 배우 프란츠는 두려워하며 내내 몸을 꼬곤 했다. 영화감독은 그를 끌어안고 어깨를 두드려주었지만, 젊은이는 언제라도 도망칠 준비가 되어 있는 듯 보였다.

"걱정하지 말게. 겁내지 마…… 정신병자를 체포했으니까…… 우리는 준비가 되었잖은가?! 게슈타포의 자동차로 츠르니를 끌고 오는 장면을 찍자는 말이네. 음향! 카메라!"

크레인 안에서 카메라맨이 정문으로부터 병원 계단까지 '갈고리 모양이 그려진' 지프를 쫓고 있었다. 끼익하는 소리 그리고 독일 병사들의 고함 소리와 함께 지프가 멈췄고, 네 명의 가죽 외투를 입은 사람들이 배우 츠르니를 끌어냈다. 회고록에서와 같이 츠르니는 도망치려고 했고, 위협을 가하며 심하게 욕설을 퍼부었다. 적어도 어떤 용감함을 보여주어야 한다고, 영화감독은 속으로 생각하고 작은 한숨을 돌렸다. 죄수를 끌고 가며 매질을 하는 동안, 환자들은 그 폭력에 흥분하여, 병적으로 흥분하여 소리를 지르고 울어댔다. "정말 제대로 잘되어가고 있군. 좋아. 아주 좋아, 아주 좋아," 격자 창문 뒤의 '엑스트라들에' 만족하면서 영화감독은 반복해 말했다. "이거 제일 잘될 것 같군그래……"

그는 '액션'이라고 말하지 못했는데, 왜냐하면 가운데 문으로부터 군인들이 밀집한 중앙으로 이르는 길로 또 다른 지프가 달려오고 있었기 때문이다. 영화감독, 배우들, 엑스트라들 그리고 기술자들이 무슨 일이 벌어지고 있는 것인지—누가 감히 촬영을 멈추게 하는 것인지 쳐다보고 있었다. 병원 입구의 끝 부분에 멈춰 선 이제 막 도착한 지프로부터 '정신병자들이 입는 셔츠를 입은' 꽁꽁 묶인 한 사내를 끌어내리며 네 명의 특수요원들이 뛰어내렸다. 길게 늘어선 사람들을 위협하거나 폭력을 행사하지 말고 그를 건물 안으로 데리고 들어가라고 특수요원들에게 명령을 내리면서, 프랑스 베레모를 쓴 사람이 그들의 뒤를 따라 내렸다. 왜냐하면 '자기(와 같은 이름을 가진) 병원'에 수용될 미래의 수감자가 심한 욕설과 함께 위협을 가하며 격렬하게 도망치려 했기 때문이었다. '진짜 츠르니가' 몸을 돌려 모여 있던 '독일 병사들에게,' '빌어먹을 파시스트'라는 말을 언급하며 욕지거리를 퍼붓는 동안, 엑스트라들 가운데 한 사람이 그에게 침을 뱉고 그를 때리려는 듯 소리치면서 뒤에서 그를 덮쳤다.

"살인자! 범죄자! 네가 우리 동지를 죽였구나……!"

"그래! 내가 그놈을 죽였다! 그리고 너희들 모두를 죽이고 말 테다," 츠르니는 푸른색 제복을 입고 있는 말이 많은 그 사내를 발로 차려고 하며 날카롭게 소리 질렀다.

프랑스 베레모를 쓴 조사관이 권총을 빼서 공이치기를 잡아당기더니 허공에 대고 총알을 발사했다.

"뒤로 물러서! 잠자코 있어! 뒤로 물러서란 말이야!"

미쳐 날뛰는 엑스트라로부터 츠르니를 무기로 보호하면서, 그는 문이 있는 곳까지 뚫고 나아갔으며 문을 열고는 특수요원들이 들어가도록 했다.

"안으로 들어오는 사람은, 밖으로 나가지 못하게 될 거요," 그는 엑스트라들에게 위협을 가하고 문을 쾅 닫았다. 석회암으로 만들어진 긴 복도의 벽에 몸을 기댄 그는 예약된 특진을 받게 하기 위해 정신병자를 끌고 가는 사람들을 바라보면서 기침을 해댔다. 의사들은 의견을 내야만 했는데, 그러지 않으면 사형을 당하든지 죽을 때까지 진찰을 해야 했기 때문이었다……! 그는 목이 막혀 눈물을 흘릴 때까지 기침을 해댔다.

배우 츠르니는 건물 앞에서 한 발짝도 움직일 수 없었다. 소총을 버리고 병원 구내로부터 도망친 배우 츠르니와는 달리, 그는 영화감독에게 반복해서 말하며 서 있었다.

"그는 정말로 날 닮았군요. 마치 나인 것처럼 말이에요. 마치 츠르니인 것처럼 말입니다……"

"널 그렇게 분장했는데, 당연히 닮아야지," 영화감독은 믿을 수 없을 만큼의 유사함이 분장 덕분이라고 겁을 집어먹은 배우(와 자기 스스로)를 납득시키려고 애쓰고 있었다. 그에게 이야기하고 있는 동안, 그는 지팡이에 몸을 기대고 창문을 통해 조사관을 쳐다보고 있었다. 그는 주먹으로 자기 등을 두드리며 기침을 했다. '진짜' 간호사들 가운데 한 사람이 그에게 다가왔고 걱정스러운 듯 물었다.

"왜 파이프 담배를 끊지 않으십니까, 조사관 동지? 그건 니코틴 때문에 일어나는 기침이에요."

"아니오…… 그건…… 파이프 담배 때문이 아니오, 간호사…… 난 …… 난 알레르기가…… 있소……"

"병원에 말인가요, 조사관 동지?"

"아니…… 아니오…… 난 알레르기가 있소…… 독일군 제복에 말이오," 프랑스 베레모를 쓴 사람이 제복을 입고 있는 병원 구내의 엑스트라들과 영화감독을 바라보면서, 그렇게 설명하고 기침을 했다. 영화감독은 지팡이에 기대고 몸을 비트적거리며, 물론 아무도 듣지 못하게 "우리에게 전쟁영화가 무슨 소용이람?"이라고 스스로에게 물으며 촬영장을 벗어나고 있었다.

갑작스레 기침이 찾아오는 것처럼, 조사관은 1942년부터 자신을 고통스럽게 하고 괴롭히는 무언가를 기억했기 때문에 기침이 이내 사라져버렸다. 그에게는 (바로 촬영을 하던) 그날 밤 정확히 무슨 일이 벌어진 것인지 단 한 번도 명확한 적이 없었다. 마르코는 츠르니를 구해냈지만, 츠르니는 나중에 이 병원에서 처형을 당했다. 그렇다면 어떻게 자신이 그를 구해낼 수 있었던 것인가? 회고록에는 그 일이 무척 성공적인 작전으로 묘사되어 있지만 츠르니를 병원에 다시 연행하는 일에 대해서는 단 한마디의 언급도 없었다. 그가 그날 밤 이곳에서 살해된 것이 아니며, 다시 체포되고 돌아갔다는 그 이후의 정보도 없었다. 그 말은 그가 도중에 어딘가에서 죽음을 당했거나, 무언가 제3의 어떤 일이 일어났다는 것을 말한다…… 그리고 모두가 미치광이면서 정신병자라고 생각하는 그 '진짜 츠르니'를 그토록 닮은 이 사내는, "정말로 그렇게 유사한 것은 불가능해. 그가 바로 그 사람이야. 그 사람이 바로 그인데, 어떻게 그일 수 있단 말인가? 그럴 순 없어. 그래, 내가 누군가를 잘 알고 있다면, 그게 바로 그야. 오늘날 살아 있었다면 틀림없이 이렇게 생겼을 거야. 그리고 그가 어떤 지하실을 언급하는 것은, 아마도 정신 나간 얘기가 아님에 틀림없어. 의사의 일은 믿는 것이라지만, 나의 일은 의심하는 것이지. 누군가 그토록 자신을 닮는다는 것은 불가능해," 그는 속으로 생각하고 서둘러 병원을 빠져나갔다.

의심 많은 조사관은 아침까지 국민영웅 페타르 포파라 츠르니의 서류를 뒤적였다. 28번이라는 카드식 목록에 MTZ/010이라는 엄연한 비밀 숫자가 부과되어 있던 그에 대해, 조사관은 증인, 의사, 병원 사람들과 자신이 심문했던 사람들의 진술서를 읽으며 새벽을 맞았다…… 전쟁 전 사진들 가운데 마르코의 집에 대한 수색 승인을 요구하는 결정을 하도록 만든 사진을 발견할 때까지, 그에겐 아무것도 확실한 것이 없었다. 사진에는 츠르니, 나탈리야와 마르코가 서로를 끌어안고서 웃고 있었다. 그 두 남자는 그녀를 쳐다보고 있었고 그녀는 카메라 렌즈 속에 있는 자신의 모습을 쳐다보고 있었다. 가장 친한 친구이자 결혼대부의 여인을 사랑하는 사내가 무슨 짓을 할 수 있단 말인가? 보통의 사내라면 침묵하고 조용히 괴로움을 견뎌내겠지만, 마르코는, 내가 알고 있는 한에서는, 자기 자신에게 그것을 허락지 않을 것이다. 그는 괴로움을 이겨내기 위해 무슨 짓이든 할 것이다. 무슨 짓이든. 정말 무슨 짓이든 말이다.

마르코의 집에 대한 수색 승인은 경찰 최고위층 어딘가에서 내려왔지만, 그럼에도 불구하고 이내 '수색은 앞으로 진행될 붕괴를 막기 위해, 가치 있는 건축물에 행해지는 건축상의 점검처럼 수행할 것'이라는 보충설명이 당도했다.

그 외에 다른 방법은 전혀 없었다.

독자들이여, 그런 일이 벌어지지 않는다면 더 좋았겠지만, 그렇게 될 것이다.

32. 츠르니는 자신이 츠르니라고 주장하지만, 의사는 그가 미쳤다고 주장한다

48시간의 조사가 진행된 후에 츠르니는 말을 하기로 마음먹었다. 그 자리에 있던 '범죄자들' 가운데 그 어느 누구도 제복을 입고 있지 않았지만, 그는 자신이 게슈타포 특수부의 손아귀 안에 있다는 사실을 알고 있었다. "여기에 있는 그 누구도 의사가 아니야. 이 모든 놈들은 독일 놈들을 위해 일하는 썩어빠진 매국노들이야. 그놈들은 피비린내 나는 빵을 먹고 탈이 나고 말 거야. 조만간 그놈들은 대가를 치르게 될 거란 말이야." 그는 탁자 뒤에서 몸을 웅크리고 있던, 근시에다 피곤에 지친 작은 몸집의 의사를 바라보며 생각했다. 하지만 유명한 교수이자 의사였던 오길리칸트 박사는 스무 잔째의 커피를 마시고 여섯번째 담배 상자를 열고 있었다. 그는 만약 필요하다면 이후 한 달 밤과 낮 동안, 이 일을 최후까지 몰고 가기로 마음먹었다. 휴식도 잠깐의 멈춤도 없이 말이다. 필터가 없는 담배 연기 사이로, 그는 백번째 같은 질문을 나직이 반복하고 있었다.

"내가 당신을 잘 이해했다면, 당신은 요 몇 년 동안 지하세계에서 살았다는 말이죠? 20년 이상을?"

"그렇소……" 츠르니는 바닥을 내려다보며 이를 악물고 말했다.

"그토록 오랜 세월 동안 어디에 몸을 숨겼는지 알 수 있을까요?"

"어느 지하실에…… 내 아들은 그 지하실에서 태어났소. 당신들이 그 녀석을 죽였지…… 빌어먹을 범죄자들 같으니……"

"진정하세요, 제발…… 당신은 가능한 한 더 많은 '파시스트 범죄자들을 죽이고 국가의 궁극적인 독립을 위해 민중봉기를 일으키기 위해서' 지하세계로부터 나왔다는 거지요?"

"그렇소……," 구제불능의 그 환자는 확신에 차 말했지만, 의학적으로 그는 모든 점에서 매우 흥미로웠다.

"그것이 당신의 유일한 소망이었나요?"

"아니오, 의사 선생…… 아닙니다……"

"그를 붙잡아…… 당신은 무엇을 더 바랐죠?"

"점령군의 쓰레기인, 당신 같은 모든 매국노들을 죽이고자 했소! 당신들 모두를 이 맨손으로……"

"그를 붙잡으라니까," 의사는 소리치고 벽 쪽으로, 창문이 있는 곳까지 의자를 끌어당겼다.

네 명의 남자 간호사들은, 마지막 결정을 좌우하게 될 그의 공격성의 수위를 확인해가면서, 의자에 묶인 환자를 꼼짝 못 하게 하고 있었다. 의사는 만약 미치광이가 자신을 공격한다면 창문을 통해 뛰어내릴 만반의 준비를 하고 있었다.

"당신이 지금 날 죽일 수도 있다는 거요?"

"아주 기꺼이, 쓰레기 같은 매국노 같으니! 네놈을 잘라 조각내고 싶단 말이야!"

"그를 붙잡아! 그를 붙잡으란 말이야……"

"붙잡고 있습니다, 의사 선생님," 남자 간호사들은 눈으로 보기엔 늙고 병약해 보이는 사내의 믿기 힘든 힘에 놀라며 답했다. 츠르니는 일어나 탁자 쪽으로 다가서며 도망치려고 했다. 츠르니가 그들에게 소리를 지르며 협박하고 있는 동안, "이건 인간이 아니야, 이건 말이야," 흰 가운을 입은 사람들 가운데 한 사람이 말했다.

"너희 모두를 죽여버릴 거야, 빌어먹을 파시스트 놈들! 페타르 포파라 츠르니가 누군가에게 그놈이 죽었다고 말하면, 그놈은 죽은 거야! 난 전쟁 초기에 프란츠를 죽이겠다고 약속했고, 너희들도 내일 그렇게 되겠지만, 그놈은 오늘날 죽었단 말이야!"

"실례지만, 페타르 포파라 츠르니가 누구죠? 누가 츠르니란 겁니까?"

"나다! 나란 말이야, 돼지 같은 나치주의자 놈아! 내가 츠르니란 말이다!"

"당신이 츠르니라고요? 민중영웅인, 츠르니 말이오?"

"그래, 나란 말이야! 이 쓰레기 같은 매국노야!"

"아하…… 당신이 츠르니란 말이군요……" 의사는 결론을 내렸다. 그의 상태가 아주 명확해진 것이다. 역사적으로 유명한 인물들과 자신을 동일시하는 것은 모든 전쟁이 끝난 후 나타나는 '일상적인 질병들' 가운데 하나였다. 아무것도 이상할 게 없었다. 그는 완전히 정상적으로 미친 것이었다.

"그를 데리고 가…… 그를 데리고 가란 말이야……," 오길리 칸트 박사는 명령을 내리고, 전화기가 있는 곳으로 다가가 묵직한 수화기를 들어 올리고는 세 개의 번호만을 돌려 대체 무슨 일이 일어난 것인지를 알릴 필요가 있는 바로 그 사람에게 통보했다. 네 명의 흰 가운을 입은 사람들이 미쳐 날뛰고 있는 사내를 데려가는 동안, 의사는 짧게 내지르는 욕지거리와 위협하는 소리를 들었다.

"빌어먹을 파시스트 놈들아! 네놈들이 내 아들을 죽였단 말이다! 네놈들 모두를 죽여버릴 테다, 이 빌어먹을 놈들! 네놈들 모두를……"

목소리가 희미해지더니 기다란 병원 복도에서 사라져버렸다.

자신이 츠르니라고 상상하고 있는 환자의 상태는 단지 부분적으로만 설명이 가능했으며, 그 문제를 해결할 필요가 있었던 그 사람은 거의 격노하듯이 냉소적으로 의사에게 물었다.

"그가 미쳤다는 것은, 나도 알아. 하지만, 그 사람이 20년을 어디에서 보냈단 말이지? 지금까지 어디에 몸을 숨기고 있었느냔 말이야? 그가 그 지하실에 있었다는 것이 사실이라면, 그 지하실은 어디에 있는 거야? 이 몇 해 동안 어떻게 살아남았던 거야? 누가 그를 보호하고, 숨기고 지원한 거야?"

이 모든 질문들에 대해 의사는 내일이 되면 정확하고 신뢰할 수 있는 답변을 듣게 될 것이라고 약속했다. 하지만 앞으로 계속되는 이야기에서 알겠지만, 내일은 '결코 찾아오지 않을 내일'이 될 것이다. 왜냐하면……

*

……축축한 감방 구석에 몸을 쭈그리고 시멘트 바닥에 앉아, 츠르니가 "요반아…… 아들아…… 요반아……"라고, 마치 어떤 다른 사람의 목소리로 신음하듯 부르고 있는 동안, 어두운 복도 안의 철문 쪽으로 맨홀 뚜껑이 열리며, 츠르니처럼 베오그라드의 모든 지하도로들, 터널들과 배수로들을 알고 있었던 어떤 사람의 머리가 비어져 나왔다. 보일러실로

부터 창문을 통해 안으로 비집고 들어온 마르코가 커다란 여행 가방을 끌고 고통스러운 신음 소리를 내며 감방 문이 있는 곳까지 바닥을 기어오고 있었다.

그는 츠르니가 어디에 있는가에 관한 모든 정보를 의사로부터 개인적으로 얻었는데, 왜냐하면 그가 바로 '모든 것을 알아야만 하는 그 사람'이었기 때문이다.

그는 바닥에 앉으며 자물쇠를 여는 도구로 철제문을 열었다. 츠르니는 몸을 일으키고 그에게 다가가 끊임없이 십자성호를 그으며 물었다. 그는 정말로 자신이 마르코를 다시 보고 있다는 사실을 믿을 수 없었다.

"마르코…… 자넨가, 마르코……? 마르코, 친구……"

"가세, 츠르니…… 가자고, 친구."

"놈들이 자네를 부상 입힌 건가? 자네를 다치게 한 거냔 말일세, 친구?"

"부상을 입혔네, 하지만 어느 누구도 우리에게 아무 짓도 할 수 없어…… 여행 가방 안에 날 넣어가지고 가게. 어서, 울지 마. 무슨 일이야…… 왜 우는 거야?"

"놈들이 나의 요반을 죽였다네, 마르코…… 놈들이 내 아들을 죽였다고……"

"우린 복수를 할 거야, 친구. 그놈들에게 피로 복수를 해줄 거란 말일세."

츠르니가 여행 가방에 담겨 병원으로부터 사라졌던 20년 전과 마찬가지로, 이날 밤도 그러했다. 단지 지금은 츠르니가 맨홀을 통해 보일러실로 옮겨졌으며, 이내 보일러실로부터 나탈리야가 자동차의 짐칸을 열어두고 그 옆에서 기다리고 있는 병원 구내로 옮겨졌을 뿐이었다.

병원 구내에서는 진짜로 전쟁이 벌어지고 있었다. 영화감독 오스카르 불카는 1942년 츠르니의 해방 장면을 계속해서 촬영하고 있었다. 그런데 그 와중에, 영화 촬영의 구도를 벗어난 곳에서 불빛이 없는 자동차가 타이어의 바닥 면만으로 미끄러지며 거의 아무런 소리 없이 멀어지고 있었다.

배우 마르코는 (회고록에 따라) 12명의 독일군 병사를 자동소총으로 쏘아 죽이고 있었으며, 그때 '진짜' 츠르니는 총소리와 수류탄이 폭발하는 소리를 들으며 자동차의 뒷좌석에 앉아 있었다. 지금 전투를 벌이고 있는 사람들이 있긴 하지만, 며칠 후가 되면 자신의 특공대원들과 함께 다시 전쟁에 나갈 것이라고 그는 속으로 마음먹었다. "내가 자식을 데리고 간 것이 실수였어, 아이는 전쟁에 어울리지 않잖아. 그 녀석이 지하실로 돌아가자고 내게 애원했었는데. 그런데도 멍청한 나는 그 녀석의 말을 귀담아듣지 않았지…… 한 번도 그 녀석의 말을 귀담아듣지 않았어…… 에, 요반, 나의 요반, 네게 일어난 일은……"

스스로를 책망하는 동안에도, 그는 어두운 도로를 달려가는 자동차를 운전하는 나탈리야를 바라보고 있었다. 공급이 제한된 전기로 인해 사바 강변, 카라조르제 거리, 칼레메그단 요새와 낡은 성벽에 면해 있는 할아버지의 집이 숨어 있는 듯 모습을 드러내지 않았다…… 그가 우연하게라도 어느 순간 창문을 통해 문화센터 앞에 서 있는 자신의 동상을 보았다면, 자신의 이름, 태어나고 사망한 날짜를 읽었을 것이다. 태어난 것은 그가 알고 있었지만, 1942년에 사망한 것은 알지 못했다. 그리고 또 다른 어떤 것을 그는 알지 못했다. 도시는 어둠 속에 잠겨 있었는데, 왜냐하면 '닳아빠진 설비들이 전기 충격을 견디지 못했기 때문이었다.' 그런데 그게 무엇을 의미하느냐? 그것은 그가 아들 요반에게 "아들아, 진정한 전기공이 없기 때문이란다. 내가 베오그라드의 전기를 책임지고 있을 때에는 어둠이란 것이 없었단다. 전구 몇 개가 타버릴 수는 있었지만 말이다. 봐라, 훌륭한 전기공이란 것이 무엇을 의미하는지를 보고 있지 않니"라고 말했을 것이라는 것을 의미한다. ―그는 가엾은 그 젊은이가 자신과 함께 있었다면, 그에게 왜 어두운가를 자신이 알고 있다고 말했을 것임에 틀림없었다.

하지만, 죽음이 가깝고 소중한 사람들을 영원히 헤어지게 한다고 생각하는 사람들은 잘못 알고 있는 것이다. 미래의 어느 날, 츠르니는……하지만, 그것에 관해서는 나중에 이야기하기로 하자.

33. 할아버지의 집이 할아버지 그리고 지하실 사람들과 함께 폭발하다

오랜 땅속 지하실에서의 체류 생활은, 그날 밤, 보다 정확히는 새벽녘 동이 틀 무렵, 이상하리마치 빠르게 끝이 나버렸다.

츠르니가 '밖에서의' 생활과 '나치주의의 범죄자'들에 관해, 자신이 프란츠를 어떻게 죽였는지에 대해, '더러운 냄새를 풍기는 점령군' 10여 명을 어떻게 짓밟아주었는지, 어떻게 그들이 자신들을 뒤쫓고 아들 요반을 죽였는지, 그들이 어떻게 자신을 체포하고 그 정신병원에 감금했는지, 그리고 그 병원으로부터 어떻게 또다시 친구 마르코가 자신을 구해주었는지, 도시가 얼마나 지독스러운 어둠에 갇혀 있고 '파시스트의 돼지 새끼들이 사방에 깔려 있는지'에 대해 이야기를 늘어놓는 동안, 탄압, 고통 그리고 괴로움에 도대체 끝이 있기는 한 걸까, 라고 속으로 물으며, 지하실 사람들은 그를 쳐다보면서 귀를 기울이고 있었다. 기다란 흰 소매를 흔들어대며, 정신병자들이 입는 셔츠를 입고 있던 지하실의 영웅은 그들에게 끝이 있을 것이라고 말했다. 지하실에서 나가게 될 어느 날, 모든 사람들이 무기를 손에 들고 강도들과 범죄자들을 공격하게 될 것이라고. 그는 그렇게 될 것이라고, 반드시 그렇게 될 것이라고 반복해 말했고, 사람들이 애도를 표하며 옐레나가 '요반의 뒤를 따라갔다는' 사실을 그에게 알리자 그는 소매로 눈물에 젖은 두 눈을 닦아냈다…… "모든 것이 내 잘못이야. 내 잘못이라고. 내 잘못이야…… 내가 내 아이를 죽인거야…… 왜 날 죽이지 않은 거지…… 무슨 짓을 한 거냐고, 난 너무나 힘들단 말이야……"

그가 아들과 옐레나의 집 주위를 돌며 울고 있는 동안, 사람들은 아무 말없이—땅바닥을 내려다보며 그의 뒤를 따랐고, 여인네들은 나직이 흐느끼고 있었으며, 지하실 바로 위 집 안에서는 마르코가 비상시에 사용되는 건설용 트럭을 닮은 이상스러운 자동차들이 집을 에워싸고 있는 모습을 살짝 열린 창문을 통해 지켜보고 있었다……

많은 수의 건축업자들 사이에서 프랑스 베레모를 머리에 쓴 사람을 발견했을 때, 그는 그들이 왜 온 것인지를 알아챘다.

"저놈은 30년 동안 날 따라다니고 있어. 지겹지도 않은 건가, 빌어먹을 놈. 등 뒤에서 우리들에게로 살금살금 다가왔을 때, 전쟁 기간 동안 그 놈을 제거해버리자고 츠르니에게 말했었지. 가지, 나탈리야…… 가자고!"

"무슨 짓을 하는 거예요?" 여행 가방을 짐 운반용 엘리베이터 쪽으로 끌고 가면서, 여자가 그에게 물었다. 마르코는 소니의 얼굴이 그려진 상자에 묶인 다이너마이트 가운데 하나에 불을 붙이고 있었다.

"저 베레모를 쓴 놈의 대갈통을 날려버릴 거야, 빌어먹을 도둑놈 같으니," 그는 누런 이 사이로 욕지거리를 뱉어내고, '고고학자들이' 요새의 성벽과 할아버지의 집 주위를 측정하고 있는 모습을 한 번 더 창문을 통해 바라보았다. 그는 엘리베이터가 있는 곳까지 운반대의 바퀴를 굴리고 안으로 들어가서는, "내려!"라고 명령을 내렸다. "가지, 나탈리야! 가잔 말이야!"

그들 두 사람이 벽의 파괴된 곳을 통해 지하실로부터 도망치면서 요새의 터널 가운데 한곳에서 몇 달 동안 그들을 기다려왔던 자동차를 집어타고 집과 도시와 나라를 벗어나는 동안, '역사적인 건축물에 대한 일상적 점검'에 관해 이야기를 늘어놓을 준비가 되어 있던 프랑스 베레모를 머리에 쓴 사람이 대문의 초인종을 눌렀다…… 하지만 그가 주먹으로 문을 두드리고 난 후에도 아무런 응답이 없었다. 바로 그때 또 다른 '고고학자'가 달려와 '스스로를 츠르나라고 소개하는 그 정신병자'가 병원에서 사라졌다고 조사관에게 알렸다…… "그런 거로군! 자! 부숴!"

"뭘 부숴야 하죠?" 일꾼 복장을 하고 있던 경찰들이 겁을 집어먹은 채 그에게 물었다. 그렇다고 하더라도 어쨌든, 마르코의 집이었기 때문이었다. 만약 조사관이 실수하고 있는 거라면, 이 습격은 목숨이라는 대가를 지불해야 하는 일이었기 때문이었다…… "부숴버려," 프랑스 베레모를 머리에 쓴 사람이 다시 소리치고는 발로 잠겨 있지도 않은 문을 맨 먼저 걸어찼다. 그는 조금 놀랐지만, 집 안에, 말하자면 지하실 안에 무엇이 있는지 알고 싶었기 때문에 맨 먼저 거실 안으로 달려들었다. 그 자신이 재수 없게 속았다는 사실을 깨닫는 데는 찰나의 시간만으로 충분했다. 왜냐하면 바로 그 순간 첫번째 상자, 그리고 두번째, 세번째 상자를 날려버린 다이너마이트가 심지까지 타들어갔기 때문이다…… 집 윗부분에서의 폭발은 지하실 안의 무기창고로 옮겨갔다.

무시무시한 폭발음이 칼레메그단 인근을 뒤흔들었다. 후에 이때 일어났던 모든 사건을 숨기며, 이 일이 '요새의 터널 가운데 한 곳에서 구멍 뚫린 가스관을 수리하던 인부들의 부주의와 일산화탄소에 붙은 불꽃'에 의한 것으로 공식적으로 설명되었다. 그 폭발은 지하실의 기반에 이르기까지 집을 송두리째 날려버렸다.

*

　콘크리트 기둥 아래로 먼지가 내려앉았을 때, 무너진 집과 비명횡사한 지하실 친구들을 바라보며 목숨을 건진 츠르니만이 자리에서 일어났다. 그는 집이 있었던 자리에 생긴 구멍을 통해 들려오는 소리를 듣고 있었다. 그는 폭격기의 폭탄이나 엄청난 구경의 포를 가진 탱크의 포탄이 집을 날려버린 것이라고 생각하며, 분명히 '데벨라 베르타'*였다고 파시스트들에게 욕을 퍼붓고는, 정신병자들이 입는 셔츠의 소매를 걷어 올리고 터널 벽의 구멍을 통해 달아났다.

　"만약 그래야만 한다면, 혼자서라도 싸울 테다. 혼자서라도 싸우겠다고, 이 빌어먹을 파시스트 놈들아! 혼자서라도! 홀로 태어났으니, 홀로 죽을 테다. 하지만 산 채로 날 붙잡을 수는 없을 게다! 결코 더 이상은! 결코 더 이상은 말이다," 땅 속으로 나 있는 구불구불한 터널을 달리며 그는 스스로에게 다짐했다.

　그리고 그렇게, 정신병자들이 입는 셔츠를 입은 사내가 지상 위에 또다시 나타날 때까지 수년의 세월이 흐를 것이다. 대낮의 햇빛 또는 밤의 달빛이 있는 곳으로 나오려고 애를 쓰면서, 그는 끝이 없는 지하의 도로를 헤맬 것이다. 그리고 그날 아들이 물에 빠져 죽지 않았다고, 그리고 아들을 찾을 수 있을 것이라고 점점 더 확신하며, 그는 끊임없이 지하도로의 교차로에 멈춰 서서 아들 요반을 부를 것이다. 평범하고 정상적인

---

* 콘크리트 건물을 파괴하는 데 쓰인 제1차 세계대전 당시의 독일제 대포.

사람이라면 결코 믿지 않을 테지만, 츠르니는 평범하지도 정상적이지도 않았다. 그는 그러한 평범한 사람이 아니었기 때문에, 불가능한 기적이 그에게 일어날 수도 있는 일이었다.

"어쩌면 할아버지의 집, 할아버지, 그리고 지하실 사람들과 함께 내가 폭발해버렸더라면 더 좋았을 텐데. 어쩌면 그러는 편이 더 좋았을 텐데." 습기 차고 축축한 터널 벽에 기대어 앉은 채로, 그는 몇 번이고 스스로에게 물었다. "하지만 내가 누군가에게 도움이 될 수 있도록 그 누군가가 나를 분명히 구해냈을 거야. 우연이란 것은 없어. 운명이 내가 지하실 속에서 죽기를 바랐다면—난 죽었을 거야. 이렇게 말이야, 항복은 없어. 계속해서 가는 거야, 츠르니. 계속해서 가는 거라고……," 그는 반복해서 말하고 스스로의 어깨를 붙잡고는, 계속해서 걷기 위해 바닥에서 일어났다. "분명히, 어딘가에서 요반이 날 기다리고 있어. 그 아이가 날 기다리고 있는데, 내가 앉아 울고만 있다니. 자, 가자 츠르니. 가자고…… 어서 가자……"

제3부 하늘을 뚫고 빛이 나타나다. 사랑스러운 어머니, 무엇이 빛나고 있단 말인가요?!

34. 사람에 따라서 행복하기도 한 1992년 새해

자정이 되자 베를린과 정신병원의 하늘 위에서는 폭죽에 의해 다양한 색들이 퍼졌다. 도시는 성공적인 한 해의 끝과 분명히 새롭고 더 나은 한 해의 시작을 축하하고 있었다.

즐거움에 들뜬 이 밤에 당직을 서고 있던 두 명의 의사는 병원의 격자 모양 창문을 통해 정원 안에서 벌어지고 있는 이상한 장면을 바라보고 있었다. "이보게, 이건 정말 믿을 수 없는 일이군. 그래, 친구, 자네 말이 옳아." 그들은 병원 환자들로 '장식되어 있는' 키가 큰 소나무를 바라보면서 속삭였다.

환자들은 나무 기둥을 타고 올라가 불이 켜진 양초와 셀로판에 싸인 사과를 들고 마치 장식품처럼 가지들마다에 가지런히 자리를 잡고 있었다. 나중에 알게 된 일이지만, 그것은 스트린드베르그의 연극 「아버지」의 무대에서 자신의 정부(情婦)와 그녀의 애인을 살해함으로써 병원에 수용된 극장의 전 감독 피테르 쇼슈 교수가 제안하고 실행하도록 만든 '이상적인 해결책'이었다. 판단력은 오래전에 그를 떠났지만, 감독직에 대한 희망과

'연극작품을 만들고자 하는' 희망은 단 한 번도 버린 적이 없었다.

장엄한 신년의 소나무 아래에는, 대마처럼 기다란 턱수염이 자라 있었으며 거의 완전히 대머리가 되어버린, 마치 애원이라도 하는 듯 손을 높이 들어 올리고 멍청하게 땅바닥을 바라보고 "소…… 소니…… 소…… 소니…… 소니……"라고 같은 말을 반복하는 노인 이반만이 서 있었다.

좀더 젊은 의사이자 유고슬라비아에서 온 피난민인 카를로 슈타이네르가, 잿빛이 도는 머리칼을 하고 있는 진지한 표정의 독일계 동료를 웃기려고 무엇인가를 말했다.

"내가 얻은 정보로는, 이반은 죽었어."

"그렇다면 상태가 좋은 거로군…… 누가 자네에게 그가 죽었다고 말했지?"

"유고슬라비아 영사관 사람들이. 그들의 정보로는 1941년 베오그라드 폭격으로 그가 사망했다는 거야. 동물원의 관리인으로 말이야," 의사 슈타이네르는 농담을 하지 않으려고 애쓰며 이야기했다. 그리고 그는 노인 이반이 어떻게 러시아 트럭을 타고 유럽의 지하 터널을 통해 베를린에 도착했는지를 끊임없이 반복해서 말하고 있다고 덧붙였다. "그가 내게 무엇을 그려주었는지 보게. 한번 보란 말일세."

그는 끝없이 뒤죽박죽된 미로처럼 많은 선들이 그려져 있는 종이 다발을 탁자로부터 들어 올렸다. 그 선들 사이에 도시들이 씌어져 있었다. 베오그라드, 비엔나, 프라하, 로마, 취리히, 베를린……

"알고 있네." 병원 책임자가 말했다. "내게도 그걸 그려주었으니까…… 만약 그가 인디언이었다면, 그는 '탐닉하고 있는 사람'이라고 불렸을 거야."

"우리가 같은 나라 출신인지 의심스러울 정도로, 그는 내게 믿기지 않는 이야기를 했다네. 그가 말하길, 20년 동안 어떤 지하실에서 살아왔다는 거야."

"난 그를 믿네. 슈타이네르. 그를 믿는단 말일세. 왜 믿지 않겠는가. 공산주의가 지하실이 아니라면 대체 뭐겠어……? 난 다음 주에 포르투갈로 휴가를 떠나네. 그에게 물어보게, 어쩌면 그가 어떤 훌륭한 지하도로를 알고 있을지도 모를 일이니까. 그리고 소나무에서 '장식품들'을 떼어내게, 떨어지지 않도록 말이야. 그러지 않으면 산산이 부서져 떨어질 게야 …… 행복한 새해를 보내게!"

책임자는 난민의 등을 두드리고는 다시 한 번 장식되어 있는 소나무를 바라보았고, 무언가를 말하려고 하다가, 이내 마음을 고쳐먹고 빠르게 사무실을 떠났다.

자기 나라에서의 '폭죽'을 추억하면서 베를린 하늘 위의 폭죽을 바라보는 동안, 의사 슈타이네르는 손을 높이 쳐들고 10여 명의 술에 취한 젊은이들이 익숙한 인사말을 큰 소리로 외치며 병원 출입문 쪽으로 다가오는 모습을 바라보고 있었다. 그들은 병원 구내의 '장식되어 있는' 나무를 쳐다보고 눈물을 흘릴 정도로 웃음을 터뜨렸다. 한 사람이 눈뭉치를 던져 가장 높이에 있는 '장식품'을 맞히자, 커다란 목소리를 가진 나머지 신나치주의자들이 그의 뒤를 따랐다. 환자들은 그 모든 것이 장난이라고 생각하면서 두려워하지도 않은 채 그들을 바라보았다. 노인 이반은 소리를 지르며 달아났다. 그는 눈뭉치를 피해 병원 안으로 뛰어 들어갔다.

몇몇 나이 든 행인들이 술에 취한 젊은이들의 놀이를 지켜보고 있었다. 그들은 자신들이 잊어버리지 않은 나날들을 기억해냈다. 머리에 검은 중절모를 쓴 좀더 나이 든 사람이 누군가 자신의 말을 듣지는 않을까 주의를 기울이며 침을 뱉고 속삭였다.

"돼지 같은 나치주의자 놈들……"

이반은 의사 슈타이네르의 사무실 안에서 두 시간째 울고 있었다. 단지 그는 마음을 진정시킬 수 없었던 것이다. 그는 무언가를 말하려고 애쓰며 울고 있었지만 그 얼마 안 되는 말조차 그는 할 수가 없었다. 의사는 그를 끌어안고 소파가 있는 곳으로 데리고 가서는 앉을 것을 권하고, 의자를 끌어당겨 양다리를 벌리고 서서는 1,000살은 되어 보일 듯한 사내의 늙은 얼굴을 빤히 쳐다보았다. 그리고 나직이, 가능한 한 낮은 목소리로 그에게 물었다.

"왜 울고 있는 겐가, 이반? 왜 울고 있느냔 말일세?"

"지…… 집에…… 가…… 가고…… 시…… 싶어…… 유…… 유…… 유고…… 유고슬라비아에…… 사…… 삼십…… 년…… 도…… 동안…… 모…… 못 갔어……"

"거긴 전쟁 중이야, 이반. 끔찍한 전쟁 말이야. 난 그 전쟁을 피해 도망쳐 나왔어. 나의 도시는 완전히 무너져버렸다고. 모스타르*는 더 이상 존재하지 않아."

"저…… 전쟁……이라는 거…… 아…… 알아……"

"하지만, 이반, 2차 세계대전이 아니야. 내 말 듣고 있는 거야, 이반. 그 커다란 전쟁은 1945년에 끝났다고. 지금 우리 나라에는 우리들만의 전쟁이 벌어지고 있는 거야…… 내가 무슨 이야기를 하고 있는지 이해해?"

"그…… 그런데…… 기…… 길거리에…… 이…… 있는…… 이

---

* 보스니아에 위치한 도시의 명칭. 치열했던 보스니아 내전으로 유명한 모스타르의 다리가 파괴되었다.

…… 나치주의자들은?"

"그놈들은 술에 취한 바보들이라고……"

"다…… 당신은…… 나…… 나에게…… 거…… 거짓말을…… 하고 …… 있어…… 다…… 당신은…… 도…… 독일 놈들을…… 위 …… 위해…… 이…… 일하고…… 있잖아? 도…… 독일 놈들을…… 위…… 위해…… 이…… 일하고…… 있는…… 거야?"

"일하고 있어, 이반. 그래, 일하고 있다고. 하지만 그 전쟁에서의 그 독일 놈들이 아니야. 다른 방법이 없군, 스스로 납득하도록 병원으로부터 데리고 나가는 수밖에," 의사 슈타이네르는 마음을 먹고, 상의를 벗은 후 코트를 걸치고, 노인 이반에게 기다란 털 코트를 내밀었다.

"자, 가세 이반…… 가자고."

"어…… 어디로…… 가…… 가는 거야?"

"뭘 좀 보려고. 하지만, 친구로서, 내게 약속을 해줘야 해, 도망치려고 하지 않겠다고 말이야. 만약 자네가 도망간다면, 난 직장을 잃게 될 거야."

"무…… 무엇을…… 보…… 본다는…… 거지…… 의사 양반?"

"밖에서 전쟁이 일어나고 있지 않다는 것을 보는 거야, 이반. 그리고 내가 자네의 친구란 것도."

모스타르에서 온 난민 의사 슈타이네르는, 그렇게 이반의 손을 붙잡고 병원으로부터 새해를 맞은 베를린의 밤 속으로 그를 데리고 갔다.

*

그들은 상점들의 진열장과 레스토랑의 문 앞에 멈춰 서가며 새벽이

올 때까지 걸었다. 이반은 주기적으로 손을 들어 올렸고, 그러고 나서는 털 코트에서 손을 내뻗으며 한 벤치에 꼬꾸라지듯 쓰러졌다. 그리고 울기 시작했다. 그는 무릎 사이에 고개를 파묻었다. 그리고 그렇게 마치 존재하지 않는 것처럼 웅크리고 있었다. 그리고 그는 흐느껴 울었다.

"그들이…… 우리에게…… 거…… 거짓말을 했어……"

"누가 당신들에게 거짓말을 했다는 거야, 이반? 누가 당신들에게 거짓말을 했지?," 그의 머리를 들어 올리려고 애쓰며 의사가 물었다.

"그들이…… 그들이……"

"어떤 '그들' 말이야, 이반?"

"그…… 나의…… 형…… 마…… 마르코…… 그…… 그리고…… 그…… 그의…… 부인…… 나…… 나탈리야……"

"그들이 자네에게 어떤 거짓말을 한 거지, 이반?"

"모…… 모드…… 모든 것을…… 우리에게…… 거…… 거짓말을 했다고오오오오오!"

"모든 것을," 그는 소리쳐 반복해 말하고 벤치에서 뛰어내려 조그마한 공원을 가로질러 도망쳤다. 의사 슈타이네르는 비틀거리고 있는 사람들의 무리 속에서 지하 주차장의 입구 속으로 사라져가는 그의 모습을 보았다. 그는 사람들 사이를 뚫고 그들에게 용서를 구해가면서, 그의 뒤를 쫓아 뛰어갔다. 그는 소리를 질러 이반을 붙잡으려고 했지만, 노인은 땅속으로 몇 층이나 아래로 내려가 있는 구부러진 터널 속에서 사라져버렸다. 부서지며 누군가의 비웃음처럼 되돌아오는 자신의 소리에 귀를 기울이며 터널을 달리면서 그를 불렀다. "신이시여, 그가 대체 무슨 짓을 한 겁니까? 난 직장을 잃고 말 겁니다. 만약 그가 어리석은 짓이라도 한다면, 만약 그가 누군가에게 상해라도 입힌다면, 아니…… 살해라도 한다면, 날 감옥에 가둘 거예요…… 이반! 이반!," 이반의 길을 가로막을 심산으로, 그는 철제계단 아래에서 다리를 다쳐가며 소리쳤다. "이반! 돌아와! 도망가지 않겠다고 내게 약속했잖아! 이반!"

*

그들이 거짓말을 했다고 되뇌면서, 이반은 오래전에, 아주 오래전에 버려진, 그를 베를린으로 데려다 주었던 낡은 러시아 트럭 옆을 달려가고 있었다. 그는 명확하지 않은 군대의 표식을 닮은 화살표를 발견했다. 그리고 금속성의 푸른색 유성페인트로 씌어진 몇 개의 숫자도 발견했다. "이쪽이군." 그는 속으로 생각하고 자신에게 익숙한 것 같은 터널 안으로 몸을 돌렸다.

그는 의사가 자신을 부르며 멈추라고 애원하는 소리를 들었지만, 병원으로 돌아갈 생각이 없었다. "난 미치지 않았어, 난 속임을 당한 사람이라고. 난 미치지 않았어…… 그렇지 않아, 그렇지 않단 말이야……," 몸을 돌리면서 그는 반복해 말했다. "정신병자들에게는 정신병원이 어울리는 장소지만, 속임을 당한 사람들에게는…… 속임을 당한 사람들에게는 그…… 그곳이……," 그는 속임을 당한 사람들이 가야 하는 장소가 어디인지를 알지 못했다.

"참으로 지겨운 사람이군. 의사 선생, 뭘 원하는 거지?" 그는 말을 더듬거리며, 헐떡이고 있는 땀으로 범벅이 된 그에게 물었다. "뭘 원하는 거야?"

"병원으로 돌아갑시다, 이반…… 난 일자리를 잃게 될 거요……"

"그…… 그러지…… 의사 선생…… 하지만…… 단지…… 다……

당신에게…… 무…… 뭔가를…… 보…… 보여주고…… 시…… 싶소
……"

"내게 뭘 보여준다는 거지, 이반? 무엇을," 의사 슈타이네르는 터널
벽에 몸을 기대고 여전히 계속 뛰고 있던 심장을 움켜쥔 채 숨을 헐떡거
렸다. "이보시오, 무엇을 내게 보여준다는 거요? 이미 충분히 내게 보여
줬잖아……"

"다…… 당신에게…… 지…… 지하의…… 도로를…… 보…… 보
여줄 거요…… 다…… 단지…… 그…… 그것……뿐이오…… 그러고
나서…… 우리는…… 벼…… 병원으로…… 돌아갈 겁니다……"

"정말?"

"저…… 정말로," 이반은 약속하고는 의사에게 손을 내밀고 어디로
가야 할지 아는 것처럼 먼저 몸을 움직였다. "신이시여, 그보다도 난 더
미쳤습니다." 의사는 속으로 생각하고 비트적거리는 노인의 뒤를 따라갔
다. 왜냐하면 완력으로는 그를 병원으로 데리고 갈 수 없으며, 그 없이는
돌아갈 수 없었기 때문이었다. "난 직장을 잃게 될 거야, 아니면 날 가두
고 치료를 하겠지, 왜냐하면 미친놈을 믿는 그 사람 자신도 정상이 아니
니까 말이야."

*

그들은 쉽고 간단하게 지하세계로 들어가긴 했지만, 그곳으로부터 돌
아오지는 못했다. 몇 날 며칠 동안을, 몇 주 동안을, 몇 달 동안을 걷고
또 걸었다. 해진 신발을 전깃줄로 감고 있는 동안, 적어도 의사 슈타이네
르에게는 그렇게 느껴졌다. 좀더 넓은 도로를 향해 방향을 트는 사람의

굽은 그림자를 뒤쫓으며, 그는 면도를 하지 못해 더러운 몸과 불타오르는 불안정하고 경멸하는 듯한 시선으로, 이해하기 힘든 숫자와 화살표 그리고 석회로 씌어져 있는 문자들을 해독하려고 애쓰고 있었다. "이반," 왜 자신이 그를 부르고 있는 것인지 알지 못한 채 그는 소리쳤다. "어디로 가려는 거야, 이반? 어디로 가는 거냐고, 이 바보 같은 놈아?!"

"의…… 의사 선생!…… 이리…… 이리 오시오!…… 이리…… 이리 와서 보시오! ……이리 오란 말이오!"

"뭘 보라는 거야……," 모스타르 출신의 난민이 이를 악물며 말하고는, 고약한 냄새가 풍기는 커다란 웅덩이를 건너뛰었고, 지상의 그것과 아주 흡사한 도로로 나섰다. 도로는 그들이 왔던 터널과 달리 고속도로를 떠올리게 했다. 침식된 도로는 곳곳에 구멍이 나 있었는데, 적어도 넓이가 10미터에 달했다. 읽기 쉬운 글자로 나라의 이름들이 씌어진 표지판을 단번에 발견했다. 이탈리아, 프랑스, 스페인, 오스트리아…… 유고슬라비아라는 이름 위에는 누군가가 잔뜩 화가 났는지 줄이 그어져 있었다. 터널 천장에 나 있는 틈새를 통해 약하게 깜박거리는 어슴푸레한 빛이 길을 잃은 두 남자를, 죽을 만치 피곤에 전 여행자를 비추며, 새어 들어왔다. "별것 아니로군." 의사는 한숨을 내쉬고 마치 세수를 하는 것처럼 머리를 불빛 아래로 들이밀었다. 이반은 곁눈질로 위쪽을 쳐다보았다.

"다…… 달빛이군……"

"태양이야. 태양," 의사가 말했다.

"다…… 달빛……이야……"

"태양이라니까, 이반! 태양이라고!"

"아니…… 아니야…… 의사 선생!…… 다…… 달빛……이야……"

"당신은 미쳤어, 이반! 당신은 미쳤다고! 당신과 함께 길을 나섰으니

난 더욱 미친 거고! 난 더 미친 거란 말이야!"

"그…… 그래…… 그렇군…… 의사 선생!"

그들이 금방이라도 서로를 치고받을 것처럼 말싸움을 하고 있는 동안, 지하도로에 윙윙거리는 소리가 울려 퍼졌다. 처음에 그들은 그 소리가 어딘가 위로부터 들려온다고 속으로 생각했는데, 이내 그들 앞에 요란한 소리를 내며 희미한 불빛이 나타났다. 잠시 후, 깜짝 놀란 의사 슈타이네르 앞에 'UNPROFOR'*라는 표시를 단 하얀색 트럭이 멈춰 섰다. 운전석에서 위장 철모를 쓴 운전사의 머리가 비어져 나왔다. 오랜 시간이 지났지만, 이반은 또다시 두 손을 들어 올렸다. "이 사람은 군인이로군." 그는 속으로 생각하고 악랄하게 자신을 속이기라도 했다는 듯이 의사를 쳐다보았다. 운전석 뒤 덮개가 없는 트레일러 안에 쪼그리고 앉아 있는 스무 명 남짓한 사람들을 발견했을 때, 그의 두려움은 공황 상태로 변했다. 30년 전, 베를린의 정신병원에 도착했을 때 만났었던 그 불쌍한 사람들과 거의 흡사했기 때문이었다.

트럭 운전사도 지하의 여행자들을 어리둥절한 듯 쳐다보았다. 하지만 그는 그들을 만난 것이 짐짓 평범한 일이라도 되는 것인 양 행동하며, 그들에게 물었다.

"실례합니다, 이탈리아로 가는 길이 어디 있는지…… 아십니까?"

"이탈리아로 가는 길이라," 운전석 문을 붙들고서 의사가 되뇌어 말했다.

"이탈리아로 가는 길 말입니다. 방향을 틀어야 할 곳을 그냥 지나쳤습니다. 우리는, 저기, 오스트리아를 향해 출발했습니다. 어딘가에서 실

---

* 1992년 2월부터 1995년 12월까지 구유고슬라비아 지역에서 활동한 유엔보호군.

수를 했지만요……"

"모릅니다, 선생. 우리는 며칠 동안을, 몇 주 동안을 헤매고 있거든요……"

"어디로부터 오시는 길이십니까?," 두 손을 들어 올리고 있는 수상쩍은 사내를 쳐다보면서, 운전사는 흥미로움을 느꼈다.

"베를린으로부터요," 의사가 영어로 대답했다. 이반은 그들이 무슨 이야기를 나누고 있는지 이해하지 못했지만, 베를린이라는 말과 조금 전에 이탈리아라는 말을 알아들었다.

"그런데 어디로 가시는 길입니까? 어디를 향해서 도보로 출발한 것입니까?"

"아무 데도 아닙니다, 선생. 이…… (그는 정신병자라고 말하고 싶었지만 생각을 바꿨다), 이 사람이 내게 지하도로에 관해서 이야기를 해줬는데, 나는 믿지 않았습니다. 그리고 내가 확인했을 때에는, 이미 늦어버렸지요. 우리는 되돌아갈 길을 이젠 알지 못했으니까요……"

"아하," 운전사는 고개를 끄덕이고 나서 담배에 불을 붙이고는, 트레일러 안의 사람들을 힘없이 쳐다보았다. 그들은 소리를 질러대며 말싸움을 하고 있었다. "조용히 해!" 그는 소리쳤다. "조용히 하란 말이야!"

"이 사람들은 누굽니까?" 두려워하며 의사가 그에게 나직이 물었다.

"보스니아인들입니다. 난민들이죠. 그들을 이탈리아로 데려가고 있는 중입니다. 파도바에 있는 난민촌으로."

"우리 두 사람이 당신들과 함께 갈 수 있을까요?" 트럭을 타고 머지 않아 다시 지상의 세계를 보게 될 수 있을 것이란 희망을 품으며 의사가 애원했다.

"가능하죠, 돈만 낸다면. 그들도 돈을 지불했소."

"얼마를요?" 주머니 속에 겨우 담배를 살 정도의 돈만을 가지고 있다는 사실을 스스로 알고 있었음에도 불구하고 의사가 물었다.

"일인당 500마르크요."

"일인당 500마르크라고요? 선생, 제발……"

"돈이 없으시면, 그 시계도 가능합니다……"

"이 시계는 훨씬 더 가치가 있는 겁니다, 선생. 훨씬 더 많이……"

"압니다, 선생. 밖에서는 더 가치가 나가죠. 하지만 여기에서는 내가 말하는 만큼 가격이 나가는 겁니다. 어쨌든, 당신들의 목숨보다 더 가격이 나가지는 않죠. 그만큼 가격이 나가지는 않는 거죠?"

의사 슈타이네르와 운전사가 의사의 손목시계가 얼마만큼의 가치가 있는지를 놓고 협상을 벌이고 있는 동안, 이반은 뒷걸음질을 치면서 트럭으로부터 멀어져갔다…… "이 도둑놈이 또다시 나를 정신병원에 집어넣지는 못할 거야. 난 지하실과 정신병원에 충분히 있었다고." 그는 멀어지며 곰곰이 생각했다…… 의사가 돌아오라고 그를 불렀을 때, 조금 전에 생각했던 것을 큰 소리로 반복해 말하며, 그는 도로의 가장자리를 따라 달렸다. "저…… 정신병원에는…… 안 갈 거야!…… 아…… 안…… 갈 거라고, 의사 양반!"

"항복하고 있는 저 사람은 누굽니까?" 두 손을 높이 들어 올린 채 달려가며 터널의 어둠 속으로 사라지고 있는 이상한 모습의 그를 바라보며 운전사가 물었다.

"내 환자입니다," 의사가 말하고는 운전석 안으로 뛰어 올라탔다.

"당신은 의사로군요," 운전사는 놀랐다.

"그렇습니다, 선생. 난 의사였지요. 지금은 베를린 정신병원의 간호사입니다."

"모든 게 가능하지요, 의사 선생. 나도 교수였었는데, 지금은 운전삽니다…… 말하자면, 당신은 정신병자들을 치료한다는 거군요. 내 처지를 당신께 이야기해드리지요, 의사 선생…… 내가 다섯 살이었을 때, 어느 날……"

난민들과 의사 슈타이네르를 태운 트럭은 이탈리아를 향해 계속해서 길을 떠났고, 이반은 유고슬라비아로 가는 도로이기를 바라며 달려갔다. "베오그라드에 도착하지 못한다면, 난 베오그라드로 가는 길 위에서 죽을 거야. 그리고 그것만으로도 충분해," 그는 등을 돌리며 생각하고 있었다.

35. 이반, 아마도 모든 것은 꿈이었어

　의사와 헤어진 뒤로 이반은 또 몇 주 동안을 걸었다. 그는 옳은 길을 가고 있다고, 되돌아가고 있다고, 그러고는 이내 제자리를 맴돌고 있다고, 오래전부터 살아 있는 목숨이 아니라고, 이 모든 것이 단지 그에게 환영처럼 보이는 것이라고, 확신하고 있었다. "어쩌면 근래 들어 난 이미 죽었고 어쩌면 어떤 지하세계를 걷고 있는 걸 거야. 그렇지 않다면, 물 한 방울 먹을 것도 없는 이 길을 어떻게 견딜 수 있단 말인가. 그건 살아 있는 사람이라면 가능하지 않아. 분명히 난 죽었어, 단지 내게 그것을 말해줄 그 누군가가 없을 뿐이야…… 저게 뭐지? 저기에 있는 저것이 뭐냐고? 저게 뭐지…… 사람? 사람이 아니야…… 그래…… 아니야…… 아니야……"

　벽에 등을 기댄 채로, 그는 겁에 질려 멈춰 섰다. 터널의 어둠으로부터 어떤 기묘한 발걸음으로 그리고 유별나게 조용하고 부드러운 걸음걸이로, 등이 굽고 몸을 웅크린 노인을 닮은 환영이 다가서고 있었다. 막 몸을 돌리려는 바로 그때 그것은 뒤로 달아나기 시작했으며, 그는 낑낑거리

422

는 소리, 끽끽대는 소리와 자신만이 이해할 수 있는 익숙한 '말소리'를 들
었다. "신이시여, 내가 꿈을 꾸고 있단 말입니까? 그렇다면 그것은……"

"소니! 소니," 그는 소리치며 달려갔다.

"이이이이…… 바아아아……아아안……"

"소…… 소니!!!"

노인 이반은 오래전에 사라져버린 친구에게로 달려갔다.

소니도 껑충거리고 날카로운 소리를 내지르며 그에게로 달려왔다. 만
약 누군가가 우연하게라도 그들을 보았더라면, 꿈을 꾸고 있다고 생각했
을 것이다. 아마도 두 친구, 두 명의 사람이라도 그렇게 만나지는 않았을
테니까. 이반은 있는 목소리를 다해 울었고, 소니는 너무나 행복한 나머
지 오줌을 싸고 말았다. 소니는 초라한 모습이었고, 머리가 벗겨졌으며,
털은 덕지덕지 붙어 있었고 이빨은 거의 사라져 있었다. "얼마나 늙은 거
야," 그는 그렇게 소니에게 말하고 싶었지만 병원의 거울 속에서 마지막
으로 본 자신의 모습을 떠올렸다. "아직까지는 나보다 더 나아 보이는
군." 그는 속으로 생각하고 미소를 지어 보이고는 소니를 끌어안고 마치
조금 화가 난 것처럼 물었다.

"그런데…… 대…… 대체…… 어…… 어디에…… 이…… 있었
어?!"

"거…… 거기…… 오오오오!"

"어디에…… 이…… 있었던 거야?…… 내…… 내가…… 너……
너에게…… 화가 났다는…… 걸…… 알아……? 정말…… 화가……
났다고……"

"오오오오오! ……거기…… 오오오오……"

무언가를 그에게 말하려고 애쓰며 늙은 소니는 비좁은 터널 가운데

하나를 손으로 가리켰다. 소니가 왜 겁을 내고 있는 것인지 의아해하며, 이반은 소니를 쳐다보았다. "무언가 문제가 있군." 그는 속으로 생각했다. "소니가 이토록 겁을 낸 것은 1941년뿐이었는데. 또다시 어떤 사건이 생긴 건가?"

"무…… 무슨…… 일이…… 있었어…… 소니?…… 무…… 무슨…… 일이…… 있었느냔 말이야?"

원숭이는 대답하는 대신에 그의 손을 붙잡고, 거의 수직에 가깝게 오르막으로 되어 있는 터널 쪽으로 그를 데리고 갔다. 원숭이는 낑낑거리며 그의 찢어진 털 코트의 가장자리를 잡아당기고 억지로 그가 네 발로 기어오르도록 했다. 질척질척한 붉은 흙에 손가락을 찔러 넣으며, 그는 하늘의 한 부분을 차지하고 있는 달과 커다랗게 반짝이고 있는 눈송이를 바라보았다…… 그들은 눈이 내린 1월의 밤 속으로 기어서 나왔다. 두려움으로 얼어붙어버린 그들이 처음으로 마주친 것은 어느 시골 마을의 불타고 있는 집들이었다. 오래전에 문을 닫은 광산 수갱(竪坑)에 있는 입구 쪽으로 도망치고 있는 사람들을 타오르는 불빛이 비추고 있었다. 그리고 총소리와 포탄의 폭발음, 붉게 타오르는 집으로부터 새어 나오는 비명 소리가 들려왔다.

인근의 숲으로부터 소리를 질러대며 위장복을 입은 군인들이 모습을 드러냈다. 그들은 사방에 닥치는 대로 총을 쏘아대며 어떤 낯선 말로 소리를 질러대고 있었다.

구부정한 모습을 하고 있는 한 사람과 원숭이는 얼어붙은 웅덩이와 오래전에 갈아엎어놓은 버려진 흙더미를 넘어 들판을 내달렸다. 그들은 광산의 입구 쪽으로 도망치고 있었다…… "지하에서는 훨씬 더 안전할거야," 소니에게 화가 난 이반은 속으로 생각했다. "만약 날 죽인다면,

난 베오그라드를 다시는 보지 못하게 될 거야." 손으로 보조도로 위에 있던 어느 검은색 자동차를 가리키며 원숭이가 멈춰 섰을 때, 그는 원숭이에게 자신이 정말로 화가 났음을 말하려고 입을 열었다. 그 자동차는 얼어붙은 언덕을 벗어나 좀더 상태가 좋은 돌로 만들어진 도로로 나가려고 애쓰며 허우적대고 있었다. "뭐야, 소니? 뭐냐고? 왜 그 자동차를 내게 가리키는 거야?" 그는 풀이 죽고 화가 난 시선으로 원숭이를 쳐다보았다.

늙은 원숭이는 대답 대신 자신을 따라오라고 손짓하며 달려갔다. 이빨 없는 잇몸을 드러내며 무언가 소리쳤지만, 늙은 이반은 원숭이를 이해하지 못했다. "대체 무슨 일이야? 지금 뭘 원하는 거야? 미친 거 아니야?"

"소…… 소니……! 어디로…… 어디로 가려는 거야……?! 머…… 멈춰…… 멈춰……"

"저 녀석을 죽여버릴 테야," 이반은 속으로 생각하고 얼어붙은 밭이랑을 따라 달려갔다. "저 녀석이 미쳤음에 틀림없어. 정상이었을 때는 이렇게 행동하지 않았으니까. 저 녀석이 어떤 경험을 했는지 그 누가 알겠어…… 아니면 내가 미쳐서, 저 녀석도 미쳐 보이는 것인지도 모르지 ……"

그는 돌덩이 같은 땅을 지나 다리를 버둥거리며 도로와 검은색 자동차가 있는 곳까지 달려갔다. 얼어붙은 언덕을 따라 꼬리가 달린 낡은 리무진 자동차를 밀려고 애쓰며, 금발의 가발을 하고 있는 늙은 여인이 비틀대고 있었다. 그녀는 넘어졌다가 또 몸을 일으키기도 하고, 가발을 고쳐 쓰고 운전석 문을 있는 힘껏 발로 걷어차기도 하면서 차 안에 있는 누군가에게 욕지거리를 퍼붓고 있었다. 그녀는 여러 다양한 이름으로 그를 불렀는데 주로 동물에서 기원한 이름들이었다. 그녀가 "이 원숭이 놈아!"라고 소리쳤을 때, 그녀가 구두 끝으로 자신에게 발길질을 하기라도 한 것처럼 소니가 낑낑거렸다. 여인은 몸을 돌려 소리를 지르고, 가발을 쥐더니 자동차 안으로 달려 들어갔다. 그녀는 당황한 듯 밖에 있는 환영을 손으로 가리키며 핸들을 붙잡고 있던 늙은 남자에게 무언가를 설명했다. 그 남자는 원숭이와 다리를 절뚝거리고 있는 노인이 자동차로 다가오는 모습을 바라보고 있었다. 그는 자동차를 움직이려고 애썼지만, 계속해서 땅속을 파고들며 바퀴가 제자리를 맴돌 뿐이었다. 그는 떨리는 손으로 서랍을 뒤지며 이를 악물었다.

"권총 어디 있어, 나탈리야! 권총 어디에 있냐고!"

"당신이 팔아먹었잖아, 바보 같은 인간아! 당신이 비엔나에서 모두 다 팔아먹었잖아!"

"난 팔아먹지 않았어, 이 술주정뱅이야! 난 팔아먹지 않았다고, 당신이 모두 마셔버렸지!"

"거짓말 마, 썩어빠진 짐승 같으니! 거짓말 마! 당신은 영혼도 팔아먹었어!"

자동차 앞 유리를 내려치는 막대기의 쿵하는 소리가 마르코와 나탈리야의 말싸움을 멈추게 만들었다. 여인은 문을 열고 뛰어내려서는 굽이 높은 하이힐을 신고 있는 다리에 상처가 나는 것도 아랑곳하지 않으며 도로를 따라 도망쳤다. 가발이 떨어졌지만 돌아가 주울 시간이 없었다. 그녀는 거의 완전히 대머리였다. 이반이 막대기를 흔들어대고 소리를 지르며 형을 때리고 있는 모습을 쳐다보며, 그녀는 다시 한 번 뒤를 돌아보았다······

"죽어, 제발 죽으란 말이야. 죽으라고······" 그녀는 어둠 속에서 나온 군인들 쪽으로 달려가면서 되뇌었다. 그녀는 나중에 그들을 발견하고 들판을 가로질러 도망치려고 했다. 제복을 입은 사람들은 그녀가 우왕좌왕하며 달려가는 모습을 쳐다보면서 웃고 있었다. "할머니," 그녀를 맨 먼저 붙잡은 사람이 말했다. "할머니로군, 하지만 내다버릴 정도는 아니야." 그녀의 얼굴에 라이터 불을 켜면서 두번째 사람이 말했다. "뭐가 할머니라는 거야." 그녀의 털 코트를 허리까지 들어 올리며 세번째 사람이 말했다. "뭐가 할머니란 거야, 제정신들이야?" 네번째 군인이 웃으며 그녀를 품에 안아 올리고 마을 쪽으로 데리고 갔다.

마르코는 핸들을 붙잡은 채 죽어가고 있었다. 피가 흐르는 머리로 점점 더 약하게 경적을 누르고 있었다. 더 이상 경적이 소리를 내지 않게 되었을 때 창문이 미끄러져 내렸고 그는 광산의 수갱 쪽으로 도망치고 있는 동생과 원숭이를 발견했다. "이반…… 이반……" 그는 이반을 부르려고 애썼지만, 그의 입술은 이름을 부르는 대신 붉은 방울만이 보였다. 그들을 '거꾸로' 쳐다보면서, 그는 총소리와 어떤 알 수 없는 언어로 외치는 소리를 듣고 있었다. 위장복을 입은 사람들이 소총과 자동화기를 쏘아대며 자동차 옆으로 달려갔다.

이반은 광산으로 들어가는 입구에서 발걸음을 멈추고, 등허리가 아프기라도 한 것처럼 등짝을 움켜쥐고는 몸을 돌려 비트적거렸고, 녹슨 선로 위에 천천히 쓰러졌다…… 소니는 펄쩍거리고 소리를 지르며 수갱 안으로 도망쳤다.

1월 27일 겨울 하늘 위에서는, 그 시기에는 어울리지 않는 무언가 이상한 일이 일어났다. 우선 천둥이 치기 시작했으며 이내 빛과 열기를 품은 공 모양이 구름 속에서 나타났으며, 불 위에 올라탄 것처럼 타는 듯한 꼬리에 어떤 노인의 모습이 나타났다. 나타나는가 싶더니, 그렇게 동쪽으로 모습을 감췄다. 이반은 웃고 있었는데, 불길 위에 올라탄 사람이 할아버지란 것을 알아보았기 때문이었다. 바로 그였다. "분명히, 그분이셨어…… 하늘을 여행하고 계시군…… 우리를 찾아서 말이야…… 그분만

이 불길에 올라탈 수 있지…… 에, 할아버지, 할아버지……"

그는 졸리는 듯 또 피곤한 듯 눈을 감았다. 그는 선로 위에 머리를 얹고, 몸을 웅크리고 이 세상에서 마지막으로 십자성호를 그었다. 그리고 눈을 감으며 속으로 생각했다.

"어쩌면 모든 것이 꿈이었어, 이반."

그것은 1992년 성(聖) 사바 축일의 일이었다. 그리고 다음 날엔……

*

……새벽 즈음, 머리에 중절모를 쓰고 짧은 염소 털 코트를 입은 한 사람이 물에 젖어버린 밤이라도 되는 것처럼 검은 말을 타고 불에 타버린 마을을 지나갔다. 숨을 헐떡이며 밤낮으로 달려 땀으로 범벅이 된 그는, 젊은 사람 10여 명의 호위를 받으며 안장도 없이 말을 타고 있었다. 마을 앞으로 나 있는 도로로부터 기수와 그의 호위대 앞으로 하얀색 지프차가 돌진해 왔다. 자동차의 전조등 불빛을 받으며 말을 타고 있던 그 사람은, 그 모두가 마치 자신의 앞마당이라도 되는 양 자신에게 다가오는 머리에 베레모를 쓴 큰 키의 장교를 바라보고 있었다. 낯선 군대의 그 장교는, 화가 난 듯 노여움을 담은 목소리로 모음을 굴려가며 그에게 경고했다.

"마을로 들어갈 수 없습니다, 선생!"

"들어갈 수 있소, 동지," 자기 것을 스스로 훔치기라도 하는 것처럼, 길이가 짧은 총을 허리춤에서 꺼내 들며 기수가 대답했다. "들어갈 수 있소, 동지! 들어갈 수 있단 말이오!"

"난 동지가 아닙니다, 선생!"

"나도 선생이 아니오, 동지!"

"내가 알아도 된다면, 당신은 누구십니까. 우스타샤? 체트니크? 파르티잔? 무슬림?"

"난 페타르 포파라 츠르니요!"

"어느 군대에 소속되어 있으십니까, 선생…… 동지?"

"나의 군대에!"

"그럼 당신의 군대는 누구에 소속되어 있습니까?!"

"나에게," 츠르니는 그렇게 말하고 말에서 미끄러지듯 내렸다.

"당신에게?!"

"그렇소, 나에게!"

"그럼, 당신과 당신의 군대 위엔 누가 있소? 당신에게 명령을 내리는 누군가가 있느냐 말이오?"

"있소, 선생! 물론 있지!"

"그게 누굽니까, 동지?!"

"나의 조국이지, 이 빌어먹을 파시스트 놈들아! 조용하시오, 선생! 조용하라고! 나의 조국에서 당신이 내게 심문을 할 수는 없어! 좋게 말할 때, 조용하란 말이야! ……니들이 내 아들을……"

무슨 일이 있었는지 그는 말하지 못했다. 전조등 불빛으로부터 자동 소총의 포격 소리가 울려 퍼졌다. 츠르니는 소총의 방아쇠를 잡아당기고, 비틀거리다가 쓰러지면서 말 꼬리를 붙들었다. 겁을 먹은 그 동물은 두번째로 전쟁터에 나온 그 사람을 끌면서 들판을 가로질러 달려갔다. 첫번째는 30년 전 '영화 속에서의' 전쟁이었고, 두번째는 반세기 전에 있었던 세계대전의 연장으로써의 지금 이 전쟁이다.

마을로부터 들려오는 총소리와 탱크의 윙윙거리는 소리를 뒤로하고, 말은 땅속으로 사라져버린 발굽과 자동차의 바퀴 자국을 따라가면서, 광

산의 수갱 쪽으로 주인을 끌고 갔다. 오래전에 버려진 광산은 불타버린
마을 주민들의 유일한 구원의 장소였다. 비통함과 슬픔 때문에 어제까지
만 해도 그곳은 '노비 가이'*라고 불렸었다.

아들이 살아 있고 어딘가에서 분명히 자신을 기다리고 있을 것이라고
확신하고 있던 츠르니는 아들의 이름을 되뇌면서 말 꼬리를 붙들고 철도
의 침목과 선로 위를 장화를 끌며 가고 있었다.

"요반아…… 아들아…… 요반아……"

---

* '노비 가이Novi Gaj'는 '새로운 숲'이라는 의미이다.

36. 슬픔에 젖은 자, 불행한 자, 죽은 자들의 이주

몇 달 동안 츠르니는 조국으로부터 박해받은 사람들의 행렬 옆을 지나면서 지하도로를 헤매고 있었다. 말의 앙상한 뼈에 몸을 기댄 채 겨우겨우 발을 끌고 있던 그는 노인들, 여성들 그리고 아이들로 이루어진 굶주림에 지친 피난민들을 바라보았다. 며칠이 지난 후에 기적적으로, 그의 가슴의 상처에는 제 스스로 새살이 돋아났다. 간단히 말해, 어느 날 아침 피가 흐르는 것이 멈추었던 것이다. "신이시여, 대체 내게 무슨 일이 일어나고 있는 겁니까? 내가 죽지 않았다는 것입니까?" 의심스러운 듯 지하에서의 이주를 바라보면서 그는 스스로에게 물었다. 누군가에게는 좀더 심하기도 했지만, 분명히 총검이나 구부러진 칼로 인해 대부분의 사람들은 비슷한 상처를 가지고 있었다.

어느 날 말이 선 채로 죽었다. 말은 눈은 감고 있었으며 터널의 벽에 기댄 채 숨을 멈췄다.

그리고 말이 죽고 난 그다음 날, 그는 행렬의 후미에서 금발 머리를 하고 호리호리하며 마치 병자처럼 창백한 얼굴의 젊은이를 발견했다. 그는 스무 살이 되었을 법했다. 그는 회색 군용 담요로 몸을 감싼 채 소가 끄는 마차의 구석 자리에 앉아 있었다. 자갈로 포장되어 있는 지하도로를 쳐다보면서 그리고 때론 자기 자신과 무언가를 이야기하면서, 그는 발을 끄덕거리고 있었다. "신이시여 용서하소서, 마치 그는 정상이 아닌 것 같 았습니다……" 츠르니는 달려가 마차를 따라잡고는, 소리치며 병약해 보 이는 젊은이를 끌어안았다.

"요반! 아들아! 요반아! 무슨 일이냐, 아들아?! 대체 무슨 일이야?!"

안면이 없는 사내로부터의, 불쾌하고 거의 포악하기까지 한 포옹을 벗 어나려고 애쓰며, 젊은이는 어리둥절한 표정으로 그를 쳐다보았다. 그는 마차꾼이 있는 쪽으로 자리를 옮기면서 거의 들릴 듯 말 듯한 소리로 속삭 이듯 말했는데, 왜냐하면 그의 목에 커다란 흉터가 있었기 때문이었다.

"전 요반이 아니에요, 아저씨."

"아니라고?" 츠르니는 마차 옆으로 발걸음을 옮기고 의기소침해 있 던 마차꾼이 자신에게 채찍으로 매질을 하지 않을까 주의하면서 물었다.

"아니에요. 전 파블레라고요."

"파블레," 츠르니는 반복해서 말하고 멈춰 섰다. "그런데 넌 내 아들 요반과 똑같구나." 괴롭힌 것에 대해 용서를 구하기라도 하는 것처럼 그 는 젊은이에게 소리쳤다.

"죽었을 때 우리 모두는 똑같아요." 담요로 몸을 감싸면서 젊은이가 말한 것 같았다.

"어리석은 이야기. 춥다고 느끼는데, 그가 어떻게 죽었단 말인가. 정 신이 나갔음에 틀림없어, 불쌍한 녀석. 자기가 무슨 말을 하는지도 모르 잖아……"

스스로와 대화를 나누며 츠르니는 계속해서 길을 갔다.

어느 날 베오그라드 요새의 지하 성벽을 만나게 될 때까지, 스스로가 판단하기로 반년 동안은 걸었던 것 같다. "이제야 집에 왔군," 그가 속삭였다. "집에 왔어," 그는 소리를 지르고 지하실과 할아버지의 집을 향해 좁은 터널을 뛰어갔다. "내가 드디어 집에 왔다고!"

*

그는 네 발로 지하실 안쪽으로 기어 들어갔다.

마르코가 집을 폭발시킨 이후로 콘크리트 타일이 다시 발려 있었으며, 타일 위에는 흙이 채워져 있었고 항상 푸른 초목들이 심겨 있었다. 마치 아무 일도 일어나지 않은 것처럼. 하지만 그 모습은 오늘날에도 확인할 수 있다.

두꺼운 흙, 석회 그리고 먼지로 겹겹이 감추인 지하실을 어슬렁거리면서, 그는 요반과 엘레나의 집을 찾으려고 애쓰고 있었다. 그는 계속 반복해 말하며, 콘크리트로 만들어진 커다란 돌덩이들을 건너뛰고, 예전 지하실 사람들이 살던 동굴들 속에 들어가보기도 했다.

"요반…… 아들아…… 요반……"

두려움으로 거의 죽을 것만 같았지만, 이내 다행스럽게도 지하실의 한쪽 구석으로부터 한때 지하 동물원이 있던 그곳으로부터 낑낑거리고 펄쩍펄쩍 뛰면서 원숭이 소니가 달려 나왔다. 한 달 전쯤 원숭이는 옛 장소에서 옛 친구를 찾을 수 있기를 바라다가 예전 집으로 가는 길을 발견했다.

"소니!" 기뻐하면서도 한편으론 실망한 그가 말했다. "소니, 요반은 어디 있니? 요반에게 무슨 일이 있었는지 알아?"

원숭이는 그의 손을 붙잡고 부서진 탁자를 넘어, 이반을 제외하고는 유일하게 자신을 사람처럼 존중해주었던 그를 젊은 남자와 여인의 예전 집으로 데리고 갔다.

　무너진 집 안의 널부러진 물건들 가운데 석회 도료의 먼지 밑에서, 그는 대여섯 살 즈음의 어린아이였을 적 아들 사진을 발견했다. 소니는 그의 옆, 작은 벤치 위에 앉아서 그처럼 다리를 꼬고 무릎에 머리를 기댄 채 깊고 무기력한 한숨을 내쉬었다. 그리고 원숭이는 (츠르니가 얼굴을 감추고 있었음에도 불구하고) 그가 울고 있다는 사실을 알아채고, 그의 어깨를 두드려주었고 손을 모으고는 낑낑거리며 울지 말라고 애원했다. "쓸데 없는 일이에요, 츠르니. 울어도 소용없어요. 난 원숭이지만, 울지 않아요. 요반과 이반은 언젠가는 돌아올 거예요. 꼭 돌아올 거예요, 두고 보세요. 돌아올 거라고요." 소니는 손과 찌푸린 얼굴로 그렇게 원숭이들의 언어로 (적어도 츠르니에게 그런 것 같았다) 낑낑거렸다.

　"요반이 없구나, 소니…… 그 아이가 없어, 그리고 돌아오지 않을 거야…… 모든 산과 숲을 찾아 헤매고 모든 강들을 걸어서 건너보았지만, 이 땅 위와 지하의 모든 도로들을 걸어보았지만, 어디에도 그 아이는 없구나…… 소니, 그런데 그 아이는 내게 있어서 이 세상의 모든 것이란다…… 네게 이반이 그런 것처럼…… 내가 무슨 말을 하는지 이해하니?"

　"이이이……," 소니는 그렇다고 인정하고 마치 무언가를 엿듣기라도 하는 것처럼 고개를 들었다.

　"단지 내가 알고 있는 것은, 나의 요반이 살아 있다는 거야. 살아 있어…… 그 아이는 이 세상에 날 혼자 내버려두지 않을 거야…… 그렇게 하지 않을 거야…… 그렇게 하지 않을 거라고…… 무슨 일이야, 소니? 무슨 일이야?"

　계속해서 원숭이는 그의 손을 우물 쪽으로 끌어당겼다. 모든 동물들이 그러하듯, 그도 인간이 들을 수 없는 것들을 들을 수 있었다. 어딘가 멀리로부터, 아니면 깊은 곳으로부터, 누군가의 목소리가 울려 퍼졌다. 누군가가 부르고 있었다. "아빠…… 아빠……."

츠르니는 자신을 부르는 소리에 귀를 기울이려고 우물 위에 몸을 걸쳤다. 순간적으로 어둡고 깊은 우물이 밝아졌으며, 그는 처음에는 분명치 않았지만 이내 물속에서 너무나 잘생긴 아들의 얼굴을 발견했다. 요반은 수면 위로 올라와서 소리를 질렀는데, 그의 목소리는 우물의 끝없이 긴 터널을 유영하듯 맴돌았고 점점 더 커졌다. "아빠! 아빠!" 그는 몇 번을 더 반복하고는 물속으로 들어갔다. 왜냐하면 그토록 오랜 세월을 물속에서 지내다 보니 더는 공기를 견뎌낼 수 없었기 때문이었다.

츠르니는 소니를 쳐다보고 미소를 지어 보이고는 울타리를 뛰어넘더니 우물 속으로 뛰어들었다. 원숭이는 점점 사라져가는 그의 목소리를 듣고 있었다.

"내가 여기 있다아아아아…… 내가 여기 있다아아아아…… 요바아아아아안…… 내가 여기 있다아아아아…… 아들아아아아아……."

그날, 츠르니가 물길을 헤엄치는 동안, 원숭이 소니는 한때 이반이 시도했던 바로 그 장소에서 목을 맸다. 그는 조용하고 능숙하게, 실수하지 않고 정확하게 그 일을 치러냈다. 마지막 순간까지 그는 자신을 구하기 위해 이반이 나타날 것이라고 믿었지만, 그는 모습을 드러내지 않았다. "올 수만 있었다면, 그가 왔을 텐데," 소니는 속으로 생각하며 의자를 밀어냈다.

*

불가능하고 초자연적인 어떤 것을 결코 믿어본 적이 없는 츠르니가 설명조차 할 수 없었던 기적 같은 일이 또다시 일어났다. 우물이 너무나 깊다는 사실을 알고 있었지만, 그렇게…… 그는 몇 시간 동안을 유영했다. 아니 그런 것 같았다. 물론 그렇지 않았지만, 그에게는 꼭 그런 것만 같았다. 아들을 부르며 가라앉고 있는 동안, 그는 자신의 손이 다시 원기를 회복하고 점들과 혹들이 사라지고 있는 모습을 보았다…… "항상 할 아버지는 이 우물이 '마법의 우물'이라고 말했었지만, 난 그분의 말을 믿지 않았지. 그분은 '유럽 전역에 지하도로'가 있다고 말했었지만, 그것도 난 믿지 않았었지…… 그분은 '무서운 고난과 무서운 형벌이 신을 믿지 않는 우리 같은 사람들을 기다리고 있다'고 말했었지만, 난 그것도 믿지 않았었지…… 어느 날 그분을 다시 만나게 된다면, 난 그분의 손에 입을 맞추고 용서를 구해야만 할 거야."

*

그는 물속으로 떨어졌고 깊숙이 거의 바닥까지 가라앉았다.

바닷속의 태양이 빛을 발하고 있는 것처럼, 물은 눈부시게 푸르렀다. 빛은 겹먹은 물고기들의 비늘 위에 흩뿌려지면서 부서지고 있었다. 몇 마리의 잉어와 농어가 두 다리를 가진 사람의 생소한 형상이 다뉴브 강을 향해 사바 강의 어귀로 잠수해가고 있는 모습을 바라보고 있었다. "이건 대체 어떤 물고기란 말인가?" 잉어들은 의아해했다. 한 나이 든 농어는 그것이 사람이라는 것을 알고 있었는데, 왜냐하면 몇 년 전에 자신이 거의 잡힐 뻔하다가 낚싯바늘로부터 도망친 적이 있었기 때문이었다. "인간은 이미 수백만 년 전에 땅 위에 사는 것에 익숙해져버린 물고기야……

그렇기 때문에 그처럼 우습게 생겼지," 잠수하고 있는 사람의 미숙하고 어색한 움직임을 바라보면서 잉어들은 농담을 늘어놓았다. "그가 내겐 우습게 보이지 않아. 자신의 목숨을 물속에 버린 모든 사람들이 그렇듯이 내겐 불쌍해 보여. 배신자," 농어가 아가미를 꽉 다물며 말하고 수초들 사이로 사라졌다. "배신자," 잉어들이 반복해서 말했다. 계속해서 어색하게 몸을 움직여가며 헤엄을 치고 있는 그 사람의 모습을 쳐다보면서, 물고기들은 다뉴브 강의 깊은 곳으로 사라져갔다.

*

(나중에 알게 될 일이지만) 집이 폭발하고 난 후—다른 사람들도 우물 속에 뛰어들어 지하실의 강바닥에서 생을 마쳤으며, 이후 어느 커다란 푸른 섬에 도착할 때까지, 그가 판단하기로는 10여 일이 지난 것 같았다. 일몰을 쫓으면서, 적어도 그에겐 그런 것처럼 느껴졌다. 그리고 믿기 힘든 일이지만, 숨을 쉬고 있지 않는다는 사실이 그에게 전혀 문제가 되지 않았다. 아주 젊었을 적, 한때 그는 최고로 2분을 견뎌낼 수 있었다. 그의 말에 따르면, 모든 다른 스포츠에서도 그러하듯이, 전쟁이 벌어지기 전 잠수에 있어서 베오그라드의 일인자가 되기 위해서는 그 정도로 충분했다. "이건 있을 수 없는 일이야," 모래언덕 위에서 처음으로 공기를 들이쉬며 그는 놀라워했다. "누구에게도 말할 수 없어, 왜냐하면 내가 거짓말을 하고 있거나 아니면 미쳤다고 모두들 생각할 테니까. 무슨 소리지? 저게 뭐지…… 트럼펫 같은데? 그리고 드럼……? 내 귀에 물이 가득한 것이 틀림없어, 머릿속에 드럼이 들어가 있는 것처럼 말이야," 그는 속으로 생각하고 먼저 한 발로 그러고 나서 또 다른 발로 땅을 짚고 뛰기 시작

했다…… 귀에서 물이 흘러나왔지만 트럼펫과 드럼 소리는 더욱 커져 있었다. "어디에서 누군가가 연주를 하고 있군. 자 어서, 그 놀라운 것이 뭔지 가보자. 어쩌면 우리들의 축제인지도 모르겠군. 우리의 노래를 연주하는 것을 보니, 우리 나라 사람들임에 틀림없어. 만약 우리 나라 사람들이라면, 분명히 뭔가 먹고 마실 것이 있을 거야. 무엇보다도 울고 있지 않은 사람들을 만날 때가 된 것일 거야. 요반을 만나게 될 때까지, 일이 분이라도, 그들을 만나보고, 그러고 나서 계속해서……"

그는 다양한 음식과 포도주 병들이 가득히 길게 열을 지어 늘어선, 하얀 식탁보로 덮인 탁자들이 보이는 초원 쪽으로 갈대와 관목 숲을 헤치고 살금살금 다가갔다. 이제 막 자라나기 시작한 부드러운 풀 위에서, 어떤 사람들이 춤을 추고 있었다. 드럼과 금색이 입혀진 반짝거리는 트럼펫의 리듬에 맞춰, 탁자 주위에서는 콜로 춤이 돌아가고 있었다. 그가 그 모습을 보고 놀라 막 성호를 그으려는 그 순간, 천으로 만든 공이 관목 숲으로 날아들었으며 그 공을 따라 두 명의 남자아이가 뛰어왔다. 진흙투성이에 땀으로 범벅이 된 그 어린아이들은 미소를 지으며 공을 내미는 사내를 보고 겁을 먹은 채 멈춰 섰다. 좀더 나이 든 아이가 다시 한 번 마음씨 좋은 사내를 쳐다보더니, 춤을 추고 있는 사람들에게 돌아서서 변성기를 겪고 있는 듯 끽끽거리는 목소리로 소리쳤다.

"츠르니예요! 츠르니! 츠르니라고요!"

다른 사내아이가 두려운 듯 공을 집어 들고 나서 미소를 지어 보이고는, 숨어 있는 사내를 손으로 가리키고 소리를 지르며 달려갔다.

"츠르니예요! 츠르니! 저기에 그분이 있어요! 츠르니가 관목 숲 속에 있어요!"

37. 신이시여, 이 모두가 진실이란 말입니까?

"신이시여, 이 모두가 진실이란 말입니까? 진실이란 말입니까?" 그를 보기 위해 달려오고 있는 지하실 사람들에게 다가가며 츠르니는 스스로에게 물었다. 그리고 그는 그토록 오랜 세월이 지난 후에 처음으로 성호를 그었다.

그는 웃고 있는 그들의 얼굴들을 처다보고 자신의 이름을 소리쳐 부르는 익숙한 목소리들을 들으며 맨발로 풀 위를 밟고 있었다.

이 빠진 트럼펫 연주자는 곧바로 태양과 달에 관한 노래를 연주하기 시작했고, 할아버지는 원래 하던 대로 낡은 권총을 쏘아대기 시작했다. "행운이 함께하길," 츠르니가 소리쳤다. "행운이 함께하기를, 아들아. 우린 너만을 기다렸단다!"

기쁨으로 충만해 있는 사람들 사이를 뚫고서, 맨 먼저 요반이 그에게 달려왔다. 그는 혈색이 좋았으며 이상하리만치 건강했다. 츠르니는 그의 허리를 끌어안아 들어 올리고 오래전에 사라진 아들의 이름을 소리쳐 부르면서 몇 번이고 맴돌았고, 부끄러움도 모른 채 흐느껴 울기 시작했다.

모여든 지하실 사람들도 조금 전에 노래를 불렀던 것처럼, 모두가 한목소리로 큰 소리로 울기 시작했다. 할아버지만이 인상을 찌푸리고는(그는 결코 우는 것을 참지 못했다), 정말로 화가 나서 소리치며 츠르니와 요반을 끌어안았다.

"됐어! 우리가 울려고 만난 것은 아니잖아! 울 거라면, 어서 헤어지자꾸나! 됐다니까!"

"이렇게 아름다운 결혼식을 누가 마련한 거지, 요반? 누가 그것을 준비한 게냐, 아들아?"

"엄마가요," 고개로 어머니 베라를 가리키며 신랑이 말했다. 그녀는 불성실한 남편을 쳐다보면서 옆에 서 있었다. 그녀는 그에게 무언가를 말하고 싶었지만 몸을 돌려 탁자 쪽으로 발걸음을 옮겼다. 츠르니는 그녀의 뒤를 따라 달려가 손을 잡고, 검고 아름다운 그녀의 눈을 바라보고는 그 누구도 자신의 말을 듣지 못하도록 속삭이며 웅얼거렸다.

"화내지 마, 베라…… 화내지 말라고……"

"알았어요, 알았다고요…… 날 내버려둬요……"

"과거의 일은 지나갔잖아, 베라. 과거의 일은 과거일 뿐이라고, 날 믿어줘……"

결혼식 탁자 끝에서 서로를 부둥켜안고 있던 마르코와 나탈리야가 오래전에 헤어진 두 사람이 대화하고 있는 모습을 바라보고 있었다. 다른 모든 지하실 사람들과 마찬가지로, 그들 두 사람도 '가장 잘나가던 시절'의 젊고 아름다운 미소를 짓고 있었다…… 그리고 나탈리야의 남동생, 한때 심각하게 병약했던 젊은이는, 다른 아이들과 함께 공을 쫓아 초원을 뛰어다니고 있었다.

"츠르니 아저씨! 츠르니 아저씨," 그는 손을 흔들어 츠르니에게 인사했다.

"안녕, 바타," 맨발의 지하실 영웅은 그에게 화답했다.

엘레나는 츠르니를 기다렸고, 그녀가 하던 습관은 아니었지만, 어쨌든 그의 손에 입을 맞추었다. "이곳에서는 모든 게 바뀌었군, 사람들의 습관까지도 말이야," 츠르니는 속으로 생각했다.

"고마워, 엘레나. 고맙구나, 아가야……," 그는 그녀를 끌어안고 이마에 입을 맞추었다. 그의 군용 셔츠 주머니에서 스멀거리더니 조그마한 물고기가 튀어나왔다. 사람들이 웃음을 터뜨렸는데, 바로 그때 마르코와 나탈리야 그리고 츠르니가 동지이자 친구로서 그리고 약간은 형식적으로 악수를 나누었다. 베라가 아무 말없이 그들을 쳐다보고 있었다. 그녀는 지친 듯 깊게 한숨을 내쉬었으며, 천천히 탁자의 맨 윗자리에 있던 엘레나와 아들의 옆자리에 앉았다. "츠르니, 츠르니," 그녀는 아이들이 듣지 않도록 속삭였다. "건달 같으니……"

바타가 있는 힘을 다해 찬 천으로 만들어진 공이 이 빠진 트럼펫 연주자이자 섬의 선술집 '두나브스키 갈렙' 주인의 머리를 정확히 맞혔다. 연주자는 허리를 구부려 공을 집어 들고 강 쪽으로 갔다.

"공을 다뉴브 강에 던져 넣을 테다!"

"한번 해봐, 재수 없는 녀석아! 한번 해보라고, 그럼 바로 널 죽여버릴 테니," 낡은 소총의 방아쇠를 잡아당기며 할아버지가 위협했다. "한번 해봐, 넌 끝장이야! 우리가 너 때문에 한 번 죽었는데, 또 그러겠다는 거지…… 공을 아이들에게 돌려줘!"

노인과 이 빠진 사내가 싸우고 있는 동안, 마르코와 나탈리야 그리고 츠르니는 포플러 나무 위에서 무언가 농담을 하고 있었으며, 결혼식 탁자의 맨 윗자리에서는 이반과 소니가 지하실 사람들과 놀고 있는 아이들을 바라보고 있었다. 섬에 도착하자마자 소니는 곧바로 포플러 나무 위에 올라갔으며, 그의 뒤를 이반이 따랐다. 대화를 나누고 싶기도 했지만, 결코 참아낼 수 없는 소란스러움과 파티 때문이었다. 위쪽에서 하얀 백사장이 있는 커다랗고 푸르른 섬을 쳐다보면서, 그는 오랜 세월이 지난 후에 처음으로 말을 더듬거리지 않으며 오래전 무너져버린 동물원의 옛 친구에게 말했다. 예전처럼 소니만이 자신의 말을 들을 수 있도록, 비밀스럽게, 정말로 똑똑하게, 그리고 조용하고 평온하게 이야기했다.

"우리는 이곳에 가족들이 살 수 있고 반가운 손님들을 위해 문이 활짝 열려 있는 붉은 지붕과 굴뚝이 있는 새집을 지을 거야. 우리의 고향에 있는 양탄자를 떠올리도록 만드는 이 새로운 땅에 우리는 감사하게 될 거야. '옛날 옛적에 한 나라가 있었지……'로 시작하는 동화처럼, 우리의 아이들에게 이야기를 해주게 될 그날, 우리는 비애와 고통과 기쁨을 느끼며 우리의 조국을 언급하게 될 거야."

그는 동화를 읽듯 이야기하며 포플러 나무 꼭대기로부터 결혼식 탁자 주위에서 콜로를 추고 노래를 부르고 있는 지하실 사람들을 바라보고 있었다.

하객들이 춤을 추고 태양과 달에 관한 지하실의 익숙한 노래를 부르고 있는 동안, 그리고 츠르니가 맨발로 펄쩍펄쩍 뛰면서 콜로를 이끌어가고 있는 동안, 그 어느 누구도 봄날의 어스름 속에서 그 섬이 움직이며 떠내려가고 있다는 사실을 눈치채지 못했다. 야단스러운 춤으로 인해 섬의 밑바닥 흙이 모래 바닥으로부터 떨어져 강 가운데로 흘러가기 시작했는데, 섬은 어딘가 새로운 세계로 움직여가고 있었던 것이다……

38. (이 이야기는) 끝(이 없다)

오랜 세월이 지난 후 어느 날(이미 오래전에 20세기가 저물었다), '두나브스키 갈렙'이라는 옛 무역선의 선원들이 대양에서 어느 이상하고 푸른 섬을 만났는데, 그 섬에서는 사람들이 춤을 추고 노래를 부르고 있었다. 뭔가 오락거리를 원하는 선원들이 그러하듯, 선원들은 선장에게 육지에 상륙하여 '포도주 몇 잔과 함께 쉬어갈 것을' 부탁했다.

"안 돼," 선장은 쌍안경을 내려놓고는 자신이 반대하는 이유를 밝히지 않고 "계속해서 항해하라"라고 말했다.

"어디로요?" 드넓은 바다에서 길을 잃은 선원들이 물었다.

"우리가 도착하게 되면, 그때 보게 될 것이다." 선장은 그렇게 대답하고 자신의 선실로 내려갔다.

그 배는 홀로 흘러가고 있던 섬으로부터 멀어지면서 계속해서 길을 떠났다. 하지만 선장 이외에, 그 누구도 그것을 알아채지 못했다. 자신의 선실에서 항해일지 위에 몸을 기댄 채, 이미 오래전 침몰한 배의 이 빠진 선장은 이상스럽고 놀라운 이 사건에 겁을 먹고 떨리는 손으로 쓰기 시작했다.

    2141년 4월 6일. 우리는 떠다니는 섬을 만났다. 어쩌면 우리는 그것을 정말로 본 것일 수도, 아니 어쩌면 단지 그렇게 보인 것일 수도 있다. 우리는 계속해서 항해하고 있다. 우리는 어디로 가고 있는지 모른다. 신이시여 용서하소서! 우리는 마치 죽은 것 같습니다. 만약 그럴 수 있다면—

아멘. *

---

* '그리되게 해주시옵소서'라는 의미.

중요한 비망록

    오래전인 1975년 오늘, 제2차 세계대전이 끝나지 않았으며, 집의 윗부분에 있는 친구들이 목숨을 걸고 자신들을 돌봐주고, 보호하고, 지켜주고, 치료해주고 걱정해주고 있다고 속은 채, 지하실 속에서 살고, 일하고, 아이를 낳고 죽어가는 사람들에 관한, '1월의 봄'이라는 추악하고 '믿기 어려운' 희곡을 썼다. 거대하고 엄청난 거짓과 구세주에 대한 어린아이와 같은 믿음에 관한 이 이야기는 속이는 자와 속는 자에 관한 문학적 유희이자 메타포이며 신랄한 희극처럼 보인다…… 그러던 어느 겨울날, 위대한 유고슬라비아의 수도에 그리고 우리 모두가 형제이며 집의 윗부분에 있는 **그들이** 우리를 보호하는 한 그 어느 누구도 우리를 어찌할 수 없다는 하나의 유일한 사상의 영원함에 관한 커다란 환영 속에 엄청난 눈이 내렸다. 그리고 우리는 달력을 교체했다. 1월 중순에 봄이 시작되었는데, 공휴일이 1년 이상 지속되었으며 모든 생일은 5월 25일에 경축되었다.

    단지 20년 후에 그 믿을 수 없는 이야기로부터 거의 다큐멘터리 희곡과 같은, 슬프고, 애통하고, 위험스러운 진실만이 남았다. 발칸이라는 공간에서의 제2차 세계대전은 끝이 났지만, 1975년부터 지하실은 과거의 위대한 유고슬라비아의 수많은 국민들을 위한 유일한 은신처가 되었다.

유고슬라비아의 지하실 사람들에 관한 이 희곡은 단지 우리들의 이야기일 뿐만 아니라, 이 비극적인 공간에서 그 누구도 알 수 없을 만큼 반복되고 있는 상황의 비극적인 엮음이라는 사실에 대해 에미르 쿠스트리차 감독이 자신의 재능과 재량을 동원해 유럽의 영화 제작자들을 설득하지 않았더라면, 이 책은 1995년 밤의 불빛을 보지 못했을 것이다. 발칸반도에 있는 방공호를 닮은 지하실은 지구 도처에 존재하며, 아직까지 인간 ──이라고 불리는 두 다리를 가진 생명체들이 또한 그 자신들을 그곳에서 살도록 만들고 있다.

나는 이 책을 5년 동안 썼으며, 거의 50년을 살아오고 있다. 친구들, 친척들, 지인들, 행인들과 길 위를 그리고 들판과 옛 조국의 무너진 도시 위를 걷고 있는 수많은 영혼들을 모사했다.

2041년 4월 6일 나는 여행 중일 것이다. 그날 누군가는, 오래전 침몰한 배 '두나브스키 갈렙'의 선장이, 대양 위에서, 습기와 소금기로 가득한 안개 속에서, 어떻게 어느 이상한 섬을 만나게 되었는지, 그리고 그 섬 안에서 몇 명의 더 이상한 사람들이 자신들이 떠 내려가고 있다는 사실도 알아채지 못한 채 춤을 추고 노래를 부르고 있었는지, 신문기사를 통해 읽게 될 것이다. 수많은 세월이 지난 후 어느 누군가는 선장의 일기를 발견하게 될 것이며, 그 사람은 마치 자신의 책이라도 되는 것처럼, '하지만 존경하는 독자들이여, 그것에 관해서는 나중에 이야기하기로 합시다'라는 말로 시작하는 책을 발간하게 될 것이다.

두샨 코바체비치

무너진 조국의 터전 위에서, 이상향을 찾아 길을 나서는 모든 사람들을 위해 바쳐진 작품

1. 작품의 시대 배경

2006년 6월 3일 몬테네그로 공화국이 세르비아 공화국으로부터 완전한 독립을 선언함으로써, 우리가 흔히 '유고' 혹은 '유고슬라비아'라고 불러왔던 '유고슬라비아 사회주의 연방공화국(SFRJ)'은 1945년 제2차 세계대전 종전 직후 '유고슬라비아 민주연방'이라는 이름으로 성립된 이후 근 50년이 지난 오늘날 역사의 뒤안길로 사라졌다.

'유고슬라비아'라는 나라는 그야말로 요사이 흔히 회자되고 있는 '다문화 국가'의 표본이었다고 해도 과언이 아닌, 그러한 특징을 지닌 나라였다. 가톨릭, 이슬람, 정교라는 각각 다른 세 종교를 믿는 사람들이 서로 어울려 화합을 이루며 살아왔고, 때문에 서로 다른 종교를 믿는 사람들 간의 혼인이나 인척 관계도 전혀 낯선 일이 아니었다. 또한 고대 그리스와 로마 제국, 비잔틴 제국, 훈족과 슬라브족, 합스부르크 제국 등의 영향을 받으며 다양한 문화를 수용하여 '인종과 문화의 전시장'이라는 표현이 너무나 잘 어울리는 그런 나라였다.

그런 나라에 변화가 찾아오기 시작한 것은 소비에트연방이 해체되고 공산권 국가들이 붕괴되는 시기와 그 궤적을 같이한다. 물론 이에는 제2차 세계대전 이후 유고슬라비아 연방의 대통령으로서 제왕적 군림을 해온 요시프 브로즈 티토Josip Broz Tito의 1980년 사망이 결정적 역할을 했다고 할 수 있다. 대내적으로는 절대권력의 공백과 연방정부의 통제가 느슨해지고 대외적으로는 미국과 함께 냉전 이데올로기의 한 축을 형성했었던 소비에트연방이 해체되는 국제적 정치 흐름의 격변기와 맞물려, 1991년 슬로베니아 공화국과 크로아티아 공화국, 마케도니아 공화국이 독립을 선언하고, 뒤이어 1992년 3월 보스니아 공화국이 독립을 선언하면서 발칸반도에서의 비극은 시작되었다. 어찌 보면 다양한 종교와 문화를 가진 민족들의 집합체였던 유고슬라비아 연방 내에서의 평화는, '티토'라는 절대적 권력을 가진 한 개인이 쳐놓은 장막에 갇혀 제 목소리를 낼 수 없었던 유고슬라비아의 서로 다른 민족들에게 타의에 의해 강제된, '언제 무너져 내릴지 예측할 수 없었던 갇힌 새장 속의 평화'였다고도 말할 수 있다.

세르비아 출신의 문학가 두샨 코바체비치Dušan Kovačević의 소설 『옛날 옛적에 한 나라가 있었지Bila jednom jedna zemlja』는 'Bratstvo i jedinstvo(형제애와 단결)'라는 구호 아래 위로부터의 강압적 사상통제하에 놓여 있었던 유고슬라비아 민족들이 그러한 감시와 통제하에서 느꼈을 수도 있는 (아니 분명히 느꼈을) '자민족에 대한 민족애(民族愛)'를 '보편적인 인간애(人間愛)'라는 관점에서 접근하고 있다. 즉, 티토에 의해 강제되었던 민족들 간의 '인위적 통합'은, 그 시작이야 어찌되었건 간에 결국 서로 다른 종교와 문화를 갖고 있는 유고슬라비아 연방의 국민 한 사람 한 사람의 가슴속에 품고 있는 '사랑'과 '믿음,' '우정'과 '신뢰'로 승화되게 된다.

2. 두샨 코바체비치의 생애와 작품들

　작가 두샨 코바체비치는 1948년 세르비아 공화국의 소도시 샤바츠 인근의 므르자노바츠에서 태어났다. 1973년 베오그라드 국립 예술대학교 연극학부를 졸업한 그는 1973년 이후 세르비아 현대 희곡문학을 대표하는 작가로 널리 알려져 있다. 또한 그는 연극, 영화, TV 드라마의 시나리오 작가로서뿐만 아니라, 1998년 이후에는 세르비아의 3대 극단 가운데 하나인 '즈베즈다라 테아타르Zvezdara teatar'의 예술 총감독으로, 그리고 2003년에는 자신의 대표적 희곡작품 가운데 하나인 「프로페셔널 Profesionalac」을 감독으로서 영화화하기도 했다. 대표적인 그의 희곡작품으로는 「마라톤 주자는 영예로운 원을 달린다Maratonci trče počasni krug」 (1973) 「라도반 3세Radovan Ⅲ」(1973) 「술을 먹도록 강요하는 인간의 몸에 있는 그것은 무엇인가Šta je to u ljudskom biću što ga vodi prema piću」(1976) 「1월의 봄Proleće u januaru」(1977) 「우주의 용Svemirski zmaj」(1977) 「집회의 중심지Sabirni centar」(1982) 「발칸의 스파이Balkanski špijun」(1983) 「드라마 Drame」(1983) 「성자 게오르그 용을 죽이다Sveti Georgije ubiva aždahu」(1984) 「밀실공포증 같은 희극Klaustrofobična komedija」(1987) 「프로페셔널」(1990) 「떠들썩한 비극Urnebesna tragedija」(1991) 등이 있으며, 그의 작품들은 17 개국 이상의 외국어로 번역되어 해외의 독자들에게 소개되기도 했다. 그의 대부분의 희곡 작품들은 영화화되었으며, 1974년에는 유고슬라비아의 대표적인 문학상 가운데 하나인 스테리야 문학상, 1984년에는 희곡작품 「드라마」로 밀로슈 츠르냔스키 문학상, 1984년에는 영화화된 「발칸의 스파이」로 풀라 국제영화제에서 황금아레나상을 수상하기도 했다. 또한

2009년도 세르비아과학예술학술원(SANU)의 정회원으로 선정됨으로써 학술적인 분야에 있어서도 뛰어난 능력을 인정받고 있다.

3. 영화 「언더그라운드」와 함께 세계의 시선을 이끌다

소설 『옛날 옛적에 한 나라가 있었지』는 보스니아 사라예보 출신의 세르비아 영화감독 에미르 쿠스트리차Emir Kusturica를 세계적인 영화 제작인의 반열에 올려놓은 영화 「언더그라운드」의 원작소설이다. 두샨 코바체비치가 작품 후기에서도 밝혔듯이, 영화감독 에미르 쿠스트리차가 없었더라면 세상 사람들은 '유고슬라비아'라는 나라의 국민들이 겪었던 그리고 지금도 겪고 있으며 앞으로도 겪게 될지 모를 아픔과 세상을 향한 분노를 공유하지 못했을 것이다. 작품이 문학작품으로 출간되었을 때보다, 영화로 상영되고 나서 신(新)유고연방(유고슬라비아 사회주의 연방공화국을 구성했었던 여섯 개의 공화국 가운데, 슬로베니아, 크로아티아, 마케도니아, 보스니아 공화국이 개별 국가로 독립하고 세르비아와 몬테네그로 공화국만이 '신유고연방'이라는 이름으로 과거 유고슬라비아의 명맥을 유지했다)의 국민들에게뿐만 아니라, 전 세계적으로 커다란 관심과 반향을 불러일으켰다. 문단에 발표되지 않은 두샨 코바체비치의 영화 시나리오를 바탕으로 1995년 에미르 쿠스트리차의 영화 「언더그라운드」가 만들어졌으며, 같은 해 코바체비치는 영화의 시나리오를 소설로 발표하게 된다. 일반적으로 영화화되는 이야기들이 소설을 바탕으로 시나리오가 만들어지고 이를 바탕으로 영화화된다는 점에서 두샨 코바체비치의 『옛날 옛적에 한 나라가 있었지』는 그와는 반대의 길을 걸었다고 할 수 있으며, 오히려 코바체비치의 이야기가 영화를 통해서 세상에 먼저 알려짐으로써, 나아가 1995년 제48회 칸 영화제에서 이 영화가 황금종려상을 수상함으로써 이 소설이 가질 수 있는 대중성이 그만큼 더 커졌다고도 볼 수 있다. 과정이야 어찌 되었든, 소설 『옛날 옛적에 한 나라가 있었지』와 영화 「언더그라운드」는 보스니아 내전에 휘말려 있던 세르비아인들에게 종교와 문화적, 역사적 경험이 다른 여러 민족들이 서로 화합하며 살아가던 과거 사회주의 시절의 유고슬라비아를 떠올리며 진한 향수를 느끼게 해주었다.

　이 소설이 발표된 해인 1995년은 보스니아에서 벌어지던 내전이 막바지로 치닫고 있던 시점이었으며, 1992년 4월부터 시작되어 3년 이상 지속된 내전으로 세르비아인들을 비롯한 내전 당사자 및 관련 민족들의 생활은 비참함 그 자체였다. 미국을 중심으로 한 서방의 경제금수조치로 인해 인간으로서 살아가는 데 필요한 기본적 생필품들이 턱없이 부족했으며, 하루가 다르게 치솟는 물가로 인해 야기된 인플레이션은 전쟁으로 인한 입은 상처보다 오히려 삶 자체에 대한 공포를 느끼게 할 수밖에 없었다. 하지만 세르비아 민족을 포함한 구(舊)유고슬라비아 연방의 민족들은 세계의 다른 어떤 민족들보다 위트와 유머를 즐길 줄 아는 민족이다. 오랜 전쟁과 비참해진 삶으로 인해 민족의 운명이 날이 갈수록 쇠락해가는 와중에서도, 그들은 문학작품 속에 표현되는 위트를 즐겼으며, 영화를 통해 눈앞에 나타나는 유머러스한 장면들에 열광했다. 그러한 면에서 두산 코바체비치와 그의 희곡작품들은 구유고슬라비아 지역의 민족들이 지니고 있는 감성을 가장 잘 표현해내는 작가이며 작품이라고 할 수 있다. 소설 『옛날 옛적에 한 나라가 있었지』뿐만 아니라, 그의 모든 희곡작품들에서 아무리 심각하고 절박한 상황 속에서도 언제나 등장하는 것이 위트와 유머러스함이다. 세르비아를 비롯한 구유고슬라비아의 민족들에게 두산 코바체비치의 소설과 에미르 쿠스트리차의 영화는 전쟁으로 입은 물질적, 정신적 상처를 치유하는 하나의 방편으로 작용했다.

세르비아를 비롯한 비잔틴 문화의 영향권에 속해 있던 구유고슬라비아 지역의 문화 가운데 하나로써 소설 속에 등장하는 것은 금색으로 칠해진 나팔을 불어대며 음악을 연주하는 집시 오케스트라이다. 이 소설에 등장하는 '두나브스키 갈렙'이라는 이름의 선술집을 운영하는 이 빠진 주인과 그의 오케스트라는 다소 무거운 주제일 수 있는 소설 속 이야기에 유머를 제공한다. 작가 두샨 코바체비치는 이전에 발표되었던 희곡작품들에서와 마찬가지로 결코 가볍지 않은 주제의 이야기를 특유의 해학과 재치 있는 말들로 소설의 긴장감을 완화시켰다.

4. 옛 조국과 무너진 도시 위를 걷고 있는 수많은 영혼들

소설 『옛날 옛적에 한 나라가 있었지』는 제2차 세계대전으로부터 보스니아 내전에 이르는 기간 동안 '츠르니'와 '마르코'라는, 절친한 친구이면서 결혼대부이기도 했던 두 남자가 겪었던 우정과 배신을 이야기의 근간으로 삼고 있다. 정교(政敎, Orthodox)를 신봉하는 구유고슬라비아 지역의 세르비아, 몬테네그로, 보스니아의 세르비아계 그리고 마케도니아 민족들에게 '결혼대부(venčani kum)'란 매우 특별한 의미를 지닌다. 신랑과 신부의 가장 절친한 친구가 신뢰와 믿음을 바탕으로 결혼대부가 되는데, 이들은 종교라는 이름으로 평생 동안 그러한 관계를 유지하게 된다. 소설의 주인공인 츠르니와 마르코의 관계가 일반적인 친구의 관계가 아니라 둘도 없는 결혼대부의 관계라는 점에서, 소설을 읽는 독자들은 상황과 이익에 따라 언제든지 변할 수 있는 인간관계가 갖는 무의미함과 허상을 발견하고 실망하게 된다.

절친한 사이였던 두 친구 가운데 한 친구가 절대로 용서받을 수 없을 것만 같은 상황 속으로 빠져드는 데에는 두 가지 원인 제공 요인이 등장한다.

첫번째 요인은, '나탈리야'라는 매력적인 여배우에 대한 두 친구의 엇갈린 '사랑과 질투'이며, 두번째 요인은 가장 친한 친구를 속이고 배신하면서까지 마르코가 얻고자 했던 부와 명예를 향한 '인간의 탐욕'이다. 가장 절친했던 친구의 여인을 몰래 사랑하고, 그 여인을 얻기 위해 친구 츠르니와 자신의 친동생인 이반을 비롯한 가까운 주변 사람들을 오랜 세월에 걸쳐 지하실 속에 가두고 속임으로써 인간 마르코가 얻은 것은 결국 아무것도 없다. 그가 자신의 명예와 부를 위해 가장 가까웠던 주변 사람들을 어두운 암흑 속에 가두고, 노동력을 착취하고, 비인간적인 삶 속으로 밀어넣음으로써 얻을 수 있었던 것은 결국 자신의 죽음 이외엔 아무것도 없음을 소설의 말미에서 확인할 수 있다.

1941년 4월 6일 일요일, 독일 나치군의 폭격으로 폐허화된 베오그라드가 소설 전반부의 무대가 된다. 유고슬라비아 사회주의 연방공화국의 수도였던 베오그라드를 무대배경으로 츠르니와 마르코는 지하세계에서의 무기 밀매를 통해 부를 축적하게 되는데, 이들은 그 과정에서 무기 밀매자들, 도둑들, 강도들과 긴밀히 협력한다. 지상에서 어떤 일들이 벌어지고 있는지 아무것도 알지 못한 채 지하에서 묵묵히 무기를 생산하고 있는 사람들은 이들 두 친구를 나치군에 대항해 투쟁을 벌이는 민중영웅으로 굳게 믿고, 이들 두 친구 역시 제 스스로를 세르비아 민족을 억압하고 있는 외세로부터 자민족을 구하고자 노력하는 파르티잔으로 미화해 포장하게 된다. 이후 반(反)나치주의 활동으로 체포되어 심각한 고문을 당한 츠르니는 마르코의 도움으로 다른 주민들과 함께 지하실에서 생활하게 되고, 이때부터 강제노역에 시달리던 주민들뿐만 아니라 결혼대부였던 친구 츠르니까지 완벽히 속이는 마르코의 이중생활이 시작된다. 지하실에 갇혀 조국이 나치 군대로부터 독립을 쟁취하는 그날만을 손꼽아 기다리며 사람들은 무기를 생산하는 일에만 매달리게 되고, 이들이 생산한 무기는 외세로부터 민족을 구해내기 위해 쓰이는 것이 아니라 마르코의 부를 향한 욕망을 채우는 데 이용되게 된다.

주인공인 츠르니와 마르코 이외에도 소설 속에는 다수의 인물들이 등장한다. 츠르니의 부인 베라는 만삭의 임산부로, 미모의 여배우 나탈리야에게 빠져 부인인 자신과 가정을 돌보지 않는 남편을 원망하며 지하실에서 아들 요반을 낳다가 사망하고 만다. 태어난 이후 계속해서 지하실에서만 살아왔기 때문에 바깥세상의 물정에 어두웠던, 츠르니와 베라의 아들 요반은 태양이나 달을 한 번도 본 적이 없는 허약하고 겁이 많은 인물이다. 지하실에 갇혀 있는 사람들은 항상 어둠 속에서 생활하고 있기 때문에 시간의 흐름을 전혀 알 수 없으며, 제2차 세계대전이 종전되고 자신들의 조국이 유고슬라비아라는 이름으로 사회주의화된 이후에도 국가와 민족이 여전히 독일 나치주의자들의 손아귀에 있으며 자신들은 이들에 대항하기 위해 무기를 생산해야만 한다고 믿는다. 제2차 세계대전이 끝나고 유고슬라비아가 사회주의자들에게 권력이 넘어간 이후에도 마르코와 나탈리야는 지하실 바로 위에 있는 집 안에서 마치 나치 군대가 베오그라드를 폭격하고 있는 듯 공습경보를 울려가며 지하실에 있는 사람들 사이에 공포감을 조성하고 세상의 변화에 대한 진실을 은폐한다. 오랜 시간 동안 지하실에 갇혀 바깥세상에서 어떤 일이 벌어지고 있는지 알지 못하는 지하실의 주민들은 점차 시간이 지남에 따라 지하실 생활에 적응하게 되고 어둠과 습기로 가득한 지하에서의 생활에 있어서 나름대로의 삶의 지혜를 터득하게 된다. 낡은 자전거의 페달을 힘차게 밟아가며 전기를 만들어내고, 지하의 습한 곳에서만 자라는 버섯을 이용해 술과 음식을 만들기도 한다. 항상 어두컴컴한 지하실에 있는 주민들은 시간의 흐름을 알 길이 없다. 지하실에서 유일하게 시간이 지나가고 있음을 알려주는 시계는, 아들 마르코의 지시에 따라 시곗바늘을 뒤로 돌려 시간을 훔치는 할아버지에 의해 조작된다. 시곗바늘을 뒤로 돌려 지하실에 살고 있는 주민들이 시간의 흐름을 알 수 없게 만들었던 할아버지는 아들 마르코의 지시에 의해 그의 악행에 동조하지만, 결국 그 자신도 믿었던 아들에게 속았던 가련한 인물이다.

우스꽝스러운 상황과 함께 지하세계에 있던 탱크의 포신이 우연히 발사되면서 지하실에 살고 있던 사람들과 지상의 세계가 연결된다. 심각한 고문으로 커다란 부상을 당한 후 지하실에서 생활하던 츠르니와 아들 요반은 연기와 먼지 구름이 피어오르는 어수선한 틈을 이용해 지하실에서 나온다. 그리고 여전히 자신들의 조국 세르비아가 나치군에 의해 지배를 받고 있는 것으로 착각하고, 그들과 전투를 벌이기 위해 지상의 세계로 길을 떠난다. 그 혼란의 와중에 마르코의 말더듬이 동생 이반과 그와 가장 가까웠던 원숭이 소니는 언제 다시 만나게 될지 모르는 이별을 하게 되고, 이후 이반은 친구와도 같은 원숭이 소니를 찾아 길을 헤매다가 독일 베를린의 정신병원으로 이송된다.

마르코가 다이너마이트로 지하실을 폭파하면서 지하실에 살던 모든 사람들은 비참한 죽음을 맞게 되고, 아들 요반과 함께 길을 떠났던 츠르니는 강물 속에서 아들의 죽음을 목도한다. 시간이 흘러 어느새 노인이 된 이반은 형 마르코와 나탈리야가 자신은 물론 지하실의 모든 사람들을 속여왔다는 사실을 깨닫고 베를린 정신병원을 탈출하여 조국으로 돌아온다. 그 옛날 사회주의 조국을 피해 길을 떠난 러시아인, 폴란드인, 체코인, 헝가리인들과 함께 트럭을 타고 지하터널을 통해 베를린으로 왔었던 이반은 바로 그 지하도로를 통해 다시 조국 유고슬라비아로 돌아오게 된 것이다. 그 지하도로 위에서 이반은 보스니아 내전을 피해 서방의 난민촌으로 가기 위해 조국을 떠난 동포들과 원숭이 소니를 극적으로 만난다. 그리고 이반은 소니에게 이끌려 제2차 세계대전 때와 마찬가지로 보스니아 내전에서도 무기를 밀거래하고 있던 형 마르코와 나탈리야를 마주하게 된다. 지하실 폭발로 인해 불구의 몸이 된 형 마르코는 자동차 안에 앉아 분노에 가득 찬 동생이 휘두르는 막대기에 얻어맞아 피를 흘리며 죽어간다. 그리고 동생 이반 역시 보스니아 내전에 참전하고 있던, 어느 나라에서 왔는지조차 알 수 없는 군인들이 쏜 총을 맞고 쓰러지고 만다.

아들 요반의 죽음을 믿을 수 없었던 츠르니는, 세월이 흘러 벌어진 보스니아 내전에 참전해 자신이 누구와 싸우고 있는지조차도 알지 못한 채로 전쟁을 치르고, 아들을 찾아 폭발로 무너져내린 지하실이 있던 곳으로 찾아온다. 츠르니는 그곳에서 도망친 원숭이 소니를 만났고 소니가 이끄는 대로 우물 쪽으로 발걸음을 옮긴다. 우물 속에서는 이미 오래전에 죽은 아들 요반이 자신을 부르고 있었다. 츠르니는 아들의 이름을 부르며 우물 속으로 몸을 던졌고, 원숭이 소니 역시 바로 그곳에서 목을 맨다.

5. 세르비아 민족의 실패와 열망 그리고 빛나는 상상력

소설은 작품 전체에 걸쳐 등장했었던 모든 사람들이 함께 어울려 집시 오케스트라의 음악에 맞춰 춤을 추고 술과 음식을 먹으며 웃고 떠드는 즐거운 분위기로 끝을 맺는다. 그곳에서는 오랜 세월에 걸쳐 지하실 사람들을 속이고 착취했었던 마르코와 나탈리야도 이방인이 아니다. 돈과 명예를 차지하기 위해 서로를 의심하고 증오했던 사람들은 다시 하나로 화합한다. 소설 『옛날 옛적에 한 나라가 있었지』가 의미하고 있는 '한 나라'는 종교, 문화, 이데올로기의 다름과 상관없이 모든 사람들이 함께 어울려 살아가는 그런 세상, 그렇게 서로 화합하며 평화롭게 살았던 '유고슬라비아'를 의미한다. 그 나라에서는 부와 명예를 향한 인간의 탐욕도, 질투와 배신도 존재하지 않는다는 사실을 소설의 에필로그에서는 잘 나타내고 있다. 이미 역사 속으로 사라져버린 '유고슬라비아'라는 나라에 대한 향수와 함께 현실 속에서의 힘겹고 괴로운 삶을 피해 과거의 풍요로웠던 시절로 돌아가고 싶다는 세르비아 민족의 열망이 녹아 있는 결말이라 할 수 있다. 하지만 현실적으로 유고슬라비아 사회주의 연방공화국으로부터 탈퇴하여 독립을 이룬 세르비아를 제외한 국가들은 작금의 현실에 만족하고 있는 듯 보인다. 따라서 이 소설은 세르비아 민족의 패권을 주창하며 옛 유고슬라비아 내에서 절대적 지위를 누렸다고도 할 수 있는 세르비아 민족의 민족주의적 상상력이 만들어낸 작품이라고 평가해도 좋다.

작가 연보

1948   세르비아 공화국의 소도시 샤바츠Šabac 인근의 므르자노바츠Mrdanovac
        에서 출생.

1973   베오그라드 국립 예술대학교 연극학부 졸업. 희곡「마라톤 주자는
        영예로운 원을 달린다Maratonci trče počasni krug」「라도반 3세Radovan Ⅲ」
        발표.

1974   유고슬라비아의 대표적인 문학상 가운데 하나인 스테리야Sterija 문학
        상 수상.

1976   희곡「술을 먹도록 강요하는 인간의 몸에 있는 그것은 무엇인가Šta je
        to u ljudskom biću što ga vodi prema piću」발표.

1977   희곡「1월의 봄Proleće u januaru」「우주의 용Svemirski zmaj」발표.

1980   희곡「누가 거기서 노래하는가Ko to tamo peva」발표.

1982   희곡「집회의 중심지Sabirni centar」발표.

1983   희곡「발칸의 스파이Balkanski špijun」「드라마Drame」발표. 희곡「드라
        마」로 밀로슈 츠르냔스키Miloš Crnjanski 문학상 수상.

1984	희곡 「성자 게오르그 용을 죽이다Sveti Georgije ubiva aždahu」 발표. 영화화된 「발칸의 스파이」로 풀라Pula 국제영화제에서 황금아레나상 수상.
1987	희곡 「밀실공포증 같은 희극 Klaustrofobična komedija」 발표.
1888~1934	세르비아-크로아티아-슬로베니아 왕국의 왕이자 유고슬라비아 왕국의 왕이었던 알렉산다르 카라조르제비치Aleksandar Karađorđević의 왕실변호인단 회원.
1990	희곡 「프로페셔널Profesionalac」 발표.
1991	희곡 「떠들썩한 비극 Urnebesna tragedija」 발표.
1995	미발표 시나리오를 바탕으로 에미르 쿠스트리차가 영화 「언더그라운드」 제작. 제48회 칸 영화제에서 황금종려상 수상. 이후 이 시나리오를 『옛날 옛적에 한 나라가 있었지』라는 소설로 발표.
1998	세르비아의 3대 극단 가운데 하나인 '즈베즈다라 테아타르Zvezdara teatar'의 예술 총감독을 맡음.
2003	자신의 대표적 희곡작품 가운데 하나인 「프로페셔널」을 직접 감독하여 영화로 만듦.
2005~2007	포르투갈 주재 세르비아-몬테네그로 공화국 대사 역임.
2009	세르비아과학예술학술원(SANU)의 정회원으로 선정, 탁월한 학식을 인정받다. 그의 작품은 전 세계 17개국 이상의 언어로 활발히 번역 소개되고 있는 중이며, 현재 베오그라드에 거주하며 작품활동을 계속하고 있다.

'대산세계문학총서'를 펴내며

　　근대문학 100년을 넘어 새로운 세기가 펼쳐지고 있지만, 이 땅의 '세계문학'은 아직 너무도 초라하다. 몇몇 의미 있었던 시도에도 불구하고, 전체적으로는 나태하고 편협한 지적 풍토와 빈곤한 번역 소개 여건 및 출판 역량으로 인해, 늘 읽어온 '간판' 작품들이 쓸데없이 중간 되거나 천박한 '상업주의적' 작품들만이 신간 되는 등, 세계문학의 수용이 답보 상태에 머물러 있었음을 부인하기 힘들다. 분명한 자각과 사명감이 절실한 단계에 이른 것이다.

　　세계문학의 수용 문제는, 그 올바른 이해와 향유 없이, 다시 말해 세계문학과의 참다운 교류 없이 한국문학의 세계 시민화가 불가능하다는 의미에서, 보다 근본적으로, 우리의 문화적 시야 및 터전의 확대와 그 질적 성숙에 관련되어 있다. 요컨대 이것은, 후미에 갇힌 우리의 좁은 인식론적 전망의 틀을 깨고 세계 전체를 통찰하는 눈으로 진정한 '문화적 이종 교배'의 토양을 가꾸는 작업이며, 그럼으로써 인간 그 자체를 더 깊게 탐색하기 위해 '미로의 실타래'를 풀며 존재의 심연으로 침잠하는 작업이라 할 수 있다.

　　우리의 현실을 둘러볼 때, 그 실천을 위한 인문학적 토대는 어느 정도

갖추어진 듯이 보인다. 다양한 언어권의 다양한 영역에서 문학 전공자들이 고루 등장하여 굳은 전통이나 헛된 유행에 기대지 않고 나름의 가치 있는 작가와 작품을 파고들고 있으며, 독자들 또한 진부한 도식을 벗어나 풍요로운 문학적 체험을 원하고 있다. 새롭게 변화한 한국어의 질감 속에서 그 체험이 이루어지기를 바라는 요청 역시 크다. 그러므로 필요한 것은 어쩌면 물적 토대뿐일지도 모른다는 판단이 우리를 안타깝게 해왔다.

이러한 시점에서, 대산문화재단의 과감한 지원 사업과 문학과지성사의 신뢰성 높은 출간을 통해 그 현실화의 첫발을 내딛게 된 것은 우리 문화계의 큰 즐거움이 아닐 수 없다. 오늘의 문학적 지성에 주어진 이 과제가 충실한 결실을 맺을 수 있도록, 우리는 모든 성실을 기울일 것이다.

'대산세계문학총서' 기획위원회

대　산　세　계　문　학　총　서